Die schwarze Schwesternschaft

MARION ZIMMER BRADLEY wurde 1930 in Albany, New York, geboren. International berühmt wurde sie mit ihren Science-fiction- und Fantasy-Romanen. Zu ihren bekanntesten Werken zählen die Avalon-Romane um den König Artus-Mythos und der Darkover-Zyklus, dem diese Bände entstammen. Marion Zimmer Bradley starb 1999 in Kalifornien.

DARKOVER-ZYKLUS 8
Die Entsagenden III

MARION
ZIMMER
BRADLEY

Die schwarze Schwesternschaft

Roman

Weltbild

Die amerikanische Originalausgabe erschien 1984 unter dem Titel
City of Sorcery bei DAW Books, New York.

Besuchen Sie uns im Internet:
www.weltbild.de

Genehmigte Lizenzausgabe für Verlagsgruppe Weltbild GmbH,
Steinerne Furt, 86167 Augsburg

Übersetzung: Rosemarie Hundertmarck
Umschlaggestaltung: Jarzina Kommunikations-Design, Köln
Umschlagmotiv: Agentur Thomas Schlück, Garbsen (© Cherry David A.)
Gesamtherstellung: Oldenbourg Taschenbuch GmbH,
Hürderstraße 4, 85551 Kirchheim
ISBN 3-8289-7988-2

2009 2008 2007 2006
Die letzte Jahreszahl gibt die aktuelle Lizenzausgabe an.

1

Der Bote war eine Frau, und obwohl sie darkovanische Kleidung trug, war sie keine Darkovanerin und nicht daran gewöhnt, des Nachts auf den Straßen der Altstadt von Thendara unterwegs zu sein. Sie hielt sich daran, dass anständige Frauen selten belästigt werden, wenn sie sich um ihre eigenen Angelegenheiten kümmern, sich benehmen und dreinblicken, als hätten sie ein bestimmtes Ziel. Deshalb trödelte sie nicht, sondern blieb ständig in Bewegung.

Sie hatte ihre Lektion so gut gelernt, dass sie auch den Marktplatz raschen Schrittes überquerte, weder nach links noch nach rechts sah, die Augen immer geradeaus.

Die rote Sonne von Cottman IV, inoffiziell von den Beschäftigten auf dem Raumhafen des Terranischen Imperiums die Blutige Sonne genannt, schwebte am Rand des Horizonts und erzeugte ein angenehmes Zwielicht von rötlichem Umbra. Ein einziger Mond, im Abnehmen begriffen, stand wie ein blassvioletter Schatten hoch am Himmel. Auf dem Markt schlossen die Händler die Läden an den Frontseiten ihrer Stände. Eine Frau, die gebratenen Fisch verkaufte, kratzte die letzten knusprigen Krumen aus dem Kessel. Ein paar herrenlose Katzen beobachteten sie dabei. Sie warf ihnen die Reste hin und provozierte unter ihren Füßen einen Katzenkrawall, dem sie eine Weile belustigt zusah. Dann legte sie den Kessel auf die Seite und filterte das Fett durch mehrere Lagen Tuch. In der Nähe ließ ein Sattelmacher die Rollläden seines Stands hinunterrasseln und sicherte sie mit einem Vorhängeschloss.

Ein reicher Mann, dachte die darkovanisch gekleidete Terranerin. *Er kann sich ein terranisches Metallschloss leisten.* Der Planet Darkover, Cottman IV für die Terraner, war arm an Metallen. Andere Händler banden ihre Läden mit Stricken fest und verließen sich darauf, dass es dem Nachtwächter auffallen würde, wenn eine unbefugte Person sich daran zu schaffen machte. Eine Bäckerin brachte gerade noch ihre letzten altbackenen Rosinenbrötchen an den Mann: Sie blickte auf, als die terranische Botin mit schnellen Schritten vorüberging.

»He! Vanessa n'ha Yllana, wohin so eilig?«

Vanessa strebte so entschlossen vorwärts, dass sie mehrere Schritte über den Stand der Bäckerin hinaus war, bevor sie die Worte wirklich hörte. Sie blieb stehen, kehrte zurück und lächelte der rundlichen Frau zu, die einem kleinen Jungen mit einem Rosinenbrötchen in der Hand gerade das Wechselgeld herausgab.

»Sherna«, entschuldigte sie sich, »ich habe dich gar nicht gesehen.«

»Das habe ich mir gedacht«, lachte die Bäckerin. »Du bist gerannt, als wäre dir zumindest eine ganze Banshee-Kolonie auf den Fersen, meine Liebe! Möchtest du vielleicht ein Brötchen?« Vanessa zögerte, und Sherna drängte: »Nimm ruhig, es hat keinen Sinn, sie ins Gildenhaus zurückzutragen, denn es sind nicht genug, dass jeder eins zum Abendessen haben könnte.«

So aufgefordert, nahm sich Vanessa eins der übrig gebliebenen Brötchen und biss hinein. Es schmeckte herzhaft nach den gemahlenen Nüssen, mit denen das Mehl gestreckt war, und süß nach getrockneten Früchten. Der Kaufmann nebenan begann, das Pflaster vor seinem Laden zu fegen, und Vanessa, noch kauend, trat automatisch zur Seite.

»Bist du unterwegs zum Gildenhaus, oder hast du etwas anderes vor?«, erkundigte sich Sherna.

»Zum Gildenhaus«, antwortete Vanessa. »Ich hätte gleich daran denken sollen, zu dir zu kommen, damit wir den Weg gemeinsam machen können.« Insgeheim ärgerte sie sich über sich selbst. Wo hatte sie ihren Verstand gelassen?

»Gut«, nickte Sherna. »Du kannst mir helfen, die Körbe zu tragen. Aber heute Abend ist kein Brücken-Treffen, nicht wahr?«

»O nein, nein, nicht dass ich wüsste.« Vanessa ergriff einen der Brotkörbe. »Ich habe eine Botschaft für Margali n'ha Ysabet. Ich kann nicht begreifen, warum die Gildenmütter sich weigern, im Gildenhaus einen Kommunikator installieren zu lassen. Dann wäre es nicht mehr notwendig, Boten durch die Straßen zu schicken, vor allem nach Dunkelwerden.«

Sherna lächelte nachsichtig. »Du *Terranan!* Soll der Lärm von dem Ding bei Tag und Nacht in unsere Privatsphäre eindringen, nur um einem Boten die Mühe zu sparen, ein paar Minuten bei gutem Wetter zu laufen? Ah, deine armen, missbrauchten Füße, das Herz tut mir weh um die faulen Dinger!«

»Das Wetter ist nicht immer so gut«, protestierte Vanessa, aber es war ein alter Streit, den die Frauen gewohnheitsmäßig führten, und nicht böse gemeint.

Beide Frauen waren Mitglieder der Brücken-Gesellschaft *(Penta Cori'yo),* die vor ein paar Jahren gegründet worden war. Damals hatten sich Mitglieder der Freien Amazonen (Comhi'Letzii, die Gilde der Entsagenden) als erste Darkovaner erboten, als medizinisch-technische Assistentinnen, als Bergführerinnen und Reiseleiterinnen, als Übersetzerinnen und Sprachlehrerinnen für das Terranische Hauptquartier zu arbeiten. Die Brücken-Gesellschaft gab ihnen ein Heim und Freundinnen unter darkovanischen Frauen, und für Terranerinnen, die bereit waren, nach den Gesetzen der Entsagenden zu leben, aber nicht ins Gildenhaus eintreten konnten, gab es sogar eine eigens abgeänderte Form des Eides. Die Brücke unterhielt ein Wohnquartier für Darkovanerinnen, meistens Entsagende, die durch ihre Arbeit gezwungen waren, im Terranischen HQ zu leben.

Es stand jeder Darkovanerin offen, die drei der aus vierzig Tagen bestehenden Mondzyklen im Terranischen HQ Dienst getan hatte, und jeder Terranerin, die die gleiche Zeit in einem Gildenhaus gewesen war. Sherna n'ha Marya, eine Entsagende aus dem Thendara-Gildenhaus, war ein halbes Jahr als Übersetzerin tätig gewesen und hatte geholfen, Nachschlagewerke in *Casta* und *Cahuenga,* den beiden Sprachen Darkovers, zusammenzustellen. Vanessa ryn Erin, eine Absolventin der Terranischen Akademie für Nachrichtendienst auf Alpha, war jetzt vier Jahre auf Darkover. Den größten Teil des letzten Jahres hatte sie im Gildenhaus gewohnt und sich auf den Feldeinsatz außerhalb des Hauptquartiers vorbereitet.

Sherna gab die letzten süßen Brötchen einer Frau, die ein kleines Kind auf dem Arm trug, während sich ein zweites an ihren Rock klammerte. »Nehmt sie für die Kleinen. Nein, nein«, wehrte sie ab, als die Frau nach Münzen zu suchen begann, »sie kämen ja doch nur als Hühnerfutter in den Eimer. So, Vanessa, das haben wir gut gemacht, wir brauchen nur zwei Laibe zurückzutragen. Die Küchenfrauen werden uns Brotpudding daraus kochen.«

»Dann können wir jetzt ins Gildenhaus gehen?«

»Es eilt nicht«, meinte Sherna, und Vanessa war lange genug auf Darkover, um trotz der Dringlichkeit ihrer Botschaft nicht zu widersprechen. Sie half Sherna, die Läden an der Vorderseite des Bäckerstandes auf gemächliche Weise festzubinden und die verstreuten Körbe einzusammeln.

Plötzlich entstand rege Geschäftigkeit an einem der Tore, die vom Marktplatz aus sichtbar waren, und eine Karawane aus Packtieren klapperte über die Steine. Eine Gruppe kleiner Kinder, die vom Dach eines leeren Standes aus »König des Berges« gespielt hatte, sprang aus dem Weg. Eine hoch gewachsene, dünne Frau in der üblichen Tracht der Entsagenden, einer losen Jacke und in niedrige Stiefel gesteckten Hose, bewaffnet mit einem Amazonenmesser, so lang wie ein kurzes Schwert, schritt auf sie zu.

»Rafi!«, begrüßte Sherna sie. »Ich wusste nicht, dass du heute Abend zurückkommen würdest.«

»Das wusste ich auch nicht«, sagte Rafaella n'ha Doria. »Diese Leute haben drei Tage lang in der Nähe des Passes gebummelt. Ich glaube, die Packtiere rochen den heimatlichen Stall, sonst würden sie dort immer noch herumwandern und zusehen, wie das grüne Gras wächst, und Pilze auf Apfelbäumen suchen. Jetzt muss ich erst noch mein Honorar abholen. Ich hätte mich von den Leuten gern am Stadttor verabschiedet, aber bestimmt hätten sie sich dann zwischen hier und den Ställen verlaufen, so wie sie sich die ganze Zeit benommen haben. Und Zandru peitsche mich mit Skorpionen, wenn ich noch einmal einen Auftrag übernehme, bevor genau feststeht, wer während der Reise der Chef ist! Glaubt mir – ich könnte euch Geschichten erzählen ...« Sie eilte davon und sprach kurz mit dem Anführer der Karawane. Geld wechselte den Besitzer. Vanessa sah, dass Rafaella es sorgfältig nachzählte – und sogar sie als Terranerin wusste, welch eine Beleidigung das auf einem offenen Marktplatz war. Rafi kam zu ihnen zurück, grüßte Vanessa mit einem beiläufigen Nicken, schwang sich den letzten der geflochtenen Brotkörbe auf die Schulter, und gemeinsam gingen die drei Frauen über das Kopfsteinpflaster davon.

»Was tust du hier, Vanessa? Gibt es etwas Neues aus dem HQ?«

»Nicht viel«, wich Vanessa aus. »Eins unserer Flugzeuge von V und E ist in den Hellers abgestürzt.«

»Dann wird es vielleicht Arbeit für uns geben«, meinte Rafaella. »Im letzten Jahr, als sie mit uns einen Bergungsvertrag für ein abgestürztes Flugzeug abschlossen, hatten alle eine Menge zu tun.« Rafaella war Reiseorganisatorin und sehr gefragt bei den Terranern, die sich in die wenig bekannten, weg- und steglosen Berge der nördlichen Domänen wagen mussten.

»Ich weiß nicht, ob es das ist, was sie im Sinn haben. Das Flugzeug ist nicht an einem Ort abgestürzt, wo es geborgen werden könnte«, sagte Vanessa. Nun schritten die Frauen schweigend durch eine der stilleren Straßen der Stadt, bis sie vor einem großen Steingebäude, das der Gasse eine fensterlose Front zukehrte, stehen blieben. Ein kleines Schild an der Eingangstür verkündete:

THENDARA-GILDENHAUS
SCHWESTERNSCHAFT DER ENTSAGENDEN

Sherna und Vanessa waren mit den Körben beladen; allein Vanessa hatte eine Hand frei, um die Glocke zu läuten. Eine hochschwangere Frau ließ sie in den vorderen Flur ein. Sie verschloss und verriegelte die Tür hinter ihnen wieder. »Oh, Vanessa, ist es der Abend für die Brücken-Gesellschaft? Das hatte ich vergessen.« Sie gab Vanessa keine Gelegenheit zu antworten. »Rafi, deine Tochter ist hier!«

»Ich dachte, Doria habe immer noch bei den *Terranan* zu tun«, antwortete Rafaella nicht sehr liebenswürdig. »Was tut sie hier, Laurinda?«

»Sie hält mit dem Kasten, der beleuchtete Bilder an die Wand wirft, einen Vortrag für sieben Frauen, die mit Beginn der nächsten zehn Tage zu Heilassistentinnen ausgebildet werden sollen«, berichtete Laurinda. »›Nurses‹ nennen die *Terranan* sie, ist das nicht ein komisches Wort? Hört sich an, als sollten sie *Terranan*-Babys die Brust geben, und darum geht es bei ihrer Ausbildung gar nicht. Sie sollen sich nur um die Kranken und Bettlägerigen kümmern und Wunden verbinden und dergleichen. Sie müssen inzwischen fast fertig sein; geh nur hinein und sprich mit Doria.«

Vanessa erkundigte sich: »Ist Margali n'ha Ysabet im Haus? Ich habe eine Botschaft für sie.«

»Da hast du Glück«, antwortete die Frau. »Sie will morgen früh mit Jaelle n'ha Melora nach Armida aufbrechen. Sie wären schon heute Vormittag abgereist, aber eins der Pferde verlor ein Hufeisen, und bis die Schmiedin mit ihrer Arbeit fertig war, drohte Regen. Deshalb haben sie die Abreise auf morgen verschoben.«

»Wenn Jaelle noch im Haus ist«, sagte Rafaella, »würde ich sie gern sprechen.«

»Sie hilft Doria bei dem Vortrag. Wir alle wissen, dass sie bei den *Terranan* gearbeitet hat«, sagte Laurinda. »Geht ruhig hinein. Sie sind im Musikzimmer.«

»Ich will erst meine Körbe wegstellen«, meinte Sherna, aber Vanessa folgte Rafaella in den hinteren Teil des Gebäudes. Sie öffneten die Tür und schlüpften leise ins Musikzimmer.

Eine junge Frau, deren Haar nach Art der Entsagenden kurz geschnitten war, beendete gerade einen Dia-Vortrag. Sie zählte mehrere Punkte an den Fingern ab und ließ, als Vanessa und Rafaella eintraten, das letzte Farbbild verschwinden.

»Man erwartet von euch, dass ihr gut lesen und schreiben könnt, im Gedächtnis behaltet, was ihr gelesen habt, und fähig seid, korrekte Notizen zu machen. Ihr werdet an Einführungskursen über Anatomie und persönliche Hygiene teilnehmen, ihr werdet lernen, wie man wissenschaftlich beobachtet und die Beobachtungen aufzeichnet, bevor man euch erlaubt, einem Patienten auch nur ein Essenstablett oder eine Bettpfanne zu bringen. Vom ersten Tag des Unterrichts an werdet ihr den ausgebildeten Krankenschwestern helfen, die Patienten zu versorgen, und wenn ihr die Aufgaben einer Pflegerin beherrscht, wird man euch erlauben, Dienst auf der Station zu tun. Erst im zweiten Halbjahr der Ausbildung dürft ihr Chirurgen assistieren oder den Hebammenberuf erlernen. Es ist schwere, schmutzige Arbeit, aber mir hat sie große Befriedigung gewährt, und ich glaube, euch wird es ebenso gehen. Irgendwelche Fragen?«

Eine der jungen Frauen, die zuhörend auf dem Boden saßen, hob die Hand.

»Mierella n'ha Anjali?«

»Warum müssen wir Unterricht in Hygiene bekommen? Glauben diese Terraner, Darkovaner seien dreckig oder liederlich?«

»Das darfst du nicht persönlich nehmen«, antwortete Doria. »Auch ihre eigenen Frauen müssen neue und andere Arten der Reinlichkeit lernen, wenn sie Krankenpflegerinnen werden wollen: Die klinische Sauberkeit, die man beachten muss, wenn man Menschen betreut, die sehr krank sind oder offene Wunden haben oder Krankheitserreger in sich tragen, ist etwas ganz anderes als die Sauberkeit im täglichen Leben, wie ihr erfahren werdet.«

Eine andere Frau erkundigte sich: »Ich habe gehört, dass die *Uniformen*« – sie stolperte über das unvertraute Wort –, »die die terranischen Arbeiterinnen tragen, so herausfordernd sind wie die Kleider einer Prostituierten. Müssen wir sie anziehen, und brechen wir damit unsern Eid?«

Doria zeigte auf die Jacke und die Hose in Weiß, die sie anhatte. »Die Sitten sind nicht überall die gleichen. Ihre Begriffe von Schicklichkeit unterscheiden sich von unseren. Aber der Brücken-Gesellschaft ist ein Kompromiss gelungen. In der Medizinischen Abteilung beschäftigte Darkovanerinnen tragen eine besondere Uniform, die eigens dafür entworfen ist, dass sie unsere Gefühle für Anstand nicht verletzt, und sie ist so bequem und warm, dass viele der terranischen Pflegerinnen sich auch dafür entschieden haben. Und bevor ihr fragt, das Bild auf der Brust der Uniform« – es war ein rotes Emblem, ein Stab, um den sich eine Schlange wand – »ist ein sehr altes terranisches Symbol für den Medizinischen Dienst. Ihr werdet euch ein Dutzend solcher Zeichen einprägen müssen, um euch im HQ zurechtzufinden.«

»Was hat es zu bedeuten?«, wollte ein Mädchen, nicht älter als fünfzehn, wissen.

»Ich habe meine Lehrerin danach gefragt. Es soll das Symbol eines sehr alten terranischen Gottes der Heilkunst sein. Heute betet ihn niemand mehr an, aber das Symbol hat sich erhalten. Sonst noch Fragen?«

»Ich habe gehört«, sagte eine Frau, »dass die Terraner geil sind, dass sie Darkovanerinnen wie – wie die Frauen in den Raumhafen-Bars betrachten. Ist das wahr? Müssen wir dort Messer tragen, um uns zu schützen?«

Doria lachte. »Jaelle n'ha Melora hat eine Weile bei ihnen gelebt. Ich will sie diese Frage beantworten lassen.«

Eine kleine Frau mit flammend rotem Haar erhob sich hinten im Raum. »Ich kann nicht für alle terranischen Männer sprechen«, sagte sie. »Nicht einmal die Götter Zandru und Aldones haben die gleichen Eigenschaften, und ein *Cristofero*-Mönch benimmt sich anders als ein Bauer aus der Ebene von Valeron. Es gibt unter den Terranern Flegel und Grobiane ebenso wie auf den Straßen von Thendara. Aber ich kann euch versichern, dass ihr von den Terranern in der Medizinischen Abteilung keine Unhöflichkeiten oder Belästigungen zu befürchten braucht. Ihre Ärzte verpflichten sich durch einen Eid, sich gegenüber jedem, Patienten und Helfern, korrekt zu verhalten. Es mag euch sogar stören, dass sie gar keine Notiz davon nehmen, ob ihr ein Mann, eine Frau oder ein Stück Maschinerie seid, aber respektieren werden sie euch, als wäret ihr Bewahrerinnen-Novizen. Was das Tragen von Messern angeht, so ist es bei den Terranern nicht üblich, und man wird euch nicht gestatten, Waffen zur Verteidigung in die Medizinische Abteilung mitzubringen. Doch die Terraner tragen auch keine; ihnen ist das durch ihre Vorschriften verboten. Die einzigen Messer, die ihr sehen werdet, sind die Skalpelle der Chirurgen. Gibt es sonst noch irgendwelche Fragen?«

Vanessa sagte sich, dass die Fragen weitergehen mochten, bis die Glocke zum Abendessen läutete. So meldete sie sich von ihrem Platz an der Tür: »Ich habe eine Frage. Ist Margali n'ha Ysabet in diesem Raum?«

»Ich habe sie seit heute Mittag nicht mehr gesehen«, antwortete Doria. Dann entdeckte sie Rafaella im Eingang neben Vanessa.

»Mutter!«, rief sie, eilte zu ihr und drückte sie fest. Lächelnd kam Jaelle zu ihrer alten Freundin, und die drei Frauen hielten sich einen Augenblick umschlungen.

»Wie schön, dich zu sehen, Jaelle. Verdammt, wie lange ist es her? In den letzten drei Jahren haben wir uns immerzu verpasst. Wenn ich in Thendara war, warst du auf Armida, und kommst du in die Stadt, stecke ich wahrscheinlich irgendwo nördlich von Caer Donn!«

»Diesmal ist es reines Glück. Margali und ich wollten schon heute Mittag abreisen«, antwortete Jaelle. »Ich bin schon zweimal zehn Tage von meiner Tochter getrennt.«

»Sie muss jetzt ein großes Mädchen sein, Dorilys n'ha Jaelle«, lachte Rafaella. »Ist sie fünf oder schon sechs? Alt genug, dass du sie herbringst, damit sie im Gildenhaus aufwächst.«

»Dazu ist immer noch Zeit.« Jaelle blickte zur Seite und grüßte Vanessa mit einem Nicken. »Ich weiß, wir sind uns vor ein paar Tagen beim Treffen der Brücken-Gesellschaft begegnet, aber ich habe deinen Namen vergessen.«

»Vanessa«, erinnerte Doria sie.

»Es tut mir Leid, deinen Vortrag zu unterbrechen.« Vanessa

sah zu den Frauen hin, die herumliefen und die Sitzkissen aufräumten. Doria zuckte nur die Schultern.

»Das macht nichts. Alle ernsthaften Fragen waren beantwortet. Aber sie sind nervös im Gedanken an ihre neue Arbeit und hätten sich noch bis zum Abendessen dumme Fragen einfallen lassen!« Sie kehrte in den Mittelpunkt des Raumes zurück und begann, ihre Dias und den Projektor einzupacken. »Ein glücklicher Zufall, dass du heute gekommen bist. Du kannst für mich diese Sachen der Medizinischen Abteilung zurückgeben und mir einen Gang durch die nächtlichen Straßen ersparen. Ich habe sie von der Leiterin der Schwesternschule ausgeliehen. Du nimmst sie mit, wenn du gehst, nicht wahr? Oder willst du die Nacht hier schlafen?«

»Nein, ich bin wegen einer Botschaft für Margali gekommen ...«

Wieder zuckte Doria die Schultern. »Bestimmt ist sie irgendwo im Haus. Es ist fast Zeit für die Abendbrotglocke. Ganz bestimmt wirst du sie beim Essen sehen.«

Vanessa war lange genug auf Darkover und hatte lange genug im Gildenhaus gelebt, um sich an diese sorglose Einstellung gegenüber der Zeit zu gewöhnen. Die Terranerin in ihr dachte, sie hätte jemanden bitten müssen, Margali zu holen oder ihr zumindest zu sagen, wo sie sie antreffen könne, aber sie befand sich im Augenblick auf der darkovanischen Seite der Stadt. Resignierend antwortete sie Doria, sie werde die Dia-Ausrüstung gern für sie bei der Medizinischen Abteilung abgeben, obwohl es für sie in Wirklichkeit eine ziemliche Unbequemlichkeit bedeutete und sie sich über Doria ein bisschen ärgerte. Aber Doria war ihre Gildenschwester, und es gab keine Möglichkeit, eine Bitte dieser Art auf höfliche Weise abzulehnen.

»Gibt es etwas Neues über das Flugzeug, das in den Hellers abgestürzt ist?«, erkundigte Doria sich.

Ein verächtliches Schnauben Rafaellas ersparte Vanessa die Antwort.

»Diese blöden *Terranan«,* sagte sie. »Was denken sie sich? Sogar wir armen kleinen Dummchen ohne den Vorzug terranischer Wissenschaft« – die Worte klangen in ihrem Mund wie eine Gossen-Obszönität – »wissen, dass es Wahnsinn ist, die Hellers zu überqueren, ganz gleich zu welcher Zeit des Jahres, und auch einem Terraner sollte bekannt sein, dass es nördlich von Nevarsin bis zum Wall um die Welt nichts gibt als gefrorenes Ödland! Geschieht ihnen recht, sage ich! Wenn sie ihre blöden Flugzeuge dorthin schicken, müssen sie damit rechnen, dass sie sie verlieren!«

»Ich finde, du urteilst zu hart über sie, Rafi«, meinte Doria. »Ist der Pilot jemand, den ich kenne, Vanessa?«

»Es ist eine Frau namens Anders. Sie ist kein Mitglied der Brücken-Gesellschaft.«

»Alexis Anders? Ich habe sie kennen gelernt«, fiel Jaelle ein. »Man hat das Flugzeug nicht entdeckt? Wie schrecklich!«

Rafaella legt Jaelle einen Arm um die Taille. »Lass uns keine Zeit damit verschwenden, über die Terraner zu reden, *Shaya,* Liebe, wir sind in letzter Zeit so wenig beisammen. Deine Tochter ist jetzt schon ein großes Mädchen. Wann wirst du sie ins Gildenhaus bringen? Vielleicht kommst auch du dann zurück.«

Jaelles Gesicht bewölkte sich. »Ich weiß nicht, ob ich sie überhaupt herbringen kann, Rafi. Es gibt – Schwierigkeiten.«

Mit Rafaella ging das hitzige Temperament durch. »Es ist also wahr! Ich hätte nie von dir geglaubt, Jaelle, dass du demütig zu deiner hochgeborenen *Comyn*-Sippe zurückkehrst, die dich hinausgeworfen hat! Aber vielleicht hat schon immer festgestanden, dass die *Comyn* dich niemals gehen lassen würden, bestimmt nicht, nachdem du einem von ihnen ein

Kind geboren hast! Ich wundere mich nur, dass noch keiner deinen Eid in Frage gestellt hat!«

Jetzt rötete sich auch Jaelles Gesicht vor Zorn. Sie besaß, so dachte Vanessa bei sich, das Temperament, das sich bei den Terranern im Allgemeinen mit flammend rotem Haar verband.

»Wie kannst du es wagen, so mit mir zu sprechen, Rafaella?«

»Leugnest du, dass der Vater deines Kindes der *Comyn*-Lord Damon Ridenow ist?«

»Ich leugne gar nichts«, erwiderte Jaelle heftig, »aber was soll das? Ausgerechnet du wirfst mir das vor, Rafi? Hast du nicht selbst drei Söhne?«

Rafaella zitierte aus dem Eid der Entsagenden:

»*Men dia pre' zhiuro,* ich schwöre, dass ich ein Kind nur dann gebären will, wenn es mein Wunsch ist, das Kind von diesem Mann und zu diesem Zeitpunkt zu empfangen. Weder die Familie noch der Clan des Mannes, weder Fragen der Erbfolge noch sein Stolz oder sein Wunsch nach Nachkommenschaft sollen dabei Einfluss auf mich haben. Ich allein werde bestimmen, wie und wo ein von mir geborenes Kind erzogen werden soll, ohne Rücksicht auf Stellung oder Stolz eines Mannes.«

»Du wagst es, mir den Eid in einem Ton vorzuhalten, als hätte ich ihn gebrochen? Cleindori ist *mein* Kind. Ihr Vater ist *Comyn;* wenn du ihn kennen würdest, wüsstest du, wie wenig ihm das bedeutet. Meine Tochter ist eine Aillard; in den Sieben Domänen geht die Erbfolge allein im Hause Aillard über die weibliche Linie. Ich habe meine Tochter für mein eigenes Haus geboren, nicht für das irgendeines Mannes! Welche Amazone hat nicht das Gleiche getan, es sei denn, sie ist so einseitig in ihrer Liebe für Frauen, dass sie keinem Mann erlaubt, sie auch nur zu diesem Zweck zu berühren?« Jaelles

Zorn verflog; von neuem umarmte sie Rafaella. »Oh, lass uns nicht streiten, Rafi, du bist beinahe meine älteste Freundin, und glaubst du, ich hätte die Jahre vergessen, als wir Partnerinnen waren? Aber du bist nicht die Bewahrerin meines Gewissens.«

Rafaella ließ sich nicht so schnell versöhnen.

»Den Platz nimmt jetzt ja wohl dieser männliche Bewahrer des Verbotenen Turms ein – heißt er nicht Damon Ridenow? Wie kann ich mit ihm konkurrieren?«

Jaelle schüttelte den Kopf. »Was du auch denken magst, Rafi, ich halte meinen Eid.« Rafaella blickte skeptisch drein, aber in diesem Augenblick klang das liebliche Geläut einer Glocke durch den Raum und verkündete, dass das Essen in ein paar Minuten aufgetragen werden würde.

»Abendessen, und ich habe immer noch den Dreck der Packtiere und des Marktplatzes an mir! Ich muss gehen und mich waschen, auch wenn ich keine von Dorias Pflegerinnen werden will. Komm mit mir nach oben, Shaya. Streiten wir nicht, schließlich sehe ich dich jetzt so selten – wir wollen keine Zeit darauf verschwenden, uns über Dinge aufzuregen, die wir nicht ändern können. Vanessa, kommst du mit?«

»Nein, ich muss Ausschau nach Margali n'ha Ysabet halten.« Vanessa wandte sich der Tür zum Speisesaal zu, während Jaelle und ihre Freundin die Treppe hinaufliefen. Es roch gut nach Essen, etwas Heißem und Leckerem, dem Hefeduft frisch gebackenen Brots, das gerade aus dem Ofen genommen worden war. Dazu kam das Klappern von Geschirr; die Frauen, die in der Küche halfen, stellten Schüsseln und Teller auf den Tisch.

Wenn sich Magdalen Lorne, im Gildenhaus als Margali bekannt, überhaupt hier befand, musste sie auf ihrem Weg zum Speisesaal an dieser Stelle vorbeikommen. Vanessa fragte sich, ob sie sie am Gesicht erkennen werde. Sie hatte sie nur drei- oder viermal gesehen, das letzte Mal erst vor zehn Tagen bei einem Treffen der Brücken-Gesellschaft in diesem Haus.

In diesem Moment sah sie Magdalen Lorne vom Gewächshaus auf der Rückseite des Gildenhauses den Flur entlangkommen. Ihre Arme waren voll von frühen Melonen. Neben ihr ging, ebenfalls Melonen tragend, eine große, drahtige Frau mit Narben im Gesicht - eine *Emmasca,* die sich der gefährlichen, illegalen und häufig tödlichen Operation unterzogen hatte, die sie zum Neutrum machte. Vanessa kannte den Namen der Frau, Camilla n'ha Kyria; sie wusste, dass Camilla früher Söldnerin gewesen war und jetzt im Gildenhaus Unterricht im Schwertkampf erteilte - und dass es von ihr hieß, sie sei Magdalen Lornes Liebhaberin. Das setzte Vanessa immer noch ein bisschen in Verlegenheit, wenn auch nicht mehr so sehr wie vor ihrem monatelangen Aufenthalt im Gildenhaus, wo sie gelernt hatte, wie alltäglich und wenig bemerkenswert so etwas war. Es schien ihr nicht mehr mysteriös und pervers zu sein, doch sie war immer noch Terranerin, und es war ihr ein bisschen peinlich.

Noch bevor sie nach Darkover gekommen war, gleich zu Beginn ihrer Ausbildung für den Nachrichtendienst, hatte Vanessa ryn Erin von der legendären Magdalen Lorne erfahren. Sie kannte die ganze Geschichte: Magdalen Lorne war auf Darkover in den Bergen nahe Caer Donn geboren, als der Raumhafen bei Thendara noch nicht gebaut war. So war sie mit darkovanischen Kindern aufgewachsen und hatte die Sprache als Eingeborene gelernt. Wie Vanessa auch, war Magda an der Akademie des Nachrichtendienstes auf Alpha von Vanessas Chefin Cholayna Ares ausgebildet worden, die damals die Akademie leitete und erst später nach Darkover versetzt wurde. Eine Zeit lang war Magda mit dem gegenwärtigen terranischen Legaten Peter Haldane verheiratet gewesen. Als erste Frau hatte sie nachrichtendienstliche Feldarbeit auf Darkover geleistet, und bis heute hatte es auf diesem Gebiet nur sehr wenige Frauen gegeben. Ebenfalls als Erste hatte sie die Gilde der Entsagenden infiltriert, und es war ihr sogar gelungen, den Eid abzulegen. Wunderlicherweise hatte sie darauf bestanden, ihn zu halten, hatte sogar das volle Hausjahr im Gildenhaus abgeleistet, was vor der Gründung der Brücken-Gesellschaft ohne Erleichterungen auch von Terranerinnen verlangt wurde. Vor ein paar Jahren hatte Magda das Gildenhaus verlassen und widmete sich nun einer geheimnisvollen Tätigkeit auf Armida. All das wusste Vanessa von der Legende. Aber sie hatte die wirkliche Frau erst vor ein paar Tagen kennen gelernt und sich noch nicht an sie gewöhnt. Irgendwie hatte sie sich Magda als überlebensgroß vorgestellt.

Im Gildenhaus verlangte die Höflichkeit, dass sie nur Lornes darkovanischen Namen benutzte.

»Margali n'ha Ysabet? Darf ich dich eine Minute sprechen?«

»Vanessa? Wie schön, dich zu sehen.« Magda Lorne (Margali) wirkte hoch gewachsen, obwohl sie von nicht viel mehr als durchschnittlicher Größe war. Sie war Mitte Dreißig. Schweres dunkles Haar, nach Art der Entsagenden kurz geschnitten, beschattete ihre Stirn. Sie hatte tief liegende, lebhafte graue Augen, die Vanessa neugierig betrachteten. »Hier, halte mal, ja?« Sie schob Vanessa ein paar Melonen zu, schnüffelte und verzog das Gesicht. »Riecht wie Kaldaunen. Du kannst meinen Anteil haben. Wie habe ich das Zeug in meinen ersten Monaten hier gehasst! Aber vielleicht schmeckt es dir, manche Leute mögen es. Und wenn nicht, dann ist reichlich Brot und Käse da, und zum Nachtisch gibt es Melonen. Camilla, gib ihr ein paar von deinen, wenn du sie hier im Flur fallen lässt, können wir ihnen im ganzen Haus nachjagen – und platzt dabei eine auf, ist eine schöne Schweinerei wegzuputzen! Und mir persönlich ist diese Woche gar nicht nach Fußbodenschrubben zu Mute!«

Camilla, die größer als Magda war, belud Vanessas Arme zusätzlich mit einigen ihrer Melonen. In ihren süßlichen Duft mischte sich der erdige Geruch des Gewächshauses. Vanessa ärgerte sich, dass sie ihre Botschaft nicht ausrichten konnte. Camilla sah, dass sie die Stirn runzelte.

»Was tust du hier, Vanessa? Wenn heute der Abend der Brücken-Gesellschaft ist, habe ich es vergessen.«

Gereizt dachte Vanessa, dass sie laut fluchen werde, wenn noch eine einzige Person das zu ihr sagte. »Nein – aber ich habe eine Botschaft für dich, Margali, von Cholayna n'ha Chandria.« Vanessa benutzte den Gildenhaus-Namen. Magda schüttelte verwirrt den Kopf.

»Zum Kuckuck mit der Frau, was kann sie von mir wollen? Ich habe erst vor drei Tagen mit ihr gesprochen, und sie weiß, dass ich abreisen will. Jaelle und ich hätten schon heute Mittag aufbrechen sollen. Falls du es vergessen hast, wir haben Kinder auf Armida.«

»Sie möchte, dass du etwas für sie tust, und sie sagt, es sei wichtig, möglicherweise eine Sache von Leben und Tod«, berichtete Vanessa ihr.

Camilla bemerkte: »Cholayna übertreibt nicht. Wenn sie sagt *Leben und Tod,* dann stimmt es.«

»Davon bin ich überzeugt!« Magda runzelte die Stirn. »Hast du keine Ahnung, um was es geht, Vanessa? Ich möchte hier nicht festgehalten werden. Wie schon erwähnt, werde ich auf Armida gebraucht. Jaelles Tochter ist alt genug, dass man sie allein lassen kann. Shaya dagegen ist noch keine zwei, und wenn ich noch länger in der Stadt bleibe, hat sie vergessen, wie ich aussehe.«

»Ich kann es nicht sagen«, wich Vanessa aus, die Behauptung vermeidend, sie wisse es nicht. Sie war informiert worden, warum Magda das Gildenhaus verlassen hatte, und was Magdas Arbeit auf Armida anging, hatte sie die geheimsten Unterlagen einsehen dürfen, allerdings nicht so gründlich, dass sie es verstanden hätte.

Vanessa konnte sich überhaupt keinen Grund vorstellen, warum eine Agentin von Magdas Status sich freiwillig mit einem halb darkovanischen Kind belastete, und wie alle Frauen, die aus eigener Wahl kinderlos sind, beurteilte sie Magda hart. Obwohl sie die Legende bewunderte, hatte sie sich noch nicht mit der Realität der lebenden Frau abgefunden. Als sie neben Magda weiterging, stellte sie zu ihrer Verblüffung fest, dass Magda tatsächlich einen oder zwei Zoll kleiner war als sie.

»Es ist noch nicht allzu spät. Bleibt uns Zeit, hier zu essen? Nein, lieber nicht, Cholayna hat es zu dringend gemacht. Ich will nur noch Jaelle n'ha Melora Bescheid geben, dass ich nun vielleicht doch nicht im ersten Morgengrauen aufbrechen kann.« Mit grimmigem Gesicht stieg Magda die Treppe hoch.

»Ich will dir was sagen, Vanessa. Wenn das irgendein Blödsinn ist, wird Cholayna wünschen, den Weg zum Gildenhaus nie kennen gelernt zu haben. Ich reite morgen, und damit hat sich's!«

Plötzlich lächelte sie, und zum ersten Mal spürte Vanessa hinter der kurz angebundenen Frau die machtvolle Persönlichkeit, die zur Legende geworden war.

»Nun ja, wenn so etwas schon passieren musste, ist es gerade zur richtigen Zeit gekommen. Wenigstens brauche ich die Kaldaunen nicht zu essen.«

2

Es war jetzt stockfinster, und in den nächtlichen Regen mischten sich Graupeln. Die Straßen waren völlig leer. Magda und Vanessa überquerten den Platz vor dem Eingang zum Terranischen HQ und nannten dem Raumpolizisten in seiner schwarzen Lederuniform das Losungswort. Er war bis zur Nase in einen schwarzen Wollschal gehüllt, der ebenso wenig wie die schwere Steppjacke über der Uniform den Vorschriften entsprach, es aber auf diesem besonderen Planeten bei Nacht hätte tun sollen. Magda wusste, dass man ein Auge zudrückte, nur war das nicht genug. Man hätte die warmen Kleidungsstücke offiziell erlauben sollen.

Und da behaupten sie, die Darkovaner seien nicht bereit, ihre primitivsten Sitten zu ändern!

Die meisten neuen Raumpolizisten kannte Magda nicht. Noch vor einem Jahr hätte sie sich vorgestellt; jetzt fand sie es sinnlos. Sie würde morgen nach Armida zurückkehren, dort spielte sich ihr Leben ab. Sie hatte Cholayna noch geholfen, die Brücken-Gesellschaft zu gründen und in Gang zu bringen, doch mittlerweile funktionierte sie allein. Und ihr Kind band sie noch stärker an Armida und den Verbotenen Turm. Cholayna Ares, Chefin des Nachrichtendienstes auf Cottman IV, würde gezwungen sein, ohne sie auszukommen.

Wenn sie glaubt, sie kann mich von heute auf morgen zum Feldeinsatz schicken, wird sie ihre Meinung revidieren müssen.

Magda hatte so lange unter der darkovanischen Sonne gelebt, dass sie in dem hellen gelben, erdnormalen Licht des Hauptgebäudes zusammenzuckte. Aber ohne Zögern betrat sie den Aufzug. Sie hatte eine gewisse Ungeduld mit diesen terranischen Erfindungen erworben, aber sie war nicht bereit, zweiundvierzig Stockwerke hochzusteigen, um ihre Einstellung zu demonstrieren.

Zu dieser Stunde war der Abschnitt, der dem Nachrichtendienst zur Verfügung stand, dunkel und verlassen. Nur aus dem Büro von Cholayna Ares drang ein Lichtschimmer. Magda sagte sich, wenn Cholayna sie hier im Büro erwartete, statt sie in ihrer gemütlichen Wohnung zu empfangen, müsse etwas wirklich Wichtiges im Gange sein.

»Cholayna? Ich bin so schnell gekommen, wie ich konnte. Aber was in aller Welt - in dieser oder einer anderen - ist so dringend, dass es nicht bis morgen warten konnte?«

»Ich fürchtete, du würdest morgen schon weg sein«, antwortete Cholayna, »und ich war nicht gerade erpicht darauf, dir einen Boten bis Armida nachzuschicken. Doch das hätte ich getan, wenn es notwendig geworden wäre.«

Cholayna Ares, Terranischer Nachrichtendienst, war eine sehr große Frau mit einer Mähne silberweißer Haare, die einen verblüffenden Gegensatz zu ihrer schwarzen Haut bildeten. Sie stand auf, um Magda zu begrüßen, und wies auf einen Sessel. Magda blieb stehen.

»Es ist freundlich von dir, dass du gekommen bist, Magda.«

»Es ist überhaupt nicht freundlich. Du hast mir ja keine Wahl gelassen«, gab Magda gereizt zurück. »Du sagtest, es ginge um Leben und Tod. Ich glaube nicht, dass du so etwas leichtfertig dahinredest. Habe ich Recht?«

»Magda - erinnerst du dich an eine Agentin namens Anders? Alexis Anders. Sie kam vor zwei Jahren von Magaera her. Grundausbildung im Nachrichtendienst, hier versetzt zu Vermessung und Erkundung.«

»Lexie Anders? Ich kannte sie nicht gut«, sagte Magda, »und sie ließ sich deutlich anmerken, dass sie keine Lust hatte, mich besser kennen zu lernen. Später, als ich ihr vorschlug, der Brücken-Gesellschaft beizutreten, wenn sie Kontakt mit den hiesigen Frauen wünsche, lachte sie mir ins Gesicht. Ich muss gestehen, dass sie mir nie besonders sympathisch war. Warum?«

»Ich finde, du bist zu hart gegen sie«, meinte Cholayna. »Sie kam hier an und wurde sofort mit der Lorne-Legende konfrontiert.« Magda machte eine ungeduldige Handbewegung, aber Cholayna ließ sich nicht aufhalten.

»Nein, nein, meine Liebe, das ist mein Ernst. Du hattest auf einer Welt, wo einer Frau im Allgemeinen nachrichtendienstliche Arbeit unmöglich war, mehr vollbracht als Anders bei ihren ersten drei Kommandos. Was sie auch tat, sie fand sich in Konkurrenz mit dir, und als Folge davon fühlte sie sich geschlagen, noch bevor sie begonnen hatte. Es überraschte mich gar nicht, als sie zu V und E überwechselte.«

»Ich sehe nicht ein, warum sie glaubte, sie müsse in Konkurrenz ...«, begann Magda. Cholayna wischte das beiseite.

»Dem mag sein, wie ihm wolle. Ihr Flugzeug stürzte vor drei Tagen über den Hellers ab. Wir erhielten einen Funkspruch, sie habe sich verirrt, könne nicht navigieren – es stimme etwas nicht mit dem Computer-Kompass. Dann nichts mehr. Todesstille, nicht einmal mehr ein Spurstrahl zum Satelliten. Nicht einmal ein Signal von der Black Box.«

»Das hört sich sehr unwahrscheinlich an«, sagte Magda. Die »Black Box«, das automatische Aufzeichnungsgerät eines Kartografierungsflugzeugs, sollte, zumindest bei den neueren Modellen, noch drei Jahre nach dem Absturz Signale aussenden. Magda kannte Alexis Anders gut genug, um sich zu sagen, sie hätte sich niemals mit etwas Schlechterem als der allerneuesten Ausrüstung hinausschicken lassen.

»Unwahrscheinlich oder nicht, es ist geschehen, Magda. Das Flugzeug gab keine Signale, die Black Box und der Spurstrahl waren verstummt, der Satellit konnte nichts finden.«

»Dann ist sie also abgestürzt?« Magda war elend zu Mute. Sie hatte Lexie nicht besonders gemocht, aber sie wünschte jetzt, sie habe nicht so unfreundlich von der Frau gesprochen, die vermutlich tot war.

Natürlich war es schon vorgekommen, dass Terraner den Absturz eines Kartografierungsflugzeugs überlebt, ein Obdach und – zumindest in einem Fall, wie Magda wusste – ein neues Leben und eine neue Heimat gefunden hatten. Aber nicht in den Hellers, den wildesten, am wenigsten erforschten, unwegsamsten und von Leben leersten Bergen auf Darkover, den vielleicht schlimmsten auf jedem bewohnten oder bewohnbaren Planeten. Es war beinahe unmöglich, in den Hellers, vor allem im Winter, ohne Spezialausrüstung länger als ein paar Stunden zu überleben. Und jenseits der Hellers war nichts, soweit man wusste (und heute kannte das Imperium Cottman IV beträchtlich besser als die Darkovaner selbst), nur die undurchdringliche Bergkette, die als Wall um die Welt bekannt war. Und jenseits des Walles nur kahle Eiswüsten, die sich von Pol zu Pol erstreckten.

»Dann muss man davon ausgehen, dass sie tot ist? Wie schrecklich.« Jedes Wort mehr wäre Heuchelei gewesen. Ihre Abneigung hatte auf Gegenseitigkeit beruht.

»Nein«, sagte Cholayna, »sie ist unten in der Medizinischen.«

»Ihr habt das Flugzeug gefunden? Aber ...«

»Nein, wir haben das Flugzeug *nicht* gefunden. Glaubst du, ich hätte dich wegen einer normalen Rettungsaktion oder eines Abschlussberichts in größter Hast aus der Stadt geholt?«

»Du erzählst mir dauernd, was es nicht ist«, beschwerte sich Magda. »Bis jetzt hast du keine Andeutung gemacht, was es ist ...«

Cholayna zögerte immer noch. Endlich erklärte sie ziemlich steif: »Magda, ich erinnere dich daran, dass du immer noch eine vereidigte Agentin des Nachrichtendienstes bist und den Geheimhaltungsvorschriften des Zivildienstes unterliegst ...«

»Cholayna, ich weiß überhaupt nicht, wovon du redest!« Allmählich wurde Magda ärgerlich. Was sollte dieser ganze Unfug? Sie hatte ihre Verpflichtung dem Nachrichtendienst gegenüber nie geleugnet, ausgenommen nur während der schmerzlichen Identitätskrise in ihrem ersten halben Jahr unter den Entsagenden. Es hatte damals keine Brücken-Gesellschaft gegeben, die ihr den Übergang erleichtert hätte. Sie war die Erste gewesen.

»Du weißt, ich habe darum gekämpft, dass du als nicht mehr aktive Agentin behalten, statt entlassen wurdest«, stellte Cholayna mit Nachdruck fest. »Einer der Grundsätze unserer Arbeit – übrigens nicht nur auf Darkover, sondern auf allen Imperiumsplaneten – ist: Geht einer unserer Leute über die Mauer – lebt er unter den Eingeborenen, nimmt er eine eingeborene Frau und zeugt mit ihr Kinder –, dann ist die Faustregel, dass er dadurch zu einem besseren Agenten wird. Natürlich ist in seiner Akte immer ein Fragezeichen bei von ihm getroffenen Entscheidungen der Art, die ihn möglicherweise in einen Konflikt mit seinen persönlichen Interessen bringen. Das weißt du doch bestimmt.«

»Ich könnte aus den Vorschriften seitenlang zitieren«, erwiderte Magda trocken. »Auf so etwas war ich vorbereitet. Es gilt auch für mich, weil ich ein Kind habe, obwohl ich, so viel du weißt, nicht verheiratet bin. Richtig? Nun, du irrst dich.«

»Dann bist du verheiratet?«

»Nicht auf eine Weise, die das Terranische Gesetz anerkennen würde. Aber ich habe mit Jaelle n'ha Melora den Eid der Freipartnerinnen geschworen. Nach darkovanischem Recht ist das eine Verbindung, die einer Ehe ähnlich ist. im Besonderen bedeutet sie, dass, sollte eine von uns sterben, die andere sowohl das Recht *als auch die Pflicht* hat, das Kind oder die Kinder der Verstorbenen aufzuziehen und als ihr Vormund zu wirken, genau wie es eine Ehefrau oder ein Ehemann tun würde. Dieser Eid hat nach dem Gesetz Vorrang vor jedem Anspruch seitens der Kindesväter. Für alle praktischen Zwecke ist die Situation also identisch mit einer Ehe. Ist das klar?«

Cholaynas Stimme klang hart. »Ich bin überzeugt, die Xenoanthropologen werden das faszinierend finden, und ich werde dafür sorgen, dass sie die Aufzeichnungen erhalten. Aber ich habe nicht nach Einzelheiten deines Privatlebens gefragt.«

»Ich habe dir keine Einzelheiten mitgeteilt.« Magda war ebenso barsch, obwohl Cholayna zu den wenigen Menschen zählte, denen sie, falls gefragt, solche Einzelheiten anvertraut hätte. »Ich habe dich auf die rechtliche Situation hingewiesen. Also werden solche Standardannahmen über Imperiumsagenten mit eingeborenen Frauen und Kindern auch für mich gelten, und man rechnet damit, dass ich mich entsprechend verhalte.«

»Du ziehst falsche Schlüsse, Magda. Ja, auf dem Papier stimmt das. In der Praxis – und die Information, die ich dir jetzt gebe, ist geheim – wird eine Frau, die über die Mauer geht, was äußerst selten vorkommt, in der Regel auf der Stelle aus dem Nachrichtendienst entlassen. Es werden dafür zahlreiche Gründe genannt, aber sie laufen im Kern alle auf dasselbe hinaus. Die offizielle Politik des Nachrichtendienstes geht davon aus, dass ein Mann sich trotz Frau und Kindern ein objektives Urteil bewahren kann, während eine Frau – Magda, vergiss nicht, dass ich zitiere, das ist nicht meine eigene Meinung – sich gefühlsmäßig enger bindet. Angeblich kann ein Mann sich leichter von einer Frau lösen als umgekehrt, und die Kinder stehen der Frau, die sie geboren hat, näher als dem Mann, der sie gezeugt hat.«

Magda fluchte. »So etwas hätte ich mir denken können.

Soll ich dir sagen, was ich von dem *Reish* halte?« Das darkovanische Wort war eine kindische Unanständigkeit und bedeutete wörtlich *Stallmist*, aber Magdas Gesicht verzog sich vor echtem Zorn, als sie es aussprach.

»Das ist unnötig. Was du davon hältst und was ich davon halte, ist so ziemlich das Gleiche, aber was eine von uns beiden denkt, hat absolut nichts mit der Sache zu tun. Ich spreche von der offiziellen Politik. Man erwartete von mir, dass ich schon dein erstes Kündigungsschreiben akzeptierte.«

»In diesen streng geheimen Personalakten steht vermutlich auch, dass ich Frauen liebe?«, erkundigte sich Magda. Einer ihrer Mundwinkel zuckte. »Ich weiß, wie man bei Liebhabern von Männern vorgeht. Nach dem Gesetz sind sie durch die offizielle Politik der Nichtdiskriminierung geschützt. In der Praxis werden sie, wie du weißt und ich weiß, bei dem ersten Vorwand, der sich finden lässt, hinausgeworfen.«

»Du hast Unrecht«, gab Cholayna zurück. »Zumindest ist das nicht in jedem Fall so. Es gibt ein Schlupfloch im Gesetz: Ein Mann, der mit einer Frau und Kindern lebt, wird nicht als homosexuell eingestuft, ganz gleich, welche privaten Vorlieben er haben mag. Er kann Vorwürfe dieser Art zurückweisen. Du bist in der gleichen Situation, Magda, seit dein Kind geboren ist. Niemanden kümmert es im Grunde, ob du den Vater geheiratet hast oder nicht. Aber nachdem du Immunität vor *dieser* Art von Verfolgung erworben hast, fällst du einer anderen zum Opfer. Jetzt geht man davon aus, dass du für nachrichtendienstliche Tätigkeit absolut ungeeignet bist, weil deine Loyalität deinem Kind oder deinen Kindern und dem Manne, der sie gezeugt hat, gehört. Den Richtlinien entsprechend hätte ich deine Kündigung also annehmen müssen.«

»Ich wäre damit vollkommen einverstanden gewesen«, brummte Magda.

»Ich weiß. Mein Gott, du hast mir Gelegenheit genug gegeben. Du hast so regelmäßig jedes halbe Jahr eine Kündigung eingereicht, dass ich mich schon fragte, ob es einfach deine Art sei, Mittsommer und Mittwinter zu feiern. Aber immer noch glaube ich, dass ich ein bisschen weiter sehe als du. Wir können es uns nicht leisten, auf diese Weise qualifizierte Frauen zu verlieren.«

»Warum erzählst du mir all das?«

»Weil ich dir klarmachen möchte, warum meine Bitte inoffiziell ist und warum du mich trotzdem anhören und mir helfen musst. Magda, ich kann dir nichts befehlen. Du kannst mir ins Gesicht lachen und mir sagen, ich soll dir den Buckel herunterrutschen, und die Vorschriften liefern mir keine Handhabe dagegen. Die juristische Situation ist, dass du über die Mauer gegangen bist und ich nicht das Recht habe, dich zurückzurufen. Aber ich pfeife auf die Vorschriften, weil du der einzige Mensch bist, der die Dinge, die sich abspielen, aufzuklären vermag.«

»Also jetzt kommen wir endlich zur Sache«, sagte Magda. »Der Grund, warum du mich in einer regnerischen Nacht herzitiert hast ...«

»Hier sind alle Nächte regnerisch, aber auch das hat nichts mit dem Thema zu tun.«

»Lexie Anders?«

»Etwa zehn Minuten, bevor ihr Flugzeug abstürzte, übermittelte sie via Satellit eine Nachricht. Sie näherte sich dem Wall um die Welt und wollte umkehren. Ihre letzten Worte besagten, sie habe etwas entdeckt, etwas wie eine Stadt, die *nicht* auf der Radarkarte verzeichnet sei. Sie stieg auf fünftausend Meter hinab, um nachzusehen. Dann verloren wir sie und das Flugzeug. Nichts mehr. Nicht einmal die Black Box, wie ich schon erwähnte. Nach dem, was das HQ und der Satellit wissen, verschwand das Flugzeug mitsamt der Black Box und allem Übrigen einfach aus der Atmosphäre des Planeten.

Aber heute Morgen erschien Lexie Anders am Tor des HQ, ohne Uniform, ohne ihre Identitätskarte. Ihr Verstand war ausgelöscht. Vollständige Amnesie. Magda, sie kann kaum noch Terra-Standard sprechen! Sie bedient sich des Dialekts ihres Heimatplaneten Vainwal – aber auf dem Niveau von Babysprache. Folglich können wir sie nicht fragen, was geschehen ist.«

»Aber – aber all das ist unmöglich, Cholayna! Ich verstehe nicht ...«

»Wir auch nicht. Und das ist noch eine Untertreibung. Es hat keinen Sinn, Anders in ihrem Zustand zu vernehmen.«

»Und weshalb hast du nun nach mir geschickt?«, fragte Magda. Sie fürchtete, es schon zu wissen, und es machte sie wütend. Obwohl Cholayna, so viel Magda bekannt war, nicht über *Laran* verfügte, schien die Frau ihre Verärgerung zu spüren. Sie zögerte. Dann sprach sie es trotzdem aus, wie Magda es nicht anders erwartet hatte.

»Du bist Psi-Technikerin, Magda. Die Einzige in der näheren Umgebung, die Einzige ordnungsgemäß ausgebildete auf dieser Seite der Alpha-Kolonie. Du kannst herausfinden, was wirklich geschehen ist.«

Magda starrte Cholayna geraume Zeit böse an. Das hätte sie sich denken können. Es war, so dachte sie, ihre eigene Schuld, ein Band nicht zerrissen zu haben, das aufgehört hatte, irgendeine Bedeutung für sie zu besitzen. Mehrmals hatte sie, wie Cholayna gesagt hatte, versucht, aus dem Terranischen Nachrichtendienst auszuscheiden, und Cholayna hatte ihr Kündigungsgesuch jedes Mal abgelehnt. Magda, so hatte sie behauptet, sei am besten dafür qualifiziert, eine engere Verbindung, eine Brücke, zwischen der Welt ihrer Herkunft und ihrer Wahlheimat Darkover herzustellen. Das war auch Magdas Wunsch gewesen. Die Brücken-Gesellschaft legte Zeugnis ab für ihre Bemühungen, diese Verbindungen zu stärken. Doch als Magda das Gildenhaus verließ, um Mitglied des einzigen Matrix-Kreises von ausgebildeten Psi-Technikern zu werden, der außerhalb der sorgfältig abgeschirmten und bewachten Türme arbeitete, hätte sie sich sagen sollen, dass das Problem von neuem akut werden würde.

Nicht etwa, dass dem Imperium keine Psi-Techniker zu Gebote standen, wenn auch diese Wissenschaft nicht so verbreitet und nicht so hoch entwickelt war wie auf Darkover. Einige wenige Planeten des bekannten Universums hatten sie auch entdeckt und sahen die Fähigkeiten von Telepathen und anderen Psi-sensitiven Personen, die die Darkovaner *Laran* nannten, als selbstverständlich an. Doch bis heute war Darkover in dieser Beziehung einzigartig.

Diese Talente, das wusste man jetzt, waren ein unausrottbarer Bestandteil des menschlichen Geistes. Obwohl es immer noch ein paar beharrliche Skeptiker gab – und aus irgendeinem Grund stellte beharrlicher Skeptizismus eine sich selbst erfüllende Prophezeiung dar, so dass Skeptiker selten irgendwelche Psi-Fähigkeiten entwickelten –, wo Menschen lebten, tauchten auch die Psi-Talente auf, die Bestandteil des menschlichen Geistes sind. Und deshalb gab es auch ausgebildete Telepathen, allerdings nicht viele, und es waren sogar mechanische Psi-Sonden erfunden worden, die fast die gleiche Arbeit leisteten.

»Leider haben wir sie nicht auf Darkover. Die uns nächste Möglichkeit wäre die Akademie des Nachrichtendienstes auf Alpha«, sagte Cholayna. »Wir müssen aber wissen, was mit Alexis Anders passiert ist. Begreifst du das nicht, Magda? Wir müssen es wissen.«

Magda antwortete nicht. Cholayna holte deutlich hörbar Atem. »Sieh mal, Magda, du weißt ebenso gut wie ich, was das zu bedeuten hat! Du weißt, jenseits der Hellers ist nichts,

nichts! Sie meldet also, dass sie da draußen etwas entdeckt hat, und dann geht sie tiefer. Nichts auf dem Satellitenbild, keine Black-Box, kein Spurstrahl – nichts. Aber wenn da draußen nichts ist, ist sie immer noch mit ihrem Flugzeug abgestürzt. Wir haben schon früher Flugzeuge bei Vermessungen und Erkundungen verloren. Auch Piloten. Nur ist sie nicht abgestürzt. Irgendetwas hat sie da draußen gepackt – *und sie dann zurückgegeben! In diesem Zustand!*«

Darüber dachte Magda eine Weile nach. Schließlich meinte sie: »Es bedeutet, dass etwas da draußen sein muss, etwas hinter dem Wall um die Welt. Doch das ist unmöglich.« Sie hatte die Fotos des Wettersatelliten von Cottman IV gesehen. Ein kalter Planet, dessen starke Achsneigung durch die hohen Gipfel der Hellers und des Walls um die Welt, die praktisch einen »dritten Pol« darstellten, hervorgerufen wurde. Ein nur in einem relativ kleinen Teil eines einzigen Kontinents bewohnbarer Planet, und überall sonst gefrorenes Ödland ohne Anzeichen von Leben.

»Langsam erkennst du, was ich meine«, stellte Cholayna grimmig fest. »Und du bist in dem, was die Darkovaner *Laran* nennen, geschult.«

»Es war dumm von mir, es dich je wissen zu lassen!« Magda wusste, es war ihre eigene Schuld, dass sie dies letzte schwache Band nicht zerrissen hatte. Als sie über das Gildenhaus hinausgewachsen war, hätte sie wie vor ihr Andrew Carr die Terraner –und vielleicht auch die Entsagenden – in dem Glauben lassen sollen, sie sei tot.

In dem Verbotenen Turm hatte sie eine Heimat gefunden. Die Menschen dort waren wie sie, gehörten nicht in eine Welt, die von ihnen verlangte, sich in engen Kategorien zu definieren. Callista, Bewahrerin, von ihrem Turm verstoßen, weil sie weder auf ihre irdische Liebe noch auf den Gebrauch ihres *Laran* verzichten wollte, für das sie beinahe ihr Leben gegeben hatte. Andrew Carr, Terraner, hatte seine eigenen Kräfte entdeckt und eine neue Welt und ein neues Leben gefunden. Damon, aus einem Turm weggeschickt, hatte als einziger Mann den Mut besessen, etwas zu verlangen, das seit Jahrhunderten keinem Mann mehr erlaubt worden war: Er war Bewahrer des Turms geworden, den man den Verbotenen nannte, und kämpfte um dessen Anerkennung. Noch andere hatten sich ihnen angeschlossen, Vertriebene aus den regulären Türmen und solche, die trotz ihrer Talente niemals in einen Turm aufgenommen worden wären. Und jetzt gehörten auch sie, Magda und Jaelle, dazu.

Und sie war so töricht gewesen, Cholayna davon zu erzählen ...

»Du möchtest, dass ich bei ihr eine Psi-Sondierung vorneh- me, Cholayna? Warum lässt du keinen Techniker von Alpha kommen? Schicke eine Nachricht, und du hast ihn in zehn Tagen hier.«

»Nein, Magda. In diesem Zustand könnte Alexis Anders in Katatonie fallen, und wir würden es nicht einmal merken. Außerdem, wenn da draußen etwas ist, müssen wir es wissen. *Jetzt.* Wir dürfen kein weiteres Flugzeug hinschicken, bis wir erfahren haben, was mit diesem geschehen ist.«

»Da draußen ist nichts«, erklärte Magda härter, als es ihre Absicht war. »Satellitenfotos lügen nicht.«

»Das habe ich ja immer gesagt.« Cholayna blickte auf die erleuchtete Platte ihres Schreibtisches nieder. Als Magda schwieg, stand sie auf, kam um den Schreibtisch herum und fasste Magdas Schultern. »Verdammt noch mal, irgendetwas ist mit ihr geschehen! Mir leuchtet ein, dass das Flugzeug abgestürzt ist. Ich selbst habe nie versucht, die Hellers zu überfliegen, aber ich habe mit Leuten gesprochen, die es versucht haben. Was mir Angst einjagt, ist die Frage, wie sie hierher gekommen ist, und der Zustand, in dem sie sich befindet.

Wenn das Lexie passiert, kann es jedem passieren. Keine einzige Person in Vermessung und Erkundung oder sonst jemand außerhalb der Handelsstadt ist sicher, bis wir wissen, was sie und ihr Flugzeug ergriffen hat – und wie und warum ... *sie* sie zurückgeschickt haben. Du musst uns helfen, Magda.«

Magda trat von Cholayna zurück und blickte auf die Lichter des Raumhafens hinunter. Von hier oben sah sie das ganze Terranische HQ und hinter der Handelsstadt die Altstadt. Es war ein starker Gegensatz, die gleißende Beleuchtung des terranischen Gebiets und die wenigen matten Lichter des alten Thendara, die zu dieser Stunde noch brannten. Irgendwo in dieser Dunkelheit waren das Gildenhaus und ihre Freundinnen, und jenseits des Passes, der sich als tiefere Finsternis vor dem dunklen Himmel abhob, wenig mehr als einen Tagesritt nach Norden, lag das Gut Armida, ihre neue Welt. Könnte sie sich nur mit einem von ihnen beraten, mit ihrem Bewahrer Damon, mit Andrew, der wie sie den Kampf zwischen seinem terranischen Ich und seiner darkovanischen Welt hatte ausfechten müssen! Aber sie waren *dort*, und sie war *hier*, und sie allein steckte in dieser unangenehmen Situation und stand vor einem unlösbaren Problem.

»Ich bin die Letzte, von der Lexie wünschen würde, dass sie in ihrem Gehirn herumstöbert, glaub mir.«

»Ebenso wenig würde sie für immer in diesem Zustand bleiben wollen«, sagte Cholayna, und darauf gab es keine Anwort. »Sie ist in der Medizinischen, auf der Isolierstation. Es sollte niemand erfahren, was geschehen ist.«

Eines Tages, dachte Magda, würden die HQ-Leute mit der Nase darauf stoßen, dass es Dinge gab, die auch sie nicht kontrollieren konnten. Ihr persönlich war es verdammt gleichgültig, ob es den Terranern gelang, die Fiktion ihrer Allmacht aufrechtzuerhalten. Aber es war ein Mitmensch, eine Frau, in die Maschen des Netzes geraten. Rauer, als es ihre Absicht war, stieß sie hervor: »Dann los, an die Arbeit. Aber ich bin keine ausgebildete Psi-Technikerin, deshalb mach mir keine Vorwürfe, wenn ich die Sache nur verschlimmere. Ich werde mein Bestes tun. Mehr kann ich nicht versprechen.«

3

Nur ungern läutete Magda die Nachtglocke des Gildenhauses. Es bedeutete, dass jemand aufstehen, die Treppe hinunterkommen und die verriegelte Tür öffnen musste. Aber immer noch lieber das, so unangenehm es ihr war, als Cholaynas Angebot annehmen, in einem Zimmer des Blocks für unverheiratetes Personal oder gar im Heim der Brücken-Gesellschaft, wo einige der darkovanischen Schwesternschülerinnen wohnten, zu übernachten.

Schaudernd stand sie auf den Stufen, denn zu dieser Stunde war es auch im Hochsommer kalt, und horchte auf das Läuten der Glocke drinnen. Dann hörte sie das lange Scharren des schweren Riegels. Endlich öffnete die Tür sich widerwillig, und die Stimme einer jungen Frau fragte: »Wer ist da? Braucht Ihr die Hebamme?«

»Nein, Cressa. Ich bin es, Margali n'ha Ysabet.« Magda trat ein. »Es tut mir wirklich Leid, dich zu stören. Ich werde ganz still nach oben und zu Bett gehen.«

»Das macht nichts, ich habe nicht geschlafen. Erst vor einer Weile kam jemand und holte Keitha«, erklärte Cressa und runzelte sorgenvoll die Stirn. »Das arme Mädchen, sie war den ganzen Tag fort und hatte sich gerade hingelegt, und dann kam ein Mann und sagte, seine Frau erwarte ihr erstes Kind. Jetzt wird sie auch noch die ganze Nacht auf sein. Beim Haustreffen vor ein paar Monden schlug jemand vor, wenn nachts geläutet werde, sollten immer die Hebammen öffnen, denn meistens sei es doch für sie.«

»Das wäre ungerecht«, meinte Magda. »Sie verdienen es zu schlafen, wenn sie können, schon aus dem Grund, weil sie so oft auf den Schlaf verzichten müssen. Nochmals, entschuldige, dass ich dich geweckt habe. Brauchst du Hilfe mit dem Riegel?«

»Ja, danke, er ist wirklich zu schwer für mich.«

Magda half ihr, den mächtigen Riegel zu befestigen. Cressa begab sich wieder in die Kammer der Nachtpförtnerin, und Magda stieg langsam die Treppe zu dem Zimmer hinauf, das man ihr während dieses Aufenthalts im Haus zur gemeinsamen Benutzung mit Jaelle angewiesen hatte. Vor der Tür blieb sie stehen, wandte sich wieder ab, ging zu einer nahe gelegenen Tür weiter und klopfte leise. Nach einem Augenblick hörte sie eine gedämpfte Antwort. Sie drehte den Knauf und trat ein.

»Camilla«, flüsterte sie, »schläfst du?«

»Natürlich schlafe ich! Könnte ich wohl mit dir reden, wenn ich wach wäre?« Camilla richtete sich im Bett auf. »Margali? Was ist?«

Ohne zu antworten, setzte Magda sich auf die Bettkante, sank in sich zusammen und ließ den Kopf müde in die Hände fallen.

»Was ist, *Bredhiya?«*, fragte Camilla sanft. »Was haben sie diesmal von dir verlangt?«

»Ich möchte nicht darüber sprechen.« Ihr Empfindungsvermögen war so geschärft – sie hatte *Laran* auf einer solchen Ebene benutzt –, dass sie Camillas Gedanken fast hörte, als habe die Frau sie laut ausgesprochen:

O ja, natürlich, weil du nicht darüber sprechen willst, bist du zu mir gekommen und hast mich aufgeweckt, statt dich in deinem eigenen Zimmer schlafen zu legen!

Laut sagte Camilla nur: »Du hast das Abendessen hier versäumt. Hat man dir in der Terranischen Zone wenigstens zu essen gegeben?«

»Es ist meine eigene Schuld. Nach all diesen Jahren, in denen ich *Laran*-Arbeit getan habe, hätte ich gescheit genug sein sollen, etwas zu verlangen«, gestand Magda. »Aber ich wollte nichts als weg, ich konnte es nicht erwarten wegzukommen. Cholayna bot mir an ...«

Camillas Augenbrauen wanderten im Dunklen in die Höhe. »Du hast *Laran* im Terranischen HQ benutzt? Und du willst nicht darüber sprechen. Das klingt nach einer Geschichte, die ich Cholayna n'ha Chandria nicht zugetraut hätte.« Sie stieg aus dem Bett, zog einen schweren wollenen Morgenrock über ihr warmes Nachthemd und fuhr mit den langen, schmalen Füßen in Pelzpantoffeln. »Komm, wir gehen in die Küche hinunter und sorgen dafür, dass du etwas Warmes in den Magen kriegst.«

»Ich habe keinen Hunger«, wehrte Magda müde ab.

»Trotzdem. Wenn du *Laran benutzt* hast – du weißt, dass du essen und deine Kräfte wiederherstellen musst ...«

»Was, bei allen Höllen Zandrus, weißt du davon?«, fauchte Magda. Camilla zuckte die Schulter.

»Ich weiß, was alle Welt weiß. Ich weiß, was die kleinen Kinder auf dem Marktplatz wissen. Und ich kenne dich. Komm mit nach unten, zumindest kann ich dir nach dem langen Weg in der Kälte heiße Milch geben. Zieh aber die Stiefel aus und deine Pantoffeln an.«

»Verdammt, Camilla, betütere mich nicht.«

Wieder das gleichmütige Schulterzucken. »Wenn du die ganze Nacht in nassen Kleidern herumsitzen willst, bitte sehr. Vermutlich wird eine der jungen Schwesternschülerinnen entzückt sein über die Chance, dich bei einer Lungenentzündung zu pflegen. Aber es ist nicht recht, nach Mitternacht in schweren Stiefeln durch die Flure zu trampeln und alle zu wecken, die auf diesem Gang schlafen, nur weil du zu faul bist, die Stiefel auszuziehen. Bist du jedoch einfach zu müde, helfe ich dir.«

Magda raffte sich dazu auf, ihre Stiefel und ihre durchweichte Jacke abzustreifen. »Ich werde mir eins von deinen Nachthemden ausborgen; ich möchte Jaelle nicht wecken.« Irgendwie brachte sie es fertig, sich der nassen Sachen zu entledigen und in ein Nachtgewand aus dickem Flanell zu schlüpfen.

»Wir nehmen deine Kleider am besten mit nach unten und trocknen sie; in der Küche wird Feuer sein«, sagte Camilla. Magda war zu erschöpft, um zu widersprechen. Sie hängte sich die nassen Sachen über den Arm und folgte Camilla.

Auf dem Weg die leeren Korridore und Treppen hinunter zitterte Magda, aber in der Küche des Gildenhauses brannte das Feuer noch unter der Asche, und in der Nähe des Herdes war es warm. Ein Kessel mit heißem Wasser zischte leise an seinem Haken. Camilla nahm Becher von einem Wandbrett, während Magda das Feuer schürte und ihre nassen Kleider ausbreitete. Camilla goss ihr Borkentee auf, ging in die Speisekammer und schnitt Brot und kaltes Fleisch ab. Sie stellte das Essen auf den Küchentisch neben die Schüsseln, in denen gewalzte Körner und Trockenobst für den Frühstücksbrei eingeweicht waren.

Lustlos nippte Magda an dem heißen bitteren Tee, zu müde, um auf dem Regal nach Honig zu suchen. Sie rührte Fleisch und Brot nicht an, saß bewegungslos auf der Bank vor dem Tisch. Camilla machte sich selbst auch Tee, doch statt ihn zu trinken, stellte sie sich hinter Magda. Ihre starken Hände kneteten die verspannten Muskeln in Schultern und Nacken der jüngeren. Nach langer Zeit streckte Magda die Hand nach einem Stück Butterbrot aus.

»Ich habe eigentlich keinen Hunger, aber ich glaube, ich sollte doch etwas essen«, meinte sie matt und führte es zum Mund.

Wie Camilla erwartet hatte, überfiel sie nach einem oder zwei Bissen der rasende Hunger eines Menschen, der mit *La-*

ran gearbeitet hat, und sie aß und trank beinahe mechanisch. Als sie Brot und Fleisch verspeist hatte, stand sie auf und suchte in der Speisekammer nach noch verbliebenem Kuchen mit Gewürzen und Zucker.

Endlich war ihr Hunger gestillt. Sie drehte die Bank um, damit sie die Füße auf das Kamingitter stellen konnte. Camilla setzte sich zu ihr und legte ihre eigenen Füße – lang und schmal und irgendwie aristokratisch – neben die Magdas. Schweigend saßen sie zusammen und blickten in die Glut. Nach einer Weile stand Magda auf und legte Holz aufs Feuer. Die Flammen loderten auf, und flackernde Schatten spielten über die Wände der höhlenartigen Küche.

Endlich sagte sie: »Ich bin keine richtige Psi-Technikerin, nicht in der Art, wie man sie sich in der Terranischen Zone vorstellt. Ich bin keine Therapeutin. Die Arbeit, die ich auf Armida tue, ist – ist anders. Heute Nacht musste ich in den Verstand eines anderen eindringen, eines Menschen, der normalerweise kopfblind ist, und versuchen ...« Sie benetzte die Lippen mit der Zunge. »Es ist nicht leicht zu erklären. Es gibt keine Worte dafür.«

Zögernd sah sie zu Camilla hinüber. Sie kannte diese Frau seit Jahren und wusste längst, dass Camilla *Laran* besaß oder einmal besessen hatte, obwohl Camilla selbst es leugnete. Magda war eine der wenigen Personen, die Camillas ganze Geschichte kannten: Sie war aus *Comyn*-Blut geboren, obwohl davon heute keine Spur mehr sichtbar war, abgesehen von dem verblassten, sandfarbenen Haar, das einmal das gleiche Feuerrot gezeigt hatte wie Jaelles. Kaum dem Kindesalter entwachsen, war Camilla geraubt und so brutal missbraucht worden, dass sie seelisch daran zerbrach. Magda wusste nicht über alle Einzelheiten Bescheid, aber Camilla hatte viele Jahre lang als Söldnerin gelebt, und auch ihre engsten Gefährten hatten nicht geahnt, dass sie nicht der harte Mann mit der rauen Sprache war, der sie zu sein schien. Eines Tages hatte Camilla, verwundet und dem Tode nahe, sich einer Entsagenden entdeckt. Das war Kindra, Jaellas Pflegemutter, gewesen. In der Gilde der Freien Amazonen lernte Camilla es unter Schmerzen und vielen Zweifeln an sich selbst, zu der Weiblichkeit zurückzufinden, die sie so lange und mit so viel Mühe zu verleugnen oder zu verbergen gesucht hatte.

Ein- oder zweimal, als sie ihre mentalen Barrieren voreinander gesenkt hatten, war Magda sicher gewesen, dass Camilla immer noch über das von ihrer Familie geerbte *Laran* verfügte, welche Familie das auch sein mochte. Ganz bestimmt floss in Camillas Adern das Blut einer der Sieben Domänen, der großen Familien Darkovers, auch wenn sie von ihrem *Laran* keinen Gebrauch machte.

Es war nicht unmöglich, dass Camilla erkannte, ohne dass sie es ihr erzählte, wie schwierig die ihr von den Terranern abverlangte Arbeit gewesen war.

»Erinnerst du dich, dass du Lexie Anders bei dem speziellen Orientierungstreffen kennen gelernt hast, das für die neuen Mitarbeiterinnen in der Terranischen Zone abgehalten wurde?«

»Ja. Sie wies den Gedanken verächtlich von sich, die *Penta Cori'yo* habe terranischen Frauen irgendetwas zu bieten. Auch als die anderen Frauen der Brücken-Gesellschaft ihr vor Augen führten, schließlich könnten terranische Frauen schlecht in Raumhafen-Bars Erholung finden und durch die Brücke gewinne sie Freundinnen und Verbündete und einen Zufluchtsort, wenn sie es nicht mehr ertrage, im HQ eingesperrt zu sein ...«

»Und wenn Lexie es nicht weiß, ich weiß es, dass das einer der Gründe ist, warum weibliche Angestellte sich auf Darkover nie wohl fühlen, falls sie nicht hier aufgewachsen sind und die Sprache und das Benehmen beherrschen, das man hier von Frauen erwartet«, fiel Magda ein. »Ich habe nicht vergessen, wie unhöflich und überheblich Lexie bei dem Empfang war. Sie vermittelte uns allen das Gefühl – nun, Eingeborene, primitive Wilde zu sein, und eigentlich hätten wir alle Lendenschurze aus Häuten und Knochen im Haar tragen müssen.«

»Und in *ihren* Geist musstest du eindringen? Arme Margali«, sagte Camilla. »Ich kann mir nicht vorstellen, dass ihr Geist ein angenehmer Aufenthaltsort ist. Nicht einmal für sie selbst. Was dich betrifft ...«

»Es war nicht nur das«, gestand Magda. Kurz wiederholte sie Camilla, was Cholayna ihr über das verloren gegangene Flugzeug und Lexies mysteriöses Wiederauftauchen erzählt hatte. »... Also sagte ich ihr: Ich bin keine ausgebildete Psi-Technikerin, und mach mir keine Vorwürfe, wenn ich die Sache nur verschlimmere«, berichtete sie, »und dann gingen wir auf die Isolierstation in der Medizinischen hinunter, wo man Lexie untergebracht hatte.«

Magda hatte sich nicht daran erinnert, dass Lexie Anders eine so kleine Frau war. Sie hatte immer laut und bestimmt gesprochen und war so sicher aufgetreten, dass es einen Schock für Magda bedeutete, als sie sie flach auf dem Bett liegen sah, blass und elend wie ein krankes Kind. Ihr Haar war hell, kurz geschnitten und lockig; ihr Gesicht wirkte abgezehrt, die blauen Adern schimmerten durch die Haut. Beunruhigender als das war die Leere in ihrem Gesicht. Magda hätte Lexies aggressive Grobheit dieser passiven, kindlichen Fügsamkeit vorgezogen.

Während ihrer Ausbildung in der Akademie des Nachrichtendienstes auf dem Planeten Alpha hatte Magda den Dialekt von Vainwal ein bisschen sprechen gelernt. »Wie geht es Ihnen, Leutnant Anders?«

»Ich heiße Lexie. Ich weiß nicht, warum man mich hierbehält, ich bin nicht krank«, antwortete Lexie mit dünner, klagender Stimme. »Wollt ihr noch mehr Nadeln in mich stechen?«

»Nein, ich verspreche, wir werden dich nicht mit Nadeln stechen.« Magda sah mit fragend erhobenen Augenbrauen zu Cholayna hin, die leise erklärte: »Die Ärzte haben es mit Pentothal versucht. Sie dachten, wenn es sich einfach um einen emotionalen Schock handele, könne es ihr helfen, das Geschehen noch einmal durchzuleben und darüber zu sprechen. Kein Ergebnis.«

Darüber dachte Magda kurz nach. Wenn sich Lexie Anders in dem einen Augenblick in einem Flugzeug befunden hatte, das dabei war, auf die Eiswüsten des Walls um die Welt abzustürzen, und im nächsten Augenblick vor dem Raumhafentor des Hauptquartiers in Thendara, mochte der emotionale Schock allein sie auf diesen Zustand reduziert haben.

»Weißt du, wo du bist, Lexie?«

»Krankenhaus. Das haben sie mir gesagt.« Müde legte sie den Lockenkopf auf das Kissen. »Ich fühle mich überhaupt nicht krank. Warum bin ich in einem Krankenhaus? Bist du Ärztin? Du siehst nicht wie eine Ärztin aus, nicht in diesen Kleidern.«

»Dann – erinnerst du dich an gar nichts, was geschehen ist?« Magda hatte einmal zugesehen, wie Lady Callista einen Fall von Schock behandelte, einen Mann, der mit angesehen hatte, wie vier Mitglieder seiner Familie in einer plötzlichen Flutwelle umkamen. »Willst du mir erzählen, an was du dich als Letztes erinnerst?«

»Ein Kätzchen«, antwortete Lexie mit kindlichem Grinsen. »Ist weggelaufen.«

»Du erinnerst dich nicht an das Flugzeug?«

»Flugzeug? Mein Dad fliegt ein Flugzeug. Ich möchte auch

eins fliegen, wenn ich groß bin. Mein Cousin sagt, Mädchen fliegen keine Flugzeuge, aber Dad sagt, doch, manche Mädchen fliegen Flugzeuge, sie werden sogar Piloten von Sternenschiffen.«

»Sicher tun sie das.« Magda erinnerte sich an ihren eigenen kurzfristigen Ehrgeiz (etwa um die Zeit, als sie den Unterschied zwischen ihren Eltern und den Eltern der darkovanischen Kinder, mit denen sie spielte, herausfand), Pilotin eines Sternenschiffes zu werden. Sie vermutete, die meisten jungenhaften Mädchen hatten ähnliche Wünsche, und vorübergehend schuf das ein Band der Sympathie.

»Lexie, wenn ich dir nun sage, dass du viele Dinge vergessen hast, dass du schon erwachsen bist und ein Flugzeug geflogen hast, dass du hier bist, weil das Flugzeug abstürzte ... Willst du bitte darüber nachdenken? Was würdest du dazu sagen?«

Lexie dachte keine Sekunde nach. Ihr kleines Gesicht hatte sich bereits zu spöttischem Lachen verzogen. »Ich würde sagen, du bist verrückt. Verrückte Frau, was tust du in einem Krankenhaus? Warum versuchst du, eine Ärztin zu spielen?«

Magdas Sympathie für Lexie verpuffte. Ein unangenehmes Kind, dachte sie, das zu einer noch unangenehmeren Frau herangewachsen ist ... Dann fiel ihr ein, was Callista ihr über derartige Reaktionen gesagt hatte, als sie sie in der Kunst der Matrix-Arbeit ausbildete:

Sie missbrauchen uns, weil sie sich vor uns fürchten. Benehmen sich die Leute grob und beleidigend, wenn du ihnen zu helfen versuchst, geschieht das aus Furcht. Denn sie fürchten sich vor dem, was du sie einsehen oder begreifen machen willst. Ganz gleich, wie tief ihre Gründe verborgen sind, etwas in ihnen weiß und versteht und fürchtet sich, den Schutz des Schocks zu verlassen.

(Stunden später, im Gildenhaus vor dem Feuer, wiederholte Magda diese Worte. Sie war so tief in ihre eigenen Gedanken versunken, dass sie nicht sah, wie sich Camillas Gesichtsmuskeln spannten und wie sie bestätigend nickte. An viele Einzelheiten ihrer Qualen konnte oder wollte auch Camilla sich nicht erinnern.)

Magda ignorierte Lexies Frechheit. Sie nahm den Matrix-Stein vom Hals, entfernte sorgfältig die schützende Seide und ließ das blaue Juwel, aus dessen Tiefen verborgenes Feuer blitzte, in die Handfläche gleiten. Lexies Augen folgten den sich bewegenden Farben.

»Schön«, sagte sie in ihrer Babysprache. »Darf ich es sehen?«

»In einer Minute vielleicht. Nur darfst du den Stein nicht berühren, sonst könntest du dir wehtun.«

Es war möglich, dass eine Person, die nicht in Phase war, vor allem ein Nichttelepath, durch die Berührung einer eingestimmten Matrix einen schweren, schmerzhaften Schock erlitt, und, schlimmer noch, der Schock für den Besitzer der Matrix, der darauf eingestimmt war, konnte tödlich sein. Magda zog den Psi-sensitiven Kristall vor Lexies grabschenden Fingern weg. »Blick in den Stein, Lexie.«

Lexie wandte das Gesicht ab. »Davon tut mir der Kopf weh.«

Das war normal. Die wenigsten unausgebildeten Personen ertrugen es, in eine eingestimmte Matrix zu blicken, und Lexis Psi-Potenzial war offensichtlich sehr gering. Magda sagte sich, sie hätte darum bitten sollen, Einblick in die Personalakte von Leutnant Alexis Anders zu erhalten, um den genauen Grad ihrer Psi-Fähigkeiten festzustellen. Heutzutage testete man Terraner auf solche Dinge. Es wäre ihr nützlich gewesen.

Nun, sie hatte es versäumt, und jetzt hatte sie keine Möglichkeit mehr dazu. Sie hielt Lexie die Matrix vor die Augen.

»Ich möchte, dass du in den Stein siehst, damit wir herausfinden, was mit dir los ist und warum du hier im Krankenhaus liegst.« Sie sprach mit freundlicher, aber fester Stimme. Lexie zog eine Schnute wie ein Kind. Magdas entschlossene Haltung veranlasste sie schließlich doch, die Augen auf die fließenden Farben des Steins zu richten.

Magda wartete, bis Lexies Gesicht sich entspannte. Sie war sich nicht sicher, wie ein normaler Psi-Techniker vorgehen würde, aber sie war beinahe sieben Jahre lang intensiv im Gebrauch einer Matrix ausgebildet worden. Die Worte des Überwachereides, der jedem Telepathen abverlangt wurde, nachdem man ihm eine Matrix anvertraut hatte, hallten in ihrem Gehirn wider: *Dringe in keinen Geist ein, außer zu helfen oder zu heilen, und niemals, um Macht über ein Wesen zu erlangen.*

Dann nahm sie Kontakt mit Lexie Anders' Geist auf.

An der Oberfläche war es ein einziges Durcheinander, ein verwirrtes Kind, das nicht wusste, was geschehen war. Auf einer tieferen Ebene zitterte und bebte etwas und wollte es gar nicht wissen. Behutsam berührte Magda den Kindergeist (eine Hand schob sich vertrauensvoll in ihre, wie ein kleines Mädchen die Hand einer älteren Schwester fasst; sie erhielt die Wärme einen Augenblick aufrecht, weil sie wollte, dass Lexie ihr vertraute).

Wer bist du? Es ist zum Fürchten. Ich kann mich nicht erinnern.

Ich bin deine Freundin, Lexie. Ich werde nicht zulassen, dass dir irgendjemand wehtut. Du bist jetzt ein großes Mädchen. Du wolltest ein Flugzeug fliegen, weißt du noch? Komm, suchen wir das Flugzeug. Das erste Mal, dass deine Hände die Kontrollen berührten. Sieh dir das Flugzeug an. Die Kontrollen sind unter deinen Händen. Wer bist du, Lexie?

Die junge Frau bog, sich erinnernd, die Hände wie über den Kontrollen, die sie beherrscht hatte ...

Abrupt änderte sich die kindliche, klagende Stimme, die den Dialekt von Vainwal lispelte. Sie wurde scharf, akkurat, sprach Terra-Standard mit der Präzision eines Menschen, der es als Zweitsprache erlernt hat.

»Anders, Alexis, Kadetten-Rekrutin, meldet sich wie befohlen zur Stelle, Madam.«

Ein Versuch, sie mit verbalen Befehlen zu sich zu bringen, hatte keinen Sinn. Eine weniger stark traumatisierte Person hätte eine einfache hypnotische Anregung in die Gegenwart zurückführen können, aber Magda hatte bereits festgestellt, wie sich Lexies bewusster Intellekt und sogar ihr Unterbewusstsein dem widersetzten. Mit der Matrix konnte Magda diesen Widerstand ausschalten. Wieder glitt sie in den Geist der jüngeren Frau, suchte das Kind, das vertrauensvoll Hand in Hand mit ihr gegangen war.

Leutnant Anders, wann sind Sie befördert worden?

Zehn Tage nach meiner Abkommandierung auf Cottman IV. Ich entschloss mich, zu Vermessung und Erkundung überzuwechseln.

Magda wollte schon direkt in Lexies Geist fragen, warum die junge Frau um Versetzung gebeten hatte. Bestimmt hatte Cholayna ihr, Magda, ein ungeheuerliches Unrecht angetan, als sie von der Lorne-Legende und Lexies Unfähigkeit, mit der berühmten älteren Kollegin zu konkurrieren, gesprochen hatte. Aber dann beherrschte Magda sich. Hatte das wirklich einen Bezug auf Lexies Problem, oder gab sie, Magda, nur dem Wunsch nach, zu erklären und sich zu rechtfertigen? Behutsam stellte sie den Rapport von neuem her, doch das kindliche Vertrauen war verschwunden. Magda tat es Leid, die kleine Schwester, die Hand in Hand mit ihr ging, verloren zu haben.

Berichten Sie mir von Ihrer Arbeit bei Vermessung und Erkundung, Leutnant. Gefällt sie Ihnen?

Ja. Ich liebe sie. Ich kann allein arbeiten, und niemand be-

lästigt mich. Beim Nachrichtendienst hat es mir nicht gefallen. Da waren zu viele Frauen. Ich mag Frauen nicht. Ich traue ihnen nicht. Immer bereit, einem ein Messer in den Rücken zu stoßen. Einem Flugzeug kann man trauen. Es tut, was ich ihm sage, und wenn etwas schief geht, ist es mein eigener verdammter Fehler. Ihr Gesicht wirkte beinahe belebt.

Langsam, vorsichtig drang Magda in Lexies Gedächtnis ein. Dies war keine gewöhnliche Amnesie, bei der der Geist sich weigert, eine unerträgliche Bürde auf sich zu nehmen. Es war eine totale Weigerung. Magdas Geist verflocht sich mit dem Lexies. Sie hatte nie die Kontrollen eines Flugzeugs, ob groß oder klein, bedient, aber jetzt lagen ihre Hände über denen Lexies, und sie teilte die Rundumsicht in alle Richtungen des Kompasses, sah die sich unten ausbreitenden gefrorenen Berge. Jede Bewegung, jeder Gedanke Lexies war klar und präzise. Sie flog weiter nach Norden, sie würde einen Rekord aufstellen, wenn nur das verdammte Flugzeug mitmachte. Ihre Geschicklichkeit war so groß, dass die wahnsinnigen Stöße der Dwars- und Aufwinde sie nur ein bisschen schaukelten. Jeder andere Pilot wäre wild umhergeschleudert worden. Dann ...

Lexie Anders schrie und fuhr im Bett in die Höhe. Magda, aus dem Rapport geworfen, stand mit aufgerissenen Augen da.

»Ich bin abgestürzt«, erklärte Lexie mit ihrem akkuratesten Terra-Standard. »das Letzte, an das ich mich erinnere, ist, dass ich fiel. Und dann war ich hier, am Tor des HQ. Höllenfeuer, Lorne, haben Sie mit der Medizinischen Abteilung ebenfalls zu tun? Gibt es keine Pastete auf diesem ganzen Planeten, in der Sie Ihre Finger nicht drin haben?«

»Und was hast du Cholayna gesagt?«, wollte Camilla wissen.

»Ich hatte keine vernünftige Erklärung zu bieten«, gestand

Magda. »Ich fasste nach dem üblichen Strohhalm. Ich sagte Cholayna, es sei gerade eben noch möglich, dass Anders, als das Flugzeug abstürzte, ein vorher nicht vorhandenes Psi-Potenzial entwickelte und sich nach hier zurückteleportierte. So etwas ist tatsächlich schon vorgekommen. In einer Situation, wo man den Tod vor Augen hat, kann jemand etwas tun, wozu er niemals auch nur das geringste Talent gehabt hat. Es ist mir einmal selbst widerfahren – nicht körperlich, aber mental.«

Sie und Jaelle in einer Höhle an der Bergflanke, Jaelle nach der Fehlgeburt von Peter Haldanes Kind verzweifelt krank. Ein Entrinnen schien unmöglich. Magda hatte mit ihren Gedanken, sie wusste selbst nicht, wie, in die Ferne gegriffen und Rettung gefunden – hatte um Hilfe gerufen und eine Antwort erhalten.

»So etwas zeigt sich bei den Laboratoriumstests nicht, weil sich das Unterbewusstsein nicht zum Narren halten lässt. Hypnose oder sonst etwas kann dem Bewusstsein der Versuchsperson weismachen, sie befinde sich in Gefahr, aber tief in ihrem Inneren weiß sie, dass es keine wirkliche Bedrohung gibt und sie sich in völliger Sicherheit befindet.« Magda seufzte. Sie dachte daran, dass sie das Kind, das Lexie gewesen war, für kurze Zeit lieb gehabt hatte.

»Aber du glaubst diese Erklärung nicht«, sagte Camilla nachdenklich.

»Camilla, ich bin mir bewusst, dass ich gelogen habe.«

»Aber warum hast du gelogen? Was ist tatsächlich mit Lexie Anders passiert?«

Ehe sie antwortete, fasste Magda nach Camillas Hand. »Es war mein vierter Abend in diesem Haus, meine allererste Schulungssitzung als Entsagende, erinnerst du dich? An demselben Abend fand ein Treffen der Gesellschaft statt, die sich die Schwesternschaft nennt. Weißt du noch, dass ich deine

Frage nicht mitbekam und du mich wegen meiner Unaufmerksamkeit gescholten hast?«

»Eigentlich nicht«, gab Camilla zu. »Warum? Und was hat die Schwesternschaft mit Lexie Anders zu tun?« Sie streckte den Arm über die Bank, nahm sich ihren Becher mit kaltem Tee und trank.

Magda erbot sich: »Ich werde dir frischen Tee aufschütten.« Sie goss beide Becher voll und ging dann, den Kessel wieder mit Wasser zu füllen.

Erkennend, dass sie sich um die Antwort drückte, sagte sie: »Bei diesem Treffen sah ich – etwas. Ich wusste damals nicht, wie ich es nennen sollte, ich hielt es für ... für eine Gedankenform der Göttin Avarra. Natürlich dachte ich damals, es sei eine Halluzination, nicht etwas, das richtig da war.«

Camilla bestätigte: »Das habe ich bei Treffen der Schwesternschaft auch schon erlebt. Du weißt ja, dass die Gilde der Entsagenden aus zwei Gesellschaften gebildet wurde: der Schwesternschaft vom Schwert, die eine Soldaten-Kaste war, und den Priesterinnen Avarras, die Heilerinnen waren. Ich glaube, die Schwesternschaft beschwört Avarra bei ihren Treffen herauf. Aber ich muss noch einmal fragen: Was haben die religiösen Praktiken der Schwesternschaft mit Lexie Anders zu tun?«

Magda stützte sich mit ihren Fäusten auf den Tisch. Ihr Gesicht verzog sich vor Anstrengung, die Erinnerung zurückzurufen. Sie brachte nicht mehr als ein entsetztes Flüstern über die Lippen. »Noch zweimal habe ich – etwas gesehen. Nicht die Göttin Avarra. Verhüllte Gestalten. Ein Geräusch wie – das Krächzen von Krähen. Einmal fragte ich: *Wer seid ihr?*«

Als Reaktion auf die Angst Magdas senkte auch Camilla die Stimme. »Haben sie ... hast du eine Antwort bekommen?«

»Keine, die für mich einen Sinn ergab. Ich hörte die Worte – nein, ich hörte sie nicht, ich *spürte* sie: *Die schwarze Schwes-*

ternschaft. Etwas ...« Es war so mühsam, als wolle sie sich bei Tageslicht einen Traum ins Gedächtnis zurückrufen. »Nur dass sie Wächterinnen von irgendetwas seien, aber sich nicht einmischen könnten. Und gerade als ich den Punkt erreicht hatte, wo Lexie den Absturz von neuem erlebte, sah ich das. Wieder.«

Die Kehle schnürte sich ihr zusammen, ihre Stimme war nur noch ein Hauch. »Mauern. Eine Stadt. Verhüllte Gestalten. Dann das Krächzen von Krähen. Und nichts mehr. Danach – nichts mehr.«

4

Camilla wandte sich ab und schob die glühenden Holzscheite zusammen. Sie fühlte nach, ob die Beine von Magdas Hose schon trocken waren.

»Lass sie noch ein paar Minuten hängen«, sagte sie.

»Camilla! Du weißt etwas über die Schwesternschaft. Was ist sie?«

Camilla machte sich weiter mit den halb getrockneten Kleidungsstücken zu schaffen.

»Wenn ich es wüsste«, erwiderte sie, »wäre ich wie Marisela verpflichtet, es geheim zu halten. Was glaubst du wohl, warum diese Leute das, was sie wissen, nicht zum Bestandteil der regulären Schulungssitzungen machen? Geheimnisse, pah! Marisela bemühte sich einmal, mich zu überreden, dass ich ihnen beitrete. Ich wollte nicht, und da war sie sehr ärgerlich auf mich. Warst du nicht ärgerlich, als Lexie sich weigerte, sich der *Penta Cori'yo* anzuschließen?«

Das war etwas anderes, dachte Magda, doch sie konnte nicht definieren, wieso. Sie war es nicht gewöhnt, sich gegen Camilla zu verteidigen, jetzt nicht mehr.

»Magst du Marisela nicht?«

»Doch, gewiss. Es fällt mir nur nicht ein, sie zur Bewahrerin meines Gewissens zu machen, und natürlich verzeiht sie mir das nicht. Aber als sie mir vorschlug, ich solle zu ihnen kommen, erzählte sie mir etwas über die ursprünglichen Ziele der Schwesternschaft. Zum größten Teil lässt es sich nach unserm Eid denken, die übliche Geschichte, dass alle Frauen Schwestern seien, *Men dia pre' zhiuro, Schwester und Mutter und Tochter aller Frauen* – aber einiges geht darüber hinaus. Solche, die nicht als *Comyn* geboren sind und die man deshalb nicht zur Ausbildung in die offiziellen Türme aufnimmt, sollen im *Laran* unterrichtet werden. Marisela versuchte sogar, mich einzuschüchtern – drohte mir mit allen möglichen schrecklichen Folgen, wenn ich ihre Art von Medizin für meine Leiden nicht schlucken würde.«

»Das hört sich gar nicht nach Marisela an«, meinte Magda.

»Oh, glaub mir, sie benutzte nicht diese Worte. Sie sagte nicht etwa: Tu, was ich dir befehle, oder es wird dir dies oder jenes passieren. Nein, es war eher so, als habe sie Angst um mich. *Lass mich dir helfen, du armes Ding, du kannst dir gar nicht vorstellen, wie schrecklich es sonst für dich werden wird.* Du weißt schon, was ich meine.« Magda nahm auch den unausgesprochenen Teil wahr: *Und du weißt, wie zuwider mir so etwas ist,* gerade als hätte Camilla es laut gesagt. Camilla vertraute ihr und wusste, dass sie keinen Vorteil daraus ziehen würde, sonst hätte sie es nicht zugelassen.

»Unter anderem wollte Marisela mir einreden, eine unausgebildete Telepathin sei eine Gefahr für sich selbst und alle Menschen ihrer Umgebung.« Camillas verächtlicher Blick zeigte, was sie davon hielt.

Aber das ist die reine Wahrheit, dachte Magda, sich an ihre eigene Ausbildung erinnernd. Und Jaelle war fast zu Grunde gegangen bei dem Versuch, ihr eigenes *Laran* zu blockieren. Wenn Camilla das getan hatte, ohne Schaden zu nehmen, musste sie eine so eiserne Kontrolle, eine so perfekte Selbstbeherrschung besitzen ...

Camilla *hatte* eine eiserne Kontrolle und eine perfekte Selbstbeherrschung, andernfalls hätte sie das, was ihr widerfahren war, nie überlebt. Und wenn sie die Kraft hatte, das alles zu überleben – nicht unverletzt, aber immerhin zu überleben –, dann fehlte es ihr auch nicht an Kontrolle und Disziplin dafür. Aber es überraschte Magda nicht, dass Marisela es nicht glaubte.

»Zu der Zeit, als ich ... verändert worden war und mich erholte«, berichtete Camilla fast unhörbar, »machte Leonie mir auch so ein Angebot. Sie sagte fast das Gleiche – ich sei in die Kaste mit *Laran* hineingeboren, und deshalb könne ich ohne diesen Unterricht nicht überleben. Ich verehre Leonie – sie war freundlich zu mir, als ich diese Freundlichkeit dringend brauchte. Sie rettete mehr als mein Leben, sie rettete meinen Verstand. Trotzdem hätte ich mich wohler bei den Räubern gefühlt, die mich missbrauchten. Wenigstens taten sie, wenn sie mich vergewaltigten, nicht so, als sei es zu meinem Besten.«

Magda sprach kein Wort. Erst zweimal in den Jahren, die sie sich kannten, hatte Camilla auf das Trauma ihrer Mädchenzeit angespielt, das sie zu dem gemacht hatte, was sie war. Magda konnte sich einigermaßen vorstellen, was es Camilla kostete, selbst ihr auch nur so viel anzuvertrauen. Plötzlich riss Camilla die trocknende Jacke und Unterweste von dem Gestell und faltete sie mit heftigen Bewegungen zusammen.

»Wie Jaelle wurde ich aufgefordert, der Schwesternschaft beizutreten. Und wie Jaelle weigerte ich mich. Ich habe keine Vorliebe für Geheimbünde und Schwesternschaften, und ich behalte mir das Recht vor, das, was ich weiß, weiterzuerzählen, wie ich will und wem ich will. Ich vermute, das meiste von ihren Überzeugungen ist Aberglauben und Unsinn.« Sie schürzte die Lippen und blickte grimmig drein.

»Wie erklärst du dann, was ich erlebt habe, Camilla? Draußen in den Kilghardbergen, in dieser Höhle. Ich weiß, was geschah, weil es mir geschehen ist. Wir saßen fest. Jaelle lag im Sterben. Wir wären beide in dieser Berghöhle gestorben – und da rief ich um Hilfe. Und ich – erhielt eine Antwort. Eine Antwort, sage ich dir!«

»Du hast *Laran*«, sagte Camilla, »und ich nehme an, der Terraner von dem Verbotenen Turm – wie heißt er gleich, Andrew Carr? Ich nehme an, dieser Andrew Carr hörte dich und antwortete.«

»Ann'dra.« Absichtlich benutzte Magda Carrs darkovanischen Namen. »Ja, er hat *Laran*. Aber was hat ihn veranlasst, nach mir Ausschau zu halten? Soviel er wusste, hatte ich es im Gildenhaus von Thendara so gemütlich wie der Floh in der Satteltasche. Stattdessen schickte er eine Suchmannschaft los und fand uns noch rechtzeitig, um Jaelles Leben zu retten.«

»Ferrika«, sagte Camilla. »Sie ist Mitglied der Schwesternschaft. Und Marisela auch. Marisela wusste, dass du fort warst, und sie kannte Jaelles Zustand. Und Ferrika ist Hebamme auf Armida ...«

»Sie ist mehr als das«, fiel Magda ein. »Sie ist Vollmitglied des Turmkreises.«

Camilla blickte skeptisch drein, und Magda versicherte ihr: »Das ist sie, sage ich dir, ebenso gut wie ich.«

Camilla zuckte die Schultern. »Da hast du ja deine Antwort.«

»Und die Vision, die ich hatte? Verhüllte Frauen – krächzende Krähen ...«

»Du hast es selbst gesagt. Du warst verzweifelt. Du glaubtest, Jaelle werde sterben. Verzweifelte Menschen haben Visionen. Ich glaube nicht, dass an der Antwort, die du erhieltest, irgendetwas Übernatürliches ist.«

»Du glaubst nicht, dass ein ... ein Ruf um Hilfe dieser Art beantwortet werden kann?«

»Nein, das glaube ich nicht.«

»Warum nicht?«

Camilla presste die Lippen zu einer harten Linie zusammen. »Meinst du, ich hätte nicht – gebetet? Ich habe mit all meiner Kraft um Hilfe geschrien. Nicht um menschliche Hilfe, ich habe alle Götter und alle übernatürlichen Wesenheiten angerufen, die in der Nähe sein mochten. Wenn sie dich hören konnten, wo waren sie, als ich den Himmel und auch die Hölle anflehte? Wenn sie dich hörten, warum haben sie mich nicht gehört? Und wenn sie mich hörten und nicht antworteten – was für Götter und Helfer sind sie dann?«

Magda zuckte unter der durch nichts zu beschwichtigenden Bitterkeit zusammen.

Ohne Unterbrechung fuhr Camilla fort: »Du hattest eine Vision, *Bredhiya.«* Sie benutzte das Wort, das eigentlich Schwester bedeutete, in der intimen Form, die es zu *Liebling* oder *Geliebte* machte und nur bei familiärer Vertrautheit oder gegenüber einer geschworenen Liebhaberin angewandt wurde.

»Du hattest eine Vision, einen Traum. Es war dein Ann'dra, der dich hörte. Oder vielleicht Marisela, die Ferrika die Nachricht übermittelte, eine Schwester sei in Gefahr.«

Da das durchaus möglich war und auf jeden Fall vernünftiger klang als ihre eigene Theorie, versuchte Magda nicht länger, Camilla zu überzeugen. Camillas Gesicht entspannte sich ein bisschen. Sie sprach weiter:

»Die Schwesternschaft, habe ich gehört, wurde, gegründet, um für Frauen das zu tun, was die *Cristofero*-Brüder in Nevarsin für Männer tun. Aber anders als die Nevarsin-Bruderschaft oder die *Comyn* verlangt die Schwesternschaft – so sagte man mir – als Entgelt für ihren Unterricht keine Frömmigkeit oder Konformität. Es gibt eine alte Geschichte, eine Sage, wenn du willst, aber einige von den Comyn glauben daran, dass die Sieben Domänen *Laran* haben, weil sie Nachkommen der Götter sind.« Camillas verächtlich hochgezogene Augenbrauen verrieten Magda, was die *Emmasca* davon hielt. »Es passt ihnen nicht, dass gewöhnliches Volk diese Gabe hatte oder glaubte, sie zu haben, oder in ihrem Gebrauch ausgebildet wurde, wenn jemand, wie es manchmal geschieht, sie besitzt, obwohl er außerhalb der geheiligten Kaste geboren wurde. Ich weiß nicht, was mit den *Comyn* geschehen wird, wenn sie endlich begreifen, dass *Laran* sogar bei Terranern wie dir und Andrew Carr auftaucht. Um ihnen nicht Unrecht zu tun: Wenn man die *Comyn* darauf aufmerksam macht, dass ein Angehöriger des Volkes mit *Laran* begabt ist, lassen sie ihn zuweilen ausbilden – für gewöhnlich in einem der geringeren Türme wie Neskaya. Ich zweifele gar nicht daran, dass dein Andrew ...«

»Du nennst ihn andauernd *meinen* Andrew. Das ist er nicht, Camilla.«

Camilla zuckte die Schultern. »Möchtest du noch Tee? Der hier ist kalt.« Tatsächlich bildete sich schon trotz des Feuers im Herd eine dünne Eisschicht auf Magdas Tee. »Oder möchtest du lieber nach oben gehen und schlafen?«

»Ich fühle mich nicht schläfrig.« Magda erschauerte. Die Erinnerung an das, was sie in Lexies Geist gesehen hatte, war noch zu lebendig in ihr, und sie fragte sich, wie sie es schaffen sollte, jemals einzuschlafen. Sie stand auf und goss kochendes Wasser in ihren Becher, dann neigte sie die Tülle über den Camillas. Camilla schüttelte den Kopf.

»Wenn ich noch mehr trinke, schlafe ich überhaupt nicht! Und du ebenso wenig.«

»Warum sollte ich schlafen? Ich hatte gehofft, bei Tagesanbruch aufbrechen zu können, und jetzt geht das nicht mehr. Cholayna hat mich gebeten zu bleiben, bis die Sache geklärt ist.«

»Und natürlich musst du tun, was Cholayna befiehlt?«

»Sie ist meine Freundin. Ich würde bleiben, wenn du mich darum bätest; warum soll ich es nicht für sie tun? Nur wäre ich so gern wieder bei meinem Kind.«

»Ein paar Tage werden das Band nicht schwächen, *Bredhiya.«* Camillas ernstes Gesicht verzog sich zum Lächeln. »Ich würde sie so gern sehen – deine Tochter.«

»Bis Armida ist es nicht so weit, und wenn du auch ständig darüber redest, du seist alt, Camilla, weiß ich doch ganz genau, dass du gleich morgen zu den Trockenstädten oder nach Dalereuth oder zum Wall um die Welt reiten könntest, wenn du einen Grund hättest! Warum kommst du nicht mit mir und siehst dir meine kleine Shaya an?«

Camilla lächelte. »Ich? Unter all diesen *Leronym?*«

»Sie sind meine Freunde und meine Familie, Camilla. Sie würden dich schon allein aus dem Grund, dass du meine Freundin bist, willkommen heißen.«

»Dann vielleicht eines Tages. Nicht diesmal. Shaya – so haben wir Jaelle als Kind genannt. Sie ist also Jaelles Namensschwester? Wie sieht sie aus? Ist sie dir ähnlich, deine Tochter?«

»Ihr Haar lockt sich wie meins, ist aber nicht so dunkel. Ihre Augen sind wie meine, werden jedoch mit zunehmendem Alter dunkler werden, wie Ferrika meint. Für mich hat sie viel von meinem Vater, ganz bestimmt seine Hände. Merkwürdig, nicht wahr? Wir sagen uns von unsern Vätern los, wenn wir den Eid schwören, aber ganz gelingt uns das nicht. In den Gesichtern unserer Kinder tauchen sie wieder auf.«

»Vielleicht ist es ganz gut, dass ich keine Tochter habe. Ich hätte gar keinen Wert darauf gelegt, in ihr das Gesicht des Mannes zu sehen, der sich von mir eher lossagte als ich mich von ihm! Dein Vater scheint jedoch ein bemerkenswerter Mann gewesen zu sein, und da hast du keinen Grund, dich der Ähnlichkeit wegen zu grämen. Doch was ist mit *ihrem* Vater? Ich habe natürlich angenommen, es sei der gleiche Lord Damon Ridenow, der Jaelles Kind gezeugt hat – *Comyn*-Lords werden ermutigt, überall Söhne und Töchter zu zeugen, wie es mein leiblicher Vater getan hat. Es ist seltsam. Meine Mutter hatte ein Kind von einem Mann, der hoch über ihr stand, und wurde später mit einem Mann verheiratet, der weit unter ihr stand, und doch waren beide zu stolz, um das Risiko einzugehen, dass ich schwanger sein könnte von einem der Schurken, die – nun, genug davon. Wie ich sagte: Ich hielt es für selbstverständlich, dass Lord Damon der Vater deines Kindes ebenso wie der Jaelles sei.«

Magda lachte. »Oh, Damon ist nicht so. Glaub mir, so ist er nicht. Jaelle wählte ihn als Vater ihres Kindes; es war *ihre* Wahl. Damon ist mir sehr teuer. Mein Liebhaber ist er nicht.«

»Dann ist es dieser Terraner? Dein Andrew Carr, Lord Ann'dra? Er gehört zu deinen Leuten. Ich könnte es verstehen – nun, soweit ich das Begehren nach einem Mann überhaupt verstehen kann.«

»Wenigstens verdammst du es nicht, wie so viele Frauen der Gilde, als Verrat an dem Eid.«

Camilla lachte vor sich hin. »Nein. Ich habe jahrelang als Mann unter Männern gelebt, und ich weiß, dass die Männer den Frauen sehr gleichen – vielleicht nur darin nicht, dass es ihnen nicht so freisteht zu sein, was sie sind. Ein Jammer, dass es keine Gildenhäuser für Männer gibt. Jaelle hat mir ein bisschen von Damon erzählt. Aber ist es nun Andrew?«

»Ich liebe Andrew«, gestand Magda, »fast ebenso, wie ich Lady Callista liebe. Als ich mich entschlossen hatte, ein Kind zu bekommen, besprachen wir es zu dritt.«

Magda wusste, dass sie Camilla nicht erklären konnte, wie eng sie innerhalb des Turms miteinander verbunden waren. Es glich in nichts einer anderen Zugehörigkeit, die sie je kennen gelernt hatte. In vieler Beziehung stand Camilla ihr näher als jedes andere menschliche Wesen; sie hätte gern auch dies mit ihr geteilt. Aber wie konnte sie es Camilla begreiflich machen? Camilla, die sich dazu entschlossen hatte, ihr *Laran* zu blockieren und für immer als eine der Kopfblinden zu leben! Es tat weh, als sie spürte, dass sich Camillas Geist vor ihr verschloss.

Der Verbotene Turm hatte sie aufgenommen, sie war mit Geist und Körper und Herz Teil des Turmkreises geworden. Bis Jaelles Kind geboren wurde, hatte sie gar nicht gewusst, wie sehr sie sich ein eigenes Kind wünschte. Sie waren alle so eng miteinander verwachsen, dass es Magda eine Zeit lang ganz natürlich vorgekommen war, auch sie solle Damon ein Kind gebären, damit ihr Kind und Jaelles echte Schwestern seien. Noch enger als zwischen ihr und Damon war das Band zwischen ihr und Andrew Carr. Wie sie hatte auch Andrew entdeckt, dass die Welt der Terraner ihn nicht länger halten konnte.

»Doch am Ende«, berichtete Magda, »entschieden Andrew und ich uns dagegen. Im Grunde war es Andrews Wahl, nicht meine. Er wollte kein Kind zeugen, das er nicht als sein eigenes aufziehen durfte, und ich wollte dies Vorrecht nicht an ihn abtreten. Ich wählte den Vater meines Kindes, weil er, obwohl wir Freundschaft füreinander empfanden, jemand war, von dem ich mich ohne zu großen Kummer wieder trennen konnte.« Sie verstummte, den Blick in die Ferne gerichtet, und Camilla fragte sich, was sie denken mochte.

»Ich werde dir seinen Namen nennen, wenn du mich darum bittest, *Bredhiya.* Er hat seinen eigenen Haushalt und eigene Söhne, aber er versprach mir, sollte ich einen Sohn gebären und nicht für ihn sorgen können, werde er ihn aufziehen und sein Bestes tun, um ihm den Start ins Leben zu erleichtern. Bei einer Tochter, so schwor er, werde er keinen Anspruch auf sie erheben. Seine Frau war einverstanden – ich würde so etwas nicht ohne Zustimmung der Ehefrau tun.«

»Ich bin neugierig auf dieses Musterbild«, sagte Camilla, »aber behalte deine Geheimnisse ruhig für dich, meine Liebe.« Wieder stand sie auf und befühlte die Beine von Magdas Hose. »Decke das Feuer zu. Es ist höchste Zeit, dass wir ins Bett kommen. Auch wenn du nicht bei Tagesanbruch reiten musst, habe ich doch morgen einiges zu erledigen.« Sie legte den Arm um Magda, und schweigend stiegen sie die Treppe hinauf. Erst in dem Augenblick, als Magda in den Schlaf sank, fiel ihr auf, dass Camilla ihr über die Schwesternschaft eigentlich gar nichts gesagt hatte.

Einen oder zwei Tage später traf sie Marisela, die älteste Hebamme des Gildenhauses, im Musikzimmer, wo sie einen ihrer seltenen Augenblicke der Einsamkeit genoss und müßig an den Saiten einer *Ryl* zupfte. Als Magda sich für ihr Eindringen entschuldigte und wieder gehen wollte, legte Marisela die kleine Schoßharfe hin und sagte: »Bitte, geh nicht. Ich weiß im Grunde nicht, was ich mit mir anfangen soll, und mit dem Klimpern habe ich nur die Zeit totgeschlagen. Setz dich doch und unterhalte dich mit mir. Wir sehen uns ja gar nicht mehr.«

Magda setzte sich und sah zu, wie Marisela das Instrument in seine Hülle packte.

»Erinnere mich daran, Rafaella zu sagen, dass eine Saite gerissen ist. Ich habe sie abgenommen, konnte sie aber nicht ersetzen. Nun, Margali, möchtest du nur plaudern, oder möchtest du mich etwas fragen?«

Magda fragte: »Erinnerst du dich an die Zeit, als ich für mein Hausjahr herkam? Bei meiner ersten Schulungssitzung hatte ich eine Vision der Göttin Avarra. Ich weiß, die Vision kam von der Schwesternschaft. Und jetzt ist es mir wieder passiert, dass – Marisela, willst du mir von der Schwesternschaft erzählen?«

Marisela fummelte an den Verschlüssen des Harfenfutterals herum.

»Ich hatte einmal den Eindruck«, antwortete sie eine Weile später, »dass du für die Schwesternschaft bereit seist, und ich hätte dich gern unter uns gehabt. Aber dann hast du das Gildenhaus verlassen und bist anderswohin gegangen, um dein

Laran ausbilden zu lassen. Aus diesem Grund fühle ich mich nicht frei, die Geheimnisse der Schwesternschaft mit dir zu besprechen. Ich kann dir nichts sagen, meine Liebe. Ich bin sicher, im Verbotenen Turm bist du ebenso gut aufgehoben wie bei uns, und wenn es eine Zeit gegeben hat, wo ich deine Wahl bedauerte, so ist sie lange vorbei. Es tut mir Leid. Ich darf davon nicht zu einer Außenseiterin reden.«

Die Enttäuschung überwältigte Magda. »Wenn diese Frauen, die sich selbst die schwarze Schwesternschaft nennen, sich mit mir in Verbindung setzten, wie kannst du mich dann als Außenseiterin bezeichnen? Wenn sie mit mir sprachen ...«

»Wenn«, wiederholte Marisela. »O nein, meine Liebe, natürlich lügst du nicht, aber als dies geschah, standest du unter großem Druck. So viel kann ich sagen: Die Schwesternschaft besteht aus solchen, die Avarra dienen, wir auf der Ebene, die wir das physische Leben nennen, und sie, die Schwarzen, auf der Existenzebene, die als Überwelt bekannt ist. Vorausgesetzt, eine Frau hat die Gabe, Kontakt mit der Überwelt aufzunehmen, kann sie in großer Not die Schwarzen vielleicht finden, und sie geben dann eine Botschaft weiter. Dein *Laran* ist sehr stark; du magst *Jene, die hören* erreicht und sie mögen dir von da, wo sie wohnen, geantwortet haben.« Entschlossen wechselte sie das Thema.

»Aber jetzt erzähle mir, was du in letzter Zeit mit dir angefangen hast. Wir haben seit der Geburt deiner Tochter noch gar keine Gelegenheit zu einer Unterhaltung gehabt. Wächst und gedeiht sie? War sie ein großes, kräftiges Baby? Du sagtest Doria, du habest sie entwöhnt – wie lange hast du sie genährt?«

»Etwas weniger als ein Jahr«, erwiderte Magda, durchaus nicht traurig darüber, das frustrierende Thema fallen zu lassen, und gern bereit, das berufliche Interesse der Hebamme zu befriedigen. »Als sie Zähnchen bekam, sagte ich zu ihr: Wenn du groß genug bist zu beißen, bist du auch groß genug, Brei zu essen!«

Plötzlich überfiel sie die Sehnsucht nach ihrer Tochter, die in ihren Armen zappelte, sich schläfrig auf ihrem Schoß zurechtkuschelte, sich losreißen wollte, wenn sie gekämmt oder angezogen wurde, nackt aus dem Badezimmer getrippelt kam ... »Sie ist kräftig, intelligent und von rascher Auffassungsgabe, und mir kommt sie für ihre zwei Jahre sehr selbständig vor. Sie versucht tatsächlich schon, sich selbst anzuziehen. Natürlich schafft sie es noch nicht, bleibt mit der Jacke über dem Kopf stecken und schreit nach ihrer Kinderfrau, dass sie kommt und sie befreit. Aber sie versucht es! Sie sagt *Mama*, doch meint sie nicht immer mich, auch Jaelle und Ellemir ...«

»Ich habe Lady Ellemir nie kennen gelernt, aber Ferrika und Jaelle haben mir von ihr erzählt. Ich dachte immer, dir werde das Kinderkriegen keine Schwierigkeiten machen. War die Entbindung schwer?«

»Ich hatte keine Vergleichsmöglichkeit. Mir kam sie schwer vor«, antwortete Magda, »doch nicht annähernd so schwer, wie es für Jaelle war.«

»Ich habe Jaelle noch gar nicht danach fragen können. War es so schlimm? Ich erwartete, wenn sie das eine Kind habe, werde sie ein zweites wollen.«

»Wollte sie auch. Ferrika riet ihr ab. Cleindori geht es gut; sie ist beim letzten Frühlingsfest fünf geworden.«

»Welch ein eigentümlicher Name für ein Kind, der Name der *Kireseth*-Blüte!«

»Sie heißt eigentlich Dorilys; wie ich hörte, ist der Name bei den Ardais gebräuchlich, und Lady Rohana war Jaelles Pflegemutter. Aber sie ist goldhaarig, und ihre Kinderfrau kleidet sie immer in Blau, so dass Ferrika eines Tages sagte, sie sehe wie die ganz in goldene Pollen gehüllte Glockenblume aus.

Sie ist so hübsch, dass niemand ihr etwas abschlagen kann, deshalb ist sie natürlich furchtbar verwöhnt. Zum Glück ist sie so gutartig, dass es ihr keinen Schaden zu tun scheint. Sie ist auch klug und lebhaft. Die anderen Mädchen verhätscheln sie, und alle Jungen behandeln sie wie eine kleine Königin.«

»Und ich ahne, du erweist ihr ebenfalls deine Ehrerbietung«, meinte Marisela lachend. Magda gab es zu.

»Oh, sie ist immer mein besonderer Liebling gewesen. Als Shaya geboren wurde, rechnete ich damit, Cleindori werde eifersüchtig sein, aber das ist sie nicht. Sie besteht darauf, Shaya sei ihre kleine Schwester, und möchte alles mit ihr teilen. Als Shaya erst zwei Monate alt war, erwischten wir Cleindori dabei, wie sie versuchte, dem Baby ihre eigene beste Festtagsjacke anzuziehen, und ich weiß nicht, wie oft wir sie erinnern mussten, dass - so schön es ist, wenn ein Kind gern abgibt - Shaya Gewürzbrot und Nusskuchen nicht essen könne, solange sie noch keine Zähnchen habe!«

»Besser als Eifersucht ist es, wenn die natürliche Rivalität diese Form annimmt«, bemerkte Marisela. »Sie hat sich entschlossen, mit dir als Mutter zu rivalisieren, statt mit Shaya als Baby.« Nicht zum ersten Mal überraschte die Hebamme Magda mit ihrer psychologischen Einsicht. Es war eine heilsame Lektion für Magda gewesen, die lange Zeit geglaubt hatte, eine nicht technologische Kultur verfüge nicht über psychologisches Wissen. Natürlich war es kein Wunder, wenn Marisela zu der Schwesternschaft gehörte, deren Spezialgebiet es war, das *Laran* und die Psi-Fähigkeiten von Frauen zu trainieren, die außerhalb des normalen Systems der Türme standen. Magdas eigenes Wahrnehmungsvermögen für mentale Prozesse hatte sich tausendfach gesteigert, als sie begann, ihr *Laran* zu erkunden.

»Und der Vater«, fragte Marisela, »folgte er dem Brauch und blieb während der Geburt bei dir?«

»Er hätte es getan, wenn ich ihn darum gebeten hätte«, sagte Magda. »Aber da er sich bereit erklärt hatte, keinen Anspruch zu erheben, war Jaelle bei mir – sie und Lady Callista.« Magda hatte es keiner Menschenseele anvertraut – obwohl Marisela wahrscheinlich Verständnis gezeigt hätte –, dass sie, hilflos dem Vorgang der Geburt ausgeliefert, am liebsten Camilla bei sich gehabt hätte. Nicht einmal Camilla selbst hatte sie es gestanden. Schnell kam sie auf etwas anderes zu sprechen.

»Sag mir doch, wie es unserer Schwester Keitha geht. Wie ich hörte, hat sie sich sowohl in Arilinn als auch bei den Terranern zur Hebamme ausgebildet ...«

»Und sie wird nächsten Monat nach Neskaya gehen, um die Hebammen in den neuen Methoden zu unterrichten, die sie von den Terranern gelernt hat. Danach wird sie in Nevarsin ein Hebammen-Gildenhaus einrichten. Die *Cristofero*-Brüder sind davon nicht erbaut. Aber was sollen sie dagegen tun? Sollen sie erklären, ihr Wunsch sei es, dass die Frauen im Wochenbett sterben, obwohl es möglich wäre, sie zu retten?«

Magda stimmte zu, dass sie das nicht gut tun könnten, auch wenn sie es vielleicht gern täten. Doch die Wahl ihres Gesprächsthemas war unglücklich, denn es erinnerte Magda an das, was Camilla über die Schwesternschaft gesagt hatte: Sie sei während der dunkelsten Jahre im Zeitalter des Chaos gegründet worden und habe für die Frauen das Gleiche getan wie die *Cristofero*-Brüder für die Männer, um trotz Chaos und Unwissenheit ein bisschen an Kenntnissen lebendig zu halten. Und es erinnerte sie außerdem daran, dass Marisela sich geweigert hatte, ihr zu sagen, was sie wusste.

5

Es gibt keinen Grund, warum du hier bleiben solltest«, meinte Magda. »Dies ist mein Problem, und Cholayna braucht dich nicht. Du könntest nach Armida und zu den Kindern zurückkehren.«

Jaelle schüttelte den Kopf. »Nein, *Breda*. Wenn du bleiben musst, denkst du, ich würde dich dann allein lassen?«

»Allein bin ich ja eigentlich nicht«, erinnerte Magda sie. »Ich habe Cholayna und alle Mitglieder der Brücke, falls ich sie brauche, ohne ein ganzes Gildenhaus voll von unsern Schwestern zu erwähnen. Mir wäre wirklich wohler zu Mute, wenn ich dich bei den Kindern wüsste, Shaya.«

Jaelle n'ha Melora lachte. »Margali, von allen Argumenten, die du hättest vorbringen können, macht dies den geringsten Eindruck auf mich! Wie viel Zeit verbringe ich mit den beiden Kindern? Muss ich unbedingt anwesend sein, um ihnen einen Gutenachtkuss zu geben? Sie haben Ferrika und ein Rudel von Kinderfrauen und Dienerinnen, dazu Ellemir, die auf sie Obacht gibt, und Andrew, der sie verwöhnt. Ich bezweifle, dass sie merken, ob wir weg sind.«

Das stimmte mehr oder weniger, musste Magda sich eingestehen. Jaelle war viel weniger häuslich, viel weniger an kleinen Kindern interessiert als Magda. Jaelle liebte Cleindori – wer tat das nicht? –, aber seit das kleine Mädchen entwöhnt worden war, verbrachte sie wenig Zeit in der Gesellschaft ihrer Tochter.

Wie schon oft, dachte Magda, dass Jaelle sich seit ihrer ersten Begegnung sehr wenig verändert hatte: eine kleine, schmächtige Frau mit Haaren von der Farbe frisch gemünzten Kupfers, die kaum verblasst war. Sie hatte das zarte Aussehen vieler *Comyn* – Damon hatte es, Callista hatte es –, aber Magda wusste, es täuschte und verbarg die geschmeidige Kraft antiken geschmiedeten Stahls.

In vieler Beziehung ist Jaelle die Stärkste von uns allen. Es heißt, die Aillard-Frauen seien immer die besten Bewahrerinnen gewesen; vielleicht ist das Amt der Bewahrerin für ihre Art von Kraft geschaffen worden. Aber Jaelles Kraft steckte nicht in ihrem *Laran*. Vielleicht stellte sich erst noch heraus, wo ihre wahren Fähigkeiten lagen.

Wir sind beide in dem Alter, dachte Magda, *wo eine Frau sich klar darüber sein sollte, was sie mit ihrem Leben anfangen will. Ich bin über die erste Liebe, die erste Ehe, meine frühen Ideale hinausgewachsen. Ich habe ein Kind und habe meine Gesundheit zurückgewonnen. Ich habe Arbeit, die ich liebe. Ich habe einige Entscheidungen gefällt, was ich* nicht *mit meinem Leben anfangen will. Ich habe mein* Laran *entwickelt, und ich weiß, dass meine Liebe und meine stärksten Gefühle auf Frauen gerichtet sind. Aber ich bin mir noch nicht wirklich sicher, wohin das letzten Endes alles führen soll.* Und das beunruhigte sie so sehr, dass sie es nicht übers Herz brachte, mit Jaelle zu streiten.

»Bleib, wenn du möchtest. Ich würde ja nicht in der Stadt wohnen, wenn ich draußen auf dem Land, auf Armida, sein könnte.«

Jaelle blickte in die Ferne, wo die Venza-Berge den Pass überschatteten, der hinunter in die Stadt führte. »Geht es dir auch so? Ich möchte wieder unterwegs sein. Ich habe meine Pflicht gegenüber Clan und Familie erfüllt, und wenn Dori erst ein bisschen älter ist, lasse ich sie als Tochter des Hauses Aillard aufziehen. Und dann – o Magda, sehnst du dich nicht danach, wieder im Einsatz zu sein und durch die Berge zu reiten? Rafaella möchte, dass ich zu unserer gemeinsamen Arbeit zurückkehre. Sie redet von einem neuen Spezialprojekt für die

Terraner, will mir aber keine Einzelheiten verraten, solange ich nicht verspreche, dass ich mitmache. Es würde mich hart ankommen, den Turm zu verlassen, und der Kreis würde mir fehlen, aber – könnte ich nicht ein Jahr Urlaub nehmen, nur um wieder zu reisen? Es ist so lange her! Ich habe in meinem ganzen Leben noch nie so viel Zeit an einem Ort verbracht wie auf Armida. Fünf Jahre, Magda!«

Magda lächelte nachsichtig. »Ich bin überzeugt, man wird dir ein Jahr in den Bergen zugestehen, wenn du es wirklich wünschst.«

»Neulich hörte ich, eine Expedition wolle den Hohen Kimbi ersteigen. Er ist noch nie bezwungen worden ...«

»Und wird wahrscheinlich nie bezwungen werden«, fiel Magda ein. »Jedenfalls nicht von dir oder mir. Du weißt ebenso gut wie ich, dass man keine Frauen mitnehmen wird, nicht einmal als Führerinnen. Wenn es immer noch Männer gibt, die Frauen für ungeeignet halten, bei einem gefährlichen, Mut erfordernden Unternehmen mitzumachen, dann werden es genau diese Männer sein, die ausziehen, um Gipfel zu stürmen.«

Jaelle schnaubte. »Ich habe eine Karawane über den Scaravel-Pass geführt, als ich noch keine achtzehn war!«

»*Breda*, ich weiß, was du im Gebirge leistest. Und Rafaella ist beim Nachrichtendienst als bester Bergführer registriert! Trotzdem gibt es immer noch Männer, die keine Führerinnen beschäftigen wollen, auch wenn das zu ihrem eigenen Schaden ist.«

Jaelle zuckte philosophisch die Schultern. »Da werden wir wohl selbst eine Expedition organisieren müssen, wenn wir den Hohen Kimbi oder den Dämmerungsgipfel ersteigen wollen.«

Magda lachte. »Vergiss das *wir*, Jaelle. *Du* würdest es tun müssen. Diese eine Reise über den Scaravel-Pass reicht mir für mein ganzes Leben.« Jetzt noch erschauerte sie in der Erinnerung an die Klippen und Abgründe.

»Sprich mit Camilla. Sie wird wahrscheinlich entzückt sein, auszuziehen und jeden unbezwinglichen Gipfel zu stürmen, den du finden kannst.«

»Und wie ich dich kenne, wirst du ihr nicht von der Seite weichen«, scherzte Jaelle. »Du behauptest immer, ängstlich zu sein, aber wenn es darauf ankommt – ich kenne dich besser, als du dich selbst kennst.«

»Ob das stimmt oder nicht«, meinte Magda, »im Augenblick sind wir in Thendara, und hier werden wir zumindest für die nächsten paar Tage bleiben.«

»Wir sollten eine Botschaft nach Armida senden. Man erwartet uns dort«, erinnerte Jaelle sie. »Sie müssen erfahren, dass es uns gut geht – dass wir nicht unterwegs von Räubern ermordet worden sind oder so etwas.«

»Nein«, sagte Magda verdrießlich, »nur hier in Thendara von bürokratischem Unsinn ermordet! Sollen wir uns heute Abend mit ihnen in Verbindung setzen?«

»Tu du es, Magda, du bist eine viel bessere Telepathin als ich.«

»Sie werden aber von uns beiden hören wollen«, gab Magda zu bedenken, und Jaelle nickte ernst.

»Dann heute Abend, wenn es ruhig geworden ist.«

Aber an diesem Abend fand eine Eidesleistung statt. Obwohl Magda und Jaelle weder die neue Entsagende noch ihre Eidesschwestern kannten, konnten sie einer solchen Festlichkeit im eigenen Haus nicht mit Anstand fern bleiben. Danach saß man bei Kuchen und Wein zusammen. Magda, die wusste, was ihr bevorstand, trank sparsam. Sie verbrachte den Großteil des Abends mit Camilla und Mutter Lauria und stimmte ihnen zu, die neue Entsagende wirke sehr jung. Das Mädchen und seine Freundinnen kamen Magda wie Kinder vor. Waren sie und Jaelle jemals so jung gewesen? Neben der Eidesmutter nahm immer eine weitere ältere Frau als Zeugin an der Zeremonie teil, und Magda fand es unglaublich, dass Doria, die als Fünfzehnjährige mit ihr gemeinsam das Hausjahr abgeleistet hatte, als ältere Frau bezeichnet wurde.

Rafaella war da und sprach später am Abend viel mit Jaelle. Magda missgönnte Jaelle die Gesellschaft ihrer alten Freundin und Partnerin nicht, aber als sie Rafi eifrig dem hellen Wein aus den Bergen zusprechen sah, hoffte sie, Jaelle werde sich dadurch nicht verleiten lassen. Es wurde spät, bis sie sich in ihr gemeinsames Zimmer zurückziehen konnten – doch das war nur gut. Des Nachts, wenn die meisten Leute schliefen, war die Atmosphäre ruhiger. In den Türmen und außerhalb der Türme wurde die Matrix-Arbeit hauptsächlich zwischen Sonnenuntergang und Sonnenaufgang verrichtet.

»Worüber hat Rafi gesprochen?«

»Über ein neues Projekt von Vermessung und Erkundung – eine Expedition in die Berge. Sie wollte mir das Versprechen abnehmen, dass ich mitkomme«, berichtete Jaelle in bedauerndem Ton. Sie streifte ihre niedrigen Hausstiefel ab und löste die Verschnürung ihrer Jacke. Magda hatte sich zum Ausziehen aufs Bett gesetzt.

»Hast du es versprochen?«

»Wie konnte ich denn? Ich sagte ihr, ich müsse mich mit dir beraten und auch mit den Leuten im Turm. Sie weiß wahrscheinlich nicht, dass wir den Eid als Freipartnerinnen geschworen haben, und ich hatte keine Gelegenheit, es ihr zu erzählen.«

»Vielleicht ist es besser, wenn du es ihr nicht sagst.«

»Du hast es Camilla gesagt.«

»Camilla ist nicht eifersüchtig. Rafaella und ich haben einen Pakt für gegenseitige Koexistenz ausgearbeitet – wir bringen es sogar fertig, uns die meiste Zeit sympathisch zu finden –, aber sie neidet uns unsere enge Verbundenheit, Jaelle.«

»Rafi und ich sind nie Liebende gewesen, Margali. Zumindest seit der Zeit nicht mehr, als ich ein kleines Mädchen war. Und sie war nicht viel mehr. Und heute liebt Rafaella eindeutig Männer. Was damals gewesen ist, kommt mir nicht wichtig vor, und ich kann nicht glauben, dass es für sie wichtig ist.« Jaelle, die barfuß auf dem eisigen Boden stand, erschauerte und zog sich schnell das Nachthemd über den Kopf.

»Nicht deswegen ist sie eifersüchtig.« Es wunderte Magda, dass Jaelle es nicht sah. »Es passt ihr nicht, dass wir gemeinsame Arbeit tun, dass wir beide *Laran* haben. Und das verbindet stärker als alles andere.« Magda beeilte sich, über ihr warmes Nachthemd den noch wärmeren, wollig-dicken Morgenrock zu ziehen, denn das Gildenhaus war nachts nicht allzu gut geheizt. »Willst du überwachen, Jaelle, oder möchtest du, dass ich es tue?«

»Ich überwache. Dazu reicht es bei mir gerade.« Jaelle machte sich keine Illusionen über ihre Fähigkeiten. Sie hatte ihr halbes Leben damit verbracht, ihre psychische Begabung zu unterdrücken, und sich der Ausbildung erst unterzogen, als sie das *Laran* nicht mehr aus ihrem Bewusstsein verdrängen konnte. Ihr war klar, dass sie über die unterste Stufe nicht mehr hinauswachsen würde. Aber wenigstens stellte sie jetzt nicht mehr, wie so oft von unausgebildeten Telepathen gesagt wurde, eine Bedrohung für sich selbst und alle Menschen ihrer Umgebung dar.

Jaelle war, und sie war froh darüber, integraler Bestandteil eines losen Zusammenschlusses von Telepathen und Psi-Arbeitern, die außerhalb der normalen Struktur der Matrix-Kreise auf Darkover wirkten und sich herausfordernd den Verbotenen Turm nannten. Aber Jaelle würde nie mehr die

Geschicklichkeit eines Matrix-Mechanikers oder -Technikers erlangen. Manchmal sah sie Magda zu, die als Terranerin geboren und jetzt die beste Technikerin war, und es wurde ihr schmerzlich bewusst, dass sie ihr Geburtsrecht weggeworfen hatte und es sich nicht wieder holen konnte.

Sie trugen beide warme, pelzgefütterte Morgenmäntel und pelzgefütterte Pantoffeln. Magda wickelte sich zusätzlich in eine Decke. Psychische Arbeit entzieht dem Körper Wärme. Ein zu langes Verweilen auf den astralen Ebenen, zusammenfassend die Überwelt genannt, mochte eine gefährliche Unterkühlung zur Folge haben.

Jaelle nahm die Matrix aus dem kleinen Lederbeutel an ihrem Hals und wickelte vorsichtig die schützende Seide ab. Der blaue Stein, nicht größer als der Nagel ihres kleinen Fingers, glühte in mattem Feuer.

Sie sprach laut, obwohl das eigentlich nicht nötig war. Von dem Augenblick an, wo Magda ihre Matrix hervorgeholt hatte, standen sie in Kontakt.

»Schwingungen angleichen ...«

Zuerst wurde sich Magda der physischen Wärme und Masse von Jaelles Körper bewusst, obwohl sie die andere Frau nicht ansah. Ihre Augen waren auf die Matrix gerichtet, und sie sah nur die sich bewegenden Lichter im Innern des Steins. Sie spürte die Kraftfelder von Jaelles Körper in ihrer Nähe, die pulsierenden Stellen, wo die Lebensströme flossen. Dann passte sie die Vibrationen ihres Steins mit äußerster Behutsamkeit denen Jaelles an. Sie nahm sie als undefinierbare Energie, die sich im Zimmer bewegte, wahr. War es Hitze, Licht? Nein, nichts so Greifbares. Ihr Herzschlag änderte sich ein wenig, stimmte sich ein auf Ebbe und Flut der angeglichenen Matrizes. Magda wusste, dass sogar das Blut in ihren Adern im gleichen Rhythmus mit dem Jaelles floss.

Als gleite eine Hand über sie hin, spürte sie, dass Jaelle sie überwachte, sich überzeugte, dass in ihrem Körper alles in Ordnung war. Nichts entging ihr; sie bemerkte sogar den Kratzer an ihrem Knöchel, den sie sich vorgestern beim Ausrutschen über einen Kieselstein zugezogen hatte, die leichte Verstopfung ihrer Kopfhöhlen – sie musste heute im HQ an etwas geraten sein, gegen das sie allergisch war. Jaelle brachte Energien in Bewegung und beseitigte die Indisposition.

Sie sprachen nicht, aber als Jaelle ihre Arbeit getan hatte, vernahm Magda ihre Gedanken:

Fertig?

Ich gehe hinaus.

Magda löste ihr Bewusstsein von ihrem Körper, blickte hinunter und sah sich wie leblos auf ihrem gemeinsamen Bett liegen. Jaelle, in eine Decke gehüllt, saß neben ihr. Magda kam der völlig unwesentliche Gedanke: *Mein Morgenrock wird wirklich zu alt und zu schäbig. Ich werde mir demnächst einen neuen zulegen müssen. Zu schade, dass ich das Nähen so verabscheue.* Sie hätte im Lager des HQ einen anfordern können, doch sie hatte so lange im Gildenhaus gelebt, dass ihr dieser Schritt nicht mehr selbstverständlich war.

Dann hatte sie das Zimmer verlassen und fand sich allein auf der grauen, konturlosen Ebene der Überwelt wieder. Kurz darauf stand Jaelle neben ihr. Wie immer in der Überwelt, wirkte Jaelle kleiner, dünner, zarter, und Magda fragte sich wie schon so oft, ob das, was sie sah, eine Projektion des Bildes darstellte, das Jaelle von sich selbst hatte, oder ob die Ursache ihr Gefühl war, sie müsse Jaelle beschützen, als sei sie selbst älter und stärker.

Um sie gab es in jeder Richtung nichts als Gräue, ohne Form und Farbe. In der Ferne trieben Gestalten dahin. Einige, so wusste Magda, waren wie sie Pilger auf den nicht physischen Existenzebenen. Andere hatten sich im Traum oder während einer Meditation nur zufällig hierhin verirrt. Noch konnte sie keinen deutlich erkennen, denn sie hatte ihren eigenen Pfad noch nicht durch Wille und Vorsatz markiert.

Dann war es, als verzögen sich Nebelmassen, und Magda bemerkte undeutliche Landmarken in der Gräue. Zuerst und ganz vorn erhob sich ein leuchtendes Gebilde hoch über die Ebene, hier von der Gedankenform erzeugt, die man den Verbotenen Turm nannte - eine Zuflucht vor dem Nichts der astralen Welt. Ihre Heimat, die Heimat, die sie für ihren Geist gefunden hatte. Sie teilte sie mit Menschen, die ihr mehr bedeuteten als selbst die Schwesternschaft des Gildenhauses. Magda hielt immer noch jede Bedingung des Eides der Entsagenden peinlich genau ein; sie war nicht nur dem Buchstaben, sondern auch dem Geist nach eine Freie Amazone. Aber das Gildenhaus konnte die Fülle ihres Seins nicht länger fassen.

Mit der Geschwindigkeit des Gedankens - denn was sie sich in der Überwelt vorstellte, wurde buchstäblich Wahrheit - stand sie neben dem Turm. Gleichzeitig befand sie sich in Räumen, die in jeder Einzelheit die Suite im Oberstock des Großen Hauses von Armida zu sein schienen. Sie hatte so spät im Leben mit dieser Art Arbeit begonnen, dass sie sich nie ganz daran zu gewöhnen vermochte, wie sich Zeit und Raum auf dieser Ebene verhielten.

Alle vier Räume waren leer - auf eine Weise, die sie nicht verstand, sah sie alle auf einmal -, aber von irgendwo kam das blaue Glühen einer Matrix. Dort hielt ein Mitglied des Turmkreises Wache. Und plötzlich, ohne einen Augenblick des Übergangs, war Callista Lanart-Carr bei ihr.

Verstandesmäßig war Magda bewusst, dass Callista auf der physischen Existenzebene nicht so schön war wie in der Überwelt. Wenigstens in diesem Fall sah sie Callista durch die Augen des Geistes und die Augen ihrer Liebe und Verehrung für diese Frau, die im Mittelpunkt des Herzens und der Seele des Verbotenen Turms stand. In der Wirklichkeit (aber was war schließlich Wirklichkeit und was Illusion?) war Callista Lanart-Carr, einst Bewahrerin zu Arilinn, eine große, zerbrechlich wirkende Frau, deren rotes Haar fast ganz zu einem silbrigen Grau verblasst war, obwohl sie die Dreißig kaum überschritten hatte. Ihr Körper hatte nach der Geburt von drei Kindern die Spannkraft verloren, und ihr Gesicht war faltig und verhärmt. Doch auf dieser Ebene hatte Callista zumindest für Magda die strahlende Schönheit der ersten Jugendblüte.

Magda wusste, dass Callista nicht sprach, aber Laute und Geräusche galten hier nichts. Ihr schien es, dass Callista sie freudig begrüßte.

»Magda! Jaelle! Oh, wir erwarteten, euch zu sehen ...«

Und schon umringten sie die anderen Mitglieder des Turmkreises, Ellemir und Andrew und Damon, schnell aus Träumen oder Schlaf herbeigerufen. Auch Damons Bruder Kieran war da und Kierans Sohn Kester und Lady Hilary Castamir-Syrtis, die wie Callista einmal Bewahrerin in Arilinn gewesen war. Für Magda und Jaelle war ihre Begrüßung ein Liebesfest, bestehend aus allen Küssen und Umarmungen und Zärtlichkeiten, die ihnen je zuteil geworden waren, ohne die Begrenzungen des Körpers, und es dauerte lange (in Wirklichkeit kaum einen Sekundenbruchteil).

Endlich verebbte die Intensität der liebenden Kommunikation zögernd (obwohl sie in einer tieferen Realität immer Teil von ihr sein würde, dachte Magda, ständig erneuert und bestätigt), und Ellemir sagte: »Oh, meine Lieben, wir haben schon vor zehn Tagen mit eurer Ankunft hier gerechnet. Ich weiß, das Wetter in Thendara ist oft schlecht, aber ich habe von keinen Stürmen gehört, nicht einmal auf dem Pass. Was ist geschehen?«

Eine scherzhafte Frage von jemandem – Kester? –, der zu wissen wünschte, welche Freuden der großen Stadt sie festgehalten hätten, Freunde, Liebhaber – ein rascher Tadel für die-

sen Vorwitz von Damon – Ellemirs schlecht verhehltes Erstaunen darüber, dass es Dinge gab, die zwei Mütter von ihren Kindern fern halten konnten – ein Austausch zwischen Andrew und Magda über etwas, das ihnen allein gehörte, ein Band geteilter Erfahrungen, das stärker als Liebe war ...

»Cholayna brauchte mich, und Jaelle blieb, um mir Gesellschaft zu leisten«, antwortete Magda und teilte ihnen schnell die Nachricht von dem in den Hellers abgestürzten Flugzeug mit. Etwas mochte bis in die Überwelt durchgedrungen sein.

Andrews Zorn loderte auf wie Flammen in trübem Rot und fahlem Orange, die die Umrisse seines Körpers umgaben. Magda erlebte dieses Phänomen manchmal sogar dann, wenn sie sich beide in ihren Körpern befanden. Hier war es unmissverständlich.

»Sie hätten es von dir nicht verlangen dürfen, Magda.« *Verdammt sei diese Anders! Der Vorfall ist keine Rechtfertigung für das, was man dir angetan hat. Das ist typisch für die Terraner: ihr verfluchter Wissensdurst, der auf nichts Rücksicht nimmt. Sie haben keine Ahnung von menschlichen Nöten ...*

»Das ist zu stark, Andrew. Cholayna hat ausdrücklich betont, ich könne mich weigern.«

Andrew winkte ab. »Du hättest dich weigern sollen! Ich wette, du hast nichts Wissenswertes herausgebracht.«

»Ich habe Lexie zurückgeholt«, verteidigte Magda sich. »Sie hätte für immer in diesem Zustand bleiben können! Und da ist noch etwas.« Einem Impuls folgend, übermittelte sie Callista das Bild, das sie Lexies Geist entnommen hatte.

Verhüllte Gestalten, große Kapuzen. Das Krächzen von Krähen in einer Stille, tiefer als die der Überwelt ...

Magda spürte, dass es Callista nicht ganz neu war.

Ich bin hin und wieder fremden Leroni *in der Überwelt begegnet,* sprach Callista zu ihnen allen. *Nicht oft, und ich sah nur einen Schimmer von ihnen. Einmal, als ich sehr krank war* – sie zuckte zurück vor den Erinnerungen an die Qualen, mit denen sie zur Bewahrerin von Arilinn gemacht worden war –, *und noch einmal, als ich in anderen Ebenen der Überwelt gefangen saß und nichts erreichen konnte, was mir vertraut war. Ich erinnere mich an die Stimmen seltsamer Vögel und dunkle Gestalten und wenig mehr. Wenn deine Freundin – Alexis? – sich in ihrer Todesangst aus dem abstürzenden Flugzeug teleportierte, mag sie eigentümliche Orte der Überwelt durchquert haben. Ehrlich, ich glaube nicht, dass mehr dahinter steckt, Margali.*

»Aber was ist mit dem abgestürzten Flugzeug? Es ist keine Spur davon zu finden ...«

»Auch dazu habe ich eine Theorie«, sagte Damon, und das vertraute Gefühl von Wärme, Kraft, Schutz überkam sie. *(Ihr Bewahrer, ihnen näher als ein Liebhaber. Um ihn hatte sich der Verbotene Turm gesammelt, und noch nie hatte ein Mann dazu den Mut aufgebracht. Er hatte Hilary und Callista ungeachtet des Gesetzes, dass eine nicht mehr jungfräuliche Bewahrerin ihr* Laran *nie mehr benutzen durfte, ihre volle Kraft zurückgegeben. Er war ihre Zuflucht und ihre Stärke und ihnen gleichzeitig Liebhaber und Vater ...)*

Wieder fiel Magda der Unterschied zwischen der »Realität« und dem Erscheinungsbild Damons hier in der Überwelt auf: Im wirklichen Leben war er ein kleiner, unbedeutend wirkender Mann mit ergrauendem dunklem Haar und müden Augen, dem man sein Alter ansah – er war gut zwanzig Jahre älter als Andrew, der wiederum etwas älter als Ellemir und Callista war. Aber hier, wo sich der Geist manifestierte, erschien Damon als ein großer, starker und imposanter Mann, der den Eindruck eines Kriegers erweckte. Es hatte einen Krieger erfordert, den Kampf gegen Leonie Hastur, Bewahrerin von Arilinn, zu gewinnen, die alle Türme in den Domänen mit der gleichen eisernen Hand regierte wie ihr Zwillingsbruder Lorill

Hastur die Domänen. Damon hatte Leonie in einer psychischen Schlacht, bei der alle Vorteile auf ihrer Seite lagen, das Recht abgerungen, den Turm zu errichten, den er jetzt herausfordernd den Verbotenen nannte.

»Ich habe eine Theorie über das Verschwinden deines Flugzeugs«, sagte Damon. »Wenn diese Anders wirklich eine Psi-Fähigkeit in latentem Zustand besaß, sie erweckte und sich teleportierte - das ist nicht unmöglich, ich habe es Callista tun sehen, als wir von den Katzenwesen gefangen waren -, musste die Energie dazu irgendwoher kommen. Natürlich besaß sie keine Matrix«, setzte Damon hinzu. Die Matrix-Steine waren Kristalle mit der merkwürdigen Eigenschaft, Gedankenwellen ohne Nebenprodukte in Energie umzuwandeln.

»Irgendwie hat sie, als sie die Kraft für den Ortswechsel heraufbeschwor, die kinetische Masse des terranischen Flugzeugs verwendet. Schließlich kann diese Energie nicht aus dem Nichts gekommen sein. Sie desintegrierte und atomisierte das Flugzeug und teleportierte mit Hilfe dieser ungeheuren Energiemenge. Kein Wunder, dass die Maschine nicht einmal mit Satelliten zu entdecken war. Sie existiert nicht mehr. Sie wurde aufgelöst.«

»Das halte ich für ein bisschen weit hergeholt, Damon«, wandte Andrew ein. »Woher soll sie die Kraft, ganz zu schweigen von dem Wissen, genommen haben, das zu tun? Wäre sie eine ausgebildete Psi-Technikerin, auch wenn sie einer anderen Welt und einer anderen Tradition entstammte, hätte sie es vielleicht zu Stande bringen können. Aber als völliger Laie - und wahrscheinlich kopfblind? Ich kann es mir nicht vorstellen. Sie hätte Hilfe gebraucht.«

»Möglicherweise bekam sie Hilfe von jenen fremden *Leroni*, die Callista erwähnte. Sie mag zufällig an irgendeinen Ort in der Überwelt geraten sein und dort Hilfe gefunden haben«, regte Kieran an.

»Spielt es eine Rolle?«, fragte Ellemir praktisch. Sie war immer die pragmatische. »Es ist geschehen, und ich finde, es kommt nicht darauf an, wie oder warum, solange die Terraner sich nicht in den Kopf setzen, eine Bergungsexpedition loszuschicken, die feststellen soll, ob dies Ding – wie nennt ihr es, eine Black Box? – aufgezeichnet hat, was die Frau jenseits des Walls entdeckte.«

»Daran würden sie nicht viel Freude haben«, bemerkte Andrew mit trockener Ironie. »Ich habe für Vermessung und Erkundung gearbeitet. Da draußen ist nichts, gar nichts.«

»Sollen sie doch suchen«, meinte Lady Hilary mit dem Äquivalent eines Schulterzuckens. »Dann haben sie etwas zu tun und machen uns keinen Ärger. Manche Terraner mögen ja wirklich sehr nette Leute sein ...« Ihr liebevoller Blick galt sowohl Magda als auch Andrew. »Aber was geht es uns an, welche törichten Forschungen sie betreiben? Wann kommt ihr zu uns zurück, liebe Schwestern? Ihr fehlt uns sehr. Und die Kinder ...«

Sie brach ab, denn die kleine Gruppe der hier Versammelten hatte sich plötzlich um zwei weitere vergrößert.

Kiha Margali – es war wie ein leises Zupfen an Magdas Arm, und sofort zog Magda Cassilde, ein Mädchen von vierzehn, hellhaarig und blauäugig, in ihre Arme.

Magda spürte, wie überrascht die anderen waren. Keiner von ihnen hatte gewusst, dass Callistas älteste Tochter Zugang zur Überwelt gewonnen hatte. Für gewöhnlich hatten Kinder nicht viel *Laran* – allerdings näherte sich Cassilde dem Alter, in dem das latente *Laran*, das sie besitzen mochte, jederzeit an die Oberfläche treten konnte.

Träume ich, Mutter? Kiha träume ich? Oder seid ihr alle wirklich hier?

»Vielleicht träumst du nur, *Chiya*«, antwortete Damon freundlich, und wieder umfingen seine wortlosen Gedanken sie alle. *Sie ist alt genug, wir müssen anfangen, sie richtig zu unterweisen.*

Aber noch während sie die kleine Cassie willkommen hießen, rief da etwas und heischte um Aufmerksamkeit.

Mama! Oh, ich habe dich gerufen, und siehe da, du bist gekommen ...

Jaelle drückte Cleindori an sich. Der ganze Kreis geriet in Verwirrung. Cassilde, kurz vor der Pubertät, konnte durchaus auf diese nicht materiellen Ebenen des Geistes und der Gedanken vorgedrungen sein. Dass Cleindori es mit fünf Jahren geschafft hatte, war zu früh.

Cassie, mein Liebling, auch wenn du es tun kannst, solltest du es lassen, bis du richtig gelernt hast, dich zu schützen, ermahnte Callista das kleine Mädchen sanft, und Andrew setzte in seinem gütigsten und väterlichsten Ton hinzu: *Auch wenn du herkommen kannst, Kind, solltest du Cleindori nicht mitnehmen.*

»Ich habe sie nicht mitgenommen«, begann Cassie, und gleichzeitig lärmte Cleindori los: »Cassie hat mich nicht mitgebracht, ich bin ganz von allein gekommen, ich habe Tantchen Ellemir lieb, so lieb, aber ich wollte *dich,* Mama, und du bliebst so lange weg, so lange! Ich rief dich, und du kamst, und ich kann herkommen, ohne dass Cassie mich mitnimmt, ich komme oft her, ich kann sogar Shaya mitnehmen, *passt auf!*«, rief Cleindori in voller Wut.

Und Magda sah ihre zweijährige Tochter im Nachthemd, das dunkle Haar vom Kissen verwirrt. Sie fragte schläfrig: »Mama?«

Ungläubig drückte Magda das Kind fest an ihr Herz. Obwohl ihre Körper drei Tagesreisen voneinander getrennt waren, fühlte es sich an, als halte sie das wirkliche Kind in den Armen, sie spürte die Wärme des sich anschmiegenden Körperchens, das schläfrige Köpfchen auf ihrer Schulter. Ah, sie hatte ihr gefehlt, wie hatte sie ihr gefehlt! Aber zumindest Shaya war nur im Traum hier. Sie würde morgen früh aufwachen und sich erinnern, dass sie von ihrer Mutter geträumt hatte. Magda hoffte, sie werde nicht weinen.

»Genug jetzt!« Ellemir sprach mit bestimmter Autorität. »Wir sehen, was du getan hast, Cleindori, aber es ist nicht erlaubt. Bring Shaya sofort ins Bett zurück. Und du, Cassie, solltest auch wieder ins Bett gehen, du bist nicht kräftig genug, um so lange außerhalb deines Körpers zu bleiben. Morgen, das verspreche ich dir, werde ich selbst, falls sonst keiner hier dazu bereit ist, dir zeigen, wie man das richtig macht. Für den Augenblick musst du zurück.«

Cassie verschwand. Damon nahm Cleindori behutsam aus den Armen ihrer Mutter. »Hör mir zu, Tochter. Du bist noch ein ganz kleines Mädchen, aber da du das geschafft hast, müssen wir anerkennen, dass du alt genug dazu bist. Weißt du, wo du bist, *Chiya?«*

»Das ist die graue Welt. Ich weiß nicht, wie ihr sie nennt. Ist das der Ort, an den ich gehe, wenn ich träume?«

»Das und mehr, Kleines. Bist du schon einmal hier gewesen?«

Cleindori suchte nach Worten. »Ich kann mich an keine Zeit erinnern, wo ich nicht herkommen konnte. Ich bin immer hergekommen. Ich glaube, ich war hier mit Mama und Shaya, bevor ich geboren wurde. Als Tantchen Ellemir mir vor Shayas Geburt erzählte, woher die Babys kommen, war ich überrascht, denn ich dachte, sie kämen aus der grauen Welt. Weil ich nämlich oft hier mit Shaya redete, bevor sie ein Baby wurde. Sie war ganz erwachsen, und dann war sie plötzlich ein Baby und konnte nicht mehr mit mir reden, außer wenn wir *hier* waren.«

Gnädige Evanda!, dachte Magda. In kindlichen Worten hatte Cleindori eine metaphysische Theorie entwickelt, die über ihr Verständnis und wahrscheinlich über das von ihnen allen hinausging, ausgenommen vielleicht Callista und Damon, die diese Dinge studiert hatten.

Ja, Damon begriff es. Er drückte das kleine Mädchen an sich und sagte: »Aber in der Welt da unten, mein Liebling, bist du nur ein kleines Mädchen, und dein Körper ist nicht stark genug, dass du lange Zeit hier verbringen kannst. Erinnerst du dich, dass Tante Margali dir sagte, Shaya könne keinen Nusskuchen essen, bevor ihr Zähnchen gewachsen seien? Nun, *dein* Körper ist hierfür noch nicht groß genug. Du musst in ihm bleiben, bis du genau weißt, wie man ihn verlässt. Du darfst nur in deinen Träumen herkommen, Kleines, und vor allem darfst du Shaya nicht mitnehmen, solange sie nicht fähig ist, ohne deine Hilfe zu kommen und zu gehen. Weißt du noch, wie du den Küken zusahst, die sich aus der Schale pickten, und du ihnen helfen wolltest?«

Cleindori nickte ernst. »Ich versuchte, einem zu helfen, und es starb.«

»Dann verstehst du, warum du Shaya nicht helfen darfst, etwas zu tun, wozu sie noch zu klein ist. Auch sie mag in ihren Träumen auf diese Ebene geraten. Du darfst sie bitten, mit dir gemeinsam zu träumen. Mehr nicht.«

»Wenn wir nur träumen, können wir nicht lange genug hier bleiben.«

»Nein, aber dann bleibt ihr nur so lange, wie es euch nicht schadet. Du darfst außer in Träumen nicht mehr herkommen, meine Tochter. Willst du mir das versprechen?«

Sie sah Damon in die Augen, und Magda, immer noch tief in Rapport mit Damon, sah die Augen des Kindes, und sie waren gar keine Kinderaugen.

Dann sagte Cleindori mit ungewohnter Fügsamkeit: »Ich verspreche es, Dada.«

»Also ab ins Bett mit euch beiden.« Damon machte eine

scherzhafte scheuchende Handbewegung, und die Kinder verschwanden. Magda erweiterte ihr Wahrnehmungsvermögen und sah sie fest schlafend in ihren nebeneinander stehenden Bettchen liegen.

Damon seufzte vernehmlich. »Sie ist frühreif! Es musste ja geschehen, aber ich hätte nie gedacht, dass es so bald geschehen würde!«

Bevor einer von ihnen weiter in seine Gedanken hineinblicken konnte, hüllte er sie alle in seine Fürsorglichkeit und Güte ein. »Ihr müsst in Thendara bleiben, solange ihr gebraucht werdet. Glaubt uns, wir haben die Kinder besser behütet, als ihr vielleicht nach diesem Vorfall denkt.«

Jetzt brach die graue Welt in Nebelschwaden auseinander. Magda zog sich aus ihr zurück, wissend, dass die Überwelt bald in normalen Schlaf überblenden würde. Morgen würde ihr die ganze Begegnung kaum mehr als ein Traum scheinen. Noch einmal drängten sich alle um sie zusammen. In der federigen Gräue sah sie Ferrika und fühlte sich kurz von ihr umarmt (die Hebamme hatte auf der anderen Seite des Gutes wachend und einnickend am Bett einer Frau in den Wehen gesessen und war nicht in der Lage gewesen, ihr Bewusstsein zur Begrüßung ihrer Schwestern zurückzuziehen), und auch von Colin von Syrtis, Lady Hilarys Gemahl (ein flüchtiger, süßer Augenblick, in dem eine Leidenschaft wieder aufflammte, die schon vor Shayas Geburt niedergebrannt war), und dann, schwebend zwischen Zeit und Raum, stand sie von Angesicht zu Angesicht wieder ihrer Tochter gegenüber.

Ein Traum ...

Natürlich gibt es eine Realität, in der Shaya kein Kind ist. Das darf ich nicht vergessen – darf nicht vergessen, dass sie mehr ist als nur das Baby, das ich in meinen Armen hielt und nährte und liebkoste. Mütter, die das vergessen, tun ihren Kindern Schreckliches an, dachte sie. Und nun verlor sich alles in der formlosen Gräue, und Magda schlüpfte hinunter in ihren leeren, halb erfrorenen Körper.

Sie kroch näher zu Jaelle hin und nahm die andere Frau in die Arme, um sich zu wärmen. Auf eine Weise erregt, die ganz und gar nicht physisch war, wie es ihr nach solcher Arbeit oft geschah, hätte sie ihre Freipartnerin gern körperlich geliebt, all die zärtlichen kleinen Rituale des Berührens und Bestätigens dessen, was so stark zwischen ihnen war, vollführt. Aber Jaelle lag bereits in tiefem Schlaf.

Wir brauchen es nicht mehr, wenn wir dies haben können, dachte Magda, noch voll von der Freude, die sie empfunden hatte, als sich alle um sie scharten in einer Verbundenheit, die enger war als jede andere Beziehung.

Mit einer Sehnsucht, die zugleich süß und traurig war, wünschte sie sich, sie könne diese Verbundenheit auch mit Camilla teilen.

Lieben wir uns körperlich, Camilla und ich, weil wir dies nicht teilen können? Und warum hat sie dies so lange Zeit nicht gewollt? Ein bisschen beschämt erinnerte sie sich an das, was Damon zu Cleindori gesagt hatte. Diese Lektion galt auch für sie.

Als Magda in Schlaf, echten Schlaf, versank, dachte sie: Ich hoffe, ich erinnere mich noch an alles, wenn ich morgen aufwache!

6

Ein paar Tage später fragte Cholayna, ob Magda bereit sei, eine Ansprache vor einer Gruppe weiblicher Rekruten des Zivildienstes zu halten. Sie sagte gern zu. Wenigstens gab ihr das die Illusion, sie tue etwas Nützliches.

Bei öffentlichen Ansprachen hatte sie sich nie wohl in ihrer Haut gefühlt – das ging den meisten Agenten so. Ihre Ausbildung bereitete sie im Wesentlichen auf eine Tätigkeit vor, die sich nicht im Blickfeld der Öffentlichkeit abspielte. Die Neuankömmlinge kamen ihr sehr jung vor. Sie konnte es kaum glauben, dass sie selbst bei ihrem ersten Feldeinsatz mit Peter Haldane jünger gewesen war als die meisten von ihnen.

Zwei der Rekrutinnen kamen von der Abteilung Kommunikation. Magda hatte ihr eine Zeit lang angehört, solange es für Frauen noch zu schwierig gewesen war, auf einer Welt wie Darkover mit ihrem für die Geschlechter streng festgelegten Rollenverhalten als unabhängige Agentin zu arbeiten. Zwei gehörten der Raumpolizei an. Ob diese Frauen gewusst hatten, bevor sie nach Darkover kamen, dass sie nur innerhalb des HQ-Sektors tätig sein konnten? Drei waren von Vermessung und Erkundung und drei weitere vom Nachrichtendienst, Magdas eigener Abteilung.

»Und nun«, sagte Cholayna nach ein paar einleitenden Bemerkungen, »habe ich eine Frau hergebracht, die zu Ihnen allen sprechen wird. Ich bin überzeugt, dem Namen nach kennen Sie sie bereits. Praktisch hat sie allein die ganze Dokumentation für den Feldeinsatz auf diesem Planeten geschrieben. Magdalen Lorne vom Terranischen Nachrichtendienst.«

Magda war so nervös, dass sie nicht bemerkt hatte, wer unter den Zuhörerinnen saß. Aber als sie durch die Gruppe der

Frauen nach vorn ging, hörte sie einen leisen, beinahe verächtlichen Ausruf. Mit einer gewissen Resignation schüttelte sie innerlich den Kopf darüber, dass Lexie Anders sich entschlossen hatte, an dieser Zusammenkunft teilzunehmen. Die Neuen kannten von ihr nichts als die *Lorne-Legende*, für die sie nicht verantwortlich war. Was man ihr heute auch zuschreiben mochte, sie hatte bei den verschiedenen Gelegenheiten nur getan, was jede von ihnen hätte tun können, hatte sich von Tag zu Tag durchgewurschtelt, so gut es ging. Ein bisschen bitter fragte sie sich, wie viele andere »Legenden« wie sie auch einfach nur Opfer des Zufalls und der Umstände sein mochten.

Sie fasste sich kurz, erklärte, von ihr könne man kaum einen unpersönlichen Bericht über Darkover erwarten. Darkover sei ihre Heimatwelt, und sie habe das Glück gehabt, dableiben zu dürfen. Dann warnte sie ihre Zuhörerinnen vor einigen Schwierigkeiten, mit denen hier arbeitende Frauen zu rechnen hätten, und schloss mit der Einladung, an den Treffen der Brücken-Gesellschaft teilzunehmen. Sie beantwortete verschiedene Fragen, die die Nachrichtendienst-Rekrutinnen über Sprache und Kleidung stellten. Aber als die Frauen von Vermessung und Erkundung technische Einzelheiten über den Planeten wissen wollten, meinte sie liebenswürdig: »Ich bin sicher, Leutnant Anders kann Ihnen darüber mehr erzählen als ich. Anders ist Expertin auf diesem Gebiet. Lexie – wollen Sie bitte übernehmen?«

Alexis kam aus dem Hintergrund des Raums nach vorn, und Magda hatte das Gefühl, ihre Pflicht getan zu haben. Sollte Lexie immer noch Groll gegen sie hegen, war es Lexies Problem, nicht ihres. Es gab stets Leute, die einen nicht mochten, und daran war man nicht immer selbst schuld.

Sie überließ es Lexie, die technischen Fragen zu beantworten und ging in die Haupt-Cafeteria hinunter, um etwas zu essen. Ab und zu hatte sie Appetit auf Speisen, die es nur in der Terranischen Zone gab. Mit dem Tablett in der Hand sah sie sich nach einem Sitzplatz um, als eine Stimme hinter ihr sagte: »Wir bekommen dich hier nicht oft zu sehen, Mag. Du siehst gut aus. Was führt dich heute her?«

»Cholayna bat mich, vor einer Gruppe ihrer jungen Rekrutinnen zu sprechen«, antwortete Magda, sich zu dem Legaten umdrehend. »Hallo, Peter, schön, dich zu sehen.«

»Wenn ich gewusst hätte, dass du kommst, hätte ich dich gebeten, in meinem Büro vorbeizuschauen. Ich freue mich, dass ich dich zufällig getroffen habe.« Peter Haldane nahm ihr Tablett und ging zu einem abseits stehenden Tisch für zwei Personen voran. Magda wollte erst protestieren, dann zuckte sie die Schultern und blieb friedlich. Was der Legat ihr auch zu sagen haben mochte, es war besser, er tat es inoffiziell hier als offiziell in seinen Amtsräumen.

Mit erzwungenem Gleichmut erkundigte er sich: »Und Jaelle – geht es ihr gut?«

»O ja, gewiss.« Nach der Auflösung ihrer Ehe mit Peter waren Peter und Jaelle ein halbes Jahr lang mit katastrophalem Ausgang verheiratet gewesen. Noch lange Zeit danach war Magda ein Zusammensein mit Peter peinlich gewesen. Schließlich hatten sie und Jaelle sich auf eine Weise erwählt, die Peter ausschloss, und nur wenige Männer würden so etwas tolerieren oder verstehen ...

Aber all das war lange her. Heute sah sie in Peter den alten Freund ihrer Kinderzeit, den einzigen Menschen, mit dem sie Erinnerungen an damals teilte. Wie sie war er mit Darkovanern aufgewachsen, bevor das Terranische HQ in Thendara gebaut wurde. Magda war in den dazwischenliegenden Jahren zu dem Schluss gekommen, dass sie beide nur deshalb geheiratet hatten, weil jeder für den anderen die einzige Person zu sein schien, mit der man reden konnte. Alle anderen, die sie kannten, waren entweder Terraner oder Darkovaner, definiert durch diesen Unterschied.

Es war letzten Endes nicht genug gewesen, um ihre Ehe zusammenzuhalten. Doch trotz der verschiedenen Richtungen, die ihr und sein Leben genommen hatten, lag Magda daran, mit Peter weiterhin auf gutem Fuß zu bleiben.

Auch Peter hatte alle Schmerzen der geteilten Loyalität erleiden müssen, und Magda hoffte, dass das ihm mehr Verständnis für die Terraner gab, deren Vorgesetzter er als Legat jetzt war. Er war von Anfang an für den diplomatischen Dienst bestimmt gewesen und hatte zum Agenten nicht recht gepasst, und Magda hatte das eher als er erkannt.

Wie Lexie hat er immer mit mir konkurrieren wollen, dachte sie, und da noch nie jemand Peter Haldane beschuldigt hatte, eine Spur von *Laran* zu besitzen, erschrak sie furchtbar, als seine nächsten Worte waren: »Du kennst doch Leutnant Anders, Mag?«

»Natürlich«, antwortete sie und gab ihren Versuch auf, eine Portion Eierrahm fertig zu essen. »Warum fragst du?«

»Ich nehme an, Cholayna hält dich auf dem Laufenden, und du hast gehört, wie Anders uns alle nach dem Absturz ihres Flugzeugs verblüfft hat?«

Magda sah ihn fragend an. »Dann war es nicht deine Idee, dass Cholayna mich als Psi-Technikerin hinzuziehen sollte?«

Sein verständnisloser Blick war Antwort genug. »Dich? Als Psi-Technikerin? Auf den Gedanken wäre ich nie gekommen. Darf ich daraus schließen, dass du alles darüber weißt?«

»Ich weiß, dass das Flugzeug abstürzte und Anders hier auftauchte. Auch meine Sondierung ihres Gedächtnisses hat nicht mehr zu Tage gefördert. Gibt es da noch etwas, das ich hätte wissen sollen?«

Peter antwortete mit einer Gegenfrage. »Dann hat Anders dir ihren neuesten verrückten Einfall nicht mitgeteilt?«

»Peter, ich bin der letzte Mensch, dem Lexie etwas anvertrauen würde. Sie hat mich nie gemocht. Ich habe kaum jemals mit ihr gesprochen. Ausgenommen in der Nacht, als Cholayna mich rief. Ich weiß nur, was ich bei dieser Gelegenheit erfahren habe.«

»Nun, mit einem Wort – Anders ist überzeugt, da draußen liege eine richtige Stadt, und was sie sah, bevor das Flugzeug abstürzte, sei nicht etwa eine Halluzination oder ein Radarfehler oder gar ein verzerrtes Bodensignal gewesen. Warum nicht? Jeder entwickelte Planet in dieser Galaxis hat eine Einrichtung, die man, wenn nötig, vor Radar und Himmelsspionen abschirmen kann. Warum dieser Planet nicht auch?«

Darüber dachte Magda eine Minute nach.

»Ich kann es mir nicht vorstellen«, sagte sie. »Wir wissen beide, dass die Darkovaner nichts dergleichen besitzen.«

»Du meinst: nichts dergleichen, *so viel wir wissen.*«

»Nein, ich meine *nichts dergleichen!* Peter, ich arbeite seit jetzt sechs Jahren in einem Matrix-Kreis. Glaub mir, wenn es irgendetwas dieser Art in den Domänen gäbe, wüsste ich davon.«

»Und *außerhalb* der Domänen?«

»Deine eigenen Satellitenaufnahmen sagen dir, dass das ausgeschlossen ist! Frag, wen du willst, von Kommunikation oder von V und E.«

Er biss sich auf die Lippe. »Nichts, meinst du, das entdeckt werden kann. Wie können wir sicher sein, dass wir alles entdecken? Über die Mittel der auf Cottman IV verfügbaren Technologie geht es hinaus, das stimmt. Aber das heißt noch gar nichts. Gruppen, die nicht zum Zivildienst des Imperiums gehören, könnten hier aus irgendeinem Grund eine Basis errichtet haben – vielleicht für Bergbauzwecke oder ...«

»Das glaube ich nicht, du erzählst mir ein Raumpiratenmärchen!«, unterbrach Magda ihn beinahe lachend.

Wie vorherzusehen war, reagierte er mit Verärgerung. »Musst du dich immer über Ideen lustig machen, die dir *nicht* gekommen sind?«

»Wenn ich mich lustig gemacht habe, Peter, dann nicht über dich.« Nun war sie vollständig ernst. »Es ist nur ... ich glaube nicht, dass so etwas hätte installiert werden können, ohne dass der Satellit oder die Raumsensoren es bemerkt hätten. Man kann sich kaum vorstellen, dass es überhaupt möglich ist. Andererseits ist nichts unmöglich. Ist es das, was Lexie glaubt?«

»Ja. Und sie möchte eine Expedition organisieren, um es zu suchen. Ich dachte, sie wäre damit vielleicht zu dir gekommen, weil du im Nachrichtendienst gearbeitet hast und sie weiß, dass deine Freien Amazonen die besten Bergführer des Planeten sind.«

»Wie gesagt, Peter, ich bin der letzte Mensch, dem sie sich anvertrauen würde.«

»Und wenn sie es doch tut ...«

»Dann sage ich ihr, dass es der helle Wahnsinn wäre. Jahrelange Satellitenbeobachtungen beweisen uns, dass außerhalb der Domänen nichts ist – schon gut, nichts festzustellen ist. Und ich wette, da ist wirklich nichts. Punkt. Das Gebiet muss seit – nun, ich kenne mich in Geologie und Krustenverschiebungen nicht so aus, aber –, bestimmt seit einem geologischen Zeitalter unbewohnbar sein. Wahrscheinlich seit die Hellers sich aus dem Meeresgrund erhoben. Die logistischen Probleme wären bei einer solchen Expedition so gut wie unlösbar, selbst wenn man von allen Hilfsmitteln des Terranischen Nachrichtendienstes Gebrauch machte. Jaelle könnte dir die Schwierigkeiten besser beschreiben als ich, doch ich weiß immerhin, dass es unmöglich ist – und du weißt es auch.« Schließlich waren sie während ihrer Agententätigkeit zusammen als Darkovaner gereist. »Zunächst einmal müsstet ihr die

Hellers überqueren, und das Gebiet hinter Nevarsin ist beinahe unerforscht. Wir haben keine Leute im Nachrichtendienst, die die Routen und die Sprachen kennen. Da oben leben Stämme von Katzenwesen und ... und Gott weiß, was sonst noch. Banshees - vielleicht nichtmenschliche Kulturen -, es ist einfach nicht zu schaffen. Jedenfalls würde ich es gar nicht erst versuchen.«

Peter blickte skeptisch drein. »Falls sie zu dir kommen sollte, würdest du ihr das sagen?«

»Glaub mir, Peter, sie wird nicht kommen. Und Anders gehört sowieso nicht zum Nachrichtendienst, sondern zu Vermessung und Erkundung.« Der Nachrichtendienst unterstand der Imperiumszentrale direkt, während die einzige Autorität für Vermessung und Erkundung der Legat des jeweiligen Planeten war. »Sie müsste deine Erlaubnis einholen, nicht die Cholaynas. Und wenn du denken solltest, Cholayna würde so etwas hinter deinem Rücken ins Werk setzen, dann würde sie immer noch einen ihrer eigenen Mitarbeiter schicken, nicht Lexie.«

Magda war sich nicht sicher, ob sie Peter überzeugt hatte. Er wusste jedoch aus Erfahrung, dass sie ihm immer die Wahrheit gesagt hatte, und so hoffte Magda, er glaubte ihr. Sie wechselten noch ein paar Belanglosigkeiten und verabschiedeten sich in aller Freundschaft. Auf dem Weg durch die Stadt zum Gildenhaus überlegte Magda, ob hier der Grund dafür lag, dass Lexie zu ihrem Vortrag gekommen war.

Ein paar Tage später, als Magda das HQ verließ, schloss sich ihr Doria am Tor an.

»Gehst du ins Gildenhaus? Dann gehe ich mit dir. Ich habe eine wichtige Botschaft von meiner Mutter für Jaelle n'ha Melora.«

»Die kann ich ja überbringen.« Magda warf einen Blick zum Himmel. »Das erspart dir einen langen Weg im Regen.«

Doria errötete leicht. »Es tut mir Leid – Rafaella sagte, ich dürfe sie nur Jaelle selbst ausrichten.«

Magda zuckte die Schultern. Es hatte eine Zeit gegeben, als sie und Rafaella sich gut verstanden hatten. Trotzdem konnte sie sich nie auf die freundschaftliche Gesinnung der anderen Frau verlassen. Immer wieder hatte sie sich daran gewöhnt, in ihr eine Freundin zu sehen, und musste dann plötzlich entdecken, dass Rafi sich verhielt, als könne sie sie nicht leiden. Doch da sie ehrliche Achtung und Bewunderung für Rafaella empfand, akzeptierte sie sie als Jaelles Freundin.

Die beiden Frauen schlugen die Kapuzen ihrer Umhänge gegen den Regen hoch und schritten Seite an Seite schnell dahin. »Bleibst du noch viel länger in der Stadt, Margali?«

»Ich hoffe nicht. Hier gibt es wirklich nicht viel für mich zu tun. Jaelle würde gern wieder mit Rafi zusammenarbeiten, und Rafaella wünscht sich das auch, aber das muss sie selbst entscheiden.«

Sie bogen in die Straße ab, an der das Gildenhaus stand. Doria wollte gerade die Glocke ziehen, als sich die Tür öffnete und Keitha laut fluchend die Treppe hinunterstürmte.

»Keitha, was ist denn los?«

»Doria? Oh ... nun ... es ist ja nicht deine Schuld, aber wenn du deine Mutter wieder siehst ...«

»Was? Nun rede doch, Keitha!«

»Ich habe kein eigenes Pferd, und immer, wenn ich an einen Ort außerhalb der Stadtmauern gerufen wurde, habe ich mir eins von Rafaella geliehen. Ich wollte ein ordnungsgemäßes Abkommen mit ihr darüber treffen, da meinte sie, nein, sie habe ein Dutzend Ponys im Stall stehen, die nichts täten als fressen und nicht genug Bewegung bekämen, und ich könne mir eins nehmen, wann immer ich es brauchte.«

»Und deswegen bist du böse auf sie?«

»Nein«, erklärte Keitha, »aber ich habe sie gebeten, eine

ordnungsgemäße Abmachung mit mir zu treffen, damit so etwas wie heute nicht passiert! Jetzt sind alle ihre Pferde fort, und ich muss mir eins auf dem Markt leihen oder zu Fuß gehen.«

»Nimm meins«, bot Magda ihr an, »du kennst es ja, Keitha, das schwarze.« Es war ein Geschenk von Shayas Vater. »Heute Abend brauche ich es nicht mehr.«

»Ich danke dir, Eidesschwester.« Keitha eilte ins Haus zurück. Magda und Doria sahen sie auf die Hintertür zulaufen, die in den Hof und zu den Ställen führte. Doria gab einen erstaunten Pfiff von sich.

»Was, alle Pferde Rafaellas sind fort? Das verstehe ich nicht! Sie muss unerwartet einen großen Auftrag erhalten haben, wenn sie nicht einmal ein Tier für Keitha zurückgelassen hat. Es war wirklich gedankenlos von ihr, Keitha nicht vorher Bescheid zu geben.« Stirnrunzelnd machte sich Doria auf die Suche nach Jaelle, während Magda ging, ihren Mantel, jetzt durch und durch nass, auf eins der Trockengestelle in der Küche zu hängen.

Bis Mantel und Kapuze trocken waren, strömten die Frauen bereits in den Speisesaal. Deshalb blieb Magda unten und half, Schüsseln und Becher auf den Tisch zu stellen. Als alle bedient waren, schlüpfte sie auf ihren Stammplatz neben Jaelle.

»Hat Doria dir ihre Botschaft ausgerichtet?«

»Ja, aber ich kann mir nicht vorstellen, was Rafaella sich dabei gedacht hat.« Jaelle wirkte beunruhigt. »Mit so etwas hätte ich nach all diesen Jahren nicht gerechnet. Wir sind doch keine Kinder mehr.«

»Wie meinst du das, Jaelle?« Wenn ihre Freipartnerin so besorgt war, geriet Magdas Vorsatz, sich nicht einzumischen, ins Wanken.

»Die Botschaft bestand nur aus ein paar Worten, die nicht

einmal niedergeschrieben waren: *Am alten Platz liegt ein Brief für dich.* Magda, das geht auf eine ganz alte Geschichte zurück. Damals war ich noch ein kleines Mädchen, Kindras Pflegetochter. Kindra pflegte mich auf ihre weiten Reisen mitzunehmen, und Rafi und ich sahen uns manchmal lange Zeit nicht. Deshalb hinterlegten wir uns Briefe bei der alten Sattelmacherin in der Straße der vier Winde, und das war unser Geheimnis.«

Magda zuckte verärgert mit den Schultern. »Warum auch nicht? Vermutlich machen die meisten Kinder irgendwann einmal so etwas.«

»Rafaella war kein Kind, sie war älter als ich – und ich fand es herrlich, dass ein großes Mädchen mit mir spielte. Rafi und ich haben uns immer ... nahe gestanden. Das weißt du.«

»Ja, natürlich.« Sie konnte es Jaelle nachfühlen. Als terranisches Kind unter Darkovanern war sie immer ein Außenseiter gewesen.

»Aber wir sind keine Kinder mehr, wir sind nicht einmal mehr junge Mädchen, ich bin eine erwachsene Frau mit einem eigenen Kind, und Rafaella ist älter als du! Warum kehrt sie zu diesem kindischen Unsinn zurück?«

»O Jaelle«, sagte Magda, »mach dir darüber keine Gedanken. Vielleicht will sie dir etwas anvertrauen, oder sie möchte sich selbst versichern, dass du ihr immer noch nahe genug stehst, um für sie etwas Törichtes und Kindisches zu tun. Sie mag damit diese alte Verbundenheit wiederherstellen wollen. Sie hat mich immer im Verdacht, dass ich mich zwischen euch stellen will.«

»Also, *das* ist töricht und kindisch.« Jaelles Gesicht war blass. »Wir sind *keine* Kinder, und bildet sie sich wirklich ein, Freipartnerinnen entzweien zu können? Ich schäme mich für sie, Magda. Sie wird mich nach all diesen Jahren kaum noch als Liebhaberin haben wollen. Und wenn sie nicht begreift, dass ich immer ihre Freundin sein werde – dann ist sie dümmer, als ich es selbst ihr zugetraut habe!«

»Mach dir keine Sorgen«, begütigte Magda, »du wirst sehen, sie will dir nur einfach etwas Privates mitteilen.«

»Aber sie müsste wissen, dass ich ihr Vertrauen *niemals* missbrauche«, schimpfte Jaelle. »Ich fürchte, sie hat sich in irgendwelche Schwierigkeiten gebracht ...«

Magda wehrte ab: »Das glaube ich nicht. Wenn sie nichts dabei fand, die Stadt zu verlassen und alle ihre Pferde mitzunehmen, so dass sich die arme Keitha meins leihen musste ...«

»*Was?*«

»Jaelle, wusstest du das nicht?«

»Nein, ich habe den ganzen Tag alte Schriften aus dem Archiv für Mutter Lauria abgeschrieben. Das Papier löst sich auf, weil die Tinte, die man seinerzeit benutzte, so sauer war. Die Dokumente sind erst ein paar hundert Jahre alt, und schon fallen sie in Stücke. Und ich habe hier sonst nichts zu tun. Deshalb war ich den ganzen Tag in der Bibliothek eingeschlossen ...«

Magda gab ihr einen kurzen Bericht.

»Das sieht Rafi nicht ähnlich, so gedankenlos zu sein. Was mag in ihrem Kopf vorgehen?« Jaelles glatte Stirn kräuselte sich vor Verwirrung. »Ich glaube, ich sollte die Sattelmacherin sofort aufsuchen, Magda.«

»Noch heute Abend? Du hast den Verstand verloren«, sagte Magda. »Hör dir den Regen und den Wind da draußen an!« Es klang nach einem der Unwetter, die durch den Pass von den Venza-Bergen herunterfauchten und Thendara mit Regen, starkem Wind und manchmal, sogar im Hochsommer, mit Hagel oder Schnee trafen. Stirnrunzelnd lauschte Jaelle dem Sturm, der die Läden gegen die Fenster knallte.

»Wie schlecht auch das Wetter sein mag, Rafi steckt mittendrin.« Sie schob den Teller mit dem unberührten Stück Nusskuchen zur Seite und ging in den Flur hinaus. Magda folgte ihr.

»Du kannst nicht wegen eines blödsinnigen Einfalls von Rafaella allein in dieses Toben hinausgehen ...«

Jaelle drehte sich um und fasste Magdas Arm. »Dann komm mit mir. Ich habe das Gefühl, dies bedeutet Ärger, Magda – mehr Ärger, als dass Rafaella eifersüchtig ist oder dass sie Kinderspiele treiben möchte.«

Mit einem resignierten Seufzer nickte Magda und holte sich den Mantel, den sie mit so viel Mühe getrocknet hatte. Camilla erschien im Gang hinter ihnen.

»Ihr geht aus? Bei diesem Wetter? Seid ihr beide verrückt geworden?«

Jaelle erzählte ihr, was geschehen war. Ihr Gesicht war blass und bekümmert.

»Camilla, komm mit uns. Du bist auch Rafis Freundin.«

»Soweit sie es zulässt.« Camilla nahm einen abgetragenen alten Umhang vom Haken. »Gehen wir.«

Wind und Regen stürzten sich in den Eingang, als die drei Frauen in die Nacht hinaustraten.

7

Jaelle, Magda und Camilla eilten dem Marktplatz zu. Es goss in Strömen. Magda war böse auf sich selbst, weil es ihr nicht gelungen war, Jaelle zur Vernunft zu bringen. Jaelles kleines, dreieckiges Gesicht war unter der Kapuze verborgen, aber Magda meinte, den bleichen Zorn darin zu erkennen.

Camilla schritt hager und schweigend neben ihnen. Sie platschten durch Pfützen, und der Wind peitschte ihnen die Umhänge ums Gesicht. Der Marktplatz war leer. Tümpel eisigen Wassers bildeten eine Miniaturlandschaft von Seen und felsigen Ufern. Fest verschlossene Stände erhoben sich darüber wie Inseln.

»Sie ist nicht hier. Der Stand der Sattelmacherin ist geschlossen«, stellte Camilla fest. »Gehen wir nach Hause, Jaelle. Da ist nichts, was nicht bis morgen warten könnte.«

»Ich weiß, wo die Sattelmacherin wohnt.« Jaelle drehte sich auf dem Absatz um und strebte einer dunklen Seitenstraße zu. Camilla und Magda wechselten einen einzigen verzweifelten Blick und folgten ihr.

Magda wünschte sich, sie könne Rafaella schütteln, bis ihr die Zähne klapperten. Sie war auch auf Jaelle ärgerlich, die Rafaella zuliebe zu dieser gottverlassenen Stunde in die Altstadt eindrang.

Trotz des Mantels blies ihr der Wind kalt den Nacken hinunter. Magda dachte an Keitha, die außerhalb der Stadt zu Pferde unterwegs war. Aber Keitha hatte es bestimmt längst warm innerhalb eines Hauses, und man hatte ein großes Feuer angezündet, um Wasser heiß zu machen. Magda hatte nie den leisesten Wunsch gehabt, Ärztin oder Hebamme zu werden, aber heute Nacht wusste Keitha wenigstens, wohin sie ging und warum und was sie tun würde, wenn sie dort ankam. Und das war mehr, als sie wussten.

Jaelle blieb vor einem kleinen, verwitterten Haus stehen und sprach kurz mit jemandem, der auf ihr Läuten hin an die Tür kam. Nach einer Weile erschien eine fette alte Frau.

»Ist das nicht unsere kleine Jaelle, und ganz erwachsen? Ja, deine Partnerin hat einen Brief für dich dagelassen, und ich habe ihn mit nach Hause genommen, weil ich Angst hatte, irgendwer könne ihn irgendwohin legen, wo ich ihn nicht wiederfinden würde. Ach du meine Güte, wo habe ich ihn jetzt nur?« Die Frau fuhr sich unter Verrenkungen wie eine Eule, die ihr Gefieder putzt, in mehrere ihrer geräumigen Taschen. »Ah, da haben wir ihn schon – nein, das ist die Bestellung für Lady d'Amatos Sattel. Das da – ach ja, da hast du ihn, *Chiya*. Willst du nicht mit deinen Freundinnen hereinkommen und an meinem Herd süßen Kuchen essen und Apfelwein trinken, wie du es früher getan hast?«

Sie hielt Jaelle ein angeschmuddeltes Stück Papier hin, das zusammengefaltet und mit einer farbigen Oblate verschlossen war.

»Nein, ich danke dir, ich muss versuchen, Rafi einzuholen, bevor sie die Stadt zu weit hinter sich gelassen hat«, antwortete Jaelle und wandte sich ab, die Lippen grimmig zusammengepresst. Magda sah, dass sie die Vorderseite des Briefes betrachtete, aber es war zu dunkel, dass sie ihn hätte lesen können.

»Hier hinein.« Camilla fasste Jaelle bei der Schulter und steuerte sie auf das Licht zu, das aus der offenen Tür einer Weinschenke an der Ecke fiel. Drinnen summte es vor Stimmen, und es war gesteckt voll von Söldnern und Gardisten. Einige grüßten Camilla mit einem Nicken und ein paar Worten. Keiner hinderte die hoch gewachsene *Emmasca* jedoch daran, ihre Freundinnen an einen Tisch hinten im Raum zu führen. Eine bauchige Lampe schaukelte über dem Tisch. Camilla brachte Jaelles Protest mit einem Satz zum Schweigen.

»Man kennt mich hier. Niemand wird uns belästigen. Setz dich und lies deinen Brief, Shaya.« Sie drehte den Kopf nach der dicken Frau, die auf sie zueilte. »Nur Weinpunsch – und Ungestörtheit an diesem Tisch, Chella.« Camilla warf eine Münze auf den Tisch, und als die Frau ging, ihrem Befehl zu folgen, sagte sie mit voller Absicht zu Magda: »Heute stellt sie nicht mehr viel vor, aber du hättest sie vor zehn Jahren sehen sollen. Eine Haut wie Sahne, und der weichste Hals, in den ich je zu beißen versucht habe. Ihr Haar war so lang, dass sie darauf sitzen konnte, und die Farbe – sie erweckte den Wunsch, es mit Silber zu behängen, und glaub mir, sie wusste es. Aber bei allem ist sie eine gute Seele.«

Die Frau kam mit dem heißen Wein zurück, kicherte leise und fuhr mit den Fingerspitzen leicht über Camillas Hand. Camilla lächelte zu ihr hoch. »Ein anderes Mal, Chella. Meine Freundinnen und ich haben etwas zu besprechen. Sorge dafür, dass niemand auf die Idee kommt, wir hätten gern Gesellschaft, ja, Chella?«

Jaelle riss Rafaellas Brief auf und schob ihn ins Licht der Lampe. Beim Lesen runzelte sie die Stirn, und schließlich stellte sie fest: »Sie ist vollkommen verrückt geworden.« Sie warf den Brief Magda zu.

Widerstrebend nahm Magda ihn und las:

Liebste Shaya,
lange genug habe ich versucht, Dich zu bewegen, dass Du wieder mit mir arbeitest. Jetzt ist die Zeit gekommen, mit dem Reden aufzuhören und etwas zu tun. Ich lasse diesen Brief am alten Platz, um Dich an die vergangenen schönen Zeiten zu erinnern, aber dies ist in jeder Beziehung größer.

Wir könnten dadurch sogar Gelegenheit zu der ganz besonderen Expedition bekommen, über die wir sprachen. Leutnant Anders glaubt, sie benutzt mich für die große Entdeckung, die sie machen will. In Wirklichkeit ist es genau umgekehrt. Aber ich werde die Frau für ihr Geld reell bedienen, und das wirst Du auch tun.
Weißt Du noch, dass Kindra uns, als wir junge Mädchen waren, alte Sagen über eine geheime Stadt tief in den Hellers erzählte, wo eine altehrwürdige Schwesternschaft über das Wohlergehen der Menschheit wacht? Es ist möglich, dass es keine Sage ist. Wie viele Sagen gibt es, in denen es heißt, finde den Weg dorthin, und wenn Du tugendhaft genug bist, wird man Dich alle Weisheit des Universums lehren! Ich gebe nicht den Zahn eines Katzenwesens um Weisheit, und wahrscheinlich besitze ich auch nicht die Tugend, die mich qualifizieren würde.
Es mag eine gefährliche Sache werden, aber in einem Punkt stimmen die Sagen alle überein: Sie wollen oder dürfen sich nicht in menschliche Angelegenheiten einmischen, und wenn man sie findet, ist es ihnen nach ihren Gesetzen nicht erlaubt zu töten. Ihre Stadt soll voll von Kupfer und Gold und raren alten Büchern sein. Es heißt, alle Weisheit der *Cristoferos* stammt von ihnen, aber die *Cristoferos* haben nur einen geringen Teil davon bekommen. Und doch betrachtet jeder die *Cristoferos* als die Hüter allen Wissens!
Ich brauche Dir wohl nicht erst zu sagen, was ich vorhabe. Die Terranerin will Informationen für das HQ, damit sie berühmt wird. Was mich betrifft, ich setze auf das Kupfer und Gold. Vergiss die Weisheit. Wenn es mir gelingt, hinein- und wieder hinauszukommen, garantiere ich, dass ich etwas viel Besseres mitbringen werde als ein paar alte Bücher und schöne Worte. Allerdings brauche ich Deine Hilfe. Ich schaffe das nicht allein, und es gibt im Augenblick außer

Dir nicht viele Frauen im Gildenhaus, auf die ich mich verlassen kann.

Ich brauche Handelswaren, extrawarme Kleidung und zusätzlich Pferde und Packtiere. Versuche, ein paar Gildenschwestern zu überreden, dass sie ebenfalls mitkommen – keine Waschlappen wie Doria oder Keitha, sondern Amazonen, die sich für gefährliche Reisen und ein raues Leben eignen, die Leder kauen und Befehle entgegennehmen können. Und was Du auch tust, lauf *nicht* hin und plaudere das alles bei Margali aus! Dies eine Mal, Liebste, behalte eine gute Nachricht für Dich. Stehe zu Deiner alten Partnerin – und bring alle Pferde und Handelsware mit, die Du ergattern kannst. Es wird ein harter Ritt werden, aber glaub mir, die Mühe wird sich lohnen. Denke daran, dass Du damit Deine Tochter unabhängig von ihrem Vater machen kannst, auch wenn er *Comyn* ist!

Ich warte auf Dich drei Tage an der Stelle, wo wir damals mit Kindra die Chervines schlachten mussten. Lass mich nicht im Stich! Mach Dich sofort auf den Weg, damit wir den Kadarin überquert haben, bevor das Wetter umschlägt. Ich kenne Dich, und ich weiß, Du sehnst Dich danach, wieder auf Reisen zu gehen. Ich warte auf Dich, Eidesschwester! Mit Liebe

Rafi

Magda ließ den Brief auf den Tisch fallen und griff nach dem dampfenden Weinbecher, den die Bedienung ihr hingestellt hatte.

Sie erklärte: »Nicht Rafi ist verrückt geworden, sondern Lexie Anders.«

»Wahrscheinlich alle beide.« Camilla fasste nach dem Brief und sah Jaelle fragend an. »Darf ich?«

»Bitte, lies ihn.«

Camilla las und schnaubte. Endlich rief sie: »Sagen! Warum geht sie nicht auf die Suche nach der Verborgenen Stadt, in der kandierte Früchte an Gewürzbrotbäumen hängen ... Ich hätte Rafi mehr Verstand zugetraut.«

»Sie wird sich in furchtbare Schwierigkeiten bringen«, bemerkte Magda. »Natürlich trägt Lexie die Verantwortung, aber dadurch wird die Gefahr für Rafi nicht geringer. Selbst wenn so ein Ort jemals existiert hat ...«

»Oh, es ist durchaus möglich, dass er existiert«, fiel Jaelle unerwarteterweise ein. Magda wandte sich ihr zu.

»Davon hast du nichts gesagt, als Callista und ich über fremde *Leronyn* von anderen Teilen der Überwelt sprachen ...«

»Um ganz ehrlich zu sein, Magda, ich erkannte keine Verbindung zwischen ihnen und den Schwestern der Weisheit, die ich mir nie als verhüllte Gestalten mit krächzenden Krähen vorgestellt habe. Als ich ein kleines Mädchen im Gildenhaus war und von der Schwesternschaft hörte, machte ich mir Gedanken darüber, ob sie aus der Verborgenen Stadt käme. Kindra erzählte mir auf unseren Reisen ein- oder zweimal davon. Da sei eine Stadt, bewohnt von weisen Frauen, vielleicht Nachkommen der alten Priesterinnen Avarras. Sie liege auf einer Insel oder habe früher auf einer Insel gelegen, als das Klima noch nicht so unwirtlich war wie heute. Findest du sie, müssen die Schwestern dich aufnehmen. Sie sind fähig, dir alles zu sagen, was du wissen möchtest – wie du Reichtum erwirbst, wenn es das ist, was du willst, oder mystisches Wissen über den Sinn des Lebens, wenn dein Streben danach geht. Kindra sagte, sie habe Frauen kennen gelernt, die dort gewesen seien, deshalb habe ich dabei nie an eine Sage gedacht. Hält man alle Geschichten nebeneinander, mag schon etwas daran sein. Damit will ich nicht behaupten, dass ich den Ort für *zugänglich* halte. Laut Kindra tun die Schwestern alles, was in ihrer Macht steht, damit man sie nicht findet. Alles, nur dass sie niemanden töten, in dieser Einzelheit der Sage hat Camilla Recht. Und wenn du sie doch findest, seien sie verpflichtet – oh, nichts davon ergibt einen Sinn. Warum wollen die Terraner ihre Nase hineinstecken, und wenn sie es schon tun, warum macht Rafi dabei mit?«

Magda war weh ums Herz. »Ich fürchte, das ist meine Schuld. Lexie schreckt jetzt vor nichts mehr zurück, wenn es ihr nur gelingt, mich zu überflügeln, für den Terranischen Nachrichtendienst eine Leistung zu erbringen, die mich auf den zweiten Platz verweist. Ich schwöre, es war nie meine Absicht, mich als Legende zu etablieren, ich habe nie nach Ruhm gehascht! Dessen beschuldigte sie mich einmal. Sie sagte, ich hätte den anderen nichts zu vollbringen übrig gelassen ...«

»Oh, die Frau ist eine Närrin«, stellte Camilla fest. »Du hast bei allem, was du tatest, der Notwendigkeit gehorcht. Wenn sie sich einbildet, dass du mit ihr konkurrierst ...«

Jaelle machte sich über etwas ganz anderes Sorgen. »Wenn Rafaella das tut, setzen die Terraner sie auf die schwarze Liste. Sie wird nie wieder für sie arbeiten dürfen. Und was geschieht mit Leutnant Anders, Magda, wenn sie diese Verrücktheit gegen den Rat ihrer Vorgesetzten ausführt?«

»Die geringste Strafe, mit der sie rechnen muss, ist die Versetzung auf einen anderen Planeten«, antwortete Magda. »Sie mag aber auch aus dem Dienst entlassen werden, und das geschähe ihr recht. Macht sie allerdings eine wirklich sensationelle Entdeckung für V und E, würde man übersehen, dass sie die Standardregeln missachtet hat. Darauf hofft sie wohl. So etwas hat es in der Geschichte des Dienstes schon gegeben. Peter erzählte mir, Lexie habe derartige Pläne. Ich versicherte ihm, sie seien nicht durchzuführen, auch nicht mit sämtlichen Hilfsmitteln des Imperiums im Rücken.«

»Offensichtlich«, bemerkte Camilla, »versucht sie es *nicht* mit diesen Hilfsmitteln im Rücken. Das ist nur günstig für sie. Terraner sind in den Hellers nicht willkommen, und eine große Expedition fände gar nichts, ausgenommen mehr an Schwierigkeiten, als sie bewältigen kann. Aber ein halbes Dutzend gut ausgerüsteter Frauen könnten es mit Glück und bei gutem Wetter schaffen. Kindra sprach oft davon, sie würde es gern versuchen. Aber dann nahm sie dich, Jaelle, als Pflegetochter an und wollte abwarten, bis du erwachsen seist. Dann starb sie, ohne die Chance bekommen zu haben.« Nach einigen Sekunden setzte Camilla hinzu: »Rafaella muss davon wissen. Kindra war ihre Verwandte. Es wundert mich nur, dass sie eine Terranerin auf eine solche Reise mitnimmt.«

»Mich nicht«, sagte Magda. »Die Terraner haben die Hilfsmittel, das Geld, Karten und so weiter, um solche Expeditionen zu organisieren. Wenn Rafi in all diesen Jahren nicht einmal im Gildenhaus Frauen gefunden hat, die bereit waren mitzumachen, überrascht es mich gar nicht, dass sie mit beiden Händen zugegriffen hat, als eine Frau des Imperiums deswegen an sie herantrat. Lexie ist es, die mir Rätsel aufgibt. Warum zieht sie Jaelle mit hinein? Und ich für meine Person würde bessere Beweise haben wollen, dass die Stadt wirklich und nicht nur eine alte Sage ist.«

Hatte Lexie vielleicht bessere Beweise gehabt als das, was Magda in ihrem Geist gesehen hatte? Mit Schrecken erkannte Magda, dass sie eifersüchtig war, dass sie dachte: *In dieser Angelegenheit hätten die Terraner mich, Magda Lorne, einschalten müssen!* Schließlich war sie die erste Undercover-Agentin auf Darkover gewesen. Wenn eine so große Sache in der Luft lag, mit welchem Recht beauftragten sie Lexie?

Magda entsetzte sich über sich selbst. Das war genau die Haltung, die Lexie Anders' Feindseligkeit hervorgerufen hatte. Und nichts hatte Peter Haldane ferner gelegen als die Absicht, Lexie auf eine abenteuerliche Jagd nach einer legendären Stadt zu schicken; er hatte sich sogar ausdrücklich geweigert, ihr die Erlaubnis zu geben.

Oder hatte er es doch getan? Diente alles, was er ihr, Magda, gesagt hatte, nur der Tarnung einer anderen Agentin? Konnte sie es überhaupt mit ihrem dem Gildenhaus geleisteten Eid vereinbaren, dass sie ruhig zusah, wenn Terraner mitten ins Herz des bestgehüteten Geheimnisses der Frauen Darkovers geführt wurden?

Nein, das war Unsinn, sie ließ sich von Mariselas Andeutungen über mystische Schwesternschaften und kosmische Geheimnisse beeinflussen.

»Ich weiß nicht, warum ich mir darüber Gedanken mache«, sagte sie. »Es ist unmöglich. Selbstmord. Auch mit Glück und bei gutem Wetter – und beides ist in den Hellers nicht leicht zu finden – ist es nicht zu schaffen.«

Und selbst wenn es zu schaffen wäre, selbst wenn Cholayna sie gerufen und ihr den Auftrag erteilt hätte, sie hätte sich geweigert. »Völlig unmöglich«, wiederholte sie und versuchte, Überzeugung hineinzulegen.

»Das möchte ich nicht unbedingt behaupten«, meinte Camilla. »Angenommen, Kindra hatte Recht und es gibt diesen Ort tatsächlich – wenn er einmal, irgendwann einmal, gefunden worden ist, kann er wieder gefunden werden. Nur glaube ich nicht, dass es Rafi gelingt. Dir vielleicht, Jaelle. Oder es hätte dir früher gelingen können. Ich frage mich, ob du es nach sieben Jahren bequemen Lebens auf Armida noch in dir hast.«

Magda fuhr ärgerlich auf. »Das spielt so und so keine Rolle! Natürlich ist das Rafaellas Absicht: Sie möchte Jaelle hinter sich herlocken, sie in das Unheil hineinziehen, das sie und Lexie für sie alle heraufbeschwören. Sie verlässt sich auf deine Loyalität und Freundschaft, Jaelle. Sie glaubt, du wirst ihr folgen wie damals Alessandro Li, als er auf eigene Faust in die

Berge ritt. Damit erobert sie dich zurück, und das ist es, was sie will ...«

»Hast du nicht gesagt, du würdest nicht mit ihr konkurrieren, Magda? Soll ich sie allein in die Hellers ziehen lassen, in Gefahr und Tod?«

»Du willst also tun, was sie sagt.«

»Sie war viele Jahre lang meine Partnerin. Es besteht jedoch kein Grund, dich hineinzuziehen, Magda.«

»Glaubst du, ich lasse dich allein reiten? Du bekommst nur Ärger mit den Terranern und ...« Sie unterbrach sich und sah in Jaelles leuchtende Augen. »Auch das spielt keine Rolle, wie? Du *willst* gehen! Nicht wahr? Du willst zurück auf die Straße, und jeder Vorwand ist dir recht.«

»Magda – du verstehst nicht ...« Jaelle seufzte. »Ich habe kein Recht zu gehen. Aber es macht mich wahnsinnig, dass es Rafi freisteht zu gehen und mir nicht. Außerdem ...«

»Dir steht es frei, alles zu tun, was du für richtig hältst.« Beinahe verzweifelt erkannte Magda, dass Jaelle wie ein Echo ihrer eigenen Gedanken sprach. Sie setzte hinzu: »Es tut mir Leid, dass ich nicht offen mit Lexie geredet habe. Ob diese schwarzen Schwestern real sind oder von einer anderen Existenzebene stammen – wenn ich ihr von meinen eigenen Erfahrungen mit ihnen berichtet, ihr geschildert hätte, wie und warum ich ihnen begegnete, dann hätte sie vielleicht begriffen ...«

Magda überkam die Erkenntnis: Lexie war wie sie diesen geheimnisvollen Frauen begegnet, dieser schwarz gekleideten Schwesternschaft, die eingegriffen hatte, um sie und Jaelle zu retten. Die Schwestern hatten Lexie zurückgeschickt, genau wie sie ihr und Jaelle Hilfe gesandt hatten ... Camilla glaubte es nicht, aber sie war dort gewesen, und Camilla nicht. Und Lexie hatte im Gegensatz zu ihr den Mut gehabt, sich auf die Suche nach ihnen zu machen.

»In der Sage heißt es ausdrücklich«, stellte Camilla trocken fest, »wer die Stadt findet und nicht wert ist, eingelassen zu werden, wird sich wünschen, nie von ihr gehört zu haben. Irgendwie glaube ich nicht, dass Rafaellas Wunsch nach Reichtum als Qualifikation genügt. Vielleicht wird sich Rafi hineinmogeln. Aber nicht wieder hinaus.«

»Siehst du es nicht?« Jaelle strahlte. »Diese beiden sind nicht die richtigen für die Suche.«

»Und wir sind es? Komm, komm, Shaya ...«

»Ich halte all diese Ereignisse nicht für Zufall«, argumentierte Jaelle. »Auf jeden Fall hat Rafaella die Sicherheit ihrer Expedition in meine Hände gelegt. Sie hat mich gebeten, ihr mit weiteren Pferden, Handelswaren und warmer Kleidung nachzukommen. Ich kann sie nicht im Stich lassen.«

»Und ... wenn ich Lexie sage, was ich über diese ... diese geheimnisvollen Frauen weiß, mag das ihre Aussicht verbessern«, gab Magda zögernd zu. »Außerdem habe ich Zugang zu weiteren Informationen, an die sie nicht herankommt, geheime Unterlagen über das Gebiet jenseits Nevarsins, so wenig davon auch bekannt ist ...«

Trotzdem wusste Magda im innersten Herzen, dass Lexie es nicht so sehen würde. Den gut gemeinten Versuch, ihr zu helfen, würde Alexis Anders so auffassen, dass sich ihr die Lorne-Legende schon wieder in den Weg stellte.

Höllenfeuer, Lorne, gibt es keine Pastete auf diesem ganzen Planeten, in der Sie Ihre Finger nicht drin haben?

»Ihr seid beide nicht ehrlich«, sagte Camilla. »Aber beide werdet ihr von dieser mysteriösen Stadt angezogen. Was mich betrifft – mein Motiv ist völlig klar. Auch *ich* will in die Stadt der Zauberinnen gelangen, aber ich nenne meine wahren Gründe. Diese Leute sollen einem sagen können, zu welchem Zweck man geboren ist, und ...« Sie funkelte die beiden anderen herausfordernd an. »Ich habe Ursache, die Vorsehung in

Frage zu stellen. Wenn die Göttin von mir verlangt, so viel zu erdulden, habe ich dann etwa nicht das Recht, von der Göttin zu verlangen, dass sie oder diese geheimnisvollen Frauen, die angeblich ihren Willen tun, mir über mein Leben Rechenschaft ablegen? Ich habe mich entschlossen, die Stadt zu suchen, und dort werde ich die Göttin fragen, warum sie mich als Spielzeug behandelt hat.«

Magda erkannte die Drohung in diesen Worten, auch wenn Camilla sie halb zornig, halb leichtfertig hinwarf. Und bei jeder Konfrontation dieser Art hätte Magda auf Camilla als Siegerin gesetzt.

Jaelle schob ihren Stuhl zurück und steckte den Brief, der noch auf dem Tisch lag, in die Hosentasche.

»Wann brechen wir auf?«

Magda kam sich vor, als sei sie von einer dieser erdbewegenden Maschinen der Terraner erfasst worden, mit denen man einen grünen Hügel voller Bäume und Büsche in eine nackte Ebene verwandelte, auf der ein Raumhafen errichtet werden oder sonst etwas geschehen konnte. Jaelle hatte ihren Protest von Anfang an nicht ernst genommen. Sie jedoch hatte sich bemüht, ehrlich bemüht, das Für und Wider des Plans aufzuzeigen. Oder nicht?

»Rafaella schreibt, sie werde drei Tage warten«, sagte Magda. »Morgen gehe ich ins HQ und besorge mir Karten beim Nachrichtendienst. Ich habe Zugang zu den Satellitenfotos, und mir steht die Computerzeit zu, dass ich sie zu maßstabgerechten Karten auswerten lassen kann.«

»Und ich werde mich um gute Pferde und die Handelswaren kümmern«, sagte Camilla. »Ich habe jetzt Kontakte – du nicht.«

Und die Kinder?, dachte Magda. Doch erst vorgestern hatte sie sich Gedanken darüber gemacht, dass sie für ihre Energien kein Ziel mehr sah. Das alte terranische Sprichwort fiel ihr ein: *Sei vorsichtig, um was du betest, du könntest es bekommen.*

Sie verließen das Weinlokal. Der Regen hatte aufgehört. Die scharfen Zähne der Venza-Berge hoben sich klar vom Himmel ab. Ein kleiner Mond ging gerade hinter einem der Gipfel unter.

Diesen Weg würden sie nehmen, sich dann nordwärts wenden, den Kadarin überqueren und tief in die Hellers eindringen, noch über Nevarsin hinaus. Noch nie war Magda in dieser unbekannten Wildnis gewesen. Ihre beiden Gefährtinnen planten bereits mit der Sachkenntnis erfahrener Bergführerinnen die einzelnen Etappen der Reise.

Wenn sie eins gelernt hatte, als sie das Gildenhaus verließ und sich dem Verbotenen Turm anschloss, dann dies: Sie durfte niemals davon ausgehen, von jetzt an sei ihr Leben geregelt und werde einer vorgezeichneten Bahn folgen. Sie hörte Camilla zu, die mit düsterem Gesicht über die Schwierigkeiten sprach, zu dieser Jahreszeit Pferde zu finden, die für das Gebirge taugten, und ertappte sich dabei, dass sie im Geist ihren Bestand an warmer Kleidung durchging, die sie brauchen würde, lange bevor sie in die Hellers kamen.

8

Im ersten Morgengrauen machte sich Camilla auf, Pferde, Packtiere und Sättel einzukaufen.

Magda, die vor Beginn der regulären Dienstzeit im HQ nichts unternehmen konnte, ging in den Speisesaal, wo kalte Brotschnitten und heißer Brei zum Frühstück bereitstanden. Beim Essen legte sie sich zurecht, was sie als Erstes tun musste.

Sie als Feldagentin hatte Zugang zu den raffiniertesten Satellitenaufnahmen und den eleganten Maschinen, die aus einem aus achtzigtausend Metern Höhe gemachten Foto eine so genaue Karte herstellen konnten, dass man darauf noch einen Harzbaum von einem Gewürzbusch unterschied.

Es gab wenige darkovanische Karten. Die paar Händler, die in die Hellers und zurück reisten, benutzten Pfade, die schon ihre Großväter gekannt hatten. Über das Land hinter Nevarsin wusste man nur, dass es ein gefrorenes Plateau, eine Wildnis, war. Die nach den Fotos hergestellten Karten würden helfen, aber, dachte Magda, nicht genug.

Jaelle kam herunter, mit Reithosen und Stiefeln bereits für die Reise gekleidet. Magda hatte sie noch nie mit dem langen Amazonenmesser gesehen, das wie das kurze Schwert eines Söldners oder Soldaten war. Sie setzte sich auf den Platz neben Magda.

»Ich werde mich um die Verpflegung kümmern«, sagte sie. »Und du solltest einen Reitumhang haben. Du wirst ihn brauchen, wenn wir in die Berge kommen, da ist keine Jacke warm genug. Meinst du, wir könnten ein paar terranische Schlafsäcke bekommen? Sie sind besser als alles, was sich auf dem Markt auftreiben lässt.«

»Ich werde dafür sorgen«, antwortete Magda. Extrawarme

Socken, dachte sie, Spezialhandschuhe, Sonnenschutzsalbe, Sonnenbrillen ... Ein paar Frauen, die zu ihrer Arbeit auf dem Markt wollten, kamen herein und füllten sich Brei auf die Teller. Sherna sah Jaelle mit fragend hochgezogenen Augenbrauen an.

»Zum Reiten angezogen? Wann willst du fort?«

»So bald wie möglich. Ich führe eine Karawane in den Norden.«

»Wenn du Ferrika siehst, grüße sie von mir.« Sherna aß ihren Brei auf und ging in die Küche, um die Brotlaibe für ihren Bäckerstand zu holen. Sich noch einmal umdrehend, erkundigte sie sich bei Magda: »Gehst du mit Jaelle, Eidesschwester?«

Magda nickte. Sie wusste, es war freundlich gemeint, aber es machte sie nervös. Immer noch hatte sie sich nicht daran gewöhnt, dass sich im Gildenhaus jeder in das Privatleben der anderen einmischte.

Bisher hatte sie Jaelle noch nie in ihrer beruflichen Eigenschaft erlebt, und sie staunte, wie schnell und sicher Jaelle Packlasten berechnete und Listen aufstellte.

»Karten, Schlafsäcke, vielleicht ein paar terranische Hochenergie- Rationspäckchen, die wären uns im Gebirge nützlich. Kocher und konzentrierte Brennstofftabletten. Die Beschaffung von allem, was aus der Terranischen Zone kommt, überlasse ich dir.«

»Vielleicht muss ich es Cholayna sagen ...«

Jaelle seufzte. »Wenn du es musst, dann musst du. Sie kennt Rafaella, nicht wahr?«

»Rafaella ist bei Vermessung und Erkundung ebenso wie beim Nachrichtendienst als bester verfügbarer ...« Magda unterbrach sich, schluckte das Wort »eingeborener« hinunter und fuhr fort: »... darkovanischer Führer vorgemerkt. Nicht nur als beste Führerin unter den Frauen, sondern überhaupt.

Sie ist schon öfter von Kartografen engagiert worden. Natürlich kennt Cholayna sie. Wahrscheinlich empfiehlt sie sie für alle größeren Expeditionen.«

Jaelle nickte. »Rafi sagte einmal zu mir, sie arbeite gern mit Terranern zusammen. Sie erhielten die beste Ausrüstung und stritten nie über die Rechnungen. Entweder zahlten sie, oder sie sagten, es sei ihnen zu teuer, und gingen anderswohin. Sie feilschten nie bloß der Freude am Feilschen wegen. Auch gäben sie bessere Trinkgelder.«

So waren, dachte Magda, nicht wenige Darkovaner: Sie arbeiteten für die Terraner, und insgeheim verachteten sie sie. Seit ihrem ersten Jahr im Gildenhaus hatte sie diese merkwürdige Einstellung zu Rafaella, die fast zu gleichen Teilen aus Sympathie und Antipathie bestand.

»Sherna wiederum macht aus dem gleichen Grund ungern Geschäfte mit Terranern«, erwiderte sie. »Sie verderben ihr den Spaß, weil sie nicht handeln. Bei ihnen heißt es ja oder nein, sie kaufen oder lassen es bleiben.«

»Ich weiß, was sie meint«, nickte Jaelle. »Die Terraner haben keinen Sinn für Humor. Rafaella auch nicht. Deshalb kommt sie so gut mit ihnen zurecht.«

»Warum sollte irgendwer seinen Sinn für Humor auf den Marktplatz tragen?«

»Es ist ein Spiel, Liebes. Im Endeffekt kommt es aufs Gleiche hinaus – vielleicht ein paar *Sekals* mehr oder weniger, aber jeder gewinnt an Gesicht, und jeder glaubt, er habe das bessere Geschäft gemacht.«

»Daran finde ich gar nichts lustig. Ich möchte wissen, was eine Sache kostet, und ja oder nein dazu sagen, nicht jedes Mal, wenn ich einen Korb oder ein Paar Stiefel kaufe, ein stundenlanges Spiel treiben!«

Jaelle berührte liebevoll das Handgelenk ihrer Freipartnerin. »Ich weiß. Du bist Rafi sehr ähnlich. Vermutlich versteht ihr euch deswegen nicht besonders gut.« Sie schob ihren Breiteller zurück. »Vergiss die Sonnenbrillen nicht. Selbst in dieser Jahreszeit kommen wir auf Eis, sobald wir halbwegs durch die Kilghardberge sind.«

Auf ihrem Weg durch die Stadt machte Magda sich ihre Gedanken über Jaelle und Camilla. Sie hatten nicht vor, Lexie und Rafaella nachzureiten, um sie von dieser nicht genehmigten Expedition zurückzuholen. Ganz im Gegenteil, sie wollten sich ihnen anschließen.

Es ist meine Schuld. Ich hätte ihnen nicht erzählen sollen, was ich über die Schwesternschaft herausgefunden habe. Damit hat alles angefangen. Auch sie hatte sich gewünscht, das Geheimnis aufzuklären. Der Unterschied war, dass sie es sich nie hätte einfallen lassen, eine Suche auf eigene Faust zu veranstalten.

Ich bin nicht erpicht auf Abenteuer. Deswegen hätte ich mich vielleicht nicht zwischen Jaelle und Rafaella stellen sollen. Jaelle hat die Idee, sich an einem bestimmten Ort für immer niederzulassen, nie so recht behagt.

Sie nannte dem Raumpolizisten am Tor ihre Identitätsnummer, und ihre eigene Stimme klang in ihren Ohren irgendwie verstohlen. *Was ist denn nur los mit mir, ich habe hier* Zutritt, *ich bin eine akkreditierte Agentin, und so viel die Leute wissen, gehe ich meinen normalen Pflichten nach! Und schließlich* ist *es auch meine Pflicht, Lexie daran zu hindern, dass sie sich ohne Erlaubnis in diese unvermessenen, unerforschten Gebiete Darkovers wagt!*

Im Heim der Brücken-Gesellschaft hatte Magda ein paar Standarduniformen hängen. Die in den Kragen eingelassenen Eintrittskodes erlaubten ihr, in den Gebäuden des Hauptquartiers zu kommen und zu gehen, ohne dass sie sich ständig Identitäts- und Sicherheitsüberprüfungen unterziehen musste. Sie grüßte die jungen darkovanischen Krankenschwestern, die sich dort für die Tagesschicht fertig machten, trat schnell an ihren Schrank und zog sich um. In der dunklen Jacke und der Strumpfhose mit den roten Seitenstreifen durfte sie alle Abteilungen außer der medizinischen und der psychiatrischen betreten. Monitoren klickten ZUTRITT, als sie durch die Korridore zum zentralen Kartenraum eilte. Sie fand ein freies Terminal und forderte ein Satellitenfoto von dem Gebiet hinter Nevarsin an. Das Bild zeigte ihr genug von dem Terrain, dass sie die Lippen zu einem lautlosen Pfiff spitzte.

Und Lexie glaubt, da draußen liege eine Stadt, der es gelungen ist, sich vor einer Beobachtung durch Satelliten und Radar abzuschirmen? Die Frau ist wahnsinnig.

Sollte die mysteriöse Stadt der Schwesternschaft existieren – und in dieser Frage war Magda aufgeschlossen –, musste sie sich in einem unzugänglichen Teil der Überwelt befinden. Doch seit sie Jaelle kannte, hatte sie Geschichten über Kindra n'ha Mhari gehört, Jaelles Pflegemutter, die Lady Rohana in die Trockenstädte geführt hatte. Sie war eine legendäre Entdeckerin und Söldnerin gewesen, und sie sollte Frauen gekannt haben, die diese Stadt tatsächlich betreten hatten. Wie konnte dann Magda allen Ernstes behaupten, es gebe sie nicht?

Magda drückte Tasten und ließ nach dem Satellitenfoto ein etwas detaillierteres Computerdiagramm herstellen, zu dessen Entzifferung keine profunde Kenntnis der terranischen Symbole nötig war. Es erschien auf dem Schirm, Magda studierte es und nahm hier und da Änderungen vor, bis es den darkovanischen Karten glich, die sie in Rafaellas Sammlung gesehen hatte. Dann verlangte sie einen Ausdruck. Der lasergesteuerte Schnelldrucker arbeitete lautlos, und in weniger als einer halben Minute glitt die Karte heraus. Magda nahm sie und betrachtete sie noch einmal lange Zeit, suchte nach Fehlern, verglich sie mit anderen Bildern auf dem Schirm, vergewisserte sich, dass dies das Allerbeste war, was sie bekommen konnte.

Während ihrer ersten Jahre im Nachrichtendienst hatte Magda zusammen mit Peter Haldane einen Großteil der Sieben Domänen bereist und war bis in die Vorberge der Hellers gekommen. Einige der ersten Karten hatte sie selbst gezeichnet, obwohl Peter darin besser war; ihre Begabung lag auf sprachlichem Gebiet. Bei der Betrachtung der Straßen (auf jedem anderen Planeten als Darkover hätte man sie als Trampelpfade klassifiziert) stieg die Erinnerung an diese halbvergessene Zeit in ihr auf ... Wie jung war sie damals gewesen, wie grenzenlos unternehmungslustig! Hatten sie und Jaelle tatsächlich den Scaravel-Pass, fast viertausend Meter hoch, überquert? *Ja,* dachte sie grimmig, *Jaelle trägt die Narben, die es beweisen.* Und einmal hatten sie und Peter verkleidet die Stadt des Schnees aufgesucht, das Nevarsin der *Cristoferos* .... Magda seufzte, wandte sich wieder dem Terminal zu und verlangte die außerdem noch vorhandenen Karten des Gebietes nördlich von Nevarsin.

Wenige schmale Pfade führten in die Wildnis. Das Plateau lag über zweitausend Meter hoch; es war damit zu rechnen, dass auf den Pässen Sauerstoffmangel herrschte. Ganz bestimmt lebten dort Banshees – diese blinden, flugunfähigen, Fleisch fressenden Vögel, die von der Körperwärme jedes atmenden Wesens angezogen wurden und einem Pferd mit einem einzigen Hieb ihrer schrecklichen Klauen den Bauch aufreißen konnten. In den unerforschten Teilen würden unbekannte Gefahren lauern. Einige der Pässe lagen viel höher als der Scaravel; der größte Teil war mit der blassblauen Kreuzschraffierung bedeckt, die bedeutete: *Unerforscht – keine genauen Daten.* Wenn das, was sie suchten, wirklich existierte, befand es sich anderswo.

Eine schwarze Katze in einem dunklen Keller, die gar nicht drin ist?

Der Wahrheitsgehalt der Sagen musste größer sein. Wenn Frauen, die Kindra gekannt hatte, in der Stadt gewesen und zurückgekehrt waren, musste es möglich - nicht leicht, aber möglich - sein, Informationen aufzuspüren, zu kaufen, die Informanten zu bestechen ...

All das hatte auf der darkovanischen Seite zu geschehen. Die terranischen Quellen hatte Magda jetzt erschöpft. Sie tippte LAGER ein, forderte Schlafsäcke, Festbrennstoff für Feldkocher, Sonnenbrillen und Sonnenschutzsalbe an - an all diesen Artikeln war nichts Ungewöhnliches. Jedes Mitglied der Abteilung Vermessung und Erkundung oder Beobachtung, jeder Agent des Nachrichtendienstes nahm sie auf einen Einsatz mit. Auch wenn sie nicht zu Lasten von Magdas Privatkonto, sondern ohne Bezahlung als *arbeitsabhängige Ausgaben* verbucht wären, hätte kein Rechnungsprüfer Argwohn geschöpft. Aber da Magda die Kosten selbst trug, würde man von ihr niemals eine Erklärung fordern, wozu sie die Sachen hatte benutzen wollen.

Ob Lexie ihre Spuren auf diese Weise verwischt hatte? Wie Magda war Alexis Anders an der Akademie des Nachrichtendienstes auf Alpha ausgebildet worden. Aber Lexie war jünger als sie und hatte in solchen Dingen beträchtlich weniger Erfahrung.

Nach einer Minute schaltete Magda das Terminal wieder ein und tippte schnell den langen Zugangskode für die Personalabteilung.

Wie sie erwartet hatte, kamen zwei Rückfragen, doch ihre Befugnisse gingen so weit, dass sie feststellen konnte: Anders, Alexis, Pilotin für Sonderaufgaben bei Vermessung und Erkundung, hatte Urlaub beantragt und verschiedene Gegenstände angefordert, die zu einer Bergsteigerausrüstung gehörten. *Sehr interessant,* dachte Magda und löschte den Schirm.

Sie musste noch hinunter ins Lager und ihre Bestellung selbst abholen, obwohl der Rechnungsbetrag bereits automatisch von ihrem Guthaben beim HQ abgezogen worden war. Damit hatte sie ihr Konto beinahe leer geräumt; die Bezahlung für eine detachierte Agentin war nicht sehr gut. Nur die Prämien, die Cholayna ihr für die jüngste Arbeit mit der Brücken-Gesellschaft hatte zukommen lassen, setzten sie überhaupt in die Lage, die Kosten zu tragen.

Nun, die Sache ist es mir wert. Darauf kommt es an.

Sie spezifizierte, wie sie ihren Erwerb verpackt haben wollte, beanstandete die Preise von einigen Artikeln – Jaelle konnte sie in der Altstadt wahrscheinlich billiger bekommen. Jetzt wollte sie ins Brücken-Heim zurückkehren und das anziehen, was sie, wenn sie sich in der Terranischen Zone aufhielt, gedankenlos immer noch ihre *Verkleidung* nannte. Sie schaltete das Terminal ab, drehte sich um und sah Vanessa ryn Erin im Eingang stehen.

»Dachte ich mir doch, dass Sie es waren! Was wollten Sie mit Lexies Akte, Magda? Neugier ist kein triftiger Grund dafür, in den Unterlagen der Personalabteilung herumzuschnüffeln, wissen Sie. Das hätte ich nicht von Ihnen gedacht.«

»Wenn Sie schon vom Schnüffeln reden, warum haben Sie *mir* nachgeschnüffelt?«

»Ich arbeite in der Personalabteilung, Magda. Sie nicht. Geben Sie mir eine Erklärung.« Vanessa hielt inne und betrachtete Magda kühl. »Das ist mein Ernst. Ich könnte Sie aus geringerem Anlass psychosondieren lassen.«

Magda, die das Lügen verabscheute, hatte ihr die Wahrheit sagen wollen. Jetzt wurde ihr klar, dass sie sich, wollte sie sich selbst, ganz zu schweigen von Jaelle und Camilla, schützen, besser eine gute Ausrede einfallen ließ, die Vanessas Verschwörer-Mentalität befriedigte. Doch wie es fast zwanghaft ehrlichen Menschen so oft geschieht, kam ihr keine in den Sinn. Es machte sie wütend. Sie dachte: *Ich kann nicht einfach hier stehen und zwinkern wie ein kleines Mädchen, das mit den Händen in der Keksdose ertappt worden ist!* Und natürlich tat sie genau das.

Endlich sagte sie: »Ich habe mich erkundigt, was Lexie tut. Ich habe sie beim Treffen der Brücken-Gesellschaft gesehen, aber ich wollte mich überzeugen, dass sie sich nach ihrem schrecklichen Erlebnis wieder ganz erholt hat.« Dann fiel ihr ein, was sie gleich hätte sagen sollen. »Sie scheint mit Jaelles Partnerin fortgegangen zu sein. Wir müssen wissen, welchen Weg sie genommen haben. Eine Botschaft von Rafaella hat Jaelle nicht erreicht, und ...«

»Wie Sie ja entdeckt haben, hat sie Urlaub beantragt«, sagte Vanessa. »Als ich mit Cholayna sprach, gewann ich jedoch den Eindruck, sie habe Lexis einen Auftrag erteilt, der es ihr ermöglichte, die Ausrüstung gratis zu bekommen. Sie engagierte eine Führerin von den Entsagenden, und sie reist in die Kilghardberge, um die Volkstänze der Frauen zu studieren.«

»Also das ...« Magda beherrschte sich noch rechtzeitig. Sie erklärte geradeheraus: »Das glaube ich nicht.«

»Warum nicht? Es ist eine angenehme, leichte Arbeit und läuft auf einen bezahlten Urlaub hinaus. Das haben wir alle schon einmal gemacht.«

Das ganze nächste halbe Jahr bereute Magda, dass sie Vanessa nicht einfach bei diesem Glauben gelassen hatte. Es war eine so einfache Erklärung, und es hätte ihnen schrecklich viel Ärger erspart, wenn sie geschwiegen hätte.

Stattdessen holte sie vor Entrüstung tief Atem.

»Halten Sie mich für schwachsinnig, Vanessa? Ja, es gibt bei den Entsagenden Führerinnen, die es übernehmen würden, eine Terranerin in die Berge zu bringen, damit sie Volkstänze oder Balladen-Stile oder die *rryl* oder das Korbflechten des Schmiedevolkes studieren kann. Aber Rafaella? Es war Rafaella, die die Kartografierungsexpedition auf den Scaravel geführt hat! Nach Rafi fragt man, wenn neunzig Mann, fünfhundert Pack-Chervines und ein halbes Dutzend halb ausgebildeter Bergführer koordiniert werden sollen! Kommen Sie, Vanessa, Sie glauben doch wohl nicht, Rafaella n'ha Doria würde sich dazu herablassen, eine einzelne Terranerin auf einem Sonntagsausflug zu begleiten, um die Unterschiede zwischen einer *Secain* und einem Anhazak-Kreistanz aufzuzeichnen? Möglich, gerade eben möglich, wenn sie Liebende wären und einen Vorwand für eine gemeinsame Reise brauchten. Einen anderen Grund kann ich mir nicht denken. Und da ich Rafaella kenne, glaube ich keinen Augenblick daran. Über Lexies Liebesleben weiß ich beim besten Willen nichts, aber ich würde mit Ihnen um einen Wochenlohn wetten, dass sie vollständig heterosexuell ist. Oder haben Sie ihren Gesichtsausdruck nicht bemerkt, als ich ihr Jaelle als meine Freipartnerin vorstellte?«

Vanessa zuckte die Schultern. »Ich habe nicht viel darüber nachgedacht. Ich nahm an, sie wolle in die Berge. Magda, schließlich ist Lexie als Nachrichtendienstagentin ausgebildet. Ich glaubte, nach dem Flugzeugabsturz sei das die einzige Arbeit gewesen, die sie bekommen konnte. Sie brauchte eine Führerin, und vermutlich hat sie einfach nach der Besten auf der Liste gefragt.«

»Und Rafaella sagte zu, einfach so, Unsinn.«

Zornig verteidigte Vanessa sich: »Ich habe keinen Gedanken daran verschwendet, bis ich einen Anruf erhielt, jemand schnüffele in ihrer Akte! Nach allem, was sie durchgemacht hat, steht Lexie ein Urlaub doch zu! Es ist kein Verbrechen, eine Führerin zu engagieren, die überqualifiziert ist, oder? Solange sie Rafaellas Honorar bezahlen kann! Vielleicht sagte sich Rafaella, es sei leicht verdientes Geld, oder es machte ihr Spaß, eine Außenweltlerin übers Ohr zu hauen, die bereit war, den vierfachen ...« Vanessa brach ab und meinte nachdenklich: »Oder Cholayna hat ihr den Auftrag mit dem Volkstanz als Tarnung gegeben, und in Wirklichkeit ist sie hinter etwas viel Wichtigerem und Ernsterem her ...«

»Sie fangen an zu begreifen«, stellte Magda fest.

»Aber – würde Cholayna das tun, ohne sich bei der Personalabteilung zu vergewissern, dass Lexie für so etwas stabil genug ist? Das ist der springende Punkt, Magda. Das ist *meine* Aufgabe! Eine Frau, die sich gerade erst von einem Zusammenbruch und einer Amnesie erholt hat, würde ich niemals ohne ein Gutachten von der Medizinischen und Psychiatrischen hinausschicken. Und Cholayna täte es ebenso wenig! Zwar neigt sie dazu, sich ... ihre eigene Meinung über Menschen zu bilden ...« Sie hielt inne. Magda, die genau wusste, was sie hinunterschluckte, sprach es für sie aus.

»Sie dachten daran, dass ich hätte entlassen werden sollen, nicht wahr, Vanessa? Natürlich. Und oft wünsche ich, Cholayna hätte nicht für mich gekämpft. Verdammt noch mal, *gerade eben wünsche ich es mir wieder!* Tatsache ist, Vanessa, dass Lexie Sie hereingelegt hat, und vielleicht Cholayna auch.«

Plötzlich wurde ihr bewusst, dass sie Vanessa ein Geheimnis anvertraute, das nicht ihr allein gehörte, sondern auch Jaelle und Camilla. Wenn ihr Ziel war, Rafaella aus Schwierigkeiten herauszuhalten und Lexie daran zu hindern, in ein für Terraner verbotenes Gebiet Darkovers einzudringen, war das, was sie gerade gesagt hatte, unentschuldbar.

Vanessas Zorn richtet sich jedoch nicht, wie Magda geglaubt hatte, gegen sie. Es ängstigte Magda, dass sie Vanessas Überlegungen so genau wahrnahm: Vanessa war eine Terranerin, kopfblind, es hätte ihr unmöglich sein müssen, Vanessas Gedanken zu lesen. Und doch empfing sie ganz deutlich:

Lexie hat nicht das Recht, uns alle zu manipulieren, weil sie meint, wir seien Dummköpfe, die die Anschauung der Eingeborenen übernommen haben – oder etwas in der Art! Begreift sie nicht, dass Magda und Cholayna meine Schwestern sind und dass sie sich, wenn sie ihnen einen Streich spielt, auch mit mir anlegt?

Laut sagte Vanessa nur: »Gehen wir nach oben und fragen wir Cholayna.«

9

Fast so lange, wie sie sich kannten, staunte Magda über Cholaynas Fähigkeiten, sich zu entspannen. Cholayna schien eigentlich nie etwas zu tun, ob man sie in ihrem Zimmer im HQ oder in ihrem Sonderbüro der Akademie des Nachrichtendienstes antraf. Urteilte man jedoch nach den Ergebnissen, hätte sie ihre ganze Zeit mit frenetischer Aktivität verbringen müssen.

Der heutige Tag bildete keine Ausnahme: Cholayna lag in einem bequemen Sessel. Sie hatte die schmalen Füße höher als den Kopf gelegt und die Augen geschlossen. Als Magda und Vanessa eintraten, öffnete sie sie und lächelte.

»Ich dachte mir, dass das deine nächste Zwischenstation sein würde«, meinte sie. »Was hast du mit den Satellitenkarten vor, Magda?«

Aus diesem Grund habe ich Jaelle gesagt, vielleicht würde ich Cholayna erzählen müssen, was sich tut. Sie weiß alles.

Vanessa gab Magda keine Chance zu antworten.

»Ich nehme an, du wirst es mir nicht verraten, wenn es geheim ist. Aber ist Lexies Auftrag, Volkstänze zu studieren, eine Tarnung für irgendein anderes Manöver des Nachrichtendienstes?«

Cholayna blickte ein wenig überrascht drein. »Nein, das ist nur ein Stückchen Xenoanthropologie. Der Antrag wurde mir zur Genehmigung vorgelegt, weil jedes Mal, wenn ein Terraner ins Feld geht – was in der Praxis jeden Ort bedeutet, der mehr als zehn Kilometer von der Altstadt entfernt ist –, der Nachrichtendienst verpflichtet ist zu überprüfen, ob er dabei niemandem von der darkovanischen Seite auf die Zehen tritt. Natürlich taugt Lexie nach dem erlittenen Schock nicht mehr als Pilotin, wenn sie keine ausgedehnte Ruhepause bekommt. Deshalb gab ich mein Okay. Schließlich wird hier nicht sehr viel richtige nachrichtendienstliche Tätigkeit geleistet –, warum, glaubst du wohl, habe ich mir diesen Planeten ausgesucht? Neunundneunzig Prozent meiner Zeit verbringe ich damit, Undercover-Einsätze für die Abteilungen Linguistik und Xenoanthropologie vorzubereiten. Wozu Magda die Grundlagen geliefert hat, noch bevor ich hier ankam.« Sie lächelte Magda zu, und Magda erwiderte das Lächeln. Vanessa blieb misstrauisch, aber Magda war als Telepathin gut genug, um zu erkennen, wenn man ihr die Wahrheit sagte.

»Also ist das keine Tarnung für die Expedition, die sie, wie Peter Haldane sagt, in die Hellers machen möchte?«

»Ach, das.« Cholayna lachte vor sich hin. »Lexie hat zugegeben, dass sie nach ihrer Rückkehr ziemlich konfus war und in den ersten Tagen gar nicht wusste, was sie tat. Sie hat mich sogar gebeten, dafür zur sorgen, dass ihre Äußerungen Peter gegenüber nicht in ihr Dossier kommen. Sie weiß, dass Peter und ich alte Freunde sind. Dann meinte sie, sie brauche Erholung und würde gern in die Berge reisen. Glaubt nicht, dass ich es nicht merke, wenn jemand einen Urlaub auf Kosten der Firma herausschinden will, aber Lexie ist tüchtig, und ihr stehen die gleichen Vorrechte zu wie uns Übrigen. Deshalb riet ich ihr, sich eine qualifizierte Führerin aus der Brücken-Gesellschaft zu nehmen, und brachte die Sache für sie mit Xeno-An in Ordnung.«

Magda öffnete den Mund, doch wieder sprach Vanessa zuerst.

»Sehen Sie, Lorne? Habe ich Ihnen nicht gesagt ...«

Cholayna stellte die Füße auf den Boden. »Was geht hier vor?«

»Cholayna – was sagst du dazu, dass Lexie als Führerin Rafaella n'ha Doria angeworben hat?«

»Da ich weiß, was Rafaella ihren Kunden berechnet«, antwortete Cholayna, »möchte ich sagen, dass Lexie ein sehr schlechtes Geschäft gemacht hat. Ich kenne mindestens ein halbes Dutzend Frauen, die eine solche Reise mit ihr für die Hälfte – nein, für ein Viertel von Rafis üblichem Preis ...«

Sie brach ab. Es war Furcht erregend: Magda spürte förmlich, wie die Erkenntnis durch die äußeren Schichten von Cholaynas träger Gutmütigkeit sickerte. Zum ersten Mal seit der Zeit auf der Akademie sah sie die scharfe Intelligenz hinter dieser Fassade.

»Im Namen einer Million Feuer fressender Dämonen, was haben die beiden vor?« Cholayna lehnte sich zurück und kniff die Augen zusammen.

»Ich glaube«, sagte Vanessa, »dass Lexie eine Möglichkeit gefunden hat, ihre Expedition zu verwirklichen, ohne erst lange um Genehmigung einzukommen. Sie hat zumindest dich und deine Abteilung zum Narren gehalten, Cholayna.«

Cholaynas Gesicht spannte sich, und die buschigen silbernen Augenbrauen sträubten sich über ihren dunklen Augen. »Ich hätte es mir denken sollen. Ich habe Lexie ausgebildet, und ich hätte merken müssen, dass sie eine Hinterhältigkeit im Sinn hatte! Deshalb brauchst du also die Karten. Aber was suchen sie deiner Meinung nach auf dieser Expedition?«

Magda reichte ihr den Brief. Cholayna warf einen kurzen Blick darauf und schob ihn über den Schreibtisch zurück.

»Hmm. Das sieht nach einem außergewöhnlich privaten Brief aus. Doch ich kenne dich. Du würdest ihn mir nicht ohne guten Grund zeigen. Warum erzählst du es mir nicht einfach?«

Magda teilte ihr den Inhalt des Briefes mit.

Cholayna runzelte die Stirn. »Auf die Jagd nach Märchen zu gehen, sieht Lexie ebenso wenig ähnlich wie das Studium von Volkstänzen.«

»Oh, es ist mehr als das. Lexie hat sie gesehen – oder bildet es sich ein –, und es sind die gleichen Umstände wie die, unter denen *ich* sie gesehen habe.« Magda holte tief Atem. Dann erklärte sie, was sie bei ihrer Sondierung in Lexies Geist gefunden hatte: verhüllte Frauen, Stimmen, das Krächzen von Krähen. Cholayna trommelte beim Zuhören mit ihren langen Fingern nervös auf die Glasplatte ihres Schreibtisches.

Magda schloss: »Ich habe immer angenommen, dass sie, falls es sie überhaupt gibt, nur in der Überwelt existieren. Aber Camilla sagt, Kindra habe Frauen gekannt, die dort gewesen sind. Auch Marisela weiß etwas über sie, sie will nur nicht davon sprechen.«

»Und ihr wollt ihnen nach?« Mit einem Ruck richtete Cholayna sich auf. »Na gut. Ich sorge dafür, dass dir alle Karten genehmigt werden, die dir von Nutzen sein können. Hol mir das Lager an die Leitung, Vanessa, ich brauche nicht mehr als ...« – sie zog einen Chronometer zu Rate – »... eine halbe Stunde, um mich zum Reiten fertig zu machen.«

»Cholayna, du kannst doch nicht ...«

»Du wirst mir gegenüber nicht behaupten, das ich *nicht kann*«, rügte Cholayna sie, aber sie lächelte. »Denk nach, Magda! Wenn Alexis Anders' Theorie stimmt und irgendeine andere Macht auf diesem Planeten eine gegen Radar- und Satellitenbeobachtung abgeschirmte Station errichtet hat, ist es nicht nur meine Pflicht, darüber Bescheid zu wissen, sondern wir könnten alle entlassen werden, falls uns nichts Schlimmeres passiert! Peter und ich kämen vielleicht sogar vor ein Kriegsgericht. Was glaubst du wohl, zu welchem Zweck ich hier bin? Und wenn du Recht hast und es ein Geheimnis der Schwesternschaft ist – soll ich dann zulassen, dass eine verwöhnte Göre von Vermessung und Erkundung mit einer so arroganten Einstellung diesem Planeten gegenüber, dass sie nicht einmal der Brücke beitreten will, in der Sache herumpfuscht? Ganz abgesehen von den diplomatischen Komplikationen – wenn sich schon Nicht-Darkovaner in die Angelegenheiten der Schwesternschaft einmischen, ist es doch besser, du und ich tun es als Lexie, hmm?«

Das alles war so wahr, dass Magda nichts darauf zu antworten fand. Trotzdem hielt sie Cholayna vor Augen:

»Als du nach Darkover kamst, war dir klar, dass du keine Feldarbeit tun könntest, Cholayna. Du würdest dich in größere Gefahr als wir alle begeben, weil jeder sofort sieht, dass du keine Eingeborene bist.« Darkover, eine der »verlorenen Kolonien«, stellte unter allen von Menschen besiedelten Planeten eine Ausnahme dar. Die ersten Einwanderer gehörten einer Gruppe an, die auf den Britischen Inseln zu Hause war, und deshalb war die ganze Bevölkerung weiß.

Cholayna gab zurück: »Welche Rolle spielt das da draußen in der Wildnis? Man wird denken – falls wir jemanden treffen, der überhaupt denkt –, dass ich deformiert, verbrannt oder vielleicht von Sklavenhaltern aus den Trockenstädten tätowiert worden bin oder dass ich, wie einige der Frauen im Gildenhaus anfangs glaubten, an einer schrecklichen Hautkrankheit leide. Oder sie halten mich für einen Nichtmenschen.« Cholayna zuckte die Schultern. »Sprich mit dem Lager, Vanessa. Ich sehe besser erst Magdas Versorgungsliste durch, damit wir nichts doppelt bestellen. Hast du genug Sonnenschutzsalbe und eine Reserve an Sonnenbrillen?«

Magda hatte sich einmal mit knapper Not vor einer Stampede von wilden Chervines der Kilghardberge in Sicherheit bringen können. Das waren Geweih tragende Tiere, die Ähnlichkeit mit dem terranischen Rotwild hatten. So ähnlich wie damals war ihr jetzt auch zu Mute. Was würden Camilla und Jaelle sagen?

Cholayna entschuldigte sich, eilte in ihre Wohnung und kam mit einem überraschend kleinen Bündel persönlicher Habseligkeiten zurück.

»Alles andere außer den Stiefeln kann ich vom Lager bekommen. Da wartet man schon auf mich. Gehen wir. Karten fertig, Vanessa? Ich habe meiner Mitarbeiterin gesagt, dass sie mich auf unbegrenzte Zeit vertreten muss, es handele sich um ein kosmisches Top-Secret, und sie dürfe es vor Haldane erst erwähnen, wenn ich zehn Tage weg sei. Wahrscheinlich glaubt sie, sich während meiner Abwesenheit so einnisten zu können, dass sie unentbehrlich wird. Nichts könnte mir gleichgültiger sein. Los.« Sie hängte sich das Bündel über den Arm.

»Wartet«, bat Vanessa. »Ich komme auch mit.«

»Sei nicht dumm, Vanessa. Du kannst nicht ...«

»Wer hier dumm ist, bist du«, erklärte Vanessa, »aber du hast kein Monopol darauf. Erstens: Ich habe Berge bestiegen, seit ich sechzehn Jahre alt war. Ich habe ein nur aus Frauen bestehendes Team bei der ersten Bezwingung des Montenegro-Gipfels auf Alpha geführt. Das ist einer der Gründe, warum ich nach Darkover geschickt wurde; ich weiß alles über ein strenges Klima. Und du musst zugeben, dass Darkover ungewöhnlich ist, was das Klima angeht – *besonders* in den Hellers. Zweitens: Ich bin ebenfalls Mitglied der Brücke, und was Lexie vorhat, ist ein Hohn auf alles, was die Brücke auf Darkover anstrebt, und deshalb ist es ebenso meine Angelegenheit wie ihre oder deine. Und drittens ...« Sie hob die Hand, als Cholayna versuchte, sie zu unterbrechen. »Wenn du auch noch eine verwaltungstechnische Begründung hören willst, die Personalabteilung hat das Recht, die psychische und physische Kondition eines jeden zu überprüfen, der auf einen Feldeinsatz geht. Versucht nur, ohne mich aufzubrechen. Ich werde dafür sorgen – nein, der Legat wird dafür sorgen, dass keine von euch zum Tor des HQ hinauskommt.«

»Das ist nur um Fingernagelbreite von einer Erpressung entfernt«, murmelte Cholayna.

»Verdammt richtig.« Vanessa sah sie herausfordernd an. Nach einem Augenblick brach Cholayna in Lachen aus.

»Dann wollen wir alle zusammen verrückt spielen! Zehn Minuten, Vanessa. Wir treffen uns vor dem Lager.«

In der Stadt hielt Cholayna die Parka-Kapuze ihrer daunengefütterten Jacke mit ihrem unbezahlbaren Besatz von außerweltlichem Pelz fest um das Gesicht. Der verabredete Treffpunkt war ein ihnen bekanntes Lokal. Zu dieser Stunde war es nur halb voll. Ein paar Gardisten genehmigten sich ein mittägliches Bier oder ein Gericht aus gekochten Nudeln. Ein kleinerer Kreis von Gardisten spielte vorn Pfeilwerfen, aber bald entdeckte Magda die hohe, magere Gestalt Camillas, ein Messer in der Hand, inmitten der Gruppe.

»Beweise es!«, rief einer der Männer. »Hör auf zu prahlen, und leg deinen Einsatz hin!«

»Ich nehme euch euer Geld ungern ab«, sagte Camilla mit ihrer sanften Stimme und ließ das Messer fliegen. Es traf den Pfeil genau, säbelte die Federn von dem splitternden Schaft und grub sich so dicht neben die metallene Pfeilspitze in das Holz, das man kein Haar mehr hätte dazwischendrängen können. Die Männer japsten vor Staunen. Mit fröhlichem Lachen sammelte Camilla ein Dutzend Münzen ein, die auf der Theke lagen, steckte sie in die Jackentasche und holte sich ihr Messer zurück. Da sah sie Magda in der Tür stehen und ging ihr entgegen.

»Hast du wieder angegeben, *Bredhiya?*«, fragte Magda.

»Sie wollen nie glauben, dass eine Frau ein Messer schneller und besser werfen kann als sie. Als Söldnerin habe ich mir damit immer meine Getränke verdient. Und diesmal«, sagte Camilla, »brauchte ich Geld. Ich habe mich heute Vormittag beim Einkaufen von Reisevorräten völlig verausgabt. Nur gut, dass ich zwei Extrapferde mitgebracht habe.« Auf diese einfache Weise akzeptierte sie die Anwesenheit Cholaynas und Vanessas. Sie führte sie zu einer Nische hinten im Raum, wo Jaelle wartete.

»Ich habe für uns alle Suppe und Brot bestellt. Gönnen wir uns noch eine warme Mahlzeit, bevor wir uns auf den Weg machen.« Camilla streifte Cholayna mit einem flüchtigen Blick. »Das entspricht nicht deinen Begriffen von essbaren Lebensmitteln, Cholayna. Ich weiß, du isst nichts, was sich einmal aus eigener Kraft bewegt hat. Aber unterwegs wirst du dich doch daran gewöhnen müssen.«

Es war, als habe sie von Anfang an gewusst, dass Cholayna und Vanessa mitkommen würden. Vielleicht hatte sie es tatsächlich gewusst. Magda hatte nicht die Absicht, sie danach zu fragen, und Camilla hätte ihr auch nie eine Antwort gegeben.

10

Es war noch früher Nachmittag, als sie die Stadt hinter sich ließen, und vor Sonnenuntergang hatten sie den Dämmerungspass überquert. Er war weder besonders hoch noch steil, aber als sie mit dem Abstieg begannen, warf Camilla, die ein flottes Tempo eingehalten hatte, den beiden Terranerinnen einen anerkennenden Blick zu.

»Du bist in guter Kondition, Vanessa. Cholayna, du bist natürlich verweichlicht – aber nicht schlimmer als die beiden da. Sie haben in all diesen Jahren auf Armida ein bequemes Leben geführt und Kinder bekommen – nichts sorgt besser dafür, dass einem die Puste ausgeht! Du wirst dich unterwegs schnell genug abhärten.«

Sie nahmen die Nordstraße und ritten so schnell, wie die Packtiere es ihnen erlaubten. Im letzten roten Licht warf Cholayna ihre Kapuze zurück. Sie sah glücklich aus. Später sagte sie zu Magda, die neben ihr ritt: »Ich hatte vergessen, wie schön das ist! Nach sieben Jahren hinter einem Schreibtisch in der Verwaltung und davor fünfzehn Jahren im Lehramt glaubte ich, nie mehr hinauszukommen. Ich hatte mir nicht ganz klargemacht, was meine Versetzung nach Darkover für mich bedeuten würde. Dann blieb ich, weil ich glaubte, gute Arbeit zu leisten, besonders mit der Brücken-Gesellschaft. Aber es ist herrlich, wieder draußen zu sein. Es ist so verdammt lange her.«

Sie muss eine höllisch gute Agentin gewesen sein, wenn man ihr einen Posten an der Akademie gegeben hat, dachte Magda. Nicht zum ersten Mal überlegte sie, wie alt Cholayna sein mochte, aber es wäre ihr nie eingefallen, sie zu fragen.

Die Sonne ging unter, und die schnell hereinbrechende

Nacht, die Darkover den Namen gegeben hatte, senkte sich auf die Venza-Berge nieder. Es regnete nicht. Camilla nutzte das gute Wetter und trieb sie weiter an. Erst kurz vor Mitternacht ließ sie anhalten. Bei Laternenlicht schlugen sie das Lager auf. Cholayna zündete ein kleines Feuer an, damit sie Wasser kochen und sich heiße Getränke bereiten konnten. Zu essen gab es nur Brot und kaltes Fleisch aus dem Gepäck.

»Wir können für ein paar Tage frische Lebensmittel in den Dörfern kaufen und den Reiseproviant sparen«, sagte Camilla, eine Hand voll Trockenobst kauend. »Danach kommen wir in die Berge, und Dörfer, wo wir uns versorgen können, mögen drei oder vier Tagesritte voneinander entfernt liegen.«

»Woher wissen wir, welchen Weg wir einschlagen müssen? Oder sollte ich das nicht fragen?«, erklang Vanessas Stimme aus der Dunkelheit hinter dem Feuer. Jaelle antwortete ihr.

»Margali hat dir von dem Brief erzählt? Rafaella will drei Tage an dem Ort warten, wo wir die Chervines schlachteten. Sie weiß, dass ich das nie vergessen werde. Es ist zehn Jahre her. Wir waren junge Mädchen und reisten mit Kindra. Uns gingen Futter und Wasser aus, und wir töteten die Tiere lieber, als dass wir sie zum Verhungern zurückließen. Das frische Fleisch ermöglichte es uns, ohne Wasser auszuhalten. Aber es war knapp. Ich bin seitdem nicht mehr so hungrig gewesen, und ich hoffe, es auch in Zukunft nie wieder zu sein.«

Jaelle blickte zum Himmel. »Wir sollten uns schlafen legen. Dies Wetter mag sich noch einen Tag halten, aber wenn es umschlägt, dann wahrscheinlich endgültig. Nördlich des Dämmerungspasses sind wir im Vorgebirge. Ich möchte nicht zehn Tage in einer Schneehöhle festsitzen! Und wenn wir Rafaella einholen wollen, müssen wir bedenken, dass sie mit leichterem Gepäck reist als wir.«

Jaelle hatte diese Tätigkeit jahrelang ausgeübt. Oft hatte ihr Leben oder das Leben von einem Dutzend anderer Leute von ihrem richtigen Urteil über das Wetter abgehangen. Ohne Diskussion ging Vanessa, Camilla bei den Pferden zu helfen, während Cholayna sich daranmachte, die Schlafsäcke auszupacken.

Sie schliefen in einem Kreis, die Füße der letzten Glut des ersterbenden Feuers zugekehrt.

Magda blickte zu den Sternen auf, die heute an dem selten klaren Himmel Darkovers sichtbar waren. Was würde Rafaella zu den Terranerinnen in ihrer Gesellschaft sagen, wenn sie sie einholten?

Als habe Magda ihren Gedanken laut ausgesprochen, meinte Jaelle: »Sie wollte ja, dass ich noch ein paar Leute mitbringe, die sich für gefährliche Reisen und ein raues Leben eignen, die Leder kauen ...«

»Und Befehle entgegennehmen können«, ergänzte Magda trocken. Sie konnte sich nicht vorstellen, dass Vanessa und Cholayna dazu geneigt waren.

Und wenn sie Rafaella nicht einholten? Dann machten sie auf der Suche nach einer Stadt, die es vielleicht nicht einmal gab, einen gefährlichen Ritt durch das wildeste, unerforschteste Gebiet Darkovers, das sogar die Darkovaner niemals betraten. Der Rücken tat ihr weh; sie war nicht mehr an einen harten Ritt gewöhnt. Sie dachte an Shaya und sah plötzlich wie eine Vision ihr friedlich zu Armida schlafendes Kind vor sich.

Was tue ich hier? Ich habe jetzt eine Familie, ein Kind, ein Heim und Arbeit, die ich liebe, und da jage ich in der Wildnis einem Traum, einer Sage nach ... Die Gesichter Damons und Callistas schienen sie vorwurfsvoll anzusehen. *Warum mache ich bei diesem Wahnsinn mit? Ich hätte es Jaelle überlassen sollen – Rafi ist ihre Partnerin, Rafi mag mich nicht einmal. Und für Cholayna steht ihre Karriere auf dem Spiel, sie ist aus gutem Grund dabei.*

Magda entschloss sich, am Morgen mit aller Festigkeit zu

erklären, sie gehe die ganze Sache nichts an. Dann wollte sie nach Armida zu all den geliebten Menschen und vor allem zu ihrer Tochter reiten.

Doch als sie einschlief, überkam sie gegen ihren Willen wieder das erregende Gefühl, eine unbekannte Straße vor sich zu wissen, die in ein noch von keinem Terraner betretenes Land führte, das wahrscheinlich noch keine Frau außer den fremden *Leroni* je gesehen hatte. Durch die Träume dieser Nacht geisterte das Krächzen von Krähen.

Vier Tagesritte nördlich von Thendara schlug das Wetter um. Gegen Mittag rieselten schwere Schneeflocken langsam vom Himmel, jede so groß wie Jaelles Handfläche. Leise fluchend stöberte Jaelle in ihrem Gepäck nach Fausthandschuhen und einer warmen Mütze.

»Ich hatte gehofft, wir würden vor Einsetzen des Schneefalls über den Ravensmark-Pass kommen. Der Weg über diese Felsleisten ist schwierig. Die längere Route durch Hammerfell ist besser, aber ich habe auf das Wetter gesetzt und geglaubt, wir könnten einen Tag gewinnen und Rafaella einholen. Im letzten Dorf erzählte mir jemand, oberhalb von Ravensmark hätten die Regenfälle des Sommers ein Stück des Wegs weggespült. Bei gutem Wetter würde das keine Rolle spielen. Jetzt aber ...« Sie hielt inne und spähte ins Weite.

Vanessa fragte: »Dann sollen wir umkehren und die Straße nach Hammerfell einschlagen?«

Jaelle schüttelte den Kopf, und eine lose Strähne ihres kupferfarbenen Haars stahl sich unter ihrer Kapuze hervor. »Dazu ist es zu spät. Wir würden zwei Tage verlieren. Und wir haben keine Möglichkeit, in Erfahrung zu bringen, welchen Weg die anderen genommen haben. Magda, kannst du uns nicht helfen?«

Magda fing auf, was sie dachte; das tat sie fast automatisch die ganze Zeit. Sie hätte inzwischen daran gewöhnt sein müssen. Ihr fiel ein, wie sie ihr *Laran* benutzt hatte, um vor Jahren Jaelle in Bergen wie diesen nachzuspüren. Bedauernd schüttelte sie den Kopf.

»Dazu steht mir keine von beiden nahe genug.«

»Aber du hast Lexies Gehirn sondiert«, protestierte Jaelle. »Das muss doch eine Verbindung schaffen.«

»Ich weiß nicht recht, ob ich eine solche Verbindung möchte«, antwortete Magda müde. Trotzdem schloss sie die Augen und versuchte, Lexie zu sehen, und für einen Augenblick sah sie sie auch, den Kopf von der Kapuze eines darkovanischen Umhangs bedeckt, beugte sie sich über den Hals eines Ponys ... Schnee löschte die Vision aus, und Magda wusste nicht, ob er hier oder an einem anderen Ort fiel, konnte nicht unterscheiden, ob es eine Erinnerung oder eine Einbildung oder ein von ihrem *Laran* übermitteltes echtes Bild gewesen war.

Zweifelnd meinte sie: »Ich glaube, ich habe sie gesehen – ob sie von einem Sturm aufgehalten worden sind? Ich bin mir nicht sicher.« Selbst wenn der ganze Matrix-Kreis des Verbotenen Turms um sie versammelt gewesen wäre, hätte sich diese Unsicherheit nicht ausschließen lassen. Es konnte Lexie jetzt sein oder ein Bild aus der Vergangenheit oder Zukunft.

»Ebenso gut könnte ich raten«, seufzte sie, »und wenn es um Rafaella geht, rätst besser du.«

»Ich habe es versucht«, vertraute Jaelle ihr an, »aber es widerstrebt mir. Wir standen uns so lange Zeit so nahe, da ist mir, als benutzte ich unsere Verbundenheit, um ihr nachzuspionieren. Und sie besitzt kein *Laran,* sie würde es nie verstehen.«

Magda hörte auch, was Jaelle nicht aussprach: Dies war nicht das erste Mal, dass Jaelles *Comyn*-Geburt, ihr ererbtes *Laran,* das sie niemals mit Rafaella teilen konnte, zwischen sie kam und ihre lange Partnerschaft, ja sogar ihre kurze Zeit als

Liebende, zerriss. Rafaella hätte Jaelle alles verziehen außer diesem einen, dass sie heimgegangen war, um einem *Comyn*-Lord ein Kind zu gebären, dass sie einen Platz in jener geheimnisvollen Welt eingenommen hatte, zu der Rafaella der Zutritt verwehrt war. Und auch das wäre noch nicht so schlimm gewesen, wenn Jaelle die ganze Welt der Entsagenden hätte hinter sich lassen müssen. Aber Magda, eine Terranerin, war Jaelle gefolgt, und Rafi war dazu nicht im Stande.

»Es wäre ein törichter Versuch, ihnen mit *Laran* nachzuspüren«, rief Vanessa so ungeduldig, dass Magda schon fürchtete, laut gesprochen zu haben. Dann erinnerte sie sich, was Jaelle tatsächlich gesagt hatte: Sie habe versucht, Rafaella mit Hilfe des psychischen Bandes zwischen ihnen zu folgen.

»Vielleicht kann das eine von euch, vielleicht auch nicht, ich sehe nicht ein, warum ihr Zeit damit verschwenden wollt. Ist es wichtig, ob sie diesen oder einen anderen Weg genommen haben?«

»Ich möchte bloß wissen, wie nahe sie dem Treffpunkt sind, von dem Rafaella schrieb«, antwortete Jaelle. »Mit Glück und bei gutem Wetter konnten sie, die mit leichtem Gepäck reisen, bereits Barrensclae erreicht haben – das ist der Ort, wo wir die Chervines schlachteten –, und wir brauchen noch drei Tage bis dahin.«

»Wie weit ist es?«, erkundigte sich Camilla. »Ich kenne den Ort nicht.«

»Bei gutem Wetter? Zehn Stunden, sobald wir den Ravensmark-Pass hinter uns haben. Bei diesem Wetter? Da ist deine Schätzung ebenso genau wie meine. Einen Tag, zehn Tage, niemals. Geraten wir in Lawinen, kommen wir vielleicht überhaupt nicht an.«

»Lawinen?« Cholayna drehte den Kopf nach dem Pass, der in dem Schneetreiben unsichtbar war. »Wie hoch liegt Ravensmark?«

»Elftausendundvierzig.«

»Meter? Großer Gott! Das kann man doch nicht einen *Pass* nennen! Das ist ein Berg für sich.«

»Nein, elftausendundvierzig Fuß ...«

»Was ist das in zivilisierten Zahlen?«, verlangte Vanessa zu wissen.

»Du kannst nicht von mir verlangen, dass ich alle diese Zahlen für dich umrechne«, fuhr Jaelle sie an. »Ich muss mir über wichtigere Dinge den Kopf zerbrechen, zum Beispiel, wie im Namen aller Göttinnen wir die Pferde hinüberbringen sollen, wenn die Straße weggespült worden ist! Sie ist auf einer langen Strecke nie breiter als ein Pony gewesen, und eine Lücke könnte bedeuten, dass wir die Hälfte von unserem Gepäck verlieren. Möchtest du mit einem Rucksack und zu Fuß ohne Ersatzstiefel durch die Kilghardberge wandern? Ich nicht.«

»Ich habe wahrscheinlich schon schwierigere Bergtouren gemacht«, gab Vanessa zurück. »Ob du es glaubst oder nicht, Jaelle, es gibt im Imperium noch andere Planeten mit Schnee und hohen Gebirgen. Wenn du unfähig bist, einen Pass ohne deine mystischen Psi-Kräfte zu überqueren ...«

»Nun hör mal zu ...«, begann Jaelle.

»Hört auf! Alle beide!«, befahl Camilla. »Wenn wir schon hier herumtrödeln, weil wir uns nicht entscheiden können, was wir tun sollen, lasst uns die Zeit für etwas Praktisches nutzen. Vanessa, packe das Korn aus. Wir werden die Tiere füttern. Sollten wir schließlich doch den Pass überqueren, sind sie wenigstens gut genährt. Jaelle, bist du schon einmal über den Ravensmark-Pass gegangen?«

»Zweimal. In dieser Richtung ist es leichter. Kommt man von Norden herunter, ist man dem Wind stärker ausgesetzt. Aber auch von hier aus ist es nicht gerade ein Picknick. Ich mache mir wirklich Sorgen wegen der ausgespülten Stellen, und mit Schnee im Pass – wäre Vanessa wirklich so erfahren, wie sie behauptet, würde sie es auch nicht leicht nehmen.«

»Ich habe nie gesagt, dass ich es leicht nehme«, schimpfte Vanessa, »aber ich bin der Meinung, je schlimmer es ist, desto vernünftiger wäre es, den Pass hinter uns zu bringen, bevor der Schnee tiefer wird. Sollte Jaelle die Führung nicht gern übernehmen, werde ich es versuchen.«

»Ich kenne den Weg, du nicht«, erwiderte Jaelle. »Kann er überhaupt begangen werden, werde ich führen. Ich zweifle gar nicht daran, dass ich allein und zu Fuß hinüberkäme. Die Chervines schaffen es, das ist schließlich ihre Art von Terrain. Und die Ponys werden es wahrscheinlich schaffen. Aber ich sage euch, diese Simse sind schmal. Auch bei bestem Wetter überquert man den Ravensmark-Pass nicht im Sattel. Der Scaravel sieht daneben wie die Große Nordstraße aus. Bei gutem Wetter würde ich es trotz der weggespülten Stellen versuchen. Aber wenn wir strengen Frost bekommen und sich glattes Eis bildet – ich bin schließlich keine Selbstmörderin, und ich kann mir nicht vorstellen, dass du eine bist.«

»So schlimm ist es?« Vanessa sah Jaelle schweigend eine Minute lang an. Als sie dann sprach, enthielt ihre Stimme zu Magdas Erleichterung keine Spur von Aggressivität mehr.

»Was schlägst du vor? Wenn das Risiko so groß ist, welche andere Möglichkeit haben wir?«

Jaelle dachte kurz nach. Den Blick auf das dichter werdende Schneetreiben gerichtet, antwortete sie: »Wenn wir den Pass nicht heute Abend überqueren, ist er wahrscheinlich bis zum nächsten Frühlingstauwetter überhaupt nicht mehr passierbar. Deshalb ist er der am wenigsten benutzte Pass in den Kilghardbergen. Haben sich diese Simse einmal mit glattem Eis überzogen, würde ich sie nicht für alles Kupfer in Zandrus Grabmal begehen. Uns bleibt nichts übrig, als umzukehren und den Umweg über Hammerfell zu machen.«

»*Können* wir es heute Abend tun?«

»Bei Tageslicht würde ich es mir zutrauen«, meinte Jaelle, »obwohl ich die Pferde dann wohl eins nach dem anderen hinüberführen müsste. Wenn du Erfahrung im Bergsteigen hast, könntest du es wohl auch. Und bei Camilla bin ich mir sicher. Nicht bei Magda, aber sie ist mit mir mitten im Winter über den Scaravel gegangen, und ich war ihr keine Hilfe, nicht einmal, als die Banshees uns fanden. Aber ...« Sie drehte sich um und sah die noch übrige Frau an.

Cholayna blickte Jaelle gerade in die Augen. »Ich fürchte mich nicht.«

»Das hat nichts damit zu tun. Ich zweifle nicht an deinem Mut. Es geht um Gleichgewichtssinn, deine Geschicklichkeit, deine Anpassungsfähigkeit an große Höhen. Magda leidet in großer Höhe sehr, aber sie weiß, dass es mir nichts ausmacht, und deshalb befolgt sie meine Befehle. Was ist mit dir? Der Ravensmark-Pass ist der schrecklichste Weg, den du dir vorstellen kannst, und noch etwas schrecklicher. Vanessa hat zu ihrem Vergnügen Klettertouren gemacht, deshalb wird sie nicht in Panik geraten, wenn das Terrain schwierig wird - und glaub mir, es ist so schwierig, dass ich selbst Angst habe, was nicht meine Gewohnheit ist. Verlierst du an der engsten Stelle auf diesen Steigen die Nerven - was dann? Wir könnten nicht umkehren und zurückgehen. Haben wir die Hälfte hinter uns, ist es zu spät. Wir werden den Umweg machen müssen. Ich bin einfach nicht sicher, ob du es schaffen wirst, und ich will nicht unser aller Leben von deinen Nerven abhängig machen.«

Cholayna öffnete den Mund zum Protest und schloss ihn wieder. Endlich sagte sie: »Das sehe ich ein. Ich bin das schwache Glied. Möchtest du, dass ich umkehre und euch anderen weiterziehen lasse? Denn aus deinen Worten geht hervor, dass ihr ohne mich hinüberkommen werdet. Und wenn wir alle den

Umweg machen, dann ist die Chance nicht groß, dass wir Rafaella noch rechtzeitig einholen – richtig?«

»Nehmen wir den Weg über Hammerfell«, erklärte Camilla, »bezweifle ich, ob wir sie auf dieser Seite von Nevarsin noch erwischen.«

»Und wenn wir ... wenn ihr weitergeht, habt ihr eine gute Chance?«

»Eine Chance«, berichtigte Jaelle, »keine gute Chance. Andererseits, wenn ich unser aller Leben aufs Spiel setze und euch über den Ravensmark-Pass führe, können wir sie *immer noch* verpassen. Ich weiß nicht, ob eine so kleine Chance das wert ist. Ich bin keine Spielerin – bin es nie gewesen.«

»Denk einmal nicht an mich«, bat Cholayna. »Was *möchtest* du tun?«

Jaelle fuhr zornig auf sie los: »Das ist keine faire Frage! Wie kann ich *nicht* an dich denken? Du bist *hier!* Glaubst du, ich will deinen Tod auf mein Gewissen laden?«

»Ich hätte nicht mitkommen sollen, nicht wahr?«

»Es ist zu spät, darüber nachzudenken«, sagte Camilla, als Jaelle, zu höflich, um zu antworten, zögerte. »Geschehen ist geschehen. Würden wir dich allein zurückschicken, wäre das ebenso gefährlich, als wenn wir dich über den Pass zerren, also vergiss es. Halt einfach den Mund, und lass Jaelle überlegen, wie wir es am besten machen.«

Cholayna hielt den Mund. Es musste, so dachte Magda, das erste Mal in zwanzig Jahren gewesen sein, dass Cholayna als lästiges Anhängsel behandelt wurde. Jaelle musste die endgültige Entscheidung treffen. Magda holte Rationen aus den Satteltaschen und verteilte Riegel aus getrocknetem Obst und Fleisch.

»Ob wir weitergehen oder umkehren, wir werden später keine Zeit mehr für eine Mahlzeit haben. Vernünftigerweise haben wir die Pferde gefüttert. Esst.« Sie reichte Jaelle etwas von der Mischung aus Fleisch und Trockenobst. Jaelle steckte das Zeug geistesabwesend in den Mund und kaute.

Cholayna knabberte an einer Rosine, und Camilla sagte: »Iss auch von dem Fleisch. Was immer wir tun, in dieser Kälte brauchst du etwas Solides.«

Cholayna seufzte. Mit sichtlichem Widerwillen biss sie von dem getrockneten Fleisch ab. Camilla hatte Recht, das war Cholayna klar. Es tat Magda Leid zu sehen, wie sie dagegen ankämpfte, das verabscheute und ungewohnte Essen nicht auszuspucken. Cholayna Ares war es gewöhnt, Befehle zu erteilen, nicht, sie entgegenzunehmen. Zwar mochte sie in wichtigen Dingen gehorchen, bei denen es um ihrer aller Leben ging, aber früher oder später würde sie sich weigern, sich in persönlichen Angelegenheiten herumkommandieren zu lassen.

Vanessa blickte zum Himmel auf, dessen Farbe mit dem dichter fallenden Schnee bereits verblasste. »Also, was sollen wir tun? Wenn wir den Pass in Angriff nehmen wollen, verschwenden wir besser keine Zeit mehr. Und wenn wir es nicht wollen, sollten wir uns dann nicht eine geschützte Stelle suchen?«

Magda wusste, dass es nicht nach Jaelles Geschmack war, solche Entscheidungen zu fällen. Doch alle wandten sich ihr zu, verlangten es. Wie gern hätte sie ihre Freundin in die Arme genommen und sie beschützt! Aber wie es auch ausgehen mochte, Jaelle musste bestimmen.

Jaelle aß ihren Obst-und-Fleisch-Riegel auf, schluckte ein- oder zweimal und seufzte. »Ich weiß nicht, was ich sagen soll. Ich schwöre, ich weiß es nicht! Vanessa, was meinst du?«

»Ich bin mit dieser Gegend nicht so vertraut wie du. Ich bin überhaupt nicht mit ihr vertraut. Willst du es wagen, komme ich mit. Probieren können wir es ja.«

»Magda, was sagst du dazu?«

»Ich bin bereit, das Risiko einzugehen, wenn du glaubst, wir können es schaffen.«

»Das weiß ich.« Jetzt klang Jaelles Stimme gereizt. »Ich frage dich, ob du glaubst, dass Cholayna es schafft und ob das Wagnis der Mühe wert ist. Sollen wir nicht doch den sicheren Weg wählen, umkehren und nach Hammerfell reiten? Oder würdest du mit Cholayna über Hammerfell nachkommen, während Van und ich über den Pass gehen, Rafaella einzuholen versuchen und auf euch in Barrensclae warten?«

»Vielleicht solltest du Vanessa fragen«, sagte Magda halb im Scherz. »*Sie* ist für Personalfragen zuständig. Ich finde ja, wir sollten alle gemeinsam entweder den Pass überqueren oder umkehren und den Umweg machen. Wenn Cholayna umkehrt, muss ich mit ihr gehen. Was meinst du, Cholayna? Willst du es versuchen? Ich sehe keinen Sinn darin, drei Tage zu verlieren, aber nur du kannst sagen, ob du das Risiko eingehen willst. Wenn Jaelle glaubt, dass ich es schaffe, schaffst du es wahrscheinlich auch.«

»Ich will es versuchen«, sagte Cholayna mit einem ganz schwachen Lächeln. »Und ich verspreche, dass ich die Nerven nicht verliere. Oder, falls doch, dass ich den Mund darüber halten werde.«

Jaelle zuckte die Schultern. »Gut. Gehen wir, bevor der Schnee noch dichter wird und frieren kann. Es ist leichter, solange noch kein Eis auf den Simsen sitzt. Ein guter Rat – und das gilt auch für dich, Magda. Haltet die Augen auf den Weg gerichtet, und seht nicht nach unten.«

11

Anfangs war der Weg steil, aber noch nicht bedrohlich. Die Schneeflocken waren kleiner geworden, nicht mehr handgroß. Dafür fielen sie umso dichter, und das bedeutete, dass sie nicht wieder damit aufhören würden. Noch war mit ein paar Stunden gräulichen Tageslichts zu rechnen.

Jaelle ritt an der Spitze, vermummt in Mantel und Kapuze, einen dicken Schal um das Gesicht gebunden. Nach ihr kam Camilla mit zwei Chervines an einem Tandemzügel, dann, in der Mitte, Cholayna auf dem kleinsten Bergpony, das den sichersten Tritt hatte. Magda saß auf einem Pferd und führte eins der Chervines. Vanessa als erfahrene Bergsteigerin, die jedoch den Weg nicht kannte, machte den Schluss.

Dann ging es steiler bergauf, und der Pfad war nur noch schlecht zu erkennen – Teile davon waren tief in alten Schlamm eingetreten, Geröll erschwerte das Vorankommen, und unter den dichten Baumhecken, die die Straße säumten, hatten sich Schneereste des vorigen Winters erhalten. Es war sehr still, sogar die Hufe der Tiere klangen gedämpft, und der Schnee fiel immer weiter. Immer höher hinauf ging es. Nun gab es Stellen, wo der Weg völlig zwischen Bäumen und Felsen verschwand. Den Chervines gefiel das nicht, sie wieherten nervös. Nach einem Ritt von einer Stunde – er schien länger gedauert zu haben – gab Camilla das Zeichen zum Anhalten, stieg ab und löste die beiden miteinander verbundenen Packtiere von dem Tandemzügel.

»So schaffen sie es nicht. Cholayna, du nimmst den Führungszügel von diesem hier. Es wird dem anderen folgen, es ist seine Mutter, und sie arbeiten schon seit Jahren zusammen. Du brauchst nicht zu fürchten, dass es sich losreißt und fortläuft, aber es braucht einen Zügel.« Sie kletterte wieder in den Sattel. Ihr Gesicht war in einen Schal gehüllt und dick mit Salbe gegen den brennenden Wind bedeckt. Cholayna hatte die gleiche Salbe aufgelegt; sie wirkte grotesk auf ihrer dunklen Haut, als sei diese schwarz und weiß gewürfelt.

Weiter ging es. Der Pfad wurde so steil und so schmal, dass die Chervines sich bäumten, als erstiegen sie Treppen. Magda fürchtete ständig, nach hinten von ihrem Pferd zu rutschen. Sie dachte: *Wir werden es niemals schaffen.* Ein paar Minuten später hob Jaelle die Hand. Man sah sie nur verwischt durch den dichten Schnee, der im Fallen nicht mehr schmolz, sondern am Boden liegen blieb, vorerst nicht mehr als eine dünne Decke. Felsen und Erde blickten als schwarze Flecken durch ein weißes Spitzengewebe.

Jaelle glitt auf den Boden und hängte die Zügel über den Sattel. Vorsichtig ging sie über die Steine auf dem engen Rand zwischen der Felswand und den Tieren nach hinten. Im Vorübergehen sprach sie mit Camilla, und Camilla stieg ab und schloss sich ihr an. Magda hörte sie zu Cholayna sagen: »Es ist sogar für dein Pony zu steil. Du musst absteigen. Gehe dicht neben deinem Tier und halte seinen Zügel. Es findet den Weg besser als du.« Cholayna kletterte mühsam vom Pferd, und Jaelle stützte sie. »Macht dir die Höhe zu schaffen?«

»Noch nicht, ich bin nur ein bisschen kurzatmig.«

»Nun, überanstrenge dich nicht. Es hat keinen Sinn, dass wir uns abhetzen. Weiter vorn ist ein sehr schlechtes Stück, aber hier ist keine Gefahr. Bist du in Ordnung, Magda?«

Magdas Herz klopfte der Höhe wegen laut, doch sonst hatte sie keine Probleme. Was Cholayna betraf, war sie sich nicht so sicher. Immerhin hatte die Terranerin das Tempo durchgehalten, und sie gewannen so langsam an Höhe, dass sie Zeit hatte, sich anzupassen. Magda spürte Druck in den Ohren. Sie gähnte und hörte es knacken.

»Wie geht es dir, Vanessa?« Jaelle hatte die junge Frau am Schluss der Reihe erreicht.

»Bis jetzt gut. Wo sind wir? Halbwegs oben?«

»Dicht daran. Hier beginnt die schwierige Strecke.« Jaelle wies mit der Hand, und Magda richtete den Blick nach vorn. Ein Felsvorsprung hing über dem schmalen Pfad, und so viel sich erkennen ließ, verschwand er dort und fiel ins Nichts.

Vanessa sah sich das stirnrunzelnd an. Jaelle sagte: »Da sind Stufen. Breit genug und niedrig genug, die Pferde und Chervines kommen hinüber, wenn der Schnee sie nicht noch glatter macht. Das ist eine der schlimmen Stellen. Ich gehe voraus. Lasst meine Stute folgen, wenn sie will, aber wartet, bis ich das Zeichen gebe, dass ihr nachkommen könnt. Ich möchte mich, solange es noch hell genug ist, vergewissern, dass es da oben keine bösen Überraschungen gibt.« Sie drehte sich um und stieg die enge Spur hinauf, verschwand halb außer Sicht, als der Weg sich nach unten neigte. Sie sahen noch ein paar Mal ihre rote Mütze auftauchen, dann nichts mehr. Camilla sagte mit angestrengter Stimme: »Ich hätte mit ihr gehen sollen.«

»Sie weiß, was sie tut«, beschwichtigte Magda sie. Eine oder zwei Minuten später kehrte Jaelle zurück und winkte sie heran. Camilla ergriff den Führungszügel des einen Chervines und überließ es ihrem Pferd, ob es ihr folgen wollte. Dann kam Cholayna. Magda hielt den Zügel ihres Pferdes in der einen, die des Chervines in der anderen Hand, bis der Pfad so schmal wurde, dass sie gezwungen war, vorauszugehen und nur noch das Pferd zu führen. Das in den Bergen aufgewachsene Chervine musste sich seinen Weg allein suchen. Einmal, als sie um eine scharfe Kurve bog, blickte sie über eine verschleierte Klippe in Abgründe leeren Raums. Die Stämme hoher Bäume erhoben sich in verrückten Winkeln von der Bergwand, und sie sah auf die obersten Zweige hinab. Sie umklammerte den

Zügel und gab in Zukunft Acht, die Augen nicht noch einmal nach unten zu richten.

Vor ihr, dort, wo der Weg sich von neuem krümmte, streckte Camilla ihre Hand Cholayna entgegen.

»Halt dich fest. Lass das Pferd los. Es findet den Weg schon. Sieh nicht nach unten. Hier ist es ein bisschen steil. Einen großen Schritt nach oben. So ist's gut. Fein.« Cholaynas Beine verschwanden um die Ecke. Camillas ermutigende Stimme war zu hören.

»Es ist ein bisschen glatt, Margali. Pass auf.«

Magda setzte ihre Füße mit besonderer Vorsicht auf, tastete nach einem Halt, umrundete die blinde Ecke und fand sich auf breiten, niedrigen Felsstufen wieder. Eine davon bröckelte gefährlich nahe an einer senkrechten Wand ab, die mindestens fünfzig Fuß weiter unten mit verschneiten Baumwipfeln verschmolz. Etwas schwindelig, ein Sausen in den Ohren, so kletterte sie die nächste Stufe hinauf und stand jetzt auf festem Boden. Ihr Pferd kam ihr nach. Über das breite Plateau pfiff der Wind und zerrte an ihrem Haar. Sie hatte Mühe, ihre Kapuze wieder zuzubinden. Hinter sich hörte sie Cholaynas harte Atemzüge. Vanessa schwang sich geschickt zu ihnen hinauf.

»Puh! Das ist eine gemeine Strecke. Und du sagst, es wird noch schlimmer?«

»Falls nicht große Stücke weggespült sind, kommen wir schon hinüber«, antwortete Jaelle. »Aber wir müssen uns beeilen. Wir haben nur noch eine Stunde Tageslicht, und der Schnee bleibt jetzt liegen. Da gibt es ein paar Stellen, die im Dunkeln unpassierbar sind.«

Der nach oben führende Steig war von hier an weniger steil, zog sich jedoch dicht am Berg entlang und bot nur für eine Frau oder ein Tier Platz. Auf Camillas Rat hielt Cholayna sich mit den Händen an der Felswand fest. Magda hätte es gern ebenso gemacht; sie drückte sich so eng an die Klippe, wie sie es wagte, und sah nicht nach unten. Einmal hörte sie ein *Kyorebni* schreien, und schon ragte der große Aas fressende Vogel dicht vor ihnen auf. Das Pony bäumte sich vor Angst auf. Magda kämpfte mit den Zügeln, bemühte sich, das Tier zu beruhigen, und fürchtete sich selbst vor den riesigen schlagenden Schwingen, den böse glitzernden Augen, die für einen Moment genau in ihre sahen. Dann flog der Vogel fort. Sie sah ihn unter sich mit dem Wind davonsegeln. Schnell drehte sie den Kopf und starrte den festen Stein der Klippe an.

Vanessa, so dicht hinter ihr, dass Magda ihre Körperwärme spürte, murmelte: »Zum Teufel, was war das?«

Magda antwortete kurz auf Terra-Standard: »Ein Vogel. Einem Lämmergeier so ähnlich, dass es keinen Unterschied macht.«

Sie senkten die Köpfe vor dem Wind. Er blies jetzt kräftig und wirbelte den Schnee in stechenden, beißenden Nadeln hoch. Jeder Schritt höher verursachte ein schmerzhaftes Ziehen in den Muskeln von Magdas Oberschenkeln, und der Schnee, einen halben Zoll tief unter den Sohlen ihrer Stiefel, war nass genug, dass man ausrutschen konnte. Sie hörte die Tiere keuchen, deren Atem wie ihr eigener weiße Wolken vor dem weißen Schnee erzeugte.

Höher und höher hinauf. Dann hörte sie Jaelle rufen:

»Auswaschungen vor uns. Haltet euch an der Wand fest, und lasst die Pferde allein gehen.«

Sie sah Cholayna sich an einem großen Loch vorbeimanövrieren, das den Pfad auf eine Breite von wenigen Zoll zusammenschrumpfen ließ. Magda versuchte ihre Atmung zu normalisieren, drückte sich platt gegen die Klippe und setzte einen Fuß nach dem anderen mit extremer Vorsicht auf. Sie widerstand der Versuchung, in das Schwindel erregende Schneetreiben unter sich zu blicken, das das Tal auslöschte.

Dann spürte sie an ihrem Ellenbogen Vanessas Hand, die sie stützte.

»Alles in Ordnung, Miss Lorne?«

Wie absurd das in dieser Wildnis klang! Sie dachte: *Darüber muss ich einmal mit ihr reden,* und konzentrierte sich wieder auf ihre Füße. Das Chervine suchte sich behutsam seinen Weg. Es schüttelte sich den dicken Schnee vom Geweih.

Magdas Herz raste jetzt. *Nicht mehr als 3400 Meter, das ist nicht allzu hoch, ich muss in schlechterer Kondition sein, als ich gedacht habe. Und wir sind noch längst nicht oben.* Ihre Welt war zusammengeschrumpft auf den gefährlichen Steig unter ihren Füßen, das Schnauben ihres Pferdes, das vom Schnee gedämpfte Klappern der Hufe des Chervines. Irgendwo über ihnen löste sich ein Stein und polterte vor ihnen über den Weg. Camilla rief leise zurück: »Gebt hier auf Steinschlag Acht.«

Vor Magdas Augen drehte es sich, sie fühlte sich schwanken, gefährlich nahe am Rand. Nein – ihr war nicht schwindelig, welche Vibrationen griffen da auf sie über? Sie schob sich an der Klippe weiter, bis sie neben Cholayna war. Deren dunkles Gesicht war grauweiß, und als Magda ihre behandschuhte Hand fasste, meinte sie, das wahnsinnige Klopfen von Cholaynas Herz hören zu können.

»Macht dir die Höhe zu schaffen?«

»Nur ein bisschen. Bin nicht ... an solche ... Höhen gewöhnt.« Auch Cholayna hielt die Augen vom Abgrund abgewandt. Camilla dagegen betrachtete ihn neugierig und interessiert, und Jaelle marschierte auf eine Weise ganz dicht am Rand entlang, die ein krampfartiges Zittern durch Magdas Oberschenkel und Hinterbacken sandte. Vanessa schlenderte so sorglos dahin, als befinde sie sich auf einer Rolltreppe im Terranischen HQ.

Leise sagte Magda zu Cholayna: »Mir fällt es auch schwer.

Aber du bist nicht gezwungen, in den Abgrund zu sehen. Hier, nimm meine Hand, wenn du möchtest.« Cholayna klammerte sich an ihr fest, und Magda versuchte, Ruhe auszustrahlen und Cholaynas Angst zu beschwichtigen. »Es ist ganz ungefährlich. Sieh nur nicht nach unten.«

»Ich habe andauernd das Gefühl, dass ich falle – ich werde ausrutschen und abstürzen ...«, flüsterte Cholayna.

»Ich weiß. Das geht mir auch so. Jetzt ist es nicht mehr weit«, setzte Magda hinzu, obwohl sie nicht die leiseste Ahnung hatte, wie weit es bis nach oben war. »Mach immer nur einen Schritt auf einmal. Die Stufen sind breiter als bei einer normalen Treppe, und die würdest du ohne Bedenken hochsteigen. Das machst du gut.«

Cholayna seufzte. »Ist schon in Ordnung. Für eine Minute hatte es mich erwischt, das ist alles. Ich hasse es, das schwächste Glied in der Kette zu sein.«

»Nun, wenn du es nicht wärst, dann wäre ich es«, sagte Magda. »Geht's jetzt wieder?« Sie wandte ihre Aufmerksamkeit dem Chervine zu, behielt aber unauffällig Cholayna im Auge, die sich langsam durch die zunehmende Dunkelheit nach oben bewegte.

Hoffentlich kommen wir an, bevor es ganz finster ist, dachte sie und biss die Zähne gegen die Kälte zusammen, von der ihr die Wangenknochen schmerzten. Schon konnte sie den Boden unter ihren Füßen kaum noch erkennen, aber der weiße Schnee hob die Kante, wo es ins Leere ging, deutlicher hervor. Einmal trat sie ganz am Rand des Weges einen Stein los und hörte ihn eine Zeit, die ihr endlos vorkam, hinunterrasseln, bis er außer Hörweite war. Ein Schritt, ein zweiter, diesmal die nächste Stufe hinauf, und noch einer und noch einer.

Sie umrundete einen Vorsprung, wo der Pfad beinahe unsichtbar war, und stieß gegen Cholayna, die stehen geblieben war.

»Ich sehe den Weg nicht mehr!«, keuchte sie.

Magda ging es ebenso. »Folge dem Pferd. Es kann besser sehen als du.« Wie lange konnten sie nach Jaelles Ansicht noch weitergehen in diesem Zwielicht und bei einem so heftigen Wind, dass er ihre Gesichter fast waagerecht traf und sie mit Eisnadeln bewarf?

Magda sah so gut wie nichts mehr, aber sie spürte, dass sich die Tiere auf einem breiteren Absatz um sie scharten. Hier war die überhängende Klippe zu einer Art Schutzdach ausgehöhlt worden. Vanessa kam herbei, und sie standen im Kreis zusammen.

Jaelle sagte: »Es ist ausgeschlossen, dass wir noch heute Abend hinüberkommen. Wir müssen irgendwo biwakieren, und dies ist der sicherste Platz.«

Vanessa fragte: »Haben wir keine Laternen mit?«

Jaelle schüttelte den Kopf. »Sie würden uns nichts nützen. Der Boden ist zu schlecht. Wir müssen mit gefrorenem Schnee auf den Simsen rechnen. Bei Tageslicht, wenn wir alle frisch und kräftig sind, werden wir es von neuem versuchen. Hört euch das an!« Der Wind heulte von den Klippen über ihnen hernieder, und von irgendwo kam ein langer, unheimlicher Schrei – der Ruf eines Banshees. Erschauernd dachte Magda an ihre einzige Begegnung mit diesen Kreaturen im Scaravel-Pass. Sie hoffte, dieses Banshee war ein gutes Stück von ihnen entfernt.

Jaelle sagte: »Platz für ein richtiges Lager haben wir nicht, aber der Überhang gibt uns ausreichend Schutz. Die Chervines kommen nach außen. Sie haben einen sichereren Tritt als die Pferde.«

Magda zündete ein Feuer an, um für die heißen Getränke Schnee zu schmelzen. Viel gekocht konnte in der Enge nicht werden. Bis die Getränke fertig waren, hatten die anderen die Schlafsäcke ausgebreitet. Der Schnee zischte in weißen Streifen an der Laterne vorbei, und die Kälte war so grimmig, dass sie sich unter den aufgehäuften Decken zusammendrängten, Magda und Vanessa links und rechts von Cholayna. Mit steifen, zitternden Fingern zog die ältere Frau sich die Stiefel aus. Ihre Füße waren blass und geschwollen. Vanessa nahm sie in ihren Schoß und wärmte sie in ihren Händen.

Cholayna wollte protestieren. Vanessa sagte: »Cholayna, ich bin eine alte Bergsteigerin und weiß über Füße und Erfrierungen mehr, als du je gehört hast. Trink deinen Tee.«

»Ich habe keinen Durst. Ich glaube, ich kann nicht einmal schlucken.«

»Ein Grund mehr. Komm, du musst ihn trinken. In dieser Höhe musst du Flüssigkeit zu dir nehmen, weil der Körper versucht, die peripheren Systeme abzuschalten, um den Torso zu schützen. Deshalb erfrieren dir die Füße. So ist's recht, wackele mit den Zehen, so viel du kannst! Dein Körper beginnt, sein eigenes Muskelgewebe zu fressen, verstehst du, und du musst trinken, damit deine Nieren nicht aufhören zu funktionieren. Das ist die erste Lektion für das Überleben in großen Höhen – nicht etwa, dass wir hier besonders hoch wären, aber immerhin höher, als du es gewohnt bist. Trink aus, und dann iss das hier.« Sie reichte Cholayna einen Trockenobstriegel, klebrig vor Nüssen und Honig. Cholayna versuchte pflichtschuldigst zu essen, aber Magda sah, dass sie zu müde zum Kauen war. Sie nahm Cholayna den Riegel ab und weichte ihn in dem heißen Tee ein, damit er leichter zu schlucken war, ein Trick, den sie vor langer Zeit auf ihren Reisen gelernt hatte. Dann löffelte sie noch mehr Zucker in den Becher und gab ihn Cholayna zurück.

»Hinunter damit – ganz gleich, wie es schmeckt.«

»Das Gleiche gilt für dich, Magda«, bemerkte Jaelle trocken. »Du hast deine Ration liegen lassen. Iss sie auf, bevor du dich schlafen legst.«

Magda steckte den Tadel ein. Sie war so erschöpft, dass sie keine Lust hatte, in ihrem Bündel nach sauberen Socken zu suchen, aber sie tat es doch und schob ihre Stiefel unten in den Schlafsack. Jaelle und Camilla nahmen in ihre Schlafsäcke gefüllte Wasserflaschen mit. Die Körperwärme würde verhindern, dass sie gefroren. Sie breiteten zusätzliche Decken über sämtliche Schlafsäcke und drängten sich zusammen, denn kein bisschen Wärme durfte verloren gehen.

Vanessa nahm den äußeren Platz ein, Cholayna lag zwischen ihr und Magda, und an sie schmiegten sich Jaelle und Camilla. Magda war zu müde, um zu schlafen. Sie hörte am Atem der anderen Frauen, dass eine nach der anderen in Schlummer sank. Sie jedoch lag wach. Cholaynas Lungen rasselten. Jaelle hustete ein bisschen im Schlaf. Magda spürte Camillas Zittern: Sie war die dünnste von ihnen und hatte das wenigste Fett, und obwohl Magda wusste, dass die *Emmasca* zäher als Kupferdraht war, nahm sie sich vor, mit ihr über wärmere Kleidung zu sprechen. Diese war in größeren Höhen unbedingt notwendig, und Camilla fühlte sich ständig verpflichtet, ihre Zähigkeit unter Beweis zu stellen. Sicher ging es ihr gegen den Strich, sich wärmer anzuziehen als zum Beispiel Vanessa, die, obwohl schlank, die normale Fettschicht einer menschlichen Frau besaß. Camilla besaß sie nicht und scheute sich, die Aufmerksamkeit auf diese Tatsache zu lenken.

Vorsichtig drehte Magda sich um, ohne die Schläferinnen links und rechts von ihr zu stören. Würde sie die ganze Nacht wach liegen? Wirklich, sie sollte sich bemühen einzuschlafen. Sie bereitete sich auf die geistigen Übungen vor, die sie bei der Matrix-Arbeit gelernt hatte. Dann entschied sie sich, vorher noch kurz Kontakt mit dem Verbotenen Turm aufzunehmen – mit ihrer Familie. Sie mussten wissen, wo sie steckte und dass sie nicht so bald heimkehren würde, wie sie es versprochen hatte.

Auch wenn wir morgen diesen verdammten Pass überqueren und Lexie und Rafaella einholen, ich kehre zu Shaya zurück, sobald es möglich ist!

Jaelle lag in tiefem Schlaf. *Es ist nicht nötig, dass sie mitkommt.*

Magda überwachte ihren Körper, vergewisserte sich, dass das Blut in Fingern und Zehen richtig zirkulierte. Es bestand immer eine gewisse Gefahr, wenn man seinen Körper unter diesen Umständen verließ.

Dann hatte sie ihren Körper verlassen und stand auf der grauen, konturlosen Ebene der Überwelt. Sie hielt Ausschau nach der Landmarke des Verbotenen Turms und sandte Callista einen stummen Ruf zu.

Doch da war keine Spur von dem Turm. Stattdessen nahm vor Magdas Augen ein fremdes, seltsames Gesicht Gestalt an.

Es war das Gesicht einer Frau, alt, mit tief liegenden Augen und ganz weißen Brauen, einer runzeligen Stirn unter geflochtenem Haar, das ebenfalls weiß war. Im Gegensatz zu der Güte und dem Frieden, die Magda mit Runzeln und Alter assoziierte, sah diese Frau sie böse an – und obgleich sie kein Wort sprach, fühlte Magda ihren zornigen Einspruch.

Kehre um. Du darfst hier nicht durchgehen.

»Mit welchem Recht machst du mir die Freiheit der Überwelt streitig?« Magda beschwor in ihrem Geist ein deutliches Bild von dem Turm und Damon, seinem Bewahrer, herauf.

Die alte Frau warf den Kopf zurück und stieß Geräusche aus, die Magda nur als Kläffen bezeichnen konnte, wenn sie auch gleich darauf erkannte, dass es ein höhnisches Gelächter war.

Der schneidet hier draußen keine Stufen in das Eis; du wirst mehr leisten müssen als er, um durchzukommen! Kehre lieber um, Mädchen, zurück zu deinem Kind, das du gar nicht erst hättest verlassen sollen! Was denkt ihr Mädchen euch überhaupt, dass ihr hier herumklettert! He-he-he! Haltet ihr euch für stark und zäh? Seid ihr stolz darauf, diesen kleinen Hügel erklommen zu haben, he? Du hast noch gar nichts gesehen. Chiya! (Das Wort war angefüllt mit ätzender Verachtung). *Ein Rudel von Mädchen und zwei alte Damen, die nicht ehrlich genug sind, um zuzugeben, dass sie so etwas nicht mehr schaffen! O nein, ihr schafft es nicht! Kennt ihr vielleicht den Weg, kennt ihr die Losungsworte? Versucht es, versucht es nur, mehr sage ich nicht. He, he, he, hehe-eh-eh-eeeee!*

Den Kopf im Nacken, so lachend, dass die weißen Zöpfe tanzten, drohte die grässliche alte Vettel Magda mit der Faust. Magda wusste, dass sie ihre Angst verriet, denn in der Überwelt war es unmöglich, die eigenen Empfindungen zu verbergen. Trotzdem erklärte sie fest: »Alte Mutter, du kannst mir den Zutritt hier nicht verbieten.«

Und was tust du hier draußen, nachdem du dein Kind und alles andere verlassen hast?

Magdas Wissen über die Gesetze der Überwelt erstickte den Impuls zu antworten: *Was geht das dich an?* Man konnte einer Herausforderung nicht aus dem Wege gehen. Auch war das nicht ihre erste, obwohl sie eine Begegnung wie mit dieser schrecklichen alten Frau noch nie gehabt hatte. So sagte sie nur: »Ich folge dem Ruf der Pflicht und der Freundschaft.«

Ha! Du bist weder die Freundin der einen noch der anderen, die euch vorausgezogen sind. Du hast nicht den Mumm, das zu tun, was sie tun. Du bist nur neidisch auf sie.

Magda dachte darüber nach und antwortete: »Darauf kommt es nicht an. Meine Freundinnen machen sich Sorgen, und ich gehe um ihretwillen mit.«

He-he-he! Nicht gut genug! Wusste ich es doch! Bei dieser Suche musst du deine eigenen Gründe haben, du kannst hier draußen nicht jemand anders nachlaufen. Siehst du wohl? Ich habe es gewusst. Kehre um! Sie hob die Hand, und Magda war es, als treffe sie ein Bolzen aus blauem Feuer zwischen die Brüste. Es ging ihr wie ein Stich durchs Herz, und sie fiel und fiel ...

Die graue Welt war verschwunden. Magda zitterte in ihrem Schlafsack. Sie war zurück in ihrem Körper ... oder hatte sie ihn gar nicht verlassen? War sie doch eingeschlafen, und war das ganze Erlebnis ein bizarrer Traum, der ihren eigenen inneren Konflikt wegen dieser verrückten, von ihr nicht gewollten Suchaktion dramatisierte? Cholayna stöhnte leise im Schlaf, Jaelle murmelte: »Nein, nein«, und Magda fragte sich, ob ihre Freundin Alpträume von Simsen und Klippen habe.

Sollte sie sofort von neuem versuchen, in die Überwelt zu gehen? Ihr war gesagt worden, das müsse sie nach einem solchen Versagen tun. Es war wie bei einem Sturz vom Pferd, man musste sofort wieder aufsteigen und reiten. Aber war sie tatsächlich in der Überwelt gewesen, hatte sie nicht nur geträumt? Es war unklug, Psi-Arbeit zu verrichten, wenn man übermüdet oder krank war, und die Strapazen des Aufstiegs und ihre ungeheure Erschöpfung stellten eine Gefahr dar.

Entschlossen machte sie sich an die Übungen, die man sie gelehrt hatte, und zählte sich in den Schlaf. Sie konnte es sich nicht leisten, wach zu liegen, wenn sie morgen den Ravensmark-Pass überqueren wollten.

12

Jaelle kroch an den Rand des Felsüberhangs und blickte ins Freie. »Es schneit stärker denn je«, berichtete sie grimmig. »Ich glaube nicht, dass wir bei diesem Wetter irgendwohin gehen werden!«

»Ich muss auf jeden Fall hinaus, um nach den Tieren zu sehen.« Camilla stieg über sie hinweg. Als sie zurückkehrte, kratzte sie mit angeekeltem Gesicht ihre Stiefel ab. »Passt auf, wo ihr hintretet. Mit zehn Tieren ist es da draußen wie in einem Stall.«

»Nun, in einer der Packlasten ist eine Schneeschaufel, falls du Lust hast sauber zu machen«, sagte Jaelle. Auch sie entfernte sich für kurze Zeit und meldete. »Es schneit wie in Zandrus sechster oder siebter Hölle. Und wisst ihr was?«

Vanessa, die hinten in der Höhle ein Feuer anzündete, drehte sich um und kramte in ihrem eigenen Bündel. Sie warf Jaelle ein Päckchen zu. »Bediene dich. Es gibt ein altes Sprichwort über Bergtouren von Frauen: Was auch geschehen mag, es wird im ungünstigsten Augenblick geschehen. Du hast noch Glück. Für gewöhnlich trifft es einen, wenn man über siebentausend ist.«

»Es ist nicht der ungünstigste Augenblick«, fiel Magda ein. »Es könnte ein schöner, klarer Morgen sein, und dann müsstest du uns über den Pass führen. Krieche wieder in deinen Schlafsack, Shaya, ich mache dir einen heißen Tee.«

Jaelle gehorchte. »Ihr habt wohl keinen Goldblumentee mitgenommen?«, erkundigte sie sich.

»Was das auch sein mag, ich glaube nicht«, antwortete Vanessa. »Aber ich habe Schmerztabletten in meiner Reise-Apotheke.« Sie grub ein Röhrchen aus, während Magda den

Brei zubereitete, den sie mit Obst und Zucker anreicherte. Cholayna packte einen dickeren Pullover aus und zog ihn an. Sie zitterte.

»Ich hätte gern einen schönen steifen Drink.«

»In dieser Höhe? Nach drei Schlucken wärst du stockbetrunken!«, rief Vanessa. »Nimm lieber eine Koffeintablette.« Sie reichte sie mit dem Brei herum. Nur Camilla lehnte ab.

»Sieht es danach aus, als würde es sich heute noch aufklären?«

»Ich habe keine Ahnung«, gestand Jaelle. »Und ich weiß, was dir Sorgen macht: Wenn wir zwei oder drei Fuß Schnee bekommen, stecken wir fest. Der Pass ist nicht von der Art, dass wir ihn durch knietiefen Schnee überqueren können.« Sie nahmen alle wahr, was sie nicht aussprach: Zurück über die schmalen Steige der ausgespülten Strecken war es genauso gefährlich wie vorwärts. Und mit jeder Stunde, die verging, sanken ihre Chancen, Rafaella und Lexie einzuholen.

Sie aßen ihren Brei, und danach packten Vanessa und Camilla die Lasten für die Chervines neu. Der Himmel blieb grau, aber der Schneefall wurde nicht stärker. Magda hatte den Eindruck, er werde geringer, ja höre ganz auf.

Camilla sagte einmal, über den Klippenrand blickend: »Hier gibt es Teufel. Habe ich als Einzige die Alpträume Alars gehabt?«

»Das macht die Höhe«, sagte Cholayna. »Mir platzt der Kopf. Ich träumte, ich sei in dieser verdammten Stadt, von der Lexie sprach, und da waren ein Dutzend Frauen mit Hörnern und Schwänzen und Maskengesichtern wie die Stammesdomänen meiner Vorfahren, und sie alle wollten mich zwingen, durch ein Nadelöhr zu kriechen, bevor sie mich einließen. Sie sagten, ich sei zu dick, und sie quetschten mich durch und brannten weg, was überhing.«

»Böse Träume sind in dieser Höhe die Regel«, bestätigte Vanessa. »Ich habe von dir geträumt, Cholayna. Du drohtest mir, sollten wir je zurückkommen, würde ich wegen Insubordination um drei Ränge degradiert.«

Jaelle lachte. »Ich träumte, meine Tochter sei Bewahrerin und sagte mir, weil ich sie im Stich gelassen hätte, würde ich nie mehr die Fähigkeit zu selbständiger Arbeit erwerben. Dann wollte sie mir Unterricht im Überwachen geben, nur benutzte sie statt einer Matrix einen Chervine-Köttel, und ich musste ihn in Stein verwandeln.«

Alle lachten außer Camilla, die stirnrunzelnd auf ihre geballten Fäuste niederblickte. »Was ich geträumt habe, will ich lieber nicht erzählen. Aber es gibt hier Teufel.«

»Die Höhe und die Kälte«, stellte Magda fest. »Du bist zu dünn. Eine weitere Schicht dicker Unterwäsche müsste das ausgleichen.«

Die Stunden krochen dahin. Gegen Mittag zeigte sich im Süden ein heller Schimmer, und Jaelle sagte: »Ich glaube, die Sonne kommt heraus. Wir sollten weiterziehen, wenn wir können.«

Sie krochen aus ihren Schlafsäcken. »Möchtest du, dass ich uns Bahn breche?«, erbot sich Vanessa.

»Nein, danke, mir geht es gut, bestimmt. Deine Pillen haben Wunder gewirkt, ich habe mich nie besser gefühlt. Ehrlich, Vanessa, es ist mir nicht darum zu tun, dass ich an der Spitze bleibe. Wenn ich Hilfe brauche, werde ich es sagen, das verspreche ich. Aber ich kenne den Weg, und du kennst ihn nicht. Ich komme schon zurecht. Glaub mir, wenn mir kalt wird oder wenn ich übermüdet bin, übergebe ich dir die Führung, aber auch wenn ich führe, werden viele Landmarken gar nicht sichtbar sein.« Sie warf ihr Bündel über den Rücken des Ponys. »Laden wir die Packen auf. Zurrt sie gut fest, es wird schwer zu gehen sein.«

Tiefe Stille hing um die Klippe, als sie sich zum Aufbruch

rüsteten. In der schweren feuchten Luft schienen sogar die leisen Geräusche, die die Tiere erzeugten, unwirklich zu sein. Der Schnee war fest und knirschte unter den Füßen, und es war nicht so glatt, wie Magda gefürchtet hatte. Sie blickte den Weg zurück, den sie gekommen waren. Ihr kam es vor, als seien sie schon sehr hoch oben, aber über ihnen kurvte der Pfad weiter um Felsen hinauf und verschwand.

Jaelle legte eine Hand auf den Zügel ihres Ponys. Sie hatte das Chervine an das Pferd gebunden, so dass dem Packtier keine andere Wahl blieb, als ihm zu folgen. Camilla ergriff die Zügel der nächsten drei Tiere und kletterte Jaelle nach. Hier war der Pfad steil, doch durchaus nicht unbegehbar.

Magda winkte Cholayna, sich vor ihr den anderen anzuschließen, und wartete, bis die Terranerin mehrere Stufen überwunden hatte. Dann erst setzte sie ihre Tiere in Marsch. Immer höher hinauf ging es, und schließlich kam die Sonne heraus. Hinter einer Biegung hatten sie klare Sicht auf eine ganze Kette von Bergen. Der Weg führte an der Felswand steil aufwärts zu einer Einkerbung zwischen zwei Gipfeln.

»Ravensmark.« Jaelle deutete und stieg in dieser Richtung weiter.

Magda kletterte. Sie fühlte sich frisch und kräftig, aber nachdem sie stundenlang stetig vorgerückt waren, schienen sie dem Pass nicht näher gekommen zu sein. Etwa jede Stunde legte Jaelle eine Ruhepause ein. Trotzdem wurde sie müde, und nach drei oder vier solcher Halte übergab sie Vanessa die Führung.

»Sobald wir den Pass hinter uns haben, gehe ich wieder nach vorn. Da ist ein ekliges Stück gleich unterhalb des Kammes auf der anderen Seite.«

Vanessa nickte zustimmend. Jaelle ließ sich zu Camilla zurückfallen, die ein Gesicht wie eine Gewitterwolke zog.

»Möchtest du den Schlussmann machen? Mir ist gar nicht

danach«, sagte Jaelle. Camilla ging schweigend zurück und blieb bloß stehen, um sich zu erkundigen, wie Cholayna zurechtkomme.

»Mir hilft es, wenn ich sehen kann, wohin wir gehen.«

Magda wollte es lieber nicht sehen. Sie hielt den Blick abgewandt.

Als Camilla an Magda vorüberkam, holte sie tief Atem. »Bald haben wir das Schlimmste hinter uns. Von da an geht es bergab.«

Magda fiel das Atmen so schwer, dass sie kaum dankbar nicken konnte. Bei Sonnenschein sah alles freundlicher aus, aber der Schnee begann zu schmelzen, und man kam leichter ins Rutschen. Sie musste ihre ganze noch verbliebene Kraft zusammennehmen, um das letzte steile Stück zum Pass zu bewältigen. Dann stand sie mit Jaelle und Cholayna in der Einkerbung zwischen den Gipfeln, und der Atem pfiff ihr laut in der Lunge.

Jaelle fluchte vor sich hin und hob die Hand.

»Das war einmal der Weg«, sagte sie. Jetzt war der Abstieg unter Tonnen von Steinen und losem Geröll begraben, halb unter Schnee versteckt.

»Auswaschungen, Steinschläge, die Götter allein wissen, was sonst noch darunterliegt. Im Frühlingsregen muss altes verrottetes Eis vom Gipfel hinuntergestürzt sein. Dieser Teil des Weges ist für immer verschüttet.«

»Also, was tun wir?«, fragte Vanessa. »Kann diese Stelle überhaupt begangen werden?«

»Was weiß ich. Ohne Gepäck und zu Fuß würde ich es vielleicht schaffen. Die Chervines kämen wahrscheinlich auch hinunter. Sieh mal ...« Sie deutete. »Da unten hinter der Baumgruppe ist der Weg! Der Steinschlag bedeckt etwa fünfhundert Meter. Es geht steil abwärts, und es sieht eklig aus. Wahrscheinlich ist es nicht so eklig, wie es aussieht ...«

»Wenn nicht all dieser lose Schnee von neuem ins Rutschen gerät. Es können auch lose Steine dabei sein, die hinunterpoltern, sobald man einen Fuß darauf setzt.« Camilla schloss sich ihnen an. »Kein Wunder, dass wir da hinten Alpträume gehabt haben.« Jaelle, Vanessa und Camilla berieten sich, während Magda und Cholayna, die nichts zu der Diskussion beitragen konnten, schweigend in das Chaos aus Schnee, Felsentrümmern und altem Eis blickten, dort aufgehäuft, wo früher wenigstens die Andeutung eines Weges gewesen war.

Endlich schlug Vanessa vor: »Jaelle, du und ich sollten uns anseilen und den Weg nach unten zu Fuß erkunden. Dann wissen wir, ob der Boden fest genug ist, dass wir die Tiere nachholen können. Bei so tiefem Schnee ist wahrscheinlich die Unterlage hart gefroren, so dass er nicht zu schnell ins Rutschen geraten wird. Letzte Nacht hat es verdammt strengen Frost gegeben.«

Jaelle dachte eine Minute darüber nach, dann sagte sie: »Mir fällt nichts anderes ein. Oder hat jemand eine bessere Idee?«

Die hatte keiner. Es lag klar zu Tage, dass die einzige Wahl war, umzukehren und den Umweg über Hammerfell zu machen. Jetzt hatten sie keine Chance mehr, Rafaella bei Barrensclae einzuholen.

Jaelle suchte in einer Packlast nach ihrem Eispickel. »Wenn wir das gewusst hätten, dann hätten wir gleich die Große Nordstraße direkt nach Nevarsin nehmen können.«

»Und wenn der Herzog von Hammerfell einen Rock getragen hätte«, bemerkte Camilla, »hätte er die Herzogin sein können.«

»Jaelle, zurückblickend ist jeder weise«, erinnerte Cholayna sie. »Wir haben unser Bestes getan. Wichtig ist, dass wir hier sind, und bis jetzt ist uns nichts zugestoßen.«

Um Jaelles Mundwinkel zuckte ein Grinsen. »Hoffen wir,

dass wir das heute Abend auch noch sagen können. Vanessa, gib mir das Seil. Möchtest du die Spitze übernehmen, oder soll ich es tun?«

»Ich sehe da keinen Unterschied. Wir können beide erkennen, wo der Weg sein sollte und nicht ist. Ich gehe voran.« Sie schloss die Schnalle der Gurte an ihrer Taille, prüfte, ob das Seil einwandfrei ablief, und nahm den Eispickel fest in die Hand.

»Ein paar Fuß schlaffes Seil. So ist es gut.« Behutsam setzte sie die Füße auf das schneebedeckte Geröll und machte sich an den Abstieg. Dann verschwand sie, und das Seil straffte sich. Magda hörte Cholayna keuchen, aber eine Minute später rief Vanessa nach oben: »Ich bin in Ordnung, nur ausgerutscht. Hier ist es schwierig. Ich suche eine bessere Stelle. Gut festhalten.«

Ihr Kopf tauchte auf, und sie kletterte wieder nach oben.

»Auf diesem Weg ist kein Durchkommen. Gleich da unten geht es vierzig Meter senkrecht in die Tiefe. Ich probiere es da drüben.« Sie bewegte sich langsam nach links, und diesmal gelang es ihr, auf den Füßen zu bleiben. Nach einer Weile sah es fast wie ein Pfad aus. Jaelle reichte Magda das Seil.

»Du und Camilla sichert mich von hier aus.« Vorsichtig folgte sie Vanessas Spuren. Camilla stellte sich hinter Magda, bereit, das Seil mit aller Kraft zu sichern, sollte eine der beiden Frauen abstürzen. Sie waren jetzt außer Sicht. Magda, von Camilla um die Taille festgehalten, atmete schwer. Zum Teil war es Angst, der Rest war Hilflosigkeit. Sie war hier zu nichts nütze, sie war keine Bergsteigerin. Sie konnte nur das Seil umklammern und auf ihre Freipartnerin vertrauen.

»Das ist genug«, flüsterte Camilla – oder hatte sie es nur gedacht? In dieser Stille, in der Einsamkeit der Bergwelt, wo sich kein anderer Geist eindrängte, brauchte Magda sich nicht gegen das telepathische Gesumm der Städte und Menschenmengen abzuschirmen. War das der Grund, dass sie fast ständig in Kommunikation mit Camillas Geist stand? Sie wusste es nicht, und sie hatte jetzt auch zu viel anderes, worüber sie nachdenken musste. Doch sie lehnte sich an Camilla, die sie fest umarmte und ihr Gewicht hielt, während das Seil, an dem unten die beiden Kletterer hingen, sich spannte. Magdas Kehle und Nase schmerzten, so ausgedörrt waren sie. Die trockene Kälte großer Höhen dehydrierte Kopfhöhlen und Schleimhäute, und Magda konnte an nichts anderes mehr denken als daran, wie gern sie etwas zu trinken hätte. Für Jaelle und Vanessa, die gegen Eis und Geröll kämpften, musste es noch schlimmer sein.

Das Seil wurde schlaff, und für einen Augenblick geriet Magda in Panik. Sie fürchtete, es sei gerissen, die beiden seien abgestürzt ... Dann drang von irgendwo unten ein lauter Ruf zu ihnen.

»Alles in Ordnung. Auf dieser Route geht es. Ich komme nach oben.« Das war Jaelles Stimme, und nach langer Zeit kam sie wieder in Sicht. Vorsichtig kletterte sie zu ihnen hoch.

Vanessa folgte ihr, gebückt und schwer atmend.

»Ich möchte etwas trinken«, stöhnte sie, und Cholayna holte die Wasserflasche und reichte sie den Kletterern.

Als Jaelle wieder zu Atem gekommen war, berichtete sie: »Es geht ganz gut und ist nicht einmal sehr steil. Eine schwierige Stelle ist da mit losem Geröll. Wir müssen die Pferde eins nach dem anderen sehr vorsichtig hinüberführen, damit sie nicht stolpern. Jeder von uns könnte sich dort verdammt leicht ein Bein brechen. Aber sonst ist der Boden überall fest, und wir haben von dem losen Zeug weggetreten, so viel wir konnten. Unten geht dann der Weg weiter. Er ist schmal, aber er ist da. Ich glaube, wir schaffen es. Cholayna werde ich selbst über das gefährliche Stück bringen.« Sie trank noch einmal und keuchte. Aber als Camilla sie besorgt ansah, erklärte sie kurz: »Mir geht es gut, mach kein Theater«, und Magda war klug genug, keine Unruhe zu zeigen.

»Teile Brot und Käse aus, wir essen besser hier zu Mittag«, sagte Vanessa. »Und wenn eine von euch persönliche Dinge zu erledigen hat, muss sie es hier tun. Da unten gibt es keine Stelle, wo man vom Weg abweichen könnte.«

»Wie ich mich erinnere«, witzelte Cholayna, »gibt es gar keinen Weg, von dem man abweichen könnte.«

Sie kauten ein paar Mund voll Brot und Käse, und Jaelle verteilte mit großer Sorgfalt die Lasten für die Chervines neu. Endlich waren sie fertig zum Absteigen. Jaelle ergriff den Führungszügel der Packtiere.

»Sie werden den Pferden folgen. Aber sie finden den Weg besser als wir.« Sie begann abwärts zu klettern. »Lasst mir einen Vorsprung von etwa vierzig Fuß. Dann kommst du mir nach, Magda. Dann du, Camilla. Dann Cholayna. Ich hole die anderen Pferde später. Vanessa, bleibst du zurück für den Fall, dass jemand in Schwierigkeiten gerät, ja?«

»Mach ich.«

Magda ergriff den Zügel ihres Pferdes und betrat den schmalen Pfad, auf dem Jaelle ihr vorausging – nicht mehr als eine Spur von Füßen und Hufen. Der Schnee war hart, und das Schnauben der Chervines, die sich hinter ihr einen Weg suchten, klang laut. Magda setzte Fuß für Fuß vorsichtig auf. Ihr Pferd wieherte und wollte nicht weiter, und sie hatte Bedenken, an dem Zügel zu ziehen.

»Komm, sei ein braves Mädchen.« Sie tätschelte dem Pferd die Nase und sprach ihm sanft Mut zu. Ein Stück weiter unten angekommen, hörte sie Camillas und Cholaynas Schritte hinter sich, dann wieder die frei laufenden, sich zusammendrängenden Chervines. Eins von ihnen scheute. Es bäumte sich rund um die frisch in den Schnee getretene Spur auf und galoppierte bergab. Die Glöckchen an seiner Last klingelten wild. Magda hoffte, dass die Gurte hielten und es ihnen gelang, das Tier wieder einzufangen. Camilla stieß mit gepresster Stimme einen Fluch aus. Magda blickte zurück und rief: »Bist du in Ordnung?«

»Habe mir den Fuß auf einem Stein umgeknickt. Geht schon wieder.«

Doch Magda sah, dass Camilla hinkte. Im Augenblick ließ sich nichts dagegen tun. Sie hatten noch Glück, dass es nicht schlimmer war. Ein Stein rollte unter ihrem eigenen Fuß weg, sie stürzte schwer und entging nur knapp einer Verrenkung des Knöchels. Das Pferd stolperte mehrmals.

Jaelle wartete ein paar Schritte weiter. »Hier beginnt die schlechte Strecke. Ich überquere sie jetzt mit meinem Pferd. Warte, bis ich dich rufe, dann kommst du langsam und vorsichtig nach, verstanden?« Ihr Gesicht war rot und weiß gefleckt von der Anstrengung, und über ihre Nase zog sich ein schmaler Streifen Sonnenbrand. Magda war froh, eine Weile ausruhen zu dürfen. Sie beobachtete Jaelle, die sich einen Weg suchte und dabei das Pferd führte ... Dann war Jaelle drüben und winkte ihr. Magda tastete mit den Stiefeln nach festen Stellen, und zuweilen gaben Steine nach und rollten davon. Sie hielt den Atem an, als könne schon ein tiefes Lufthholen diese Masse aus losem Geröll und Eis ins Wanken bringen. Sie fiel auf die Knie und schrie leise auf, und plötzlich blickte sie in einen Abgrund. Aber sie bezwang den Brechreiz, kroch zurück, kam wieder auf die Füße und ging weiter. Jedes Geräusch schien verstummt zu sein, bis sich ihr eine Hand entgegenstreckte und die ihre fasste. Sie war sicher bei Jaelle angekommen.

»Du hast es geschafft, Liebes.«

»Fein.« Magda hörte kaum etwas anderes als ihren eigenen Atem.

»Binde dein Pferd an, wir müssen noch einmal zurück. Ich

führe Camillas Pferd und du Cholaynas ... aber ... aber bringst du das fertig?«

Magda stockte das Herz bei dem Gedanken, den Weg über diese höllische Strecke nicht nur einmal, sondern zweimal wiederholen zu müssen. Aber Jaelle traute es ihr zu. Sie nickte. »Lass mich erst wieder zu Atem kommen.«

Jaelle band die Pferde an und legte die Zügel über die Sättel. »Ich gehe voran. Pass auf, wo ich hintrete. Ich habe den Weg jetzt schon viermal gemacht. Sieht schlimmer aus als es ist, Liebes.«

Magda fühlte sich immer noch zitterig, aber diesmal war es leichter. Sie warteten, bis Camilla und Cholayna am oberen Ende des Gerölls angekommen waren, alle winkten einander zu, und dann kehrten Magda und Jaelle mit den Pferden um. Fast alle Chervines waren bereits drüben, obwohl sie oft in Gefahr waren zu fallen, sich mit ihren dünnen Sprunggelenken wieder aufrafften, die Köpfe warfen und verzweifelt wieherten. Doch alle erreichten das Ziel, Vanessa als Letzte. Mit bleichem Gesicht klammerte sie sich an den Zügel ihres Pferdes.

»Was fehlt dir, Vanessa?«, fragte Cholayna.

»Knöchel.«

Jetzt sahen sie, dass sie sich schwer auf das Pferd stützte. Plötzlich ließ sie los und sank zu Boden. Camilla versuchte, ihr den Stiefel auszuziehen. Es ging nicht, und am Ende mussten sie das schwere Leder aufschneiden. Der Knöchel zeigte eine große, purpurrote Schwellung.

»Das ist schlimmer als eine Verrenkung«, sagte Camilla. »Es mag ein Knochensplitter abgesprengt worden sein.«

Vanessa verzog das Gesicht. »Das habe ich befürchtet. Wahrscheinlich muss es geröntgt werden, aber daran ist hier ja nicht zu denken. In meinem Rucksack habe ich ein zweites Paar Stiefel ...«

»Du kommst nicht hinein«, stellte Magda fest. »Nimm meine, sie sind vier Nummern größer. Ich hätte nie gedacht, dass ich noch einmal dankbar dafür bin, große Füße zu haben.«

Vanessa stieß den angehaltenen Atem aus, als Cholayna den Fuß untersuchte.

»Wackele mit den Zehen. Gut. Tut es weh, wenn ich hier drücke?«

Vanessas Antwort war laut, ordinär und bestätigend.

»Nichts gebrochen, würde ich sagen. Nur ein sehr starker Bluterguss. Sind elastische Binden in der Reise-Apotheke?«

»Ich habe eine in meinem Bündel.« Jaelle ging und holte sie, gab sie Cholayna und meinte: »Der Fuß müsste ja eigentlich gebadet werden und so weiter, aber wir können nicht gut anhalten und Feuer machen. Deshalb bandagiere den Knöchel, während wir die Chervines zusammentreiben.«

Die Tiere hatten sich auf der nächsten halben Meile des Abstiegs verstreut. »Camilla, du hast dir doch auch den Fuß umgeknickt, nicht wahr? Ist es wieder gut? Hat es sonst noch Unfälle gegeben?«

Camillas Knöchel erwies sich als nur ein bisschen verstaucht. Trotzdem riet Jaelle ihr, ihn zu bandagieren und sich auszuruhen.

»Magda wird mir helfen, die Chervines einzufangen. Wir sind nur noch zwei Stunden von Barrensclae entfernt. Mit Avarras Gnade werden wir von hier aus meistens reiten können.«

Während sie die Packtiere fingen und beruhigten, entdeckte Magda einen Gegenstand, der auf dem Pfad nichts verloren hatte. Sie hob ihn auf und rief Jaelle mit leiser Stimme.

»Sieh dir das mal an.«

Jaelle nahm den grellfarbigen Plastikfetzen von ihr entgegen. Er war gelb, und an einer Ecke war ein Buchstabe durchgerissen. »Eine Verpackung?«

»Ja, von einer Standard-Notration für das Hochgebirge.«

»Hat sie Lexie gehört?«

»Wem sonst? Also, jedem, der das gesehen hat, muss klar gewesen sein, dass sie nicht auszog, um Volkstänze zu studieren. Wenigstens wissen wir jetzt, dass sie diesen Weg genommen haben.«

Jaelle nickte und steckte den Fetzen in die Tasche. »Vielleicht haben sie auch Zeit verloren. Wir werden ja merken, ob sie immer noch auf uns warten. Sie täten gut daran, denn sie brauchen die extrawarme Kleidung und die Handelswaren, die wir mitbringen, in den Hellers.«

»Dann willst du mit ihnen weiterziehen, falls wir sie einholen? Du glaubst wirklich, dass sie diese ... Stadt finden werden?«

»Du nicht, Magda?« Jaelle schaute überrascht und verletzt drein. »Ich habe gedacht, dass du ebenfalls mitkommst.«

»Das werde ich wohl auch«, antwortete Magda langsam und sehr unsicher. Mit Rafaella, die zu ihr sowohl freundlich als auch unfreundlich gewesen war, konnte sie zurechtkommen. Wahrscheinlich würde Rafaella sie Jaelles wegen akzeptieren, schon allein aus dem Grund, weil das ihrer Suche bessere Erfolgschancen gab. Aber Lexie? Magda hörte sie förmlich sagen:

Höllenfeuer, Lorne, gibt es keine Pastete auf diesem ganzen Planeten, in der Sie Ihre Finger nicht drin haben?

13

Barrensclae trug einen treffenden Namen, dachte Magda: ein Hochplateau ohne Gras oder Bäume, mit Geröll übersät, auf dem ein paar Steinruinen von ehemaligen Häusern und Pferchen kündeten. Warum waren sie verlassen worden? Was hatte die Bauern, die hier lebten, gezwungen, ihre Sachen zu packen und wegzuziehen? Oder waren sie bei einer dieser Fehden, die immer noch in den Kilghardbergen tobten, alle ermordet worden?

Sie legte die Frage Jaelle vor. Diese zuckte die Schultern.

»Wer weiß? Wen kümmert es? Es kann keine große Sache gewesen sein, sonst hätten wir bereits hundert verschiedene Geschichten darüber gehört.«

Camilla lächelte grimmig. »Wenn sie einfach aus freiem Willen gegangen sind, mag das der einzig vernünftige Entschluss ihres Lebens gewesen sein. Mich würde mehr interessieren, warum sie sich überhaupt hier angesiedelt haben.«

Cholayna sprach aus, was offensichtlich war. »Sollten Lexie und Rafaella jemals hier gewesen sein, sind sie doch jetzt nicht hier.«

»Vielleicht sind sie auf der Jagd. Oder sie erkunden die Gegend.« Jaelle ritt langsam auf den leeren Pferch zu. Daneben stand ein Haus, bei dem sich noch einige Überreste des Daches an die alten Steine klammerten. »Hier haben wir die Chervines geschlachtet und drei Nächte in diesem Haus geschlafen. Wenn Rafi eine Botschaft hinterlassen hat, ist sie drinnen.«

Camilla blickte zu der niedrigen, grauen Wolkendecke auf. Bald würde der abendliche Regen einsetzen. »Wir werden die Nacht sowieso hier verbringen. Es hat keinen Sinn weiterzureiten, und Vanessas Knöchel braucht Pflege. Und so etwas wie ein Dach haben wir auch. Ich schlage vor, wir gehen hinein und sehen nach, ob wir dort unser Lager aufschlagen können.«

»Gibt es irgendeinen Grund, das nicht zu tun?«, fragte Vanessa. »Die ursprünglichen Besitzer scheinen doch schon lange fort zu sein. Was sollte uns daran hindern?«

»Oh, nur Kleinigkeiten, zum Beispiel – kein Fußboden, dafür Schimmel, Insekten, Schlangen, Ratten, Fledermäuse«, zählte Camilla lachend an den Fingern ab. »Andererseits könnten wir Rafaellas Packtiere und ihre verschiedenen Habseligkeiten finden, in welchem Fall ...«

Magda war sich nicht schlüssig, ob sie hoffte, sie würden die Frauen finden oder nicht. Es gelang ihnen, die schwere Tür an den Angeln nach innen aufzudrücken. Das Haus war verdächtig leer von all den Dingen, vor denen Camilla gewarnt hatte. Der alte steingepflasterte Boden war staubig, aber nicht mit Unrat übersät, und es schien kein Ungeziefer auf sie zu lauern.

»Das Haus ist tatsächlich vor kurzem benutzt worden«, bemerkte Cholayna. »Sie sind hier gewesen, und das ist noch nicht lange her.«

»Ich wäre da nicht so sicher«, meinte Jaelle. »Jeder hätte den Raum benutzen können. Reisende, Räuber – es ist möglich, dass Rafaella und Lexie hier gewesen sind, aber einen Beweis dafür haben wir nicht.«

Auf Magda machte das Haus den Eindruck, als eigne es sich sehr gut für Räuber. Sie dachte daran, wie sie vor Jahren in einer Reiseunterkunft mit einer Bande zusammengestoßen war. An Räuber hatte sie bei dieser Expedition nicht gedacht, und sie wünschte, das Gespräch wäre nicht darauf gekommen.

Doch es war sinnlos, sich zu beunruhigen. Camilla würde spielend mit der dreifachen Übermacht fertig werden und sich wahrscheinlich über die Gelegenheit noch freuen.

»Das ist es nicht, was mir Sorge macht«, sagte Jaelle. »Sie sind nur zwei, und eine davon ist ein terranisches Grünhorn.«

»Glaub das bloß nicht«, widersprach Cholayna. »Lexie hat die gleiche Ausbildung im unbewaffneten Kampf wie Magda. Und Rafaella ist kein Schwächling.«

»Räuber reisen in Banden«, stellte Jaelle fest. »Sie sind nicht dafür bekannt, dass sie fair kämpfen.« Trotzdem trug sie ihre Satteltaschen ins Haus und warf sie auf den Steinboden. »Cholayna, würdest du bitte Feuer machen, damit wir uns Vanessas Knöchel ansehen können?«

Kurz darauf schlugen die Flammen hoch, und Cholayna behalf sich, so gut es ging, mit dem Inhalt der Reise-Apotheke. Sie hatte immer noch den Verdacht, an Vanessas Knöchel sei ein Knochensplitter abgesprengt, aber dagegen ließ sich hier nichts unternehmen.

»Wenigstens mangelt es uns nicht an Eis.« Cholayna blickte in den Schnee hinaus. »Kalte Umschläge, bis die Schwellung zurückgeht, danach abwechselnd heiße und kalte. Ein richtiger Arzt würde einen Gipsverband anlegen, aber wahrscheinlich geht es auch so. Es wird dir ein paar Tage lang das Gehen erschweren. Jaelle hat jedoch gesagt, von hier ab könnten wir die meiste Zeit reiten, und deshalb könnte es schlimmer sein. Wenigstens läufst du nicht Gefahr, fürs Leben lahm zu bleiben, weil du keine terranische Behandlung bekommst.«

Ungefragt packte Magda die Kochutensilien aus und bereitete Suppe aus dem getrockneten Fleisch, das sie mitgenommen hatten. Schon stahl sich ein herzhafter Duft durch das alte Steinhaus. An dem harten Reisebrot bewirkte das Rösten Wunder. Suppe, gekochter Getreidebrei und ein Kessel mit heißem Borkentee – es war die erste richtige warme Mahlzeit, die sie bekamen, seit sie Thendara verlassen hatten, und das munterte sie sehr auf.

Als sie endlich in ihre Schlafsäcke krochen, schliefen sie

bald alle friedlich. Nur Magda lag wach. Sie machte sich Sorgen und wusste nicht, warum. Irgendwie schien diese ganze Reise ihre Fehlleistungen widerzuspiegeln – bei Lexie, Vanessa, Cholayna und vielleicht besonders bei Rafaella. Irgendwie hatte sie Lexie das Gefühl vermittelt, sie müsse mit dem konkurrieren, was gewisse Leute im HQ die »Lorne-Legende« nannten.

Sie hatte die falschen Dinge zu Vanessa und Cholayna gesagt, sonst wären sie nicht hier. Ohne es zu wollen, hatte sie sich zwischen Jaelle und Rafaella gestellt ... Aber was die unbekannten Gefahren der Wildnis betraf, hatte Jaelle Recht: Umkehren konnten sie nicht.

Am nächsten Morgen war Vanessas Knöchel auf den Umfang eines Zwei-Gallonen-Korbes angeschwollen, und sie hatte Fieber. Cholayna gab ihr Salicylpräparate aus der Reise-Apotheke. Magda und Camilla verteilten die Lasten für die Packtiere neu, und Jaelle ging, das Gebiet nach Spuren abzusuchen, die ihr verrieten, ob die anderen Frauen hier durchgekommen waren. Spät am Tag kam sie mit einem toten Chervine-Kalb zurück.

»Wir alle können frisches Fleisch brauchen. Besonders Vanessa hat zusätzliches Protein nötig.« Geschickt machte sie sich daran, das Kalb abzuhäuten und zu zerlegen. Cholayna wandte betreten die Augen ab. Vanessa dagegen sah fasziniert zu.

»Wo hast du das gelernt?«

»Bei meiner Arbeit als Bergführerin. Bei uns gibt es keine abgepackten Rationen«, antwortete Jaelle, »und das Jagen gehört zu den ersten Dingen, die man lernt, wenn man sich in der Wildnis selbst ernähren will. Ich konnte ein ausgewachsenes Tier erlegen, bevor ich fünfzehn Jahre alt war, und wenn man sein eigenes Fleisch macht, muss man auch fähig sein, es zu häuten und zu zerschneiden und zu trocknen. Wir werden hiervon so viel frisch essen, wie wir können. Ich brate eine Keule zum Abendessen; zum Trocknen ist das Kalb zu klein. Was wir nicht aufessen, werfen wir für die *Kyorebni* hinaus, wenn wir aufbrechen.« Bedauernd blickte sie auf das zart getupfte Fell des kleinen Tiers. »Es widerstrebt mir, das Fell zu vergeuden. Ich könnte mir ein schönes Paar Handschuhe daraus machen, wenn wir die Zeit hätten, es zu gerben.«

Cholayna erschauerte und drehte ihr Gesicht noch weiter zur Seite als bisher, sagte jedoch nichts. Das alles ist schwierig für sie, dachte Magda. Sie, die gewöhnt ist zu befehlen, muss Befehle entgegennehmen und sich damit abfinden, dass sie die Älteste und Schwächste ist. Dieser Angriff auf ihre ethischen Prinzipien – Magda wusste, dass Cholayna bisher noch nie Fleisch oder etwas, das einmal lebendig gewesen war, gegessen hatte – stellte für sie bestimmt eine Zerreißprobe dar. Und doch hatte sie dazu geschwiegen, was nicht leicht gewesen sein konnte.

Am nächsten Morgen war die Schwellung an Vanessas Knöchel wesentlich zurückgegangen. Jaelle meinte nach einem besorgten Blick zum Himmel, sie sollten eilends weiterreiten. Cholayna war der Ansicht, Vanessa müsse ihren Fuß noch einen weiteren Tag schonen, aber Jaelle war des Wetters wegen unruhig. Lange Zeit studierte sie Karten und suchte nach einer leichteren Route.

»Wir reiten nach Norden, aber nicht geradeaus über den Kamm, sondern den Weg daran entlang. Sie haben jetzt einen solchen Vorsprung, dass wir sie auf dieser Seite des Kadarin doch nicht mehr einholen, wahrscheinlich erst kurz vor Nevarsin«, sagte Jaelle.

Mit den gut ausgeruhten Pferden und Chervines zogen sie durch ein Gebiet, das nicht erst zu Fuß erkundet werden musste. Es fiel ein bisschen Schnee, und es war feucht und kalt. Alle gruben ihre wärmsten Sachen an Pullovern und Unterwäsche aus. Nachts waren die Schlafsäcke klamm, und sogar Cholayna trank bereitwillig die warme Fleischsuppe.

Am dritten Nachmittag begann der Weg von neuem zu steigen. Jeder Hang war steiler als der vorige, und schließlich sagte Jaelle, sie müssten absteigen und zu Fuß gehen, um die Pferde zu schonen. Nur Vanessa, die den verletzten Knöchel immer noch nicht richtig belasten konnte, sollte im Sattel bleiben.

»Ich kann gehen, wenn ich muss.« Vanessa schwenkte den dicken Ast, den Camilla ihr heute Morgen als Spazierstock zurechtgeschnitten hatte. »Eine Sonderbehandlung brauche ich nicht!«

»Glaub mir, Vanessa, ich werde es dir sagen, wenn es notwendig wird, dass du gehst. Spiele nicht die Heldin«, mahnte Jaelle. »Wenn wir dich letzten Endes tragen müssen, schaffen wir es nie mehr.«

Sie mühten sich den vierten oder fünften Hügel hoch – Magda hatte in dem trostlosen Nebelnässen aufgehört, sie zu zählen –, als ihr Fuß umknickte, sie den Halt verlor, der Länge nach hinschlug, zurückrutschte, den steilen Pfad hinunterrollte und dabei Felsen, Eis und zähe Wurzeln mitnahm. Sie stieß den Kopf an, Schmerz durchzuckte sie, und sie verlor das Bewusstsein.

... Sie wanderte durch eine graue Welt. Sie hörte Jaelle nach ihr rufen, aber die schreckliche alte Frau war da und lachte ... wohin sie sich auch wandte, obwohl sie lief und lief, immer war die alte Vettel mit diesem grässlichen, kreischenden Gelächter da, das wie das Schreien wilder Vögel klang, die Arme ausgestreckt, um sie wegzuscheuchen, zur Umkehr zu zwingen ... Plötzlich war Camilla bei ihr, hatte das Messer gezogen,

um sie zu verteidigen, stellte sich der alten Frau gegenüber. Das Messer versprühte blaues Feuer …

Es war etwas Feuchtes auf ihrer Stirn. Eine kalte Flüssigkeit sickerte ihr in den Kragen. Sie hob die Hand – sie fühlte sich schwer und kalt an –, um es wegzuschieben, und es erwies sich als eine Kompresse. Feuer brannte auf ihrer Stirn, die sich anfühlte, als sei sie mit einer Axt gespalten worden.

Camilla blickte auf sie nieder; sie war blass und sah aus, als habe sie geweint. *Unsinn,* dachte Magda, *Camilla weint nie.*

»*Bredhiya*«, murmelte Camilla und drückte Magdas Hand so fest, dass Magda zusammenzuckte. »Ich glaubte, ich hätte dich verloren. Wie geht es dir?«

»Scheußlich. Als sei jeder Knochen in meinem Körper mit einem Schmiedehammer bearbeitet worden.« Magda entdeckte, dass sie bis zur Taille entkleidet war. »Teufel, kein Wunder, dass ich friere! Ist das die Standardbehandlung für einen Schock?«

Sie versuchte, einen Witz daraus zu machen, aber Jaelle beugte sich über sie und sagte: »Ich habe dich ausgezogen, um mich zu vergewissern, dass du keine inneren Verletzungen hast. Du hast dir an dem einen Arm die Haut bis zum Ellenbogen abgeschunden, und vielleicht hast du eine Rippe gebrochen. Versuch einmal, dich aufzusetzen.«

Magda richtete sich vorsichtig auf. Sie bewegte den Kopf und wünschte, sie hätte es nicht getan. »Mit was bin ich zusammengestoßen? Mit einem Berg?«

»Nur mit einem Stein, Miss Lorne«, sagte Vanessa. Es klang so absurd; Magda hatte schon einmal dagegen protestieren wollen. Vanessa fragte: »Frieren Sie?«, und zog ihr das Hemd an. Magda sah, dass ihr Arm einen dicken Verband über einer glitschigen und stinkenden Salbe trug.

Camilla hüllte sie in ihren eigenen warmen Mantel. »Das geht leichter, als wenn wir versuchen, dir deine Jacke anzuziehen, und es scheuert die wunden Stellen nicht so.« Sie zog Magdas Jacke über ihre eigene hagere Gestalt. »Fühlst du dich schläfrig?«

Magda wollte den Kopf schütteln und ließ es lieber. »Nein. Schläfrig bin ich bestimmt nicht.«

»Glaubst du, du kannst gehen?«, erkundigte sich Jaelle. »Hier ist kein guter Platz zum Lagern, aber wenn du nicht kannst ...«

Mit Camillas Hilfe gelang es Magda, sich auf die Füße zu stellen. Sie meinte immer noch, ihr werde der Kopf platzen, und bat um Cholaynas Schmerztabletten. Cholayna schüttelte den Kopf.

»Nicht, bevor wir wissen, wie schwer deine Gehirnerschütterung ist. Bist du immer noch voll wach, wenn wir heute Abend Halt machen, kannst du welche haben. Bis dahin nichts, was deine Atmung beeinträchtigen würde.«

»Elende Sadistin«, brummte Magda. Doch auch sie war in Erster Hilfe ausgebildet und wusste über Kopfverletzungen Bescheid.

»Sieh das Gute daran«, riet ihr Cholayna. »Jetzt darfst du mit Vanessa hinaufreiten, während wir anderen zu Fuß dahinkrebsen.«

Auch mit Camillas Hilfe war es Magda fast unmöglich, sich in den Sattel zu hieven, und als das Pferd sich in Gang setzte, wäre sie lieber zu Fuß gewesen. Die Bewegung war fast unerträglich. Der Schnee war jetzt nass. Er bestand zur Hälfte aus Regen und durchweichte ihren Mantel. In ihren Jammer versunken, ritt sie dahin. Jedes Mal, wenn das Pferd stolperte, war ihr, als trete es ihr auf den Kopf. Und der Weg war so steil, dass sie wieder die Angst empfand, rückwärts aus dem Sattel zu rutschen. Camilla kam an ihre Seite und nahm ihr die Zügel aus der Hand, ohne dass Magda darum gebeten hatte.

»*Bredhiya,* halte dich nur fest, ich führe dein Pferd. Noch ein kleines Stück. Armes Liebchen, ich wollte, ich könnte dich tragen.«

»Ich bin in Ordnung, Camilla, wirklich, ich habe nur Kopfschmerzen. Und ich komme mir so dumm vor, dass ich gefallen bin und euch nun alle aufhalte.«

»Siehst du, wir sind schon oben auf dem Kamm angelangt. Jetzt steigen wir alle wieder auf, und wenn du dich nicht im Sattel halten kannst, *Bredhiya,* nehme ich dich zu mir aufs Pferd. Es trägt zwei, und du brauchst dich dann nur bei mir anzulehnen. Möchtest du das?«

»Nein, nein, mir fehlt ja nichts weiter«, wehrte Magda ab. Obwohl sie wusste, dass es unfair war, setzte die Besorgtheit ihrer älteren Freundin sie in Verlegenheit, zum Teil deswegen, weil sie wusste, wie das auf die anderen wirkte, besonders auf Vanessa, die kein Verständnis für das Band zwischen ihnen hatten. »*Bitte,* Camilla, mach kein Theater um mich. Lass mich einfach in Ruhe, mir geht es gut.«

»Wie du willst.« Camilla berührte die Flanken ihres Pferdes mit den Fersen und holte zu Jaelle an der Spitze des Zuges auf. Kaum war sie weg, da bereute Magda ihre Worte schon und wünschte sich, Camilla sei noch da. Warum kümmerte es sie eigentlich nach all diesen Jahren immer noch, was irgendjemand dachte? Entmutigt, mit schmerzendem Kopf umklammerte sie die Zügel und ließ das Pferd den Weg abwärts allein finden.

Als Magda eine Gruppe riesiger Koniferen umrundet hatte, sah sie unter sich Lichter. Ein kleines Dorf legte sich im Tal quer über den schmalen Weg. Erst kamen zwei oder drei Höfe, dann eine Schmiede. Ein Bach war aufgestaut und trieb eine Mühle, zu der ein Kornspeicher gehörte. Ein paar Steinhäuschen waren jedes von einem Gärtchen umgeben.

»Ob es an diesem Ort wohl einen Gasthof gibt?«, fragte Camilla.

Kinder und Frauen und sogar ein paar Männer standen am Straßenrand und sahen zu, wie sie vorüberritten, ein sicheres Zeichen, wie Magda aus ihren Jahren als Agentin wusste, für die Isoliertheit des Dorfes: Das Auftauchen eines Fremden stellte ein großes Ereignis dar.

Jaelle wandte sich an eine gewichtige und imposante Frau, deren Kleidung etwas weniger derb als die der anderen war, und fragte: »Gibt es hier einen Gasthof, wo wir die Nacht verbringen und zu Abend essen können?«

Sie musste die Frage mehrere Male in verschiedenen Dialekten wiederholen, bevor die Frau sie begriff, und als sie schließlich antwortete, sprach sie ein so verdorbenes *Cahuenga,* dass Magda sie kaum verstand. Sie erkundigte sich bei Camilla, die an ihre Seite zurückgekehrt war: »Was hat sie gesagt? Du kennst dich in den Sprachen des Gebirges besser aus als ich.«

»Es gibt keinen Gasthof.« Camilla sprach reines *Casta,* damit ein Lauscher sie nicht verstand. »Aber sie haben ein gutes öffentliches Badehaus, sagt sie, wo wir baden könnten. Sie bot uns zum Übernachten eine Scheune an, die zu dieser Jahreszeit leer steht. Mir kommen die Leute wie ein Haufen sehr übler Typen vor, und trauen möchte ich keinem von ihnen, aber ich wüsste nicht, welche Alternative wir hätten.«

Vanessa hatte nur einen Teil davon mitbekommen. »Ein Badehaus! Das brauchen wir gewiss am notwendigsten. Ich bin überzeugt, meinem Knöchel und deinem Arm wird es gut tun, wenn wir sie in sauberem, warmem Wasser gründlich einweichen. Und ob sie nun ein Badehaus haben oder nicht, diese Leute sehen so schmutzig aus, dass ich lieber in einer ihrer Scheunen als in einem ihrer Häuser schlafe – oder auch einem ihrer Gasthöfe. Bringt mich ins Bad!«

Die Frau, die sich selbst zu ihrer Führerin ernannt hatte,

ging voran, eine kleine Prozession von Kindern folgte. Cholayna sagte: »Ich hätte nicht erwartet, solche Annehmlichkeiten außerhalb von Thendara zu finden.«

»Überall in den Bergen entspringen heiße Quellen«, erklärte Magda. »Die meisten kleinen Dörfer haben Badehäuser, auch wenn jede Familie ihr Trinkwasser von dem gemeinsamen Brunnen holen muss. Und sie haben getrennte Becken und Wannen für Männer und Frauen, so dass du dir über unterschiedliche Schicklichkeitsbegriffe keine Sorgen zu machen brauchst.«

Vanessa zuckte die Schultern. »Ich bin von meiner eigenen Welt her an gemischte Bäder und Badehäuser gewöhnt. Mich würde es nicht stören, wenn das ganze Dorf in einem großen Becken badete, so lange man von Zeit zu Zeit das Wasser wechselt.«

»Also, mich würde es stören«, sagte Camilla, und Jaelle lachte vor sich hin.

»Mich auch. Ich bin schließlich in den Trockenstädten erzogen worden.«

Sie begann mit der Frau, die die Eigentümerin des Badehauses und eine Art Älteste des Dorfes zu sein schien, um die Gebühr zu feilschen. Magda fand den Eintrittspreis unverschämt hoch, aber schließlich lag dieses Dorf sehr einsam, und die gelegentliche Vermietung des Badehauses an Reisende war zweifellos die einzige Gelegenheit, Geldmünzen zu ergattern. Zum Schluss gelang es Jaelle, wie sie Magda berichtete, sich das Badehaus für diesen Abend zur ausschließlichen Benutzung zu sichern. Sie war mit der Ältesten auch über eine warme Mahlzeit einig geworden, die ihnen gebracht werden sollte. Für ihr Geld stellte man ihnen auch die Scheune zur Verfügung, in der sie ihre Tiere unterstellen und ihre Schlafsäcke ausbreiten konnten. Da sie ein Gebäude aus Stein war und kein Heu enthielt, war es ihnen erlaubt, Feuer anzuzünden. Sie brachten als Erstes ihr Gepäck hin, sattelten die Pferde ab und befreiten die Chervines von ihren Lasten.

»Was macht dein Kopf, Magda?«, erkundigte sich Cholayna. »Wie fühlst du dich?«

»Besser, wenn ich an das Bad denke.«

»Bist du voll wach? Dann kannst du ein paar Schmerztabletten haben.« Cholayna griff zur Reise-Apotheke. »Stimmt etwas nicht, Camilla?« Die *Emmasca* stand mit finsterem Gesicht bei den Packlasten.

»Ich traue diesen Leuten nicht.« Camilla sprach immer noch *Casta*, obwohl sie ganz allein zu sein schienen. »Es sieht hier nach einem Räubernest aus. Wir täten klug daran, nicht alle gleichzeitig zu baden, denn wir dürfen unsere Sachen nicht unbewacht lassen.«

»Die meisten Bergbewohner sind so ehrlich, dass man einen Beutel mit Kupfer unbewacht mitten auf dem Marktplatz stehen lassen kann und ihn unberührt findet, wenn man ein halbes Jahr später wiederkommt«, erinnerte Jaelle sie. »Nur haben sie dann vielleicht ein kleines Schutzdach über dem Beutel errichtet, damit ihm der Winterregen nicht schadet.«

»Das ist mir wohl bekannt«, sagte Camilla gereizt. »Aber bist du schon einmal in diesem besonderen Dorf gewesen? Kennst du diese Leute, Shaya?«

»Eigentlich nicht. Ich war jedoch schon in vielen, vielen Bergdörfern zu Gast, die diesem sehr ähnlich sind.«

»Das beweist gar nichts«, brummte Camilla. »Geht ihr alle nur baden, ich bleibe hier und halte Wache.« Kein Einwand brachte sie davon ab. Schließlich wurde vereinbart, in zwei Schichten zu baden, zuerst Jaelle und Vanessa, dann Magda, Cholayna und Camilla. Das bedeutete, dass in jeder Gruppe eine Person unverletzt, gesund und im Waffenhandwerk geübt war.

»Es gefällt mir immer noch nicht«, murrte Camilla, als Jaelle und Vanessa loszogen, saubere Kleidung über dem Arm. »Diese Leute würden uns allein der parfümierten Seife wegen die Kehle durchschneiden! Sie mögen von vornherein geplant haben, unsere Gruppe aufzuspalten, damit wir uns nicht wirksam verteidigen können. Wir hätten außerhalb des Dorfes lagern und Posten aufstellen sollen.«

»Du bist furchtbar argwöhnisch, Camilla«, tadelte Cholayna sanft. Sie kniete auf dem Boden und brachte ein Feuer in Gang. »Was mich betrifft, ich bin entzückt, dass ich baden kann!«

»Das wäre ich auch – an einem anständigen Ort. Oder glaubst du, im Gegensatz zu euch Terranern bin ich gern schmutzig? Aber hier würde ich mich sicherer fühlen, wenn ich im Dreck der Straße schliefe.«

»Camilla«, fragte Magda außer Hörweite der anderen, die frische Kleidung auspackten, »ist das eine Vorahnung? Ist das dein *Laran?*«

Camilla kniff die Lippen zusammen. »Du weißt, was ich davon halte. Du und Jaelle, ihr seid *Leroni* des Verbotenen Turms. Hättet ihr es nicht zuerst merken müssen, wenn etwas daran wäre? Man braucht kein *Laran,* um zu wissen, dass ein Schurke ein Schurke ist. *Laran!«,* schnaubte sie noch einmal verärgert und wandte sich ab.

Magda machte sich Sorgen, denn aus gutem Grund respektierte sie Camillas Intuitionen. Doch die Gruppe war bereits aufgeteilt, und ihr Kopf und ihr verletzter Arm taten schrecklich weh, so dass sie nur ungern auf das Bad verzichtet hätte. Einen Überfall wollte sie in Kauf nehmen, wenn sie vorher nur ein Bad und eine gute, warme Mahlzeit bekam.

14

In einer Ecke des Raums raschelte es leise. Blitzartig hatte Camilla das Messer gezogen und einen Satz zu der verborgenen Stelle hinter der Tür gemacht. Sie kam zurück und zerrte jemanden am Handgelenk mit sich: eine Frau, nicht mehr jung, der das dunkle Haar in locker geflochtenen Zöpfen über den Rücken hing. Sie unterschied sich von den anderen Leuten des Dorfes nur dadurch, dass sie, wie Magda bemerkte, körperlich sauber war.

»Wer bist du?« Camilla packte das Handgelenk der Frau so fest, dass sie quietschend zusammenzuckte, und gab ihren Worten Nachdruck, indem sie ihr Messer schwang. »Was willst du hier? Wer schickt dich?«

»Ich wollte nichts Böses«, wimmerte die Frau. »Bist du – bist du Shay n'ha M'lorya?«

Jaelle war ein Trockenstädter-Name und in den Kilghardbergen sehr ungebräuchlich. Magda selbst rief Jaelle meistens mit der *Casta*-Version ihres Namens und hatte ihn in dieser Form ihrer Tochter gegeben.

»Nein«, erklärte Camilla, »aber ich bin ihre Eidesschwester, und das ...« – sie wies auf Magda – »... ist ihre Freipartnerin. Sprich! Was willst du von ihr? Wer bist du?«

Die Frau bemühte sich vergeblich, ihren Blick von Cholayna loszureißen. Magda dachte: *Kein Zweifel, sie hat noch nie einen Menschen mit schwarzer Haut gesehen, vielleicht ist sie nur gekommen, um die Fremden anzugaffen. Aber woher sollte sie dann Jaelles Namen wissen?*

»Ich heiße Calisu'«, sagte die Frau. »Es gibt keine Entsagenden in unserm Dorf. Der Hetman würde sie nicht dulden. Aber einige von uns sind – ihnen freundlich gesinnt.« Sie strich das lose Haar vom Ohr zurück und enthüllte einen kleinen Ohrring, seit Jahrhunderten das geheime Abzeichen von Frauen, die mit der Gilde sympathisierten, ihr aber aus dem einen oder anderen Grund nicht beitreten konnten. Auch Lady Rohana hatte ein solches verborgenes Schmuckstück getragen, und Magda war überzeugt, nicht einmal Dom Gabriel hatte gewusst, warum. Als Camilla es sah, lockerte sie ihren Griff etwas.

»Was willst du? Warum schleichst du so herum?«

Calisu' – das war, erinnerte Magda sich, eine Dialekt-Version von Callista – berichtete: »Zwei Entsagende sind vor zehn Tagen durch unser Dorf gekommen. Sie fragten nach der Hebamme, weil eine von ihnen an Krämpfen litte, und als man sie zu mir schickte, erkundigte sie sich, ob ich ... ob ich den Ohrring trage.«

Das war Rafaellas List. Nicht in tausend Jahren wäre Lexie so etwas eingefallen.

»Und dann baten sie mich, Shaya n'ha M'lorya eine Botschaft auszurichten. Wenn du ihre Freipartnerin bist, kann ich sie dir doch sagen? Findet man mich hier ...«

»Sprich nur«, forderte Magda sie auf.

»Sie sagten ... sie wollten sich mit euch im Nevarsin-Gildenhaus treffen.«

Camilla fuhr auf: »Es gibt doch gar kein ...«

Magda trat ihr gegen das Schienbein, und sie verstummte. Calisu' riss ihren Arm los, lief zur Tür und war verschwunden.

Camilla folgte ihr. Sie kämpfte mit dem alten, verrosteten Riegel, der sich nicht richtig schließen ließ. Endlich seufzte sie: »Stapelt das Gepäck vor der Tür, damit wir hören, wenn noch jemand eindringen will. Ich fürchtete, dass so etwas geschehen würde. Nein, nein, nicht du, du solltest mit deinem Kopf nichts heben ...«

»Das tue ich selten«, gab Magda zurück. »Es ist nicht mein

Laran. Leider muss ich gestehen, dass ich dazu meine Hände benutze.« Doch sie trat zurück und ließ Cholayna und Camilla den Seiteneingang verbarrikadieren. Camilla sagte verdrießlich: »Du hast sie gehört. Was bedeutet das? Es gibt kein Gildenhaus in Nevarsin. Das ist eine Stadt der *Cristoferos.* Wie können wir uns dort mit ihnen treffen, wenn ...«

»Shaya wird es verstehen«, meinte Magda. Ihr Kopf dröhnte trotz Cholaynas Tabletten. Sie wünschte, Jaelle käme zurück, damit sie ihr Bad nehmen und sich dann hinlegen konnte.

Lustlos legte sie sich Sachen zurecht, in denen sie schlafen wollte, saubere Unterwäsche, dicke Socken, einen schweren Pullover und wollene Hosen. Jaelle und Vanessa traten ein. Sie hatten sich sogar die Haare gewaschen, und Jaelles kupferne Locken kräuselten sich in dichten, feuchten Ringeln.

»Genau das, was der müde Reisende braucht.« Jaelle streckte genüßlich die Arme und gähnte. »Und wenn erst das Essen kommt – ich habe es gesehen und gerochen! Huhn am Spieß gebraten und geschmorte Pilze mit Rotbeerensoße.« Sie leckte sich gierig die Lippen. »Das hier ist ein besserer Ort zum Übernachten, als ich gedacht hatte. Macht schon, ihr drei, dass ihr ins Bad kommt. Aber bleibt nicht zu lange, sonst essen wir alle Pilze auf. Ob in diesem Ort ein guter Bergwein gekeltert wird?«

»Wenn nicht«, scherzte Cholayna, »werde ich mich bei der Ältesten beschweren!«

Das Badehaus war ein frei stehendes Steingebäude, aus dem Dampfwolken drangen. Drinnen gab ihnen die Badewärterin kleine dreibeinige Schemel zum Sitzen und erkundigte sich mit ungeschliffener Ehrerbietung, ob die Damen Seife und Schwämme mitgebracht hätten. Sie schrubbte sie tüchtig ab, schnalzte mit der Zunge, als sie Magdas verletzten Arm sah, und brachte es sogar fertig, Cholayna nicht zu lange oder zu forschend anzustarren. Dann ließ sie sie über Stufen in das mit dampfend heißem Wasser gefüllte Steinbecken steigen. Magda seufzte vor reinem Vergnügen. Die Hitze zog den Schmerz aus ihrem Arm. Sie legte sich zurück, so dass sie bis zum Hals eingetaucht war.

»Ein herrliches Gefühl«, stimmte Camilla zu, und Magda erinnerte sich, dass Camilla sich den Knöchel ebenfalls verstaucht hatte, wenn auch nicht so schlimm wie Vanessa.

»Fehlt dir wirklich nichts, *Breda?*«

»Nichts, was heißes Wasser und ein guter Schlaf nicht heilen würden, *vorausgesetzt,* wir wären hier in Sicherheit«, flüsterte Camilla so leise, dass die Wärterin es nicht hören konnte. »Sei vorsichtig, sag nichts Wichtiges, vielleicht ist es ihre Aufgabe, über unsere Gespräche zu berichten. Nein, ich traue *keinem* von ihnen weiter, als ich eine Statue heraufwerfen kann.«

Unter der Wasseroberfläche suchte Magda nach Camillas Hand und drückte sie. Sie schämte sich ihres Benehmens von heute Nachmittag. War sie wirklich bereit gewesen, Camillas Gefühle zu verletzen, nur weil sie sich davor fürchtete, was Vanessa denken mochte? Kam es denn darauf überhaupt an? Schweigend saß sie da und hielt Camillas Hand, und in der wohltuenden Wärme und Stille nahm sie Camillas Gedanken wahr.

Sie verstand die Furcht, den Argwohn ihrer Freundin. In der Zeit, als sie und Peter Haldane, damals noch verheiratet, Darkover von den Kilghardbergen bis zu den Ebenen von Arilinn erkundeten, hatten sie ihren vollen Anteil – oder mehr – an Räubern und Gesetzlosen erhalten. Oft genug waren sie nur mit knapper Not entkommen; sie hatten überlebt, wo andere umgekommen waren. Damals war die so genannte Lorne-Legende entstanden. Armer Peter, in einer Weise war es ungerecht. Man hätte es genauso gut die Haldane-Legende nennen können, denn er hatte beim Sammeln von Informationen über Territorien und Grenzen, beim Aufzeichnen von Sprachvariationen und sozialen Bräuchen, all den grundlegenden Daten für den Nachrichtendienst, ebenso viel geleistet wie sie. Der Unterschied war nur, dass Magda es auf einer Welt und in einem Milieu getan hatte, wo es für Frauen sehr schwierig war, überhaupt hinauszuziehen, und so gut wie unmöglich, etwas Nennenswertes zu vollbringen. Deshalb hatte Magda das meiste von dem Ruhm und die ganze Aufmerksamkeit geerntet.

Aber Peter hatte seine Belohnung bekommen: Er war Legat geworden, und er war ein guter Legat, engagiert, gerecht, voller Hingabe für die Welt, die er liebte. Sie hatte einen anderen Weg gewählt und andere Belohnungen.

»Magda, schlaf hier nicht ein. Auf uns wartet ein gutes Abendessen.«

»Ich schlafe nicht.« Magda richtete sich blinzelnd in dem dampfenden Wasser auf. Sie fühlte sich beinahe gefährlich entspannt.

Camilla drückte unter Wasser ihre Hand und sagte in einem Flüstern, das in ein paar Zoll Entfernung nicht mehr zu hören war: »*Z'bredhyi, chiya.*« Magda erwiderte den Druck und hauchte: »Ich liebe dich auch.« Aber da sie nicht allein waren, wandte sie sich Cholayna zu und sagte laut: »Die anderen werden schon auf uns warten. Vielleicht bringt man das Essen nicht, bevor wir alle da sind. Deshalb müssen wir wohl hinaus, aber ich könnte die ganze Nacht im Wasser bleiben.«

Cholayna betrachtete ihre Finger, die in dem heißen Wasser wie Trockenobst verrunzelt waren. »Am Ende wären wir sicher ein ganzes Teil kleiner.« Sie stellte sich auf die Füße, und die Badewärterin hüllte sie in ein Tuch. Camilla folgte ihr, und Magda sah, dass die alten Narben auf ihrem Rücken und an ihren Seiten sich weiß von der geröteten Haut abhoben. Auch die Wärterin bemerkte sie, und Cholayna öffnete schon den

Mund zum Sprechen. Magda konnte sie beinahe hören: *Im Namen der geheimen Götter, was ist denn mit dir passiert?* Dann kam ihr zu Bewusstsein, dass weder Cholayna noch die Wärterin ein Wort gesagt hatten. Wieder hatte sie unausgesprochene Gedanken aufgefangen.

Widerstrebend verließ Magda das Becken und wickelte sich in das dicke Handtuch, das die Wärterin ihr reichte. Es war ein herrliches Gefühl, von der Unterwäsche an saubere Kleidung zu tragen.

»Und jetzt etwas von dem gebratenen Huhn und vielleicht auch von dem Bergwein, den Jaelle erwähnte.«

Cholayna schürzte die Lippen. »Ich möchte nicht die besorgte Pflegemutter spielen, Magda, aber wenn du wirklich eine Gehirnerschütterung hast, solltest du keinen Wein trinken. Was macht dein Kopf?«

Obwohl das heiße Wasser die Halsmuskeln entspannt hatte und sie sich viel besser fühlte, musste Magda zugeben, dass die Kopfschmerzen noch vorhanden waren, ein dumpfes, hartes Hämmern trotz der Tabletten.

Camilla sagte: »Sie hat Recht, Margali, du solltest dich wirklich an Tee und Suppe halten, bis wir sicher sind, was mit deinem Kopf ist.« Magda, die sich gerade vorsichtig den Pullover über die pochende Beule auf ihrem Schädel zog, zuckte die Schultern.

»Dann muss ich mich mit warmem Essen und guter Gesellschaft begnügen. Glückliche Vanessa, sie hat sich nur den Knöchel angeschlagen, da kann sie sich einen Kater leisten, wenn sie will. Ich hätte wirklich gern ein Glas Wein, aber ich beuge mich eurem medizinischen Wissen.«

Es war ein Schock, wieder in die Kälte hinauszugehen. Der heftige Wind hatte den Schnee zu hohen Wehen zusammengetrieben. Sie eilten den engen Weg zwischen den Häusern entlang. An manchen Stellen reichte der Schnee über den

Rand ihrer Stiefelschäfte und ließ ihre eben erst erwärmten Füße zu Eis erstarren. Voll Freude sahen sie in der ihnen zur Verfügung gestellten Scheune ein Feuer lodern. Der Raum war so groß, dass er nicht warm zu bekommen war, aber wenigstens waren sie aus dem Wind heraus.

Vanessa und Jaelle hatten die Betten hergerichtet. Es sah alles sauber und einladend, beinahe heimatlich aus, obwohl es mit den Pferden und Chervines am anderen Ende kaum ihrem Zuhause glich. Ein großer Vorrat Heu war für die Tiere gebracht worden, und es erfüllte die Scheune mit seinem gesunden Geruch. Sogleich erschien ein Zug von Frauen mit Schüsseln und dampfenden Platten. Außer dem Huhn gab es eine gebratene Chervine-Keule in einer brutzelnden Schicht aus duftendem Fett, in Wein gekochtes Rabbithorn, lange Brotlaibe, noch warm vom Ofen, reichlich Butter und Honig, einen leckeren Topf Pilze, langweilige, aber nahrhafte gekochte Weißwurzeln und die versprochene Rotbeerensoße.

»Das nenne ich üppig!«, rief Cholayna aus.

»Es steht uns auch zu. Genieße es. Wir haben genug dafür bezahlt«, sagte Jaelle. Sie setzten sich auf ihrem Gepäck im Kreis zusammen und hieben mit guten Appetit ein – alle außer Cholayna. Die ältere Frau aß etwas von den gekochten Weißwurzeln, sie probierte und lobte die Rotbeerensoße, doch nach einem tapferen Versuch, das Stück Geflügel zu essen, das Jaelle für sie abgeschnitten hatte, wurde sie blass und schob den Teller zur Seite.

»Was ist los, *Comi'ya?*«, fragte Camilla.

Cholayna sagte schwach: »Es sieht ... es sieht immer noch zu sehr wie ... wie das lebende Tier aus. Es tut mir Leid, ich ... ich habe mir Mühe gegeben. Wenn es nur ein ... ein Riegel oder eine Schnitte ist, bringe ich es hinunter, aber ... aber das ist ein *Flügel!*«

»Du brauchst das Protein«, hielt Vanessa ihr vor. »Nimm dir

von den Notrationen. Allein von Pilzen und Rotbeerensoße kannst du nicht leben.«

»Es tut mir Leid«, entschuldigte Cholayna sich noch einmal und suchte den Packen heraus, in dem sich die terranischen Rationen befanden. Das war im Außendienst verboten, damit kein unbefugter Beobachter die offenkundig fremdartigen Verpackungen zu sehen bekam. Magda brachte es jedoch nicht übers Herz, Cholayna Vorwürfe zu machen; sie sah zu krank aus. Für Cholayna waren es ein paar schwere Tage gewesen, und Magda sagte sich, wenn man streng nach den Vorschriften des Nachrichtendienstes ging, war auch die elastische Binde um Vanessas Knöchel eine Übertretung.

Andererseits, wenn nicht einmal die Leiterin des Nachrichtendienstes auf Darkover ein Gesetz brechen kann, was übrigens nie jemand erfahren wird ...

»Lass nur«, sagte Camilla gerade, »trink wenigstens etwas Wein. Er ist sehr gut. Knauserig werden wir hier nicht versorgt, das muss ich schon sagen! Shaya, wie ist das – in Nevarsin gibt es kein Gildenhaus, nicht wahr?«

»Ach du meine Güte, nein!«, lachte Jaelle, hob ihren Weinbecher und ließ ihn sich zum dritten Mal füllen. »Keitha redete davon, dort eins zu gründen, erinnerst du dich? Da ist eine Herberge, in der vor Jahren ein paar Frauen wohnten, solange sie die alten Manuskripte des Klosters von Sankt Valentin kopierten, aber man kann sie kaum ein Gildenhaus nennen. Warum, Camilla?«

»Wir haben eine Botschaft erhalten.« Sie berichtete über Calisu', ihren Ohrring und die ihr aufgetragenen Worte. Jaelle runzelte die Stirn.

»Offenbar hat Rafi gedacht, es würde mir etwas sagen, aber – oh, warte!«, unterbrach sie sich. »Als wir Mädchen waren und mit Kindra reisten, kehrten wir in einem bestimmten Haus dort ein. Es war kein Gasthaus; in den Hellers können

Frauen ein Gasthaus nur aufsuchen, wenn sie von ihrem Mannsvolk schicklich eskortiert werden. Die Besitzerin war eine alte Frau, die Lederjacken und -stiefel zum Verkauf herstellte – dort habe ich gelernt, Handschuhe und Sandalen zu machen.«

»Ach ja, natürlich«, fiel Camilla ein. »Ich war auch einmal dort, und eins der jungen Mädchen lehrte mich, Handschuhe mit Perlen zu besticken! Ich erinnere mich an die alte Betta und alle ihre Mündel und Pflegetöchter!«

»Sie nahm alle Waisenmädchen auf, die sie in der Stadt fand, und unterrichtete sie in ihrem Handwerk. Aber statt sie zu verheiraten, wie es tugendhafte *Cristofero*-Matronen mit ihren weiblichen Lehrlingen tun, ermutigte Betta sie, sich auf eigene Füße zu stellen. Manche heirateten trotzdem, aber andere sind immer noch im Geschäft und leben im Haus ihrer Pflegemutter, und ein paar hat die alte Betta mit uns nach Süden ins Gildenhaus ziehen lassen. Kindra sagte immer, wenn es in Nevarsin ein Gildenhaus gäbe, müssten wir Betta die Leitung übertragen. Sie ist inzwischen gestorben, aber vier ihrer Adoptivtöchter führen den Betrieb weiter, und Gildenfrauen sind dort immer willkommen. Natürlich wird Rafi bei ihnen wohnen.«

Sie leerte den Weinbecher, sah sehnsüchtig die Flasche an und seufzte.

»Oh, mach sie leer, wenn du willst«, lachte Camilla. »Du kannst Margalis Anteil mittrinken.«

»Ja, nimm ihn dir«, stimmte Magda zu. Der Kopf drehte sich ihr, obwohl sie den Wein nicht angerührt hatte. Jaelle schob die Flasche entschlossen weg.

»Ich hätte morgen schlimmere Kopfschmerzen als sie, wenn ich noch mehr tränke. Fast schlafe ich schon im Sitzen ein. Gehen wir zu Bett.«

Tatsächlich waren die Schüsseln so gut wie leer. Die Knochen des Brathuhns waren abgenagt, und nichts als ein paar Fettbrösel waren auf der Platte zurückgeblieben, auf der die Chervine-Keule gelegen hatte. Nach dem anstrengenden Tag, dem Bad und der schweren Mahlzeit war Magda überzeugt, dass sie heute Nacht alle gut schlafen würden. In ihrem Kopf hämmerte es immer noch, und sie schwankte, als sie aufstand, um zu ihrem Schlafsack zu gehen.

Camilla protestierte: »Sollen wir keine Wachen aufstellen?«

Vanessa gähnte herzhaft. »Ich wache nicht. Das wäre ja eine Beleidigung für diese gastfreundlichen guten Leute. Ich lege mich jetzt« – ein neues Gähnen unterbrach ihren Satz – »schlafen.«

Jaelle, die sich gerade die Stiefel auszog, sah mit ernstem Gesicht zu Camilla hoch. »Glaubst du wirklich, wir sollten Wache halten, Tante?« Sie benutzte die zärtliche Anrede ihrer Kinderzeit, die Camilla ein Lächeln entlockte. Sie antwortete jedoch: »Ich halte es für richtig. Selbst wenn die meisten von diesen Leuten gut, vertrauenswürdig und gastfreundlich sind, ist es möglich, dass sich Schurken in ihrer Mitte befinden. Ich werde die erste Wache selbst übernehmen.«

»Dann will ich dir deinen Willen lassen.« Jaelle kroch in ihren Schlafsack. Noch bevor die anderen ihre Stiefel ausgezogen hatten, war sie fest eingeschlafen und schnarchte. Magda dachte: *Sie muss noch müder sein, als wir ahnten. Natürlich hat die ganze Verantwortung auf ihr gelastet. Ich muss versuchen, ihr etwas davon abzunehmen.*

Sie fühlte sich so schlecht, dass sie Cholayna um eine weitere Schmerztablette bat, und Cholayna gab sie ihr ziemlich widerstrebend. »Du dürftest eigentlich keine mehr nehmen. Nach einem Bad und einer solchen Mahlzeit wirst du sicher auch so schlafen.«

»Ich nehme sie nur, wenn ich absolut nicht einschlafen kann«, versprach Magda. Cholayna zog die Stiefel aus, wickelte einen roten Schal um ihre silberne Haarmähne und verschwand in ihrem Schlafsack. Camilla setzte sich gähnend, das Messer über den Knien, auf eine der Packlasten.

Vanessa schraubte die Laterne hinunter. »Camilla, weck mich nach einer Stunde. Du brauchst auch deinen Schlaf. Wir sollten versuchen, morgen recht früh aufzubrechen.«

»Bei dem Wetter?« Jetzt, wo es ruhig geworden war, hörten sie, wie der Hagel gegen die Mauern prasselte und der Wind um die Ecken heulte. »Wir können von Glück sagen, wenn wir übermorgen hier herauskommen.«

»Nun, vielleicht klärt es sich während der Nacht auf.«

»Vielleicht konnte Durramans Esel wirklich fliegen. Geh zu Bett, Vanessa. Ich werde mindestens ein paar Stunden wachen.«

Hier, wo sie nicht in der Wildnis waren, benutzten sie die terranischen Einzelschlafsäcke statt der Doppelschlafsäcke aus dem Gildenhaus. Vanessas war neben dem Magdas ausgebreitet. Nach einer Weile fragte Vanessa leise: »Schlafen Sie?«

»Ich bin ganz wach. Erst dachte ich, ich würde sofort einschlafen, aber der Kopf tut mir so weh. Ich glaube, ich werde Cholaynas Tablette doch nehmen.«

»Miss Lorne – darf ich Sie etwas fragen? Etwas ganz Persönliches?«

»Natürlich«, antwortete Magda, »aber nur, wenn du aufhörst, mich mit Miss Lorne anzureden. Vanessa, wir sind Schwestern des Gildenhauses. Besonders freuen würde es mich, wenn du mich Margali nennen würdest. Das ist wirklich mein Name, weißt du, nicht nur ein ›alias‹ oder der Name, den ich als Agentin benutzt habe. Meine Eltern haben mich Margali genannt. Ich bin auf Darkover, in diesen Bergen, geboren, obwohl ich lange Zeit fern von ihnen war. Niemand hat je Magdalen zu mir gesagt, bis ich in die Akademie des Nachrichtendienstes auf Alpha eintrat. Ich habe so lang für das HQ gearbeitet, dass ich jetzt an Magda gewöhnt bin, aber ich ziehe Margali vor.«

»Also Margali. Es macht mir einige Schwierigkeiten zu verstehen, was die Freipartnerschaft von Frauen ist. Jaelle ist deine Freipartnerin, ja? Aber du und Camilla ...«

»Camilla ist meine Liebhaberin«, erklärte Magda offen heraus. »Der Eid der Freipartnerin ist etwas anderes. Jaelle und ich haben diesen Eid geschworen, der für Frauen dem Gesetz nach zulässig ist, damit wir gegebenenfalls die Vormundschaft über die Kinder der anderen übernehmen können. Jaelle und ich – das versteht vielleicht niemand, der unter terranischen Gesetzen aufgewachsen ist. Auch wir sind Liebende gewesen, doch Camilla und ich – nun, wie gesagt, du würdest es nicht verstehen.«

»Tue ich auch nicht. Ich möchte es aber gern. Wie das, wenn man eine Frau liebt?«

Magda lachte. »Wie ist das, wenn man liebt? Irgendwen liebt?«

Vanessa war an ihrer Seite eingeschlafen. Jaelle schnarchte immer noch leise. Sie hatte, sagte Magda sich, zu viel getrunken. Cholayna hustete zwar ein bisschen, schlief aber fest. Nur Magda lag wach. Ihr war übel und schwindelig, als hätte sie die ganze Flasche Wein allein geleert. Sie hätte gern Cholaynas Tablette genommen, fürchtete jedoch, sie könne ihr schaden, falls ihre Gehirnerschütterung ernst war. Von dort, wo sie lag, konnte sie Camilla sehen, deren langes Messer auf ihren Knien ruhte. Und was war das? Camillas Kopf sank vornüber. Sie fuhr zusammen, richtete sich mit einem Ruck auf – und ließ von neuem den Kopf hängen. Sie schlief.

Plötzlich, als läse sie es in feurigen Lettern, wusste Magda Bescheid. Gleichgültig, ob es ihr *Laran* oder sonst etwas war, sie wusste es.

In dem Wein war ein Betäubungsmittel gewesen. Und wahrscheinlich auch in einigen Speisen.

Cholayna hat nicht viel gegessen. Vielleicht ist sie nicht betäubt. Ich muss sie sofort aufwecken und es ihr sagen.

Aber Magda brachte es nicht fertig, ein Glied zu rühren; Schwindelgefühl und Übelkeit waren stärker als zuvor. Entsetzt dachte sie: *Ich bin auch betäubt!* Sie nahm ihre ganze Willenskraft zusammen, um sich zu bewegen, die anderen zu wecken, es Camilla und Cholayna zuzuschreien.

Sie konnte es nicht.

15

Magda kämpfte gegen die Langsamkeit ihres Gehirns an. Sie versuchte, Jaelle mit *Laran zu* erreichen - *Shaya, wach auf, wir sind betäubt worden, Camilla hatte Recht!* Sie versuchte sich hochzusetzen, auf ihre Freipartnerin zu kriechen und sie aus dem von Drogen und Alkohol erzeugten Schlaf zu schütteln - Jaelle hatte von dem Wein mehr getrunken als jede andere.

Kein Wunder. Sie hat die ganze Bürde dieser Reise getragen, auf dem ganzen Weg, und jetzt, wo sie sich entspannt, wo sie sich dem Schlaf hingegeben hat, bekomme ich sie vielleicht überhaupt nicht wach.

Konnte sie dann Camilla erreichen und sie wecken? Magda musste ihre Schwäche und das Schwindelgefühl, das Hämmern in ihrem Kopf, die Übelkeit und vor allem den Schmerz bezwingen. Sie dankte der Göttin, dass sie Cholaynas letzte Tablette nicht geschluckt hatte, denn dann würde sie ebenso fest schlafen wie ihre betäubten Freundinnen, und die Dorfbewohner hätten leichtes Spiel, sich herbeizuschleichen und ihr Gepäck zu stehlen, ihnen vielleicht sogar den Hals durchzuschneiden ... oder was sie sonst im Sinn haben mochten.

Cholayna hatte wenig von dem präparierten Wein getrunken und fast nichts gegessen. Sie mochte am leichtesten zu wecken sein ... Magda wollte den Kopf drehen, die Hände zu Fäusten ballen, irgendetwas tun. Der Schmerz stach ihr wie mit blendenden Messern in die Stirn, aber sie schaffte es, den Kopf ein bisschen von dem Bündel zu heben, das ihr als Kissen diente. Sie stützte sich mit den Händen auf. Ihr war so schlecht, dass sie glaubte, erbrechen zu müssen. Trotzdem gelang es ihr, sich Zoll um Zoll zum Sitzen aufzurichten.

»Cholayna«, flüsterte sie heiser. Die Terranerin regte sich nicht und antwortete nicht, und Magda fragte sich, ob ihre Stimme überhaupt hörbar sei, ob sie sich wirklich bewegt hatte. Oder war das einer dieser schrecklichen Alpträume, in denen man überzeugt ist, man sei aufgestanden und habe irgendetwas unternommen, während man in Wirklichkeit still daliegt und fest schläft? Magda brachte die Faust bis an den Kopf und schlug sich gegen die Schläfe. Die daraus resultierende Schmerzwelle überzeugte sie, dass sie sich in der Realität befand.

Denke!, ermahnte sie sich. Auf Cholaynas Rat hatte sie nichts von dem Wein getrunken, und die Dorfbewohner hatten bestimmt nicht jedes einzelne Gericht vergiftet. Deshalb hatte sie wahrscheinlich nur wenig von der Droge zu sich genommen, und Cholayna noch weniger. *Wenn ich sie nur erreichen könnte!*

Wenn Cholayna doch zu den Terranern gehörte, die *Laran* besaßen! So viel Magda wusste, war dies nicht der Fall. Gegen Schwäche, Übelkeit und Tränen ankämpfend, kroch Magda irgendwie auf Vanessa, die in ihrem Betäubungsschlaf protestierend murmelte:

»Verdammt noch mal, leg dich hin und schlafe, lass mich schlafen ...«

Vanessa war ihr am nächsten, am leichtesten zu erreichen. Magda wollte sie schütteln, brachte aber nur einen schwachen Griff um Vanessas Schultern zu Stande, und ihre Stimme war nicht mehr als ein belegtes Flüstern.

»Vanessa, wach auf! Bitte, *wach auf!*«

Vanessa drehte sich schwer auf die andere Seite und fasste verschlafen nach ihrem Kissenersatz, als wolle sie ihn sich übers Gesicht ziehen. Magda mit ihrem weit offenen *Laran* spürte, wie die andere Frau sich tiefer in ihre Träume zurückzog.

Sie waren leichte Beute für die Bewohner dieses Ortes gewesen. Der schreckliche ausgewaschene Pass, die menschenleere Wildnis von Barrensclae – und dann ein gastfreundliches Dorf, ein Badehaus, gutes Essen und reichlich Wein. Die meisten Reisenden würden am Ende eines solchen Weges schlafen wie die Toten, auch ohne das teuflische Betäubungsmittel, das die Dorfbewohner der Sicherheit wegen angewandt hatten.

Vanessa schlief fast ebenso fest wie Jaelle. Sie hatte nach der Tortur, mit ihrem verletzten Knöchel reiten zu müssen, dem Wein ebenfalls eifrig zugesprochen. Also musste es wohl oder übel Cholayna sein. Trotz ihrer Verzweiflung, trotz ihres hämmernden Kopfes und ihres Kampfes mit dem eigenen Körper und Gehirn, die ihr nicht gehorchen wollten, wäre Magda fast in hysterisches Gelächter ausgebrochen bei dem Gedanken, wie Vanessa reagieren würde, wenn sie plötzlich aufwachte und sie, Magda, auf sich liegend fand. Leider war es ihr unmöglich, aufzustehen und um Vanessa herumzugehen, deshalb blieb ihr keine andere Wahl, als vorsichtig über sie wegzukriechen.

Wenn ich sie nur überhaupt wach bekomme, will ich es gern darauf ankommen lassen, dass sie »Vergewaltigung« schreit, sagte Magda sich. Aber obwohl Vanessa im Schlaf murmelte und fluchte und sogar ein- oder zweimal nach Magda schlug, wachte sie nicht auf. Magda war jetzt Cholayna nahe genug, dass sie sie an der Schulter fassen konnte.

»Cholayna«, flüsterte sie, »Cholayna, wach auf!«

Auch wenn Cholayna Ares wenig gegessen und fast nichts getrunken hatte, nach der langen und anstrengenden Reise schlief sie sehr fest. Magda musste sich mehrere Minuten lang bemühen, bis Cholayna die Augen öffnete und sie ansah. Noch nicht ganz wach, schüttelte Cholayna ungläubig den Kopf.

»Magda? Was ist los? Ist dein Kopfweh schlimmer geworden? Brauchst du ...«

»Das Essen ... der Wein ... ein *Betäubungsmittel!* Camilla hatte Recht. Sieh sie dir an, sie würde sonst nicht auf Wache einschlafen ...« Es kostete Magda Mühe, sich mit ihrem angestrengten, zittrigen Flüstern verständlich zu machen; immer wieder versagte ihr die Stimme. »Cholayna, das ist mein Ernst! Ich bin nicht ... betrunken, nicht verrückt ...«

Langsam drang die Botschaft zu Cholayna durch, wenn nicht die Worte, dann doch der dringliche Ton. Sie setzte sich auf und hielt in der Scheune Umschau. Wieder einmal bewunderte Magda, die selbst unfähig war, die Geschehnisse zu koordinieren, die Tüchtigkeit der ehemaligen Agenten-Ausbilderin.

»Kannst du dich aufsetzen? Kannst du schlucken?« Mit einer einzigen Bewegung war Cholayna auf den Füßen und suchte in ihrem Bündel nach einer Kapsel. »Das ist ein mildes Stimulans. Ich gebe es dir ungern, wirklich, du hast vielleicht eine Gehirnerschütterung, aber du bist bei Bewusstsein, die anderen sind es nicht. Versuch, das hier zu schlucken.«

Magda steckte die Kapsel in den Mund, und es gelang ihr, sie hinunterzuwürgen. Undeutlich tauchte die Frage in ihr auf, welche Wirkung das terranische Anregungsmittel, gemischt mit der Droge der Dorfbewohner zeitigen würde. *Es könnte mich umbringen,* dachte sie. *Aber wahrscheinlich wäre es immer noch besser als das, was die Dorfbewohner im Sinn haben ...*

Magda mit einem Arm stützend, ging Cholayna zu Camilla hinüber, die, fest schlafend, das Messer auf den Knien, auf ihrer Packlast saß. Cholayna bückte sich und schüttelte sie heftig.

Aufwachen und Kämpfen war für Camilla eins. Sie schlug mit dem stumpfen Ende des Messers zu, blinzelte, erkannte

Cholayna und zog es zurück. »Was zum ...?« Sie schüttelte sich wie ein nasser Hund. »Im Namen der Hölle, bin *ich* auf Wache eingeschlafen?«

»Wir sind betäubt worden. Das Mittel war bestimmt im Wein und vielleicht auch in einigen Speisen. Wir müssen uns auf einen Überfall oder etwas in der Art gefasst machen«, erklärte Cholayna. Magdas Kopf wurde allmählich klar, das Hämmern blieb, aber der normale Schmerz war zu ertragen, solange ihre Gedanken nicht verschwammen und ihre Bewegungen nicht beeinträchtigt waren. Cholayna bot Camilla von dem Stimulans an, das sie schon Magda gegeben hatte, doch Camilla rieb sich den Schlaf aus den Augen und lehnte ab.

»Mir geht es gut, ich bin wach. Zandrus sodomitische Dämonen! So etwas habe ich erwartet, nur an Gift im Essen habe ich nicht gedacht! Ich Dummkopf! Ich frage mich, ob diese Hebamme - Calisu' -, ich frage mich, ob sie hergeschickt wurde, um uns weich zu machen und unseren Verdacht einzuschläfern!«

Cholayna öffnete von neuem ihre Reise-Apotheke. »Ich dagegen frage mich, ob Lexie und Rafaella irgendwo mit durchgeschnittenen Kehlen liegen.«

Magda erschauerte. Der Gedanke war ihr noch gar nicht gekommen. »Ich glaube nicht, dass eine Frau, die den Ohrring trägt, ihren Schwestern das antun würde ...« Doch indem sie es sagte, fiel ihr ein, dass der Ohrring auch gestohlen sein konnte.

Cholayna hatte in der Reise-Apotheke eine Ampulle gefunden und fluchte leise. »Das kann ich nicht nehmen, Vanessa ist allergisch dagegen, oh, *Teufel!*«

»Wie hätte sie sonst von dem Nevarsin-Gildenhaus erfahren sollen?«

»Sie braucht gar nicht gewusst zu haben, dass es dort eins gibt oder dass Jaelle ihre Worte so deuten würde. Es mag etwas Ähnliches gewesen sein wie: ›Auf dem Fischmarkt in Temora.‹ Jeder würde annehmen, dass es dort an der Meeresküste einen gibt. Wie heißt es doch? ›Man braucht kein *Laran,* um Schnee zu Mittwinter zu prophezeien.‹ Das alles kann reine Erfindung sein, abgesehen von Shayas Namen.«

»Eins steht fest«, sagte Cholayna. »Wir wurden nicht aus ländlich-sittlicher Freundlichkeit betäubt, damit wir in der Nacht gut schlafen. Hören wir auf zu reden und sehen wir zu, dass wir die anderen wach bekommen. Magda – kennst du Jaelles endorphinen Typ?«

»Ihren was?«

»Du kennst ihn also nicht«, schloss Cholayna resigniert.

Camilla schüttelte Jaelle wütend, aber erfolglos. Jaelle wehrte sich und murmelte, öffnete die Augen und starrte sie an, ohne sie zu erkennen, und schließlich zerrte Camilla sie und ihren Schlafsack in eine Ecke.

»Was ihren Nutzen bei einem Kampf angeht, könnte sie im Augenblick ebenso gut in der Eremitenhöhle auf dem Nevarsin-Gipfel sitzen!«

Camilla bat: »Cholayna, wenn ich jemals wieder ein Wort, ein einziges Wort, gegen deine Diät sage, tritt mir in den Hintern. Können wir Vanessa halbwegs aufwecken?«

»Ich kann es nicht«, antwortete Cholayna.

»Wäre sie denn mit ihrem Knöchel überhaupt im Stande zu kämpfen?«, fragte Magda.

»Also bleiben nur wir drei. Legen wir sie an einen Platz, wo sie nicht verletzt wird, wenn es drunter und drüber geht«, schlug Camilla vor. »Nein, Margali, du nicht, bleib sitzen, so lange du es noch kannst. Weißt du, dass du weiß wie ein Gletscher bist?«

Cholayna drückte Magda auf die Packlast, die Camilla als Sitz gedient hatte. Sie und Camilla zogen Vanessa hinter die aufgestapelten Gepäckstücke.

»Sind Riegel an den Türen, die wir zuschieben können? Es mag sie ein bisschen aufhalten.«

»Das habe ich schon vor dem Essen nachgeprüft«, berichtete Camilla. »Kein Wunder, dass sie uns in einer Scheune statt in einem Gasthof untergebracht haben. Niemand erwartet, dass er sich in einer Scheune einschließen kann.«

»Glaubst du, dass das ganze Dorf daran beteiligt ist?«

»Wer weiß? Die meisten wahrscheinlich. Ich habe schon von Räuberdörfern gehört«, sagte Camilla. »Aber ich habe das immer für erfundene Märchen gehalten.« Alle sprachen in einem angestrengten Flüsterton. Camilla trat an die Haupttür, öffnete sie einen Spalt und spähte vorsichtig hinaus. Der schneebeladene Wind raste in den Raum wie ein Raubtier. Die Tür wurde ihr fast aus der Hand gerissen, und sie brauchte ihre ganze Kraft, um sie wieder zu schließen.

»Es schneit und stürmt immer noch. Wie spät mag es sein?«

»Das weiß Gott«, seufzte Cholayna. »Ich habe meinen Chronometer nicht dabei. Aber seit wir uns schlafen gelegt haben, wird nicht mehr als eine Stunde vergangen sein. Ich möchte annehmen, sie warten der Sicherheit halber noch ein Weilchen länger.«

»Das hängt von der Droge ab, die sie uns gegeben haben, wie schnell sie wirkt und wie lange die Wirkung anhält«, überlegte Camilla. »Wir müssen ein halbes Auge auf Shaya und Vanessa halten, nur für den Fall, dass sie anfangen zu ersticken. Magda grauste bei Camillas sachlichem Ton, als sie fortfuhr: »Wirkt das Mittel schnell und hält es nur kurze Zeit an, können sie jede Minute hier sein. Wenn wir viel Glück haben, verlassen sie sich vollständig darauf und schicken einen einzelnen Späher, der uns die Kehle durchschneiden soll. Wir könnten dann den Spieß umdrehen.«

Sie machte eine grimmig entschlossene Geste mit ihrem Messer. »Während sie darauf lauern, dass er zurückkommt und ihnen Bescheid gibt, sie könnten die Beute einsammeln, würden wir wie der Blitz abhauen. Aber wenn wir Pech haben, rückt das ganze Dorf mit Hämmern und Mistgabeln an.« Sie trat an die verbarrikadierte Nebentür, die Calisu' benutzt hatte, um ihre Botschaft auszurichten. Der Wind war hier nicht so stark, kam aber doch hereingefaucht. Camilla blickte in das Schneetreiben hinaus und zog bestürzt die Luft ein. Magda erwartete, dass sie die Tür zuknallen werde. Stattdessen stürzte sie ins Freie und winkte einen Augenblick später.

»Hier ist die Antwort auf eine unserer Fragen.« Sie deutete auf eine stille Form am Boden.

Schon von einer Schicht verwehten Schnees bedeckt, lag dort die Frau Calisu' und blickte mit toten Augen in den Sturm. Ihre Kehle war von einem Ohr bis zum anderen aufgeschlitzt.

Fluchend schloss Camilla die Tür. »Ich hoffe, die Frau des Hetmans kommt morgen mit einer schweren Steißgeburt in die Wochen! Arme Frau, sie haben vielleicht geglaubt, sie hätte uns gewarnt.«

»Sollen wir ihre Leiche dort liegen lassen?«

»Geht nicht anders«, sagte Camilla. »Wenn sie merken, dass sie weg ist, wissen sie, dass wir gewarnt worden *sind.* Höllenfeuer, Magda, meinst du, es kümmert sie noch, wo ihre Leiche liegt?«

»Ob wir noch Zeit haben, einfach zu fliehen ... uns wegzuschleichen, bevor sie kommen?«, fragte Cholayna.

»Ausgeschlossen, zumal Jaelle und Vanessa tot für die Welt sind. Es braucht auch nur ein einziges Chervine zu schreien, und wir haben sie auf dem Hals. Wahrscheinlich sitzen sie alle in dem Gasthaus, von dem sie uns erzählt haben, dass es nicht existiert, und wetzen ihre Messer«, erklärte Camilla finster. Sie stemmte die Hände in die Hüften und dachte nach. »Stapelt das ganze Gepäck vor der Hintertür auf. Wir erwarten sie an der Vordertür. Magda, wie geht es dir?«

»Mir geht es gut.« Ob es Cholaynas Stimulans oder das Adrenalin der Gefahr war, wusste Magda nicht, aber der Gedanke an einen Kampf hatte fast etwas Anregendes für sie. Camilla hielt ihr Messer in der Hand. Magda überzeugte sich, dass ihr Dolch locker in der Scheide saß. Es war lange her, dass sie einem menschlichen Feind gegenübergestanden hatte. Jetzt hatte sie das Gefühl, dass es eine gute und lobenswerte Tat sein würde, den Mörder der harmlosen Hebamme zu töten.

Sie wollte Cholayna beim Verstellen der Hintertür helfen, doch Cholayna brach die Arbeit ab. »Ich habe eine bessere Idee. Wir legen den Tieren die Packlasten auf und bringen sie alle vor diese Tür. Wenn Jaelle und Vanessa bis dahin aufgewacht sind, reiten wir die Angreifer einfach nieder. Wenn nicht, haben wir freie Bahn, sobald die Ersten aus dem Weg geräumt sind.«

»Es ist nicht viel Hoffnung, dass die beiden aufwachen«, erwiderte Camilla. »Trotzdem hast du Recht. Wir müssen im Stande sein, wie der Teufel von hier zu verschwinden, und da dürfen wir keine Zeit darauf verschwenden, die Tiere zu beladen und zu satteln. Das wollen wir tun. Behaltet die Vordertür im Auge, denn dort werden sie eindringen.«

»Legen wir ein paar Gepäckstücke davor«, regte Magda an.

»Nein, denn dann wissen sie, dass wir gewarnt sind, und ziehen sofort die Messer. Sind sie dagegen überzeugt, dass wir fest schlafen und mühelos abgeschlachtet werden können, erwischen wir die Ersten, bevor sie eine Chance zur Gegenwehr haben. Alles, was uns einen Vorteil über sie gibt, ist unter diesen Umständen erlaubt.«

Camilla belud die Chervines, während Magda ihr Pony und das Jaelles sattelte. Cholayna eilte Camilla zu Hilfe, die alles von der Tür wegräumte. Magda überlief es kalt, als ihr klar wurde, dass Camilla Raum für den Kampf schuf. Sie hatte Camilla kämpfen sehen, hatte einmal an ihrer Seite gekämpft ... In ihrem Kopf pochte es immer noch schwach, doch sie sah alles in blendender Klarheit, scharf umrissen und frisch. Sie wollte Camillas Pferd den Sattel auflegen, merkte, dass es Vanessas größerer Sattel war, und tauschte ihn um. *Demnächst sattele ich noch die Chervines, wenn ich nicht aufpasse!*

Die Pferde waren gesattelt, die Packtiere beladen. *Sollten sie uns töten, wird es ihnen wenigstens einige Mühe machen, an unsere Habseligkeiten zu kommen,* dachte Magda und wunderte sich, warum ihr das wichtig erschien.

Camilla hockte sich an einer Stelle nieder, wo sie die Tür im Auge hatte, die Finger leicht auf das Schwert gelegt. Die Charta der Entsagenden verbot den *Comhi'Letzii* Schwerter, abgesehen von den um drei Zoll kürzeren Amazonenmessern. Nur Camilla führte weiter das Schwert, das sie in ihrer Söldnerzeit als Mann getragen hatte, und noch niemand hatte sie deswegen zur Rechenschaft gezogen.

Sie lächelte Magda an. »Weißt du noch, wie wir gegen Shanns Männer kämpften und ich sagte, du hättest dein Schwert entehrt?«

»Könnte ich das je vergessen?«

»Schlage so wacker drein wie damals, und ich fürchte mich vor keinem Räuber der Kilghardberge.«

Cholayna lächelte schwach. Sie lehnte neben ihnen an der Wand. »Hört ihr nichts?«, fragte sie plötzlich.

Es war vollkommen ruhig bis auf das Röhren des Windes um die Dachbalken und das hohe Pfeifen des treibenden Schnees. Irgendein kleines Tier raschelte im Stroh. Nach der hektischen Betriebsamkeit der letzten Minuten überkam Magda ein Gefühl der Enttäuschung. Ihr Herz klopfte, und im Mund hatte sie den metallischen Geschmack der Furcht.

Die Zeit kroch dahin. Magda hatte keine Ahnung, ob eine Stunde, zehn Minuten, die halbe Nacht vergangen war. Die Zeit hatte ihre Bedeutung verloren.

»Verdammt sollen sie sein, warum kommen sie nicht?«, zischte Cholayna durch die Zähne.

Camilla murmelte: »Vielleicht warten sie darauf, dass wir das letzte Licht auslöschen. Aber Zandru peitsche mich mit Skorpionen, wenn ich mich auf einen Kampf im Dunkeln einlasse, und müssen wir bis morgen früh warten, bitte sehr. Mir wäre es auch recht, wenn sie überhaupt nicht kämen.«

Magda dagegen wünschte sich, dass der unvermeidliche Kampf endlich beginnen würde, damit sie ihn bald hinter sich hätten. Gleichzeitig trat ihr jede Einzelheit ihres ersten Kampfes deutlich ins Gedächtnis. Sie spürte den schrecklichen Schmerz, als ein Schwert ihr den Oberschenkel aufschlitzte. Sie hatte ganz einfach Angst. Camilla sah so ruhig aus, als freue sie sich darauf, einmal richtig zuschlagen zu können.

Vielleicht freut sie sich wirklich. Sie hat sich Gott weiß wie viele Jahre ihren Lebensunterhalt als Söldnerin verdient.

Dann hörte sie in der Stille Cholayna zischend den Atem einziehen. Die Terranerin zeigte auf die Tür.

Langsam wurde sie nach innen gedrückt, und der Wind heulte um die Kante. Ein Gesicht lugte durch den Spalt, ein rundes, narbenbedecktes, höhnisches Gesicht. Sofort sah der Räuber das Licht, den freien Raum und die ihn erwartenden Frauen. Er öffnete den Mund, doch bevor er einen Warnschrei ausstoßen konnte, traf ihn Cholaynas Fuß mit einem *Vaido*-Tritt. Das Blut schoss ihm aus dem Gesicht. Er fiel um und lag still.

Camilla bückte sich, um den Bewusstlosen oder Toten aus dem Weg zu ziehen. Ein zweiter Räuber stürzte herein, und sie empfing ihn gekonnt mit ihrem Schwert. Er fiel mit einem kurzen heiseren Geheul. Dem Mann, der sich hinter ihm hereindrängte, wurde durch einen schnellen Handkantenschlag Magdas der Hals gebrochen.

»*Alles* hast du jedenfalls noch nicht verlernt«, flüsterte Cholayna anerkennend.

Eine Pause trat ein. Dann stöhnte der Mann, dem Camilla den Bauch aufgeschlitzt hatte, und begann von neuem zu schreien. Magda krümmte sich bei diesen schrecklichen Lauten, aber sie unternahm nichts. Er war bereit gewesen, ihnen allen im Schlaf die Kehle durchzuschneiden. Sie schuldete ihm kein Mitleid. Camilla trat zu ihm, das Messer erhoben, um ihn endgültig zum Schweigen zu bringen. Gurgelnd sank er zurück, und in der Scheune war es wieder still.

Bestimmt sind noch mehr da draußen, dachte Magda. *Früher oder später werden sie alle gemeinsam über uns herfallen.* Sie hatten Glück gehabt. Magda hatte ihren Gegner getötet, und der, den Cholayna getreten hatte, war zumindest kampfunfähig ...

Die Tür flog auf, und der Raum füllte sich mit Männern, die wie Dämonen brüllten. Camilla erstach den ihr nächsten, und Magda fand sich mit ihrem Messer im Nahkampf wieder. Cholayna schlug sich im Mittelpunkt eines ganzen Haufens von Männern wie ein legendärer Teufel oder Heros, und häufig traf ihr Fuß mit tödlicher Zielsicherheit. Magdas nächster Gegner unterlief ihren Dolch, trieb sie zurück und brachte sie aus dem Gleichgewicht. Sie trat wild um sich, dann rammte sie ihm den Ellenbogen des freien Arms in die Kehle, und er flog bewusstlos zur Seite. Sie spürte das heiße Blut über ihren Arm rinnen, aber schon war ein anderer Räuber über ihr, und es war keine Zeit für Schmerz oder Angst.

Einer der Männer lief zu den Pferden und stolperte über Jaelle. Schnell bückte er sich mit seinem Dolch. Magda warf sich von hinten mit einem gellenden Schrei auf ihn. Sie zog ihm das Messer mit einer Kraft über die Kehle, die sie sich selbst nie zugetraut hätte. Halb enthauptet fiel er quer über Jaelle – die erwachte, um sich starrte und unzusammenhängend murmelte.

Gleich darauf war alles vorbei. Sieben Männer lagen tot oder bewusstlos auf dem Boden. Der Rest hatte sich zurückgezogen, möglicherweise, um sich neu zu formieren. Magda war es im Augenblick gleichgültig.

Jaelle jammerte: »Was geht hier vor?«

»Cholayna«, befahl Camilla, »hol deine Tasche, versuche, Jaelle und Vanessa eine von diesen Pillen einzugeben! Das war nur der erste Ansturm. Sie kommen wieder.«

Jaelle blinzelte, und Magda sah, dass ihr Blick klar wurde.

»Wir sind vergiftet worden? Betäubt?«

Cholayna nickte und forderte Jaelle mit einer befehlenden Geste auf, die Stimulanskapsel zu schlucken. Jaelle würgte sie hinunter und explodierte: »Verdammt sollen sie sein! Und dazu haben sie noch den Nerv gehabt, mit uns um den Preis von Essen und Wein zu *feilschen!«* Sie kroch aus ihrem Schlafsack und versuchte, Vanessa auf die Füße zu bringen. Sie gab es auf, griff nach ihrem Messer und stellte sich neben Camilla. Immer noch machte Jaelle einen benommenen Eindruck, aber das Stimulans begann zu wirken.

Magda dachte: *Beim ersten Kampf haben wir Glück gehabt, und Cholayna ist unglaublich gut für ihr Alter! Trotzdem können wir nicht zu viert – und auch nicht zu fünft, falls Vanessa noch rechtzeitig aufwacht – ein ganzes Dorf umbringen! Wir werden hier sterben ...* Gab es keinen anderen Weg? Konnten sie jetzt, wo die Dorfbewohner wussten, dass sie keine leichte Beute waren, nicht um ihr Leben handeln? Ein Blick auf Camillas Gesicht verriet ihr, dass die Schwertfrau an nichts dergleichen dachte; sie war bereit, bis zum Tod zu kämpfen. Welche anderen Verteidigungsmöglichkeiten hatten sie?

Wahrscheinlich würden die Räuber alle auf einmal angreifen. Jetzt spürte Magda den Schmerz in ihrem verwundeten Arm, und das Hämmern in ihrem Kopf setzte von neuem ein. Der Mann, dem Camilla den Bauch aufgeschlitzt hatte, fing unerwarteterweise wieder mit seinem schrecklichen Stöhnen an. Camilla kniete sich nieder und schnitt ihm schnell den Hals durch.

Sie wischte das Messer an dem zerlumpten Mantel des Mannes ab und stand auf. Magda kannte den Ehrenkodex der Söldner und las deutlich ihre Gedanken. Camilla hatte sich darauf gefasst gemacht, tapfer zu sterben. *Aber ich will nicht tapfer sterben,* dachte Magda. *Ich will überhaupt nicht sterben. Und wenn ich am Leben bleibe, will ich Cholaynas und Vanessas Tod nicht auf dem Gewissen haben! Gibt es keine Alternative?*

Mit einem schrecklichen Gefühl des *déjà vu* sah sie ein Gesicht durch den Türspalt spähen, als seien sie zum Anfang des Kampfes zurückgekehrt.

Denke, verdammt noch mal, denke! Was nützt dir dein Laran, *wenn es dir* jetzt *nicht das Leben retten kann?*

Mit erhobenem Messer stürmte ein Räuber auf sie los. Sie schlug hart zu, fühlte ihn zusammenbrechen – aber die Überzahl war zu groß. Verzweifelt griff sie mit ihrem *Laran* hinaus, erinnerte sich an einen alten Trick, sah plötzlich wie ein hinter ihren Augen gemaltes Bild die Feuerstelle zu Armida, und Damon erzählte ihnen von einer vor langer Zeit mit *Laran* gewonnenen Schlacht.

Jaelle! Shaya, hilf mir!

Jaelle kämpfte mit einem Räuber in einem roten Hemd um ihr Leben. Magda wob mit aller Kraft ein Bild, sah die Räuber erschrecken. Über ihnen in der Scheune flackerte ein Dämon, kein darkovanischer Dämon, sondern der Teufel aus dem terranischen Mythos mit Schwanz und Hörnern und einem überwältigenden Schwefelgestank ... Die Front der Angreifer zerriss; sie wichen zurück. Dann verband sich Jaelle mit ihr. Die Gehirne der Freipartnerinnen verschmolzen zu einem, und plötzlich sahen sich die Räuber einem Dutzend Dämonen mit Fangzähnen und erhobenen Schwertern gegenüber. Nach kurzem Zaudern drehten sie sich um und liefen heulend davon. Einige warfen sogar die Waffen weg.

Diesen Augenblick suchte Vanessa sich aus, um sich aufzusetzen. Sie sah sich bestürzt in der Scheune um, erblickte die Dämonen, gab ein ersticktes Quietschen von sich und vergrub ihren Kopf in den Decken.

Der Schwefelgestank hing noch in der Luft. Cholayna lief zu Vanessa und drängte sie aufzustehen. Camilla sagte: »Das wird sie für eine Weile in Schach halten! Aber nicht lange. Hauen wir ab, solange wir es noch können!«

Schnell stiegen sie auf die Pferde. Vanessa schüttelte den Kopf und murmelte benommen vor sich hin. Magda sah sich ihren Arm an. Keine gefährliche Wunde, vermutete sie, obwohl das Blut immer noch langsam aus dem Schnitt sickerte. *Wenn eine Vene durchtrennt wäre,* redete sie sich zu, *würde das Blut stetig fließen, und bei einer Arterie wäre ich inzwischen schon verblutet.* Kaum im Sattel sitzend, riss sie einen Streifen vom Saum ihres Unterhemdes und legte sich eine Aderpresse an. Sie schnürte sie mit den Zähnen fest, um beide Hände frei zu haben.

Zu Pferde, dicht aneinander gedrängt, die Chervines an den Führungszügeln, näherten sie sich der Tür. Jaelle sagte: »Wartet ...«, und Magda spürte die Berührung ihres *Laran.* »Wir müssen dafür sorgen, dass sie noch lange Zeit nicht hier hereinkommen ...«

Magda sah über ihre Schulter die Göttin. Das dunkle Gewand glitzerte von Sternen, juwelenbesetzte Flügel überschatteten die dunklen Stellen der Scheune, Glanz umfloss ihr Gesicht, und die durchdringenden Augen waren Furcht einflößend. Sie beneidete die Dorfbewohner nicht, die versuchen würden, diese Scheune wieder zu benutzen, und sei es für einen unschuldigen Zweck. Wie hatte sie das Bild in ihrem Geist gefunden? War es ihr bei jenem ersten Treffen der Schwesternschaft erschienen?

Zusammen ritten sie aus der Scheune in den Wind und das Schneetreiben hinaus. Ein paar sich zusammendrängende Dorfbewohner sahen sie wegreiten, unternahmen jedoch nichts, um sie aufzuhalten. Vielleicht waren die Dämonen, die sie und Jaelle geschaffen hatten, für sie noch nicht verblasst.

Mit einem Mal wurde Magda sehr übel. Sie musste sich mit beiden Händen am Sattel festhalten, damit sie nicht vom Pferd fiel. Ihr verwundeter Arm – derselbe, wie sie erst jetzt merkte, den sie sich bei ihrem Sturz aufgeschunden hatte – brannte vor Schmerz, und ihr Kopf fühlte sich an, als sei jeder Pulsschlag ein Stein, der ihr gegen die Stirn geschleudert wurde. Aber sie hielt sich fest. Allein wichtig war es, so viel Raum wie menschenmöglich zwischen sich und dieses böse, verdammenswerte Dorf zu legen. Ohne viel Erfolg versuchte sie, sich mit einer Hand ihren Schal über das Gesicht zu ziehen, um ihre Augen ein bisschen vor dem schneidenden Wind zu schützen. Schließlich beugte sie sich vor, vergrub ihr Gesicht in ihrer Jacke und ritt in einem dunklen Alptraum aus Schmerz dahin. Sie hörte Camillas Stimme kaum.

»Margali? *Bredhiya?* Bist du in Ordnung? Kannst du reiten?«

Tue ich das nicht gerade? Würde es einen Unterschied bedeuten, wenn ich sagte, ich könne es nicht?, wollte sie gereizt antworten. Sie hatte keine Gewalt über ihre Stimme. Sie kämpfte mit den Zügeln, mit dem Pferd, das ihr nicht gehorchen wollte. Später erfuhr sie, dass sie sich gegen Camilla gewehrt und nach ihr geschlagen hatte, als diese sie vom Pferd hob und in die Arme nahm. Dann wurde es dunkel um Magda.

Sie versank in einen Traum von kreischenden Dämonen, die sie an einen Viehstand fesselten, während ein *Kyorebni* mit einem Banshee-Gesicht seinen schrecklichen Schnabel in ihren Arm und ihre Schulter schlug. Es pickte ihr die Augen aus, sie wurde blind und wusste von nichts mehr.

16

Sie wanderte durch die graue Welt, die leer, formlos, ohne Landmarken war. Sie hatte sie seit hunderttausend Jahren schon hunderttausendmal durchwandert. Und dann erklangen in diesem leeren Universum Stimmen. Seltsam tonlose Stimmen, die in ihrem pochenden Gehirn widerhallten.

Ich glaube, sie kommt wieder zu sich. Breda mea, Bredhiya, *öffne die Augen, sprich mit mir.*

Du hast wahrlich nichts dazu getan. Das war Jaelles Stimme, und Magda nahm in der formlosen Gräue wahr, dass diese Stimme vor Zorn bebte, vor einem herzhaften, ehrlichen Zorn. *Du behauptest, sie so sehr zu lieben, und doch tust du nichts, um ihr zu helfen ...*

Es gibt nichts, was ich hätte tun können. Ich bin keine Leronis, *das überlasse ich dir ...*

Das habe ich schon einmal von dir gehört, Camilla, und ich glaube es heute ebenso wenig wie damals. Wenn es deine Schrulle oder meinetwegen auch dein Privileg ist, immerfort zu betonen, du seiest ohne Laran *geboren, dann sei es dir gegönnt, solange du damit niemandem schadest als dir selbst. Aber wenn ihr Leben auf dem Spiel steht ...*

Ihr Leben? Unsinn. Der Göttin sei gedankt, sie atmet, sie lebt, sie erwacht – Breda, *öffne die Augen.*

Camillas Gesicht kaum aus der Gräue, blass vor einem klaren, kalten Sternenhimmel. Magda nannte zitterig ihren Namen. Hinter Camilla erkannte sie Jaelle, und dann kehrte die Erinnerung an den Kampf und seine Folgen zurück.

»Wo sind wir? Wie sind wir von diesem ... Ort weggekommen?«

»Wir sind weit genug von ihm entfernt, dass sie uns nicht

mehr einholen werden«, sagte Cholayna, die sich nicht in Magdas Gesichtsfeld befand. »Du bist vier oder fünf Stunden lang bewusstlos gewesen.«

Magda hob die Hand und rieb sich das Gesicht. Es tat weh. Camilla sagte. »Entschuldige, Margali – es blieb mir keine andere Wahl. Du wolltest nicht zulassen, dass ich dich aus dem Sattel hob und vor mir aufs Pferd nahm – du hieltest mich wohl für eine dieser Kreaturen aus dem Dorf.« Zärtlich berührte sie die wunde Stelle an Magdas Kinn. »Ich musste dich k.o. schlagen. Konntest du nicht auch dafür etwas tun, Shaya, wenn du schon dabei warst, sie zu heilen?«

»Du verstehst überhaupt nichts davon.« Jaelle presste die Lippen zusammen und sah Camilla nicht an. Unwillkürlich wanderten ihre Finger zu der dünnen roten Narbe auf ihrem eigenen Gesicht. Zu Magda sagte sie: »Endlich habe ich dir meine Schuld zurückgezahlt.« Vor Jahren hatte Magda ihr *Laran* entdeckt, als sie Lady Rohana half, Jaelles Wunde zu heilen. »Wie fühlst du dich?«, fragte Jaelle.

Magda setzte sich auf und versuchte, sich darüber klar zu werden. Ihr Kopf schmerzte immer noch. Abgesehen davon schien es ihr gut zu gehen. Dann erinnerte sie sich.

»Mein Arm ... das Messer ...«

Neugierig sah sie auf ihren Arm hinunter. Bei ihrem Sturz war die Haut ganz abgeschunden worden, später hatte das Messer des Räubers ihn aufgeschlitzt. Aber da war nur eine blasse, helle Narbe wie von einer lange verheilten Wunde. Jaelle hatte die Kraft ihres *Laran* auf der Ebene der Zellstrukturen eingesetzt.

»Was hätte ich sonst tun können? Ich habe den größten Teil des Kampfes verschlafen«, sagte Jaelle leichthin. »Und Vanessa wachte tatsächlich erst auf, als wir das Dorf eine Stunde hinter uns hatten. Sie wollte nicht einmal glauben, dass ein Kampf stattgefunden hatte, bis sie deinen Arm sah, Margali.«

»Ist sonst noch jemand verletzt worden?«

»Cholayna hatte Nasenbluten, das mit einer Hand voll Schnee zu stillen war«, berichtete Camilla, »und einer der Schurken hat meine beste Festtagsjacke zerfetzt, die Haut darunter aber nur gekratzt. Jaelle werden die Rippen zehn Tage lang wehtun, weil du diesen Räuber gegen ihre Brust gequetscht hast.« Vage erinnerte Magda sich daran, dass sie einen der Angreifer von Jaelle weggerissen und ihm dabei den Hals durchgeschnitten hatte.

Alles war verwischt wie ein Alptraum, und Magda wäre es nur lieb gewesen, wenn es so hätte bleiben können.

»Wir haben Glück gehabt, dass wir alle heil und ganz davongekommen sind«, stellte Jaelle fest. »Camilla, ich muss mich bei dir entschuldigen.«

»In neun von zehn Fällen hättest du Recht gehabt, und der Ort wäre so sicher wie ein Gildenhaus gewesen«, gab Camilla mürrisch zurück.

»Und du bestehst weiterhin darauf, kein *Laran* zu besitzen?«

Camillas blasses, schmales Gesicht rötete sich vor Zorn. »Lass das, Shaya. Sonst schwöre ich bei meinem Schwert, dass ich dir den Hals brechen werde. Sogar du kannst zu weit gehen.«

Jaelle ballte die Fäuste. Magda spürte den Zorn beider Frauen von neuem hochquellen wie sichtbare rote Kraftlinien, eingewoben in die Luft zwischen ihnen. Sie wollte etwas sagen, um die Spannung zu brechen, und merkte dann, dass sie sich kaum aufsetzen, kaum flüstern konnte.

»Camilla ...«

Jaelle stieß den angehaltenen Atem aus. »Höllenfeuer, kommt es darauf an? Du hörtest die Warnung, Verwandte, nenn das, wie du willst. Ich zweifle nicht daran, dass sie uns allen das Leben gerettet hat. Das allein ist wichtig. Vanessa, ist der Tee fertig?« Sie drückte Magda einen dampfenden Becher in die Hand. »Trink das. Wir werden hier ausruhen, bis es hell genug ist, dass wir unseren Weg erkennen.«

»Ich halte Wache«, erbot Vanessa sich. »Schließlich habe ich für zehn Tage auf Vorrat geschlafen!«

»Und ich wache mit dir.« Jaelle trank ebenfalls Tee. »Die drei da haben einen Kampf hinter sich und sich ihre Ruhe verdient. Wir wollen den Tieren bis morgen früh die Lasten abnehmen. Cholayna, ist noch Trockenobst da?«

Cholayna wies auf eine Satteltasche. »Aber du kannst doch kaum Hunger haben nach dieser Mahlzeit – ich hätte gedacht, wir alle seien für drei Tage satt!«

Magda, die Jaelle Rosinen kauen sah, kannte jedoch den schrecklichen Hunger, der einer Verausgabung der *Laran*-Kräfte folgte. Auch Camilla nahm sich eine Hand voll Rosinen.

»Ihr Mädchen haltet Wache. Euch ist der ganze Spaß entgangen.« Damit breitete sie ihre Decke neben Magda und Cholayna aus. Plötzlich machte sich Magda Sorgen um Camilla. Sie war keine junge Frau mehr, und es war ein harter Kampf gewesen. Und Camilla hatte solche Angst um sie ausgestanden, dass sie wahrscheinlich an sich selbst nicht gedacht hatte. Magda wusste jedoch, wenn sie fragte, würde es für Camilla Ehrensache sein, so zu tun, als fehle ihr nichts.

Cholayna zögerte, sich auf die ausgebreiteten Decken niederzulegen.

»Soll ich das Feuer zudecken? Es könnte uns allem, was im Wald umherstreift, verraten.«

»Lass nur«, sagte Jaelle. »Was auf vier Beinen läuft, wird von dem Feuer verscheucht. Kommt etwas auf zwei Beinen – was die Göttin verhüten möge –, ist es ganz gut, wenn wir sehen, was es ist. Ich möchte nicht, dass mich irgendwer – oder irgendwas – im Dunkeln beschleicht.« Sie lachte nervös auf. »Diesmal werden Vanessa und ich uns verteidigen und *euch* schlafen lassen.«

Magda fühlte sich nicht schläfrig, war sich jedoch darüber im Klaren, dass sie ruhen musste. Die heilende Haut ihres Arms juckte fast bis auf den Knochen. Die Flammen brannten niedriger. Sie sah Vanessa, die auf einer Satteltasche saß. Jaelle war außer Sicht, aber Magda spürte, dass sie das Lager umschritt, es schützte, als breite sie Schwingen darüber aus ... *die dunklen Schwingen der Göttin Avarra, die ihnen Zuflucht boten ...*

Viele Jahre lang war Jaelle in ihren Augen immer die Jüngere gewesen, zart und verwundbar, die sie beschützen musste, wie sie ihr Kind beschützt hätte. Und doch hatte Jaelle bei dieser Reise von Anfang an die Führerrolle beansprucht und die Verantwortung für ihrer aller Sicherheit getragen. Ihre Freipartnerin war erwachsen geworden. Es war Zeit, dass sie aufhörte, Jaelle als sich unterlegen zu betrachten.

Sie ist so stark wie ich, vielleicht stärker. Ich muss endlich einsehen, dass ich die Last nicht ganz allein tragen kann, zu tragen brauche. Jaelle wird ihren Anteil leisten, wenn ich es nur zulasse. Und mehr ...

Sie wandten sich nach Norden, durchquerten auf wenig bekannten Pfaden das wilde Land in Richtung Kadarin, vermieden Straßen und Dörfer. Nach fünf Tagen kamen sie auf einen begangeneren Weg. Jaelle meinte, sie sollten ihn verlassen, nicht zuletzt aus dem Grund, dass sie Cholayna bei sich hatten. »Noch so weit nördlich mag sich das Gerücht verbreitet haben, unter den Terranern in Thendara seien Menschen mit schwarzer Haut, und ich möchte lieber keine Fragen beantworten müssen, was eine Terranerin in unserer Gesellschaft zu suchen habe. Entsagende rufen in diesen Bergen schon ohne das genug Fragen hervor. Vanessa könnte man für eine Gebirgsbewohnerin halten; manche aus dem Schmiedevolk haben Tieraugen. Allerdings müssen wir über den Kadarin und zu diesem Zweck zu einer der häufiger benutzten Furten oder Fähren reiten, denn die Fluten des letzten Frühjahrs haben die weniger bekannten Furten zu gefährlich gemacht.«

»Ich riskiere alles, was du willst«, sagte Vanessa.

»Cholayna, du hältst die Kapuze um dein Gesicht zusammen und beantwortest keine Frage. Gib vor, taub und stumm zu sein.«

»Ich hätte in Thendara bleiben sollen, nicht wahr? Ich bringe euch alle nur in Gefahr.« Cholaynas Stimme klang traurig und ein bisschen bitter. Jaelle reagierte mit einer ungeduldigen Geste.

»Geschehen ist geschehen. Benimm dich vernünftig, und gehorche meinen Befehlen, mehr verlange ich nicht.«

Magda schoss es durch den Kopf, ob es ihrer Freipartnerin Vergnügen bereite, dass die Terranerin, Chefin des Nachrichtendienstes, zur Abwechslung Befehle entgegennehmen musste, statt sie zu erteilen, und unter ihrem Kommando stand. Dann sprach sie Jaelle im Geist von einer so kleinlichen Haltung frei. Sie selbst hätte, zumindest einen Augenblick lang, so empfinden können. Jaelle machte sich offensichtlich nur Sorgen um die Sicherheit der Gruppe.

Tatsächlich war die Gefahr für sie, auch wenn Cholayna als Terranerin erkannt wurde, an den großen Furten und Fähren wahrscheinlich geringer als in einem abgelegenen Dorf, wo sie den Kadarin hätten heimlich überqueren können. Für diese Reise hatten sie genug von abgelegenen Dörfern.

Ein halbes Dutzend Karawanen warteten an der Furt vor ihnen. Camilla, die in ihrer kurzen Steppjacke, mit dem zerzausten ingwerfarbenen Haar und dem narbenbedeckten, hageren Gesicht kaum als Frau zu erkennen war, ritt, sich entschuldigend, an den auf die Fähre wartenden Gruppen entlang. Enttäuscht kehrte sie zurück.

»Ich hatte gehofft, Rafi hier zu finden, vielleicht zusammen mit dieser Anders.«

Jaelle schüttelte den Kopf. »O nein. Sie sind uns weit voraus, Verwandte.«

Camilla presste die Lippen zusammen und wandte den Blick ab. Ihre Augen waren verschleiert wie die eines Falken. »Dem mag sein, wie ihm wolle; die Möglichkeit besteht immer. Und werden wir die Furt benutzen oder den Fährmann bezahlen?«

»Die Furt benutzen natürlich. Ich möchte nicht, dass sich irgendwer Cholayna genau ansieht. In diesen Bergen gibt es eine Redensart: So wissbegierig wie der Lehrling eines Fährmanns. Was ist, hast du Angst, dir die Füße nass zu machen?«

»Nicht mehr Angst als du, *Chiya*. Aber ich dachte, wir seien in Eile.«

»Bei all diesen Leuten vor uns müssten wir eine Stunde auf die Fähre warten. Durch die Furt reiten können wir, sobald dieser Mann und seine Hunde und Chervines drüben sind.« Jaelle beobachtete die schlecht organisierte Gruppe vor ihnen, zwei Burschen, die Hunde und Chervines mit Stöcken und Drohungen ins Wasser trieben, Frauen in Reitröcken, die sich quietschend an ihre Sättel klammerten. Mitten im Strom erschreckte etwas die nervösen Reittiere, und schon war eine Frau aus dem Sattel geworfen und paddelte im Wasser herum. Es dauerte eine Stunde, bis die Furt wieder klar war. Jaelle schritt ruhelos am Ufer hin und her. Magda sah, dass es sie juckte, einzugreifen und den Männern zu zeigen, wie eine gut geleitete Karawane über einen Fluss setzte. Bei dem, was sie vorhatten, konnten sie sich das allerdings nicht leisten.

»Ach lass nur«, sagte Magda, als sie die Packtiere durch den zertrampelten Schlamm zur Furt hinunterbrachten. »Du kannst ihnen jetzt zeigen, wie eine Führerin der Entsagenden ihre Gruppe ans andere Ufer bringt.«

Jaelle grinste verlegen. »Bin ich so leicht zu durchschauen?«

»Ich kenne dich seit langer Zeit, *Breda mea.*«

Sie überquerten den Fluss in guter Ordnung, Jaelle, das erste Packtier am Führungszügel, an der Spitze, dann Magda, Vanessa, Cholayna wie eine *Leronis* mit Magdas zweitem Reitumhang verhüllt und Camilla zum Schluss. Sie kamen problemloser hinüber, als wenn sie auf die Fähre gewartet hätten, die gerade eben in einen Strudel geriet. Fluchend und schimpfend bemühten sich der Fährmann und seine Söhne, sie freizustaken.

Sie ließen Fähre und Kadarin hinter sich und ritten höher in die Berge hinauf.

Anfangs waren die Hänge der Ausläufer sanft, und sie ritten auf gut markierten Wegen zwischen tiefen Schluchten dahin, die mit Koniferen und Wolken gefüllt waren. Jaelle hatte die Führung und schlug das schnellste Tempo an, das das Pferd aushalten konnte. Dieses Land war die Heimat der Chervines, und sie rannten mit reinem Vergnügen den heftigsten Winden entgegen.

Allmählich wurden die Berge höher, und die Pässe verliefen zwischen nacktem Fels. Jaelle achtete darauf, oberhalb der Baumgrenze nicht von der Nacht überrascht zu werden. Wenn sie sich der Wärme wegen in ihren Doppelschlafsäcken zusammendrängten, erschauerte Magda bei den von oben kommenden wilden, schrillen Banshee-Schreien, die jede Beute in Reichweite lähmten.

»Zum Teufel, was ist das?«, erkundigte Vanessa sich ängstlich.

»Das sind Banshees. Du hast von ihnen sicher gelesen. Unter die Baumgrenze gehen sie nur in einem extrem kalten Winter, wenn sie Hunger leiden. Wir haben aber immer noch Sommer.«

»Ein schöner Sommer«, brummte Cholayna. »Ich bin nicht mehr warm geworden, seit wir den Kadarin überquert haben.«

»Dann iss mehr«, riet Magda ihr. »Kalorien sind Wärme ebenso wie Nahrung.« Cholayna ertrug das Tempo, die Kälte und die Höhe besser, als Magda zu hoffen gewagt hatte. *Sie muss eine unglaublich gute Agentin gewesen sein.* Doch als der Weg steiler wurde und mehr einem Chervine-Kletterpfad glich, als sie gezwungen waren, abzusteigen und die steileren Hänge zu Fuß zu überwinden – hinter Nevarsin würden sie vielleicht ganz auf Pferde verzichten und Chervines reiten müssen –, da fiel das Gesicht der Terranerin von Tag zu Tag mehr ein, und die Augen versanken in immer tieferen Höhlen. Camilla war an harte Ritte gewöhnt, und Vanessa benahm sich manchmal, als sei die ganze Reise als Urlaubsklettertour für sie veranstaltet worden. Diese Haltung ging Magda zuweilen auf die Nerven, aber da Vanessas Geschick im Bergsteigen ihnen über einige der schlimmsten Strecken hinweggeholfen hatte, sagte sie sich, Vanessa stehe das Recht zu, Spaß an der Sache zu haben.

Vor ihnen lag der Scaravel-Pass, mehr als siebentausend Meter hoch. Am fünften Tag nach der Überquerung des Kadarin schlugen sie ihr Lager auf dem unteren Hang der Straße zum Scaravel auf, nachdem sie den ganzen Tag in einem Schneetreiben geritten waren, das die Sicht auf wenige Pferdelängen beschränkte. Camilla und Vanessa hatten darüber gemurrt. Magda dagegen war dies Wetter nur recht, da konnte sie ihre Augen auf den Weg richten und wurde nicht hinter jeder Kurve mit bodenlosen Abgründen und Schwindel erregenden Felswänden konfrontiert. Der Schnee machte den Boden schlüpfrig. Gefahr bestand eigentlich nicht, und Magda kam es vage zu Bewusstsein, wie abgestumpft sie gegen Wege geworden war, die sie noch vor zehn Tagen hätten Blut schwitzen lassen.

»Es ist immer noch hell«, meinte Vanessa. »Bis oben sind es nur noch drei oder vier Kilometer. Wir kämen noch hinüber.«

»Wenn wir Glück hätten. Und ich verlasse mich nicht mehr auf mein Glück«, gab Jaelle empfindlich zurück. »Hier leben oberhalb der Baumgrenze Banshees, wie ich mich zu erinnern guten Grund habe. Möchtest du, dass ich dich einem im Dunkeln vorstelle? Bei Tageslicht ist es einfacher. Und wir alle brauchen Ruhe und eine warme Mahlzeit.«

Vanessa funkelte sie an, und Magda war überzeugt, sie werde weitere Einwände vorbringen. Aber dann drehte sie sich um und sattelte ihr Pferd ab.

»Du bist der Boss.«

»Ich möchte, dass alle Lasten ausgepackt und neu verteilt werden, bevor wir morgen weiterreiten«, befahl Jaelle. »Wir haben einen beträchtlichen Teil der Vorräte verbraucht, und je weniger an Gewicht die Tiere zu tragen haben, desto leichter kommen wir über den Scaravel – und durch die Berge dahinter. Jenseits von Nevarsin gibt es Pässe, neben denen der Scaravel wie ein Loch im Boden aussieht.«

Magda half mit bei den Packlasten, während Camilla ein Feuer in dem Feldkocher entfachte und Cholayna Rationen auspackte. Inzwischen war das alles bei ihnen zur Routine geworden. Bald stahl sich ein Duft nach Essen durch das Lager.

»Der Schneefall wird stärker.« Camilla betrachtete den dunklen Himmel. »Wir werden die Zelte brauchen. Komm und hilf mir, sie aufzustellen, *Breda.*«

Sie hatten es sich zur Regel gemacht, dass sie jedes Mal, wenn sie in den Zelten schliefen, die Gefährtinnen wechselten. Magda hätte es vorgezogen, das Zelt ständig entweder mit Camilla oder mit Jaelle zu teilen, aber sie verstand Jaelles

Gründe. Sie durften sich nicht in Cliquen aufteilen. Das war der Ruin schon so mancher Expedition gewesen. Diese Nacht sollte Magda mit Vanessa in dem kleineren Zelt schlafen, Camilla, Cholayna und Jaelle in dem größeren. Vanessa zog vor dem Essen frische Socken an, kramte dann eine Bürste aus ihrem Bündel und begann damit einen Angriff auf ihr Haar.

»Ich glaube, ich würde noch einmal eine Räuberbande in Kauf nehmen, nur um ein Bad zu bekommen«, sagte sie. »Mein Haar klebt vor Dreck, und ich bin schmutzig von oben bis unten.«

Magda stimmte ihr zu, dass das zu den größten Unannehmlichkeiten einer Expedition gehörte. »Aber in Nevarsin wird es ein Frauenbadehaus geben«, sagte sie, »und vielleicht finden wir eine Wäscherin für unsere Kleider.«

»Seid ihr fertig zum Essen, ihr beiden?«

»Ich bürste nur noch mein Haar.« Vanessa band sich einen Baumwollschal um den Kopf. Camilla schöpfte Eintopf auf Teller und reichte sie herum. Zum Essen hatten sie sich im Schutz der Zeltklappen auf die Satteltaschen gesetzt. Magda hatte Hunger und leerte ihren Teller schnell, aber Cholayna schob das Essen nur herum.

»Cholayna, du musst mehr essen«, mahnte Camilla. »Wirklich, du musst ...«

Cholayna explodierte. »Verdammt noch mal, Camilla, ich bin kein Kind! Ich habe fast sechzig Jahre lang selbst für mich gesorgt, und ich lasse mich nicht herumkommandieren wie ein kleines Mädchen! Ich weiß, du meinst es gut, aber ich habe es satt bis obenhin!«

»Dann solltest du dich wie eine erwachsene Frau benehmen, die fähig ist, selbst für sich zu sorgen«, fauchte Camilla. »Du bist wie ein Mädchen von fünfzehn bei ihrem ersten Ausflug aus dem Gildenhaus! Mir ist es gleichgültig, wie alt du bist oder welche Erfahrungen du in einem anderen Klima oder unter den Terranern gesammelt hast. Hier weißt du nicht, was du tun musst – sonst würdest du es tun. Und wenn man sich nicht darauf verlassen kann, dass du richtig isst, muss jemand dafür sorgen ...«

»Langsam, Camilla ...«, fiel Jaelle ein, und nun ging Camilla auf sie los.

»Fang du nicht auch noch an! Seit zehn Tagen schon habe ich das sagen wollen. Es ist nicht recht! Wenn Cholayna sich vernachlässigt und krank wird, gefährdet sie uns alle ...«

»Auch wenn es stimmt, ist es nicht deine Sache, es zu sagen!«, schoss Jaelle zurück, was Camilla in helle Wut versetzte.

»Mich kümmert es überhaupt nicht, wessen Sache es ist! Wenn die Anführerin schweigt, werde ich sprechen. Seit Tagen warte ich darauf, dass du deiner Pflicht nachkommst und mit ihr darüber redest, aber da diese Terranerin einmal deine Vorgesetzte war, fehlt es dir an Mut dazu oder auch nur an gesundem Menschenverstand. Wenn du deine Pflicht als Leiterin dieser Expedition so siehst ...«

»Ich erfülle meine Pflicht, wie ich sie sehe.« Jaelle kochte vor Zorn. »Und ich bin kein kleines Mädchen, dem du Predigten halten kannst ...«

»Hört mir mal zu, alle beide!«, unterbrach Cholayna sie. »Regelt euren Platz in der Hackordnung anderswo und benutzt mich nicht als Vorwand! Ich esse von eurem verdammten dreckigen Essen, so viel mir möglich ist. Es fällt mir jedoch schwer, und es ist nicht nötig, dass ihr mich immerzu daran erinnert! Ich werde mir alle Mühe geben. Wollt ihr es dabei bewenden lassen, ja?«

»Trotzdem«, fiel Vanessa ein, »was sie sagen, ist richtig. Du tust, als nähmen sie sich damit etwas heraus. Auf einer Expedition wie dieser ist Höflichkeit nicht so wichtig wie Wahrheit. Wirst du krank, müssen wir Übrigen uns um dich kümmern. Ich habe dir auch schon gesagt, in dieser Höhe musst du dich zwingen, Flüssigkeit und Kalorien zu dir zu nehmen.«

»Ich versuche es doch, Vanessa, aber ...«

Zum ersten Mal ergriff Magda das Wort. »Müsst ihr so grob zu ihr sein? Denkt doch daran, es ist seit vielen Jahren Cholaynas erster Feldeinsatz und ihre erste Erfahrung mit diesem Klima ...«

»Umso eher muss sie sich von denen, die Erfahrung haben, leiten lassen ...«, begann Camilla. Jaelle schnitt ihr das Wort ab.

»Meinst du, es nutzt ihr etwas, wenn du nur dastehst und wie ein Banshee auf sie einschreist? Ich für meine Person brächte keinen Bissen herunter, wenn du das mit mir machtest!«

Magda streckte in einer versöhnlichen Geste die Hand aus. »Shaya, *bitte* ...«

»Verdammt, Margali, willst du dich gefälligst heraushalten? Jedes Mal, wenn ich versuche, eine Sache zu regeln, mischst du dich ein. Wenn Camilla und ich nicht miteinander reden dürfen, ohne dass du dazwischenspringst, als hättest du Angst, es könne etwas ohne dich geschehen ...«

Mit aller Willenskraft hielt Magda den Mund. Es kam dem, was Lexie gesagt hatte, so nahe: *Höllenfeuer, Lorne, gibt es keine Pastete auf diesem ganzen Planeten, in der Sie die Finger nicht drin haben?* Machte sie wirklich diesen Eindruck auf andere Leute?

Sie hätte gern gesagt: Ich wollte nur helfen, doch sie sah ein, dass sie niemandem half.

Cholayna hatte ihren Teller ergriffen und quälte sich mit dem kalten, talgigen Fleischeintopf ab.

Sehen sie denn nicht, dass sie bereits halb krank ist und dass es nur schlimmer mit ihr werden wird, wenn sie sie zwin-

gen, das zu essen? Zumindest Jaelle müsste es sehen. Wieder öffnete sie den Mund, wohl wissend, dass sie sich einen neuen Anschnauzer einhandeln würde. Da fasste Camilla nach Cholaynas Teller.

»Ich will dir das Essen aufwärmen, Cholayna, oder, falls es dir lieber ist, haben wir noch eine Menge getrocknetes Breipulver, das du leichter hinunterbekommen wirst. Ich werde es dir mit viel Zucker und Rosinen mischen. Es hat keinen Sinn, gutes Fleisch an jemanden zu verschwenden, der es gar nicht mag und es wahrscheinlich sowieso nicht richtig verdauen kann. Möchte jemand den Rest des Eintopfs mit mir teilen, während ich Brei für Cholayna koche?«

»Und mir ist eingefallen«, steuerte Vanessa bei, »wir könnten die terranischen Bergsteigerrationen für sie aufheben. Sie sind fast völlig synthetisch, haben aber einen hohen Kalorienwert, viel Fett und Kohlenhydrate. Davon wird ihr nicht schlecht werden, und wir anderen können uns an das getrocknete Fleisch und Obst aus natürlichen Quellen halten. Hier ...« Sie reichte Cholayna die von Camilla zubereitete Mischung aus Breipulver, Zucker und Rosinen, und Cholayna nahm sie dankbar entgegen.

Magda musste sich selbst zwingen zu essen, aber bei ihr lag es nur daran, dass die Erschöpfung ihr das Kauen und Schlucken zur Anstrengung machte. Sie brauchte nicht Jahrzehnte einer Konditionierung zu durchbrechen, die sowohl vom Brauch wie von der Ethik her bestimmt war.

Es ängstigte sie, dass sie so genau wahrnahm, was Cholayna dachte. Zu Anfang ihrer Ausbildung im Verbotenen Turm war sie manchmal nicht im Stande gewesen, die Gedanken und Gefühle ihrer Kollegen auszuschließen. Aber, sie waren alle starke Telepathen gewesen. Cholayna war kopfblind und Terranerin, und dieses unwillkürliche Überlaufen von Emotionen hätte es gar nicht geben dürfen.

Und auch Camilla schien erkannt zu haben – hier gebot Magda sich Einhalt. Niemand wusste besser als sie, dass unter Camillas rauer Schale eine außerordentlich sensible, sogar mütterliche Frau steckte. Vielleicht hatte die Anstrengung der Reise, vielleicht etwas anderes, auf das sie den Finger nicht legen konnte, das latente *Laran* in Camilla und sogar in Cholayna geweckt.

Jaelle sagte verlegen zu der ganzen Runde: »Entschuldigt, ich kann mir nicht vorstellen, was in mich gefahren ist. Camilla, verzeih mir, Verwandte. Was ich sagte, war meine ehrliche Meinung, aber ich hätte taktvoller sein sollen. Margali ...« Sie wandte sich Magda zu und breitete die Arme aus. »Verzeihst du mir, *Breda mea?*«

»Natürlich!« Magda drückte sie, und einen Augenblick später schloss sich Camilla ihnen an, dann kamen Vanessa und Cholayna. Alle fünf hielten sich umschlungen, und jeder Zorn verflog.

»Ich weiß wirklich nicht, warum ich angefangen habe zu schreien«, gestand Camilla. »Das wollte ich nicht, Cholayna, ehrlich. Ich möchte nicht, dass du krank wirst, aber es war nicht meine Absicht, dir Vorhaltungen zu machen.«

Vanessa erklärte: »Bei einer Expedition sind diese Spannungen innerhalb der Gruppe zu erwarten. Wir müssen uns davor in Acht nehmen.«

»Vielleicht prüft die Schwesternschaft uns, ob wir tüchtig genug sind, in ihre Stadt eingelassen zu werden«, meinte Camilla.

»Lacht nicht. Wir sind ...« Jaelle sah sie ernst an. »In der Legende heißt es, dass man uns rücksichtslos prüfen wird, und ... und wir ...« Sie schluckte, suchte nach Worten. »Seht ihr es nicht? Wir suchen nach einer Schwesternschaft, und wir bringen es nicht fertig, einander Schwestern zu sein ...« Sie verstummte.

Wenigstens sprechen wir alle wieder miteinander, dachte Magda und kroch in das Zelt, das sie mit Vanessa teilte. Sie war glücklich darüber. Die Überquerung des Scaravel-Passes würde schon mit einem Höchstmaß an Zusammenarbeit schwer genug sein.

17

Jaelle zeigte in den dünnen Schleier aus tanzenden Schneeflocken hinein.

»Die Stadt im Schnee: Nevarsin.« Magda las ihre Gedanken – sie standen einander neuerdings beinahe Angst erregend weit offen: *Werden wir Rafaella und Lexie* dort *finden? Und wenn nicht, was dann?* Zumindest Jaelle würde nicht auf die Idee kommen, nach Hause zurückzukehren. In Magdas Seele nahm diese Reise unwirkliche und traumartige Proportionen an. Sie würde sich dann endlos fortsetzen, sie weiter und weiter ins Unbekannte führen, auf der Suche nach verhüllten Gestalten, dem Krächzen von Krähen, dem Schatten der Göttin, deren große dunkle Schwingen sich über sie breiteten ...

Camillas Pferd stieß leicht gegen ihres. »Heda! Bist du im Sattel eingeschlafen wie ein Bauer beim Frühlingsmarkt, der die große Stadt angafft?«

Nevarsin erhob sich über ihnen auf der Flanke des Berges. Die steilen Straßen kletterten zum Gipfel hinauf, wo das Kloster thronte, nackte Steinmauern, aus dem gewachsenen Fels des Berges gehauen. Über dem Kloster gab es nichts mehr als den ewigen Schnee.

Sie zogen spät am Tag in die Tore Nevarsins ein und suchten sich ihren Weg durch krumme Straßen, die manchmal nicht mehr waren als steile Treppen, über die sie Pferde und Chervines führen oder sogar zerren mussten. Überall standen Statuen, die den Propheten oder Gott der *Cristoferos* – Magda wusste wenig über die *Cristofero*-Sekte – darstellten, den Lastenträger, der das heilige Kind auf den Schultern trug, umgeben von etwas, das eine Sonne oder eine Welt oder vielleicht nur ein Halo sein mochte. Häufig erklangen Glocken, und einmal, als sie sich dem oberen Ende einer schmalen Straße näherten, begegneten sie einer Prozession von Mönchen, barfuß im Schnee, in strenge Gewänder aus Sacktuch gekleidet. (Aber es schien ihnen nichts auszumachen, ihre Füße sahen rosig und gesund aus, als befänden sie sich in einem milderen Klima.)

Von der Hymne, die die Mönche sangen, verstand Magda sehr wenig, weil die Worte einem obskuren *Casta*-Dialekt entstammten. Sie blickten weder nach links noch nach rechts, und die Frauen mussten absteigen, ihre Pferde an den Straßenrand führen und die Zügel der Packtiere festhalten. Der Mönch an der Spitze der Prozession, ein kahl werdender alter Mann mit Hakennase und grimmigem Blick, sah sie böse an. Sicher hatte er für die Entsagenden nichts übrig.

Magda konnte das gleichgültig sein. Sie kümmerte sich um ihre eigenen Angelegenheiten und störte andere Leute dabei weniger als er. Zumindest erwarteten sie und ihre Freundinnen nicht, dass jeder vor ihnen auf einer doch öffentlichen Straße zur Seite sprang.

Es waren viele Mönche, und bis sie alle vorübergezogen waren, wurde es dunkel. Der Schnee fiel jetzt dicht.

»Wohin gehen wir, Jaelle? Wie ich vermute, hast du ein bestimmtes Ziel?«, fragte Camilla.

»Nevarsin ist eine *Cristofero*-Stadt«, antwortete Jaelle, »und wie ich euch schon erzählt habe, sind Frauen in Gasthöfen oder Wirtschaften nicht willkommen, falls sie nicht in der Begleitung ihres Ehemannes oder Vaters sind. Aber ihr wisst doch, Rafi und ich machten immer Witze über das Nevarsin-Gildenhaus. Vielleicht wartet man dort schon auf uns.«

Das Haus, ein großes Gebäude, aus dem hiesigen Stein erbaut, lag in der entferntesten Ecke der Stadt, und drinnen herrschte der gute Geruch nach frisch bearbeitetem Leder vor.

Das Tor öffnete sich auf einen weiten Hof. (»Wie in den Trockenstädten«, flüsterte Jaelle ihrer Freipartnerin zu.) Dort liefen junge Frauen in schweren Handwerkerschürzen und dicken Stiefeln umher. Sie blieben stehen und begrüßten die Fremden mit höflichen Verbeugungen. Die Meisterin all dieser Frauen, eine kleine, zähe Alte mit Armen wie ein Hufschmied, kam heraus, sah Jaelle mit breitem Grinsen an und erstickte sie fast in ihrer Umarmung.

»Ah, Kindras Pflegetochter!«

»Arlinda, du hast dich überhaupt nicht verändert, seit wir uns zum letzten Mal gesehen haben – ist es möglich, dass das schon sieben Jahre her ist? Noch länger?«

»Genau sieben Jahre sind es; Betta – die Göttin gebe ihr Frieden – war gerade gestorben und hatte das Haus in meinen Händen gelassen. Wie schön, dich wieder zu sehen! Hier ist immer Platz für Entsagende! Kommt herein, kommt herein! Suzel, Marissa, Shavanne, führt die Pferde in den Stall, lauft und sagt Lulie in der Küche, dass wir zum Essen drei, nein, vier, nein, fünf Gäste haben! Gebt den Pferden Heu und Korn, den Chervines auch, und tragt das ganze Gepäck in den verschließbaren Lagerraum. Ich gebe dir eine Quittung, *Chiya*, nur der Ordnung halber. Ihr seid über den Scaravel gekommen! Meine Güte, seht ihr dünn und müde aus, kein Wunder nach einer solchen Reise! Was kann ich zuerst für euch tun? Heißen Wein und Kuchen? Ein Bad? Eine Mahlzeit in zehn Minuten, wenn ihr ausgehungert seid?«

»Ein Bad wäre himmlisch«, antwortete Jaelle, und die anderen vier stimmten ihr mit begeistertem Murmeln zu. »Aber ich dachte, wir müssten dazu das Frauenbadehaus aufsuchen ...«

»Meine Lieben, wir *sind* jetzt das Frauenbadehaus. Es ging bergab mit ihm, keine Handtücher, die Wärterinnen hielten ständig die Hand nach Trinkgeldern auf, und Kupplerinnen lungerten herum, so dass die respektablen Familien ihre Frauen nicht mehr hingehen lassen wollten. Deshalb konnte ich es billig kaufen, und ich machte bekannt, dass die Straßenmädchen ein Zeugnis von einem der hiesigen Frauenärzte vorweisen mussten. Und wenn ich sie dabei erwischte, dass sie hier Vereinbarungen trafen, mussten sie gehen. Die Kupplerinnen habe ich ein für alle Mal verjagt. Ich machte den Straßenmädchen unmissverständlich klar, wenn sie hier baden wollten, müssten sie sich wie jungfräuliche Bewahrerinnen-Lehrlinge benehmen! Und wisst ihr was, ich glaube, sie freuen sich, dass sie ebenso wie ehrbare Frauen behandelt werden und kein Unterschied zwischen ihnen und den Gattinnen und Töchtern der Bürger gemacht wird.« Sie rief: »Suzel, bring diese Damen ins beste Gästezimmer und dann gleich ins Bad, das Bad geht auf Kosten des Hauses, es sind alte Freundinnen!«

Sie zog Jaelle auf die Seite, aber alle verstanden ihr Flüstern: »Und wenn du gebadet und dich ausgeruht hast, Liebchen, habe ich eine Botschaft für dich von deiner Partnerin. Jetzt nicht, jetzt nicht, geh nur, ich lasse euch heißen Wein aufs Zimmer bringen.«

Jaelle sah blass und angespannt aus. »Ich bitte dich, Arlinda, wenn Rafi hier ist, schick sie sofort zu mir. Wir sind von Thendara in der größten Hast hergekommen und hofften, sie einzuholen. Treib keine Spielchen mit mir, liebe Cousine.«

Arlinda verzog das Gesicht, das runzlig und gegerbt war wie ihr Sattelleder. »Würde ich so etwas mit dir machen, Liebchen? O nein, Rafi ist nicht hier. Sie haben drei Tage bei mir gewohnt und sind erst gestern Morgen weitergezogen. Die, die ihnen von Du-weißt-schon-wo entgegengeschickt worden waren, holte sie ab, und sie gingen mit ihr.«

Jaelle sackte zusammen, und Magda fürchtete, sie werde ohnmächtig. Schnell legte sie den Arm um sie, und Jaelle stützte sich schwer darauf. Die Berührung ihrer Hand teilte Magda das Elend und die Bestürzung ihrer Freipartnerin mit.

Sie nach einer so weiten Reise so knapp zu verfehlen ...

Doch Jaelle erholte sich rasch. Mit freundlicher Gelassenheit sagte sie: »Du sprachst von einer Botschaft, aber wenn sie schon aufgebrochen sind, kann sie gewiss warten, bis meine Gefährtinnen gebadet und sich ausgeruht haben. Ich danke dir, Cousine.«

Arlindas Herberge war sehr gut geführt. In wenigen Sekunden, so kam es Magda vor, hatte man ihnen ihr Zimmer gezeigt, ihnen Quittungen für die Packlasten gegeben und ihr persönliches Gepäck gebracht. Der ihnen zugewiesene Raum war groß und hell und so sauber, als gehöre er zur Medizinischen Abteilung des Terranischen HQ. Auf dem Grundstück befand sich auch eine Wäscherei. Ihre schmutzigen Sachen wurden ihnen mit dem Versprechen abgenommen, sie bekämen sie morgen früh zurück. Alle diese Dienstleistungen wurden von jungen, tüchtigen, freundlichen Mädchen verrichtet, die meisten zwischen fünfzehn und zwanzig. Sie liefen eilig umher, doch voller Fröhlichkeit und ohne irgendein Zeichen, dass sie angetrieben oder eingeschüchtert würden. Als Camilla zögerte, sich auszuziehen (wegen der Narben ihres verstümmelten Körpers enthüllte sie sich ungern vor Fremden), boten sie ihr taktvoll einen Bademantel an, den sie tragen konnte, während ihre Kleider gewaschen wurden, rannten, ihn ihr zu holen, und hatten ihre Sachen fast schon weggebracht und sie in den sauberen Mantel gehüllt, als Camilla noch knurrte, sie käme auch so zurecht.

»Jetzt weiß ich«, erklärte Camilla und zog das Kleidungsstück zusammen, das verblasst und zerknittert war, aber sauber nach Seife roch, »warum Kindra diesen Ort immer das Nevarsin-Gildenhaus nannte.«

»Ja, es wird besser geführt als viele Häuser in den Domänen«, pflichtete Magda ihr bei. Das Mädchen, das sie ins Bad führen wollte, wandte sich nach kurzem Zögern an Jaelle.

»Seid Ihr die Anführerin dieser Gruppe, *Mestra?*«

»Das bin ich.«

»Die große Frau mit dem weißen Haar. Ist sie ... hat sie ... ist die Hautkrankheit, an der sie leidet, irgendwie ansteckend? Wenn ja, *Mestra,* muss Eure Freundin allein baden und darf nicht in das gemeinsame Becken kommen.« Sie sprach ein bisschen verlegen, aber fest, und Jaelle antwortete in der gleichen Weise.

»Auf meine Ehre, sie hat keine ansteckende Krankheit. Ihre Haut ist so seit ihrer Geburt. Sie kommt aus einem fernen Land, wo alle Männer und Frauen diese Farbe haben.«

»Ist das die Möglichkeit!«, platzte das Mädchen vor Staunen heraus. Cholayna, neugierig darauf, was geschehen würde, war näher getreten und sagte: »Das stimmt, mein Kind. Aber wenn eure Kundinnen im Badehaus es nicht mögen oder Angst haben, sie könnten sich etwas einfangen, bin ich bereit, allein zu baden, solange ich nur überhaupt baden kann.«

»O nein, *Mestra,* das ist nicht nötig, unsere Meisterin kennt Jaelle seit langem, ihr Wort gilt«, antwortete die Kleine zwar nicht sehr diplomatisch, aber freundlich. »Es ist nur so, dass hier noch nie jemand einen Menschen wie Euch gesehen hat, deshalb wussten wir ja nicht ... deshalb mussten wir wegen der anderen Kundinnen fragen, versteht ihr? Es war nicht als Beleidigung gemeint, ganz und gar nicht.«

»So habe ich es auch nicht aufgefasst«, gab Cholayna würdevoll zurück (Magda wunderte sich, wie sie das, nackt in einem Badetuch, fertig brachte). Während sie zu den ihnen angewiesenen Badekabinen weitergingen, sagte Cholayna leise zu Magda: »Ich habe nie darüber nachgedacht, wie merkwürdig es in einem Teil der Welt sein würde, wo alle Leute sich so ziemlich gleichen. Aber schließlich gibt es andere Planeten wie diesen, wenn auch nicht viele. Eine so helle Haut wie die Camillas wäre zum Beispiel auf Alpha fast ebenso ungewöhnlich wie meine hier. Was ist das für ein Material?« Sie befühlte das Badetuch. »Baumwolle kann es in diesem Klima doch eigentlich nicht geben, oder zieht man sie südlich von Dalereuth?«

»Das sind Fasern des Federschotenbaums, sie wachsen überall in den Bergen. Gewebte Schotenwolle ist teuer. Meistens wird sie wie bei der Filz- oder Papierherstellung behandelt, denn die Fasern sind kurz. Auf diese Weise gewebt, nimmt sie die Farben jedoch so herrlich an, dass viele Leute es der Mühe und Kosten für wert halten. Früher waren die Schotenweber eine eigene Gilde, die ihre Geheimnisse wahrten, indem sie in ihren eigenen Dörfern wohnten und niemals Außenseiter heirateten.«

Die Badewärterinnen traten ein. Das Kind musste ihnen von Cholayna erzählt haben, denn es traf sie beim Einseifen und Abschrubben kein einziger ungebührlich gaffender Blick. Sogar Camilla vergaß ihre Hemmungen, als niemand den Narben, die ihren Körper bedeckten, die geringste Aufmerksamkeit zollte. Sie lachte wie ein junges Mädchen, während die Wärterinnen sie unter einer heißen Dusche abspülten, bevor sie sie ins warme Becken schickten. Magda ließ sich dankbar hineinsinken. Für Vanessa war das Wasser anfangs zu heiß. Sie trat hinein und schrie laut auf.

»Du quietschst wie ein Schwein, das geschlachtet werden soll, Vanessa! Du wirst dich schon daran gewöhnen«, meinte Jaelle und vertraute sich ebenfalls dem dampfenden Wasser an. Es roch schwach nach Schwefel und tat dem vom Reiten steifen und wunden Körper gut. Die Frauen lehnten sich wohlig seufzend auf dem Steinsims im Wasser zurück.

»Das ist zu schön, um wahr zu sein«, sagte Cholayna. »Das letzte Mal, als wir dies herrliche Gefühl genossen, hatte man uns betäubt und vergiftet!«

»Nach diesem Bad werde ich mich fühlen, als könnte ich

mit einer ganzen Räuberbande allein fertig werden«, lachte Magda.

Jaelle erklärte ernst: »Wir sind hier so sicher wie in unserem eigenen Gildenhaus und viel sicherer, als wir in einem der öffentlichen Badehäuser gewesen wären, die manchmal von Kupplern und solchen Leuten betrieben werden.«

»In Nevarsin? Wo überall die heiligen Mönche herrschen?« Camilla zeigte ihre Skepsis offen.

»Die heiligen Mönche sind viel zu heilig, um an so etwas wie Gesetze zum Schutz allein reisender Frauen zu denken«, stellte Jaelle trocken fest. »Ihrer Meinung nach gehen tugendhafte Frauen nicht in öffentliche Badehäuser, wo Fremde ihre nackten Körper sehen könnten, und wenn eine es tut, verdient sie, was ihr widerfährt – Krankheiten, Belästigungen aller Art. Es hat eine Zeit gegeben, als die Herrschaft der *Cristoferos* über Nevarsin absolut war, und damals erging das Gesetz, alle öffentlichen Badehäuser zu schließen. Ein paar blieben trotzdem geöffnet, und natürlich waren sie, da sie von Gesetzlosen betrieben wurden, gesetzlose Orte, und die Mönche benutzten das Treiben dort als Rechtfertigung für ihre Maßnahme ... *Seht ihr, Bäder sind verruchte Häuser, seht euch doch die Leute an, die sie aufsuchen!* Glücklicherweise sind die Gesetze heute vernünftiger, aber wie ich hörte, ist es den Mönchen immer noch nicht erlaubt, öffentliche Badehäuser zu benutzen, und fromme *Cristofero*-Frauen tun es auch nicht.«

Camilla schnaubte: »Wenn die Körper der Mönche so schmutzig sind wie ihre Gedanken, müssen sie eine stinkige Bande sein.«

»O nein, Camilla, sie haben ihre eigenen Bäder im Kloster. Und viele Privathäuser haben auch welche. Allerdings nur die der Reichen, und die ärmeren Leute, besonders die armen Frauen, hatten keine Möglichkeit, an einem ehrbaren Ort zu baden, bis ein paar Frauen Badehäuser eröffneten. Und natürlich waren die Ersten nicht übertrieben ehrbar, wie Arlinda uns erzählte. Sie hat den Frauen dieser Stadt ebenso große Dienste geleistet wie jedes Gildenhaus.«

»Sie sollte zur Entsagenden ehrenhalber ernannt werden.« Camilla tauchte bis zum Kinn im heißen Wasser unter und seufzte wohlig.

Jaelle senkte die Stimme, damit die kleine Gruppe schwangerer Ehefrauen am anderen Ende des heißen Beckens sie nicht hörte.

»Ich glaube, sie ist mehr als das. Habt ihr gehört, was sie über Rafaella sagte? *Die, die ihnen von Du-weißt-schon-wo entgegengeschickt worden* war ... Wer soll sie eurer Meinung nach gewesen sein, wenn nicht eine Gesandte aus der Stadt, die wir suchen? Heißt es nicht in den alten Legenden, dass man, ist man weit genug gekommen, geführt werden wird? Rafaella und Lexie sind vielleicht weit genug gekommen. Möglicherweise geht es in der Botschaft, die Rafi für mich hinterlassen hat, um die Führerinnen aus – jenem Ort.«

Camillas Stimme klang verächtlich.

»Und wenn wir dort ankommen, werden wir uns zwischen den Gewürzbrotbäumen und den Regenvögeln wieder finden, die Nester aus parfümiertem Holz bauen, um sich selbst für den hungrigen Reisenden zu braten?«

Doch Jaelle war es ganz ernst.

»Ich weiß überhaupt nichts darüber, was wir finden werden. Die Legende sagt, dass jede Person entsprechend dem, was ihr Not tut, etwas anderes findet. Meine Kinderfrau erzählte mir eine alte Geschichte – oh, ich war noch sehr klein, ein ganz kleines Kind in dem Großen Haus von Shainsa.« Magda konnte sich kaum beherrschen, ihre Freipartnerin nicht anzustarren. Erst einmal in all den Jahren, die sie Jaelle kannte, hatte sie flüchtig auf ihre Kindheit in den Trockenstädten angespielt, und niemals hatte sie zu irgendwem von dem Haus ihres Vaters dort gesprochen. Magda sah an Camillas Augen, dass sie sich ebenso wunderte.

»Drei Männer zogen aus, ihr Glück zu suchen«, erzählte Jaelle mit gedankenverlorener Stimme. »Einer heiratete ein schönes Mädchen mit viel Gold und Besitz und hielt sich für glücklich. Und der Zweite fand einen verlassenen Hof, wo er die Bäume beschnitt, und sie ließen Früchte und Pilze für ihn wachsen, und er zähmte wilde Tiere als Milchvieh und Geflügel. Und als er Tag und Nacht arbeitete, um seinen Hof mit seiner Hände Arbeit aufzubauen, hielt er sich für den glücklichsten aller Menschen. Aber der Dritte, heißt es, saß in der Sonne, beobachtete die Wolken, hörte das Gras wachsen und lauschte der Stimme Gottes, und er sagte: ›Nie war ein Mensch so glücklich und bevorzugt wie ich.‹«

Eine ganze Minute lang herrschte Schweigen. Dann rückte Cholayna entschlossen den praktischen Gesichtspunkt in den Vordergrund. »Solange ich Alexis Anders heil und gesund wieder finde, wäre ich die undankbarste aller Frauen, wollte ich mehr verlangen als das, was ich an Kenntnissen über dieses Land gesammelt und an merkwürdigen Dingen gesehen habe.«

»Ich hoffe auf einen Berg, der dem Montenegro-Gipfel ebenbürtig ist«, sagte Vanessa. »Aber man kann nicht alles haben.«

»Sei vorsichtig mit dem, um was du betest«, lachte Jaelle, »du könntest es bekommen. Es gibt Berge hier, sage ich dir, viel höher als der Scaravel – obwohl ich nach dem, was wir hinter uns haben, auch ohne die Aussicht, jemals wieder einen Fuß über die Baumgrenze zu setzen, zufrieden weiterleben würde. Margali, was wünschst du dir von dieser Stadt der Legenden, falls wir hingeführt werden?«

»Wie Cholayna will ich mich damit begnügen, Lexie und Rafaella heil und ganz wieder zu finden. Ich kann mir einfach nicht vorstellen, dass sich eine von den beiden besonders für altes Wissen interessiert …«

»Und was Legenden betrifft«, warf Vanessa frech ein, »so bist du selbst die Legende, an der sie gemessen werden, du, Lorne …«

Magda zuckte zusammen, als habe Vanessa sie geschlagen. Daran brauchte niemand sie zu erinnern – in gewissem Sinn trug sie die Schuld daran, dass diese beiden Frauen, die ihre Freundinnen hätten sein sollen, das Wagnis einer verzweifelten und gefährlichen Reise eingegangen waren.

Aber wünsche ich mir wirklich, diese Reise nie angetreten zu haben? Ich habe meine eigene Kraft erprobt und mich stärker gefunden, als ich je geglaubt hätte. Möchte ich, dass es nicht geschehen wäre?

Bequem in dem heißen Bad sitzend, von Dampfwolken eingehüllt, sagte sie sich, dass es überhaupt nicht darauf ankam, ob sie wünschte, es sei nicht geschehen. Es *war* geschehen, es war Teil von ihr geworden, und ebenso wenig kam es darauf an, ob es zum Guten oder Schlechten war. An ihr lag es, aus der Erfahrung zu lernen, was sie konnte, und den nächsten Schritt in ihrem Leben zu tun.

Plötzlich fühlte sie sich frei von der »Lorne-Legende«, die sie so lange verfolgt hatte. Niemand, sie selbst am allerwenigsten, hatte von Alexis Anders verlangt, sie solle versuchen, Magdas Leistungen zu erreichen oder zu übertreffen. Es *war Lexies Entschluss, nicht meiner!* Magda fühlte sich, als sei eine Bürde, schwerer als die Packlast eines Chervines, von ihrem Rücken gefallen und habe sich in dem heißen Wasser aufgelöst. Natürlich würde sie Lexie helfen, wenn sie sie fand. Die junge Frau hatte sich größere Schwierigkeiten aufgeladen, als sie bewältigen konnte. Magda war verpflichtet, für sie zu tun, was sie konnte, allein deswegen, weil ihr Eid als Entsagende von ihr verlangte, *Mutter und Schwester und Tochter aller*

Frauen zu sein. Nicht eines Schuldgefühls wegen, nicht weil es ihr Fehler war, dass Lexie etwas so Übereiltes und Dummes getan hatte. Sie stieß einen langen Seufzer der Erleichterung aus.

»Ich bin ganz durchgeweicht«, sagte Vanessa. »Ich steige jetzt aus dem Wasser und probiere den heißen Wein, den man uns versprochen hat.«

»Lass dich nicht aufhalten«, rief Jaelle ihr nach. »Ich muss zuerst zu Arlinda.«

Saubere Kleidung war ein ebenso großer Luxus wie das Bad. Magda hatte einen Satz zum Wechseln zurückbehalten, als die Mädchen die Wäsche abgeholt hatten. Das Essen war gebracht worden und duftete appetitanregend. Jaelle eilte zu Arlinda, um Rafaellas Botschaft zu hören.

»Verzeih mir, *Breda.* Arlinda kannte mich schon, bevor ich den Eid als Entsagende leistete, und sie wird mit mir allein offener sprechen, als wenn noch jemand zuhört. Heb mir etwas von dem gebratenen Rabbithorn auf, das ich auf diesen Platten rieche.«

Magda sah ein, dass Jaelle vernünftig handelte, und doch beunruhigte es sie, als Jaelle allein wegging. Ihre Amazonenhosen waren in der Wäsche, und sie trug ihren alten pelzgefütterten Bademantel. Darin sah sie klein und verwundbar aus, und Magda wünschte, sie könne sie beschützen. Aber Jaelle war kein Kind, das beschützt werden musste. So kehrte sie um und sah den anderen zu, die mit unverhohlener Gier Deckel von Schüsseln nahmen. Sogar Cholayna wurde schwach bei einem Gericht aus gekochten Weißwurzeln mit Käse und scharfen Gewürzen, dazu eine große Schüssel mit vier verschiedenen Pilzsorten und eine Platte mit gefüllten Gemüsen. Das gebratene Rabbithorn rührte sie nicht an. Dagegen aß sie etwas von der Füllung aus getrockneten Äpfeln und in rotem Wein eingeweichtem Brot.

Magda stellte eine Keule des Rabbithorns und eine große Portion der Füllung und des Gemüses für Jaelle beiseite. Während der ganzen Mahlzeit wartete sie darauf, dass die Tür sich öffnen und ihre Freipartnerin zurückkehren werde. Doch sie waren schon beim Nachtisch, als Jaelle endlich erschien.

»Ich dachte, ich würde nach unserm Erlebnis in diesem Dorf nie wieder Rotbeerensoße essen.« Vanessa träufelte das süße rote Zeug auf die glatte Oberfläche einer Eiercreme. »Trotzdem schmeckt sie hier ebenso gut wie dort, und diesmal bin ich wenigstens sicher, dass keine schädliche Droge hineingemischt ist.«

In diesem Augenblick trat Jaelle ein, und alle drehten sich zu ihr um.

»Wir haben dir eine reichliche Portion aufgehoben«, sagte Vanessa. »Aber wahrscheinlich ist sie kalt wie das Herz eines Banshees.«

»Banshee-Herz, gekocht oder gebraten, ist eine Speise, die ich niemals zubereiten würde«, erklärte Cholayna. »Wenn der Rest zu kalt ist, können wir ihn wahrscheinlich in der Küche aufwärmen lassen.«

»Nein, das macht nichts. Kalter Rabbithornbraten wird bei den feinsten Banketten serviert.« Jaelle nahm Platz und bediente sich mit Rabbithorn und Pilzen. Ihr Gesicht war kalt und verschlossen.

»Was war das für eine Botschaft von Rafi, Liebes?«, erkundigte Magda sich.

»Nichts weiter, als dass ich ihr so schnell wie möglich nachkommen soll«, antwortete Jaelle. »Aber Arlinda hatte noch eine andere Botschaft für mich.« Danach schwieg sie so lange, dass Vanessa schließlich kriegerisch fragte: »Und? Ist sie ein so großes Geheimnis?«

»Gar nicht. Heute Abend, so sagte Arlinda mir, wird eine kommen, wahrscheinlich von jenem Ort, und mit uns sprechen. Und aus der Art, wie Arlinda von ihr sprach, erkannte ich, dass sie Angst hat. Wenn nun die Schwesternschaft so voller Güte ist, wie ich es immer gehört habe, braucht sich eine Frau wie Arlinda doch nicht vor ihr zu ängstigen! Was Arlinda hier in Nevarsin, einer *Cristofero*-Stadt, zu Stande gebracht hat, ist fast unglaublich. Warum zittert sie vor der Schwesternschaft?« Jaelle goss sich von dem gewürzten Wein ein, nippte daran und schob den Becher weg.

»Also sollen wir verhört werden«, sagte Camilla. »Das ist Teil jeder Suche, Shaya, Liebes. Die Göttin weiß, dass du nichts zu befürchten hast. Glaubst du wirklich, man wird etwas an uns auszusetzen haben?«

»Oh, wie soll ich das wissen? Wie soll ich wissen, was sie verlangen?« Jaelle kaute kaltes Rabbithorn so gleichgültig, als sei es eine Notration. Ihr Gesicht verriet nichts. »Sie werden mir im Namen der Göttin Fragen stellen, und ich weiß nicht, was ich ihnen antworten soll.«

Diese Haltung passte Camilla gar nicht. »Du bist, was du bist, *Chiya,* wie wir alle sind, was wir sind, und keine von uns kann anders sein. Was mich betrifft, bringe ich diesen Frauen von der schwarzen Schwesternschaft nicht mehr Verehrung entgegen als ihrer Göttin. Hat sie mich nicht in eine Welt hinausgestoßen, die mich behandelt hat, wie ich, die ich nur ein Mensch bin, das niedrigste Geschöpf nicht behandeln würde? Meint ihre Göttin es schlecht mit mir? Dann will ich von ihr den Grund wissen, denn als das Unglück mich traf, war ich noch so jung, dass ich gar nichts Böses getan haben konnte, um es zu verdienen. Meint sie es dagegen gut mit mir, will ich sie fragen, warum sie sich eine Göttin nennt, wenn sie doch machtlos war, Böses zu verhindern. Und sobald ich ihre Antwort gehört habe, will ich über sie urteilen, wie sie oder ihre Stellvertreterinnen mich zu beurteilen gedenken!« Sie goss sich noch einmal ihren Weinbecher voll. »Fürchtet euch doch nicht vor diesen Frauen, die vorgeben, in Ihrem Namen zu sprechen.«

»Ich fürchte mich nicht«, erklärte Jaelle langsam. »Ich wundere mich, warum Arlinda sich fürchtet, das ist alles.«

Cholayna hatte ihren Schlafsack – den Einzelschlafsack terranischer Machart – auf dem Boden ausgebreitet, lehnte sich auf ihre Satteltaschen und ihr Bündel als Kissen zurück und schrieb in ein kleines Buch. Sie hatte, dachte Magda, auf bewundernswerte Weise zu den Gewohnheiten einer Feldagentin zurückgefunden. Vanessa wandte große Sorgfalt darauf, ihr Haar zu kämmen und zum Flechten abzuteilen.

Magda überlegte, ob sie dem Beispiel der einen oder der anderen folgen sollte, und war schon dabei, ihren Schlafsack aus seiner Hülle zu ziehen, als eins der Lehrmädchen hereinkam. Sie trug ein gestricktes Lederkissen, einen Sitz für einen geehrten Gast. Hinter dem Mädchen trat Arlinda selbst ein. Magda erwartete, dass sie sich auf das Kissen setzen werde, doch das tat sie nicht. Sie ließ sich mit dem Rücken zur Wand auf dem Fußboden nieder, die Beine unter der schweren Segeltuchschürze gekreuzt, die muskulösen Arme in die Seiten gestemmt, Erwartung ausstrahlend.

Dann kam eine Frau ins Zimmer, und alle blickten sie zu ihr auf.

Sie war nicht besonders groß, aber irgendwie schien sie mehr Raum einzunehmen, als ihr Körper brauchte. Das war ein Trick der Präsenz; Magda hatte mehrere Leute kennen gelernt, die ihn beherrschten. Nur selten waren es Frauen. Das dunkelrote Haar war am Hinterkopf zu einem festen Knoten gedreht und mit einer Kupfernadel oder dergleichen fest gesteckt. Ihre Kleider waren von besserer Qualität als alles, was Magda bisher im Bad oder in den Werkstätten der Lederarbeiterinnen gesehen hatte, und sie wusste sie zu tragen. Das war ungewöhnlich in dieser strengen Stadt der *Cristoferos*, wo

Frauen vor allem bescheiden zu sein hatten. Ihre Augen, von einem hellen Grau, blickten befehlsgewohnt unter ihrem aufgetürmten Haar hervor.

Sie setzte sich mit größter Selbstverständlichkeit auf den Ehrenplatz. Magda warf einen Blick zu Arlinda hinüber und bemerkte, dass sich die stämmigen Arme der Frau mit einer Gänsehaut überzogen hatten, als sei ihr kalt.

Was, im Namen aller Götter sämtlicher Planeten innerhalb und außerhalb des Imperiums, hat sie zu fürchten? Magda hätte nie gedacht, dass irgendetwas dieser alten Amazone – die dieser Bezeichnung eher gerecht wurde als jede Entsagende – Angst machen konnte.

»Ich bin die *Leronis* Acquilara«, verkündete die Fremde. Sie musterte eine nach der anderen. »Wollt ihr mir eure Namen nennen?«

Einmütig warteten alle darauf, dass Jaelle den Anfang machte.

»Ich bin Jaelle n'ha Melora«, antwortete Jaelle leise. »Das sind meine Gefährtinnen.« Sie gab ihre Namen an. »Wir sind aus dem Thendara-Gildenhaus in der Stadt gleichen Namens.«

Acquilara hörte zu, ohne einen Muskel ihres Gesichts oder ihre Augen zu bewegen. Ein beeindruckender Trick! Magda überlegte, wie alt die Frau sein mochte. Sie konnte es nicht erraten. Ihr Gesicht trug weniger Falten als das Camillas, doch die Hagerkeit ihrer Finger, die Beschaffenheit ihrer Haut verrieten Magda, dass das keine junge Frau war. Schließlich wandte Acquilara den Kopf Cholayna zu. Es geschah sehr bewusst, als bewege sie sich nur, wenn sie sich dazu entschlossen habe, und niemals aus einem anderen Grund.

»Ich habe einmal eine Frau mit deiner Hautfarbe gesehen«, sagte Acquilara. »Sie war in ihrer Kindheit mit einer metallischen Substanz vergiftet worden. Das ist bei dir nicht so.« Es war keine Frage, sondern eine Feststellung. Sie wirkte sehr selbstzufrieden, als warte sie darauf, dass alle ihre Klugheit anerkannten, mit der sie ein solches Rätsel gelöst hatte.

Cholayna erwiderte mit ebensolcher Gelassenheit: »Es ist nicht so. Ich kenne viele Fälle von Schwermetallvergiftung, aber meine Haut war schon bei meiner Geburt dunkel. Ich stamme aus einem fernen Land, wo alle Männer und Frauen wie ich sind.«

Die Augen der *Leronis* flackerten und richteten sich abrupt wieder auf Cholayna. Ansonsten war ihr Gesicht so starr, dass Magda erkannte, sie war überrumpelt worden. *Wir hätten uns beeindruckt zeigen sollen, und den Spaß haben wir ihr verdorben.* Diese Frau war voller Arroganz. Magda hatte sich eine Gesandte der geheimnisvollen Schwesternschaft eher wie Marisela vorgestellt, schlicht und gütig.

War dies eine Art von Test?, fragte sie sich unwillkürlich. Sie sah zu ihrer Freipartnerin hinüber, versuchte ihr eine Warnung zu übermitteln: *Sei vorsichtig, Jaelle!*

Es gelang ihr nicht. Sie hatte ein taubes Gefühl im Kopf, die Luft im Zimmer schien Gedanken nicht weiterzutragen. *Also haben wir eine Demonstration ihrer Macht erlebt, wenn auch nicht die, die sie beabsichtigt hatte.*

Der Anblick der alten Amazone, die dort an der Wand kauerte, erregte Magdas Zorn, nicht nur auf Arlinda ihrer Angst wegen, sondern auf die *Leronis,* weil sie die Angst hervorrief. Warum versuchte eine Gesandte der Schwesternschaft, sie in Schrecken zu versetzen? Magda fiel die alte Frau ein, von der sie am Ravensmark-Pass geträumt hatte. Aber sie fürchtete sich vor dieser Acquilara mehr als damals vor der Traumgestalt.

Acquilara ergriff von neuem das Wort.

»Ich habe gehört, dass ihr nach einer gewissen Stadt sucht.«

Jaelle verschwendete keine Worte. »Seid Ihr geschickt worden, uns hinzuführen?«

Sofort merkte Magda, ohne sagen zu können, woran, dass Jaelle die Frau verärgert hatte. Acquilara veränderte ihre Position. Nachdem sie so lange still gesessen hatte, war diese Bewegung so überraschend, als sei sie mit lautem Gebrüll aufgesprungen.

»Wisst ihr, was ihr verlangt? Es gibt Gefahren ...«

»Wenn wir Gefahren scheuen würden«, gab Jaelle zurück, »wären wir nicht so weit gekommen.«

»Du meinst, du weißt etwas über Gefahren? Ich sage dir, Mädchen, diese Gefahren, denen ihr unterwegs ausgesetzt wart – Banshees, Räuber, alle Dämonen der hohen Pässe –, sind nichts, gar nichts, gegen die Gefahren, denen ihr euch noch stellen müsst, bevor ihr in jene Stadt gebracht werdet. Nicht ich erlege euch diese Prüfungen auf, glaub mir. Das tut die Göttin, der ich diene. Ihr ruft diese Göttin an, ihr Entsagenden. Aber würdet ihr es wagen, vor ihr Angesicht zu treten, falls sie kommen sollte?«

»Ich habe keinen Grund, sie zu fürchten«, erklärte Jaelle entschlossen.

»Du meinst, du weißt etwas über Furcht?« Acquilara maß Jaelle mit einem herablassenden Blick und nahm sich nun Camilla vor.

»Und du. Du suchst diese Stadt? Zu welchem Zweck? Es ist eine Stadt der Frauen. Wie kannst du, die du deine Weiblichkeit abgelegt hast, dort eingelassen werden?«

Camillas blasses Gesicht rötete sich vor Zorn. Magda musste an die Schulungssitzungen im Gildenhaus denken, bei denen man die frisch ins Gildenhaus gekommenen jungen Frauen provozierte und in die Verteidigung drängte, damit sie gedankliche Klarheit gewannen. Als junge Mädchen waren sie darauf gedrillt worden, was sie zu denken und zu empfinden hätten, und darüber sollten sie hinwegkommen. Wurden sie jetzt einer ähnlichen Prozedur unterzogen, und warum? Und warum ausgerechnet durch diese Frau, diese *Leronis,* wenn sie überhaupt eine *Leronis* war?

»Warum behauptet Ihr, ich hätte meine Weiblichkeit abgelegt, wenn Ihr mich in der Gesellschaft meiner Schwestern aus dem Gildenhaus findet?«

»Wo sonst hättest du eine so gute Gelegenheit, zu prahlen und den Mann zu spielen?«, höhnte Acquilara. »Meinst du, ich kann dich nicht lesen, wie ein Waldbewohner die Spuren im ersten Schnee liest? Willst du vielleicht leugnen, dass du jahrelang als Mann unter Männern gelebt hast? Und jetzt bildest du dir ein, du könntest wieder zur Frau werden? Dein Herz ist das Herz eines Mannes – hast du das nicht bewiesen, indem du dir eine Frau zur Liebsten nahmst?«

Camillas Gesicht verzog sich vor Zorn und Schmerz. Bestimmt war diese Frau eine *Leronis,* wie hätte sie sonst Camillas schwache Stellen so genau treffen können? Doch Magda, so lange Camillas Liebhaberin, wusste besser als jeder andere Mensch, wie ungerecht das war. Camillas verstümmelter Körper mochte geschlechtslos – *emmasca* – wirken, und doch war Camilla ganz Frau.

»Du, die du die Göttin in dir leugnest, wie willst du dich vor ihr rechtfertigen?«

Camilla sprang auf, ihre Hand fuhr ans Messer. Magda wollte sich auf sie stürzen und sie an der übereilten Tat hindern, die sie im Sinn haben mochte. Aber sie saß da wie gelähmt, unfähig, einen Muskel zu rühren oder ihrer Freundin eine Warnung zuzurufen.

»Ich werde mich vor der Göttin rechtfertigen, wenn sie sich vor mir rechtfertigt!«, rief Camilla. »Und ich werde mich vor ihr selbst rechtfertigen, nicht vor ihrer Gesandten. Bist du beauftragt, uns in jene Stadt zu führen, so führe uns. Aber wage es nicht, uns auf die Probe zu stellen. Das ist Sache der Göttin, nicht die ihrer Lakaien.« Sie stand vor der *Leronis,* und für einen Augenblick war es ein Wettstreit an Selbstbewusstsein.

Magda war sich später nie sicher, was als Nächstes geschah. Blaues Feuer blitzte auf, und Camilla taumelte zurück. Sie fiel eher auf den Schlafsack nieder, als dass sie sich setzte.

»Du denkst, du kennst die Göttin.« Acquilara war ganz Verachtung. »Du bist nichts anderes als die Bäuerinnen, die zu der hellen Evanda beten, sie möge ihre Gärten blühen und ihr Milchvieh gesunde Kälber gebären lassen und ihnen schöne, starke Liebhaber und kräftige Kinder schenken. Und sie beten zu der schützenden Avarra, sie möge die Schmerzen der Geburt und des Todes lindern. Aber sie wissen nichts von der Göttin. Sie ist die Dunkle, grausam und für sterbliche Frauen unbegreiflich, und ihr Dienst ist ein Geheimnis.«

»Wenn er ein Geheimnis ist«, sagte Vanessa – die ganze Zeit hatte sie schweigend auf ihrem Schlafsack gesessen, zugehört, aber nicht gesprochen –, »warum erzählt Ihr uns dann von ihr?«

Acquilara stand auf.

»Ihr Mädchen ...« – sie schloss sogar die reife Cholayna in ihren Hohn ein – »... bildet euch ein, ihr könntet die Göttin benutzen? Die Wahrheit ist, dass sie euch in einer Art benutzen wird, die ihr euch nicht einmal vorstellen könnt. Sie ist grausam. Ihre einzige Wahrheit ist die Notwendigkeit. Wie wir alle seid ihr Korn für ihre Mühle, und sie wird euch darin zermahlen. Eure Freundin hat das gesehen und um einen Platz für euch gebeten. Seid bereit, wenn sie euch ruft!«

Sie drehte ihnen den Rücken und schritt hinaus, ohne sich noch einmal umzublicken. Das Lehrmädchen ergriff wortlos das Lederkissen und folgte ihr.

Arlinda wand sich vor Angst.

»Ihr hättet sie nicht erzürnen dürfen«, flüsterte sie. »Sie hat große Macht! Oh, ihr hättet sie nicht zornig machen sollen.«

»Mich kümmert es nicht, ob sie die Göttin selbst ist«, erklärte Jaelle brüsk. »Sie hat mich gegen den Strich gebürstet. Aber wenn sie Lexie und Rafaella in ihrer Gewalt hat, müssen wir gute Miene zum bösen Spiel machen – zumindest eine Weile.«

Vanessa hatte von neuem begonnen, ihr Haar zu kämmen, und flocht es jetzt in ein halbes Dutzend dünne Zöpfe, damit es sich nicht verwirrte. »Dann glaubst du, dass sie Lexie und Rafaella hat?«

Jaelle wandte sich Arlinda zu. »Ist Rafi mit ihr gegangen?«

Arlinda schüttelte den Kopf und murmelte: »Wer bin ich, dass ich über ihr Kommen und Gehen Bescheid wissen soll? Sie ist eine *Leronis;* was immer sie will, wird sie tun ...«

Das erschreckte, ja, es entsetzte Magda. Arlinda war ihr so stark, so herzhaft und zäh vorgekommen, und jetzt brabbelte sie wie eine senile alte Frau. Bald darauf gab sie Jaelle einen Gutenachtkuss und ging, und die Gruppe war allein.

»Wir gehen besser zu Bett«, meinte Jaelle. »Wer weiß, was hier noch auf uns wartet! Haltet eure Messer griffbereit.«

Vanessa sah sie entgeistert an. »Hast du nicht gesagt, hier bei Arlinda seien wir so sicher wie im Gildenhaus ...?«

»Auch ein Gildenhaus kann in Brand geraten oder so etwas. Arlinda hat sich verändert, seit ich sie vor zehn Jahren das letzte Mal gesehen habe. Sitzt zitternd in der Ecke, während die alte Hexe ihre Gäste einschüchtert! Früher hätte sie Acquilara – oder wie die so genannte *Leronis* sich nennt – mit einem Tritt in den Hintern auf die Straße befördert.«

»Hältst du sie nicht für eine *Leronis?«,* fragte Magda.

»Teufel, nein.« Jaelle senkte die Stimme und spähte vorsichtig umher, als glaube sie, Acquilara könne unsichtbar in einer Ecke lauern.

»Sie hat sich viel Mühe gegeben, uns mit ihrem Wissen über uns zu beeindrucken. Zum Beispiel damit, dass Camilla als

Mann gelebt habe. Sie hätte jedes ihr zur Verfügung stehende Mittel ergriffen, um uns in Nachteil zu versetzen.« Jaelle hielt inne und sah von Cholayna zu Vanessa.

»Aber sie ist nicht darauf gekommen, dass ihr drei Terranerinnen seid. Was ist denn das für eine *Leronis?*«

18

Du hast Recht.« Stirnrunzelnd überlegte Magda, was sich daraus ableiten lassen mochte. »Ihr sind Dinge entgangen, die sogar Lady Rohana wahrgenommen hätte. Dieser ›großen *Leronis*‹ scheint es an mentalen Fähigkeiten zu mangeln, obwohl«, setzte sie grimmig hinzu, »sie offensichtlich einige körperliche Fähigkeiten besitzt.«

Camilla saß immer noch stumm auf ihrer Bettrolle. Magda ging zu ihr.

»*Breda,* hat sie dich verletzt?«

Eine schreckliche Minute lang antwortete Camilla nicht, und vor Magdas geistigem Auge blitzte das Bild Arlindas auf, die plötzlich wie eine senile alte Frau gestammelt hatte. Dann atmete Camilla tief ein und wieder aus.

»Nein. Nicht verletzt.«

Vanessa fragte: »Was hat sie dir eigentlich getan, Camilla? Ich konnte es nicht sehen.«

»Woher soll ich das wissen? Diese Teufelsbrut in der Gestalt einer Frau hat nur mit dem Finger auf mich gezeigt, und da trugen mich meine Beine nicht mehr. Ich fiel in einen Abgrund, der von allen Winden der Welt zerrissen wurde. Dann fand ich mich hier sitzend wieder, unfähig, zu sprechen oder mich zu bewegen.«

Vanessa erklärte: »Wenn *das* eine Repräsentantin eurer Schwesternschaft war, habe ich keine sehr hohe Meinung von dem Verein.«

Cholayna als geschulte Agentin versuchte, die Situation zu analysieren. »Du sagst, Jaelle, dass sie nicht die mentalen Fähigkeiten hat, die man bei den meisten *Comyn* voraussetzt. Die physischen Fähigkeiten, die sie zeigte, hätte auch eine Betäubungspistole. Sie macht es mit ihrem Auftreten und dem alten Trick ›Ich weiß, was du denkst‹. Auf mich wirkte sie, als ziehe sie zu Betrugszwecken eine Schau ab.«

»Du hast Recht«, stimmte Vanessa ihr zu. Sie stand auf und intonierte feierlich: »›Vertraut mir, liebe Kinder! Ich bin die Stellvertreterin der Einen wahren Göttin; ich sehe alles, weiß alles; ihr seht nichts, wisst nichts!‹« Sie ließ die Pose fallen und blickte nachdenklich drein. »Sie sagte, wir würden *gerufen* werden. Was mag sie damit gemeint haben?«

»Ich habe keine Ahnung«, gestand Jaelle. »Aber wenn *sie* mich rufen würde, ginge ich nirgendwohin – nicht aus diesem Haus, nicht ins nächste Zimmer, nicht einmal in den *Cristofero*-Himmel.«

»Wir dürften keine andere Wahl haben«, gab Cholayna zu bedenken. »Wenn sie, wer und was sie auch sein mag, Anders und Rafaella hat oder zumindest weiß, wo sie sind ...«

Jaelle nickte finster. »Richtig. Doch wir werden hier bleiben, so lange wir können. Im Augenblick gehen wir am besten zu Bett, damit wir für das, was man mit uns vorhat, ausgeruht sind. Soll ich die erste Wache übernehmen?«

Cholayna legte das kleine Buch weg, in das sie geschrieben hatte. Vanessa band einen Schal um ihr geflochtenes Haar und kuschelte sich in ihren Schlafsack. Camilla lehnte sich mit dem Rücken an die eine Wand, die keine Türen hatte, und sagte leise zu Magda: »Ich komme mir dumm vor, aber zum ersten Mal seit vielen Jahren fürchte ich mich, allein zu sein. Komm und schlaf neben mir.«

»Gern.« Magda legte ihren Schlafsack so, dass Camilla zwischen ihr und der Wand geschützt war. »Ich bin überzeugt, diese Kreatur – ich weigere mich, sie eine *Leronis* zu nennen – würde uns Alpträume schicken, wenn sie es fertig brächte.«

Das Feuer brannte niedrig. Jaelle hatte eine Lampe brennen lassen und saß auf ihrem Schlafsack, das Messer griffbereit.

Magda berührte das Heft ihres ... Jaelles Messer. Vor Jahren hatten sie nach dem alten darkovanischen Ritual die Messer ausgetauscht und sich auf diese Weise aneinander gebunden. Ihr war die Waffe jetzt so vertraut wie ihre eigene Hand.

Sie dachte: Ich sollte versuchen, ihnen im Verbotenen Turm mitzuteilen, dass wir sicher hier angekommen sind. Und ich möchte mich vergewissern, dass es den Kindern gut geht. Sie legte sich zurecht, eine Hand auf dem seidenen Beutel an ihrem Hals, in dem ihre Matrix ruhte. Schläfrig ließ sie ihren Geist hinauswandern. Gleich darauf war sie in der Überwelt, sah durch die Gräue auf ihren anscheinend schlafenden Körper und die reglosen Gestalten ihrer vier Gefährtinnen nieder.

Sie bemühte sich, weiter in die graue Welt einzudringen, die Landmarke des Verbotenen Turms zu erkennen, aber irgendetwas hielt sie im Zimmer fest. Unfähig, sich zu bewegen, hing sie dort und hatte das vage Gefühl, dass etwas nicht stimmte. Sie betrachtete eine ihrer Freundinnen nach der anderen, kämpfte vergeblich gegen die Kraft, die sie gefangen hielt. So etwas hatte sie noch nie erlebt, und während sie außerhalb ihres Körpers frei von physischen Empfindungen war, wurde sie doch von einer nagenden Furcht gequält, die wirklichem Schmerz nahe kam.

Was konnte das sein? Alles machte einen ganz normalen Eindruck. Jaelle hielt Wache. Cholayna lag auf der Seite, das Gesicht im Kissen vergraben, so dass nur die helle Haarmähne von ihr sichtbar war. Vanessa hatte sich unter ihren Decken verkrochen wie ein Kind. Camilla warf sich im Schlaf unruhig herum und sprach mit sich selbst. Ihr Gesicht war verzerrt. Im Stillen verdammte Magda die angebliche *Leronis* in jeder Sprache, die ihr geläufig war.

Anfangs leise, dann lauter hörte sie ein Geräusch in der Stille der Überwelt. Es war das Krächzen von Krähen. Dann sah sie sie, verhüllte Gestalten, nebelhafte Bilder, die allmählich klarer wurden. Ein Gefühl des Wohlbehagens überkam sie. *Ja, dies ist der richtige Weg. Wir tun das, wozu wir geboren worden sind.*

Die Furcht kehrte zurück, stärker als zuvor. Die rauen Warnrufe der Krähen gellten durch die Überwelt. Ein schärferer Schrei erklang in dem Raum, der nicht wirklich der Raum war. Habichte! Von irgendwo tauchten dutzende von Habichten auf und stießen aus allen Richtungen auf die Krähen nieder. Wie eine gewaltige Welle ging eine Emotion von den Habichten aus, zusammengesetzt aus Zorn, Enttäuschung und Eifersucht – es erinnerte Magda an die terranische Legende von Luzifer und seinen gefallenen Engeln, die aus dem Himmel geworfen wurden und auf ewig versuchen, andere das nicht erreichen zu lassen, was sie selbst verloren haben.

Zwei Habichte, blutig, mit stiebenden Federn, stürzten auf Camilla nieder, die schreiend erwachte. Magda sprang förmlich in ihren Körper zurück.

Hatte Camilla überhaupt geschrien? Sie saß bolzengerade in ihrem Schlafsack, die Augen wild, die Arme ausgestreckt, um eine unsichtbare Bedrohung abzuwehren. Magda fasste sie an der Schulter. Camilla blinzelte und wurde jetzt erst richtig wach.

»Die Göttin bewahre mich«, flüsterte sie. »Ich habe sie gesehen, zehntausend Teufel ... und dann kamst du, Margali, mit ...« Stirnrunzelnd brach sie ab, und schließlich fragte sie verwirrt: »Mit *Krähen?*«

»Du hast geträumt, Kima.« Der selten benutzte, selten erlaubte Kosename zeigte, wie verstört Magda war.

Camilla schüttelte den Kopf. »Nein. Du hast einmal davon gesprochen, die Boten der Dunklen Dame nähmen Krähengestalt an. Ich verstehe das nicht recht ...«

»Ich auch nicht.« Magda hatte eine Vision von Avarra, Herrin des Todes und der Gewalten, die niederbrechen und hinwegtragen, was seine Nützlichkeit eingebüßt hat. Krähen, Aasfresser, die die Abfälle der Vergangenheit beseitigen ...

Habichte, Raubvögel, die sich von lebendem Fleisch nähren ...

Vanessa murmelte protestierend und kroch tiefer in ihren Schlafsack hinein. Voller Gewissensbisse sah Magda ihre Gefährtinnen an. Es war Unrecht, sie zu stören. Sie stand auf, ging zur Feuerstelle und kniete sich neben Jaelle.

Im Flüsterton fragte sie: »Hast du etwas gesehen?« Jaelle schrak aus unruhigem Schlummer hoch.

»O weh! Was bin ich für ein Wachposten! Wir hätten alle in unsern Betten ermordet werden können!« Sie machte eine nervöse Handbewegung zum Feuer hin. »In den Flammen habe ich ... Frauen gesehen, in Kutten mit Kapuzen gekleidet, mit Gesichtern von Habichten. Sie kreisten um uns ... Margali, deine Schwesternschaft gefällt mir nicht.«

Magda winkte Camilla heran.

»Wir haben sie beide gesehen. Ich glaube, die Habichte sind ... sind Acquilaras Truppe, wenn du dir darunter etwas vorstellen kannst, und mit der *wirklichen* Schwesternschaft haben sie nichts zu tun. Die wirklichen Schwestern sind uns nahe. Sie werden uns beschützen, wenn wir auf sie hören. Hören wir jedoch auf Acquilara und ihre Drohungen und Aufforderungen ...«

»Ja«, bestätigte Camilla schroff, »auch ich habe eine Warnung erhalten. Wenn wir hier bleiben, wären wir besser von den Händen der Räuber gestorben. Diesmal sind nicht unsere Körper in Gefahr. Sie greifen die inneren Bastionen unseres Geistes an. Unsere Seelen, wenn ihr so wollt. Ich fürchte mich nicht vor Arlinda oder ihren Mädchen, aber sie haben es zugelassen, dass sich dies Haus geöffnet hat ...« Sie verstummte und meinte dann verwirrt: »Ich weiß nicht, was ich da rede. Ist es das, was ihr beiden meint, wenn ihr von *Laran* sprecht?«

Jaelle sah bestürzt von der einen zur anderen. »Was sollen wir tun?«

»Schleunigst von hier verschwinden«, antwortete Camilla. »Nicht einmal auf Tageslicht warten.«

»Ein schlechtes Entgelt für Gastfreundschaft«, sagte Jaelle zögernd.

»Eine schöne Gastfreundschaft ist das«, stellte Camilla trocken fest, »die eine solche Zauberin – ich will ihr den Ehrentitel *Leronis* nicht geben – auf uns loslässt.«

Jaelle konnte sich nicht entschließen.

»Trotzdem hat Cholayna Recht. Wenn die Zauberin Rafi – und Leutnant Anders – hat, dürfen wir sie nicht in ihrer Gewalt lassen. Sie könnte uns zu ihnen führen ...«

»Ich glaube, sie lügt, damit wir ihr folgen«, erklärte Camilla.

»Im Namen der Göttin, aus welchem Grund?«, fragte Magda. »Was könnte sie mit uns vorhaben, und warum sollte sie versuchen, uns zu täuschen?«

Camilla schüttelte den Kopf. »Ich weiß es nicht. Jedenfalls glaube ich kein Wort, das sie sagt. Wenn sie uns erzählte, Liriel gehe am östlichen Horizont auf, würde ich zum Himmel blicken, um mich zu vergewissern.«

Sieben Jahre lang hat es mich bekümmert, dass Camilla das Laran, *mit dem sie geboren ist, nicht benutzen wollte. Jetzt, wo sie es tut, widerspreche ich ihr dauernd,* dachte Magda. Sie nahm Jaelles Verzweiflung wahr: Das Leben Lexies und Rafaellas mochte davon abhängen, was sie in den nächsten paar Stunden taten oder unterließen.

Sie dachte: *Zur Hölle mit beiden* und nahm den Gedanken schnell zurück. Schon vor Jahren hatte sie gelernt, dass ein Gedanke etwas sehr Reales ist. Auch ohne das *Laran* der Altons zu besitzen, die mit einem mörderischen Gedanken töten konnten, wollte sie Rafaella, die Jaelles älteste Freundin war, nichts Böses wünschen. Sie hätte Rafaella gern geohrfeigt –

ernstlich verletzt oder gar getötet sollte sie nicht werden. Der Tod oder die Hölle wären eine zu harte Strafe für Rafaellas und Lexies törichte Tat.

Wie also sollten sie vorgehen?

»Einmal angenommen, sie hat die Wahrheit gesprochen – wenn auch nur, um uns zu verwirren –, und sie hat Lexie und Rafaella tatsächlich?«, fragte Magda. »Was tun wir dann?«

»Warten, bis sie wiederkommt. Ich garantiere, dass ich es aus ihr herausbringe.« Camilla legte die Hand auf ihr Messer und ließ sie mit verlegenem Gesicht wieder fallen. »Darin war ich heute Abend nicht besonders gut, wie?«

Jaelle sagte: »Nein. Auf diese Weise besiegen wir sie nicht. Etwas Ungeschickteres könnten wir gar nicht tun. Sie wäre im Stande, die ... die Emotionen gegen uns zu kehren. Verstehst du, was ich sagen will, Magda?«

»Sie würde uns dazu bringen, untereinander zu kämpfen. Die eine gegen die andere. Das mag die ganze mentale Kraft sein, die sie besitzt, aber ich bin überzeugt, das oder etwas noch Schlimmeres brächte sie fertig. Seht euch doch an, was sie Arlinda angetan hat.«

»Im Namen aller Götter und Göttinnen, die jemals existierten«, brach Camilla los. »Welche *Gründe* hat sie dazu? Erzählt mir nicht, sie habe sich in unser Leben eingemischt, uns angelogen und ihre Dämonen auf uns gehetzt, nur weil es ihr Spaß macht! Selbst wenn sie einen bizarren Sinn für Humor und Freude am Lügen hat, welchen Vorteil verspricht sie sich davon? Böse mag sie sein, aber ich glaube nicht an die Zauberin, die Böses um seiner selbst willen tut. Was meint sie, von uns bekommen zu können? Stände ihr der Sinn nach Diebstahl, brauchte sie nicht Zuflucht zu diesem Hokuspokus zu nehmen. Es wäre einfacher, Arlindas Hunde und Wächterinnen zu bestechen.«

Nach langem Überlegen meinte Jaelle: »Möglicherweise ist

es ein Versuch, uns von den Richtigen fern zu halten. Von der richtigen Schwesternschaft.«

Camilla schnaubte verächtlich. »Ich bringe es gerade noch fertig, an *eine* Schwesternschaft weiser Priesterinnen zu glauben, die im Namen der Dunklen Dame über die Menschheit wachen. *Zwei* überfordern meine Glaubensfähigkeit, Shaya.«

»Nein, Camilla, im Ernst. In allen Legenden heißt es, wir würden geprüft werden. Wenn die Schwesternschaft das ist, was die Leute sagen, muss sie Feinde haben. Wirkliche Feinde, denn warum würde sie sonst so im Geheimen wirken? Ich kann mir sehr gut vorstellen, dass es – nun, andere gibt, eine rivalisierende Schwesternschaft vielleicht. Die Zweite hasst alles, für das die Erste eintritt, und scheut vor nichts zurück, um Sucher daran zu hindern, in die geheime Stadt zu gelangen. Und die echte Schwesternschaft lässt sie gewähren, weil ... weil es ernsthaften Suchern das Durchkommen erschwert. Denn sicher wollen sie dort nicht von Leuten der Art belästigt werden, die sich von Acquilara und ihresgleichen beeinflussen lassen.«

»Du hast deinen Beruf verfehlt, Jaelle. Du solltest Balladensängerin auf dem Marktplatz sein. Noch nie habe ich ein so phantastisches Melodrama gehört«, spöttelte Camilla.

Jaelle zuckte die Schultern. »Ob es stimmt oder nicht, die Hauptfrage wird dadurch nicht beantwortet. Diese Acquilara mag eine Lügnerin, eine Diebin, eine Unheilstifterin oder die Vertreterin einer rivalisierenden Schwesternschaft sein, unser Problem bleibt das Gleiche. Hat sie Rafaella und Lexie, oder hat sie in dem Punkt ebenfalls gelogen? Wie können wir feststellen, ob sie sie hat, und wenn sie sie hat, was sollen wir tun? Wenn eine von euch darauf eine Antwort weiß, will ich ihr gern zuhören, Melodrama hin oder her. Ich würde ungern von hier weggehen, ohne sicher zu sein, ob Rafaella sich in der Gewalt dieser Frau befindet.«

Immer wieder kamen sie darauf zurück, dachte Magda frustriert. Sie drehten sich im Kreis, ohne an ein Ziel zu gelangen, und das sagte sie ihnen.

»Du könntest dich ebenso gut hinlegen, Jaelle. Camilla und ich werden doch nicht mehr einschlafen nach diesem ...« Sie wollte nicht *Angriff* sagen. Es konnte ja ein Traum gewesen sein, den sie zu dritt geteilt hatten, erzeugt von ihrem Misstrauen und der Angst vor diesem Haus. Jaelle fing den Gedanken auf.

Zögernd schlug sie vor: »Es ist eigentlich noch nicht spät. Ohne den harten Ritt, der hinter uns liegt, würde keine von uns schon zu Bett gehen wollen. Arlindas Lehrmädchen sind sicher noch wach, trinken und tanzen in ihrem Gemeinschaftsraum oder sind im Bad. Ich will gehen und nachforschen, ob die eine oder andere mit Rafi gesprochen hat, als sie hier war.«

»Eine gute Idee! Lass mich mitkommen, *Chiya*«, bat Camilla. Jaelle schüttelte den Kopf.

»Sie werden offener mit mir reden, wenn ich allein bin. Die meisten sind in meinem Alter oder jünger, und früher gab es hier zwei oder drei, zu denen ich Vertrauen hatte. Falls sie noch da sind, werde ich mich an sie wenden.« Sie fuhr mit den Füßen in die Stiefel. »Ich versuche, vor Mitternacht zurück zu sein.« Damit schlüpfte sie hinaus.

19

Nachdem Jaelle gegangen war, schleppte die Nacht sich hin. Magda und Camilla schwiegen bis auf ein paar kurze Bemerkungen über die Reise. Magda wurde schläfrig, wagte es jedoch aus Angst vor einem erneuten Angriff nicht, sich hinzulegen und die Augen zuzumachen. Sie schalt sich unvernünftig, aber der Gedanke, diese niederstürzenden Habichte noch einmal sehen zu müssen, entsetzte sie. Und obwohl Camilla sich gleichmütig zeigte, empfand sie genauso.

Cholayna schlief unruhig. Magda fürchtete, dass die Terranerin zumindest böse Träume hatte. Magda weckte sie nicht.

Cholayna brauchte den Schlaf. Alpträume würde sie bestimmt überleben; Magda hatte andere Befürchtungen. Cholaynas Atemzüge hörten sich an, als leide sie unter den ersten Symptomen der Höhenkrankheit. Wie sollte die ältere Frau durch die schreckliche Wildnis jenseits von Nevarsin kommen? Im Grunde hatten sie mit dem Aufstieg gerade erst begonnen.

Cholayna war zäh, sie hatte bereits die Räuber, den Ravensmark- und den Scaravel-Pass überstanden, erschöpft, an Erfrierungen leidend, und doch immer noch obenauf. Trotzdem nahm sich Magda vor, Vanessa, die mehr über Berge und große Höhen wusste als jede andere von ihnen, zu bitten, dass sie ein Auge auf Cholayna hielt.

Als ob Vanessa das nicht sowieso täte! Schon wieder meine ich, alle anderen beschützen zu müssen. Das ist nicht meine Aufgabe, das muss ich endlich einsehen. Andere Leute haben das Recht, aus freiem Willen ein Risiko einzugehen.

Rings um sie verlangsamte sich der Puls der Nacht. Die schwachen Straßengeräusche erstarben fast ganz. Magda wusste das ferne Geläut der Klosterglocken nicht zu deuten, aber sie hatte ihren melancholischen Klang mehrmals gehört, bevor Jaelle zurückkam. Camilla, regungslos vor dem Feuer sitzend, hob den Kopf.

»Nun?«

Jaelle kam zu ihnen und ließ sich vor dem Feuer auf den Fußboden sinken.

»Ich habe zwei alte Freundinnen gefunden«, begann sie. Sie sprach leise, teils, um Vanessa und Cholayna nicht zu wecken, teils aber auch, weil sie fürchtete, von etwas belauscht zu werden, das sich gar nicht im Zimmer befand.

»Eine von ihnen kenne ich gut aus der Zeit, als ich häufig mit Kindra herkam. Ich war damals nicht älter als zwölf. Jessamy erinnerte sich an unsere Spiele. Sie erkannte Rafaella sofort wieder, als sie hier eintraf. Sie war in diesem Raum hier untergebracht.«

»Das habe ich mir gedacht«, nickte Camilla. »Aber warum haben sie denn nicht auf uns gewartet? Und war Anders bei ihr?«

»Jessamy sagt, ja. Anscheinend hatte Lexie leichte Erfrierungen, und sie blieben einen zusätzlichen Tag, damit sie die Reise in besserer Verfassung fortsetzen konnte. Jessamy hat mit Rafi nicht über persönliche Dinge und nicht unter vier Augen gesprochen, aber Rafi erzählte ihr, ich würde nachkommen – tatsächlich dachte Jessamy, die beiden beabsichtigten, hier auf mich zu warten. Deshalb überraschte es sie so, dass Rafi das Haus verließ, ohne ihr Lebewohl zu sagen oder auch nur das übliche Weggeschenk zurückzulassen.«

»Das sieht Rafaella nicht ähnlich«, stellte Camilla fest. »Ich bin mit ihr im Gebirge gereist. Sie war immer großzügig mit Trinkgeldern – das ist gut fürs Geschäft. Hier oben läuft das nicht anders – es schmiert sozusagen die Räder. Selbst wenn sie knapp bei Kasse gewesen wäre, hätte sie sich entschuldigt, gegeben, was sie konnte, und Versprechungen gemacht. Was mag da nur passiert sein?«

»Jessamy sagt, Arlinda sei gar nicht beunruhigt gewesen. Schließlich hatten sie für das Zimmer bezahlt, und sie fragt nie nach, was für Trinkgelder die Mädchen bekommen haben. Aber Rafaella ist früher schon mit Forschern und Bergsteigern abgestiegen, und, wie du sagst, Camilla, sie ist immer großzügig mit Trinkgeldern gewesen. Jessamy hat sich nicht beklagt, sie hat Rafi nicht kritisiert, sie erwähnte nur, Rafaella müsse in größter Eile gewesen sein. Sie hat nicht einmal die Frau bedacht, die ihr Sattelzeug reparierte, und die, die eins ihrer Ponys verarztete.«

Ein grimmiger Zug lag um Camillas Mund. »Einen besseren Beweis gibt es nicht. Rafi hätte sich niemals so verhalten, wenn sie den Wunsch hatte, wieder hier einzukehren und anständig bedient zu werden. Aus diesem oder jenem Grund sind sie hastig aufgebrochen, statt auf uns zu warten. Was willst du mehr? Wahrscheinlich hat diese Acquilara – oder wie sie sich nennt – sie mitten in der Nacht weggelockt.«

»Da sie hergekommen ist und mit uns gesprochen hat, kann sie nicht mit ihnen weggegangen sein«, widersprach Magda.

»Es sei denn, sie hat sie in irgendein Versteck gebracht«, sagte Jaelle. »Und wenn sie freiwillig mitgegangen sind, wie erklärst du es dir, dass Rafaella die üblichen Weggeschenke und Höflichkeiten vergessen hat?«

»Hat sie uns vielleicht damit einen Hinweis geben wollen, dass sie *nicht* freiwillig gegangen ist?«, überlegte Camilla.

»Und wenn Acquilara sie in der Nähe versteckt hält«, fiel Magda ein, »brauchen wir nur hier zu warten, und sie wird uns zu ihnen führen. Das ist ihre Absicht. Sie hat es gesagt.«

»Ich weiß nicht, wofür ihr euch entscheiden werdet«, sagte Camilla, »aber ich gehe in der Gesellschaft dieser Kreatur nirgendwohin. *Nirgendwohin,* versteht ihr mich? Ich möchte sie nicht im Rücken haben, und wenn sie gefesselt und geknebelt wäre.«

»Wenn sie Rafaella und Lexie hat ...«, begann Magda.

»Wenn Rafaella so dumm war, dieser bösen Zauberin zu trauen, verdient sie, was ...«

»Oh, hört auf, alle beide!«, flehte Jaelle. »Das bringt uns nicht weiter. Ich kann mir nicht vorstellen, dass Rafi dieser Frau getraut hat.«

»Jaelle, glaubst du, ich mache mir keine Sorgen um sie, um sie beide? Gesetzt den Fall, diese Acquilara kommt und sagt, sie will uns zu Rafi und Lexie führen – Camilla traut ihr nicht, da könnten vielleicht du und ich ...«

»Ich verlasse mich auf Camillas Intuition«, erklärte Jaelle. »Morgen gelingt es mir vielleicht, mit der Frau zu sprechen, die das Pony verarztet hat. Ich werde ihr das Trinkgeld geben, das Rafi ihr hätte geben sollen, und versuchen herauszufinden, wer sie wegreiten sah und wer bei ihnen war.«

»Das ist ein vernünftiger Vorschlag. Und Cholayna schadet ein weiterer Ruhetag nicht«, stimmte Magda zu.

»Das ist eine weitere Sorge«, sagte Camilla. »Schon allein Cholaynas wegen wäre es gut, wenn unsere Reise hier in Nevarsin endete. Das Land hinter Nevarsin – du kennst es.«

»Nur zu gut. Ich bin in Caer Donn geboren«, erinnerte Magda sie. Sie gähnte, und natürlich schlug Camilla vor: »Wenn du müde bist, Margali, leg dich hin. Ich werde mit Jaelle Wache halten.«

Magda hatte immer noch Angst vor dem Einschlafen, aber sie musste etwas Ruhe finden, oder sie war morgen nicht fähig weiterzureiten. Noch stärker galt das für Camilla, die nicht mehr jung war und schon Zeichen von Erschöpfung verriet. Doch sie schien sich noch mehr als Magda davor zu fürchten, in diesem Haus zu schlafen. Ebenso wenig wie Cholayna konnte sie weiterziehen, ohne sich ausgeruht zu haben.

Camillas *Laran* schien nach all den Jahren, in denen sie es unterdrückt hatte, plötzlich durchzubrechen, und Magda dachte mit einem Gefühl der Verlassenheit: *Ich wünschte, Damon wäre hier. Er würde mir zeigen, was ich für Camilla tun kann.* Die Bürde war zu schwer, um sie allein zu tragen.

Doch Damon war weit weg in den Kilghardbergen, und aus irgendeinem Grund war ihr der vertraute Weg durch die Überwelt zum Verbotenen Turm versperrt. Sie hatte es versucht, und sie war überzeugt, ein neuer Versuch würde einen neuen Angriff der ... *Habichte?* ... nach sich ziehen.

Damon würde auch damit fertig werden. Er ist unser Bewahrer.

Und dann erinnerte sie sich an etwas, das Damon einmal zu ihr gesagt hatte: *Jeder halbwegs fähige Techniker kann im Notfall die Arbeit eines Bewahrers tun.* Jetzt war der Notfall eingetreten, und sie musste tun, was sie gern Damon überlassen hätte.

»Du musst schlafen, Camilla. Was würdest du mir in einer solchen Situation raten? Auch ich habe Angst, *Bredhiya.*« Sie benutzte das Kosewort, um auszudrücken: *Vertraue mir.* »Aber Jaelle und ich werden diesen Raum so bewachen, dass keine Zauberin und kein böser Einfluss eindringen kann, auch nicht in Träumen. Shaya, hilf mir.«

Entschlossen wickelte sie ihre Matrix aus, den Blick auf Camillas Gesicht gerichtet. Die Augen der älteren Frau folgten dem Stein, wandten sich ab.

»Blicke nicht in die Matrix, du bist darin nicht geübt. Es wird dich krank machen«, warnte Magda. »Die Zeit kommt schon noch. Versuche nicht ...«

»Ich? Eine Matrix? Die Göttin verhüte ...«

»Falls es die Göttin ist, die es verhütet, und nicht deine eigene Furcht, Kima.« Wieder sprach sie absichtlich den Namen aus, den sie noch nie in Anwesenheit einer dritten Person verwendet hatte. »Könnte dich die Göttin nicht zu diesem Ziel hinführen? Vertraue mir, ich weiß, was ich tue. Nur wende vorerst die Augen von der Matrix ab.« Unmerklich war sie zu dem übergegangen, was man die *Befehlsstimme* nannte, und Camilla, überrascht von ihrer eigenen Fügsamkeit, drehte das Gesicht zur Seite.

»Jaelle ...?«

Gemeinsam glichen sie ihre Schwingungen an, bis sie im Einklang arbeiteten. Der Rapport zwischen ihnen flammte auf, eine Nähe, eine Intimität jenseits von Sprache oder Sex, unbeschreiblich.

Könnte Camilla das doch mit uns teilen ...

Sie wussten nicht, wer von ihnen das gedacht hatte und wer bedauernd antwortete:

Nein. Sie ist nicht bereit. Noch nicht.

Als ihre Matrizes Resonanz erreichten, blitzte blaues Feuer auf. Camilla riss erschrocken den Kopf herum, aber es war ein so kurzer Augenblick gewesen, dass sie sich fragte, ob sie überhaupt etwas gesehen hatte.

Die Habichte mögen darauf lauern, dass in diesem Raum irgendetwas geschieht. Doch die wahre Schwesternschaft wird über uns wachen. Sie wird uns helfen, das Zimmer zu versiegeln ...

Die Schwesternschaft darf sich nicht einmischen. Aber wir haben die Macht ...

Jaelles Berührung war wie eine Hand, die nach der ihren fasste, eine Hand mit einem Amazonenmesser, das in blauem Feuer glühte. Magda war sich bewusst, dass sie sich nicht von der Stelle entfernte, an der sie kniete, die Matrix zwischen den Fingern, aber irgendwie umschritt sie Seite an Seite mit Jaelle den Raum, und das Messer zog eine Spur von blauweißem Feuer hinter sich her. Sie schlossen den Kreis. Sich an den Händen haltend, hoben sie die Arme zu einem Bogen, und zwischen ihren Händen knüpfte sich ein Netz aus blassem Feuer.

Die alte Frau war da mit ihrem kläffenden Gelächter. So, so, so, ihr glaubt, ihr könnt mich draußen halten, dumme Mädchen?

Nicht dich, Mutter. Aber unsere Freundinnen müssen Ruhe finden, und sie sollen in ihrem Schlaf nicht von Habichten gehackt werden.

Blaues Feuer flammte von einer Matrix zur anderen, bis das Zimmer in eine leuchtende Kuppel eingeschlossen war. Magda schickte ihr Bewusstsein auf die Suche nach irgendeiner Lücke in dem Schutz. Einen Augenblick lang war Acquilaras Gesicht da, drohend, so Grauen erregend, wie Magda es nur einen Sekundenbruchteil durch ihre vorgetäuschte gutmütige Verachtung gesehen hatte, flammend vor Wut.

Jetzt ist sie gewarnt. Sie weiß, dass wir wissen, sie ist nicht, was sie scheint ...

Hast du wirklich geglaubt, wir könnten diese Arbeit tun, ohne sie zu warnen?

Der Habicht war da ... er zielte nach ihren Augen ... Instinktiv hielt Magda ihm ihre Matrix entgegen, die einen feurigen Schild erzeugte. Das Gefieder des Habichts ging in Flammen auf. Magda wich vor der Hitze, vor den schrecklichen Schreien zurück. Ihre Finger erschlafften, sie ließ die Matrix fallen. Hitze und ein Geruch nach brennenden ... Federn? ... erfüllten den Raum. Dann hielt sie die Matrix wieder in der Hand ... hatte sie sie überhaupt verloren, oder war das eine Illusion gewesen?

Das Feuer auf dem Rost war zu einem glatten Kohlenbett niedergebrannt. Das Zimmer war still und friedlich, bar jeder Magie, nichts als ein Raum, in dem fünf müde Frauen schlafen konnten. Ein paar Reste des Abendessens standen noch auf dem Tisch in der Mitte. Jaelle ging hin, kam mit einem Stück

Brot zurück, spießte es auf ihr Messer und hielt es über die Glut. Während es röstete, holte Camilla die letzte Flasche Wein, die sie von Mund zu Mund weitergaben.

Jaelle fragte nur: »Hast du die alte Frau gesehen?«

»Das erste Mal hatte ich Angst vor ihr. Jetzt weiß ich, sie wird uns nichts Böses tun.« Magda trank. Jetzt fühlte sie sich sicher. Jaelle brach das geröstete Brot in zwei Hälften und gab Magda kameradschaftlich eine. Sie kauten schweigend. Auf Camillas fragenden Blick hin erklärte Jaelle: »Essen schließt die psychischen Zentren. Hast du Hunger?«

»Komischerweise ja, obwohl ich nach dem guten Abendessen glaubte, für mehrere Tage satt zu sein«, antwortete Camilla. Sie biss in einen Apfel und warf das Kerngehäuse ins Feuer. Magda nahm flüchtig den Gestank von gesengten Federn wahr, dann nur noch den fruchtigen Geruch eines brennenden Kerngehäuses.

Sie schliefen ohne Träume.

Das Husten weckte Magda auf, ein heftiges, krampfhaftes Husten, das sich fast unmenschlich anhörte und Cholaynas schlanken Körper schüttelte wie eine von außen kommende rohe Gewalt. Vanessa kniete bereits mit der Reise-Apotheke neben ihr. Cholayna riss sich los und rannte in die Latrine nebenan, wo sie sie erbrechen hörten.

»Schlimm«, stellte Vanessa knapp fest. »Wie hoch liegt diese Stadt?«

»Jaelle hat die Karten. Sie kann es dir sagen; auswendig weiß ich es nicht.« Magda wusste Bescheid: Vielleicht einer von vierzig oder fünfzig Leuten litt in großer Höhe unter ernsthaften Beschwerden. Bei der Hälfte von ihnen wurde es besser, wenn sie sich ausruhten und Zeit bekamen, sich langsam anzupassen. Bei einigen entwickelten sich Lungenödeme, Lungenentzündung oder sogar Gehirnblutungen, wenn sie höher stiegen. Es ließ sich nicht sagen, wie Cholayna reagieren würde. Man konnte nur abwarten.

Camilla wachte auf und hörte es. »Sie hat die Bergkrankheit. Ich sehe einmal nach, ob in Arlindas Küche Schwarzdorntee ist. Wenn nicht, tut es fast jeder andere Tee, aber sie muss trinken, so viel sie kann.«

»Hört auf, euch Sorgen zu machen.« Cholayna erschien in der Tür. »Das Essen gestern Abend war nach Tagen und Tagen mit Reiserationen zu üppig für mich, das ist alles.«

»Immerhin zeigst du alle Symptome«, sagte Vanessa, »Husten, Appetitlosigkeit und Erbrechen. Falls nicht ein Wunder geschah und du in deinem Alter schwanger geworden bist, haben wir hier einen fortgeschrittenen Fall von Höhenkrankheit. Glaub mir, Cholayna, so etwas darf man nicht auf die leichte Schulter nehmen.«

Cholaynas Augen waren tief in die Höhlen eingesunken. Sie versuchte zu lächeln und brachte es nicht fertig.

»Ich bin wieder einmal schuld, nicht wahr? Ich halte euch auf, ich bin das schwächste Glied in der Kette ...«

»Das haben wir alles einberechnet, als wir uns einverstanden erklärten, dass du mitkommst«, sagte Camilla brüsk. »Aber du musst heute ausruhen, dann passt sich dein Körper vielleicht an die dünne Luft hier an. Ich gehe jetzt und hole dir Tee, und ich werde auch das Trinkgeld für die Küchenfrauen nicht vergessen, das mehr als einem Zweck dienen mag.«

Auf die Idee war Magda noch nicht gekommen. Vielleicht hatte Rafaella mit einer dieser Frauen gesprochen. Für Lexies Erfrierungen hatten sie bestimmt Medizin und spezielle heiße Getränke gebraucht.

Sie hob den Kopf und begegnete Jaelles Blick, die sagte: »Ich gehe in die Ställe. Mir ist gerade eingefallen, dass das eine Pony lahmt. Ich werde die Frau finden, die Rafaella geholfen hat, und ihr das Trinkgeld geben, das meine Partnerin ihr hätte zukommen lassen, wäre sie beim Aufbruch nicht in so großer Eile gewesen.«

Diese Aufgabe konnte nur Jaelle übernehmen, und deshalb überließ man sie am besten ihr. Camilla verschwand in der Küche, und als Jaelle sich angezogen hatte und ebenfalls gegangen war, ließ sich Cholayna von Magda überreden, wieder in den Schlafsack zu kriechen und sich auszuruhen. Camilla kam mit einem dampfenden Kessel und einem halben Dutzend Kräuterpäckchen, die sie in sämtlichen Taschen stecken hatte, zurück.

»Das Frühstück soll uns in wenigen Minuten gebracht werden«, meldete sie, »und ich habe einen Nusskuchen im Backofen gerochen. Eine der Frauen erzählte mir, auch für unsere Gildenschwestern, die hier gewohnt hätten, sei einer gebacken worden.« Sie goss kochendes Wasser über die Kräuter.

»Das ist Schwarzdorn. Er regt das Herz an und macht außerdem rotes Blut. Das wird dir helfen, dich ans Gebirge zu akklimatisieren.« Sie kniete neben Cholayna nieder. »Trinke jetzt, und bleib ruhig liegen. Morgen hat sich dein Körper vielleicht an die Höhe hier gewöhnt, und du kannst mit uns weiterreiten.«

Cholayna trank den bitteren Tee ohne Protest, sie rümpfte nur ein bisschen die Nase über den Geschmack. Schwach fragte sie: »Und wenn ich mich nicht akklimatisiere?«

»Dann warten wir, bis du im Stande bist zu reisen«, antwortete Magda prompt. Wenn eine von ihnen zu krank zum Weiterreisen war, hatten sie wenigstens eine gute Entschuldigung, falls Acquilara darauf bestand, sie sollten mit ihr kommen.

Jede weitere Diskussion verhinderte die Ankunft ihres Frühstücks, serviert auf mehreren Tabletts, so schwer, dass jeweils zwei Mädchen sie tragen mussten. Magda beschenkte die Frauen großzügig und setzte sich vor den Berg von frischem warmem Brot, Weizenmehl- und Nusskuchen, reichlich Butter, Honig und Apfel-Nuss-Konserve, gekochten Eiern und duftenden Pilzsoßen. Vanessa und Camilla griffen herzhaft zu, aber Cholayna brachte nichts hinunter. Magda überredete sie, ein bisschen Honigbrot zu ihrem Tee zu essen. Es hatte jedoch keinen Sinn, Cholayna ungewohnte Speisen aufzudrängen. Wahrscheinlich hätte sie sie doch nicht bei sich behalten.

Jaelle kam nicht zurück. Bestimmt frühstückte sie mit den Lehrmädchen im Stall und horchte sie aus. Den Frauen, die das Geschirr abräumten, folgten bald andere, die die saubere Wäsche brachten. Camilla bat, die Werkstatt der Handschuhmacherinnen besichtigen zu dürfen, und ging mit ihnen. Magda machte sich daran, Socken zu stopfen. Von jeher tat sie das ungern, aber noch weniger gern trug sie Socken mit Löchern, vor allem in diesem Klima. Vanessa folgte ihrem Beispiel, und so saßen sie still beisammen und besserten ihre Sachen aus.

Cholayna schrieb, auf Kissen gelehnt, in ihrem kleinen Buch. Das Feuer prasselte munter auf dem Herd; die Frauen hatten einen riesigen Vorrat an Brennholz gebracht. Es war friedlich in dem Zimmer. Allmählich sah Magda in ihren Alpträumen nicht mehr als eben Alpträume.

Cholaynas heftiger Husten brachte alle Sorgen zurück. Was würde Jaelle herausfinden? Was würde geschehen, wenn Acquilara sie rief, bevor Cholayna reisefähig war? Magda goss noch einmal Tee für sie auf und redete ihr zu, recht viel zu trinken.

»Cholayna, wenn es dir in einem oder zwei Tagen nicht besser geht, kann das bedeuten, dass du zu den Menschen gehörst, die sich an das Gebirge einfach nicht akklimatisieren können. Wir wissen jetzt, wo Lexie und Rafaella sind. Würdest du mir deine Stellvertretung anvertrauen und dich von Vanessa nach Thendara zurückbringen lassen? Ihr braucht nicht über die Pässe, ausgenommen den Scaravel. Ihr könnt die Große Nordstraße nehmen, die gut markiert ist und auf der jederzeit viel Verkehr herrscht. Ich möchte es nicht auf mein Gewissen laden, dass du ernsthaft krank wirst ...«

»Davon kann gar nicht die Rede sein, Magda. Es war mein freier Entschluss mitzukommen, niemand hat mich gezwungen, und du bist in keiner Weise verantwortlich.«

»Trotzdem«, stimmte Vanessa ein, »die Höhenkrankheit ist gefährlich. Sag mir, siehst du deine Umgebung verwischt?«

»Nein, nein, nichts dergleichen!«, antwortete Cholayna ungeduldig. »Ich bin müde, und das Essen bekommt mir nicht recht. Ein Tag Ruhe bringt das wieder in Ordnung.«

»Das hoffe ich sehr«, sagte Magda, »aber wenn nicht, ist deine einzige Rettung, dass du in geringere Höhe kommst. In Nevarsin wirst du dich nicht erholen. Und hinter Nevarsin wird es schlimmer, viel schlimmer. Vertraust du mir nicht, dass ich für Lexie tun werde, was ich kann?«

Cholayna streckte den Arm aus und berührte Magdas Hand. Es war eine Geste echter Zuneigung. »Das ist keine Frage des Vertrauens, Magda. Wie lange kennen wir uns schon? Aber ich habe auch Alexis ausgebildet. Ich kann – nein, ich *will* sie jetzt nicht im Stich lassen. Gerade du müsstest das verstehen.« Sie begegnete Magdas frustriertem Blick mit einem Lächeln.

»Warten wir's ab. Morgen kann ich vielleicht weiterreisen. Ich weiß, dass sich manche Menschen langsamer akklimatisieren als andere. Bei mir geht es nicht so schnell wie bei Vanessa, das ist alles.«

»Und wenn es morgen nicht besser ist? Versprich mir wenigstens, dass du dann mit mir umkehren wirst«, bat Vanessa.

»Das wollen wir morgen entscheiden. Ich verspreche dir gar nichts, Vanessa. Du bist noch nicht meine Vorgesetzte ...«

»Wenn ich dich für arbeitsunfähig erkläre ...«

»Lass das, Vanessa«, sagte Cholayna friedlich. »Wir stehen uns hier unter ganz anderen Bedingungen gegenüber als im HQ. Ich akzeptiere deinen Rat als Bergsteigerin, und ich werde alles tun, um mich schneller zu akklimatisieren. Ich trinke sogar dies Übelkeit erregende Altweiberheilmittel, das Camilla mir gebracht hat.«

»Ein Bestandteil entspricht ...« - Vanessa nannte ein terranisches Medikament, das Magda nicht kannte - »... und hier im Gebirge behandelt man seit Jahrhunderten solche Fälle von Höhenkrankheit damit. Sei nicht engstirnig.«

»Es ist keine Engstirnigkeit, wenn ich sage, ich würde lieber mir bekannte Tabletten schlucken als dies scheußliche Gebräu.« Trotzdem trank Cholayna, das Gesicht verziehend, den Tee, den Vanessa ihr reichte. »Ich tue mein Bestes. Du bist in diesen Bergen geboren, Magda, und du, Vanessa, hast schon, als Teenager Klettertouren gemacht. Lasst mir Zeit.«

»Du bist eine sture alte Hexe«, brummte Vanessa. Cholayna lächelte ihr zu und antwortete im gleichen Ton: »Und du bist ein respektloses Gör.«

In der Ferne läuteten die Glocken der Stadt. Cholayna war in leichten Schlummer gesunken. Vanessa war nervös.

»Wenn ich nur etwas *tun* könnte!«

»Alles, was getan werden kann, erledigen Camilla und Jaelle besser, als es uns möglich wäre, Vanessa. Wir können nur warten und uns um Cholayna kümmern.« Auch für Magda war es nicht leicht. In den Jahren als Außendienstagentin hatte sie sich daran gewöhnt, nach ihrem eigenen Kopf zu handeln. Ihrer Natur war es fremd, einfach dazusitzen und andere die notwendige Arbeit tun zu lassen.

Es wurde Mittag. Cholayna wachte auf, und sie flößten ihr wieder Schwarzdorntee ein. Da kam Jaelle herein und warf ihre alte Jacke auf einen Stuhl.

»Ich habe mit der Frau gesprochen, die Lexies Sattel ausgebessert hat. Anscheinend sind sie ganz plötzlich aufgebrochen – wie sie es ausdrückte, ›bei Nacht und Nebel, als alles schlief‹. Zufällig war sie wach und im Stall, weil sie nach einem kranken Pony sehen musste. Sie sagte, die Klosterglocken hätten gerade zur Nachtmette geläutet, die ein paar Stunden nach Mitternacht ist – das weiß ich von meinem Bruder, der in Nevarsin erzogen wurde.«

»War Acquilara bei ihnen?«, fragte Magda.

»Niemand war bei ihnen, jedenfalls niemand, den Varvari gesehen hat«, antwortete Jaelle. »Sie sattelten und beluden ihre Pferde selbst. Und man kann sich denken, welche Route sie nehmen wollten, weil Rafi über die Gefahr sprach, die die Banshees auf dem Pass darstellen.«

»Also gibt es zwei Möglichkeiten«, überlegte Vanessa. »Erstens: Sie sind aus Angst vor Acquilara geflohen. Zweitens: Sie hatten sich mit ihr an einem anderen Ort verabredet. Tut mir Leid, Jaelle, ich finde nicht, dass uns das irgendwie weiterbringt.«

»Zumindest wissen wir, dass sie die Stadt verlassen haben«, betonte Jaelle. »Wir könnten Nevarsin kaum Haus für Haus durchsuchen. Es mag nicht leicht sein, ihre Spur in der Wildnis zu finden, aber wenigstens wird sich uns da niemand in den Weg stellen. Und wir wissen, dass sie nordwärts über den Nevarsin-Pass gezogen sind, statt sich wieder nach Süden zu wenden oder die Straße nach Westen über die Hochebene von Leng zu nehmen. Ich habe immer gehört, diese Straße sei unpassierbar und werde von Monstern unsicher gemacht, neben denen Banshees Schoßtiere seien.«

»Das hört sich nach dem darkovanischen Äquivalent von ›Hier gibt es Drachen‹ an«, murmelte Cholayna.

»Als Drachen genügen mir der Nevarsin-Pass und die Banshees«, meinte Jaelle, die Pragmatische. »Sechzehntausend

Fuß, höher als Ravensmark. Der Weg ist wahrscheinlich besser, aber die Frage ist: Ist dies ein schlechtes Jahr für Banshees? Feststellen ließe es sich nur durch eine ziemlich komplizierte ökologische Untersuchung, so habe ich es von Kindra gehört. Gibt es viele Eiskaninchen, finden die Banshees genug Futter oberhalb der Baumgrenzen und bleiben dort. Ist irgendeine Flechte in der falschen Phase ihres Lebenszyklus, gibt es bei den Eiskaninchen einen starken Bevölkerungsrückgang, die weiblichen Tiere sind unfruchtbar, und die Banshees hungern. Dann kommen sie über die Baumgrenze nach unten und suchen größere Beute. Und was ich über den Lebenszyklus der Eiskaninchen weiß, könnte man mühelos in meinen Daumennagel einritzen. Deshalb müssen wir es einfach darauf ankommen lassen.«

»Dann werden wir Lexie und Rafaella über den Pass folgen?«, fragte Cholayna.

»Ich werde ihnen folgen. Über das *wir* bin ich mir nicht so sicher«, erwiderte Jaelle. »Ich fühle mich verpflichtet dazu. Du siehst aus, als schafftest du es nicht einmal zum Abendgebet ins Kloster, ganz zu schweigen von sechzehntausend Fuß Höhe und einem Kampf gegen Banshees.«

»Das haben wir alles besprochen, als du weg warst«, sagte Cholayna. »Ich fühle mich ebenfalls verpflichtet, Jaelle. Alexis hat schließlich Rafaella angestiftet. Wohin du gehst, gehe ich auch. Schluss.«

Jaelle öffnete den Mund zum Widerspruch, doch etwas in Cholaynas Ton ließ sie innehalten.

»Na gut. Sieh zu, dass du möglichst viel Schlaf bekommst, und versuche gut zu essen. Wir brechen in aller Frühe auf.«

20

Der Nachmittag wurde ihnen sehr lang. Jaelle ging noch einmal fort, um bei Arlinda die Rechnung zu begleichen und (so sagte sie Magda allein) den Mädchen die Trinkgelder und Weggeschenke zu geben, die sie von Rafaella nicht bekommen hatten.

»Ich vermute, sie wollte verhindern, dass eine eventuelle Spionin von ihrer Abreise erfuhr«, sagte Jaelle. »Es ist doch offensichtlich, dass erstens Arlinda aus Angst vor Acquilara wie gelähmt ist und sich zweitens unter den hier lebenden Frauen Spioninnen beziehungsweise Mitglieder von Acquilaras Geheimbund oder was es ist befinden.«

»Aber wirst du, wenn du ihnen diese Geschenke gibst, nicht gerade die Leute warnen, denen Rafi aus dem Weg gegangen ist?«

»Das lässt sich nicht ändern«, sagte Jaelle. »Irgendwann wird Rafaella wieder hier einkehren müssen, oder ich. Ich werde ihnen erzählen, das seien die Geschenke, die Rafi ihnen nicht machen konnte, weil sie in Eile war und kein Bargeld bei sich hatte. Vielleicht glauben sie es mir, vielleicht auch nicht. Hast du eine bessere Idee?«

Das hatte Magda nicht. Sie packte die saubere und ausgebesserte Kleidung in ihr Bündel. Camilla und Vanessa gingen auf den Markt, um zusätzliches Breipulver und Trockenobst für Cholayna einzukaufen, denn von den Fleischriegeln, die ihre normale Reiseverpflegung darstellten, würde sie doch nichts hinunterbekommen. Sie erwarben auch einen Vorrat des Schwarzdorntees, der Cholayna so gut getan hatte.

Jaelle beschenkte Arlinda mit einer ganzen Packlast der Handelswaren, die sie für Rafaella mitgebracht hatte. »Rafi wird sie jenseits von Nevarsin nicht mehr brauchen, da gibt es nichts einzutauschen und so gut wie niemanden, mit dem man tauschen könnte«, erklärte sie. »Ich habe genug für Geschenke und Bestechungen zurückbehalten, falls wir da oben auf Dörfer treffen, Süßigkeiten und Bonbons, kleine Werkzeuge, Spiegel und dergleichen. Und die Gilde muss mit Arlindas Herberge auf gutem Fuß bleiben, denn sie ist das einzige anständige Haus, in dem Entsagende in Nevarsin wohnen können.«

»Dessen bin ich mir gar nicht sicher, wenn Arlinda von Acquilaras Leuten beobachtet oder beherrscht wird.« Camilla verstaute die neuen Vorräte in einer Satteltasche. »Wir sollten die Pferde hier verkaufen und nur Chervines in die höheren Regionen mitnehmen. Pferde halten nicht durch.«

»Cholayna und Vanessa können keine Chervines reiten«, gab Magda zu bedenken, »und ich weiß nicht so recht, ob ich es kann. Die Bergpferde klettern fast ebenso gut wie Chervines. Sollten wir in ein Gebiet geraten, das für ein Pferd ungangbar ist, wird es das wahrscheinlich auch für uns sein.«

Camilla zog Magda kurz auf die Seite und gab ihr ein Paar bestickte Handschuhe aus feinem Leder, die aus einem von Arlinda belieferten Laden stammten. Seit sie Liebende geworden waren, machte es Camilla Freude, Magda mit derartigen kleinen Geschenken zu überraschen. Magdas Augen füllten sich mit Tränen.

»Aber sie sind teuer, Camilla, du solltest ...«

»Im Wirtshaus spielten ein paar Gebirgler Pfeilwerfen und wollten nicht glauben, dass eine Frau, auch eine *Emmasca*, die Söldnerin gewesen ist, mit einem Messer so gut treffen könne wie sie. Und als ein Mann in seinem Stolz und in seiner Wettleidenschaft mehr gesetzt hatte, als er bezahlen konnte, nahm ich großzügig die Handschuhe als Ausgleich seiner Schuld an. Sicher hatte er sie für seine Frau oder Freundin gekauft. Soll sie ihren Mann lehren, sich nicht zu sehr auf seine männliche Überlegenheit zu verlassen!« Sie lachte tief in der Kehle. »In dieser Gebirgsstadt wäre es töricht und leichtsinnig, sie zu tragen; dir würden die Hände darin erfrieren. Aber wir kommen ja auch wieder in ein milderes Klima.«

Das heiterte Magda vorübergehend auf. Optimistisch sagte sie sich, dass sie bestimmt in das vergleichsweise angenehme Klima von Thendara zurückkehren würden. Bis zu diesem Augenblick war ihr nicht so recht bewusst geworden, wie sehr ihre Welt sich auf Eis, Kälte, erfrorene Finger und Füße verengt hatte. Die dünnen, frivolen, perlenbestickten Handschuhe erinnerten sie an Blumen, Sonnenschein, ein Land, in dem man zu Mittsommer bis zum Morgen in den Straßen tanzen konnte, ganz anders als in dieser strengen Klosterstadt, wo das ganze Jahr Schnee lag.

Sie drückte Camillas Hand, und Camilla legte ihr den Arm um die Taille. Jaelle blickte hoch und sah es, und als die Küchenfrauen mit dem Essen kamen, erkannte Magda an Jaelles leichtem Stirnrunzeln, dass sie irgendeine Teufelei plante. Dann umarmte sie Vanessa, beugte sich vor und küsste sie auf den Mund. Vanessa schreckte zurück, aber Magda, wenn auch zu weit entfernt, um Jaelles Flüstern zu verstehen, las den Gedanken hinter dem gesprochenen Wort: »Spiel mit, Dummkopf! Oder glaubst du, dass ich im Ernst versuche, dich zu verführen?«

Vanessa blinzelte erstaunt, doch sie protestierte nicht. Sie umschlang Jaelle, die sie lange und heftig küsste und sich dann gemächlich zu den Frauen umdrehte, die Schüsseln von den Tabletts auf den Tisch abluden.

»Stört uns nicht vor der fünften Stunde nach dem Läuten der Klosterglocken für das Morgengebet«, sagte sie. Sie bestellte ein umfangreiches Frühstück, bezahlte es und fügte ein großzügiges Trinkgeld hinzu. Die Frauen gingen unter vielen Versprechungen, die teuren Delikatessen besorgen zu wollen. Vanessa machte sich von Jaelle los. Ihr Gesicht war feuerrot.

»Bist du verrückt geworden? Was werden sie von uns denken?«

»Genau das, was sie meiner Absicht nach denken sollen«, entgegnete Jaelle, »nämlich, dass wir morgen in verschiedenen Kombinationen lange im Bett bleiben werden. Sie werden nie auf den Verdacht kommen, wir wollten die Stadt verlassen, bevor die Glocken zur Nachtmette geläutet haben. Ohne zu ahnen, dass wir längst weg sind, werden sie dies üppige Frühstück bringen, wenn die Sonne schon hoch am Himmel steht.«

»Und wenn sich Acquilaras Spionin nicht unter den Küchenfrauen, sondern unter den Stallmägden befindet?«, fragte Vanessa.

»Dann habe ich dich für nichts in Verlegenheit gesetzt!« Mit schelmischem Schulterzucken zog sie Vanessa an sich und küsste sie noch einmal. »War es dir wirklich so zuwider? Davon habe ich nichts gemerkt.«

Vanessa kicherte nur. Noch vor ein paar Tagen, dachte Magda, wäre sie böse geworden.

Wenigstens glaubt sie nicht mehr, dass wir eine Bedrohung für sie darstellen.

Noch einmal nahmen sie in aller Muße ein Bad. Es folgte ein reichliches Abendessen auf dem Zimmer. Danach legten sie sich hin, um zu schlafen, so lange es ging. Nur Magda fand keine Ruhe, obwohl sie in dem gegen Eindringlinge versiegelten Zimmer keine Angst vor Alpträumen mehr hatte. Sie lag zwischen Jaelle und Camilla und warf sich hin und her, bis Jaelle schließlich flüsterte: »Kannst du auch nicht einschlafen? Was ist los? Es wird ein harter Ritt werden, aber Cholayna scheint es besser zu gehen, ich denke, sie schafft es. Du machst dir doch nicht immer noch Sorgen über diese alte Hexe Acquilara? Die haben wir abgeschüttelt. Sicher ist es auch Lexie und Rafaella gelungen, sich von ihr zu befreien.«

»Ich weiß nicht recht, Shaya. Was mich quält, ist die Frage: Wer sind sie? Was wollen sie von uns, und warum?«

»Hattest du nicht eine Theorie darüber? Wahrscheinlich wollen sie uns daran hindern, zu der *echten* Schwesternschaft vorzustoßen.«

»Aber noch einmal, warum? Was hätten sie davon? Haben sie einfach Freude um Unheilstiften? Das kann ich nicht glauben. Dieser Geheimbund – oder was es ist – muss ebenso viel Talent und Energie erfordern wie unsere Arbeit im Verbotenen Turm.«

»So?«, fragte Jaelle. »Vielleicht ist es nichts als Hass und Neid auf die Kräfte der Schwesternschaft. Acquilara scheint selbst keine besonderen Kräfte zu haben, ungeachtet des Streichs, den sie Camilla gespielt hat.«

»Selbst wenn sie die Schwesternschaft hasst ... nein, Jaelle. *Wir* haben ein Ziel. Damon, Callista, Andrew, Hilary – wir alle arbeiten, um den Segen des *Laran* Menschen zu bringen, die außerhalb der Türme geboren sind oder ihre Gaben nutzen möchten, ohne abgeschnitten von der wirklichen Welt in den Türmen zu leben. Wir versuchen zu beweisen, dass man nicht *Comyn* oder Aristokrat, ja nicht einmal Darkovaner zu sein braucht, um diese Fähigkeiten zu besitzen und anzuwenden. Wir haben ein Ziel vor Augen, aber es ist schwere Arbeit, manchmal sogar schmerzhafte Arbeit. Ich kann nicht glauben, dass Acquilara all das auf sich nimmt, nur um auf uns Eindruck zu machen.«

»Wir kennen ihre Beweggründe nicht, Magda. Kommt es darauf an? Ich will nichts mit ihr und ihren Kräften zu tun haben, und so viel weiß ich: Wenn du fortfährst, an sie zu denken, ziehst du sie telepathisch an, und alle unsere Vorsichtsmaßnahmen sind umsonst getroffen.«

Damit hatte Jaelle Recht, und Magda gab sich große Mühe einzuschlafen. Sie dachte an ihre ferne Heimat, stellte sich vor, wie sie das kleine Mädchen auf Armida zu Bett brachte, Shaya in ihrem Nachthemd, die weichen dunklen Locken verwirrt. Magda hatte gar nicht gewusst, dass sie so viele der darkovanischen Volkslieder und Bergballaden, die zu sammeln das Lebenswerk ihrer Mutter gewesen war, im Gedächtnis hatte, bis sie begann, sie Shaya als Wiegenlieder vorzusingen. Elizabeth Lorne hatte ihre Arbeit geliebt und war in dem Glauben gestorben, ihre Tochter Magdalen interessiere sich nicht dafür, wisse nichts davon. Welche Freude wäre es für sie, könnte sie hören, wie ich Shaya diese alten Balladen aus den Hellers und den Kilghardbergen vorsinge! Eines Tages, wenn Shaya groß ist, soll sie die Sammlungen ihrer Großmutter sehen – acht Bände davon sind gespeichert – und ein bisschen über ihre Arbeit erfahren.

Vielleicht würde Shaya Musikerin werden. Sie hatte eine Melodie klar und süß halten können, noch ehe sie richtig sprechen gelernt hatte.

Cleindori in der Überwelt: *Als Tantchen Ellemir mir erzählte, woher die Babys kommen, war ich überrascht, denn ich dachte, sie kämen aus der grauen Welt.* Welch ein faszinierendes Licht warf das auf die Beziehung zwischen Sexualerziehung und Metaphysik! *Sie war ganz erwachsen, und dann war sie ein Baby, und ich konnte nicht mehr mit ihr sprechen, außer hier in der Überwelt.* Die Überwelt war Magda jetzt durch Acquilaras Zauberei verschlossen, sonst hätte sie ihr Kind erreichen, es noch einmal im Arm halten können. *Sollte ich auf dieser Reise sterben,* dachte sie, *habe ich Shaya damals zum letzten Mal gesehen.*

Aber wenn das, was Cleindori sagte, wahr ist – und ich

habe keinen Grund, es nicht zu glauben –, dann mag der Tod gar keinen Unterschied bedeuten. Merkwürdig, dass ein fünf Jahre altes Kind mich lehrt, was Glauben ist.

Sie glitt in den Schlaf und hörte in der Ferne das beruhigende Krächzen von Krähen.

* * *

Nur Augenblicke später, so schien es ihr, rüttelte Jaelle sie.

»Die Klosterglocken haben soeben zur Nachtmette geläutet. Wecke Cholayna. Hier sind Brot und Trockenobst vom Abendessen, das verzehren wir unterwegs.« Jaelle zog lange Wollstrümpfe unter ihre Hosen an. Magda stieg schnell in ihre Kleider. Sie beugte sich über Cholayna und flüsterte ihr ins Ohr. Die Terranerin schlief fest. Wenn es ihre Absicht gewesen wäre, sie zurückzulassen, schoss es Magda durch den Kopf, brauchten sie sich jetzt nur wegzustehlen. Cholayna würde erst aufwachen, wenn die Küchenfrauen das unnötige Frühstück brächten.

Nein. Auch sie ist unsere Schwester. Wir müssen ehrlich mit ihr sein, dachte Magda. Doch sie seufzte. Wäre Cholayna nur einverstanden gewesen, in verhältnismäßiger Sicherheit hierzubleiben oder mit Vanessa nach Thendara zurückzukehren! Fast wünschte sie sich, selbst nach Süden zu ziehen, nach Armida, zu der Familie des Turms und ihrem Kind – oder auch nach Thendara und zu ihren Schwestern des Gildenhauses. Sie schlüpfte in einen zusätzlichen warmen Pullover und reichte Camilla wortlos einen anderen.

»Den brauche ich nicht, Margali, mach kein solches Theater!«

Sie sah Camilla nur an, und brummend zog die ältere den Pullover über den Kopf. Camilla war so dünn, auf dem Pass würde sie froh über die warme Kleidung sein.

Cholayna bibberte in der Kälte des großen Raums; sie hatten das Feuer niederbrennen lassen. Die Verschwendung von Brennstoff und Wärme galt in den Hellers als Kapitalverbrechen. Das Frühstück, das sie bestellt hatten, würde nicht schlechter dadurch werden, dass es von anderen gegessen wurde als den Reisenden, die dafür bezahlt hatten. Aber die ganze Nacht hindurch ein loderndes Feuer zu unterhalten, war eine Vergeudung, die Magda und Camilla, beide in den Bergen groß geworden, nicht duldeten, auch wenn das bedeutete, dass sie unter all ihren Decken schlafen mussten. Eine dünne Eisschicht hatte sich über dem Wasser in der Karaffe auf dem Tisch gebildet, an dem sie zu Abend gegessen hatten, und Eisblumen bedeckten das einzige hohe, schmale Fenster des Zimmers.

Jaelle sagte mit leiser Stimme: »Mein Bruder hat mir erzählt, dass die Novizen des Klosters mit nichts als ihren Kutten bekleidet im Schnee schlafen und barfuß laufen. Ich wünschte, ich hätte ihr Training.«

»Ich vermute, das gehört zu euren psychischen Fähigkeiten«, meinte Vanessa.

»Valentin sagt nein, das mache nur die Gewohnheit, und man müsse seinen Geist dazu überreden, dass er seine Aufgabe erfüllt und den Körper wärmt.«

Cholayna hob skeptisch eine Augenbraue. »Davon bin ich nicht überzeugt. An Unterkühlung sind schon viele Leute gestorben und sterben immer wieder welche. Wie werden sie damit fertig?«

»Val hätte keinen Grund, mich anzulügen. Er sagt, eine der Prüfungen für die höheren Grade bei den Mönchen bestehe darin, dass sie in einem Bergbach baden, der vom Gletscher des Nevarsin-Gipfels abfließt, und dann ihre Kutten mit ihrer Körperwärme trocknen. Er hat dabei zugesehen.«

»Ein Trick, um Novizen zu beeindrucken?«

»Warum sollten sie so etwas tun?«

»Ich habe auch davon gehört, als ich bei Vermessung und Erkundung anfing«, meldete sich Vanessa zu Wort, »und in der alten Zeit, vor dem Imperium, hat es auf Terra Ähnliches gegeben. Menschen, die in großen Höhen, über viertausend Metern, lebten, hatten eine größere Lungenkapazität als Flachlandbewohner, und ihre Körper waren so angepasst, dass sie in der Ebene krank wurden. Ich zweifle nicht daran, dass die Nevarsin-Brüder diese Dinge lernen. Das menschliche Tier ist erstaunlich anpassungsfähig. Viele Leute würden deinen Heimatplaneten, Cholayna, als zu warm für eine Besiedlung durch Menschen ansehen. Ich habe ihn einmal besucht und dachte, ich müsse vor Hitze sterben. Der Mensch ist nicht dazu geschaffen, in einer Luft zu leben, die normalerweise höher als seine Bluttemperatur ist.«

»Mag sein.« Cholayna zwängte ihren mit drei dicken Socken bekleideten Fuß in ihren schmalen Stiefel. »Aber ich wäre lieber dort als hier.« Sie zog die schwere Windjacke über den Pullover. »Fertig.«

Ihre Bündel über den Schultern tragend, stahlen sie sich durch die stillen Flure und einen langen Gang hinunter, der von den Wohnquartieren zu den Ställen führte. Die massiven Türen knarrten, sonst war kein Laut zu hören bis auf Cholaynas plötzlichen Hustenanfall.

»Still«, zischte Jaelle. Cholayna versuchte ohne viel Erfolg, das Husten im Ärmel zu ersticken. Ihr ganzer Körper bebte vor Anstrengung.

In einer Ecke des Stalls, der ihre Pferde und Chervines beherbergte, waren ihre Packlasten aufgestapelt, die seit ihrem Aufbruch von Thendara beträchtlich kleiner geworden waren.

Vor Erleichterung stieß Jaelle einen leisen Pfiff aus. »Also hat Arlinda meine Andeutungen verstanden. Gestern Abend waren unsere Sachen noch in ihrem verschließbaren Lagerraum.«

Beim Satteln ihres Pferdes geriet Magda neben Vanessa. Mit gedämpfter Stimme erkundigte sie sich: »Was meinst du, ist Cholayna reisefähig?«

»Wer kann das sagen? Ich habe sie untersucht, so gut es möglich war. Ihre Lippen haben eine gesunde Farbe, und ihre Lungen scheinen frei zu sein. Dieser scheußliche Husten ist nur eine Reizung durch die trockene Luft und den Wind hier oben. Hoffen wir das Beste.«

Sie legten den Chervines die Lasten auf und regelten im Flüsterton die Marschordnung. Jaelle, die die Stadt gut kannte, setzte sich an die Spitze, Camilla, die sie einigermaßen kannte, machte den Schluss. Magda blieb zurück, um Camilla beim Zuschieben der schweren Stalltür zu helfen. Den innen sitzenden Riegel konnten sie leider nicht zuschieben. »Warte, Margali«, raunte Camilla ihr zu, »ich bin gleich wieder da.« Sie schlüpfte wieder hinein, und Magda hörte den Riegel einrasten. Dann musste sie auf der Straße so lange warten, dass sie schon fürchtete, Camilla sei von einer Spionin Acquilaras erwischt worden. *Wir hätten die Tür so lassen sollen, wie sie war,* dachte sie.

Gerade als sie den Entschluss fasste, Camilla ins Innere zu folgen, kletterte die lange *Emmasca* aus einem Fenster. Sie rutschte hinunter, drehte sich kurz um, blies eine Kusshand zurück und rannte Jaelle nach.

Magda lief hinterher. »Camilla, was ...«

»Mein Freund mit der Wettleidenschaft. Schnell, ich habe die Klosterglocken gehört, wir dürfen keine Zeit mehr verschwenden.« Doch im Laufen kicherte sie.

»Ich möchte wissen, was sie denken, wenn sie feststellen, dass wir verschwunden sind und die Stalltür immer noch von innen verriegelt ist!«

Es gab keine Möglichkeit, den Hufschlag der Pferde und Chervines auf den gepflasterten Straßen zu dämpfen, aber wenn sie sie führten, war der Krach nicht so schlimm wie beim Reiten. Trotzdem war er laut genug; die metallenen Hufeisen schlugen Funken. Es war eiskalt und klar, Sterne funkelten über der dunklen Stadt am Himmel, und hoch oben schimmerten schwache Lichter aus den Fenstern des Sankt-Valentin-Klosters. Glockengeläut durchbrach die Stille vor dem Morgengrauen.

Während sie die steile Straße hochstiegen, verblassten die Sterne, und die erste Morgenröte zeigte sich. Magda sah ihren eigenen Atem, den ihrer Gefährtinnen und der Tiere als weiße Wölkchen vor sich. Ihre Hände in den dicken Handschuhen und die Füße in den Stiefeln waren bereits kalt. Bedauernd dachte sie an das Frühstück, das Jaelle ohne jede Absicht, es zu essen, bestellt hatte.

Immer höher hinauf ging es, die Straßen wurden steiler und steiler. Aber Magda war jetzt in so guter Kondition, dass sie kaum unter Atemnot litt, und sogar Cholayna hielt das von Jaelle angeschlagene schnelle Tempo durch.

Das Nordtor lag am höchsten Punkt der Stadt, und die Straße dahinter führte zum Nevarsin-Pass hinauf. Zwei Männer, *Cristoferos* nach ihrer düsteren Kleidung, aber keine Mönche, öffneten die großen Flügel und ließen sie durch.

»Ihr seid früh unterwegs, meine Schwestern«, bemerkte einer von ihnen und trat zurück, um Platz für die Tiere zu machen.

»Wir folgen zweien unserer Schwestern, die vorgestern Morgen diesen Weg genommen haben«, antwortete Camilla in dem ganz reinen *Casta* einer Frau aus den Bergen. »Habt Ihr sie vielleicht zur gleichen Stunde wie uns aus diesem Tor hinausgelassen, mein Bruder?«

Der *Cristofero*-Wächter hauchte auf seine bloßen Fingerknöchel. Auch sein Atem bildete eine Wolke. Durch sie sprach er, und er sah die *Emmasca* dabei missbilligend an.

»Ja, das war ich. Eine von ihnen – eine große Frau, dunkelhaarig, eine Soldatin wie Ihr, *Mestra*, mit einer *Rryl* über der Schulter –, war das Eure Schwester?«

»Meine Gildenschwester. Bitte, erzählt mir von ihr, Bruder, im Namen dessen, der die Last der Welt trägt.«

Er verzog das Gesicht. Seine Abneigung gegen eine *Emmasca* und Entsagende kämpfte mit der selbstverständlichen Kameradschaft unter Soldaten, ob sie nun *Cristoferos* waren oder nicht. Und es gab keinen halbwegs höflichen Weg, die Anwort auf eine Frage zu verweigern, die im Namen des *Cristofero*-Heiligen gestellt wurde.

»Aye. Sie hatte eine zweite Frau bei sich, so klein, dass ich erst dachte, sie reise mit ihrer Tochter wie eine Frau, die weiß, was sich schickt. Das Dingelchen war so vermummt, dass ich von ihr fast nur die großen blauen Augen sah.«

Lexie. Also waren sie noch beisammen, und Lexie war vor zwei Tagen noch gesund gewesen. Magda hörte, dass Cholayna vor Erleichterung leise seufzte. Vielleicht konnten sie die beiden irgendwo auf dem Pass sogar einholen.

»Sie fragte mich – die große, Eure Schwester –, ob es ein schlechtes Jahr für Banshees sei. Ich musste ihr antworten, ja, ein sehr schlechtes. Erst vor zehn Tagen beim letzten Sturm hörten wir eins direkt vor dem Tor schreien. Seid vorsichtig, Schwester. Versucht, die hohen Stellen hinter euch zu bringen, bevor die Sonne wieder untergeht«, warnte er sie. »Mögen die Heiligen mit euch reiten. Aye, ihr werdet sie brauchen, wenn ihr euch bei Nacht auf diese Straßen wagt.« Er schloss das Tor hinter ihnen.

Vor ihnen lag die nach oben führende Straße, steinig und steil, knöcheltief mit Schnee bedeckt, rechts und links von hohen Verwehungen gesäumt. Jaelle stieg auf und gab den anderen ein Zeichen, es ihr gleichzutun. Von hoch oben kam wie eine Warnung der schrille Schrei eines Banshees.

»Keine Bange«, sagte Jaelle. »Die Sonne ist längst aufgegangen, bis wir den Pass erreichen, und sie sind Nachttiere. Los!«

21

Drei Tage später saß Magda auf einem Packsattel und betrachtete den Trockenfleischriegel in ihrer Hand. Sie war fast zu müde zum Essen. Das notwendige Kauen und Schlucken lag wie eine große Anstrengung vor ihr.

Die beißenden Winde des Nevarsin-Gipfels hatten so unwesentliche Ängste wie die vor Zauberinnen und psychischen Angriffen weggeblasen. Keine von ihnen hatte einen Augenblick Zeit gehabt, an etwas anderes als die bloße Technik des Überlebens zu denken. Schmale Felssteige, ein Schneesturm, der ihr letztes noch vorhandenes Zelt wegfegte und sie zwang, sich in einem hastig gegrabenen Schneeloch zusammenzudrängen, eine Kälte, die den letzten Anschein von Mut und Kraft vernichtete, und des Nachts ständig die schrecklichen, lähmenden Schreie der lauernden Banshees.

Camilla drückte ihr einen Becher Tee in die Hand. Wie hielt Camilla in ihrem Alter das aus? Ihre Augen waren rot und brannten vom Wind, ihre Nasenspitze zeigte eine offene Stelle von einer Erfrierung, aber die wenigen Stunden Schlaf, die ihnen im Schnee möglich gewesen waren, hatten sie belebt. Sie setzte sich schweigend auf eine andere Packlast nieder und schlürfte ihren eigenen Tee, in den sie Trockenfleisch und Brot gebrockt hatte. In dieser Höhe hatte man keinen Atem für überflüssige Worte.

»Geht es Cholayna heute Morgen gut?«

»Sieht so aus. Aber wenn wir nicht bald in eine tiefere Lage kommen, möchte ich mir gar nicht erst ausmalen, was passieren könnte. Sie hat die ganze Nacht gehustet.« Nicht einmal Cholaynas Husten hatte Magda in dieser letzten Nacht wecken können. Hinter ihnen lag ein alptraumhafter Abstieg von dem

Pass nach Sonnenuntergang, bei Mondschein über den Schnee. *Kyorebni* schossen plötzlich aus den Schwindel erregenden Abgründen fast zu ihren Füßen hoch, schlugen mit den Flügeln und kreischten und verschwanden wieder. An ausgewaschenen Stellen des Weges bekamen sogar die Chervines Angst, und sie mussten ihnen gut zureden. Bei den Pferden half nur rohe Gewalt. Sie zerrten rückwärts und rollten, entsetzt über den Banshee-Geruch in den Klippen, mit den Augen.

Jaelle hatte sie alle heil hinübergebracht, sie hatten kein Pferd und kein Chervine und nicht einmal eine Packlast verloren. Magda richtete den Blick auf ihre Freipartnerin, deren schmächtige Gestalt auf einer Packlast zusammengesunken war, die mit Rosinen gefüllte Hand auf halbem Weg zum Mund erstarrt. Unter ihrer pelzgefütterten Kapuze lugten die roten Locken ungekämmt und verfilzt hervor, ihre grauen Augen waren ebenso entzündet wie die Camillas und Magdas. Welch eine Tapferkeit, welch eine Willenskraft steckten in diesem kleinen Körper! Es hatte auf dem Pass Augenblicke gegeben, als Magda, selbst eine kräftige junge Frau in ausgezeichneter körperlicher Verfassung, sich mit rasendem Herzen und dröhnendem Kopf, Gesicht und Glieder starr vor Frost, nur noch hatte hinwerfen wollen wie die Ponys, nicht wissend, woher sie Atem und Mut für den nächsten Schritt hernehmen sollte. Sie konnte sich vorstellen, was es für Cholayna bedeutet hatte. Aber die ältere Frau hatte sich tapfer an ihrer Seite weitergekämpft und nicht ein einziges Wort der Klage geäußert. Jaelle hat uns alle in Gang gehalten, dachte Magda bei sich.

Sie folgte Camillas Beispiel und brockte den Fleischriegel in den kochend heißen Tee. Es schmeckte sehr eigentümlich, aber darauf kam es nicht an. In dieser Höhe konnte sie buchstäblich spüren, wie die warme Nahrung sie auf dem ganzen

Weg nach unten aufheizte und ihren erschöpften, steifen Gliedern neues Leben gab. Als sie die Pampe aufgegessen hatte, suchte sie sich aus den Rationsbeuteln einen anderen Riegel heraus, diesmal aus gemahlenen Nüssen und Obst, von Honig zusammengehalten, und nagte daran. Cholayna löffelte entschlossen eine ähnliche in Tee aufgelöste Mischung.

Vanessa sagte: »Ich müsste mir den Stiefel ausziehen und nach diesem blöden Knöchel sehen. Aber es ist zu verdammt kalt. Wohin gehen wir jetzt, Jaelle?«

Jaelle blickte zu dem hinter ihnen aufragenden Nevarsin-Gipfel zurück. »Die Hauptstraße biegt nach Caer Donn ab. Wenn es in diesem Gebiet irgendwelche geheimnisvollen Städte gäbe, wäre eine von uns schon früher darauf gestoßen.« Mühsam entfaltete sie mit den behandschuhten Fingern die Karte und zeigte darauf; wer sich in dieser Höhe die Handschuhe auszog, haschte nach Erfrierungen. »Diese kleine Siedlung ist auf keiner der darkovanischen Karten eingezeichnet. Sie tauchte auf einem der Satellitenbilder auf, und das da ...« – sie fuhr mit dem Zeigefinger daran entlang – »... scheint so etwas wie ein Weg zu sein.«

»So etwas *wie* ein Weg«, ächzte Cholayna. Mittlerweile wussten sie alle, wie nicht eingezeichnete Wege in dieser Gegend aussahen.

»Ich weiß, aber ich kann mir keine andere Route denken, die Rafaella genommen haben könnte«, erwiderte Jaelle. Hoch oben auf dem Pass hatten sie eine liegen gelassene Packlast gefunden, ganz leer, aber mit Rafaellas Zeichen darauf. »Sie müssen allmählich knapp an Lebensmitteln und an Korn für die Ponys sein ... sie wissen, dass wir ihnen folgen. Warum warten sie nicht auf uns?«

Magda hatte keine Ahnung, es sei denn, Lexie und Rafaella hatten eine besondere Führung zu dieser unbekannten Stadt der Legende erhalten. Oben auf dem Nevarsin war einmal für einen kurzen Augenblick mitten im Sturm die Sonne herausgekommen, und Magda hatte jenseits einer endlosen Reihe von Bergketten und weglosen Gipfeln den fernen, unersteiglichen Eiswall erblickt, der als Wall um die Welt bekannt war. Bisher hatte sie ihn erst einmal – und da von einem Kartografierungsflugzeug aus – gesehen, und nicht in ihren wildesten Träumen hätte sie sich einfallen lassen, dass sie sich ihm einmal zu Fuß nähern würde.

»Möchte jemand noch Tee?« Camilla verteilte den Rest auf die vier ihr hingehaltenen Becher, packte den Kessel weg und streute Schnee über das Feuerchen. Es war reine Gewohnheit, denn hier gab es wahrlich nichts, das brennen könnte.

Vanessa belud die Chervines und zog sorgsam die Gurte fest. Cholayna half Jaelle beim Satteln. Plötzlich krümmte sie sich in einem neuen Hustenanfall, klammerte sich an den Sattelgurt und lehnte sich gegen die Flanke des Pferdes. Vanessa betrachtete sie forschend, und Magda wusste, dass sie sich Gedanken machte, ob die ältere Frau es schaffen würde. Aber sie konnten nichts tun. Kurze Zeit später richtete Cholayna sich auf. Die Augen liefen ihr über, und die Tränen gefroren bereits auf ihren Wangen. Sie holte den Kompass aus ihrem Bündel und überprüfte die Karte und den Weg.

»Hier entlang«, entschied Jaelle.

Der Weg führte erst eine Weile bergab und ging dann in einen schlecht zu erkennenden Pfad über, der zwischen zwei Berglehnen nach oben lief. Die Sonne stieg höher. Magda spürte, wie der Schweiß unter der Jacke über ihren Körper strömte und gefror.

Sie waren ungefähr drei Stunden geritten, als Jaelle die Parole nach hinten gab, sie sollten Ausschau nach einem guten Platz zum Ausruhen halten. Der Weg war steil und eng. Die Pferde kämpften sich über einen alten Gletscher mit brüchigem Eis hoch. Nach einer Biegung sahen sie einen langen, schneebedeckten Hang vor sich. Kaum hatten sie den Fuß darauf gesetzt, als ein Dutzend Vögel schreiend aufflog und die Flucht ergriff. Darauf folgte ein Geräusch wie plötzliches Donnergrollen. Jaelle, die an der Spitze ritt, riss ihr Pferd scharf zurück.

Und dann stürzten von irgendwo über ihnen Tonnen von Fels und Eis in eine tief eingeschnittene Senke nieder. Die Pferde bäumten sich wiehernd auf. Der Boden unter ihren Füßen bebte. Die Packtiere und die Pferde drängten sich zusammen. Camilla beugte sich zur Seite und umklammerte Magda. Das Brüllen der Lawine wollte überhaupt nicht aufhören.

Endlich wurde es still. Die Luft war voll von zermalmtem Eis und Staub, und ein Pferd schrie. Jaelles Pony war von einem fallenden Block getroffen worden und zusammengebrochen. Camilla sprang aus dem Sattel und bahnte sich eilig einen Weg durch die Trümmer. Jaelle kniete zitternd neben ihrem Tier. Magda sah sich nach den anderen um. Vanessa hatte die Arme um sich geschlungen; ihr Gesicht war ganz weiß. Magda hörte Cholaynas pfeifenden Atem. Sie hing über ihrem Pony und hatte nicht einmal mehr die Kraft zu husten. Nichts war zu vernehmen außer dem Schreien des verletzten Tiers und den schrillen Rufen der in der Luft kreisenden aufgeschreckten Vögel.

Endlich würgte Vanessa hervor: »Es heißt, die Lawine, auf der dein Name steht, hörst du nicht. Wenn du sie hörst, bist du noch am Leben.« Vorsichtig stieg sie über das Geröll, das den Weg ganz verschüttet hatte, und kniete sich neben Camilla zu dem erbarmungswürdig schreienden Pony.

»Bein zermalmt«, stellte sie fest. »Nichts mehr zu machen.«

Über Jaelles Gesicht liefen schnell gefrierende Tränen. Sie tastete nach ihrem Messer. »Lass mich es tun.« Camilla legte ihre freie Hand über Jaelles. Es war fast eine Liebkosung. »Halte seinen Kopf, Shaya.«

Jaelle nahm den Kopf des Ponys in ihren Schoß. Das wild um sich schlagende Tier wurde für einen Augenblick ruhig; Zeit genug, um zu handeln. Camillas Dolch fuhr hinunter und durchschnitt schnell die große Arterie im Hals. Ein paar Spritzer Blut, ein letzter Kampf, und es war vorbei. Mit zusammengepressten Lippen versuchte Camilla, das Blut von ihrem Reitumhang zu wischen.

»Nimm ihm den Sattel ab. Du bist doch schon auf einem Chervine geritten. Das mit dem weißen Gesicht ist das sanfteste und vertrauenswürdigste.« Camilla sprach kurz angebunden, aber Magda wusste, dass sich dahinter echte Teilnahme verbarg. Während Vanessa dem schnell erstarrenden Kadaver den Sattel abnahm (ein Wunder, dass Jaelle nicht abgeworfen und getötet worden war), trat Magda zu Jaelle, die wie gelähmt dastand. Magda drückte Salbe aus einer Tube und strich sie über die gefrorenen Tränen auf dem Gesicht ihrer Freipartnerin. Mit den Blutspritzern vermischt, ergab das einen grotesken Anblick. Nun, wenigstens würden ihre Wangen dann nicht erfrieren.

»Bist du verletzt, *Breda?*«

»Nein.« Aber Jaelle hinkte und stützte sich schwer auf Magda. »Etwas hat mich am Schienbein getroffen, als das Pony fiel. Ich glaube nicht, dass die Haut aufgeplatzt ist, das gibt nur einen blauen Fleck.« Sie begann von neuem zu weinen. »O Tänzerin!« Das war der Name ihrer kleinen Stute. »Damon schenkte sie mir in dem Jahr, als Dori geboren wurde. Als Füllen lief sie mir nach wie ein Hündchen. Ich habe sie selbst an den Sattel gewöhnt. O Magda, Damon wird böse sein, dass ich nicht besser auf sie aufgepasst habe.«

Die Worte waren bedeutungslos, sie war hysterisch. Magda erkannte, dass Jaelle einen Schock erlitten hatte.

»Nimm allen die Sättel ab, Camilla, dann kochen wir Tee. Jaelle braucht ihn. Wir brauchen ihn alle.«

Auf ihr Drängen hin entfernten sie sich bergauf ein Stück von dem Kadaver des Ponys, um den sich die *Kyorebni* bereits stritten. Vanessa zündete ein Feuer an. Magda setzte Jaelle auf eine Satteltasche und betrachtete das, was einmal ein Weg gewesen war. Er war spurlos verschwunden. Trotzdem konnten sie von Glück sagen, dass sie noch am Leben waren und nur ein Reittier verloren hatten.

Jetzt musste das Gebiet vor ihnen erst erkundet werden. Weder Jaelle noch Cholayna waren in einer Verfassung, dass sie hätten weiterziehen können. Tee wurde gekocht und getrunken. Camilla nahm dem toten Pferd den Sattel ab und versuchte, ihn dem kleinsten und fügsamsten Chervine aufzulegen. Aber Unterschiede in Größe und Gestalt machten das zu einem fast unmöglichen Vorhaben, auch als der Rücken des Tiers mit einer Decke ausgepolstert wurde.

»Ich bin als Kind ohne Sattel auf einem Chervine geritten, aber ich habe nicht vor, das zu versuchen, solange es eine andere Möglichkeit gibt. Dies vorstehende Rückgrat reißt mich entzwei«, beklagte sich Jaelle. Der heiße Tee und ein paar Süßigkeiten aus den Packlasten hatten wieder etwas Farbe in ihr Gesicht gebracht, aber von ihrem Schienbein war die Haut abgeschunden, und der Bluterguss ging bis auf die Knochen.

»Im nächsten Dorf versuchen wir ein Reit-Chervine oder wenigstens einen richtigen Sattel für das hier zu kaufen«, sagte Camilla. Magda war mit dem Essen fertig und stand müde auf.

»Vanessa, uns beiden fällt die Aufgabe zu, die Pfadfinder zu machen und nachzusehen, ob es irgendwo da oben einen Weg gibt.« Sie sah sich die Karte an. Es war Mittag, und das Wetter war noch gut. Doch schon bildeten sich lange, schmale, am Ende gekrümmte Wolken im Norden, und Magda wusste, sie alle wussten, was das bedeutete: zumindest heftigen Wind, vielleicht Sturm und dichten Schneefall.

Auf der Karte war etwas wie eine Siedlung oder ein Dorf zu sehen. Magda betete, dass es nicht wieder ein Räubernest war.

»Leg dein Bein hoch, und ruhe es aus, so lange du kannst, Jaelle. Vanessa und ich gehen auf Erkundung aus.« Cholayna, dachte Magda, sah schlechter aus als Jaelle, sie atmete in pfeifenden, rasselnden Stößen. Aber umkehren konnten sie nicht, und es gab kein Obdach in der Nähe. Sie mussten weiterziehen und darauf hoffen, irgendwo eine Unterkunft zu finden. Magda war nicht abergläubisch, doch der Tod des Ponys schien ihr ein schlechtes Omen zu sein. Sie hatten auf diesem langen Treck zu viel Glück gehabt, und wenn es sie jetzt im Stich ließ, was würde darauf folgen?

Camilla bat: »Lasst mich mitgehen ...«

»Du musst hier bleiben und dich um Cholayna und Jaelle kümmern. Vanessa ist eine erfahrene Bergsteigerin, und ich bin im Augenblick in der besten körperlichen Verfassung.« Magda lächelte schwach. »Du wirst es schwerer haben als wir, wenn du in der Kälte hier festsitzt. Pack Schlafsäcke aus, und hülle dich und die beiden anderen darin ein. Vanessa und ich müssen uns bewegen, da wird es uns wenigstens warm.«

Jaelle bemerkte: »In all den alten Geschichten Kindras wurde betont, der Weg zu der geheimen Stadt der Schwesternschaft werde bewacht. Ich frage mich, ob wir auf die Probe gestellt werden.«

Cholayna wickelte einen Schlafsack um sich und Jaelle. »Ich kann nicht recht glauben, dass sie so viel Macht haben. Dass sie das Wetter beeinflussen, lasse ich mir noch eingehen. Die Lawine? Nein, die haben wir sicher ...« Ein lange anhaltender Hustenanfall unterbrach sie, und halb erstickt beendete sie ihren Satz: »... den verfluchten Umständen im Allgemeinen zuzuschreiben. Camilla, ist noch etwas von deinem Hexengebräu da?«

Es fiel Magda merkwürdig schwer, dem provisorischen Lager den Rücken zu kehren. Zum ersten Mal in ihrem Leben musste sie sich anseilen, aber ein Blick auf den mit Geröll bedeckten, eisigen Felsboden über und unter ihr überzeugte sie, dass es notwendig war. Vorsichtig, immer in Gefahr, sich einen Knöchel zu brechen, wenn nichts Schlimmeres passierte, bahnten sie und Vanessa sich einen Weg durch die Steinhaufen. Die Eiswände des Gletschers hingen über und schienen auf sie herabzukippen.

Sie mussten hier höher als fünftausend Meter sein, und da wurde auch Magda der Atem knapp. Der ganze Hang war voll von frisch gefallenem Schnee und altem Eis. Mehrere Felsnadeln waren durch breite Gräben getrennt, bis zum Rand mit losem Geröll und wacklig liegenden Blöcken gefüllt. Nichts verriet, dass hier einmal ein Weg gewesen oder irgendjemand entlanggegangen war.

Beim Klettern enthüllte sich ihnen die ganze weite Gebirgslandschaft. Sie näherten sich dem breiten Eiswall, der den auf der Karte eingezeichneten Gipfel umlagerte. Jeden Graben überquerten sie so schnell wie möglich, immer auf der Hut vor neuen Steinschlägen von oben, bis sie wieder an einer der aufragenden Felsnadeln außer Gefahr waren.

»In dieser Richtung geht es nicht.« Vanessa blieb im Schutz eines gewaltigen Blocks stehen und wischte sich den Schweiß vom Gesicht. »Wir müssten ganz eng beieinander bleiben, und wahrscheinlich wären wir gezwungen, die Pferde und Chervines zusammenzubinden und in einem Klumpen hinaufzubringen. Nicht gut. Und das da gefällt mir auch nicht.«

Sie hob die Hand, und Magda stockte das Herz. Sie befanden sich ganz auf der einen Seite in Sicherheit, aber der große Gletscher, eine überwältigende Masse aus gequälten Eisformationen, im Augenblick des Umkippens erstarrt, erhob sich hoch auf der anderen Seite, genau am Ende einer gewaltigen Eisschicht oben auf dem Gipfel, den sie überqueren mussten.

Der Hang fiel sanft ab, doch so wenig Magda über Gletscher wusste, eins war ihr klar: Das Eis bewegte sich unaufhaltsam, wenn auch unmerklich, den Berg hinunter, den sie irgendwie zu erklettern hatten. Die unter unvorstellbarem Druck stehende Gletscherzunge brach von Zeit zu Zeit an der Kante ab und donnerte auf ihrer Route ins Tal. So war es mit der Lawine gewesen, die Jaelles Pony getötet und fast Jaelle mitgenommen hatte. Woher sollten sie wissen, wann die nächste kam? Waren eigentlich ihre Kameradinnen im Lager sicher?

Wieder eilten sie über einen Graben voller rasiermesserscharfer loser Schiefer, die ihre Stiefelsohlen zerschnitten. Die Sonne war hinter der sich verdichtenden Wolkenschicht verschwunden. Magda blickte nach unten und erkannte nur einen rötlichen Punkt. Das war der Schlafsack, den Cholayna um sich und Jaelle gewickelt hatte. Auf dem Hang jenseits des Tals erkannte sie ein paar graue Rechtecke.

»Ist das jetzt das auf der Karte eingezeichnete Dorf, oder ist es nur eine Ansammlung von Steinblöcken wie diese hier?«

»Gott weiß es, und Er hat es mir nicht anvertraut«, gab Vanessa zurück. »Aber im Augenblick würde ich meine Seele für einen Hubschrauber verpfänden. Ob es die Stadt ist, die Lexie vom Flugzeug aus gesehen hat?«

»Das lässt sich nicht sagen. Und mir gefällt es nicht, wie der Himmel aussieht«, sagte Magda. »Wenn es ein Dorf ist, müssen wir in gerader Linie darauf zuhalten. Weit und breit ist sonst nichts einem Obdach auch nur ähnlich, und ich habe Bedenken, Cholayna noch eine Nacht im Freien verbringen zu lassen. Vanessa, ich mache mir große Sorgen um sie.«

»Glaubst du, ich nicht? Beten wir, dass das da drüben ein

Dorf oder irgendeine Siedlung ist. Meiner Meinung nach ist es nicht Lexies Stadt; es ist auf den Karten eingezeichnet. Aber für eine Felsformation sieht es ein bisschen zu rechtwinklig aus. Auf jeden Fall müssen wir versuchen hinzugelangen. So wie der Himmel aussieht, bleibt uns keine andere Wahl. *Hier* möchte ich nicht biwakieren.«

»Wer möchte das schon?« Magda machte sich daran, den Weg, den sie gekommen waren, wieder hinabzusteigen. Sie drehte sich noch einmal nach Vanessa um und sah sie so dicht am Rand der Klippe stehen, dass der Schreck ein krampfhaftes Prickeln in ihren Armen und Beinen hervorrief.

Vanessa rief. »Gott, Lorne, sieh dir das an! Daneben wirken die Berge von Alpha wie Hügel. Und ich war stolz darauf, den Montenegro-Gipfel bezwungen zu haben! So etwas habe ich noch nie gesehen. Ganz gleich, was bei dieser Reise herauskommt, schon die Chance, das zu erleben ...« Sie brach ab.

»Das kannst du nicht verstehen, nicht wahr, Lorne? Für dich bedeutet es nur Schwierigkeiten und Gefahren und harte Ritte und mühsame Aufstiege. Du siehst es nicht einmal!«

»Nicht auf die gleiche Weise wie du, Vanessa«, gestand Magda. »Ich habe nie den Wunsch gehabt, Berge um ihrer selbst willen, nur aus Freude daran, zu erklimmen.«

Zu ihrer Überraschung nahm Vanessa sie scheu in den Arm. »Es ist bewundernswert, dass du durchhältst, wie du es tust, obwohl dir dies gar nichts bedeutet. Lorne, ich ... ich bin froh, dass wir uns kennen gelernt haben. Du bist ... du bist genau das, was von dir immer gesagt wird.« Ihre kalten Lippen streiften Magdas Wangen in einem scheuen Kuss. Abrupt wandte sie sich ab.

»Wir müssen wieder hinunter und den anderen sagen, was wir gefunden haben. Dabei ist nicht einmal sicher, ob wir etwas gefunden haben. Ich käme mir verdammt komisch vor, wenn ich den ganzen Weg zu diesem Haufen von grauen Blöcken hochkletterte und dann feststellen müsste, dass es nur dumme alte Felsen sind!«

»*Komisch* würde ich es nicht gerade nennen, aber es ist das einzige halbwegs anständige Wort dafür«, stimmte Magda ihr zu.

Der Abstieg war leichter. Sie bahnten sich ihren Weg sehr vorsichtig, und trotzdem rutschte Vanessa einmal aus und wurde nur durch das Seil vor einem Sturz einen langen, mit Geröll bedeckten Abhang hinunter gerettet. Bei dem Versuch, sich festzuhalten, verrenkte sie sich schmerzhaft das Handgelenk.

Der Himmel hatte sich jetzt ganz bezogen, und es wehte ein schneidender Wind. Magda zitterte. Auf halber Höhe hielten sie im Schutz einer der Felsnadeln an, gruben die Notrationen aus ihren Taschen und lutschten an honiggetränktem Trockenobst. Trotz der Salbe, die sie aufgetragen hatte, fühlte sich Magdas Gesicht an, als liege die Haut bloß. Je dunkler es wurde, desto schwerer fiel es ihnen, die Füße an sichere Stellen zu setzen. Wie, um Himmels willen, sollten sie die Pferde und Chervines hinaufbringen, ganz zu schweigen von der kranken Cholayna? Sie hatten keine Uhr, aber es konnte noch nicht so spät sein, wie der Himmel anzuzeigen schien. Bedeutete das, dass aus dem unwegsamen Norden ein Blizzard herunterfuhr?

»Was meinst du, wie weit entfernt das Dorf ist?«

»Ein paar Kilometer. Wenn wir reiten könnten, brauchten wir nicht mehr als zwei Stunden. Wie lange das Klettern dauern wird, weiß Gott allein«, seufzte Vanessa. »Vielleicht können wir Cholayna auf ein Pferd setzen und es über die schlechte Strecke führen.« Sie band sich die Kapuze fester ums Gesicht.

Magda hatte den Eindruck, der Wind werde heftiger und bringe den Geruch nach schwerem Schneefall mit. Sie verbannte diese Gedanken. Die unmittelbare Gegenwart war schlimm genug. Doch als sie sich der Stelle näherten, wo sie die drei anderen zurückgelassen hatten, wurde sie von quälender Angst überfallen. Angenommen, das Lager war leer, Jaelle und Cholayna und Camilla waren verschwunden, umgebracht von den Zauberinnen, die schon Lexie und Rafaella hier in den Bergen ins Unglück geführt hatten?

Auf dem letzten Abhang angekommen, erkannte Magda einen orangefarbenen Fleck vor Felsen und Schnee – Camillas alter Reitumhang – und den Schein des Feuers. Sie stolperten ins Lager, und Magda ließ sich auf einen ausgebreiteten Schlafsack fallen. Camilla drückte ihr einen Becher mit Tee in die Hand. Nichts hatte ihrer brennenden Kehle jemals so gut getan.

Ein bisschen aufgewärmt (aber nicht genug) und erfrischt von dem heißen Getränk, erkundigte sie sich: »Wie geht es Cholayna?«

Jaelle neigte den Kopf in die Richtung, wo Cholayna zwischen aufgestapelten Taschen und Decken schlief. Noch dort, wo sie saßen, konnte Magda ihren rasselnden Atem hören. Vanessa ging zu ihr und beugte sich nieder, um dem Geräusch aus der Nähe zu lauschen.

Camilla fragte: »Nun?«

»Gar nicht gut.« Vanessa presste die Lippen zusammen. »Sie hat Flüssigkeit in den Bronchien. Ich weiß nicht genug, um feststellen zu können, ob auch ihre Lungen befallen sind. Aber wir müssen bald ein Obdach für sie finden. Lasst uns beten, dass das, was wir gesehen haben, tatsächlich ein Obdach ist.«

Und ich wollte nicht, dass Vanessa mitkam. Was würden wir ohne sie anfangen?

Sie berichteten, was sie entdeckt hatten, sattelten die Ponys, beluden die Chervines und banden sie zusammen. Cholayna wachte aus ihrem leichten Schlaf auf und behauptete, genau wie alle anderen zu Fuß gehen zu können. Sie hörten nicht darauf und setzten sie auf ihr Pferd. Magda ergriff die Zügel, und sie begannen mit dem Aufstieg. Für den ersten Teil der Strecke brauchten sie sich wenigstens noch nicht anzuseilen.

Aber ein paar hundert Fuß oberhalb der Stelle, wo sie nach der Lawine gelagert hatten, waren Steine und Eis auf dem Boden so lose, dass Vanessa darauf bestand, sie müssten sich alle anseilen.

»Es tut mir Leid, Cholayna, du musst absteigen. Ich traue keinem Pferd zu, dass es hier sicher geht. Wenn du es fertig bringst, ein Chervine zu reiten ...«

»Ich kann ganz gut laufen.« Doch Cholayna konnte sich nur weiterschleppen, indem sie sich an den Sattelgurt des Chervines anklammerte. Es war ein älteres Weibchen, das zahmste von allen Tieren, und obwohl es unbehaglich schnaubte, protestierte es nicht. Die anderen Chervines folgten ihrer Anführerin, und auch den Pferden hatte man es überlassen, sich den Weg durch Eis und Geröll selbst zu bahnen. Magda war klar, dass nur ein Wunder alle Tiere unbeschädigt hinüberbefördern würde. Einmal rutschte Camilla aus, und allein das straff gespannte Seil bewahrte sie vor dem Absturz. Sie stellte sich wieder auf die Füße und fluchte dabei atemlos in einer Sprache, die Magda kaum verstand.

»Verletzt, Camilla?«

»Nur durchgeschüttelt.« Sie schonte einen Fuß, aber dagegen ließ sich hier nichts unternehmen. Mühsam kamen sie unter den niedrigen, schneeschwangeren Wolken voran. Magda, die den gleichen Weg heute schon einmal gemacht hatte, fürchtete, die Knie würden ihr einknicken. Sie hörte das laute Pfeifen ihres Atems. In ihrem Kopf hämmerte es, ihre Ohren schmerzten, doch in ihrem Gesicht hatte sie überhaupt kein Gefühl mehr. Als provisorische Maske zog sie sich den Schal über die Nase. Bald war das Kondenswasser ihres Atems gefroren, so dass sich ihr Gesicht mit einer Eisschicht bedeckte.

Ihre Welt hatte sich darauf verengt, einen Schritt und noch einen Schritt zu tun. Und doch war sie sich ihrer Gefährtinnen außerhalb des vom Geräusch ihres Atems beschriebenen kleinen Kreises irgendwie bewusst. Sie fühlte den Schmerz in Jaelles verletztem Bein, das Stechen in Camillas Fuß, jedes Mal, wenn sie ihn niedersetzte, wusste sie, dass Vanessa ihr Knöchel, den sie sich zu Anfang der Reise verstaucht hatte, in dieser Kälte wieder zu schaffen machte, empfand den dumpfen Druck auf Cholaynas Brust. Magda versuchte, all das auszuschließen, denn sie konnte ihnen nicht anders helfen, als dass sie ihre eigene Kraft bewahrte und keine Hilfe von ihnen beanspruchte. Vanessa weinte leise vor Erschöpfung. Auch sie war heute schon einmal diesen Weg hinaufgeklettert.

Nur ein Schritt, dann noch einer. Sonst ist nichts.

Es war ein langer Alptraum. Sie waren schon immer geklettert, und sie würden immer weiterklettern. *Ich werde noch zehn Schritte machen,* handelte Magda mit sich selbst, *und dann gebe ich auf.* Und am Ende der zehn Schritte: *Ich werde noch zehn Schritte machen, nur noch zehn, weiter als das will ich nicht denken.* So hielt sie sich auf den Füßen, dachte nichts anderes mehr als: *sieben, acht, neun, zehn Schritte, dann lege ich mich hin und stehe nicht mehr auf ...*

»Magda«, erklang ganz leise Vanessas Stimme, »kannst du Cholayna helfen?« Magda blickte auf. Jenseits der Grenze ihrer kleinen Welt hatte Cholayna den Sattelgurt losgelassen und war im Schnee zusammengebrochen. Vanessa kämpfte mit einem der Pferde, das nicht weitergehen wollte, und mit einem Teil ihres Gehirns wunderte Magda sich, warum sie sich die Mühe machte. Dabei wusste sie genau, falls sie noch ein Pferd verloren, würden sie das Dorf, das sie gesehen hatten, nie erreichen.

Sie beugte sich über Cholayna und fasste sie am Arm. »Ich helfe dir. Stütze dich auf mich.«

Cholaynas Gesicht war scheckig von Salbe und halb erfrorenen hellen Flecken auf der dunklen Haut. Ihre geröteten Augen lagen tief in den Höhlen. Eis hing an losen Strähnen ihres Haars. Ihre Stimme war nur noch ein raues Flüstern.

»Ich schaffe es doch nicht. Ich halte euch nur auf. Geht ihr weiter. Lasst mich hier. Kein Grund, dass ihr anderen nicht hinüberkommen solltet. Aber ich bin am Ende.«

Magda *fühlte* tief in ihrem Inneren Cholaynas Verzweiflung und kämpfte dagegen an, sie Teil von sich selbst werden zu lassen.

»Du bist nur müde. Stütze dich auf mich.« Sie bückte sich und fasste Cholayna unter den Achseln. Eine Hälfte ihres Ichs war ärgerlich, denn sie hatte kaum noch Kraft für sich selbst, aber die andere Hälfte wusste, dass dies der letzte Kampf war. »Sieh doch, wir sind nur ein kleines Stück vom Gipfel entfernt, von dort an kannst du reiten.«

»Magda, ich kann nicht mehr ... kann nicht mehr. Ich glaube, ich sterbe ...«

Magda sah ihr ins Gesicht, und einen Augenblick lang glaubte sie es auch. Sie wollte Cholayna loslassen, einfach nur loslassen ... dann schoss Adrenalin in ihr Blut und überflutete sie mit Zorn.

»Verdammt noch mal, wage bloß nicht, mir so zu kommen! Du hast uns gezwungen, dich mitzunehmen, obwohl ich sagte, du würdest es nicht schaffen! Und noch in Nevarsin wolltest du nicht auf mich hören und dich nicht zurückschicken lassen! Jetzt hievst du deinen sturen alten Hintern aus dem Schnee, oder ich befördere dich mit einem Fußtritt bis zum Gipfel! Du musst auf eigenen Füßen gehen, ich habe nicht die Kraft, dich zu tragen, und die anderen sind in schlechterer Verfassung als ich! Steh *auf!*« Ungläubig hörte sie ihre eigene

Stimme schreien. Aber die Wut hatte sie so gepackt, dass sie tatsächlich den Arm hob, um Cholayna zu schlagen.

Cholayna atmete rasselnd ein und aus, dann regte sie sich müde. Magda hielt ihr die Hand hin und zog sie hoch. Einen Augenblick lang klammerte Cholayna sich an den ausgestreckten Arm. Durch zusammengebissene Zähne zischte sie: »Wenn ich könnte, würde ich dich ...« Die Worte gingen in einem schweren Hustenanfall unter. Magda legte den Arm um sie.

»Komm. Halte dich an mir fest.«

»Es geht schon.« Cholayna zwang sich, ohne Magdas Hilfe zu stehen. Die Zähne entblößt wie ein Tier, funkelte sie sie an. Sie tat einen wackeligen Schritt, noch einen. Aber wenigstens ging sie. Magda umfasste von neuem ihre Schultern, und diesmal wehrte sich Cholayna nicht.

Jaelle war an der Spitze, Vanessa hatte mit den Pferden zu tun. Camilla hatte die zusammengebundenen Chervines eingeholt und hielt sich, wie zuvor Cholayna, an einem Sattelgurt fest. Wie gern wäre Magda zu ihr geeilt! Aber Camilla kam, wenn sie musste, ohne ihre Hilfe zurecht, und Cholayna brauchte sie.

Irgendwo unter ihnen war das Donnern einer Lawine zu hören, und der Berg bebte. Magda keuchte auf, und Cholayna klammerte sich an sie. Das Geräusch kam jedoch aus weiter Entfernung, und nach einer Weile erstarb es.

Wir müssen diese Strecke hinter uns bringen, jede Minute kann es hier losgehen!

»Seht nur!«, kam der wilde Ausruf Jaelles, die ein paar Dutzend Schritte über ihnen war. »Sieh doch, Vanessa! Auf der anderen Seite, da oben! Siehst du es nicht? Lichter! Lichter, da drüben! Es ist die Siedlung, die auf der Karte eingezeichnet ist! Sie ist wirklich da, und wir haben sie gefunden!«

Vor Erleichterung holte Magda tief Atem. Das tat ihrer trockenen Kehle weh, und die eisige Luft brannte in ihren Lungen, aber die Entdeckung war gerade noch zur richtigen Zeit gekommen. Jetzt waren sie fähig weiterzugehen. Es kam nicht einmal darauf an, dass es zu schneien anfing. Cholayna mit sich ziehend, kämpfte sie sich die letzten Schritte zum Gipfel hoch. Dort drängten sie sich zusammen und starrten auf das schwache Schimmern der Lichter jenseits des Tales. Von hier ging es bergab, und sie konnten zumindest einen Teil des Weges reiten.

22

Auf halber Höhe setzte ein heftiger Schneefall ein, und es wurde zunehmend finster. Cholayna und Camilla ritten, Jaelle ging zu Fuß voran, Magda und Vanessa folgten ihr. Die ledigen Pferde und die Chervines liefen hinterher und stießen sich auf dem Weg bergab. Die Position der Lichter verriet, dass sich das Dorf ein gutes Stück über der Talsohle befand. Magda hoffte, es werde eine Straße oder ein Weg hinaufführen. Eine weitere Kletterpartie überstand Cholayna nicht.

Je weiter sie nach unten kamen, desto mehr Bäume säumten den Weg. Manchmal verdeckten sie die fernen Lichter. Der Schnee fiel immer dichter, und es kam Wind auf.

Wenn wir das Dorf in diesem Schnee nun nicht erreichen und wir in einen Blizzard geraten? Wenn uns die Leute dort nicht einlassen wollen, oder wenn sie Räuber sind wie in dem Dorf hinter Barrensclae? Aber Magda war so müde, dass es sie eigentlich nicht mehr kümmerte. Über die sie willkommen heißenden Lichter mochte sie nicht hinausdenken. Tiefer und tiefer stiegen sie hinab, zuweilen von den krummen Bäumen vor dem grimmigen Wind geschützt. Ein schwacher Geruch nach Harz lag in der Luft. In ihrem erschöpften Zustand dauerte es lange, bis Magda merkte, dass sie irgendetwas roch. Tiefer und tiefer hinunter, und dann war sie sicher, dass es Rauch war und der ferne Duft nach kochendem Essen, so köstlich, dass ihr die Augen überliefen. Die Lichter über ihnen flackerten. Sie schienen ihnen näher zu sein als der Hang, der hinter dem Tal hinaufführte, als schwebten sie in der Luft.

Dann sah Magda die Lichter nicht mehr. Sie stieß Camillas Pferd, und alle Tiere rannten am Fuß einer Klippe gegeneinander. Es war dunkel wie im Inneren einer Tasche.

»Hat jemand ein Streichholz?« Das war Camillas Stimme. Cholayna hustete. Jaelle tastete im Dunkeln umher, und dann schoss ein winziges Flämmchen hoch. In seinem Licht erkannte Magda allmählich, warum sie so abrupt angehalten hatten.

Sie drängten sich am Fuß einer vor ihnen aufragenden nackten Klippe zusammen. Vor langer Zeit musste jemand Stufen in die Wand gehauen haben, zu steil, zu weit voneinander entfernt, um sie zu erklettern, als sei der Erbauer nicht ganz menschlich gewesen.

Aber neben den Stufen hing ein langes Seil mit einem Handgriff, einem einfachen Holzstück, der wiederum mit einem Stück schmutzigen Strick umwickelt war. Nach einem schnellen Blick ringsum zog Jaelle daran. Weit über ihnen erklang eine Glocke.

Dann geschah lange Zeit überhaupt nichts. Die Klippe schützte sie vor dem Wind, aber nicht vor der beißenden Kälte. Jaelle und Vanessa stampften mit ihren Stiefeln fest auf den felsigen Boden. Magda sagte sich, dass sie es ihnen gleichtun müsste, doch sie brachte die Willenskraft nicht mehr auf. Cholaynas Husten wurde von dem dicken Schal um ihr Gesicht gedämpft. Magda zitterte und wartete.

»Hörst du nichts, Jaelle? Solltest du nicht noch einmal läuten?«

»Da oben ist etwas.« Jaelle trat zurück und versuchte, durch Dunkelheit und wirbelnden Schnee etwas zu erkennen. Jetzt hörten sie alle ein hartes, kratzendes Geräusch.

Jaelle riss ein weiteres Streichholz an. In seinem winzigen Lichtkreis erschien, von dichten Schneeflocken umtanzt, ein Stiefel, dann noch einer, gefolgt von Hosenbeinen und einem Körper, der in eine ganze Sammlung von dicken, schweren Schals eingewickelt war. Das Gesicht darüber war halb verdeckt von verfilztem, mit Eis behangenem weißem Haar, dicht und wild. Schnee lag auf den buschigen Augenbrauen.

»Ihr müsst eure Reittiere unten lassen«, sagte eine schnarrende Stimme im Dialekt des Gebirges. »Kein Weg, sie hochzuschaffen. Seid ihr Männer oder Frauen, Fremde?« Im letzten Aufflackern des Streichholzes sah Magda, dass die tief eingesunkenen Augen von einer dicken weißen Schicht verklebt waren. Trotzdem glaubte Magda im ersten Schrecken, es sei die alte Frau aus der Überwelt.

»Ich bin Jaelle n'ha Melora, eine Entsagende aus dem Thendara-Gildenhaus«, stellte Jaelle sich vor, »und diese vier Frauen sind meine Eidesschwestern. Wir sind alle reisemüde, und eine von uns ist krank. Wir bitten um Obdach für diese Nacht.«

»Aye, wir werden euch aufnehmen, keine Bange«, antwortete die Blinde. »Wir geben sogar Männern Obdach, aber sie müssen im Stall bei den Tieren schlafen. Dies ist Avarras Einsiedelei, Töchter. Männer werden verflucht, wenn sie einzudringen versuchen, aber ihr dürft nach oben kommen und gut schlafen. Wartet hier.«

Sie legte den Kopf zurück und stieß einen langen, schrillen Ruf aus, der lange Zeit in der schneegefüllten Luft nachhallte. Magda dachte erst, es sei ein Wort aus ihrem fast unverständlichen Dialekt. Doch sie hatte nur ein Signal gegeben. Ihm folgte ein Scharren, und dann senkte sich ein dunkler Gegenstand nieder, der an einem Seil hin und her schwankte. Es war ein großer, schwerer Korb, aus etwas Ähnlichem wie Weidenruten geflochten, und er schlug regelmäßig gegen die Klippenwand.

Die Blinde wies darauf.

»Steigt ein, Mädchen. Wir bringen die Tiere in den Stall.« Der Korb senkte sich noch ein Stück tiefer, und Magda erkannte darin eine schlanke Gestalt, die wie ein halbwüchsiger

Junge wirkte, aber wahrscheinlich ein Mädchen in den gleichen formlosen Kleidungsstücken wie die Frau war.

Camilla fragte: »Sollte ich nicht bei den Pferden bleiben?«

Der Kopf der Blinden fuhr beim Klang ihrer Stimme schnell herum. Sie kam und tastete Camillas Kopf und Schultern, den hageren Körper ab.

»He, du, bist du eine Frau? Diese Hände eignen sich besser für ein Schwert, und du hast keine Brüste ...«

Eine Frage war damit erledigt, dachte Magda gleichmütig. Dies war keine versteckte Stadt der Zauberinnen; die Frau besaß kein *Laran*. Das Herz tat ihr weh, dass Camilla gedemütigt wurde, aber Camilla antwortete ruhig: »Ich bin eine *Emmasca*, alte Mutter, schon als junges Mädchen dazu gemacht worden. Aber ich bin als Frau geboren, und eine Frau bin ich geblieben. Gibt es an diesem Ort ein Gesetz, das einer Frau verbietet, ein Schwert zu tragen?«

»Hrrmmphh!« Es war ein unübersetzbarer Laut. Magda wusste nicht, ob er Verachtung oder einfache Einwilligung ausdrückte. Die Hände der Blinden lagen immer noch auf Camillas Schultern. Schließlich sagte sie: »Nein, nein, die da oben sollen über dich urteilen, mir steht es nicht zu. Steig ein.« Sie zeigte auf den Korb. Das junge Mädchen kletterte hinaus und kippte ihn, damit Camilla hineinklettern konnte. Die anderen folgten ihr. Die Blinde stützte Cholayna, die nicht fest auf den Füßen stand, mit beiden Händen. Dann schickte sie wieder diesen langen, nachhallenden Schrei hinauf. Er wurde auf ähnliche Weise von oben beantwortet, und der Korb bewegte sich aufwärts.

Immer wieder während des schrecklichen Aufstiegs quietschte ein im Dunklen oben unsichtbarer Flaschenzug, ruckte das Seil, stieß der Korb schwer gegen den Fels, prallte ab und setzte seine langsame Weiterfahrt fort. Der Wind packte ihn, ließ ihn alle paar Fuß in Übelkeit erregenden Stößen schwanken und kreiseln. Cholayna spähte mit ungehemmter Neugier über den Rand und versuchte, in der Dunkelheit etwas zu erkennen. Magda dagegen hielt sich mit beiden Händen am Rand des Korbes fest und vergrub das Gesicht im Mantel.

Cholayna murmelte: »Faszinierend!«

Magda konnte nur staunen darüber, dass die Terranerin, obwohl ihr Atem immer noch rasselte, ihre Stimme schwach und zitterig war, mit Interesse verfolgte, was rund um sie geschah. Sie flüsterte Magda zu: »Glaubst du, dass dies die Stadt der Zauberinnen ist?«

Ebenso leise antwortete Magda: »Nein«, und sie erklärte ihre Gründe.

»Aber die alte Frau ist nur so eine Art Pförtnerin. Die Leute drinnen können ganz anders sein«, ließ sich Jaelles gedämpfte Stimme hören.

Magda antwortete nicht. Von dem Schlingern ihres Korbes wurde ihr schlecht.

Wie hoch mag dieser Ort liegen?, fragte sie sich. Ihr war, als habe der Korb sich mindestens eine halbe Stunde lang aufwärts bewegt, obwohl ihr der Verstand sagte, dass es *so* hoch unmöglich sein konnte. *Das nächste Mal, wenn ich mich freiwillig zu einer Reise melde,* sagte sie zu sich selbst, *werde ich daran denken, dass ich an Akrophobie leide.*

Doch auch diese scheinbar endlose Fahrt fand ein Ende. Lichter tauchten auf, primitive Pechfackeln, die flackerten und qualmten und zum Himmel stanken. Frauen, gekleidet in derbe Röcke und Schals, das Haar ungekämmt, trugen sie.

»Wenn das die Erwählten der Göttin sind«, hauchte Vanessa auf Terra-Standard – damit man es weder hören noch verstehen konnte –, »halte ich nicht viel von ihnen. Ich habe noch nie eine so schmutzige Bande gesehen.«

Magda zuckte die Schultern. »Hier gibt es wenig Brennmaterial und Wasser zum Waschen. Das Erste, was die Leute in dem Räuberdorf getan haben, war, dass sie uns ein Bad anboten, vergiss das nicht.«

Zwei Frauen hielten den schwankenden Korb fest, damit die Passagiere aussteigen konnten. Magda war dankbar für die Finsternis rings um den Lichterkreis der Fackeln. Sie verhinderten einen Blick zurück in den tiefen Abgrund, aus dem sie heraufgekommen waren.

»Seid willkommen im heiligen Haus der Göttin«, sagte eine Frau in diesem barbarischen Dialekt. »Möge die Dame euch in sichere Obhut nehmen. Kommt heraus aus dem Schnee und dem Wind.« Die Frauen nahmen sie in die Mitte und führten sie einen langen, steilen, mit Kopfsteinen gepflasterten Weg hinauf zu einer Ansammlung von Gebäuden. Der Sturm pfiff zwischen den Häusern hindurch und heulte um die Ecken, aber in ihrem Lee waren sie vor Schnee und Wind geschützt. Magda erinnerte sich, dass sie, als sie die grauen Vierecke aus der Ferne erblickte, versucht hatte, ihre Größe zu schätzen. Sie waren nicht in einem menschlichen Maßstab erbaut, ebenso wenig wie die Stufen, über die die Blinde allein in Dunkelheit und Sturm hinuntergeklettert war.

Ihre Führerinnen schoben sie in einen Gang zwischen zwei der gewaltigen Bauwerke und plötzlich durch eine große Tür in einen Raum, wo ein Feuer brannte – ein Feuerchen in einem steinernen Kamin, das die dunklen Ecken des Raums vergeblich zu erhellen suchte.

Vor dem Feuer hockte eine dunkle Gestalt, eingehüllt in große Schals und Schleier. Die Frauen drängten ihre Gäste vorwärts.

»*Kiya*«, sagte eine, die Höflichkeitsanrede für jede weibliche Verwandte aus der Elterngeneration benutzend, die für gewöhnlich die Bedeutung von Tante oder Pflegemutter hatte, »hier sind Fremde, darunter eine Kranke.«

Die Frau vor dem Feuer erhob sich und schob langsam die Kapuze aus ihrem Gesicht. Sie war eine große alte Frau mit schwärzlichem Gesicht. Ihre weit auseinander stehenden Augen unter den schmalen Brauen wanderten bedächtig von einer zur anderen.

»Einen guten Abend wünsche ich euch, Schwestern«, begrüßte sie sie endlich. Sie sprach den gleichen Gebirgsdialekt wie die anderen, aber langsam, als sei er ihr nicht vertraut. Ihre Aussprache war dagegen deutlicher und weniger barbarisch. »Dies ist das heilige Haus Avarras, in dem wir abgeschlossen leben und Ihren Segen suchen. Alle Frauen, die ein Obdach suchen, sind uns willkommen; ihr, die ihr unsere Suche teilt, seid gesegnet. Was kann diese Person euch für heute Nacht anbieten?« Ihre Stimme war ein tiefer Kontraalt, so tief, dass sie sich kaum nach einer Frauenstimme anhörte.

Jaelle antwortete: »Wir suchen Zuflucht vor dem Sturm, und eine von uns ist krank.«

Die Frau musterte sie eine nach der anderen. Cholaynas Husten durchbrach die Stille. Die alte Frau winkte sie zu sich, aber Cholayna war zu schwach und lethargisch, um zu gehorchen. Vielleicht hatte sie die Geste nicht einmal gesehen. Also ging die Frau zu ihr.

»Was fehlt dir, Schwester?« Sie wartete nicht auf eine Antwort. »Man hört es an dem Husten; du bist aus dem Tiefland, und die Bergluft macht deinen Atem krank. Ist es so?« Sie öffnete Cholaynas Jacke und legte ihren grauen Kopf an Cholaynas Brust. Nachdem sie eine Weile gelauscht hatte, meinte sie: »Wir können dies heilen, aber du darfst eine Hand voll von Tagen nicht weiterreisen.«

Sie winkte Vanessa. »Und deine Finger sind erforen und deine Füße wohl auch. Meine Schwestern werden euch in kurzer Zeit warme Suppen und heißes Wasser bringen und euch allen einen Ort zeigen, wo ihr sicher und trocken schlafen könnt.« Ihre Augen richteten sich auf Jaelle, und es sah aus, als schärfe sich ihr Blick vor plötzlichem Interesse.

»Dein Name, Tochter?«

»Ich bin Jaelle n'ha Melora ...«

»Nein, dein wirklicher Name. Einmal hat diese, die mit dir spricht, im Tiefland gelebt, und sie weiß, dass eine Entsagende sich nennen darf, wie es ihr gefällt. Deinen Geburtsnamen, *Chiya.*«

»Meine Mutter war Melora Aillard«, antwortete Jaelle. »Meinen Vater erkenne ich nicht an. Bin ich ein Rennpferd, dass ich nach dem Blut von Hengst und Stute beurteilt werden soll?«

»Viele werden dich nach Dingen von geringerer Bedeutung beurteilen, Mädchen. Du trägst dein *Comyn*-Blut im Gesicht wie ein Banner.«

»Wenn Ihr mich als Entsagende erkannt habt, alte Mutter, wisst ihr, dass ich auf dieses Erbe Verzicht geleistet habe.«

»Verzicht geleistet auf die Augen in deinem Kopf, Tochter? *Comyn* bist du, und du hast die *Donas* ...« – sie benutzte das archaische Wort für *Gaben* statt des üblicheren Ausdrucks *Laran* – »... dieses hohen Hauses. Und deine Bruder-Schwester dort?«

Sie wandte sich an Camilla. »Warum brichst du die Gesetze deines Clans, Halbfrau?« Das waren scharfe Worte, aber aus irgendeinem Grund klangen sie nicht beleidigend, wie es die Frage der blinden Pförtnerin getan hatte. »Willst du dieser Alten deinen Geburtsnamen anvertrauen, Entsagende?«

Sie sah Camilla gerade in die Augen.

Camilla sagte: »Vor einigen Jahren habe ich einen Eid geschworen, nie mehr den Namen jener zu nennen, die mich verstießen, lange bevor ich mich von ihnen lossagte. Das ist jedoch in einer anderen Zeit und in einem anderen Land geschehen. Meine Mutter stammte aus der Aillard-Domäne, und in meiner Kinderzeit trug ich den Namen Elorie Lindir. Aber Alaric Lindir hat mich nicht gezeugt.«

Magda gelang es nur knapp, ein Aufkeuchen zu unterdrücken. Nicht einmal ihr, nicht einmal Mutter Lauria hatte Camilla jemals diesen Namen verraten. Dass sie ihn jetzt aussprach, zeugte von einem so tiefen und umwälzenden Wandel, dass Magda nicht wagte, seine Bedeutung abzuschätzen.

»Und du besitzt die *Donas* des Hastur-Clans?«

»Das mag sein«, erklärte Camilla ruhig. »Ich weiß es nicht.«

»Ihr seid willkommen in diesem Haus, Töchter.« Die hoch gewachsene Frau neigte höflich den Kopf vor ihnen. »Für diese hier mag die Zeit kommen, wieder mit euch zu sprechen, doch im Augenblick bedürft ihr der Ruhe und Wärme. Teilt jenen mit, was euch sonst noch gegeben werden soll.« Sie winkte die Frauen heran, die sie hergeführt hatten, und gab ihnen mit leiser Stimme in ihrem eigentümlichen Dialekt eine Reihe von Anweisungen. Magda hörte nicht zu, denn Cholayna schwankte und stützte sich auf sie.

»Kommt mit uns«, forderte eine der Frauen sie auf und führte sie von neuem durch die zugigen Gänge und dann in ein leeres, weitläufiges, widerhallendes altes Gebäude mit Steinfußboden und Steinwänden. Vögel nisteten in den hohen Ecken, und kleine Nagetiere raschelten in dem Stroh, das die Kälte des Fußbodens abhalten sollte. Die einzigen Möbel waren ein paar alte Bänke aus behauenem Stein und eine riesige Bettstatt, eigentlich nicht mehr als eine steinerne Plattform. Eine aus dem zerlumpten Haufen legte Brennholz auf den Rost und hielt ihre Fackel daran.

»Hier seid ihr warm und sicher«, sagte sie mit ihrem rohen Dialekt, und gleichzeitig machte sie eine überraschend formelle Geste. »Wir bringen euch gleich warme Suppe von der Abendmahlzeit und Medizin für die erfrorenen Füße und für die Kranke.« Sie ging und ließ die Freundinnen allein.

»Mit dem Feuer sind sie großzügiger gegen uns als gegen diese alte Frau, ihre Priesterin oder was sie sein mag«, bemerkte Vanessa.

»Natürlich«, sagte Jaelle. »Sie sind Bergbewohner; die Gastfreundschaft ist ihnen eine heilige Pflicht. Die alte Frau, die uns willkommen hieß, hat wahrscheinlich ein Enthaltsamkeitsgelübde abgelegt. Uns jedoch würden sie ihr Bestes geben, auch wenn ihr Bestes ein halber modriger Strohsack und eine Hand voll Nussbrei wäre.«

»Jaelle, wer *sind* diese Leute?«, fragte Vanessa.

»Ich habe nicht die leiseste Ahnung. Wer sie auch sein mögen, sie haben uns heute Nacht das Leben gerettet. Wenn mir jemand sagte, Avarra oder die Schwesternschaft hätte uns zu ihnen geführt, würde ich nicht widersprechen.« Sie sah, dass Cholayna auf der Plattform zusammengebrochen war.

»Vanessa, hol die Reise-Apotheke.« Sie zögerte und warf einen scharfen Blick auf Vanessa, die auf einer Steinbank saß und sich vor Schmerzen krümmte.

»Kannst du laufen?«

»Mehr oder weniger. Ich glaube, ich habe mir die Füße erfroren«, gestand Vanessa. Es klang fast wie eine Entschuldigung. »Sie tun nicht weh. Nicht sehr. Aber ...« Sie presste die Lippen zusammen, und Jaelle fiel schnell ein: »Du ziehst dir besser die Stiefel aus und kümmerst dich so schnell wie möglich darum. Wie konnte das geschehen?«

»Die Sohlen von meinen Stiefeln werden Löcher haben – sie sind von den Steinen aufgerissen worden«, sagte Vanessa. Jaelle half ihr, die Stiefel auszuziehen. »Siehst du – da?«

Jaelle schüttelte den Kopf über die kalten weißen Zehen. »Die Frauen sagten, sie würden uns in einigen Minuten heißes Wasser bringen. Setz dich ans Feuer, aber nicht zu dicht. Nein, nicht reiben, damit verletzt du die Haut. Warmes Wasser ist besser.« Sie blickte ringsum. Cholayna lag wie tot auf der steinernen Plattform. Camilla zog vergeblich an ihrem Stiefel, nahm schließlich ein Messer und schlitzte ihn auf.

»Wie viele von uns sind kampfunfähig? Cholayna ist wahrscheinlich am Schlimmsten dran«, stellte Jaelle fest. »Magda, dir geht es im Augenblick noch am besten. Steck sie in einen Schlafsack – so nahe wie möglich am Feuer. Die alte Frau hat uns Medizin, heißes Wasser und Suppe versprochen, und all das können wir nur zu gut brauchen.«

»Also, diese alte Frau – von der glaube ich gern, dass sie eine *Leronis* ist.« Camilla entfernte den Stiefel, und zum Vorschein kam ein schrecklich geschwollener Fuß mit purpurnen Blutblasen und weißen Flecken. Magda blickte auf und entsetzte sich. Sie wollte Camilla zu Hilfe eilen, aber Cholayna ging es noch schlechter, sie war nur halb bei Bewusstsein, und als Magda ihre Stirn berührte, war sie brennend heiß. Sie murmelte: »Mir fehlt nichts. Lass mich nur ein bisschen ausruhen. Es ist so kalt hier.« Sie zitterte heftig.

»In ein paar Minuten haben wir dich wieder warm«, redete Magda ihr sanft zu. »Lass dir den Mantel ausziehen ...«

»Nein, ich will ihn anbehalten, ich friere«, widersetzte Cholayna sich.

»Dann behalte ihn an, aber ich will dir die Stiefel ausziehen.« Magda half Cholayna, sich auf den Schlafsack zu legen, und bückte sich nach ihren Stiefeln. Cholayna versuchte zu widersprechen, aber die Schwäche übermannte sie, sie sank zurück und ließ es geschehen, dass Magda sie von Stiefeln und Überkleidern befreite und in Decken einwickelte.

»Warme Suppe und etwas Schwarzdorntee werden ihr helfen, wenn wir nichts Besseres bekommen können«, sagte Magda. Sie verschwieg ihre eigentliche Angst, Cholayna befinde sich im ersten Stadium einer Lungenentzündung. »Was haben wir sonst noch für Verletzungen? Jaelle, du musstest mit dem Bein weiterlaufen, das gequetscht wurde, als Tänzerin auf dich fiel. Wie schlimm ist es? Nein, lass mich sehen, sofort!«

Jaelles Schienbein war blau und blutig, schien jedoch nicht gebrochen zu sein. Trotzdem war es unwahrscheinlich, dass sie in den nächsten Tagen ohne Schmerzen würde laufen können; sie hatte die beschädigten Muskeln und Sehnen jetzt schon überanstrengt. Dazu kam, dass Vanessa erfrorene Füße und auch weiße Flecken auf ihren Händen hatte. Camillas Fuß war geschwollen und machte ihr Beschwerden. Magda hatte den Verdacht, dass ein oder zwei der kleinen Knochen gebrochen waren.

Magda selbst hatte erfrorene Stellen im Gesicht, aber obwohl ihre Nase lief und ihre Kopfhöhlen schmerzten und sie nur wünschte, sich hinzulegen und mindestens drei Tage lang zu schlafen, war sie im Augenblick die Einzige, die nicht ernsthaft krank oder verletzt war.

Quietschend öffnete sich die alte Tür. Schnee und Wind drangen gemeinsam mit zwei Frauen ein, die große Wasserkessel, Becken und Töpfe und Verbandszeug trugen. Eine dritte folgte ihnen mit einer großen Schüssel dampfender Suppe, die sie sofort über das Feuer hängte. Sie lächelten die Fremden schüchtern an, ohne ein Wort zu sprechen, und gingen sofort wieder. Magdas Versuch, ihnen mit den paar Worten, die sie von dem Gebirgsdialekt kannte, zu danken, ignorierten sie.

Als Einzige noch im Stande, richtig zu laufen, packte Magda die Satteltaschen aus und schöpfte warme Suppe in Becher – zuerst für Jaelle, Camilla und Vanessa. Dann steckte sie Vanessas Füße in ein Becken mit dampfendem Wasser, dessen Siedepunkt hier bei einer Temperatur lag, die für Frostbeulen und Erfrierungen erträglich war.

»Es wird wehtun. Aber bleib drinnen, sonst könntest du …«

»Zehen und sogar Finger verlieren. Ich habe drei Jahre lang auf Alpha Krankheiten und Verletzungen in großen Höhen studiert, Margali, ich weiß, was auf dem Spiel steht, glaub mir.« Den Becher mit ihrer heilen Hand fassend – die andere hielt sie ins Wasser –, trank sie von der Suppe. Magda sah, dass sich ihr Kiefer vor Schmerz spannte. Mit gespielter Munterkeit meinte Vanessa: »Verdammt gute Suppe. Was mag darin sein?«

»Vielleicht ist es besser, nicht zu fragen«, bemerkte Camilla. »Eiskaninchen wahrscheinlich, das ist so ungefähr das einzige Wild, das man in dieser Höhe antrifft, falls nicht jemand herausgefunden hat, wie man ein Banshee kocht.«

Magda stützte Cholaynas Kopf ab und versuchte, ihr etwas von der warmen Suppe einzuflößen. Aber Cholayna hatte jetzt völlig das Bewusstsein verloren. Ihr Atem rasselte so laut durch ihre Kehle, dass Magda sich schon entsetzt fragte, ob Cholayna wirklich starb.

»Wenn sie Lungenentzündung hat«, sagte Vanessa so schnell, als habe sie ihre Gedanken gelesen, »haben wir ein breites Spektrum von Antibiotika in der Reise-Apotheke. Halte mal – ich bin im Augenblick ein bisschen behindert.« Sie kramte zwischen den Tuben und Flaschen. »Hier. Das müsste wirken. Zum Schlucken wird sie nicht fähig sein, aber wir haben auch eine Injektionsspritze, die du ohne spezielle medizinische Kenntnisse anwenden kannst ...«

Bevor Magda die Spritze aufziehen konnte, öffnete die Tür sich von neuem. Begleitet von zwei ehrerbietigen jungen Frauen trat die alte Frau ein, die sie willkommen geheißen hatte.

In dem flackernden Schein des Feuers sah sie genauso aus, wie man sich eine Hexe vorstellt. Allerdings nicht wie eine gewöhnliche terranische Hexe, dachte Magda, eher wie ein urtümlicheres Wesen, voller Wohlwollen, eine primitive Höhlenmutter der menschlichen Rasse, eine Zauberin, Priesterin und Clan-Herrscherin aus der Zeit, als »Mutter« gleichzeitig

Großmutter, Ahne, Königin, Göttin bedeutete. Die Runzeln ihres Gesichts, das Schimmern der tief liegenden Augen unter dem hexenartig wirren weißen Haar wirkten weise, und ihr Lächeln war tröstlich.

Entschlossenen Schrittes begab sie sich zu Cholayna und hockte sich auf der Plattform neben sie. Magda schoss es durch den Kopf, dass sie auf der ganzen Reise die erste Person war, die angesichts Cholaynas schwarzer Haut nicht die leiseste Überraschung zeigte. Sie berührte Cholaynas brennende Stirn, bückte sich, lauschte noch einmal ihrem Atem und blickte zu Magda hoch, die sich ängstlich niederbeugte. Ihr breites Lächeln zeigte einen fast zahnlosen Mund, doch als sie sprach, klang ihre Stimme so sanft, dass Magda am liebsten geweint hätte.

»Deine Freundin ist heiß von der Lungenkrankheit«, sagte sie, »aber fürchte dich nicht. *Chiya*, wir können ihr helfen. Geh und nimm die Suppe für dich selbst, du bist so besorgt um die anderen, dass du nicht an dich denkst. Diese hier ist jetzt bei ihr, geh und iss!«

Tränen in den Augen, antwortete Magda: »Ich wollte ihr gerade eine Medizin geben, alte Mutter.« Sie benutzte die Anrede in der respektvollsten Form. »Wenn ich das getan habe, werde ich gehen und essen.«

»Nein, nein«, widerspach die alte Frau, »das ist besser für sie als deine ausländische Medizin. Hier kommen oft lungenkranke Fremde her.« Von irgendwo aus ihren vielfältigen Kleiderschichten zog sie eine kleine Phiole und einen alten Holzlöffel. Sie hob Cholaynas Kopf auf ihren Arm hoch, zwang ihr den Mund auf und goss ihr die Dosis zwischen die Lippen. »Iss«, sagte sie zu Magda, sanft, aber so entschieden, dass Magda wie ein gescholtenes Kind reagierte. Schnell trat sie an den großen Topf und schöpfte sich einen Becher voll. Sie setzte sich zu Vanessa auf die Bank und führte den Becher an die

Lippen. Die Suppe schmeckte herrlich, heiß und nahrhaft und kräftig, obwohl sie keine Ahnung hatte, was darin war.

»Und wenn es wirklich gekochtes Banshee sein sollte, ist es mir auch egal«, sagte sie vor sich hin.

Vanessa flüsterte: »Magda, dürfen wir es zulassen, dass diese Stammesälteste Cholayna Gott weiß was für Hausmittel einflößt, ohne uns auch zu sagen, was das ist?«

»Die Leute hier könnten an einem solchen Ort nicht überleben, wenn sie nicht wüssten, was sie tun«, flüsterte Magda zurück. »Ich vertraue ihr.«

Magda drehte den Kopf und beobachtete, was die alte Frau tat. Sie und ihre Helferinnen hoben Cholayna hoch und stopften ihr dicke Polster in den Rücken, so dass sie halb saß. Sie hängten Decken über ihr auf und stellten einen dampfenden Kessel auf einem brennenden Kohlenbecken darunter, so dass ein improvisiertes Dampfzelt entstand. Magda hatte den Eindruck, dass Cholayna unter dem Einfluss des Dampfes und der unbekannten Medizin der alten Frau bereits leichter atmete.

Die Frau zog einen Stock aus dem Feuer und entzündete mit der brennenden Spitze eine merkwürdig gefärbte Kerze. Ein starker, stechender Geruch stahl sich durch den Raum.

Dann kam sie zu Magda und Vanessa, überprüfte das Wasser in dem Becken, in das Vanessa die Füße hielt, und nickte.

»Die Töchter haben Verbandszeug und Medizin gebracht. Wenn die Haut wieder ganz rosig ist, verbinde sie mit dieser Salbe. Benutze sie auch für deine Erfrierungen.« Sie blieb neben Jaelle und Camilla stehen. »Sie hilft der Haut, sauber zu verheilen. Was deine Freundin angeht ...« – sie wies auf Cholayna – »... solange die Kerze brennt, halte den Topf am Kochen, damit sie heißen Dampf einatmet, und hier sind Kräuter, die du ins Wasser streust. Die Kerze wird auch dir das Atmen erleichtern. Ist sie heruntergebrannt, gib der Kranken noch einen Löffel davon ...« – sie gab Magda das Fläschchen und den

Löffel – »... und lass sie warm zugedeckt schlafen. Schlaf du auch; ihr geht es jetzt ganz gut.«

Sie beugte sich nieder und spähte Magda ins Gesicht, als gäbe ihr etwas, das sie darin sah, Rätsel auf. Dann richtete sie sich auf und sagte zu ihnen allen, irgendwie sogar die halb bewusstlose Cholayna einschließend: »'Varra segne euch, diese Nacht und immer.« Damit ging sie.

Vanessa drehte das Fläschchen in der Hand und betrachtete es. Es war aus klumpigem grünlichem Glas, mundgeblasen, sehr fehlerhaft. Sie zog den steinernen Stöpsel heraus und atmete den kräftigen Kräutergeruch ein.

»Offenbar ein starkes Mittel«, meinte sie. »Hör doch, Cholayna atmet schon leichter. Das Dampfzelt trägt auch dazu bei. Was die Kerze bewirkt, wüsste ich nicht zu sagen, aber sie scheint zu helfen.«

»Was machen deine Füße?«, erkundigte Magda sich.

Vanessa verzog das Gesicht, antwortete jedoch leichthin. »Heißes Wasser tut Wunder. Ich habe Glück gehabt. Diesmal.« Magda, die auf ihren Reisen in den Kilghardbergen oft Erfrierungen gehabt hatte und wusste, wie schmerzhaft es ist, wenn die Blutzirkulation zurückkehrt, ließ sich nicht täuschen.

»Vergiss die Salbe nicht, wenn du die Füße verbindest.«

»Danke. Ich halte mich lieber an die Antibiotika in der Reise-Apotheke.«

»Ich habe mit beidem Erfahrung.« Jaelle griff nach dem Salbenkrug, den die alte Frau zurückgelassen hatte. »Und ich werde dies nehmen. Magda, du bist auf, willst du mir noch einen Becher Suppe bringen?« Magda tat ihr den Gefallen, und Jaelle setzte hinzu: »Die Priesterinnen Avarras sind legendär. Laut Kindra sind sie jahrhundertelang Heilerinnen gewesen und haben in der Heilkunst eine lange Tradition. Einige von ihnen besitzen auch *Laran.*«

Dabei musste ihr die überraschende erste Unterredung mit

der alten Frau eingefallen sein. Jaelle drehte sich zu Camilla um, die versuchte, einen Verband um ihren Fuß zu wickeln, legte den Fuß auf ihren Schuh und nahm ihr die Arbeit ab.

»Du bist also meine Verwandte, Camilla?«

Camilla antwortete ganz leise und zu Magdas Verwunderung fast in dem gleichen Bergdialekt: »Ja. Hast du das nicht gewusst, *Chiya?*«

Jaelle schüttelte den Kopf. »Rohana ließ einmal eine Bemerkung fallen, die mich aufhorchen ließ, aber sie hat wohl nicht gewusst, dass du es warst. Eine Tochter des Hauses Aillard sei unter mysteriösen Umständen verschwunden ...«

»O ja«, sagte Camilla grimmig, »das Schicksal Elorie Lindirs war mindestens ein halbes Jahr lang ein Skandal in den Kilghardbergen, bis sie etwas anderes hatten, um sich die Mäuler zu zerreißen. Vielleicht war irgendein anderes armes Mädchen vergewaltigt oder verstoßen worden, oder irgendein Hastur-Lord hatte irgendeinen Bastard anerkannt – was meinst du wohl, warum ich so lange als Mann gelebt habe, wenn nicht aus dem Grund, dass mir bei dem Geklatsche der feinen Damen schlecht wird? Rohana ist nicht so schlimm wie die meisten anderen. Aber dieser Schnee ist vor zwanzig Jahren geschmolzen. Sprechen wir nicht mehr davon, Shaya.«

»Du bist auch Rohanas Verwandte, Camilla.« Sie streckte Magda die Hand entgegen. »Es widerstrebt mir, dich so herumzukommandieren, aber du kannst laufen und ich nicht. Willst du mir aus meinem Bündel ein paar Nadeln holen?«

»Das geht schon in Ordnung, *Breda.*« Magda fand die Nadeln und gab sie Jaelle, die Camillas Verband feststeckte und dann ihr verletztes Bein auf die Bank legte. »Kann es mir eine von euch beiden verbinden?«

Magda begann, die Kräutersalbe der alten Frau auf die zerfetzte Haut aufzutragen.

Mit plötzlicher Heftigkeit erklärte Camilla: »Ich werde mich als Verwandte Lady Rohanas bezeichnen, sobald sie sich als meine Verwandte erklärt!« Sie stand auf, legte ihr Gewicht probeweise auf den bandagierten Fuß, zuckte zusammen und ging, ihren Schlafsack vor dem Feuer auszuschütteln.

»Soll ich aufbleiben und nach Cholaynas Dampfkessel sehen, oder willst du es tun?« Der Ton ihrer Stimme beendete das Thema ein für alle Mal.

»Ich werde es tun«, sagte Magda. Jaelle schüttelte den Kopf.

»Du hast dich den ganzen Tag um uns alle gekümmert. Geh zu Bett, Magda, ich kann jetzt nach Cholayna sehen. Wenn die Kerze niedergebrannt ist – das wird nur noch eine oder zwei Stunden dauern –, gehe ich auch schlafen. Wenigstens brauchen wir nicht die ganze Nacht Wache zu halten. Hier breitet Avarra ihre Schwingen über uns aus, und alle Entsagenden sind ihre Schutzbefohlenen.«

Magda wollte protestieren, aber gegen ihren Willen fielen ihr die Augen zu. Sie nickte zustimmend und breitete ihren Schlafsack neben dem Camillas aus. Das Feuer brannte herab. Draußen zischte der dichte Schnee, der Wind heulte wie zehntausend kreischende Dämonen um die alten Gebäude.

Fast schon eingeschlafen, Camillas Kopf an ihrer Schulter, kam es ihr wieder in den Sinn, wie wenig sie über diese Frau, die sie liebte, wusste. Die erstaunlichen Worte hallten in ihrem Gehirn wider:

Meine Mutter stammte aus der Aillard-Domäne aber ich trug in meiner Kinderzeit den Namen Elorie Lindir.

Und du hast die Donas *der Hasturs?* Und Camillas noch erstaunlichere Antwort: *Das mag sein.*

23

Der Blizzard dauerte drei Tage.

Am ersten Tag tat Magda kaum etwas anderes als schlafen. Nach der langen Reise, den Anstrengungen und Gefahren verlangten ihr müder Körper und noch müderer Geist ihren Zoll. Eine Nacht und einen Tag und den größten Teil der nächsten Nacht verbrachte sie schlafend oder dösend und stand nur auf, um zu essen oder zu trinken. Alle waren sie in ungefähr dem gleichen Zustand.

»Anfangs dachten wir, du hättest ebenfalls Lungenfieber«, vertraute Camilla ihr später an. »Aber diese alte *Leronis* sagte nein, es sei nur die Erschöpfung und die Kälte. Und, die Göttin sei gepriesen, sie hatte Recht.«

An diesem Morgen hatte Magda die Energie aufgebracht, sich zu waschen (an einer im Raum befindlichen Pumpe, die Wasser knapp über dem Gefrierpunkt lieferte), Unterwäsche und Socken zu wechseln und sich die Haare zu bürsten.

»Wie geht es Cholayna heute Morgen?«, fragte sie.

»Besser«, berichtete Camilla. »Das Fieber ist gesunken, und sie hat ein bisschen Suppe gegessen. Sie ist immer noch sehr krank, aber das Atmen fällt ihr leichter. Und sie hat mit mir auf *Cahuenga* gesprochen, was zumindest bedeutet, dass sie wusste, wer ich bin. Welch eine Erleichterung nach diesen beiden Tagen, in denen sie nur in einer Sprache gesprochen hat, die keiner von uns versteht, und uns nicht erkannte!«

»Und was machen die anderen?«

»Jaelle ist den Felsen hinuntergeklettert – in diesem Schneesturm! –, um sich zu überzeugen, dass es den Tieren gut geht. Nicht etwa, dass sie den Frauen hier misstraut, ich glaube, sie brauchte etwas Bewegung.« Camilla lachte, und

Magda stimmte schwach ein. Jaelle bekam das Herumsitzen immer schnell satt.

»Und Vanessa?«

Camilla zeigte mit der Hand. Vanessa schlief vor dem Feuer. Aus ihrem Schlafsack sahen nur ein paar dunkle Locken heraus.

»Ihre Füße schmerzen immer noch sehr, und gestern Abend, als sie die Verbände wechselte, gingen zwei Zehennägel ab. Ein Glück, dass es nicht schlimmer ist! Meine Füße sahen fast ebenso schlecht aus, aber sie heilen besser. Ich glaube, es liegt daran, dass Vanessa eure terranische Medizin benutzt hat, während Jaelle und ich das nahmen, was die alte *Leronis* uns gab.«

Magda aß den groben, angebrannten Brei auf, schob die Schüssel zur Seite und ließ sich müde niedersinken.

»Ich bin jetzt nicht schläfrig. Aber mein ganzer Körper fühlt sich an, als sei ich mit Holzkeulen geschlagen worden.«

»Dann ruh dich nur aus, *Bredhiya*«, lächelte Camilla. »Bei diesem Wetter wird niemand irgendwohin gehen.« Draußen tobte unvermindert der Sturm, und Magda meinte, ihn in den letzten Stunden und Tagen sogar im Schlaf gehört zu haben.

Jaelle kam herein, die Überkleider voller Schnee, Schneeflocken auf den Augenbrauen und den roten Locken.

»Du bist wach, Margali? Gut. Ich fing schon an, mir Sorgen um dich zu machen. Heute Morgen bin ich den Felsen hinunter- und auch wieder hinaufgeklettert, obwohl sie mir sagten, ich könne mich mit den Kornsäcken im Korb hochziehen lassen. Es war wundervoll, sogar in diesem Schnee. Wenn es nicht schneit, erzählten sie mir, kann man auf der einen Seite bis zum Nevarsin-Gipfel und auf der anderen bis zum Wall um die Welt sehen.«

Innerlich schüttelte Magda den Kopf über die Vorstellung ihrer Freipartnerin von Vergnügen. Es fiel ihr ein, dass Jaelle noch wenige Wochen vor der Geburt ihrer Tochter darauf bestanden hatte, Damon bis an die äußerste Grenze von Armida zu begleiten, wo Pferde zusammengetrieben werden sollten. Sie hatte erklärt, genau zu wissen, dass sie Zeit genug habe, um zur Geburt wieder zu Hause zu sein. Und bevor Cleindori vierzig Tage alt war, hatte sie wieder im Sattel gesessen. Magda war während ihrer ganzen Schwangerschaft müde und lethargisch gewesen. Sie war gern im Haus geblieben und hatte Ellemir und Callista erlaubt, sie zu verhätscheln.

Ihr blieb nicht viel Muße, sich in Erinnerungen zu verlieren. Die Tür öffnete sich, und die weise alte Frau, die sie willkommen geheißen und Medizin für Cholayna gebracht hatte, kam herein. Den anderen nur kurz zunickend, ging sie sofort zu Cholayna. Sie kniete nieder, befühlte ihre Stirn, hörte ihr Herz und ihre Lungen ab.

»Du bist kräftiger heute Morgen, Tochter.«

Cholayna erwachte, sah das wilde Haar und die zerlumpte Kleidung der Alten und fuhr in die Höhe. Schnell trat Magda zu ihr, damit sie sah, dass sie nicht allein und einer Fremden ausgeliefert war.

Cholayna fragte schwach: »Wo sind wir? Was geht hier vor?«

Die alte Frau sprach ein paar beruhigende Worte. Cholayna verstand den Gebirgsdialekt nicht.

»Wer sind Sie? Was haben Sie mit mir vor?« Als die alte Frau die Medizinflasche und den Löffel hervorholte und Cholayna durch Zeichen anwies, den Mund zu öffnen, fragte sie zitterig: »Was ist das, was geben Sie mir da?« In panischer Angst warf sie den Kopf von einer Seite zur anderen. »Was ist das? Magda, hilf mir, sag es mir doch, hört mir denn keiner zu?«

Ihr Gesicht war verzerrt vor Entsetzen. Magda kniete sich hin und nahm Cholaynas Hände in ihre.

»Es ist alles in Ordnung, Cholayna. Du bist sehr krank gewesen, und sie hat dich gepflegt. Ich weiß nicht, was das für ein Mittel ist, aber es hat deinen Zustand gebessert. Nimm es.«

Fügsam öffnete Cholayna den Mund und schluckte die Medizin, doch sie sah immer noch verwirrt aus. »Wo sind wir? Ich erinnere mich nicht, dass wir hergekommen sind.«

Sie setzte sich mühsam hoch, blickte wild um sich und sprudelte Fragen auf Terra-Standard hervor.

Magda redete ihr in der gleichen Sprache gut zu.

»Cholayna, niemand will dir etwas tun. Diese Leute sind sehr gut zu uns gewesen ... wir sind hier sicher ...«

»Wer ist diese fremde Frau? Ist sie eine von Acquilaras Leuten, ist sie uns hierher gefolgt? Ich ... ich glaube, ich habe geträumt, ich dachte, Acquilara hätte uns gefangen genommen, hierher gebracht ...«

»Nicht sprechen, leg dich hin, ruhe aus, habe es warm«, befahl die alte Frau. Magda fasste Cholaynas Handgelenk und drückte sie mit sanfter Gewalt auf die Kissen.

»Du darfst nicht reden. Lieg nur still, dann erkläre ich dir alles.«

Hustend ließ Cholayna sich zurücksinken. Ihre Augen folgten den Helferinnen, die das Dampfzelt von neuem errichteten. Sie hörte sich Magdas vereinfachte Erklärungen an, ohne eine Frage zu stellen. Magda hatte den Verdacht, dass sie dazu einfach zu schwach war.

Endlich flüsterte sie: »Dann sind diese Frauen nicht Acquilaras Dienerinnen? Wisst ihr das genau?«

»So genau, wie ich jemals etwas gewusst habe«, versicherte Camilla ihr. »Sie ist alle paar Stunden gekommen, um sich zu überzeugen, dass dein Fieber unter Kontrolle war. Aber nun musst du wirklich ausruhen. Denk an nichts anderes mehr als daran, dass du gesund werden willst.«

Cholayna schloss die Augen. Die alte Frau hob den Kopf und sah Camilla böse an.

»Ein Name wurde ausgesprochen, der in 'Varras heiligem Haus verboten ist. Was habt ihr mit jener zu tun?«

»Mit wem? Mit Acquilara?«

Die alte Frau machte eine zornige Geste. »Ruhig! Sprich keinen Namen von böser Vorbedeutung aus! Diese hier sagte, wenn deine Krankheit und Müdigkeit überwunden sei, werde sie sich deine Geschichte anhören. Vielleicht ist jetzt der richtige Augenblick gekommen. Was tust du in dieser Wildnis, in die Frauen nur kommen, wenn sie auf der Suche nach Ihrem Segen sind?«

»Margali wird es Euch erzählen, Großmutter«, antwortete Camilla im Gebirgsdialekt. Magda fragte sich, wann sie ihn gelernt haben mochte, und sah in Camillas Gedanken eine grausige Erinnerung aufblitzen – die Erinnerung an das Jahr, das sie als missbrauchtes und verprügeltes Kind im Lager der Räuber verbracht hatte ...

»Auch wir sind auf der Suche nach Ihrem Segen.« Magda dachte an den Abend, als sie beim ersten Treffen der Schwesternschaft Avarras Bild gesehen hatte. »Wir forschen nach einer Stadt, die von der Schwesternschaft der Weisen bewohnt sein soll. Zwei unserer Gefährtinnen zogen uns voraus. Als wir eure Lichter in der Wildnis sahen, dachten wir, die Stadt und vielleicht auch unsere Kameradinnen gefunden zu haben.«

»Diese hier hat deinen Geist und dein Gedächtnis in deiner Schwäche gelesen, Großtochter. Wir haben nur Obdach im Schatten Ihrer Schwingungen gefunden, *Chiya*, und gehören nicht zu Ihrer Schwesternschaft. Aber deine Suche heiligt dich an diesem Ort, wohin deine Gefährtinnen *nicht* gekommen sind.«

Die Hand der alten Frau fiel auf Magdas Schulter. »Doch

sag mir, was ist mit jenem anderen Namen, den *sie* nun schon zweimal ausgesprochen hat?«

»Sie kam des Nachts zu uns und versprach, uns zu unseren Kameradinnen zu führen.«

»Und warum seid ihr ihr nicht gefolgt?«

»Wir hatten den Eindruck«, erklärte Camilla langsam, »dass Wahrheit nicht in ihrem Mund zu finden war. Einer solchen Führerin zu folgen ist gefährlicher, als ungeführt zu wandern.«

»Trotzdem hat deine Gefährtin sie in einer unbekannten Sprache angerufen ...«

»Cholayna tat es aus Angst vor ihr«, berichtigte Magda scharf. »Lest *ihren* Geist und *ihr* Gedächtnis, wenn Ihr es könnt, alte Mutter, und Ihr werdet sehen, dass ich die Wahrheit spreche.«

Jaelle wandte sich auf Terra-Standard an Magda: »Um was geht es?«

»Sie sagt, Rafi und Lexie seien nicht hier gewesen. Was bedeuten mag, dass sie in die Gewalt von ...« Sie hatte »Acquilara« sagen wollen, sah in das Gesicht der alten Frau und verschluckte den Rest. »Ich fürchte, dass die beiden, die wir suchen, in die Hände jener gefallen sind, die wir als Feinde betrachten.«

Die Augen der alten Frau wanderten von der einen zur anderen. »Eurer Freundin geht es besser, aber sie ist immer noch sehr krank. Wacht noch eine weitere Hand voll von Tagen bei ihr.« Damit ging sie.

Camilla und Jaelle sahen Magda an und fragten: »Was sollte das alles bloß?«

Weder an diesem noch am nächsten oder übernächsten Tag kehrte die alte Frau zurück. Schweigende Helferinnen brachten ihnen dreimal am Tag Essen, groben Brei morgens und mittags, dicke, nahrhafte Suppe am Abend. Die erzwungene Ruhe tat ihnen allen gut. Magda gewann ihre Kräfte zurück, Vanessas erfrorener Fuß heilte, und Cholayna durfte eine Zeit lang aufsitzen.

Am fünften oder sechsten Morgen – Magda zählte die Tage nicht mehr, denn sie gingen vorüber, ohne sich voneinander zu unterscheiden – hörte es auf zu schneien, und die plötzliche Stille weckte sie. Das Heulen und Kreischen des Windes um die Gebäude war verstummt. Sie trat in eine leuchtende Welt hinaus. Sonnenschein gleißte auf den Dächern, und der Himmel war so klar, dass sich vor ihren Augen eine endlose Landschaft von weißen Gipfeln und weit unter ihnen liegenden Tälern ausbreitete.

Vielleicht war Cholayna bald fähig zu reisen. Im Geist sah Magda ihre Besitztümer nach Geschenken durch, die sie der alten Frau und der Schwesternschaft zum Dank für ihre Gastfreundlichkeit machen konnten. Sie zitterte beim Gedanken daran, in dem Korb den Felsen wieder hinuntergelassen zu werden. Und wie weit mussten sie noch in die Wildnis vordringen? Möglich, dass die alte Frau ihnen etwas über Lexie und Rafaella zu berichten hatte; zumindest war sie über Acquilaras Leute informiert und verabscheute sie.

Cholayna saß im Bett und hatte tatsächlich etwas Brei gegessen. Sie sah besser, gesünder aus, sie hatte um Wasser zum Waschen ihres Gesichts gebeten und eine Haarbürste aus ihrem Bündel genommen. Aber sie war zu schwach, um lange zu sitzen. Deshalb hatte Vanessa die Bürste ergriffen, und mit konzentrierter Miene versuchte sie, die verfilzte Mähne weißen Haars zu entwirren.

»Wie ich sehe, geht es dir besser.« Magda kniete sich neben sie. Cholayna lächelte.

»Ich fange an, mich wieder halbwegs menschlich zu fühlen, und ich kann atmen, ohne dass mir dabei Messer durch die

Brust fahren. Es schneit wohl nicht mehr? Sag mir, Magda, wie lange sind wir schon hier?«

»Fünf oder sechs Tage. Sobald du dazu im Stande bist, ziehen wir weiter. Ich glaube, die Leute kennen die Stadt. Wenn wir sie auf die richtige Art fragen, antworten sie uns vielleicht.«

»Aber was ist die richtige Art?«, überlegte Vanessa.

Camilla trat zu ihnen. »Eins wissen wir. Sie stehen nicht im Einvernehmen mit ...« Sie brach ab, und Magda las in Camillas Gedanken die Erinnerung an den hellen Zorn der alten Frau, als sie Acquilaras Namen ausgesprochen hatte.

Es war, als würde jemand sprechen, der nicht anwesend war, der mit kalter und unheilverkündender Stimme warnen wollte: *Sprich den Namen des Bösen nicht aus, es kann ihn als Verbindungsglied zu dir benutzen ...*

»Sie stehen nicht im Einvernehmen mit jener Frau, die in Nevarsin, in Arlindas Haus zu uns kam und uns einzuschüchtern versuchte«, sagte Magda. »Ganz im Gegenteil, sie entsetzen sich schon vor ihrem bloßen Namen. Deshalb wissen sie offensichtlich, was vorgeht.«

»Ich wünschte, ich wüsste es auch«, beklagte sich Vanessa. »Diese alte Frau verursacht mir eine Gänsehaut! Unmenschlich!«

Jaelle widersprach: »Sie hat Cholayna das Leben gerettet, und du hättest fürs Leben einen lahmen Fuß behalten können. Sei nicht undankbar!«

»Also, ich kann Vanessa verstehen«, meinte Camilla. »Ist dir nichts aufgefallen, Margali? Vanessa mag es entgangen sein, sie beherrscht die Sprache nicht so gut wie du; du hast sie schließlich als Kind in Caer Donn gelernt. Sie sagt niemals *ich,* sie spricht von sich wie von einer anderen Person. Das begreife ich nicht.«

»Es ist wohl überhaupt schwer, fremdartige religiöse Bräuche zu begreifen«, sagte Cholayna nachdenklich. »Wir sollten einfach dankbar dafür sein, dass sie uns wohlgesinnt ist.«

»Wir brauchen mehr als das!«, fiel Jaelle ein. »Wir nähern uns dem Ende unserer Reise. Zwischen hier und dort ist auf den Karten nichts eingezeichnet. Wohin sollen wir uns wenden, wenn sie uns die Richtung nicht angibt?«

»Und sie ist uns seit Tagen nicht mehr in die Nähe gekommen. Damit, dass du ...« – Camilla zögerte – »... einen bestimmten Namen aussprachst, musst du sie verscheucht haben. Vorher war sie so freundlich, und dann – nichts mehr. Wie spurlos verschwunden.« Sie lächelte freudlos.

»Aus der Tatsache, dass einige von uns *Laran* besitzen, mag sie den Schluss gezogen haben, von hier an könnten wir unsern Weg allein finden.«

»Das würde immerhin bedeuten«, gab Magda zu bedenken, »dass es etwas zu finden gibt. Und dass man es von hier aus unter Umständen finden kann.«

Am Abend kamen die Helferinnen, bauten Cholaynas Dampfzelt wieder auf und wiesen sie durch Gesten an, darunter zu schlafen, obwohl sie tagsüber jetzt beschwerdefrei atmete. Jaelle ging mit ihnen hinaus, um noch einmal nach den Tieren zu sehen. Als sie zurückkam, winkte sie die anderen dicht zu sich.

»Morgen wird jemand kommen, um mit uns zu sprechen. Aus dem, was die Blinde sagte – ihr Name ist übrigens Rakhaila, die Dialekt-Version von Rafaella –, ging hervor, dass Frauen zwischen diesem Ort und ...« – Jaelle zögerte – »... der Stadt, die wir suchen, hin- und herreisen. Ich habe das Gefühl, wir müssen von einem Augenblick auf den anderen aufbrechen. Bereiten wir uns lieber darauf vor.«

»Cholayna ist noch nicht reisefähig!«, protestierte Vanessa.

»Ja, wir müssen besprechen, ob wir Cholayna zurückschicken oder hier lassen, damit sie sich ganz erholen kann. Rakhaila hat angedeutet, unsere Suche werde uns über den Wall um die Welt führen. Dahin können wir Cholayna unmöglich mitnehmen.«

Cholayna erklärte dickköpfig: »Das hatten wir schon einmal. Ich komme mit, und wenn es mich umbringt.«

»Genau das fürchten wir, du stures altes Kamel. Welchen Sinn hätte es, dass du unterwegs stirbst? Würde das Lexie irgendetwas nützen, oder dir selbst?«

Magda war anderer Meinung. »Wir sind zusammen bis an diesen Ort gekommen. Ich halte es nicht für richtig, Cholayna hier sitzen zu lassen. Entweder sollten wir alle weiterreisen, oder keine von uns.« Sie wusste nicht, warum sie so überzeugt war.

Als Cholayna für die Nacht versorgt war, berührte Jaelle Magdas Arm.

»*Breda,* wir müssen miteinander reden. Komm für eine Minute mit mir nach draußen.«

Sie traten in den langen Gang zwischen den Gebäuden hinaus. Jaelle ging bis zum Rand der Klippe voran. Der Korb neben dem Flaschenzug wartete darauf, am Morgen die Reise nach unten anzutreten.

»Die Stufen sind gar nicht so schlimm«, sagte Jaelle. »Ich bin sie jetzt schon zweimal hinuntergestiegen.«

»Ich könnte mir etwas Schöneres vorstellen.« Magda schüttelte sich. »Erinnerst du dich, Jaelle, dass du in Thendara sagtest, du hättest gern ein Jahr Urlaub in den Bergen? Du hast nun dein Abenteuer gehabt, nicht wahr?«

Am Himmel über ihnen glitzerten die Sterne einer der seltenen klaren Nächte auf Darkover. Jaelle blickte nach Norden, wo sich der Wall um die Welt erhob, das Ende der bekannten Welt der Domänen. »Vielleicht ist es erst der Anfang.«

Magda lächelte nachsichtig. »Dir macht es Vergnügen, wie?«

Sie meinte es halb im Scherz, aber Jaelle antwortete ganz ernsthaft. »Ja. So schrecklich diese Reise gewesen ist, ich habe jede Minute davon genossen. Ich wünschte, ich hätte dich nicht mitgeschleppt, denn ich weiß, für dich war es scheußlich ...«

»Nein.« Magda war von ihrer Antwort selbst überrascht. »Auf manches davon hätte ich nicht verzichten mögen.«

Das Triumphgefühl, etwas vollbracht zu haben, das sie sich nie zugetraut hätte. Cholayna und Vanessa, vorher nur Kolleginnen, jetzt ihr so nahe wie die Schwestern, die sie nie gehabt hatte. Hätte ihr das entgehen sollen? Und in einem sehr realen Sinn war es *ihre* Suche. Von dem Tag an, als sie die verhüllten Gestalten zum ersten Mal gesehen und das Krächzen der Krähen gehört hatte, war ihr klar gewesen, dass sie ihnen folgen musste, und wenn der Weg über das Dach der bekannten Welt führte.

Die Erkenntnis wurde von praktischen Erwägungen verdrängt. »Möchtest du diese Stadt aus Kindras Legenden aufsuchen und dort bleiben?«

»Ich weiß nicht, ob sie mich haben wollen. Man müsste – nun, zuerst lange Zeit studieren und sich vorbereiten. Ich stelle mir die Stadt als eine Universität dieser besonderen Art von Weisheit vor, und ich bin noch im Kindergarten. Aber wenn ich nun den Entschluss fasste, danach zu streben, dass ich der Zulassung würdig werde? Oder wenn etwas geschähe, das mir die Rückkehr unmöglich machte? Bei einer Reise wie dieser genügt ein falscher Schritt – in dieser Gefahr sind wir alle schon gewesen, Margali. Sollte ich nicht heimkehren können, wirst du an meiner Stelle für Cleindori sorgen, nicht wahr?«

Magda lächelte. »Ich müsste um diese Chance hinter Damon, Ellemir und Lady Rohana anstehen ... ungefähr alles, was ich für sie tun könnte, wäre, dass ich ihr weiterhelfe, falls sie für die Terraner arbeiten möchte, und in Anbetracht ihrer

Stellung als Erbin von Aillard glaube ich kaum, dass man es ihr erlauben würde. Fragst du jedoch, ob ich sie wie mein eigenes Kind lieben werde – setzt du Zweifel in unsern Eid, Freipartnerin?«

Jaelle berührte das Heft von Magdas Messer, das sie am Gürtel trug. »Niemals, *Breda.*«

»Gehen wir lieber hinein«, sagte Magda. Die große violette Scheibe Liriels, des größten der vier Monde, ging auf, fast voll. Die bläuliche Sichel Kyrddis' stand nahe dem Zenit. Ein eisiger Wind fuhr über die Höhen dahin, ein wahrer Düsenstrom von einem Wind, der an ihren Haaren riss und sie auf den Abgrund zudrängte. Magda klammerte sich an eine von Raureif überzogene Mauer, damit die Böen sie nicht von den Füßen rissen. Es war nicht dunkel; überall um sie wurde das zunehmende Licht der Monde vom Schnee reflektiert.

»Frierst du? Komm mit unter meinen Mantel.« Jaelle legte ihn ihr mit ihrem Arm um die Schultern, und sie schmiegten sich darunter aneinander.

»Ich muss mit dir allein sprechen«, wiederholte Jaelle, »nur für ein paar Minuten. Ich wünschte, ich müsste nicht zurück, Magda. Im Verbotenen Turm werde ich nicht gebraucht. Mein *Laran* ist nicht stark, ist es nie gewesen. Ich bin nicht einmal eine fähige Überwacherin, und du – eine Terranerin! – bist als Technikerin ebenso gut wie Damon selbst. Sie lieben mich, aber sie *brauchen* mich nicht. Man hat mich eigentlich noch nie irgendwo gebraucht. Die Leute hängen sich nicht an mich, wie sie es bei dir tun. Sogar meine Tochter kommt zu dir, statt zu mir, um sich bemuttern zu lassen. Auch sie sieht das in dir, was die Menschen bewegt, sich an dich zu wenden. Ich habe nie gewusst, wohin ich gehen soll – oder warum.«

Magda hörte es mit Schrecken. Seit sie Jaelle kannte, hatte sie die Jüngere um ihr Selbstbewusstsein, ihre Zielstrebigkeit, die Magda fremde Intensität, beneidet, mit der sich Jaelle jeder Sache annahm. Sie hatte keine Ahnung gehabt, dass Jaelle so empfand.

»Das ist nicht wahr, Shaya. In vieler Beziehung bist du so viel stärker als ich. Du bist mutiger als ich. Du zauderst nicht und gerätst nicht in Panik, und du pflückst nicht ständig im Geist alles auseinander ...«

»Oh – Mut.« Jaelle lächelte schwach. »Damon sagte mir einmal, meine Art von Mut sei der Mut eines Soldaten und bedeute nur, dass ich nicht genug Phantasie hätte, um mich zu fürchten. Damon gibt offen zu, dass er – physisch – ein schrecklicher Feigling ist, weil er zu viel Phantasie hat. Und ich habe so wenig. Keine Phantasie, nicht die Hälfte von deinem Verstand oder deiner Empfindsamkeit. Vielleicht ist das, was ich brauche, die Weisheit dieser Zauberinnen aus der legendären Stadt. Mir geht es wie Camilla. Ich möchte sie aufsuchen und fragen, warum ich geboren wurde und welchen Sinn mein Leben hat.«

»Es gibt Zeiten, da habe auch ich solche Gedanken, Jaelle. Aber wir beide haben Pflichten, Verantwortung ...«

In ihrer Unruhe machte Jaelle sich von Magda los. Sie lief so dicht am Rand der Klippe hin und her, dass Magda zusammenzuckte. Mut? Oder Mangel an Phantasie? War Jaelle unfähig, sich vorzustellen, dass sie hinunterfiel, und hatte sie nur deshalb keine Angst?

»O Margali, begreifst du das nicht? Es gibt keinen *Grund,* warum ich zurückkehren sollte. Mir kommt es vor, als habe mich mein ganzes Leben bis hierher geführt, zu der Möglichkeit, herauszufinden, was wirklich ist, was unter der Oberfläche des Lebens liegt. Damit ich einen *Sinn* in allem erkenne. Vielleicht wissen diese *Leroni* der Schwesternschaft die Antworten und können sie mir sagen. Oder mir helfen, sie zu finden.«

»Und vielleicht behaupten sie nur, dass sie es können. Wie

Acquilara. Um sich wichtig zu machen. Und es sind nur Tricks.«

»Nein. Siehst du den Unterschied nicht? Acquilara ist voller Arroganz und ... und hasst dich und mich, weil wir tatsächlich *Laran* haben, und sie hat es nicht, obwohl sie bei uns den Eindruck erwecken wollte. Ich denke an ... nun, Marisela. Sie diskutiert nicht über den Sinn des Lebens, sie versucht nicht, andere zu überzeugen oder zu bekehren. Sie tut einfach, was getan werden muss. Was für ein Wissen steckt dahinter? In der Legende heißt es, wenn du sie aus eigener Kraft erreichst, müssen sie dich aufnehmen, und lassen sie mich trotzdem nicht ein, werde ich mich auf ihre Türschwelle setzen und warten.«

Der Gedanke hatte eine gewisse Anziehungskraft, *zu wissen, welchen Sinn das Leben hat, geradewegs zur Quelle der Weisheit vorzudringen und Antwort auf alle Fragen zu verlangen.* Doch es gab andere Bindungen.

»Willst du mich deswegen allein lassen, Shaya?«

»Du wärest nicht allein, Margali. Du bist ein Mensch, der nie allein sein wird. Und auf jeden Fall hast du Camilla ...«

Magda fasste Jaelles Hände mit festem Griff.

»Jaelle – *Bredhiya,* meine Geliebte, meine Freipartnerin, glaubst du wirklich, das sei dasselbe?« So war Liebe nicht, Liebe ließ sich nicht säuberlich einordnen. »Ich kann einfach nicht glauben, dass du eifersüchtig auf Camilla ...«

»Nein, Eidestochter.« Es kam selten vor, dass Jaelle sie mit dem Namen nannte, der von dem ersten ihrer vielen einander geleisteten Gelübde herrührte. »Ich würde nie eifersüchtig sein. Nur ...« Jaelle drückte ihre Hände. In dem reflektierten Mondlicht, Schneelicht, war ihr Gesicht sehr blass, die großen Augen unter den dichten Wimpern standen dunkel in dem hellen Dreieck ihres Gesichts. Eine Flut von Erinnerungen verschlang sie beide.

Jaelle sah zu ihr hoch wie ein in der Falle sitzendes Tier, das den Todesstoß des Jägers erwartet. Magda hatte Jaelle vor den Räubern gerettet, die sie beide hatten töten wollen, aber jetzt war Jaelle ihre Gefangene, nicht mehr die Siegerin, die ihr gegen ihren Willen den Amazonen-Eid abgenommen hatte. Mit einem einzigen Stich ihres Messers konnte Magda sich befreien, ja, sie brauchte nicht einmal zu töten. Es genügte, dass sie fortging und die verwundete Jaelle in der Kälte zum Sterben zurückließ.

Jaelle in der Höhle, wo sie hilflos dem Tod durch Ertrinken oder Verhungern preisgegeben waren, falls Jaelle nicht vorher an der Fehlgeburt *starb. Jaelle, für die Magdas* Laran *erwacht war. Der Austausch der Messer, der Eid der Freipartnerinnen.*

Jaelle und Magda im Turmkreis, miteinander durch das Band der Matrix verbunden, enger als Familie oder Sex oder die eigene Haut ...

Jaelle in der Nacht, als Cleindori geboren wurde, sich an Magda klammernd, das Gesicht schweißüberströmt von den Wehen. Der enge Rapport hatte bewirkt, dass Magda die Mühsal und der Triumph einer Geburt Jahre später, als Shaya zur Welt kam, nicht mehr neu waren. Cleindori war insofern ihr eigenes Kind, dass auch sie darum gekämpft hatte, sie hervorzubringen ...

Welchen Weg sie auch wählte, immer war Jaelle vor ihr da, und sie folgte nur unbeholfen ihren Spuren. Sogar jetzt ...

Dann zerbrach der Rapport (wie lange hatte er gedauert? Ein Lebensalter? Eine halbe Sekunde?), und Jaelle sagte leise: »Nein, *Bredhiya mea, viyha mea,* ich bin nicht eifersüchtig auf Camilla. Ebenso wenig, wie du eifersüchtig auf Damon bist.«

Aber es hatte eine Zeit gegeben, erinnerte Magda sich, wo sie es gewesen war, von einer schmerzhaften, blinden, wütenden Eifersucht auf Damon besessen. Nachdem sie und Jaelle sich auf so schicksalhafte Weise gefunden hatten, ertrug sie den Gedanken nicht, dass irgendein Mann Jaelle mehr geben konnte als sie. Heute schämte sie sich dieser kurzen Aufwallung, ihrer Angst, Jaelle werde sie weniger lieben, weil sie den Vater ihres Kindes liebte. Sie hatte es durchgefochten und gesiegt, hatte Jaelle immer noch geliebt und Damon gerade deswegen geliebt, *weil* er Jaelle das eine gab, zu dem sie bei aller Liebe nicht fähig war.

»Zögern ließe mich nur der Gedanke, dich zu verlassen, Margali. Für Cleindori würde ein Dutzend Pflegemütter gern sorgen. Aber du hast etwas, zu dem du zurückkehren kannst. Ich habe nichts. Was hält die Zukunft anderes für mich bereit, als dass ich nach Lady Rohanas Tod den Aillard-Sitz im Rat einnehme? Und warum sollte mich das locken? Bei den Entsagenden und ebenso im Verbotenen Turm arbeiten wir auf das Ziel hin, die Domänen unabhängig vom Rat und den *Comyn* zu machen, die zu ihrem Vorteil alleinigen Anspruch auf die Nutzung der *Laran*-Kräfte erheben. Die Hasturs, die den Rat regieren, wollen keine Untertanen, die selbständig denken, und selbständig denkende Frauen wollen sie erst recht nicht.«

»Ist es dann nicht deine Aufgabe, diesen Sitz im Rat anzunehmen und ihnen zu helfen, ihre Einstellung zu ändern?«

»Oh, Margali, *Breda*, glaub mir, dass ich über all das längst nachgedacht habe! Ich kann den Rat nicht ändern, weil der Rat sich nicht ändern will. So, wie es heute ist, hat er alles, was er wünscht: Macht, die Mittel, seine Gier zu befriedigen. Wenn die Menschen nicht freiwillig für ihn arbeiten, verspricht er ihnen eigene Macht und Befriedigung *ihrer* Gier.«

Von neuem nahm sie ihre Wanderung am Rand der Klippe auf. Der Mondschein fiel auf ihr Gesicht. »Sieh dir an, was sie mit Lady Rohana gemacht haben! Sie sagten zu ihr: ›Es spielt für dich keine Rolle, dass du nicht frei bist. Du wirst stattdessen Macht haben, und Macht ist wichtiger als Freiheit.‹ Sie bestachen sie mit Macht. Ich habe solche Angst, dass sie mit mir ebenso umspringen werden, Magda. Sie werden herausfinden, was ich mir am meisten wünsche, und mich damit gefügig machen. Ich kann einfach nicht glauben, dass alle *Comyn* korrupt sind, aber sie haben Macht, und deshalb hungern sie nach noch mehr Macht. Sogar die Türme beteiligen sich an diesem Spiel um Macht, Macht, Macht über andere Menschen.«

»Vielleicht ist das einfach die Art, wie die Welt funktioniert, Jaelle. Mir gefällt es auch nicht. Aber es ist wie beim Feilschen auf dem Markt: Jede Partei glaubt, sie habe die andere übervorteilt.« Magda lächelte angestrengt. »Du sagtest mir, das mache dir Spaß.«

»Nur wenn es ein Spiel ist, nicht bei ernsten Dingen.«

»Es ist ein Spiel, Shaya. Macht, Politik, wie du es auch nennen magst – es liegt in der menschlichen Natur. Romantiker unter den Terranern halten die Darkovaner für immun dagegen, weil sie nicht Teil eines interstellaren Imperiums sind. Trotzdem haben sie ihren Vorteil im Auge, sie handeln aus Gier, wie du sagtest ...«

»Dann will ich nicht dazugehören, Magda. Und ich weiß, man wird versuchen, mich so einzuschüchtern, dass ich den Aillard-Sitz im Rat annehme, und innerhalb von zehn Jahren wäre ich ebenso schlecht wie sie alle, würde meine Macht benutzen, weil sie mich überzeugt haben, dass ich damit Gutes bewirke ...«

»Dich könnten sie nicht korrumpieren, Jaelle ...«, begann Magda. Jaelle schüttelte traurig den Kopf.

»Jeder kann korrumpiert werden, wenn er sich erst einmal dazu hat verleiten lassen, sich an diesem Spiel um die Macht zu beteiligen. Der einzige Ausweg ist, sich davon fern zu halten. Vielleicht könnten die *Leroni* Avarras, die Schwesternschaft der Weisen, mir sagen, wie ich das fertig bringe. Vielleicht wissen sie, warum die Welt auf diese Weise funktioniert. Warum Gut und Böse diese Wirkungen haben.«

Der Wind zerrte an Jaelles Mantel.

»Sieh dir Camilla an. Sie hat das Recht zu hassen – stärker zu hassen als Acquilara. Hast du sie sagen gehört, sie sei eine Hastur, oder zumindest, sie habe das Hastur-*Laran?* Was hat man ihr angetan! Und doch ist sie ein guter Mensch, ein Mensch voller Liebe. Und Damon auch. Das Leben hat ihn schlecht behandelt – aber er kann immer noch lieben. Die Welt ist so böse zu den Menschen, und die Menschen sagen immerzu, es sei ungerecht ...«

Magda murmelte: »Die *Cristoferos* sagen: ›Heiliger, warum gedeihen die Gottlosen wie Pilze auf einem toten Baum, während der Rechtschaffene überall von Dornen bedrängt wird?‹«

»Magda, bist du noch nie auf den Gedanken gekommen, dass die Welt gar keine bessere Stätte sein *soll?* Vielleicht ist sie so eingerichtet, damit die Menschen *wählen* können, was wirklich wichtig ist.« Jaelle sprach leidenschaftlich, und ihre unter der Kapuze hervorgerutschten roten Locken flatterten. Sie hatte Kälte und Wind vergessen.

»Sollen doch der Rat und die Terraner Machtspiele miteinander treiben. Andrew ist ausgestiegen und hat anderswo getan, was er konnte. Sollen die Türme unter dieser schrecklichen alten Hexe Leonie Hastur ihre politischen Kämpfe ausfechten – Damon mag sagen, was er will, er liebt sie, und trotzdem ist sie eine Tyrannin, ebenso grausam und herrschsüchtig wie ihr Zwillingsbruder, der den Rat regiert! Wo gibt es zwischen dem Rat und den Türmen einen Platz, um *Laran* zu benutzen? Hilary und Callista haben einen anderen Weg gefunden, ungeachtet der Korruption der Türme. Ob die Frauen nun Ketten tragen wie in den Trockenstädten oder brave Ehefrauen in den Domänen sind – sie brauchen Mut, echten

Mut, nicht meine Art, die nur Mangel an Phantasie ist, um den Trockenstädten oder ihren Fesseln zu entrinnen. Meiner Mutter und Lady Rohana ist es gelungen, dir auch, als du das Gildenhaus fandest ...«

»Deiner Mutter ist es nicht gelungen, Jaelle. Sie ist gestorben.« Magda wusste, dass Jaelle diese Tatsache seit Jahren verdrängte.

»Sicher, sie ist gestorben. Deine Mutter auch. Und du und ich werden eines Tages ebenfalls sterben. Da wir alle sterben werden, ganz gleich, was wir getan oder nicht getan haben, hat es doch gar keinen Sinn, sich die ganze Zeit zu ängstigen, zu kriechen und sich alle möglichen Gemeinheiten gefallen zu lassen, nur um ein bisschen länger zu leben! Nimm zum Beispiel Cholayna. Sie hätte gemütlich in Thendara bleiben oder dein Angebot annehmen können, sie von Nevarsin zurückzuschicken. Sollte sie hier sterben, wäre das nicht immer noch besser für sie, als wenn sie am Ravensmark-Pass umgekehrt wäre in dem Bewusstsein, versagt zu haben? Leben heißt, Risiken auf sich zu nehmen. Du hättest im Gildenhaus bleiben und Befehlen gehorchen können. Meine Mutter hätte in den Trockenstädten bleiben und ihr ganzes Leben lang Ketten tragen können. Auch dann wäre sie vielleicht bei Valentins Geburt gestorben, aber sie wäre in allem Komfort gestorben, und ich wäre immer noch dort. In Ketten.« Gedankenverloren betrachtete sie ihre bloßen Handgelenke.

»So ist es nun einmal, Magda. Wir bringen es nicht fertig, die Welt zu verändern. Es gibt zu viel Gier und Gewinnsucht und – Streben nach *Sicherheit*. Das ist die menschliche Natur, wie du sagtest. Uns bleibt nichts übrig als auszusteigen. So wie Damon, als er den Verbotenen Turm gründete. Man wollte sein *Laran* ausbrennen, weil er nicht bereit war, sich zu unterwerfen und zu schwören, dass er seine *Donas* nur noch nach den Vorschriften der Mächtigen benutzen werde. Aber wenn er das getan hätte, wäre sein *Laran* sowieso ausgebrannt; das hätte er sich selbst angetan. Er wusste es nur zu genau.«

Magda kannte Damons Geschichte. Sie selbst hätte diese Kraft nie aufgebracht. *Außer vielleicht, wenn Jaelle mich zwingt, bei einem Wahnsinnsunternehmen mitzumachen ...*

»Verstehst du es nicht, Magda? Ich kann zurückkehren und im Rat langweilige Spiele um die Macht treiben, oder ich kann weiterziehen und sehen, was diese *Leroni* mich zu lehren haben ...«

»Du sagtest, es habe Mut dazu gehört, den Verbotenen Turm zu gründen, und wir haben dort einen Platz ...«

»Damit ist Damons Integrität geprüft worden, Margali, nicht meine.« Jaelle trat vor ihre Freipartnerin. »Nur kann ich dich nicht verlassen, wenn es dir so wehtut. Das ist das Einzige, was mich davon abbringen könnte. Ich möchte nicht über ... über deine Leiche gehen.«

Magda war die Kehle so eng, dass sie kein Wort herausbrachte. Das war auch nicht nötig. Von neuem reichte sie Jaelle beide Hände.

Shaya, meine Geliebte, mein Schatz, tu, was du tun musst.

Und wirst du mitkommen, Margali?

Plötzlich erkannte Magda, dass Jaelles Suche auch ihre Suche geworden war. Sie hatte jedoch stärkere Bindungen. Das war jetzt eine Schwäche, keine Stärke, aber:

Ich weiß nicht recht. Ich muss Cholayna in Sicherheit bringen, ich habe sie hierher mitgenommen und darf sie nicht im Stich lassen. Ich bin mir nicht sicher, Jaelle. Zurückhalten werde ich dich in keinem Fall.

»Ich hatte gehofft, wir könnten zusammen gehen«, sagte Jaelle laut. Sie wandten sich den Gebäuden zu. »Margali, wir müssen hineingehen, wir erfrieren hier noch.« Und tatsächlich nahm die Kälte zu, war nicht mehr stimulierend, sondern tödlich. »Ich glaube, du hast Recht. Wenn du nicht bereit bist, wäre es für dich nicht das Richtige. O *Breda,* wie gern würde ich sagen, wir gehen zusammen oder gar nicht. Es fällt mir so schwer, dich zurückzulassen.«

Immer, dachte Magda, immer war Jaelle ihr um diesen einen Schritt voraus.

»Übernimm du die Führung«, antwortete sie, »und ich werde dir folgen, so weit ich kann. Im Augenblick würde ich es allerdings vorziehen, dir ins Haus hinein zu folgen.«

24

M*agda träumte ...*

Dunkle, verhüllte Gestalten standen im Kreis um etwas in ihrer Mitte. Magda konnte weder erkennen, was es war, noch was sie damit machten. Sie hörte Habichte schreien, und jedem Schrei folgte ein Mitleid erregendes Weinen, so dass sie einen Augenblick lang entsetzt dachte: *Es ist Shaya, sie haben meine kleine Shaya dort, sie tun ihr weh.* Flammen schlugen hoch, und Magda sah, dass es kein Kind war, sondern eine nackte Frau in Fesseln.

Magda wollte zu ihr eilen, aber unsichtbare Bande hielten sie fest, Ketten wie die einer Trockenstädterin.

»Um der Liebe Gottes willen, hilf mir, Lorne! Du hast mich in diese Sache hineingezogen, jetzt ist es deine Pflicht, mich herauszuholen!«

Es war Lexies Stimme. Irgendwie hatte Magda die ganze Zeit gewusst, dass es Lexie war, die dort hilflos lag, und dass sie die Verantwortung für die Tat oder die Unterlassung trug, die Lexie an diesen Ort gebracht hatte.

Sie riss an ihren Ketten, aber die Habichte schrien weiter. Jetzt sah sie, was sie taten. Jedes Mal, wenn die Flammen hochschlugen, ließen sich die Habichte mit dem Aufwind in die Höhe tragen und schwebten über Lexies bewegungslosem Körper. Dann schossen sie herab, hackten in Lexies nacktes Fleisch und trugen große, von Blut tropfende Stücke davon. Lexie stieß entsetzliche Schreie aus, die Magda an die Zeit erinnerten, als sie und Jaelle von steigendem Wasser in einer Höhle eingeschlossen waren und Jaelle das Kind tot zur Welt brachte, das sie von Peter Haldane empfangen hatte. Sie war im Delirium gewesen, die meiste Zeit sich nicht ganz klar darüber, was geschah, und in ihren Fieberträumen hatte sie geschrien, als werde sie auseinander gerissen. Magda war unfähig gewesen, ihr zu helfen. Damals wären sie beinahe gestorben.

Und jetzt war es Lexie, die schrie. Und es ist meine Schuld, sie wetteiferte mit mir, und so ist sie in diese Sache hineingeraten.

Wieder kämpfte Magda gegen ihre Fesseln, um Lexie zu Hilfe zu eilen. In der Luft bildete sich ein merkwürdiges blaues Feuer, und aus seinem bösen Glühen blickte das Gesicht der schwarzen Zauberin Acquilara.

»Ja, du möchtest dein Gewissen immer dadurch erleichtern, dass du anderen Menschen hilfst. Jetzt musst du lernen, dich abseits zu halten. An ihren Qualen trägst du keine Schuld, und sie muss die Folgen ihrer Taten tragen«, erklärte Acquilara hartherzig. Es hörte sich so vernünftig, so logisch an, und doch rissen die Schreie an ihr, als träfe jeder Streich der rasiermesserscharfen Klauen und der grausamen blutigen Schnäbel ihr eigenes Herz.

»Ja, das ist es, was sie tun«, fuhr Acquilara mit ihren Erläuterungen fort. »Sie reißen und zerren an deinem falschen, sentimentalen Gewissen, das du für dein Herz hältst, bis es aus deiner Brust verschwunden ist.« Magda blickte an sich hinunter und sah, dass sich in ihrer Brust ein großes, blutendes Loch öffnete, aus dem ein kreischender Habicht ein Stück Fleisch wegtrug ...

Nein. Denke! Das ist ein Traum. Langsam, ganz langsam fand Magda in die Wirklichkeit zurück. Sie wurde frei, frei von den unsichtbaren Banden, hob die Arme, richtete sich mit einem Ruck auf und fand sich in ihrem kalten Schlafsack sitzend wieder. Ihr Herz raste immer noch. Sie hörte Jaelle aufschreien, beugte sich über sie und rüttelte sie wach.

»Shaya, Shaya, hast du auch einen Alptraum?«

»Zandrus Höllen«, flüsterte Jaelle, »es war ein Traum, ein Traum, ich habe nur geträumt – Acquilaras Zauberinnen. Sie folterten Rafaella, und sie hatten mich an Rafis große *Ryl* gebunden und zwangen mich, Balladen darauf zu spielen, und sie schrie – oh, sie schrie wie ein vierzehnjähriges Mädchen in den Wochen –, und die Dämonen brüllten immerzu: ›Lauter, spiel lauter, damit wir sie nicht schreien hören ...‹« Erschauernd barg sie den Kopf an Magdas Schulter.

Magda streichelte Jaelles weiches Haar. Sie wusste, was geschehen war. Sogar die Bilder des Alptraums, den sie geteilt hatten, glichen sich.

Ob Camilla und die anderen auch unter diesen Alpträumen litten? Fast fürchtete Magda sich davor, wieder einzuschlafen. »Ich dachte, dieser Ort werde so bewacht, dass nicht einmal die Namen jener Hexe und ihrer Leute ausgesprochen werden können ...«

»Wahrscheinlich nur so lange, wie wir krank und erschöpft waren«, überlegte Jaelle. »Jetzt, wo es uns wieder gut geht und es Entscheidungen zu treffen gilt, dringen Alpträume in unsere Gehirne ein, dass diese Dämonen –« sie zögerte, überlegte »– uns foltern?«

Magda bekam keine Gelegenheit, ihr zu antworten. Eine Welle des Entsetzens überschwemmte sie und machte sie körperlich krank.

Sie lag auf dem Boden, an Händen und Füßen gefesselt, umgeben von verhüllten Gestalten ... nein, das waren Männer, wüste Räuber, Messer schwingend, nackt. Ihre groben haarigen Körper und aufgerichteten Phalli berührten sie überall, drangen überall in sie ein, und sie waren wie Messer, die ihre Brüste abschnitten, ihren Leib schändeten, ihr ihre Weiblichkeit entrissen. Einer von ihnen, ein, Mann, dessen böses Habichtgesicht eine Narbe trug, hielt ein nacktes, blutendes Kind hoch, einen halb ausgebildeten Fötus. Er rief: »Hier ist der Erbe von Hastur, den sie niemals gebären wird!« *Langsam, langsam veränderte sich das Gesicht des Räubers, war nicht mehr grob und narbig, wurde edel, blass, entrückt ... das Gesicht der Zauberin Leonie ... Nein, es war das Gesicht eines Mannes. Das Gesicht des Regenten Lorill Hastur.* »Wie kann ich ein Mädchen, das so misshandelt, so verunstaltet worden ist, als mein Kind anerkennen?«, *fragte er kalt und wandte sich ab ...*

»Magda!« Jaelle klammerte sich entsetzt an sie. Magda riss sich aus der schrecklichen Lähmung des Alptraums los. Als ihr eigenes *Laran* erwachte, hatte sie auch an Camillas Alpträumen teilgenommen. Eine grauenhafte Zeit – und das Schlimmste daran war Camillas Scham gewesen, dass sie unfähig war, diese Erinnerungen und Schrecken vor ihrer Freundin und Geliebten zu verschließen.

Magda beugte sich über Camilla und schüttelte sie.

»Du hast im Schlaf aufgeschrien, Liebes. Hattest du einen bösen Traum?«

Mit zitternden Händen wischte sich Camilla den Schweiß vom Gesicht und rang um Beherrschung.

»Aye«, flüsterte sie endlich, »ich danke euch, dass ihr mich geweckt habt, Eidesschwestern.« Sie wusste, dass die anderen ihren Traum gesehen hatten, aber sie konnte sich darauf verlassen, dass sie keine Fragen stellen würden, und dafür war sie dankbar.

Am nächsten Morgen war Cholaynas Farbe gut, und sie atmete so leicht, dass die Frauen, die den Frühstücksbrei brachten, das Dampfzelt abbauten und wegtrugen. Cholayna setzte sich auf, zog sich bis auf die Stiefel an und behauptete, es gehe ihr ausgezeichnet.

Nun erhob sich von neuem die Frage, die sie beiseite geschoben hatten, solange Cholayna in Lebensgefahr schwebte. Magda fürchtete sich vor der Diskussion. Auch wenn Cholayna neuen Anstrengungen nicht gewachsen war, würde sie sich niemals bereit erklären, umzukehren und Vanessa und Magda die Suche nach Lexie zu übertragen.

So vermieden sie das Thema sorgfältig, und das erzwungene Stillschweigen zerrte an Magdas Nerven. Es war ein schöner, heller Tag. Vanessa machte einen Spaziergang am Klippenrand und versuchte, im Voraus eine Route festzulegen. Eine Weile begleitete Magda sie.

»Sag mir, Vanessa, hast du heute Nacht schlechte Träume gehabt?«

Vanessa nickte, errötete und wandte das Gesicht ab. Von selbst teilte sie Magda ihren Traum nicht mit, und Magda fragte nicht. Sie standen von neuem unter Angriff. Die weise Schwesternschaft wurde sehr wirksam von der schwarzen Schwesternschaft bewacht, jedenfalls sah es so aus ... oder konnte es sein, dass die beiden unentwirrbar miteinander verflochten waren? Was sie und Jaelle geträumt hatten, rührte von ihren eigenen inneren Dämonen und Fehlern her, nicht von äußeren Einflüssen.

Aber Camilla? Ihr Alptraum hatte keine Grundlage in einem Unrecht, das sie getan hatte, sie wurde nicht von Erinnerungen an einen Fehler, eine Grausamkeit oder eine Unterlassung verfolgt. Das unschuldige Kind, das sie gewesen war, hatte die an ihm begangenen Gräuel in keiner Weise verdient.

Jaelle hatte die nicht zu beantwortende Frage gestellt: *Warum gedeihen die Bösen?* Nicht einmal die *Cristoferos* hatten eine Antwort darauf. Sie kleideten die Frage in eine poetische Sprache und nannten sie ein Mysterium ihres Gottes.

Vanessa beschäftigte sich im Augenblick nicht mit philosophischen Spekulationen, sondern mit praktischen Überlegungen.

»Von hier aus müssen wir zu Fuß weiterziehen. Ein paar Chervines könnten es schaffen, aber ich kann mir nicht vorstellen, wie ich ein Pferd über diese Pfade bringe.«

»Glaubst du, Cholayna wird es aushalten?«

»Höllenfeuer, Lorne, ich bin keine Gedankenleserin. Aber sie wird darauf bestehen mitzukommen, und ich traue mir nicht zu, es ihr auszureden. Willst du es versuchen? Nein? Das habe ich mir gedacht.«

Sie kehrten in das Gebäude zurück, in dem sie die letzten Tage gewohnt hatten, und sahen, dass Camilla sich vor jemandem im Lee der Feuerstelle verbeugte. Jaelle sagte, als fahre sie mit einer Vorstellung fort: »Und diese beiden sind unsere Gefährtinnen Vanessa ryn Erin und Margali n'ha Ysabet.«

Magda ging um das Feuer und erblickte eine kleine, schmächtige Frau, der das Haar in einem langen Zopf über den Rücken hinunterhing, wie die Bauersfrauen um Caer Donn es trugen. Gekleidet war sie in eine knielange Jacke in dunklem Safrangelb, am Ausschnitt und an den Ärmeln mit einem kindlichen Muster aus Blättern und Blüten bestickt, und einfache braune Reithosen. Als einzigen Schmuck hatte sie einen glatten Kupferring im linken Ohr.

»Mein Name ist Kyntha.« Sie sprach das gewöhnliche *Casta* des Gebirges, aber langsam und sorgfältig.

»Ich bin geschickt worden, und ich muss bald wieder gehen. Sagt mir, warum ihr in dies Land so weit hinter Nevarsin gekommen seid.«

Jaelle beugte sich vor und flüsterte so leise, dass niemand sonst es hören konnte: »Das ist die Frau, von der Rakhaila mir erzählte.« Laut sagte sie: »Wir sind auf der Suche nach zwei Freundinnen. Jetzt haben wir Grund zu der Annahme, dass ein Unglück sie ereilt hat oder sie in Gefangenschaft geraten sind.«

Kyntha erwiderte darauf nichts. Jaelle fasste in eine Tasche und holte Rafaellas Brief hervor, der der Anlass zu ihrer Reise gewesen war.

»Ich weiß nicht, ob es Sitte in Eurem Land ist, dass Frauen lesen und schreiben lernen ...«

»Ich kann lesen, ja.« Kyntha streckte die Hand nach dem Brief aus. Sie las ihn mit Bedacht, und ihre Lippen bewegten sich, als sei er in einer fremden Sprache geschrieben.

»Was wünscht ihr von mir? Wenn es die Schwesternschaft der Weisen ist, die eure Freundin sucht, muss euch doch klar sein, dass sie schon versagt hatte, bevor sie auszog«, stellte Kyntha fest.

»Könnt Ihr uns helfen, sie zu retten?«, fragte Jaelle.

»Nein.« Das war endgültig und ließ keinen Raum für eine Diskussion oder einen Streit und machte mehr Eindruck als ein Dutzend Proteste oder Entschuldigungen.

»Trotzdem muss ich es um unserer Freundschaft willen versuchen«, erklärte Jaelle.

»Wenn du es musst, dann musst du. Aber hüte dich, in Entwicklungen hineingezogen zu werden, die sie in Gang gesetzt hat. Und wenn es dir gelingt, sie vor den Folgen ihrer eigenen Torheit zu retten, was dann? Willst du dein ganzes Leben lang über sie wachen, damit sie nie wieder einen Fehler begeht?«

Vanessa fiel ein: »Wenn sie unwissentlich in das Gebiet Eurer heiligen Schwesternschaft eingedrungen ist, würdet ihr sie dann bestrafen?«

»Bestraft der Schnee das Kind, das sich ohne Mantel und Kapuze und Stiefel verirrt? Erfriert das Kind deshalb nicht?«

Damit, dachte Magda, war dem Gespräch wieder einmal der Garaus gemacht. Jaelle versuchte es von neuem: »Könnt Ihr uns helfen, den Weg zu der Stadt zu finden, wo die Schwesternschaft wohnt?«

Noch abweisender antwortete Kyntha:

»Wüsste ich den Weg zu diesem Ort, hätte ich geschworen, ihn nicht zu verraten. Das weißt du. Warum fragst du also?«

»Weil ich weiß, dass es Frauen gibt, die in der Stadt waren

und zurückgekommen sind«, sagte Jaelle. »Warum soll ich nach einem Schlüssel für ein fremdes Schloss suchen, wenn ein höfliches Klopfen an der Tür mir vielleicht den Zutritt verschaffen wird?«

Zum ersten Mal huschte ein flüchtiges Lächeln über Kynthas Gesicht.

»Einige haben Zutritt gefunden. Es steht mir nicht zu, dir zu sagen, du würdest nicht eingelassen. Wer hat dir von diesem Ort erzählt?«

»Unter anderem meine Pflegemutter. Allerdings dachte ich nie daran, ihn zu suchen. Aber jetzt, so scheint mir, ist die Zeit dafür gekommen.«

»Und deine Gefährtinnen? Sprichst du auch für sie?«

Jaelle öffnete den Mund und schloss ihn wieder. Dann sagte sie: »Nein. Sie sollen selbst sprechen.«

»Gut.« Kyntha sah eine nach der anderen an, und das Schweigen wurde drückend. Endlich ergriff Cholayna das Wort. »Ich habe nicht die Absicht, in Eure Stadt einzudringen. Mir geht es nur um die eine der jungen Frauen. Sie ist in dem Brief erwähnt.«

»Ist sie deine Tochter oder deine Liebhaberin? Oder ist sie ein Kind, dass du sie vor den Folgen ihrer Taten zu bewahren wünschst, Tochter Chandiras?« Magda staunte, dass Kyntha sich nach der hastigen Massenvorstellung Cholaynas Namen gemerkt hatte.

»Nichts davon. Sie war meine Schülerin; ich habe sie ausgebildet. Ich trage die Verantwortung für ihr Versagen.«

»Arroganz«, stellte Kyntha fest. »Sie ist eine erwachsene Frau. Ihr Versagen ist auf ihren eigenen Entschluss zurückzuführen, und sie hat das Recht, für ihre eigenen Fehler geradezustehen.«

Vanessa unterbrach in streitbarem Ton: »Wenn es in Eurer Stadt verboten ist, einer Freundin zu helfen, hoffe ich, dass ich sie nie betreten werde. Wollt Ihr wirklich behaupten, dass ihr ein solches Gesetz habt?«

Kyntha hielt Vanessas Blick lange Zeit fest. Dann antwortete sie ernst. »Deine Absichten sind gut. Das waren auch die des Kindes, das den Jungen der Tigerkatze zu einem warmen, gemütlichen Plätzchen in seinem Bett verhelfen wollte. Du weißt nicht, was du tust, und du wirst nicht verschont werden, weil du bewundernswerte Motive hast.«

Ihre Augen richteten sich auf Camilla. »Suchst du die Stadt, oder bist du nur aus dem beklagenswerten Wunsch hier, das Schicksal deiner Freundinnen zu teilen?«

»Wenn Ihr über Freundschaft oder gar über Liebe verächtlich denkt«, schnaubte Camilla, »ist es mir gleichgültig, was Ihr von mir haltet. Ich habe meine eigenen Gründe, diese Stadt zu suchen, und Ihr habt mich bisher nicht überzeugt, dass ich Recht daran täte, sie Euch anzuvertrauen. Welchen Beweis habe ich, dass sich der Schlüssel wirklich in Euren Händen befindet?«

Kyntha nickte. »Es gibt viele, die den Weg zu jenem Ort kennen, aber manche, die sich erbieten, euch zu führen, kennen ihn nicht so gut, wie sie glauben. Es ist nicht unmöglich, dass du die Erlaubnis erhältst, und vielleicht noch die da ...« Mit einer leichten Kopfbewegung deutete sie auf Jaelle. »Ich weiß es nicht. Ist es bestimmt worden, dass ihr ans Ende eurer Reise gelangen sollt, wird man euch helfen und vielleicht sogar führen. Doch vielen ist Hilfe angeboten worden, und sie sind umgekehrt, und andere, die die Reise fortsetzten, gelangten aus dem einen oder anderen Grund nicht ans Ziel. Ihr müsst klug und wachsam sein.« Sie wandte sich Magda zu. »Und du?«

»Zweimal bin ich der Schwesternschaft begegnet, so glaube ich wenigstens«, sagte Magda. Kynthas Blick hatte etwas seltsam Zwingendes: Magda konnte sich nicht vorstellen, dass jemand es fertig brachte, vor diesen Augen zu lügen. »Einmal rettete sie mir und meiner Freipartnerin das Leben. Eine der Frauen, die nach Euren Worten *eingedrungen* ist, hat in einer großen Krise, den Tod vor Augen, ebenfalls eine Begegnung mit der Schwesternschaft gehabt. Deshalb glaube ich, dass ich gerufen worden bin – und sie mag ebenfalls gerufen worden sein. Woher wollt Ihr wissen, dass wir *nicht* gerufen wurden? Warum setzt Ihr ohne weiteres voraus, dass diese eine unberechtigt eindringen will?«

»Weil ich den Brief ihrer Gefährtin gelesen habe«, gab Kyntha zurück. »Selbst wenn sie gerufen worden wäre, würde jemand, der die Ziele der Briefschreiberin billigt, niemals Aufnahme finden. Zu dieser besonderen Zeit und in dieser besonderen Gesellschaft wäre es unberechtigtes Eindringen. Was dich betrifft, habe ich keine Möglichkeit, nachzuprüfen, ob du wirklich gerufen wurdest oder ob du dich einer Täuschung hingibst. Ist ein Ruf an dich ergangen, wirst du Hilfe bekommen, und du wirst nicht im Zweifel gelassen werden.«

Schweigen. Endlich bat Jaelle: »Darf ich eine Frage stellen?«

»Auch ein Dutzend. Ich kann allerdings nicht versprechen, dass ich sie beantworte. Nicht deswegen bin ich zu euch geschickt worden, und ich bin weder gelehrt noch weise.«

»Seid Ihr ein Mitglied jener Schwesternschaft?«

»Das kann jeder behaupten. Wie willst du wissen, ob ich die Wahrheit spreche?«

Camilla unterbrach: »Einige von uns haben *Laran*. Genug jedenfalls, um eine Lügnerin von einer zu unterscheiden, die die Wahrheit spricht.« Ihre Stimme klang hart, aber Kyntha lächelte nur. Magda hatte den bestimmten Eindruck, dass Camilla ihr gefiel.

»Noch eine Frage«, fuhr Jaelle fort. »Wir begegneten ...« Sie zögerte, denn ihr fiel ein, dass sie Acquilaras Namen nicht aussprechen durfte. »Wir begegneten einer, die sich unterfing, uns im Namen der Göttin Befehle zu erteilen. Sagt mir, war sie eine von Eurer Schwesternschaft?«

»Warum nur zweifelst du so an deinem Instinkt, Shaya n'ha Melora? Bitte erlaube, dass ich dir, so gut ich es vermag, einen Rat gebe.«

»Natürlich.«

»Dann rate ich dir dies. Schweige. Sprich zu niemandem über dein Ziel und nenne niemals, dreifach niemals, das Böse, dem du misstraust. Deiner kleinen Tochter würde es leichter, den Ravensmark-Pass in ihren seidenen Hauspantöffelchen und nur mit einem Holzlöffel als Waffe gegen die Banshees zu überqueren, als dir, jenen Ort in der falschen Gesellschaft zu betreten. Und es gibt solche, die dich, wenn du gerufen worden bist, aus Neid oder aus purer Freude am Unheilstiften aufhalten wollen. Wenn dir Hilfe geschickt wird, vertraue deinen Instinkten.« Sie verbeugte sich, sie alle in diese Geste einschließend.

»Ich wünsche euch viel Glück, ob ihr es glaubt oder nicht.« Ohne ein Wort des Abschieds ging sie.

Als es klar war, dass sie nicht zurückkehren würde, fragte Cholayna: »Was sollen wir jetzt *davon* halten?«

»Ich habe keine Ahnung«, gestand Jaelle. »Aber ich würde nicht länger mit der Gastfreundschaft der Leute hier rechnen. Wir haben unsere Warnung erhalten, wir haben uns ausgeruht und erholt, und jetzt müssen wir uns entscheiden, ob wir vorwärts oder zurück wollen.«

»Ich gehe nicht zurück«, erklärte Camilla. »Aus ihren Worten lässt sich schließen, dass die Stadt, die wir suchen, in der Nähe ist, und für eine Stadt von Avarras Schwesternschaft ist es ja auch sicherer, Avarras heiligem Haus nahe zu sein. Von Umkehren hat sie nichts gesagt.«

»Und vielleicht wurde sie hergeschickt, um festzustellen, wie entschlossen wir sind«, meinte Jaelle. »Sie hat ja gewiss ihr Bestes getan, uns zu entmutigen.«

»Den Eindruck hatte ich gar nicht«, widersprach Magda. Sie fand, Kyntha sei bewunderswert offen gewesen. »Falls sie jedoch ihren Vorgesetzten einen Bericht erstatten muss, warten wir vielleicht besser, bis sie es getan hat und das Urteil gesprochen ist. Sie versprach doch, vielleicht werde man uns helfen oder uns sogar führen.«

»In einem stimmen wir wohl alle überein«, meinte Vanessa. »Sie wurde zu uns gesandt, und sie ist kein Mitglied – der *anderen* Mannschaft. Allerdings tat sie, als hätten Cholayna und ich nicht die geringsten Chancen, in die Nähe jenes Ortes zu gelangen. Nur ihr beiden, und vielleicht noch Magda.« Sie betrachtete Magda ein wenig erstaunt. »Ich stellte fest, dass sie sich gegen dich benahm, als seist du Darkovanerin.«

Magda dachte bei sich, dass ihr das selbst hätte auffallen müssen. *Tatsächlich gehörte sie ja zu den Darkovanern.* Wirklich? Oder machte sie sich das nur vor? Und warum stellte sie sich zu diesem späten Zeitpunkt diese Frage und zog ihre eigenen Motive in Zweifel? Sie war zu weit gegangen, um noch umkehren zu können.

»Dann sollten wir so bald wie möglich aufbrechen«, fasste Jaelle zusammen.

Magda überlegte. »Warten wir lieber, ob die Hilfe kommt, auf die sie anspielte.«

»Ich bin dagegen«, erklärte Camilla, »und wisst ihr, warum? Sie sagte, sie könne uns nicht dabei helfen, Lexie und Rafaella zu retten. Sie behandelte Cholayna und Vanessa wie unwillkommene Gäste, obwohl sie hier freundlich und fürsorglich aufgenommen worden sind. Ich sehe die Sache so: Warten wir auf Hilfe, wird sie uns um den Preis gewährt werden, dass wir euch zwei –« sie nickte zu den beiden Terranerinnen hin »– sofort zurückschicken und alle Hoffnung aufgeben, Rafaella zu retten. Darauf werde ich mich nicht einlassen.«

»Ich auch nicht«, stimmte Magda ihr zu. »Also packen wir.« Schüchtern setzte sie hinzu: »Bisher hat es keine von uns tun wollen, aber ich glaube, es ist unsere letzte Zuflucht. Ich bin bereit, Lexie und Rafaella mit *Laran* zu folgen, ganz gleich, in wessen Händen sie sein mögen. Und du, Jaelle?«

»Ich habe Angst, wir könnten ... jene *andere* finden«, antwortete Jaelle ängstlich.

Camilla schüttelte den Kopf. »Wenn sie in *ihrer* Gewalt sind, wie ich allmählich argwöhne, bleibt uns keine andere Wahl. Ich sehe Lexie und Rafaella, und ich sehe – sie. Shaya, ist es das, was du *Laran* nennst?«

Jaelle bekam keine Gelegenheit, darauf zu antworten. Zuerst betraten zwei der Helferinnen den Raum. Dann kam die alte Frau, die Cholayna gepflegt hatte, und setzte sich mit freundlichem Gesicht zu ihnen.

Und ihr folgte eine kleine, stämmige Person. Magda blinzelte ungläubig. Wäre der terranische Legat persönlich hereinspaziert gekommen, hätte sie nicht überraschter sein können.

»Das sieht ja ganz so aus, als halte die Hellers-Gruppe der Brücken-Gesellschaft ein Treffen ab«, lachte die Frau. »Will mir niemand auch nur guten Tag sagen?«

Sie alle waren zu erstaunt, um zu sprechen. Endlich krächzte Cholayna mit ihrer immer noch heiseren Stimme: »Ich hätte es mir denken können. Hallo, Marisela.«

25

Marisela! Wie bist du hergekommen?«, wollte Jaelle wissen.

»Genau wie ihr. Ich bin geritten, wenn ich konnte, zu Fuß gegangen, wenn ich nicht reiten konnte, und geklettert, wenn ich musste«, antwortete Marisela. »Doch da ich wusste, wohin ich wollte, habe ich natürlich bis Nevarsin den direkten Weg genommen.«

»Du hättest es uns sagen können«, brummte Camilla.

»Ja«, bemerkte Marisela trocken, »ich hätte dir bei jedem Schritt des Weges die Hand halten können. Sei nicht dumm, Camilla. Was ich Margali sagte, gilt immer noch. Es steht mir nicht frei, über die Angelegenheiten der Schwesternschaft mit Außenseitern zu sprechen, und das schließt ihren Aufenthaltsort und den Weg dahin ein.«

»Wenn sie es so schwierig machen, sie zu erreichen«, fragte Camilla, »woher sollen wir dann wissen, dass es der Mühe wert ist?«

»Ihr könnt es nicht wissen. Niemand hat euch gezwungen zu kommen. Darüber musst du dir ganz klar sein, Camilla. Es stand bei dir, jeden Augenblick in sichere Gefilde und zu allem, was du dir in deinem Leben aufgebaut hast, zurückzukehren. Du hast keinen Grund, darauf zu verzichten, du noch weniger als die anderen. Doch ich stelle fest, dass keine von euch umgekehrt ist.«

»Das alles gehört nicht zur Sache«, kritisierte Vanessa. »Welche psychische Suche du auch im Sinn haben magst, Camilla, wir sind nur daran interessiert, Lexie und Rafaella zu finden.«

Nicht Camilla, sondern Marisela antwortete ihr.

»Bist du dessen ganz sicher, Vanessa? Auch du bist nicht umgekehrt. Hat dir die Reise keinen Gewinn gebracht? Ist deine Suche völlig selbstlos?«

»Ich wollte, du hörtest auf, in Rätseln zu sprechen«, murrte Vanessa. »Was hat das damit zu tun?«

»Alles«, behauptete Marisela. »Denke gut nach. Denn von deiner Antwort kann es abhängen, ob dir erlaubt werden wird weiterzuziehen. Freundschaft mag dich weit bringen, und bitte, glaube nicht, dass ich die gute Absicht, deinen Freundinnen zu helfen, verkenne. Aber auf lange Sicht, Vanessa ryn Erin –« Magda erschrak, dass sie nicht den Namen benutzte, unter dem Vanessa im Gildenhaus und in der Brücken-Gesellschaft bekannt war, sondern ihren terranischen, legalen Namen »– auf lange Sicht zählt nichts als deine eigenen Motive für diese Suche. Hast du nichts gewonnen?«

»Ist das verkehrt?«, fragte Vanessa aggressiv.

Marisela zögerte. Sie sah zu der Priesterin in ihren Lumpen hin, die gleichmütig auf der steinernen Plattform saß. Die alte Frau hob die Augen und sah Vanessa scharf an. Magda fürchtete schon, dass sie sie mit den schnellen, harten Worten, die ihr zu Gebote standen, angreifen werde. Aber ihre Stimme klang überraschend sanft.

»Sie fragt dich nicht nach richtig oder falsch, kleine Schwester. Deine Absicht ist gut, das wissen wir, sonst wärest du draußen im Sturm, ganz gleich, wie groß deine Not wäre. Hier findet niemand Zuflucht, der seinen Mitmenschen Schaden zufügen will. Deine Schwester möchte nur wissen, ob du unter vielen guten Dingen etwas gefunden hast, das für dich allein ist und dir gefällt. Sprich die Wahrheit und fürchte nichts.«

»Ich kann nicht glauben, dass deine Frage so gemeint war«, sagte Vanessa ungeduldig. »Ja, einer der Gründe, warum ich die Reise mitgemacht habe, ist, dass ich diese Berge sehen und einige von ihnen besteigen wollte. Diese Chance würde nie wiederkommen, und ich war bereit, dafür eine Menge auf mich zu nehmen. Das heißt aber nicht, dass es mir nicht ernst damit war, Lexie und Rafaella zu suchen.«

»Ich wusste gar nicht, dass du sie so gern mochtest«, bemerkte Marisela.

»Das *Gernhaben* hat gar nichts damit zu tun!«, fuhr Vanessa auf. »Sie ist nicht meine Liebhaberin oder meine Busenfreundin oder Vertraute, ich bin doch nicht – nun, ich weiß, hier ist es Brauch, und niemand denkt sich etwas Böses dabei, aber Frauen als Liebhaber *interessieren* mich nicht. Wir waren zusammen in der Ausbildung, und sie ist in Schwierigkeiten. Sie braucht Freunde, und sie hat nicht viele. Wenn ich in Not wäre, würde sie mir sicher auch helfen. Was hat all euer Gerede über Schwesternschaft zu bedeuten – und ich meine nicht dies Zeug über Geheimbünde und dergleichen –, wenn ich einer Freundin nicht helfen soll? Und Rafaella, nun, sie ist Bergsteigerin. Ich *respektiere* sie. Verstehst du so etwas nicht?«

Die alte Frau lächelte, aber Vanessa achtete nicht auf sie. Marisela nickte Vanessa zu. Es war fast eine Geste formeller Anerkennung.

»Rafaella und ich machten im Thendara-Gildenhaus gemeinsam unser Hausjahr durch«, sagte Marisela. »Mir kommt es vor, als sei das schon lange her. Auch ich sorge mich um sie, und nicht zuletzt deswegen bin ich hergekommen. Sie hat das Recht auf ihre eigene Suche, auch wenn das, was sie sucht, Reichtum ist. Ich fürchtete jedoch, sie werde in tiefes Wasser geraten, wo sie nicht schwimmen kann, während sie glaubt, nur ihren legitimen Geschäften nachzugehen. Ich wusste, Jalle war ihretwegen beunruhigt, und wenn es nur um schlechtes Wetter und gefährliche Wege gegangen wäre, hätte man es ihr und dir überlassen können, Rafaella zu Hilfe zu eilen. Aber es sind andere Dinge mit im Spiel. Ich hoffte, sie davon abhalten zu können, dass sie sich hineinstürzt, ohne eine klare Vorstellung davon zu haben.« Sie seufzte schwer. »Ihr habt sie also nicht eingeholt?«

»Wie du siehst«, bemerkte Camilla trocken. »Als ob du, eine *Leronis,* das nicht wüsstest ...«

»Ich bin ebenso wenig allwissend wie du, Camilla. Bis ich hier eintraf, hatte ich noch Hoffnung. Hat sie bei dem schweren Sturm nicht hier Zuflucht gesucht, gibt es zwei Möglichkeiten. Entweder ist sie *anderswo* sicher –« sie sprach mit sorgfältiger Betonung und einem Seitenblick zu der alten Frau hin, und Magda erkannte, dass sie auf Acquilara und ihre Gefolgsleute anspielte »– oder sie ist tot. Denn sonst gab es nirgendwo ein Obdach, und niemand hätte das Unwetter im Freien überlebt. Ich ertrage den Gedanken nicht, sie könne sich in der Gewalt von ...« Sie blinzelte zornig, und Magda merkte, dass sie Mühe hatte, die Tränen zurückzuhalten.

Die alte Frau beugte sich zu Marisela vor, berührte ihre Hand und tröstete sie: »Du darfst hoffen, dass sie Sicherheit im Tod gefunden hat, Großtochter.«

Cholayna folgte dem allen mit konzentrierter Aufmerksamkeit. Es musste sie wegen der Sprache, die sie benutzten, große Mühe kosten, dachte Magda, obwohl Cholayna die beste Sprachschulung im ganzen Imperium genossen hatte. Jetzt ergriff sie zum ersten Mal das Wort.

»Marisela, mir geht es wie Vanessa. Ich kann nicht glauben, was ich da höre. Sind diese Leute so eifersüchtig, dass sie Lexie und Rafaella tatsächlich den Tod wünschen, damit sie nicht in irgendeine religiöse Häresie verwickelt werden? Das schlägt alles, was ich schon von Bigotterie gehört habe! Ich bin diesen Frauen dankbar, sie haben mir das Leben gerettet, haben Vanessa davor bewahrt, fürs Leben gelähmt zu werden, haben uns alle gastfreundlich aufgenommen. Trotzdem finde ich das *schrecklich!*«

Wieder antwortete darauf die alte Frau, langsam, als versuche sie, sich Cholayna über eine unübersteigliche Barriere hinweg verständlich zu machen.

»Du bist unwissend. Diese Alte kann dir nicht in wenigen Minuten die Weisheit einer Lebensspanne geben. Aber wenn du dir nichts Schlimmeres vorzustellen vermagst, als einfach zu sterben, bist du mehr als unwissend. Möchtest du nicht lieber sterben, als gewisse Dinge tun? Jene, deren Namen wir nicht aussprechen ...« Sie brach ab, runzelte die Stirn und schüttelte in offenkundiger Verzweiflung den Kopf.

»Wie soll ich es dir begreiflich machen? Möchtest du nicht lieber sterben, als ein hilfloses Kind zu foltern? Möchtest du nicht lieber sterben, als deine innerste Ehre zu verraten? Es ist die Freude jener, andere etwas tun zu sehen, dem sie, wie sie geglaubt haben, den Tod vorgezogen hätten, und sie tun es doch aus schwacher Furcht vor dem Sterben, weil sie über den Tod nichts wissen und noch weniger glauben.« Sie wurde zornig. »Und ihren Namen auszusprechen, heißt, sie in deinen Geist einzuladen. Denke ruhig, diese Alte hasse dich, dass sie die Gefahr auf sich nimmt, um dich, Schwester, in deiner Unwissenheit eine Krume Weisheit zu lehren.«

Magda sah Jaelle an, und plötzlich fand das alles in ihrem Geist einen Zusammenhang, ob es nun *Laran* war oder etwas, das tiefer ging. Es stimmte mit dem überein, was Jaelle gestern Abend gesagt hatte: *Wir werden sowieso alle sterben.*

Magda dachte an die furchtbaren Dinge, die Menschen im Lauf der Geschichte ihren Mitmenschen angetan hatten, weil sie den Tod fürchteten: Wachposten, die ihre Brüder und Schwestern in Konzentrationslagern zu Tode quälten, die Massenschlächtereien der Kriege, in denen die tötende Partei sich rechtfertigte, sie wäre sonst von der anderen Partei getötet worden, der grässlichste Verrat auf Grund dieser schändlichen Furcht – *Ich werde alles tun, alles, ich will nicht sterben* ... Es war schlimm genug, wenn Menschen Böses taten, weil sie es in ihrem Wahnsinn für gut hielten, wie die religiösen Ungeheuer, die andere verbrannten, hängten oder vierteilten, um ihre Seelen zu retten. Aber welche Rechtfertigung gab es für jemanden, der all dies tat, nur weil die Alternative sein eigener Tod war? Einen kurzen Augenblick lang empfand Magda wilde Freude. Fast wie eine körperliche Wahrnehmung durchfuhr sie die Erkenntnis, wie stark das Leben ist und wie wenig der Tod damit zu tun hat.

Es war ihr alles ganz klar bewusst, ihre intensive Liebe zu Jaelle, *natürlich, darum habe ich mein Leben für sie aufs Spiel gesetzt,* ihre völlig andere Liebe zu Camilla. Ihre Liebe schloss auch diese lächerliche alte Frau ein. *Sie kennt Cholayna nicht einmal, und doch riskiert sie für sie das, was sie als sehr realen spirituellen Tod ansieht. Sie fürchtet, Acquilara und ihre Bande in ihren Kopf einzuladen, und doch tut sie es, weil sie uns liebt ...*

Sie können mich nur töten, und darauf kommt es nicht an. Das Sterben tut weh, nicht der Tod.

Und dann fragte sie sich, ob sie sich das alles nur eingebildet habe, denn Cholayna erklärte mit angestrengter Geduld, sie glaube nicht, dass eine Gefahr dieser Art vorhanden sei.

»Niemand hat mich vor eine solche Wahl gestellt. Und mit allem Respekt, ich kann nicht glauben, dass diese rivalisierenden Schwesternschaften – oder was sie sind – sich aufführen wie einer der alten legendären Diktatoren oder Gehirnwäsche-Experten und sie zwingen, sich zwischen Tod und Entehrung zu entscheiden. Wie absurd melodramatisch!« Sie beugte sich zu der alten Frau vor und wurde sehr ernst.

»Immer wenn ich Leute sagen höre, es gebe Dinge, die wichtiger seien als Leben und Tod, frage ich mich, wessen Leben sie aufs Spiel zu setzen planen. Selten ist es ihr eigenes.«

Das zahnlose Lächeln der alten Frau war sanft und fast verzweifelt.

»Du meinst es gut, aber du bist unwissend, Tochter Chandrias. 'Varra gewähre dir ein langes Leben, damit du die Weisheit erwirbst, die deiner Kraft und deinem guten Willen entspricht.«

Marisela stand auf, als sammele sie die verstreuten Fäden ihrer Diskussion ein.

»Wir müssen gehen, solange das Wetter hält. Seid ihr fertig?«

Jaelle sagte leise: »Habe ich es nicht gewusst, Magda? Es war eine Warnung, uns bereitzuhalten.«

Camilla steckte die Hände in die Jackentaschen und fragte: »Wohin?«

»Zu dem Ort, den ihr sucht. Wohin sonst?«

»In die Stadt der ...«

»Still«, fiel Marisela schnell ein, »sprich es nicht aus. Das ist mein Ernst! Worte und Gedanken haben Macht.«

»Oh, im Namen der Göttin oder aller Dämonen Zandrus, Marisela, erspare mir deinen mystischen Quatsch!«

»Das wagst du mir zu sagen? Du weißt es besser, so sehr du dich auch bemüht hast, es zu blockieren, *Elorie Hastur.*«

Camilla legte tatsächlich die Hand an das Heft ihres Messers.

»Verdammt sollst du sein, mein Name ist *Camilla n'ha Kyria*!«

Marisela sah sie an, bis sie den Blick senkte.

»Und du behauptest immer noch, Namen hätten keine Macht, Camilla?«

Camilla ließ sich sprachlos auf eine Bank fallen.

Magda machte sich ruhig daran, ihre Habseligkeiten einzusammeln. Der tagelange erzwungene Aufenthalt hatte aus dem Raum ein Zigeunerlager gemacht, obwohl sie sich Mühe gegeben hatten, ihn ordentlich zu halten. Die alte Frau erhob sich steif. Marisela bückte sich und half ihr. Camilla pflanzte sich vor ihr auf.

»Großmutter vieler Geheimnisse! Ist der Unwissenden eine Frage erlaubt?«

»Wie sonst sollte sie etwas lernen?«, fragte die alte Frau mild.

»Woher wusstet Ihr –« Camilla brach ab, schluckte und vollendete schließlich »– all das?«

»Für jene, die unter die Oberflächen sehen, Töchterchen –« ihre Stimme war unendlich sanft »– steht es in jeder deiner Narben, in jedem Zug deines Gesichts geschrieben. In den Energien, die deinen Körper umgeben, liest man es so deutlich, wie ein Jäger die Spur des wilden Chervines liest. Sei unbesorgt, deine Freundin –« sie nickte zu Marisela hin »– hat dein Vertrauen nicht missbraucht. Diese hier schwört es.«

»Sie konnte es nicht missbrauchen«, stellte Camilla brüsk fest. »Sie besaß es nicht.« Sie maß Marisela mit einem rätselhaften Blick, und Magda konnte die Worte beinahe hören: *Hat auch sie in mir gelesen, weiß sie alles über mich?*

Camillas Stimme klang abrupt und barsch, aber sie bediente sich des Gebirgsdialekts der alten Frau. »Ihr macht es zu Eurer Aufgabe, alte Namen und begrabene Vergangenheiten aufzustöbern. Darf ich dann nach dem Euren fragen, Mutter?«

Das zahnlose Lächeln war von abgeklärter Heiterkeit.

»Diese hier hat keinen Namen. Er wurde in einem anderen Leben vergessen. Wenn der Zeitpunkt kommt, wo du ihn wissen musst, *Chiya,* wirst du ihn so deutlich lesen, wie ich deinen lese. Avarra segne deinen langen Weg, Kleine. Wenige deiner Schwestern sind so geprüft worden. Wie soll die Frucht wachsen, wenn die Blüten nicht vom Baum geschnitten werden?«

Sie lächelte gütig und schloss die Augen, als komme der

leichte Schlaf des Alters über sie. Marisela betrachtete Camilla beinahe mit Ehrfurcht, sprach jedoch nicht.

»Wann können wir aufbrechen? Es ist ein schöner Tag; nutzen wir ihn aus.«

In überraschend kurzer Zeit waren sie reisefertig. Der Himmel war wolkenlos, aber der Wind pfiff über die Höhen. Sie gingen zur Klippe und teilten sich in zwei Gruppen. Magda schob sich unauffällig rückwärts, um nicht als Erste an die Reihe zu kommen, und sah mit Entsetzen zu, wie der Korb ruckte und schwankte und gegen die Felswand stieß. Das Seil wirkte zu schwach, um ihn zu halten, obwohl die gedrehten Fasern fast drei Finger dick waren. Magda wandte die Augen ab, denn wenn sie noch länger hinsah, würde sie nie mehr den Mut aufbringen, sich in dies Ding zu setzen.

Jaelle, Cholayna, Camilla und Marisela bildeten die erste Gruppe. Der Korb schlingerte wieder zu der Stelle herauf, wo Magda mit Vanessa und der alten blinden Rakhaila stand, und Magda wand sich innerlich. Im Dunkeln hochgezogen zu werden, ging ja noch an, aber bei hellem Tageslicht konnte sie sich einfach nicht überwinden einzusteigen.

Rakhaila spürte ihr Schaudern und lachte laut.

»Ha, ha! Möchtest du lieber die Stufen hinunterklettern, Mädchen? Ich bin alt und blind, und ich tue es jeden Tag. Die Stufen sind gleich da vorn.« Sie schubste Magda auf den Rand zu. Magda schrie auf, brach in die Knie und klammerte sich an. Im nächsten Augenblick wäre sie in diesen schrecklichen Abgrund gefallen.

Vanessa fasste sie am Arm und flüsterte ihr zu: »Es ist absolut sicher, wirklich. Du brauchst dich nicht zu fürchten, Magda, offenbar bringt der Korb sie schon seit Jahrhunderten herauf und hinunter, und es hat noch nie ein Unglück gegeben.« Mit ihrer Hilfe gelang es Magda, die sorgsam die Augen von dem schmalen, Schwindel erregenden Spalt zwischen dem

Korb und dem Boden tief unten abgewandt hielt, über die Kante zu treten. Sie ließ sich auf den Boden des Korbes sinken, der mit Stücken von Strohhalmen und Körnern bestreut war.

Woher mögen sie ihre Lebensmittel bekommen? Muss alles in diesem einen Korb hochgezogen werden? Mit diesen Fragen beschäftigte sie sich, damit die Angst nicht die Oberhand gewann. Und dann musste sie trotz allem über sich selbst lachen.

Da stelle ich schöne Theorien auf, dass man sich nicht vor dem Tod zu fürchten braucht, und hier mache ich mir beinahe die Hose nass aus Angst vor diesem primitiven Aufzug, der wahrscheinlich ebenso sicher ist wie die im Terranischen HQ!

Akrophobie, so hielt sie sich im Geist vor, war per definitionem keine *rationale* Furcht. Aber als sie vor sieben, nein, vor acht Jahren mit Jaelle zum ersten Mal den Scaravel-Pass überquerte, hatte sie nicht so sehr darunter gelitten. Und sie erinnerte sich genau, wie sie ihre erste Reise nach Nevarsin mit Peter genossen hatte. Damals waren sie beide in den Zwanzigern gewesen.

Mit unbeschreiblicher Erleichterung fühlte sie, dass der Korb den Boden berührte, und krabbelte hinaus.

»Gehst du mit uns, Marisela?«

»Natürlich, meine Liebe. Aber ich kenne nicht alle Einzelheiten des Weges; Rakhaila wird uns führen. Die Pferde müssen hier bleiben. Wir nehmen ein Packtier mit und lassen alle anderen da, bis wir zurückkommen.«

Es wunderte Magda, dass eine Blinde sie einen verwirrenden Pfad führen sollte, den selbst Marisela nicht finden konnte. Sie erbot sich, das Pack-Chervine auf der ersten Strecke zu führen. Hier unten war der Wind nicht der Düsenstrom der Höhen, blies aber heftig genug, dass das verfilzte Haar der alten Rakhaila, die sich ihm entgegenstemmte, wild hinter ihr herflatterte.

Der Schnee war rutschig, der Wind schneidend. Magda

band sich ihren Wollschal übers Gesicht und war dankbar, dass es nicht fror. Vanessa, die Rakhaila dichtauf folgte, hinkte immer noch ein bisschen, bemerkte Magda. Nach Vanessa kam Jaelle, dann Camilla mit Cholayna neben sich. Zumindest für den Anfang schritt Cholayna frisch aus, und ihre Atmung war gut. Vielleicht hatte sie sich der Höhe mittlerweile doch angepasst. Man hätte sie sicher nicht gehen lassen, sagte Magda sich, wenn die Lungenentzündung nicht völlig überwunden gewesen wäre.

Sie wanderten über einen messerrückenschmalen Grat, von dem es zu beiden Seiten tief hinabging. Magda, die mit dem Chervine hinter Cholayna und Camilla ging, hielt den Blick nach rechts gerichtet, wo der Hang allmählich abfiel und sie nicht so schwindeln ließ. Der Weg war nur breit genug für einen, sah aber aus, als würde er viel begangen. Wo der Schnee geschmolzen war, konnte man sehen, dass ihn ganze Generationen ausgetreten hatten.

Marisela bildete hinter Magda und dem Chervine den Schluss. Der heftige Wind verhinderte jede Unterhaltung, und sie hielten ein flottes Tempo ein.

Eine Stunde und ein Teil der nächsten verging. Die fünf Tage Ruhe hatten Magda gut getan. Ihr Herz hämmerte längst nicht mehr so wütend. Weiter unten erkannte sie Baumwipfel. Ein guter Platz für Banshees, dachte sie gleichmütig, doch sogar sie mussten schon vor Jahrhunderten verhungert sein.

Rakhaila warf den Arm in die Höhe, stieß einen schrillen Schrei aus und hielt an.

»Ruht euch hier aus, esst, wenn ihr Hunger habt«, sagte sie. Rakhaila, dachte Magda, war wie der Fels – als habe sie alle Stürme eines Jahrhunderts stoisch ertragen. Sie hockte unbeweglich wie ein weggeworfenes Lumpenbündel da, während sie den Feldherd auspackten und Tee kochten, und als Camilla ihr einen Becher anbot, schüttelte sie verächtlich den Kopf.

Camilla murmelte: »Also, *das* ist eine Amazone, neben der wir alle wie junge Hunde aussehen!« Sie nagte an einem halb gefrorenen Fleischriegel.

Cholayna hielt einen der Kuchen aus gemahlenen Nüssen und Trockenobst, mit Honig gebunden, in der Hand und kaute das Zeug entschlossen.

Magda hörte sie Camilla fragen: »Meinst du wirklich, dass sie tot sind?«

»Marisela neigt nicht zu Übertreibungen, und ich habe von ihr noch nie eine Lüge gehört. Wenn sie sagt, sie seien wahrscheinlich tot, ist das ihre Überzeugung. Andernfalls sind sie in der Gewalt von Acquilara oder wer sich sonst hier herumtreibt.«

»Und wir suchen immer noch nach dieser Stadt der Zauberinnen? Ich finde, wir sollten lieber die Spur der *anderen* aufnehmen, den Ort finden, an den Acquilara sie gebracht haben könnte. Wenn sie gegen Lösegeld festgehalten werden, bezahlen wir es. Und wenn es jene Leute nach einem Kampf gelüstet, soll es mir auch recht sein.«

Rakhaila wandte die verklebten Augen Cholayna zu. »Sei vorsichtig, um was du bittest, Schwester; die Göttin könnte es dir geben.«

»Darauf lasse ich es ankommen, wenn du mich hinführst«, antwortete Cholayna ruhig. »Marisela kann die anderen zu der Stadt bringen oder wohin sie sonst wollen. Willst du mich an den Ort führen, wo unsere Freundinnen, wie Marisela glaubt, gefangen gehalten werden?«

Rakhaila gab nur ein verächtliches »Ha!« von sich und wandte sich ab.

Jaelle und Camilla saßen auf ihren Packen, aßen Fleischriegel und unterhielten sich über Kyntha.

»Sie sagte: ›Nenne das Böse, das du fürchtest, nie beim Namen.‹ Ob das auch für solche Dinge wie das Wetter gilt? Ist es verkehrt, über den Sturm zu sprechen, der im Anzug ist?«, fragte Jaelle.

»Verkehrt? Natürlich nicht! Klug? Nur, wenn du etwas tun kannst, um ihn zu vermeiden. Abgesehen davon erzeugt es nur eine sich selbst erfüllende Furcht vor etwas, das sich nicht ändern lässt. Sprich nicht davon, wie schrecklich der Sturm werden könnte. Denke daran, was du unternehmen musst, um ihn unbeschadet zu überstehen.«

»Warum hat sie uns dann befohlen, nicht über Acquilara zu sprechen und nicht einmal ihren Namen zu erwähnen?«

Marisela lächelte. Magda stellte fest, dass es das gleiche fröhliche Grübchenlächeln war, das sie zeigte, wenn sie junge Entsagende im Gildenhaus unterrichtete.

»Ich habe zu viel meines Lebens als Lehrerin verbracht«, bemerkte sie. »Jetzt bin ich froh, dass klügere Köpfe als ich euch zwei unterweisen – ich muss wohl alt werden. Kurz gesagt, die Nennung des Namens könnte ihre Aufmerksamkeit wecken. Gedanken haben Macht, wie ihr wisst.«

»Aber wer *sind* sie, Marisela? Ich bringe es gerade noch fertig, an *eine* Schwesternschaft zu glauben, die Interesse an den Angelegenheiten der Frauen nimmt ...«

»Der Menschheit, Camilla. An den Angelegenheiten unserer Schwestern und ebenso unserer Brüder.«

»Doch der Gedanke, dass eine rivalisierende Organisation der Menschheit Schaden zufügen will, übersteigt meine Glaubensfähigkeit!«

Marisela wirkte beunruhigt. »Dies ist nicht der beste Ort, ihre Taten zu diskutieren. Ich will nur so viel sagen – Jaelle, du musst es bei den Terranern ebenso gehört haben wie ich, als ich dort Krankenpflege lernte: *Jede Aktion erzeugt eine Reaktion.*«

»Also sind sie die Reaktion auf die guten Zauberinnen und tun Böses?«

»So einfach ist es nicht. Sie sind zu gleichgültig, um der Menschheit Böses zu tun. Sie wollen, was sie wollen, das ist alles. Sie wollen einfach Macht.«

»Ist das schlecht?«, fragte Jaelle. »Du erzählst den jungen Mädchen bei den Schulungssitzungen immer, Frauen hätten das Recht, Macht zu verlangen ...«

»Macht über sich *selbst*, meine Liebe! Diese Art von Macht steht im Einklang mit der Schwesternschaft. Wir haben nur ein Ziel: Irgendwann einmal soll jeder, der das Licht der Welt erblickt, werden dürfen, was er oder sie erreichen kann. Wir gehen nicht von der irrigen Annahme aus, wenn die Menschen dies oder jenes tun würden, werde die Welt dadurch vollkommen. Vollkommenheit ist für den Einzelnen, und wir schreiben niemandem seinen Lebensweg vor. Erkennt die Schwesternschaft allerdings langfristige gefährliche Entwicklungen, fördert sie – wie soll ich es ausdrücken? – Tendenzen, die diese Muster aufbrechen und den Menschen eine Chance geben, sich anders zu entscheiden.« Sie lächelte Camilla freundlich zu. »Ich weiß es nicht, aber vielleicht war es wichtig, dass dir nicht gestattet wurde, die mächtige Bewahrerin zu werden, zu der deine Geburt dich so offensichtlich bestimmte.«

»Ich? Eine Bewahrerin?« Camilla schnaubte entrüstet. »Selbst wenn ich in meines Vaters Haus zur Frau herangewachsen wäre – ich meine meinen *wirklichen* Vater, und nach alldem wäre ich schwachsinnig, wenn ich mir nicht denken könnte, wer er ist ...«

»Richtig. Nun stelle dir einmal vor, du hättest die Stellung der Zauberin Leonie ...«

»Da möchte ich doch lieber ...«, begann Camilla, holte tief Atem und erklärte überrascht, als sei ihr der Gedanke erst in diesem Augenblick gekommen: »Da möchte ich doch lieber mein ganzes Leben als Schwertgefährtin eines Räubers verbringen!«

»Genau«, nickte Marisela. »Wärest du jedoch in der Seide und den Vorrechten des königlichen Hauses Hastur erzogen worden, würdest du nicht so empfinden. Du wärst Leonie bereitwillig nach Arilinn gefolgt. Ah, Camilla, liebe Camilla, glaube nicht, dass dies als dein Schicksal schon vor deiner Geburt in Stein gehauen worden ist. Aber wenn ein Gott oder ein wohlmeinender Heiliger die Hand ausgestreckt hätte, um dich vor deinem Unglück zu bewahren, wo wärest du dann wohl heute?«

Natürlich, dachte Magda. Die Gesamtheit ihres Lebens hatte Camilla zu dem gemacht, was sie war.

Camilla fragte: »Hast du es gewusst? Schon früher?«

»Bis zum heutigen Tag wusste ich von dir nur, was du mir aus freien Stücken erzählt hast, Camilla, und was ich einmal in deinem Geist und deinem Herzen las, als du – es ausstrahltest. Glaub mir, ich bin nie in deine privaten Gedanken eingedrungen. Was du *gewesen* bist, ist für mich nicht von Interesse.«

Jaelle fuhr auf sie los. »Vermutlich wirst du jetzt behaupten, die Schwesternschaft habe Magda und mir das Leben aus einem bestimmten Grund gerettet ...«

»Sie vertraut mir ihre Gründe nicht an! Shaya, Kind, ich bin nur eine, die ihr dient, eine von vielen Boten. Es steht mir frei zu raten, mehr nicht. Vielleicht verfolgten sie ein in der Zukunft liegendes Ziel, vielleicht sollte die Tochter des Hauses Aillard ein Kind gebären, damit ihr *Laran* der Welt nicht für immer verloren ginge. Sie mögen auch den Wunsch gehabt haben, eine psychische Gabe der Terraner im Verbotenen Turm zu stärken, und haben Magda deshalb dorthin gebracht, nachdem sie sich zu einem Kind entschieden hatte, damit ihre kleine Shaya unter solchen erzogen werde, die im Stande sind, ihr *Laran* auszubilden. Ebenso kann eine von ihnen dem einfachen Wunsch nachgegeben haben, ein Leben zu retten, wie es mir manchmal in Fällen geht, wo mir klar ist, dass ich es besser unterließe. Wer weiß? Sie sind nur Menschen und begehen Fehler, obwohl sie weiter blicken als wir. Niemand ist vollkommen. Auf dem Weg zur Vollkommenheit vielleicht. Nicht vollkommen.«

»Und doch haben sie Lexie nach all der Mühe, die sie sich machten, um ihr das Leben zu retten, in die Hände – Acquilaras fallen lassen? Tut mir Leid, Marisela, das kann ich einfach nicht glauben.«

»Ich habe dich nicht darum gebeten, irgendetwas zu glauben.« Marisela, plötzlich gleichgültig, stand auf. »Nur um das eine: Rakhaila möchte, dass wir weiterziehen, und meine Beine sind verkrampft vom Sitzen. Kann ich dir helfen, den Kessel einzupacken?«

Beim Weiterwandern hatte Magda viel Stoff zum Nachdenken. Wenn das, was sie über das *Laran* von Menschen terranischen Blutes sagt, stimmt, dann wundert es mich, dass ich nicht irgendwie dazu gebracht worden bin, Andrew ein Kind zu gebären. Der Himmel weiß, dass er das stärkste *Laran* von allen Terranern besitzt, die ich je kennen gelernt habe. Offenbar erlauben sie den freien Willen. Sie überließen mich meinem Geschick. Und ich habe gehört, dass die Syrtis eine alte Unterabteilung der Hasturs sind. Also ist Shaya ebenso mit Camilla durch das Blut wie mit Jaelle durch das Gesetz des Freipartnerinnen-Eides verwandt.

Das war tröstlich. *Sollte mir etwas zustoßen, hat Shaya Verwandte, die für sie sorgen werden. Sie und Cleindori sind tatsächlich Schwestern.*

Jaelle sagte: »Jetzt nehme ich das Chervine eine Weile, *Breda.*« Magda übergab ihr den Zügel und schloss sich Marisela an. Der Weg wand sich in langen Serpentinen einen Fels hinauf, von dem manchmal lose Steine hinunterpolterten. Aber an dieser Stelle war er durch einen Überhang geschützt, und

Rakhaila schritt unbekümmert aus, als könne sie jeden Fußbreit Boden sehen.

»Möchtest du auf der Innenseite gehen?«, fragte Marisela. »Wie ich mich erinnere, macht dir der Blick nach unten zu schaffen.«

»Ein bisschen«, gab Magda zu und nahm das Angebot an. Eine Weile gingen sie schweigend nebeneinander her. Schließlich fragte Magda:

»Marisela, diese – ich will sie nicht nennen, du weißt, wen ich meine ...« In ihren Gedanken war das Bild Acquilaras, umgeben von dem merkwürdigen blauen Glühen ihres Alptraums. »Darf ich nur eine Frage stellen? Warum entschließt sich irgendjemand – diesen Weg zu gehen? Sind es vielleicht solche, die versucht haben, die *echte* Schwesternschaft zu erreichen, und versagten? Und das andere war leichter?«

»O nein, meine Liebe. Man braucht viel, *viel* mehr Kraft, um Böses als um Gutes zu tun, weißt du.«

»Warum ist das so? Ich habe gehört, das Böse sei nichts als Schwäche, man nehme den Weg des geringsten Widerstandes ...«

»Ach du meine Güte, nein. So jemand ist nur schwach, ängstlich, selbstsüchtig ... mit einem Wort, menschlich, unvollkommen. Wenn Schwäche ein Verbrechen wäre, ständen wir alle vor dem Richter. Schwäche ist entschuldbar. Manchmal schrecklich, aber entschuldbar. Du musst es dir so vorstellen: Menschen, die gut sind oder versuchen, nach besten Kräften Gutes zu tun, arbeiten mit der Natur. Um Böses heraufzubeschwören, muss man *gegen* die Natur arbeiten, und das ist viel, *viel* schwerer. Es gibt Widerstände, und man muss sich gegen den ganzen Fluss der Natur stemmen.«

Es war für Magda ein neuer Gedanke, dass das Gute einfach den Plan der Natur erfülle und das Böse etwas sei, das gegen sie wirkte. Sie verstand es nicht ganz, denn Marisela war Hebamme und Krankenschwester, und man konnte dies letzten Endes als ein Verbot auslegen, Leben zu retten, was doch gerade die Aufgabe war, der Marisela sich widmete. Magda nahm sich vor, ein anderes Mal mit ihrer Freundin darüber zu sprechen. Doch sie sollte die Gelegenheit nie bekommen.

Es ging jetzt abwärts in ein Tal unterhalb der Baumgrenze. Bevor sie die Bäume erreichten, zeigte Marisela nach oben und rief Rakhaila leise zu, sie möge einen Augenblick anhalten. Jenseits des Tales schimmerte eine lange Reihe von steilen Eisklippen im Licht der roten Sonne.

»Der Wall um die Welt«, sagte sie.

Überwältigt drängten sie sich zusammen, schauten. Vanessa holte ehrfürchtig Atem. Aber sie fand keine anderen Worte als: »Die Berge sehen größer aus als von einem V-und-E-Flugzeug.«

Das war eine Untertreibung. Sie schienen sich in alle Ewigkeit fortzusetzen, viel weiter, als der Blick reichte. Magda dachte: Gott, wir werden sie doch nicht überqueren müssen, und das zu Fuß?

Rakhaila winkte ungeduldig und ging mit schwingenden Schritten weiter. Bald war sie unter den Bäumen außer Sicht geraten. Camilla und Jaelle folgten ihr. Cholayna ließ sich zu Magda und Vanessa zurückfallen.

»Ich bin froh, dass es wieder abwärts geht«, bemerkte sie.

»Müde?«

»Nicht so sehr, wie ich befürchtet hatte.« Cholayna lächelte ihnen zu. »In gewisser Weise bin ich noch nie so glücklich darüber gewesen, dass ich mitgekommen bin. Wenn ich nur aufhören könnte, mir Sorgen um Lexie zu machen.«

»Das muss es sein, was sie gesehen hat«, sagte Vanessa. »Es ist alle Anstrengungen wert, das nur zu sehen. Und wir werden diese Berge besteigen.«

»Und noch dazu im Dienst«, bemerkte Cholayna trocken.

»Wer hat darüber gemeckert, dass andere sich einen bezahlten Urlaub erschleichen, Vanessa?«

Es war ein Vergnügen, auf das Magda gern verzichtet hätte, aber sie wollte Vanessa die Freude nicht verderben. Sie befanden sich jetzt unter den Bäumen, von denen manche in verrückten Winkeln von dem Hang unter ihnen emporwuchsen und manche über den Pfad hingen und das helle Sonnenlicht verdunkelten, dadurch jedoch etwas Schutz vor dem Wind boten. Rakhaila, Camilla und Jaelle waren außer Sicht. Marisela drehte sich um und winkte den drei Terranerinnen, sich zu beeilen. Magda sah, wie ihr fröhlich lächelndes Gesicht zu einer Maske des Entsetzens gefror und dann von einem Blutstrom ausgelöscht wurde. Ihre Augen starrten immer noch. In ihrem Schock schoss es Magda durch den Kopf, dass sie irgendwo gelesen hatte, die Augen einer Leiche könnten noch zwanzig Sekunden nach dem Tod sehen.

Von irgendwoher ertönte Acquilaras triumphierendes Gelächter und hallte in ihren Ohren wider. Magda wurde zurückgerissen und zu Boden geworfen, ohne sich wehren zu können. Cholaynas ersticktes Keuchen war alles, was sie hörte – Marisela war gestorben, ohne die Chance zu einem Aufschrei zu erhalten.

Ich hatte auch keine Chance, dachte sie in wahnsinnigem Kummer. Dann wurde die Welt dunkel und still.

26

Das Erste, an das sie sich erinnerte, war: *Das Sterben tut weh, aber der Tod nicht.* Falsch, er tat weh, dachte sie. Ihre Arme und Beine fühlten sich zerschlagen an, und sie war sicher, dass zumindest von dem einen Bein die Haut abgeschunden war.

Ich dachte, wenn ich tot bin, würde ich mich in der Überwelt wiederfinden. Cleindori sagte, sie sei dort gewesen, bevor sie geboren wurde. War das nur der Traum eines Kindes?

Zu schade. Es war eine so schöne Vorstellung. Sie war sich sicher, dass die Wirklichkeit weniger angenehm sein würde. Aber wo war Marisela? Wenn sie zusammen getötet worden waren, müssten sie dann jetzt nicht auch zusammen sein?

Nach langer Zeit tauchte ein orangefarbenes Glühen auf, und aus der Ferne hörte sie eine Stimme.

»Du hast wieder einmal alles verkehrt gemacht. Ich wollte vor allem die andere, die Hebamme, lebendig haben.«

Acquilaras Stimme. *Natürlich. Was sonst?*

»Dann sollen wir die hier töten?«

»Nein. Ich werde eine Verwendung für sie finden.«

Es dauerte eine Weile, bis Magda aufging: *Sie sprechen von mir.* Der nächste Gedanke ließ wieder auf sich warten. *Wenn sie überlegen, ob sie mich töten sollen, dann bin ich offenbar nicht tot.* Und dann erinnerte sie sich wieder lange Zeit an nichts mehr.

* * *

Als sie das zweite Mal wach wurde, fürchtete sie, erblindet zu sein. Dunkelheit umgab sie und Stille, ausgenommen das ferne Tropfen von Wasser. Magda horchte angestrengt und vernahm leise, rasselnde Atemzüge. Neben ihr lag jemand und schlief. *Schlief,* dachte sie entrüstet, wenn Marisela getötet und ich gefangen genommen und zusammengeschlagen worden bin. Wie kann man da schlafen! Dann fiel ihr ein, dass sie selbst beträchtliche Zeit geschlafen hatte oder bewusstlos gewesen war. Vielleicht war sie nicht blind. Vielleicht war es dunkel hier, wo sie und die schlafende Person lagen. Sie wusste es nicht ... ihre Augen waren geschlossen.

Sobald sie das merkte, öffnete sie die Augen.

Sie lag in einer Höhle. Über ihr stachen große helle Stalaktiten vom Dach herunter und beschatteten einander, so weit sie sehen konnte, wie die Säulen eines großen Tempels. In der Ferne flackerte ein Feuer und warf seltsame Bilder an die Wände.

Eine dicke Pelzdecke hüllte sie ein, doch so viel sie feststellen konnte, war sie nicht gefesselt. Warum auch? Niemand konnte in diesem Klima weglaufen.

Sie drehte sich um. In dem trüben, wabernden Licht sah sie zwei in Decken gewickelte Gestalten, die neben ihr auf dem Fußboden schliefen. Ihre Besieger? Oder Mitgefangene? Es war nicht hell genug, um sie zu erkennen. Sie betastete ihren Gürtel und stellte fest, dass ihr Dolch fehlte.

»Shaya?«, flüsterte sie, und eins der Bündel regte sich.

»Wer ist das? Ist sonst noch jemand hier?«

»Ich bin es, Vanessa. Haben sie uns alle erwischt?«

»Sie haben Cholayna. Sie hat sich noch nicht geregt, vielleicht haben sie zu hart zugeschlagen.« Die Stimme verriet, dass Vanessa geweint hatte. »Ich kann sie nicht atmen hören. O Magda, sie haben Marisela getötet!«

»Ich weiß. Ich habe es gesehen.« Magda wurde die Kehle eng. Im Thendara-Gildenhaus war Marisela fast vom ersten Tag an ihre Freundin gewesen, in gemeinsamer Arbeit hatten sie die Brücken-Gesellschaft gegründet. Sie fasste es noch immer nicht, dass dies unschuldige Leben so plötzlich ausgelöscht worden war.

Warum, warum?

Sie sagte, sie seien böse. Sie hatte Recht. Ich erinnere mich nicht, dass Marisela je einem Menschen Schaden zugefügt oder auch nur ein unfreundliches Wort gesprochen hat, jedenfalls nicht vor meinen Ohren.

Und vielleicht haben sie auch Cholayna umgebracht. Sie kroch näher zu Vanessa hin. »Bist du verletzt, *Breda?*« Bisher hatte sie Vanessa noch nie mit diesem einfachen, schwesterlichen Wort angeredet.

»Ich ... weiß nicht recht. Bestimmt nicht schlimm, aber ich habe eine Beule am Kopf. Der Schlag muss gerade hart genug gewesen sein, um mir das Bewusstsein zu rauben. So viel ich feststellen kann, sind meine Reflexe in Ordnung. Alles funktioniert, wenn ich damit wackele.«

Magdas Augen brannten. Das war ganz Vanessa! »Sind noch andere hier?«

»Wenn ja, sehe ich sie nicht. Sie könnten ...« Wieder schwankte Vanessas Stimme, und Magda hörte sie weinen. »Sie könnten alle tot sein, außer uns. Wenn sie Marisela umgebracht haben ...«

Magda nahm sie im Dunkeln in die Arme. »Nicht weinen, *Breda*. Es ist schrecklich, *sie* sind schrecklich, aber mit Weinen können wir den anderen nicht helfen. Sorgen wir lieber dafür, dass sie keine Gelegenheit zu weiteren Morden bekommen. Hast du dein Messer noch?«

Vanessa gelang es, ihr Schluchzen zu unterdrücken. *Sie kann um Marisela weinen,* dachte Magda. *Ich kann es nicht. Und doch habe ich sie geliebt.* Ihr war klar, dass sie den Verlust noch nicht richtig begriffen hatte. Und sie musste damit rechnen, dass auch Jaelle und Camilla tot waren. Um so wichtiger war es, dass sie sich um Vanessa und, falls sie noch lebte, um

Cholayna kümmerte. Leise wiederholte sie: »Hast du dein Messer noch? Meins haben sie mir abgenommen.«

»Sie haben das Messer, das ich am Gürtel trug. Ich habe ein kleines in meiner Manteltasche, und so viel ich weiß, haben sie das nicht gefunden. Bisher nicht.«

»Sieh nach«, drängte Magda im Flüsterton. »Ich will mich überzeugen, ob Cholayna atmet.«

Vanessa begann benommen, ihre Taschen zu durchsuchen, während Magda zu dem regungslosen Bündel hinkroch, das Cholayna Ares war.

»Cholayna!« Vorsichtig berührte sie die Hand der Frau. Sie war eiskalt. Die Kälte einer Leiche? Jetzt erst merkte Magda, dass es in der Höhle sehr kalt war – wenn auch längst nicht so kalt wie draußen im Wind – und ihre eigenen Hände schon erstarrten. Sie tastete umher, öffnete Cholaynas Mantel, schob ihre Hand hinein und fühlte Wärme, lebendige Wärme. Sie beugte den Kopf und hörte ganz schwache Atemgeräusche.

Vielleicht schlief Cholayna, vielleicht war sie bewusstlos, doch sie lebte. Leise teilte sie es Vanessa mit.

»Oh, Gott sei Dank«, hauchte Vanessa, und Magda fürchtete, sie werde wieder zu weinen anfangen.

Hastig sagte sie: »Wir können gar nichts tun, bis wir wissen, in welcher Verfassung sie sich befindet. Ich will versuchen, sie zu wecken.«

Da Cholayna möglicherweise eine Kopfverletzung hatte, durfte sie sie nicht schütteln. Sie murmelte wiederholt ihren Namen, streichelte ihr Gesicht, wärmte die eisigen Hände zwischen den ihren, und schließlich holte Cholayna Atem. Sie öffnete die Augen und starrte Magda an, ohne sie zu erkennen.

»Lasst mich los ...! Ihr mörderischen Teufel ...« Offensichtlich wollte Cholayna mit voller Lungenkraft schreien, doch es kam nicht mehr als ein Mitleid erregendes Flüstern heraus.

Und wenn es ihr gelänge zu schreien, würde sie ihre Wächter alarmieren, die nicht weit weg sein konnten. Magda nahm Cholayna trotz ihrer Gegenwehr fest in die Arme und sprach leise und eindringlich zu ihr: »Ist ja gut, Cholayna. Sei ruhig, sei ruhig, ich bin bei dir. Vanessa ist auch da, wir passen auf, dass dir niemand etwas tut.« Das wiederholte sie, bis Cholayna endlich aufhörte zu zappeln und ihr Blick verriet, dass sie Magda erkannte.

»Magda?« Sie blinzelte, führte die Hand an den Kopf. »Was ist geschehen? Wo sind wir?«

»In irgendeiner Höhle, und ich glaube, Acquilara und ihre Leute haben uns gefangen.«

Vanessa kroch zu ihnen. »Ich habe mein Messerchen. Bist du in Ordnung, Cholayna?«

»Ich bestehe immer noch aus einem Stück«, antwortete Cholayna. »Ich habe gesehen, wie sie Marisela töteten. Dann schlugen sie dir über den Kopf, Magda, und packten mich. Mag sein, dass ich eine von ihnen erstochen habe, bevor sie mir das Messer entrissen. Die verdammte Hexe Acquilara warf mir eine Tonne Ziegelsteine an den Kopf, an mehr erinnere ich mich nicht.«

»Und dann sind wir hier aufgewacht«, ergänzte Vanessa und klammerte sich im Dunkeln an sie beide. »Was nun?«

Magda lachte freudlos. »Du hast versucht, Rakhaila zu überreden, dich hierher zu bringen. Sie sagte: ›Sei vorsichtig, um was du bittest, die Göttin könnte es dir geben!‹ Und wir finden uns in Acquilaras Festung wieder. Wenn Lexie und Rafaella noch am Leben sind, haben wir genau den richtigen Ort erreicht, um sie zu retten. Oder sie auszulösen.«

Cholayna nickte. Ihr dunkles Gesicht verzerrte sich vor Schmerz. Wieder fasste sie nach ihrem Kopf.

»Wer weiß? Früher oder später kommen sie bestimmt. Wenn sie uns für tot hielten, hätten sie kaum Decken an uns verschwendet. Ich sehe nichts davon, dass sie Marisela hier für ein anständiges Begräbnis aufgebahrt oder sonst ein Werk der Nächstenliebe verrichtet hätten.«

Magda erschauerte. »Bitte nicht«, flehte sie.

Cholayna beugte sich zu ihr und hielt sie fest. »Nun, nun, ich weiß, du hast sie geliebt, wir alle haben sie geliebt. Aber wir können nichts mehr für sie tun, Magda. Sollte ich allerdings diese dreckige Zauberin jemals vor die Spitze meines Messers bekommen ... Im Augenblick müssen wir an uns selbst denken und überlegen, wie wir hier hinauskommen. Was ist mit Jaelle und Camilla? Wisst ihr, ob sie tot sind oder noch leben?«

Magda erinnerte sich an nichts weiter, als dass sie Marisela in einem Strom von Blut hatte fallen sehen.

»Ich habe gesehen, wie sie dich, Magda, und dich, Cholayna, niederschlugen«, berichtete Vanessa. »Jaelle und Camilla waren außer Sicht hinter einer Biegung des Weges. Vielleicht waren sie schon ein gutes Stück voraus und haben erst gemerkt, dass wir verschwunden waren, als sie stehen blieben und vergeblich auf uns warteten.«

»Wisst ihr, wie lange das her ist?«, fragte Cholayna. Keine von ihnen hatte die leiseste Ahnung, wie viel Zeit vergangen und ob es Nacht oder Tag war. Auch befanden sie sich völlig im Ungewissen darüber, wie groß die Zahl ihrer Gegnerinnen war, welche Waffen sie besaßen, welche Pläne sie hegten und ob Jaelle und Camilla tot waren.

Doch Magda empfand die völlig irrationale Überzeugung, sie seien am Leben.

»Ich glaube, nein, ich bin sicher, ich würde es fühlen, wenn eine von ihnen oder beide tot wären«, behauptete sie.

»›Sicher sein‹ ist kein Beweis«, meinte Vanessa. Cholayna unterbrach sie:

»Da irrst du dich. Magda hat eine sehr intensive Psitechnische Ausbildung gehabt. Eine andere, wahrscheinlich sogar bessere, als man sie im Imperium bekommt. Ich möchte sagen, ihre Gefühle *sind* ein Beweis, ein sehr zuverlässiger Beweis.«

»Da magst du Recht haben«, räumte Vanessa nach einem Augenblick des Überlegens ein, »aber was hilft uns das? Sie wissen doch nicht, wo wir sind oder wie sie uns retten können.«

Magda war es vorerst genug, dass ihre Liebhaberin und ihre Freipartnerin dem Schicksal Mariselas entgangen waren. Sie selbst und ihre beiden terranischen Landsmänninnen befanden sich dagegen in der Gewalt einer grausamen und skrupellosen Frau, die möglicherweise eine Art von *Laran* besaß – sie dachte daran, wie Acquilaras Blick Camilla niedergeschmettert hatte.

Sie könnte uns ebenso einfach töten wie uns ansehen!

Vanessa spürte ihr Zittern und drückte Magda fest an sich.

»Frierst du? Hier, wickele dich in meine Decke. Machen wir es uns bequem, so lange wir es noch können. Vielleicht ist es Abend, und sie schlafen erst einmal die ganze Nacht hindurch, bis sie kommen und uns holen. Da versuchen wir am besten, auch zu schlafen.«

Schweigend drängten sie sich unter den Decken zusammen. Magda nahm die Angst und die bösen Vorahnungen der beiden anderen wahr, den Schmerz, der mit der Kälte in Cholaynas Muskeln und Knochen kroch. Sie wollte sie behüten, sie beide beschützen, aber sie war machtlos.

Wie viel Zeit verging, wussten sie nicht. Eine Stunde, zwei? Magda fiel immer wieder in Halbschlaf und hörte unzusammenhängende Wörter, sah verschwommene Lichter, die sich in fremde Gesichter verwandelten. Dann schreckte sie wieder auf und erkannte, dass sie nichts gehört und gesehen hatte und immer noch zwischen Cholayna und Vanessa in der Dunkelheit und Kälte ihres Gefängnisses lag. Sie hielt es für einen weiteren dieser kurzen Träume, als ein Licht auftauchte. Da verkrampfte sich Vanessas Körper neben ihr, und sie flüsterte: »Sie kommen!«

Es war das Licht einer Fackel, das in Taillenhöhe auf und ab hüpfte, als werde es getragen. Es kam näher. Das war keine Illusion. Es war auch kein Feuer am Ende eines langen Stocks, sondern eine kleine, helle Taschenlampe, und gleich darauf sah Magda, wer sie in der Hand hielt.

Lexie Anders beugte sich über sie und sagte: »Stehen Sie auf, Lorne, und kommen Sie mit. Sehen Sie das?« Sie ließ einen Gegenstand aufblitzen, und Magda keuchte. Das war ein Bruch aller gesetzlichen Vereinbarungen zwischen Terranern und Darkovanern.

»Das ist eine Lähmpistole«, erklärte Alexis. Magda sah nur zu gut, was es war.

»Zu Ihrer Information, sie ist auf tödliche Wirkung eingestellt. Mir wäre es lieber, ich würde nicht gezwungen, sie zu benutzen, aber ich schwöre, dass ich sie benutzen werde, falls Sie mir Schwierigkeiten machen oder es mit irgendwelchen törichten Heldentaten probieren. Stehen Sie auf. Nein, Van, Sie bleiben, wo Sie sind. Ich will mich nicht mit euch beiden gleichzeitig abgeben.«

»Anders, um Himmels willen, arbeiten Sie mit diesen Leuten zusammen?« Cholayna war außer sich. »Wissen Sie, was sie sind? Wissen Sie, dass sie Marisela kaltblütig ermordet haben?«

»Das war ein Irrtum«, antwortete Alexis Anders. »Acquilara war sehr ärgerlich darüber. Marisela hatte sich ihnen in den Weg gestellt, das war alles.«

In eiskaltem Zorn erklärte Cholayna: »Ich bin überzeugt, Marisela würde sich freuen, das zu erfahren.«

»Ich hatte nichts damit zu tun, Cholayna, und ich weigere

mich, deswegen Schuldgefühle zu haben. Warum musste Marisela sich auch einmischen?«

»Sich einmischen? Sie ging ihren legitimen Angelegenheiten nach!«, schrie Magda.

Lexie hob die Lähmpistole. »Sie wissen verdammt gar nichts darüber, Lorne. Sie haben keine Ahnung, was hier auf dem Spiel steht und was Marisela vorhatte. Deshalb halten Sie den Mund und kommen mit. Wenn Sie frieren, wickeln Sie sich in die Decke.«

Langsam kroch Magda zwischen Vanessa und Cholayna hervor. Cholayna streckte die Hand aus und hielt sie zurück.

»Für die Akten, Anders. Insubordination, Pflichtvergessenheit, unbefugtes Eindringen in ein verbotenes Gebiet, Besitz einer illegalen Waffe und Verletzung des Vertrages zwischen dem Imperium und den ordnungsgemäß konstituierten planetaren Behörden. Sie wissen doch, dass Sie Ihre Karriere fortwerfen?«

»Sie sind eine sture alte Hexe«, erwiderte Lexie. Schockiert erinnerte Magda sich, dass Vanessa die gleichen Ausdrücke benutzt hatte, aber sie hatte sie liebevoll gemeint. »Sie wissen nicht, wann Sie geschlagen sind, Cholayna. Sie können immer noch mit dem Leben davonkommen; ich dürste nicht nach Blut. Aber Sie täten gut daran, den Mund zu halten, weil ich nicht glaube, dass Acquilara besonders tolerant gegenüber Terranern ist. Ich warne Sie, sprechen Sie kein Wort mehr.«

Wieder eine befehlende Geste mit der Lähmpistole. Magda berührte Cholaynas Hand und sagte leise: »Bringe dich nicht für mich in Gefahr. Dies ist eine Sache zwischen ihr und mir. Ich möchte wissen, was sie will.«

Magda stellte sich auf die Füße und merkte, dass sie am ganzen Körper zitterte. Kam das von der Lähmpistole, die drohend auf sie gerichtet war, kam es von der Kälte oder einfach von dem Schlag auf den Kopf, der genau die Stelle ihrer früheren Gehirnerschütterung getroffen hatte? Sie bemerkte das befriedigte Glitzern in Lexies Augen.

Sie denkt, ich fürchte mich vor ihr, und aus irgendeinem Grund freut sie das.

Nun, sollte Lexie bei dieser Meinung bleiben. Magda fürchtete sich wohl ein bisschen davor, dass die Lähmpistole in Lexies Hand aus Versehen losgehen könnte, aber vor Lexie selbst fürchtete sie sich gar nicht.

Sie hat nicht mit der Wimper gezuckt, als Cholayna ihr diese Liste von Beschuldigungen an den Kopf warf. Das kann zweierlei bedeuten. Entweder hat sie sich damit abgefunden, dass ihre Karriere zerstört ist – oder es ist nicht ihre Absicht, Cholayna, die gegen sie aussagen könnte, am Leben zu lassen.

Lexie winkte abermals mit der Lähmpistole.

»Hier entlang.«

Sie brachte Magda durch die große Stalaktitenhöhle, ließ sie eine von Tropfwasser schlüpfrige Rampe hinuntersteigen und schob sie in eine zweite Kammer.

Diese wurde von Fackeln erhellt, die an der Wand befestigt waren und zur Decke qualmten. Zufällig bemerkte Magda die Richtung des Rauchs und dachte: *Es muss Luft von draußen eindringen.* In der Mitte brannte ein Feuer. Im ersten Augenblick fragte sich Magda, wo sie Holz für ein Feuer herbekamen. Dann verriet ihr der Geruch, dass hier getrockneter Chervine-Dung verbrannt wurde; auf einer Seite waren Fladen aufgestapelt.

Rings um das Feuer saßen verhüllte Frauen, und in schrecklicher Enttäuschung dachte Magda: *Ist dies etwa die Schwesternschaft?*

Eine schlanke, vertraute Gestalt erhob sich.

»Willkommen, meine Liebe«, sagte sie. »Es tut mir Leid, dass meine Boten so viel Gewalt anwenden mussten. Ich sagte euch, ihr solltet auf meinen Ruf warten, und hättet ihr auf mich gehört, wäre uns allen viel Ärger erspart worden.«

Magda holte tief Atem und zwang sich zur Ruhe.

»Was willst du, Acquilara?«

27

Aber auf diese Weise wickelte Acquilara ihre Geschäfte nicht ab. Magda hätte es sich denken können.

»Du bist verletzt, lass uns deine Wunden verbinden. Und sicher bist du steif vor Kälte. Möchtest du Tee?«

Magda fürchtete, sie werde in die Gewalt der schwarzen Zauberin geraten, wenn sie etwas von ihr annahm. Schon wollte sie stolz erwidern: *Nein, danke, ich will nichts von dem, was du geben kannst.* Doch irgendetwas ließ sie plötzlich innehalten.

Ihre oberste Pflicht war jetzt, bei Kräften zu bleiben, damit sie fliehen, damit sie Vanessa und Cholayna helfen konnte. Entschlossen sagte sie: »Danke, ja.« Jemand reichte ihr einen dampfenden Becher mit Tee. Er war ein bisschen bitter und roch nach dem Dungfeuer. Auch war ein Klumpen Butter hineingerührt, die ihm einen eigentümlichen Geschmack gab, aber in der beißenden Kälte zu den stärkenden Eigenschaften des Gebräus beitrug. Magda trank es aus und spürte, dass es ihren ganzen Körper erwärmte. Sie nahm einen zweiten Becher an.

Zwei Frauen lösten sich aus dem Kreis um das Feuer und verbanden ihre Wunden. Äußerlich waren sie etwas einnehmender als die Frauen der Einsiedelei Avarras. Sie machten einen reinlichen Eindruck und trugen unter ihren Kapuzenmänteln die normale Kleidung der Frauen aus den Gebirgsdörfern, lange, karierte Röcke, dicke Überblusen und Jacken, schwere Filzschals und Stiefel. Das Verbandsmaterial war rau, aber sauber. Magda stellte fest, dass an ihrem Bein die Haut abgeschunden war. Wie es passiert war, wusste sie nicht, aber sie nahm an, dass sie bei dem Kampf einen mit scharfen Steinen bedeckten Abhang hinuntergerollt war. Auch im Gesicht hatte sie Abschürfungen, die sie bisher gar nicht bemerkt hatte.

Als Kratzer und Schürfwunden mit Salbe bedeckt und verbunden waren, fühlte sie sich besser, und der Tee hatte sie trotz seines leicht Übelkeit erregenden Geschmacks so gestärkt, dass sie bereit war, sich allem zu stellen, was auf sie zukommen mochte.

»Fühlst du dich besser?« Acquilara schnurrte beinahe. »Jetzt wollen wir uns zusammensetzen und wie zivilisierte Frauen miteinander reden. Ich bin sicher, wir gelangen zu irgendeiner Übereinstimmung.«

Übereinstimmung? Wenn du meine Freundin ermordet, meine Gefährtinnen gefangen gesetzt hast und, so viel ich weiß, auch meine Freipartnerin und meine Liebhaberin getötet haben magst? Niemals!

Der gesunde Menschenverstand verbot Magda, es laut auszusprechen. War diese Frau als *Leronis* nur halb so gut, wie sie tat, musste sie Magdas Antipathie spüren und die Wahrscheinlichkeit, dass Magda sich ihren Plänen anschloss, als sehr gering einschätzen.

»Was willst du von mir, Acquilara? Warum hast du mich, wie du es nennst, gerufen?«

»Ich bin die Dienerin der Großen Göttin, die du suchst ...«

Magda wäre fast herausgeplatzt: *Unsinn, du bist nichts dergleichen,* reizte Acquilara jedoch lieber nicht.

»Nun gut, dann sage mir, was deine Göttin von mir will.«

»Wir könnten Freundinnen sein«, begann Acquilara. »Du bist eine mächtige *Leronis* des Turms, den man den Verbotenen nennt. Er hat sich geweigert, den Hasturs in die Hände zu spielen und sich dieser schrecklichen alten *Teneresteis* Leonie von Arilinn zu unterwerfen, die alle Bewohner der Domänen gelähmt unter der eisernen Herrschaft des Arilinn-Turms hält. Als eine, die geholfen hat, unsere Brüder und Schwestern zu befreien, bist du meine Verbündete und Kameradin, und ich freue mich, dass du hier bist.«

Und Marisela? Aber Magda schwieg. Wenn sie lange genug wartete, würde Acquilara ihr vielleicht verraten, was wirklich vorging. Wie Camilla betont hatte, machte sich nicht einmal eine »böse Zauberin« so viel Mühe, nur um sich zu amüsieren.

»Deine Freundin hat mir erzählt, dass du von einer anderen Welt kommst, und sie hat etwas über das Imperium gesagt«, setzte Acquilara von neuem an. Magdas Blick wanderte zu Lexie hin, die in einer Ecke stand. Die Lähmpistole war nicht mehr zu sehen. »Du bist eine mächtige *Leronis,* aber du schuldest den *Comyn* nichts. Und unter deinen Gefährtinnen haben zwei *Comyn*-Blut in den Adern. Habe ich Recht?«

»Du bist korrekt informiert worden.« *Casta* war eine steife Sprache, und Magda nahm ihr nichts von ihrer Förmlichkeit.

»Dessen ungeachtet kann ich mir nicht vorstellen, was all das mit der Tatsache zu tun hat, dass du eine meiner Freundinnen ermordet und andere gefangen gesetzt hast.«

»Ich habe es dir gesagt, Acquilara«, erklang eine Stimme aus dem Schatten, wo Lexie stand, »auf diese Weise kommst du mit ihr nicht weiter.« Rafaella n'ha Doria hielt keine Lähmpistole oder sonst eine Waffe, die Magda sehen konnte, ausgenommen das übliche Messer einer Entsagenden.

»Lass mich mit ihr reden. Mit einem Wort, Margali, sie weiß, dass du in deinem Verbotenem Turm oder was es sonst sein mag, eine *Laran*-Ausbildung gehabt hast. Aber du bist Terranerin. Andererseits hat Jaelle, die als *Comyn* geboren wurde, ihrem *Comyn*-Erbe entsagt, und als Entsagender steht es ihr frei, ihre Kräfte nach eigenem Willen einzusetzen.«

Sie wartete darauf, dass Magda ihre Worte bestätigte. Stattdessen fuhr Magda zornig auf:

»Nie hätte ich es geglaubt, wenn andere es mir erzählt hätten, Rafi! Du, die sie als Schwester liebt, verrätst sie auf diese Weise! Und auch Camilla nennt dich ihre Freundin.«

»Du weißt nicht, wovon du redest«, erwiderte Rafaella wütend. »Ich sie verraten? Niemals! Du, du hast sie dazu verführt, sich selbst zu verraten, und ich versuche, das wieder gutzumachen.« Sie trat vor und stellte sich Magda gegenüber.

»Du hast dir nicht einmal angehört, was Acquilara dir für ein Angebot machen will. Shaya soll kein Leid geschehen, und auch Camilla ...«

»Ist das die rothaarige *Emmasca?*« Acquilara nickte befriedigt. »Sie hat *Comyn*-Kräfte, vielleicht Alton, vielleicht Hastur, man kann es nicht sagen, ohne sie zu testen. Das ist leicht zu bewerkstelligen. Natürlich wird sie sich wehren, aber es gibt Mittel, damit fertig zu werden.«

Magda gingen die Worte des Überwacher-Eides durch den Kopf: ... *niemals in einen Geist einzudringen, außer um zu helfen und zu heilen, und das nur mit Zustimmung.* Die Leute hier hatten von dieser Verpflichtung nie gehört. Bei dem Gedanken, dass Camilla gegen ihren Willen zu dieser Öffnung des Geistes gezwungen werden sollte, zitterte Magda vor Zorn. Wenn sie in diesem Augenblick eine Waffe gehabt hätte, wäre es ihr leicht gefallen, Rafaella zu töten.

Wusste Rafaella überhaupt, was sie da vorschlug und wie schmerzhaft es sein würde?

»Hör mir zu, Margali«, sagte Rafaella ernst. »Wir sind Schwestern in der Brücken-Gesellschaft. Vielleicht sind wir manchmal nicht so gute Freundinnen gewesen, wie wir hätten sein können, aber trotzdem arbeiten wir auf das gleiche Ziel hin, nicht wahr?«

»Wirklich? Das glaube ich nicht. Ich finde, wenn dein Ziel das Gleiche wie das der Brücken-Gesellschaft wäre, hättest du deinen Vorschlag Cholayna oder mir oder auch Jaelle oder Camilla selbst unterbreitet. Leutnant Anders –« absichtlich benutzte sie Lexies Dienstgrad »– ist *nicht* Mitglied der Brücke. Warum bist du zu *ihr* gegangen?«

»Sie ist mit diesem Vorschlag zu mir gekommen. Und du wirst dir denken können, warum sie sich nicht an dich oder Cholayna gewandt hat. Aber natürlich würdest du niemals zugeben, dass in der Brücke oder im Imperium irgendetwas ohne dich vollbracht werden kann«, sprudelte Rafaella hervor. Acquilara hieß sie mit einer kurzen Handbewegung schweigen.

»Genug. Unterbreite ihr den Vorschlag. Dein persönlicher Groll gegen sie interessiert mich nicht.«

»Jaelle hat im Verbotenen Turm einiges gelernt, aber diese Frauen können sie weiter unterrichten, bis sie mächtiger ist als Leonie von Arilinn. Auch Camilla wird das Maximum ihrer Fähigkeiten erreichen. Hat sie wirklich Hastur-Blut, mag sie die mächtigste *Leronis* seit vielen Jahren werden. Auf beide wartet echte Macht ...«

»Wie kommst du auf den Gedanken, dass sie nach Macht streben?«

Die Antwort darauf gab ihr Acquilara. »Aus welchem anderen Grund suchen sie in diesen Bergen nach der alten Krähengöttin in ihrem verlassenen Schrein? Ging es ihnen nicht darum, das volle Potenzial der Macht, die sie eines Tages besitzen mögen, auszuschöpfen? Vielleicht wissen sie es selbst nicht, aber das ist es, was sie wünschen. Dies ist das Ende jeder Suche, zu werden, was du bist, und das bedeutet Macht, wirkliche Macht, keine Vorlesungen über Philosophie und Moral. Von den Krähenleuten haben sie nichts als Mühsal zu erwarten und am Ende ein Gelübde, ihre Macht niemals zu benutzen oder sich in ihr zu sonnen. Man wird ihnen sagen, der Gipfel aller Weisheit sei es, zu wissen und sich des Tuns zu enthalten, denn tatsächlich etwas zu *tun,* sei Schwarze Zauberei.« Acquilaras Gesicht verzerrte sich vor Verachtung. »Ich habe ihnen Besseres zu bieten.«

»Nachdem sie hier von Acquilara ausgebildet worden sind«, fiel Rafaella ein, »wird man sie nach Thendara zurückschicken, ausgerüstet mit den Mitteln, zu ihrem eigenen Vorteil einige wichtige Veränderungen in ihrer Welt durchzuführen. Jaelle im Rat, wo ihr Platz schon lange wäre. Und Camilla – es lässt sich gar nicht abschätzen, was Camilla bewirken könnte. Sie wäre fähig, sämtliche Türme in den Domänen zu beherrschen.«

»Das ist nicht Camillas Wunsch.«

»Es ist das, was sie, eine Hastur, wünschen sollte. Und wenn ich mit ihr fertig bin, wird sie es wünschen«, erklärte Acquilara mit unerschütterlichem Selbstvertrauen.

Diese Frau war stark. Magda spürte es schon in ihrer Haltung, ihren Gesten. Acquilara gab Lexie ein Zeichen fortzufahren.

»Sie sind sehr naiv, Lorne«, behauptete Lexie. »Deshalb haben Sie in so vielen Dingen herumgepfuscht und niemals etwas Wahres zu Stande gebracht. Haben Sie Ihr Dossier in der Personalabteilung des HQ gesehen? Ich schon. Wissen Sie, was man von Ihnen sagt? Sie könnten eine bedeutende Position innehaben ...«

Magda fand ihre Stimme wieder.

»Ich will nicht für Camilla und Jaelle sprechen. Aber ich kann Ihnen versichern, dass Macht, jedenfalls in dieser Form, nicht das ist, wonach ich strebe.«

»Und ich kann Ihnen sagen, dass Sie eine Lügnerin sind«, gab Lexie zurück. »Ungeachtet allen Geredes geht es immer nur um eins. Jeder will nur eins, und das ist Macht. Heucheln Sie, leugnen Sie, lügen Sie ruhig, ich weiß es besser. Das ist es, was *jeder* will.«

»Beurteilen Sie jeden nach sich selbst?«

»Anders als Sie, Lorne, gebe ich nicht vor, besser zu sein als jeder andere«, sagte Lexie. »Aber das spielt keine Rolle. Wenn die neue Zusammenarbeit zwischen Terranern und Darkovanern beginnt, wird sie in einer ganz anderen Richtung verlaufen. Und diesmal wird nicht Magdalen Lorne an der Spitze stehen, sondern Alexis Anders.«

»Wünschen Sie sich das mehr als alles andere, Lexie?«

»Es ist das, was Sie sich gewünscht und erhalten haben, oder nicht? Warum so tun, als sei es meiner nicht würdig?«, fuhr Lexie sie an.

Wieder brachte Acquilara sie mit einer dieser herrischen Gesten zum Schweigen. Magda, die sie genau beobachtete, entging nicht, dass es ihr Unbehagen bereitete, wenn sich der Brennpunkt der Aufmerksamkeit von ihrer Person entfernte.

»Genug, sage ich. Magdalen Lorne ...« Wie alle, deren Muttersprache *Casta* war, brachte sie den Namen nicht korrekt heraus, was ihrer Würde schadete. Sie merkte es und versuchte, um so imposanter dreinzublicken. »Versprich mir, dass du mir helfen wirst, Jaelle n'ha Melora und die andere *Comynara,* diese rothaarige *Emmasca*, zur Zusammenarbeit mit mir zu überreden, und ich werde bei uns auch für dich einen Platz finden. Es wäre gar nicht schlecht, würde eine Agentin des Terranischen Nachrichtendienstes eine von uns. Hier entsteht eine wahre *Penta Cari'yo*, kein Mädchenwohnheim und kein Dinner-Club. Sobald unser Einfluss in Thendara gefestigt ist, wäre es eine Kleinigkeit, dich an die Spitze des Terranischen Nachrichtendienstes zu setzen ...«

»Wie kommst du auf den Gedanken, dass ich diesen Posten haben will?«

»Verdammt noch mal, Acquilara, ich habe dir mehr als einmal gesagt, auf diese Weise kommst du mit Lorne nicht weiter«, fuhr Lexie dazwischen.

»Du überschätzt deine Wichtigkeit, *Terranis!«,* schnauzte Acquilara. »Unterbrich mich nicht! Nun, Magdalen Lorne, denke darüber nach.«

»Das brauche ich nicht«, sagte Magda ruhig. »Ich bin an deinem Vorschlag nicht interessiert.«

»Du kannst es dir nicht leisten, ihn abzulehnen«, meinte Acquilara. »Ich mache dir ein sehr großzügiges Angebot. *Terranan* sind in diesen Bergen nicht beliebt. Ich brauche in irgendeinem Dorf nur zu enthüllen, wer du bist, und du wirst in Stücke gerissen. Und für was würde man deine Freundin halten, die Frau mit der schwarzen Haut? Für eine jämmerliche Missgeburt, die man den Banshees und *Kyorebnis* zum Fraß vorwirft. Bist du jedoch eine von uns, stehst du überall im Gebirge unter meinem wirksamen Schutz.«

Sie wandte sich an zwei der Frauen.

»Bringt sie zurück, damit sie es sich überlegen kann. Morgen wirst du mir deine Antwort geben.« Lexie befahl sie: »Bewache sie mit deiner Waffe.«

Eine der Frauen trat zu Acquilara und flüsterte ihr etwas zu. Sie nickte.

»Du hast Recht. Wenn sie eine so gute *Leronis* ist, wie wir gehört haben, wird sie keine Zeit verlieren, die *Comynaris* zu warnen. Gebt ihr *Raivannin*.«

Raivannin! Magda hörte es mit Entsetzen. Es war eine Droge, die die Psi-Fähigkeiten lahmlegte. Manchmal gab man sie einem starken Telepathen, der krank war oder delirierte und seine zerstörerischen Kräfte nicht kontrollieren konnte. Magda versuchte, schnell in die Überwelt zu springen, sich mit Jaelle in Verbindung zu setzen, eine Warnung hervorzustoßen: *Jaelle, Camilla, passt auf* ... ein paar Worte. Ein paar Sekunden ...

Sie hatte diese Leute unterschätzt. Jemand packte sie – nicht im physischen Sinne, keine Hand berührte sie –, aber es wurde ihr eiskalt, sie war unfähig, sich zu bewegen oder zu sprechen. Ihr war, als falle und falle sie, obwohl sie wusste, dass sie still dastand. Ein heftiger Schneesturm griff ihren Körper und ihren Geist an, als stehe sie nackt im Freien ...

Sie hörte Lexie sagen: »Überlass das mir. Ich kann die Lähmpistole so einstellen, dass sie für ein paar Stunden außer Gefecht ist.«

»Nein, sie muss sich frei entscheiden können«, lehnte Acquilara ab. Jetzt griffen zwei Paar Hände nach Magda und hielten sie diesmal körperlich fest. Rafaella öffnete ihr gewaltsam den Mund und goss ihr eine eiskalte und widerlich süße Flüssigkeit in den Hals.

»Haltet sie eine Minute lang fest«, kam Acquilaras Stimme aus der Dunkelheit. »Das Mittel wirkt sehr schnell. Danach haben wir von ihr nichts mehr zu befürchten.«

Eine Hitzewelle kroch über Magdas Gesicht und erfüllte ihre Kopfhöhlen mit hämmerndem Schmerz. Es dauerte nur einen Augenblick, aber sie hätte am liebsten laut aufgeschrien. Dann verebbte das Gefühl langsam und ließ sie dumpf und leer und taub zurück. Sie blinzelte, stützte sich auf die Frauen, die sie hielten. Es gelang ihr kaum, das Gleichgewicht zu halten. Ihr Wahrnehmungsvermögen war stark beeinträchtigt. Zwar konnte sie sehen und hören und fühlen, aber wie unzureichend waren die Eindrücke, die ihre nackten fünf Sinne ihr vermittelten! Außerhalb ihres Körpers war nichts, das Universum war tot ... sogar ihre normalen Sinne waren gedämpft, als liege ein Film über ihren Augen, als kämen alle Geräusche von weit her. Sogar die Kälte auf ihrer Haut hatte ihren Biss verloren, als habe man sie in eine schwere, schmierige Masse getaucht und von der Welt isoliert.

Raivannin. Es hatte sie aller zusätzlichen Sinne beraubt und sie kopfblind zurückgelassen. Man hatte ihr eine große Dosis gegeben. Magda hatte die Droge einmal genommen, als sie krank gewesen war und Callista meinte, sie sollte von einer Turm-Operation abgeschirmt werden. Aber damals hatte es ihr nur geholfen, die Matrix-Arbeit, die in ihrer Nähe stattfand, auszuschließen, wenn sie wollte. Es hatte in nichts Ähnlichkeit mit dieser völligen Isolierung, dieser Abschließung und Vernebelung gehabt.

»Du hast ihr zu viel gegeben«, sagte eine der Frauen, die sie festhielten. Sogar ihre Stimme klang undeutlich, oder klangen Stimmen immer so, wenn die psychische Wahrnehmungsfähigkeit sie nicht mit Bedeutung unterlegte? »Sie kann kaum stehen. Vielleicht gewinnt sie ihr *Laran* nach einer solchen Dosis nie mehr zurück.«

Acquilara zuckte die Schultern. Verzweifelt stellte Magda fest, dass sie die Bosheit und Falschheit aus Acquilaras Stimme nicht mehr heraushörte. Sie klang wie jedermanns Stimme, sogar sympathisch. Wie konnte ein Kopfblinder je wissen, wem er vertrauen durfte?

»Kein großer Verlust. Wir kommen ohne sie aus, und so mag sie leichter zu behandeln sein. Bringt sie weg, zurück zu den anderen.«

28

Während die Frauen sie von dem Feuer weg und zurück in die erste Höhle führten, wo sie als Gefangene erwacht war, empfand Magda nichts anderes als Verzweiflung. Es war ihr unmöglich gemacht worden, Jaelle und Camilla zu warnen.

Sie redete sich ein, Jaelle und Camilla seien ja nicht in Gefahr. Sie wussten nicht, wo sie war oder wo sie sie suchen sollten. Da sie mit *Raivannin* betäubt war, konnten sie sie nicht einmal mit *Laran* aufspüren.

Und wenn Acquilara versuchte, sie für ihre Pläne zu gewinnen, stand es ihnen immer frei abzulehnen. Es gab keine Möglichkeit, sie zu zwingen, und keine Drohung würde ihnen Acquilaras Angebot verlockend genug erscheinen lassen, um ihre Prinzipien zu verraten. Also weshalb sorgte sie sich?

Die Frauen warfen sie, ohne lange Umstände zu machen, in die erste Höhle und gingen weg. Magda rollte sich in ihrem Elend auf dem Fußboden zusammen.

Lexie beabsichtigt bestimmt, Cholayna zu töten oder töten zu lassen. Sonst hätte sie nicht gewagt, so zu ihr zu sprechen.

Cholayna hob den Kopf, als Magda auf den Boden fiel.

»Magda, bist du in Ordnung? Was wollten sie?«

»Sie machten mir ein Angebot, das nicht von besonderem Interesse für mich ist«, antwortete Magda stumpf. »Es ist nichts passiert. Meine Antwort bestand im Wesentlichen aus dem Rat, sie sollten zum Teufel gehen. Schlaf, Cholayna.«

Sie hatte einen entscheidenden strategischen Fehler begangen. Sie hätte mitspielen, sich von Acquilaras Plänen beeindruckt zeigen sollen. Dann hätte man ihr die Droge nicht gegeben, und sie wäre im Stande gewesen, durch ihr *Laran* Kontakt mit Jaelle oder Camilla aufzunehmen. Jetzt war es zu spät.

»Du zitterst am ganzen Körper«, sagte Vanessa. »Ich glaube nicht, dass du in Ordnung bist. Was haben sie dir angetan? Komm unter meine Decke, wärme dich auf. Du siehst entsetzlich aus.«

»Es ist nichts. Nichts, was du verstehen könntest. Lass mich in Ruhe, Vanessa.«

»Kommt nicht in Frage.« Vanessa zog Magda unter Anwendung von Gewalt unter ihre Decke und wickelte sie ein. Sie ergriff Magdas Hände. »Sie sind brennend heiß! Sag schon, Lorne, was haben sie dir angetan? In einem solchen Zustand habe ich dich noch nie gesehen!«

Magda fühlte sich erschöpft, leer, und doch wollte sie nur weinen und weinen, bis sie sich in Tränen auflöste. Vanessas Hände auf den ihren waren wie die einer Fremden, sie empfand nichts außer der rein körperlichen Berührung. Wie schrecklich, wenn man mit einem anderen Menschen, so lieb er einem sein mochte, nichts anderes zu teilen vermochte! Auf welche Weise unterschied man einen Freund von einem Fremden? Und womöglich blieb sie für immer so. Es wäre besser gewesen zu sterben. Sie ließ sich gegen Vanessa fallen und brach zu ihrer Schande in hilfloses Schluchzen aus.

Vanessa hielt sie in den Armen und klopfte ihr den Rücken.

»Schsch, schsch, nicht weinen, es wird alles wieder gut, nichts ist so schlimm, dass sich nicht ein Ausweg finden ließe. Wir sind hier, wir sind bei dir ...«

Cholayna hörte sie, richtete sich auf, fasste nach Magdas brennenden Hände und rieb sie.

»Nun erzähl schon, was sie gemacht haben. Ganz gleich, was es war, du wirst dich danach besser fühlen. Lass dir von uns helfen.«

»Niemand kann mir helfen«, stieß Magda, unterbrochen

von Schluchzen, hervor. »Sie ... sie haben mir eine Droge gegeben. *Raivannin.*«

»Was, zum Teufel, ist das?«

»Es ... es betäubt ... das *Laran*. Deshalb ... kann ich nicht ... es ist, als sei ich taub und blind ...« Die Worte stolperten leblos über ihre Zunge, teilten nichts von ihrer Persönlichkeit und ihren wahren Gedanken mit, waren wie das Stammeln eines Schwachsinnigen.

Cholayna drückte Magda fest an sich. »Wie grauenhaft! Verstehst du, Vanessa? Jetzt ist Magda nicht mehr im Stande, Jaelle zu warnen oder auch nur zu erreichen! Wie teuflisch, einem psychisch begabten Menschen so etwas anzutun! O Magda, Magda, meine Liebe, natürlich erfasse ich nicht ganz, was es für dich bedeutet, ich weiß nicht einmal, ob ich es mir richtig *vorstelle*, aber trotzdem fühle ich mit dir!«

Magda hatte völlig die Fassung verloren. Ihre Freundinnen wärmten und trösteten sie, bis ihr Weinen aufhörte.

»Vielleicht nützt es uns sogar irgendwie«, flüsterte Vanessa. »Als sie dich zurückbrachten, fiel mir auf, dass Lexie mit ihrer Lähmpistole nicht dabei war. Offensichtlich glauben sie, dass du ohne dein *Laran* keine Gefahr für sie darstellst. Ich habe das Gefühl, dass sie sich um uns beide – Cholayna und mich – überhaupt keine Sorgen machen, *weil* wir keinerlei psychische Kräfte besitzen.«

Daran hatte Magda nicht gedacht. Ihr Schock war so groß gewesen, dass sie überhaupt nicht gedacht hatte.

Habe ich mir angewöhnt, fragte sie sich, mich so völlig auf mein *Laran* zu verlassen, dass ich alles andere vergessen habe? Das ist auch nicht richtig.

»So ist es.« Sie nahm sich zusammen, setzte sich auf und wischte sich die Tränen mit dem Ärmel ab. Sie wurden nicht bewacht. Irgendetwas musste geschehen. Ohne Lebensmittel, Ausrüstung und Karten und ohne auch nur zu wissen, ob es draußen Tag oder Nacht war, würde die Flucht schwierig werden – unmöglich brauchte sie deswegen nicht zu sein.

Vanessa hatte ihr Messer, ein kleines Ding, sehr scharf, die Klinge so lang wie ihre Hand. Man konnte es zusammenklappen, und vielleicht hatten sie es nicht einmal als ein Messer identifiziert. Cholayna war unbewaffnet.

»Aber ich fürchte mich vor niemandem, den ich sehen kann«, erklärte sie grimmig mit einer Geste, die Magda bekannt war; auch sie war im unbewaffneten Kampf ausgebildet. Bis sie in dem Räuberdorf angegriffen wurden, hatte Magda ihr Geschick nicht benutzt, um zu töten. Cholayna, das hatte sie damals gesehen, war eine erstklassige Kämpferin.

»Draußen muss es Nacht sein.« Magda besann sich auf ihre normalen Fähigkeiten. Man mochte ihr *Laran* zerstört haben, aber schließlich hatte sie beinahe siebenundzwanzig Jahre ohne eine Ahnung gelebt, dass sie es besaß. Magdalen Lorne hatte mehr aufzuweisen als allein *Laran*.

»Acquilara gab anfangs den Befehl, sie sollten mich bewachen, damit ich mir meine Antwort bis morgen überlegen könne. Ich hatte den Eindruck, sie wollten zu Bett gehen. Früher oder später muss auch diese Bande schlafen. Sie sind keine Übermenschen, sie kennen nur ein paar widerwärtige Tricks und haben noch widerwärtigere Vorstellungen darüber, wie sie sie anwenden können. Wenn wir fliehen wollen, sollten wir es tun, bevor sie wieder aufstehen.«

»Vielleicht brauchen wir sie nicht einmal zu töten«, sagte Cholayna. »Versuchen wir, an ihnen vorbeizuschleichen.«

»Aber wir kennen den Weg hinaus nicht«, gab Magda zu bedenken, »und ich nehme an, dass dort Posten stehen, es sei denn, sie sind sträflich leichtsinnig ...«

»Das traue ich ihnen ohne weiteres zu«, meinte Cholayna. »Denke an die Psychologie der Macht, Magda. Diese Höhle liegt isoliert im gottverlassensten Teil dieser isolierten und gottverlassenen Berge. Niemand kennt den Weg. Niemand kommt jemals her. Wahrscheinlich schirmen sie sie psychisch vor der rivalisierenden Crew, der weisen Schwesternschaft, ab, aber ich würde ein Monatsgehalt darauf wetten, dass keine *physischen* Posten da sind. Dich haben sie matt gesetzt. Sie werden Vorsichtsmaßnahmen ergriffen haben, dass ihre Konkurrenten sie nicht mittels *Laran* aufspüren. Sie machen sich jedoch nicht einmal die Mühe, Vanessa und mich zu bewachen. Als Gefahr betrachteten sie nur dich und dein *Laran.«*

Cholayna hatte Recht. Es gab also nur zwei Probleme. Erstens mussten sie warten, bis Acquilara und ihre Kohorten schliefen, damit sie den Weg aus der Höhle suchen konnten. (Magda hatte in der zweiten Höhle, wo die Unterredung stattgefunden hatte, einen Luftzug gespürt, deshalb würde jener Raum dem Ausgang näher sein.) Zweitens wussten sie vorerst noch nicht, wie sie draußen überleben sollten.

Die zweite Frage war die schwierigere. Vanessa war Magda bereits voraus. »Und wenn wir hinausgelangt sind? Wir haben kein Essen, keine Überkleider, keine Überlebensausrüstung ...«

»Irgendwo in diesen Höhlen müssen Lebensmittel und Kleidung liegen!«, wandte Cholayna ein.

»Na klar. Möchtest du zu Acquilara gehen und sie bitten, uns davon abzugeben?«

»Noch wichtiger ist für mich etwas anderes«, sagte Cholayna mit ruhiger Entschlossenheit. »Lexie. Ich werde diesen Ort nicht ohne sie verlassen.«

»Cholayna, du hast es doch gesehen!«, protestierte Vanessa. »Sie hat eine Pistole auf uns gerichtet. Wir sollen sie retten? Teufel, sie ist eine von ihnen!«

»Woher weißt du, ob nicht eine Pistole oder etwas Schlimmeres, das wir nicht bemerkt haben, auf sie gerichtet war? Ich möchte von ihren eigenen Lippen hören, dass sie nicht gezwungen worden ist, bevor ich sie im Stich lasse«, sagte Cholayna. »Und Rafaella ... hast du sie gesehen, Magda, ist sie am Leben?«

»Und wie!«, antwortete Magda. »Sie hat mich festgehalten, als sie mir die Droge in den Hals schütteten. Und ich garantiere dafür, dass niemand eine Pistole oder etwas Ähnliches auf sie richtete. Sie hat mir lang und breit auseinander gesetzt, was Acquilara vorhat und warum Jaelle und Camilla überzeugt werden müssten, sich ihr statt der Schwesternschaft anzuschließen. Sie selbst war bereits überzeugt worden. Ehrlich, meiner Meinung nach sollten wir keine Zeit mit dem Versuch verschwenden, die beiden zu befreien. Ich habe den Eindruck, dass sie genau da sind, wo sie zu sein wünschen, und es wäre sinnlos, wollten wir ihnen zureden, mit uns zu fliehen.«

»Das kann ich von Alexis nicht glauben.« Cholayna war verzweifelt. »Andererseits hätte ich auch nie von ihr geglaubt, dass sie mich mit einer Lähmpistole bedrohen würde.«

Auch ohne *Laran* nahm Magda ihren Kummer wahr. Cholayna musste es sehr schwer fallen zu begreifen, dass Lexie hier nicht als Gefangene weilte, sondern als willige Komplizin.

Cholayna riss sich zusammen. Aus den Tiefen ihrer Taschen förderte sie ein eingewickeltes Päckchen zu Tage.

»Notrationen. Wir brauchen den Brennstoff.« Sie brach einen Riegel in drei Teile. »Esst!«

Magda schüttelte den Kopf. »Sie haben mir heißen Tee mit Butter gegeben; ich brauche nichts. Teilt ihr beiden ihn euch.« Sie nahm nur einen Mund voll des trockenen, faden, aber an Kalorien reichen Zeugs an und kaute es langsam. *Nach Buttertee mit dem Geruch von Dungfeuer werde ich mich nie wieder über den Geschmack der Notrationen beklagen.*

Vanessa nahm ihr kleines Messer in die Hand und klappte es auf. Sie falteten die Decken zusammen und wickelten sie sich um die Schultern. In der Kälte draußen würden sie sie brauchen. Ihre Augen hatten sich an das schwache Licht innerhalb dieser Höhle so gut angepasst, dass sie die Glut des Feuers in der äußeren Höhle sehen konnten, die offenbar der Sammelplatz und das Hauptquartier Acquilaras und der Frauen ihres Kultes war.

Woher stammen Acquilaras Leute?, überlegte Magda. Leben sie das ganze Jahr hier, oder treffen sie sich nur gelegentlich? In dieser Wildnis gibt es doch nichts, *wovon* man leben könnte!

Es hatte keinen Sinn, Zeit mit Spekulationen zu verschwenden. Magda war es gleichgültig, ob sie diesen Ort aus Notwendigkeit, aus Nachahmungstrieb oder aus reiner Perversität aufsuchten. Vielleicht hatten sie auch wie Vanessa eine Leidenschaft fürs Bergsteigen.

Lautlos stahlen sie sich auf das orangefarbene Glühen in der äußeren Höhle zu. Magda stieg der Geruch des Dungfeuers in die Nase, ihre Wangen berührte ein Strom kalter Luft – diese Höhlen waren gut ventiliert. Falls die Bewohner der Hellers teilweise in Höhlen lebten, erklärte das, warum auf den Satellitenfotos so wenig zu sehen war. Aber Menschen brauchten mehr als nur ein Obdach, sie brauchten Feuer, Kleidung, Nahrung und irgendeinen Platz, um Nahrung anzubauen. Gab es eine größere Zahl von Höhlenbewohnern, müssten trotz allem Spuren zu erkennen sein. Magda glaubte keinen Augenblick an Lexies Theorie über eine Stadt in dieser Wildnis, die mittels einer unbekannten Technologie unsichtbar gemacht wurde. Ein paar einsame Eremiten vielleicht, die sich aus spirituellen Gründen hierher zurückgezogen hatten. Keine größere Einwohnerschaft.

Es waren mehrere ineinander übergehende Höhlen, und von einer führten Stufen nach unten in eine vage Helligkeit. Wahrscheinlich das Licht von Fackeln, dachte Magda. In einem geologischen Bericht hatte sie einmal gelesen, in den

Kilghardbergen gebe es aktive Vulkane – was man schon aus den heißen Quellen in der ganzen Gegend hätte schließen können. Schlafende Vulkane mussten auch hier vorhanden sein, aber niemand würde in ihnen wohnen.

Vanessa hauchte: »Wir sollten diese Höhlen durchsuchen. Sie könnten Vorräte an Kleidung und Essen enthalten.«

»Das dürfen wir nicht riskieren«, gab Cholayna ebenso zurück. Es war erstaunlich, dachte Magda, wie Cholayna ohne jede Diskussion ihre Anführerin geworden war. »Vielleicht schlafen sie alle da unten, und wir stolpern über sie. Wir müssen schnell nach draußen gelangen, ohne etwas mitzuschleppen. Irgendwie kommen wir schon zurecht. Wir gehen auf geradem Weg hinaus und kämpfen uns notfalls durch. Tötet nur, wenn ihr keine andere Wahl habt, aber dann zaudert nicht.« Sie zog die Decke zurecht, die sie sich auf den Rücken geschnallt hatte, und überzeugte sich, dass ihre Arme und Beine ungehinderte Bewegungsfreiheit hatten. Magda dachte daran, wie sie mit den Räubern in dem Dorf umgesprungen war.

Noch ein paar Schritte, und sie standen an dem rückwärtigen Eingang der Haupthöhle. Jedenfalls nahm Magda an, dass es der große Raum war, wo sie unter Acquilaras Augen mit Rafaella und Lexie gesprochen hatte. Sie sah zu dem Kreis aus verstreuter Asche hin, wo das Feuer gebrannt hatte, und erschauerte. Hier hatten sie sie festgehalten ... *hatten sie betäubt, ihr etwas Schlimmeres als eine Vergewaltigung angetan, ihr innerstes Selbst verletzt ...*

»Ruhig.« Vanessa fasste ihre Schulter. »Ist ja gut, Lorne, du bist wieder ganz in Ordnung.«

Vanessa verstand es nicht, doch Magda nahm sich mit aller Kraft zusammen. Sie hatten sie aufgehalten, sie verwundet, aber sie lebte noch und war im Besitz ihrer Sinne, ihrer Persönlichkeit, ihrer Integrität.

Hat Acquilara Recht? War die Dosis so stark, dass ich meines Larans *auf immer beraubt bin?*

Ich kann ohne es leben. Camilla tut es aus freien Stücken. Sie war traurig, dass sie vielleicht niemals mit Camilla würde teilen können, was sie mit Jaelle und ihren Gefährten im Turm geteilt hatte. Damit, musste sie sich abfinden, wenn es so war. *Camilla hat mehr als das verloren.* Aufmerksam hielt sie in der großen Höhle Umschau.

Auf den ersten Blick schien sie leer zu sein. Die Frauen hatten sich in eine der tieferen Höhlen zurückgezogen, zum Schlafen oder zu welchen geheimnisvollen Riten auch immer, mit denen sie sich die Zeit vertrieben. *Solange sie keine Leute ermorden oder vergiften, ist es mir gleichgültig, ob sie sich da unten alle mit Dämonen oder Banshees paaren. Ich wünsche ihnen viel Vergnügen. Dann sind sie beschäftigt, und wir können fliehen.*

»Es müssen irgendwo Posten sein, auch wenn sie nur am Ausgang ins Freie stehen«, flüsterte Vanessa. »Seid vorsichtig! Magda, kannst du sagen, woher diese Zugluft kommt?«

Magda wandte den Kopf von einer Seite zur anderen und versuchte, es zu bestimmen. Jetzt wäre *Laran* nützlich gewesen, obwohl Clairvoyance nicht zu ihren besonderen Talenten gehörte. Cholayna berührte ihren Arm und deutete schweigend.

Jemand schlief an einer Höhlenwand im Licht der tropfenden Fackeln auf dem Fußboden. Eine Frau, eingehüllt in eine Decke. Eine von Acquilaras Zauberinnen. Eine Wächterin, wenigstens eine. Vanessa beugte sich vor und holte mit dem Messer zum Stoß aus. Aber Cholayna schüttelte den Kopf. Vanessa zuckte die Schultern und gehorchte.

Magda hatte die Richtung des Luftzugs festgestellt. Sie zögerte einen Augenblick. Solche Höhlen wurden manchmal durch lange Felskamine belüftet, und folgten sie dem Strom, führte er sie vielleicht in ein unpassierbares Labyrinth. Andererseits mussten sie etwas riskieren. Höchstwahrscheinlich war eine Wächterin, auch wenn sie schlief, vor dem Gang postiert, den ein fliehender Gefangener auf dem Weg in die Außenwelt nehmen musste. Magda zeigte mit der Hand.

Eine nach der anderen stiegen sie vorsichtig über die schlafende Frau weg. Doch wenn Magda gehofft hatte, von der nächsten Höhle aus würden ein paar Schritte sie in die Freiheit und ins Licht der Sterne führen, wurde sie bitter enttäuscht. Denn der nächste Raum, größer als der vorherige, war völlig leer und stockfinster.

29

In diesen Höhlen konnten sie tagelang umherirren, außer, dass Acquilaras Bande sie früher oder später – wahrscheinlich früher – finden und ihnen ein schnelles und blutiges Ende bereiten würde. Acquilara hatte Magda benutzen wollen, aber Magda war sich völlig darüber klar, dass sie bei ihr nicht auf Freundlichkeit oder Nachsicht rechnen durfte.

Diesmal erwartete sie keine Droge, sondern der Tod.

Vanessa tastete sich sehr langsam an der Wand entlang und fühlte jeden Zoll mit den ausgestreckten Händen ab. Sie rutschte aus, fing sich wieder, ließ sich auf die Knie nieder und winkte. Auf Zehenspitzen schlichen sie zu ihr. Sie war über einen Haufen großer Säcke gefallen, von denen einer oder zwei geöffnet und oben umgeschlagen waren.

In dem einen war Trockenobst, in dem anderen eine Art Hirse, wahrscheinlich als Futter für Packtiere gedacht. Auf Cholaynas stumme Anweisung hin füllten sie sich die Taschen. Draußen in der bitteren Kälte mochten diese Vorräte die messerscharfe Grenze zwischen Leben und Tod bedeuten.

Hinter dem Säckestapel erhob sich eine lange Treppe. Undeutlich erkannten sie, dass Stufen in den weichen Kalkstein gehauen, mit Zement ausgefüllt und gerade so weit geglättet waren, dass man sie ersteigen konnte, ohne zu fallen. Die Stufen waren feucht, schlüpfrig und gefährlich, und Magda zögerte, den Fuß darauf zu setzen.

»Glaubst du, da geht es hinaus? Oder nur weiter in die Höhlen hinein?«

»Stellen wir es fest.« Cholayna legte vorsichtig das letzte Stück an der Wand entlang zurück. Magda versuchte automatisch, mit ihrem *Laran* hinauszugreifen, hinter der Öffnung der Treppe etwas wahrzunehmen, aber es stellte sich nur ein dumpfer Schmerz ein.

In ihren ... Augen? Nein. In ihrem Herzen? *Ich kann nicht sagen, was fehlt, jedenfalls bin ich nur halb da.* Sie verbannte den Gedanken, zwang sich, langsam an der tropfnassen Wand weiterzugehen. Wieder bei den Säcken angekommen, stieß sie leicht gegen Vanessa.

»Da drüben ist ein großer Durchgang«, murmelte Cholayna. »Ich würde gern von hier verschwinden, bevor die Wächterin aufwacht und wir sie töten müssen.«

»Meiner Meinung nach führt die Treppe nach draußen«, sagte Vanessa. »Denn ich spüre einen Luftzug, der von oben kommt.«

»Ich bin mir nicht so sicher. Überlege einmal, Vanessa. Hätten sie uns alle diese Treppe hinuntertragen können, ohne dass wenigstens eine von uns aufgewacht wäre?«, fragte Cholayna. Vanessa sagte: »Du bist der Boss.«

»Nein. Dafür ist es zu ernst. Du und Magda habt hierbei ebenfalls eine Stimme. Magda, was sagen dir deine Vorahnungen?«

Magda hielt sich vor Augen, dass Cholayna nicht wissen konnte, wie diese Frage das Messer in der Wunde umdrehte.

»Im Augenblick habe ich keine, hast du das vergessen? Aber ich würde gern einen Blick auf diesen Durchgang werfen, bevor wir die Treppe hochsteigen.«

»Beeile dich«, drängte Cholayna, und Magda ertastete sich lautlos den Weg. Es war sehr dunkel. Sie erkannte kaum die ausgespreizten Finger vor ihrem Gesicht. Vanessa murmelte etwas und verschwand in der Finsternis. Nach einer Weile herzbeklemmenden Wartens tauchte sie wieder auf und brachte eine der niedergebrannten Fackeln mit.

»Ich musste über sie wegsteigen. Diese Fackel scheint es noch länger zu machen als die anderen, aber sie werden alle bald ausgehen. Ich wünschte, ich fände den Ort, wo sie ihren Vorrat an neuen verwahren.«

»Ja«, zischte Cholayna zwischen den Zähnen hervor. »Falls wir den Weg hinaus nicht verdammt schnell finden, brauchen wir Licht, sonst könnten wir buchstäblich für den Rest unseres Lebens in diesen Höhlen herumwandern.«

»Halte mal.« Vanessa drückte Cholayna die Fackel in die Hand und schlüpfte wieder davon. Nach erneutem langem Warten und ein paar merkwürdigen, leise kratzenden Geräuschen kehrte sie atemlos zurück, die Arme voller Fackeln. Eine oder zwei hatten noch Glut an der Spitze, die anderen waren verlöscht.

»Tut mir Leid, dass es so lange gedauert hat«, flüsterte sie. »Ich musste sie von der Wand nehmen. Jetzt hauen wir besser ab ... ein Blick auf die leeren Halter, und jeder weiß, dass wir vorbeigekommen sind.«

Cholayna streckte den Arm aus und fasste ihr Handgelenk. »Gute Arbeit. Aber merke dir eins, Vanessa: Von dieser Minute an trennen wir uns nicht mehr. Verstanden? Du kennst dich in den Bergen aus, ich weiß einiges über Höhlen. Wir bleiben beieinander, noch besser, wir halten die ganze Zeit körperlichen Kontakt. Wenn eine von uns verloren geht, dürfen wir nicht einmal rufen, um uns wiederzufinden!«

»Oh. Richtig«, sagte Vanessa ernüchtert.

Magda nahm Cholayna die brennende Fackel ab. »Ich werde nicht weit gehen. Ich will nur nachsehen, wohin diese Stufen führen. Es hat keinen Sinn, dass wir alle hinaufsteigen, wenn es ein blinder Kamin oder eine weitere leere Kammer ist.«

»An den blinden Kamin glaube ich nicht; die Stufen sehen aus, als würden sie häufig benutzt.« Cholayna bückte sich tief nieder und untersuchte schnell, aber sorgfältig die Spuren auf der rauen Oberfläche.

Die Fackel vor sich hertragend, stieg Magda langsam die Treppe hinauf.

Sie blickte auf Cholayna zurück, die unten am Fuß stand. Es war kein blinder Kamin. Oben an der Treppe lag ein Raum, aus dem Licht fiel. Schon das Licht der Außenwelt? Magda schob den Kopf über die Kante und wich instinktiv zurück.

Sie hielt die Fackel auf den Rücken, um ihren Schein zu verbergen. Mindestens zwei Dutzend Frauen lagen schlafend in der oberen Kammer. An der hinteren Wand erkannte sie Lexie Anders' blonden Lockenkopf. Acquilara sah sie nicht. Langsam zog sich Magda zurück und ging leise und vorsichtig die Stufen hinunter.

Die Frau, die der Treppe am nächsten lag, öffnete die Augen und sah Magda genau ins Gesicht.

Es war Rafaella n'ha Doria.

Magda wusste später nicht zu sagen, wie es ihr gelungen war, einen Aufschrei zu unterdrücken. Eilends stieg sie die Treppe ganz hinunter. Vanessa bemerkte ihren überstürzten Rückzug, riss ihr Messer heraus und stellte sich bereit.

Es geschah nichts. Niemand rief zum Kampf, keine wütenden Horden ergossen sich mit erhobenen Waffen die Treppe herunter. *Hat sie fest geschlafen? Hat sie mich gar nicht gesehen? Will sie mich um Jaelles willen oder weil wir früher einmal Freundinnen waren laufen lassen?*

Dann kam Rafaella verstohlen die Treppe heruntergeklettert. Vanessa hob ihr kleines Messer, doch Rafaella bedeutete ihr, es wegzustecken, und winkte sie alle an eine Stelle, die in sicherer Entfernung von der Treppe lag.

»Du brauchst dein Messer nicht, Vanessa n'ha Yllana«, sagte sie. »Wenn ihr geht, komme ich mit euch.«

»Du hast mich absichtlich in die Irre geführt«, warf Magda ihr leise vor.

»Oh, täusche dich nicht«, erwiderte Rafaella säuerlich. »Du hast mich nicht etwa bekehrt, deine Sache als die gerechte anzusehen, oder etwas in der Art. Ich bin immer noch der Meinung, dass Jaelle gut beraten wäre, wenn sie mit denen hier, statt mit dem anderen Verein zusammenarbeiten würde. Nur gefällt es mir nicht, was sie Lexie angetan haben, und ich will nicht, dass sie es mir antun.«

»Kennst du zufällig den Weg nach draußen?«

»Ich glaube, dass ich ihn finden kann. Seit dem Sturm bin ich zweimal im Freien gewesen.« Rafaella schritt schnell durch den großen Durchgang in eine Kammer voran, die voll von Geröll und Steinen war. Phosphoreszierender Schwamm an den Wänden verbreitete ein unheimliches Licht, und der Schein der Fackel tanzte über gigantische Formationen aus Kalkstein, hell und schimmernd wie Knochen, höchst wundervoll gefaltet und geschichtet. »Vorsichtig hier. Es ist nass, und von oben tropft es, aber wenigstens ist das Wasser rein und gut zu trinken, und es ist eine Menge davon da.« Sie schöpfte eine Hand voll aus dem kleinen Bach, der neben ihnen abwärts lief.

»Wenn ihr euch hier drin verlauft, denkt daran, dem Bach *Fluss aufwärts zu* folgen. Bergab führt er euch *tief* hinunter. Ich kenne nur drei oder vier Ebenen, aber es soll mindestens zehn Ebenen unter dieser geben, und einige sind mit Büchern und Artefakten aus grauer Vorzeit vollgestopft ... sie müssen tausende von Jahren alt sein. Lexie hat sich ein paar angesehen und meint, es habe wohl einmal auf Darkover eine Zeit fortgeschrittener Technologie gegeben, obwohl nichts terranisch wirke. Was sie überraschte. Sie behauptete, Darkover sei einst eine terranische Kolonie gewesen, aber dies sei völlig anders. Dann sagte Acquilara ihr, das Zeug stamme aus der Zeit *vor* der Ankunft der Terraner; es habe eine ganze Zivilisation bestanden, ehe Menschen diese Welt kolonisierten. Du bist die Spezialistin, Margali. Die Bücher würden dich interessieren, und Mutter Lauria würde vor Begeisterung den Verstand verlieren. Für mich ist das nichts.«

Am Ende dieser Kammer schimmerte Licht. Es war kein Tageslicht, aber es unterschied sich in der Qualität von dem flackernden Schein der Fackeln. Alle spürten einen Hauch der schrecklichen Kälte draußen. Magda knöpfte erschauernd ihre dicke Jacke zu und zog die Handschuhe an. Vanessa legte sich ihre Decke wie das Plaid eines Gebirglers um die Schultern. Nebeneinander näherten sie sich verstohlen dem Ausgang.

Magda schwor später, für das, was als Nächstes geschah, gebe es keine natürliche Erklärung. Vanessa behauptete, sie seien die Treppe hinuntergekommen, und sie hörten nie auf, deswegen zu streiten. Magda sah ein schwaches blaues Leuchten, hörte einen schrillen Schrei wie von einem Habicht, und Acquilara stand vor ihnen in der Öffnung.

»Ihr wollt uns verlassen? Leider kann ich auf eure Gesellschaft noch nicht verzichten.« Sie hob die Hand, und Magda sah, dass überall in der Eingangskammer Kriegerinnen standen. Sie rissen Cholayna die Fackeln aus der Hand, warfen Vanessa zu Boden und nahmen ihr das Messer ab. Alle vier wurden in die Höhle mit dem Feuer gezerrt und dort getrennt voneinander gehalten.

Der Raum füllte sich mit Frauen, von denen einige, dessen war sich Magda sicher, eben noch in der Kammer oben geschlafen hatten.

»Ich bin zu weich«, sagte Acquilara. »Verräter kann ich nicht dulden. *Terranan* ...«

Lexie drängte sich durch die Menge.

»Ich habe ihre Stärke und Intelligenz unterschätzt.« Acquilara meinte Magda. »Ist ihr Widerstand erst einmal gebrochen, werden wir eine Verwendung für sie finden. Aber ich muss ein

Exempel statuieren, was solchen widerfährt, die mit meiner Gutmütigkeit Spott treiben. Die da hat uns verraten.«

Sie ging zu Rafaella, nahm ihr das Messer aus dem Gürtel und reichte es Lexie.

»Beweise mir deine Treue. Töte sie.«

Ein scharfer Aufschrei von Cholayna: »Lexie! Nein!«

Acquilara schlug Cholayna brutal mit dem Handrücken über den Mund. »Eigentlich müsstest *du* es sein, Missgeburt.« Sie drehte sich zu Lexie um. »*Terranan,* ich warte.«

Lexie warf einen kurzen Blick auf das Messer und ließ es fallen.

»Zur Hölle mit deinen Treueproben! Und wenn du sie nötig hast, zur Hölle mit *dir!*« Das Messer blieb auf dem Fußboden liegen.

Magda glaubte, Acquilara werde Alexis niederschlagen. Sie hatte ihr getrotzt, sie hatte die Zauberin in die Gefahr gebracht, vor ihren Frauen das Gesicht zu verlieren. Acquilara stand einen Augenblick wie erstarrt da, dann entschied sie sich offensichtlich, zu retten, was noch zu retten war.

»Warum, *Terranan?*«

»Sie kennt die Bergpfade gut. Sie ist tüchtig. Sie wird gebraucht, um sie nach Thendara zu begleiten, wenn die Zeit kommt. Bis dahin wird sie es gelernt haben zu gehorchen. Sie zu töten, wäre eine Verschwendung. Ich verabscheue Verschwendung.« Lexie sprach kühl, ohne die geringste Emotion.

Jetzt sagt sie die reine Wahrheit – oder ist in Lexie doch ein Rest an Loyalität verborgen? Schließlich sind sie zusammen durch das Gebirge gereist, und sie müssen gelernt haben, sich zu schätzen und zu achten, nachdem sie ein solches Erlebnis geteilt haben.

Magda wünschte sich brennend eine Spur ihres *Laran* zurück, mit der sie es deutlich erkannt hätte.

Bald fanden sie sich in der Höhle wieder, aus der sie entflohen waren. Rafaella wurde mit ihnen hineingestoßen. Ihre Hände waren gefesselt, und Acquilara befahl ihren Frauen, die Runde zu machen und einer nach der anderen die Stiefel auszuziehen.

Cholayna protestierte. »Du hast uns noch nicht einmal gesagt, warum du uns gefangen hältst. Und ohne Stiefel werden wir bestimmt erfrieren.«

»Nicht, wenn ihr in diesen Höhlen bleibt, wo die Temperatur das ganze Jahr über ausreicht, Wasser vor dem Einfrieren zu bewahren«, erwiderte Acquilara. »Solange ihr hier bleibt, wird euch gar nichts geschehen. Ich sollte euch auch die Überkleider wegnehmen.«

Sie führte die Drohung nicht aus; sie ließ ihnen sogar die Decken.

An die Tür der Kammer stellte sie zwei Wächterinnen, bewaffnet mit Messern und Dolchen. Noch einmal würde sie ihre Gefangenen nicht unterschätzen, dachte Magda.

Cholayna wickelte sich mit Hilfe ihrer langen, biegsamen Zehen mühsam in ihre Decke und empfahl den anderen, es ebenso zu machen. »Wir müssen uns warm halten und unsere Kräfte so gut wie möglich einteilen.«

»Was ist mit Jaelle? Sie haben sie doch nicht umgebracht?«, fragte Rafaella und hüllte sich ein, so gut es mit gebundenen Händen ging.

»So viel ich weiß, war sie schon zu weit über den Ort des Überfalls hinaus. Und ich hoffe, sie bleibt es.«

»Bei den Brüsten Evandas, das hoffe ich auch, ich schwöre es! Für alles Metall in Zandrus Schmieden möchte ich nicht, dass ihr etwas zustößt. Ich habe wirklich gedacht, hier fänden wir ...« Sie brach ab. »Die *Terranan* hätte ich nicht für ganz so blutdürstig gehalten. Einen Augenblick war ich überzeugt, Lexa würde mich tatsächlich töten.«

»Ich nicht«, erklärte Cholayna ernst. »So etwas glaube ich nicht von ihr.«

Rafaella sagte: »Das hier kann es doch nicht sein, was Lexa mit einer *Stadt der Weisheit* meinte! Allerdings, wenn wir an die antiken Artefakte unter den Bergen gelangen könnten, würden eure Terraner sie bestimmt ein Vermögen nennen.«

»Ich hätte nichts dagegen, sie mir anzusehen«, erwiderte Cholayna, »aber wichtiger ist es mir, mit heiler Haut zu entrinnen. Ich weiß nicht, ob wir noch einmal eine Chance zur Flucht erhalten, aber wenn sie kommt, sollten wir bereit sein.« Sie rollte sich zu Magda hin. »Versuch einmal, ob du meine Hände losbinden kannst, Magda. Vanessa, knote du Rafis Fesseln los.«

»Die Wächterinnen ...« Magda spähte ängstlich über die Schulter.

»Warum habe ich euch wohl geraten, euch mit viel Herumgewälze in die Decken zu wickeln? Die Wächterinnen werden sich nichts dabei denken, wenn wir uns in Acht nehmen und so tun, als seien wir immer noch gefesselt.«

Magda machte sich daran, die Knoten zu lockern. Sie waren fest angezogen, und es dauerte lange, aber etwas anderes hatte sie ja doch nicht zu tun. Endlich fiel der letzte Strick, und sie streckte ihre Handgelenke Cholayna hin.

»Draußen muss es hell sein«, bemerkte Vanessa. Sie hatte sich ausgestreckt und täuschte Schlaf vor, während Rafaella an einem schwierigen Knoten zupfte.

Hell. Wenn sie so viel Verstand – oder *Laran* – gehabt hätte, diese Treppe nicht hinaufzusteigen, sondern den Durchgang zu nehmen, könnten sie jetzt schon meilenweit weg sein.

Rafaella fragte: »Diese Acquilara ... haltet ihr sie für eine mächtige Zauberin?«

»Als Telepathin ist nicht viel mit ihr los. Welche Talente sie sonst noch hat, weiß ich nicht, und im Augenblick bin ich nicht in der Lage, mir ein Urteil darüber zu bilden«, antwortete Magda.

»*Laran!*« Rafaellas Ton drückte Verachtung aus, und plötzlich sah Magda den Grund für die überwältigende Eifersucht Rafaellas. Um das zu erkennen, brauchte man keine psychischen Kräfte. Seit Jaelles Kindheit wusste Rafi, dass ihre Freundin in die mächtige *Comyn*-Kaste hineingeboren war, die alle Domänen, ganz Darkover beherrschte. Trotzdem hatte Jaelle das Gildenhaus ihrem *Comyn*-Erbe vorgezogen und so den großen Unterschied verwischt, der andernfalls zwischen ihnen beiden bestanden hätte. Sie waren Freundinnen, Partnerinnen, für kurze Zeit sogar Liebende gewesen.

Und dann war Magda, die nicht einmal Darkovanerin war und von Rechts wegen nicht mehr an *Laran* hätte besitzen dürfen als Rafaella selbst, zwischen sie gekommen, und es war Magda, die Fremde, gewesen, die Jaelle zu ihrem *Laran* und ihrem Erbe zurückgelockt hatte.

Ich hätte genug Phantasie haben müssen, um das früher zu sehen.

»Ob sie *Laran* hat oder nicht«, sagte Cholayna, »eins weiß ich über diese Acquilara: Sie ist Psychopathin. Jede Kleinigkeit kann sie aus dem Gleis werfen, und dann mag sie gefährlich werden.«

»Hältst du sie jetzt nicht für gefährlich? Würde eine geistig gesunde Frau versucht haben, Lexie dazu zu bringen, dass sie Rafaella tötet?«, fragte Vanessa.

»Eine geistig gesunde Frau hätte es durchaus versuchen können. Aber sie hätte sich nicht so schnell ablenken lassen«, warnte Cholayna. »Vor Acquilara fürchte ich mich mehr als vor allem anderen, was uns bisher auf dieser Reise begegnet ist.«

Der Tag – oder die Nacht – schleppte sich hin, und sie hatten keine Möglichkeit, eins von dem anderen zu unterscheiden. Was kam es darauf an?, sagte sich Magda. Es war unwahrscheinlich, dass sie mit dem Leben davonkamen. Entweder brachte Acquilara sie in einem psychotischen Wutanfall um, oder ihnen gelang die Flucht, und dann starben sie draußen schnell an der Kälte oder langsam am Hunger. Sie bedauerte nur, dass ihr *Laran* vor ihr gestorben war. Wie gern hätte sie die Verbindung mit Callista, mit Andrew und besonders mit ihrem Kind hergestellt! Der Verbotene Turm würde um sie trauern und nie erfahren, wie sie gestorben war. Vielleicht war das nur gut.

War das eine ethische Frage, die speziell für Frauen galt? Sogar im Gildenhaus würden manche sagen, da sie Verantwortung einer Familie gegenüber trug und ein Kind aufzuziehen hatte, hätte sie eine so gefährliche Aufgabe niemals übernehmen dürfen. Das Terranische HQ behielt zumindest beim Nachrichtendienst derartige Missionen unverheirateten Männern ohne Familie vor.

Aber zum Nachrichtendienst meldete man sich freiwillig. Bei Vermessung und Erkundung zum Beispiel hatte der Personenstand eines Menschen keinen Einfluss auf das, was man von ihm erwartete oder ihm gestattete. War es so viel schlimmer, wenn Kinder mutterlos statt vaterlos aufwuchsen? Sie sehnte sich nach Shaya. Ob sie sie jemals wieder sah? Wenn Jaelle davongekommen war, würde sie sich ihrer Tochter annehmen. Wenn Jaelle ebenfalls getötet worden war – nun, wenigstens waren die Kinder in Sicherheit.

»Sie werden sich bestimmt nicht die Mühe machen, uns Essen zu schicken«, sagte Vanessa, »aber ich habe immer noch eine Tasche voll von dem Zeug aus den Säcken. Hier …« Außer Sicht der Wächterinnen verteilte sie es. »Essen wir es auf, damit wir bei Kräften bleiben.«

Magda kaute gelangweilt auf einer Rosine, als es geschah. Es war, als explodiere Licht in ihrem Gehirn, und dazu erklang Callistas Stimme:

Ich bin eine Alton, und zu meinen Talenten gehört es, zu den Kopfblinden zu sprechen …

Die Stimme hörte sich an, als befinde sich Callista im Nebenraum, aber sie war vollkommen deutlich. Dann war sie fort, und nichts brachte sie zurück. Magda strengte sich verzweifelt an, versuchte, Jaelle oder Camilla zu erreichen, in die Überwelt und zum Verbotenen Turm zu gelangen …

Ihr Geist war immer noch gelähmt von dem *Raivannin,* und sie hatte keine Ahnung, wie diese Stimme zu ihr durchgedrungen war.

Wenn ich doch nur beten könnte. Aber ich glaube nicht an das Gebet. Sie glaubte nicht einmal an die Göttin Avarra, obwohl sie die Gedankenform der Schwesternschaft gesehen hatte. Jetzt versuchte sie, dies Bild heraufzubeschwören, die Göttin mit den schützenden Schwingen, die verhüllten Gestalten, das Krächzen der Krähen. Ihr war nur zu bewusst, dass es nichts als ein Bild war, eine Vorstellung und Erinnerung, in nichts dem überzeugenden Kontakt durch ihr *Laran* ähnlich.

Magda ließ sich zurücksinken und knabberte lustlos an dem Trockenobst, das wie alles in diesen Höhlen nach Dungfeuer schmeckte.

Sie blickte auf, und vor ihr stand Camilla.

Es war nicht die wirkliche Camilla. Magda konnte die Wand durch ihren Körper sehen, und ihre Augen flammten in einem übernatürlichen Feuer. Ihr Haar, in der realen Welt von verblasster Sandfarbe, schimmerte in leuchtendem Kupfer. Das war nicht Camilla, das war ihr Bild in der Überwelt. Aber Magdas Kopf war immer noch benebelt von dem *Raivannin!* Also sah sie Camilla nicht mit ihrem *Laran.* Irgendwie war Camilla zu ihr gelangt. Dann bemerkte sie neben Camilla die schmächtige, bescheidene junge Frau, die in die Einsiedelei gekommen war, um mit ihnen zu sprechen. Ihre Füße berührten den Boden der Höhle nicht ganz, und sie war von einer merkwürdigen dunklen Aureole umgeben.

Magda hörte die Worte mit ihren Ohren. Sie erklangen nicht in ihrem Geist.

»Versuche, sie nicht zu hassen«, empfahl Kyntha ihr in sachlichem Ton. »Dies ist kein spiritueller Rat, sondern ein sehr praktischer. Dein Hass ermöglicht ihnen den Zugang zu deiner Seele. Sag es den anderen.«

Dann war sie fort, und nur Camilla stand da.

Bredhiya, sagte sie und verschwand.

30

Es war geschehen. Magda war unfähig, Camilla mit ihrem *Laran* zu rufen. Vom *Raivannin* betäubt, war sie kopfblind, unempfänglich, unerreichbar. Jaelle war allein, ohne Helfer vom Turm, so gut wie machtlos. Und deshalb hatte Camilla den Durchbruch geschafft und das getan, was sie ihr Leben lang vermieden hatte.

In ihrer Verwirrung wusste sich Magda keinen Rat. Einerseits war sie stolz auf Camilla, die ihre Furcht und ihren Abscheu vor diesem lange verleugneten Potenzial überwunden hatte. Andererseits stellte es eine unermessliche Demütigung für sie dar, dass Camilla es nach so vielen Jahren der Weigerung um ihretwillen getan hatte. Dann wieder empfand sie einen Schmerz, der fast Verzweiflung war. Camilla würde es außer für mich niemals getan haben. Ich wäre lieber gestorben, als ihr dies aufzuzwingen.

Die Freude und der Kummer um ihre Freundin erfüllten sie so, dass ihr nicht gleich klar wurde, was das bedeutete. Camilla hatte sie gefunden, mit *Laran*. Das hieß, auf dem einen oder anderen Weg war Rettung unterwegs, und sie mussten sich bereithalten.

Magda kroch zu Cholayna und flüsterte: »Sie haben uns gefunden. Hast du Camilla gesehen?«

»Ob ich ... *was*?«

»Ich habe sie gesehen. Sie ist mir erschienen. Nein, das war keine Halluzination. Auch Kyntha war da. Weil ich Camilla nicht erreichen konnte, machte sie sich auf die Suche nach mir. Sie werden uns retten! Wir müssen uns bereit halten.«

Vanessa hörte mit einer skeptisch hochgezogenen Augenbraue zu.

»Ein psychischer Verteidigungsmechanismus! Ich vermute, du bist vorübergehend nicht bei Verstand, Lorne, und das ist kein Wunder. Da hat man dir alle möglichen fremdartigen Drogen gegeben, ohne den leisesten Grund ...«

»Du bist noch nicht so lange auf diesem Planeten wie ich«, unterbrach Cholayna sie. »Es ist geschehen, und es war keine Halluzination, Vanessa. Ich selbst habe gar nichts gesehen. Damit war auch nicht zu rechnen. Aber ich zweifle nicht daran, dass Lorne etwas gesehen hat, und deshalb sollten wir uns darauf einrichten.«

»Sie können uns nicht herausholen, ohne dass es Lärm gibt«, meinte Vanessa. »Wir haben unsere Stiefel nicht.«

Rafaella, die geschlafen hatte, setzte sich auf, und die gute Neuigkeit wurde ihr im Flüsterton mitgeteilt.

»Und Jaelle? Was ist mit Jaelle?«, wollte sie wissen. »Kein Wort von ihr?«

Magda fragte trocken: »Willst du sie nicht mehr überzeugen, dass ihr Acquilaras Bande auf lange Sicht von größerem Nutzen wäre? Hast du deine Meinung über diese Art ehrbarer Bürger geändert?«

Rafaellas Gesicht wurde weiß.

»Verdammt sollst du sein, Margali, liegt es nicht auf der Hand, warum ich dich nicht dabeihaben wollte? Du musst immer das Messer in der Wunde umdrehen, wie? Und natürlich machst du nie einen Fehler. Du hast immer Recht, so vollkommen, absolut *Recht!* Alle diese Leute, die aus Ehrfurcht vor dir vergehen, weil du nie etwas falsch machst ... eines Tages wird Jaelle merken, was du ihr antust, was du jedem antust, von dem du behauptest, dass du ihn gern hast, und dir den Hals umdrehen, und ich hoffe, ich bin dabei, damit ich zusehen und Beifall klatschen kann!«

Sie wandte Magda den Rücken und vergrub den Kopf in der Decke. Ihr Körper bebte, und Magda erkannte, dass sie weinte.

Magda war so entsetzt, dass sie vergaß, Atem zu holen. *Rafaella und ich haben manchmal gestritten, aber trotzdem habe ich sie immer als meine Freundin betrachtet. So bin ich? So sehen die Leute mich?*

Vanessa hatte es gehört, und mehr noch, sie hatte Magdas Gesicht gesehen. Sie beugte sich zu ihr vor. »Mach dir nichts draus«, sagte sie mit einer Stimme, die einen Schritt weiter weg nicht mehr gehört werden konnte. »Früher oder später beruhigt sie sich immer wieder. Denke daran, sie hat gerade den Beweis dafür erhalten, dass sie nicht besonders groß darin ist, Menschen zu beurteilen. Sie hat auf Anders gesetzt und verloren.«

Es ist, als sei alles mein Fehler, mein Fehler, dass Lexie Anders diese Reise begann, mein Fehler, dass Rafaella ihr folgte.

Ihr fiel ein, was Kyntha gesagt hatte. *Versuche, nicht zu hassen.* Ihr Geist war immer noch umwölkt, aber sie wusste, dass sie Rafaella nicht hasste. *Ich bin ärgerlich auf sie. Das ist etwas anderes.*

Lexie? Die Frage war schwieriger zu entscheiden. So sehr sie es versuchte, sie konnte Lexie nicht von der Schuld an dieser ganzen jämmerlichen Expedition freisprechen.

»Was ist?«, flüsterte Cholayna, und Magda erinnerte sich, dass Kyntha befohlen hatte: *Sag es den anderen.*

»Ich gebe mir große Mühe, Lexie nicht zu hassen.« Sie wiederholte Kynthas Worte. Ihre Gefühle für Rafaella waren ihre eigene Angelegenheit, und sie hatte nicht die Absicht, sie Cholayna mitzuteilen, aber mit Lexie war es etwas anderes.

»Das Hassen kannst du mir überlassen«, erklärte Vanessa unversöhnlich. »Es fehlt nicht mehr viel, und sie hat unser aller Leben auf dem Gewissen ...«

»Immerhin hat sie Rafaella nicht getötet«, wandte Cholayna ein. »Nicht einmal mit einem Messer in der Hand und einem sie bewundernden Publikum um sie.«

Rafaella steckte den Kopf unter der Decke hervor. »Ich wusste, sie würde es nicht tun. Ich kenne Lexa mittlerweile recht gut.« Magda wunderte sich über sich selbst: Noch in dieser Situation dachte sie als Linguistin und bemerkte, dass Rafaella den Dialekt der Kilghardberge benutzte und *Lexa* statt wie die Terraner, *Lexie* sagte.

»Sie hätte mich niemals getötet«, betonte Rafaella. Sie hätten im Musikzimmer des Gildenhauses sein und bei einer Schulungssitzung für die jungen Entsagenden diskutieren können. »Sie hätte auch Margali nicht getötet, nicht einmal, als sie die Pistole ... den Laser? Lähmer? ... auf sie gerichtet hielt.«

Wenn sie Alexis *das* verzeiht, wie kann ich dann fortfahren, sie zu hassen? Wie kann ich fortfahren, auf Rafi wütend zu sein? Wir haben uns auch früher gelegentlich gestritten. Und doch würde sie für mich eintreten, wie sie eben für Lexie eingetreten ist. Magda hätte Rafaella am liebsten umarmt, doch sie wusste, dass Rafi immer noch böse auf sie war.

Nun, das ist ihr gutes Recht. Was ich gesagt habe, war in Anbetracht der Umstände nicht gerade schön.

Doch wenn sie fähig ist, Lexie zu verzeihen, sollte ich fähig sein, sie nicht länger zu hassen. Magda kramte ihre sympathischsten Erinnerungen an Lexie hervor: Lexie, die den jungen Frauen der Brücken-Gesellschaft die Arbeit von Vermessung und Erkundung erklärte, Lexie, die in der Akademie auf Alpha den jüngeren Studenten von ihren Erfahrungen berichtete, Lexie, die zum Kind geworden war ... *ein kleines hellhaariges Mädchen in Cleindoris Alter. Ich ging Hand in Hand mit ihr wie mit einer jüngeren Schwester* ... Sie suchte nach der Liebe, die sie damals für sie empfunden hatte.

Ich weiß nicht, ob es etwas nutzen wird. Aber ich versuche es.

Vanessa sagte grimmig: »Wenn es unbedingt sein muss,

bringe ich es gerade noch fertig, Lexie nicht zu hassen. Aber verlangt bloß nicht von mir, dass ich diese Acquilara nicht hassen soll. Das geht zu weit. Sie hätte uns alle umgebracht ...«

»Tatsache ist, dass sie uns *nicht* umgebracht hat«, machte Cholayna geltend. »Sie hat uns sogar die Decken zurückgelassen. ›Wer Gutes tut, obwohl er die Macht besitzt, Böses zu tun, sollte nicht nur für das Gute, das er tut, Anerkennung erhalten, sondern auch für das Böse, das er unterlässt.‹«

»Zum Teufel, was zitierst du da?«

»Ich erinnere mich nicht, es ist etwas, das ich als Studentin gelesen habe«, erwiderte Cholayna. »Und vergesst nicht: Die Frau ist psychotisch. Sie kann nicht anders.«

»Ich habe nie an verminderte Zurechnungsfähigkeit geglaubt«, bemerkte Vanessa stirnrunzelnd.

Magda fragte sich: Entschuldigte das Acquilara, die zumindest schuldig war, mit allen Mitteln, die ihr zu Gebote standen, nach Macht zu streben? Jaelle hatte das als böse bezeichnet. Magda wusste es nicht.

»Hört! Was geht da vor?« Cholayna hob plötzlich den Kopf. Am hinteren Ende der Höhle liefen Frauen hin und her. Alexis Anders trat zu einer der Wächterinnen, und sie sprachen aufgeregt ein paar Minuten miteinander. Dann kamen die Wächterinnen zu den Gefangenen gerannt.

Sie hielten ihnen vier Paar Stiefel entgegen.

»Anziehen! Schnell, oder es ist zu eurem eigenen Schaden!«

»Was habt ihr mit uns vor?«, verlangte Vanessa zu wissen.

»Keine Fragen!«, wehrte die eine ab, aber die andere hatte bereits geantwortet: »Ihr werdet verlegt. Beeilt euch!«

Sie beeilten sich, denn sie fürchteten, die Wächterinnen könnten die Geduld verlieren und sie ohne Stiefel abführen. Die beiden Frauen stießen sie mit langen Stöcken, damit sie aufstanden und gingen. Cholayna fand Gelegenheit, Vanessa und Magda zuzuflüstern: »Falls du Recht damit hast, dass Camilla eine Rettungsaktion organisiert, könnte es jetzt sein. Gebt Acht und ergreift jede Gelegenheit zur Flucht!«

Magda versuchte, sich zu orientieren – in welcher Richtung wurden sie in das Labyrinth geführt? Die Dunkelheit machte sie nervös. Es gab kein Licht außer dem der qualmenden Fackeln, die zuckende Schatten auf die unebenen Wände warfen. Ein Steinchen, das an einem Socken kleben geblieben war, tat ihrem Fuß weh. Sie erkannte die schlüpfrige Treppe, über die sie hatten fliehen wollen.

Cholayna atmete schwer. Schließlich hatte sie ihre Lungenentzündung noch nicht lange überwunden. Rafaella fasste sie um die Taille. »Stütze dich auf mich, Ältere.« Die respektvolle Gildenhaus-Anrede hörte sich hier seltsam an.

Vanessa stieß von hinten gegen sie. Magda spürte ihren Atem im Nacken und hörte sie flüstern: »Ich versuche, Lexie die Lähmpistole wegzunehmen. Das könnte uns gleiche Chancen geben.«

Magdas erster Impuls war zu protestieren – sie hatte lange genug als Darkovanerin gelebt, dass sie der Gedanke an eine Waffe abstieß, die über Armesreichweite hinaus wirksam war. Außerdem verbot das Terranische Gesetz hoch technisierte Waffen auf einer technisch unterentwickelten Welt. Aber Alexis Anders hatte die Waffe hier bereits zur Schau gestellt. Und sie waren zahlenmäßig verzweifelt unterlegen, vier oder fünf gegen vierzig und mehr. Und – das überzeugte sie endgültig – Vanessa würde sich von ihrem Einspruch doch nicht aufhalten lassen. Sie murmelte zurück: »Benenne mich als Zeugin vor dem Kriegsgericht, wenn wir zurückkommen.«

Sie wurden in eine Ecke der oberen Kammer getrieben, und sie bekamen Lexie gar nicht zu Gesicht. Unten herrschte Aufruhr, sie hörten rufende Stimmen und laufende Füße. An der Wand hing eine einzige Fackel und sandte erstickenden

Qualm aus. Eine Zweite schwankte in der Hand einer alten Frau, die vor der Höhlenwand stand.

Dann klirrte Metall, und eine große Zahl von Frauen drängte sich am Kopf der Treppe zusammen. Magda konnte nicht erkennen, was los war.

Die Schwesternschaft tötet nicht. Darin sind sich alle Legenden einig, hatten Jaelle und Camilla ihr immer wieder versichert. Würden die Schwestern kämpfen, um sie zu retten? Auf der Treppe schrie jemand laut auf. Frisch angezündete Fackeln erhellten den Raum, und Magda sah Camilla vordringen.

Die Zeit zum Handeln war da. Magda sprang eine der Wächterinnen an und stieß sie so heftig, dass die Frau ihr entgegenkippte. Magda riss ihr das Schwert aus dem Gürtel, und als die Frau sich aufraffte, schickte sie sie mit einem Tritt, den sie auf einer anderen Welt gelernt hatte, wieder zu Boden. Ihr eigener Schwung drehte sie herum, und sie sah, dass Cholayna und Rafaella ihrem Beispiel zu folgen versuchten. Aber sie hatte keine Zeit abzuwarten, was passierte. Laut rufend lief sie auf Camilla zu. Wo war Jaelle? In den Schatten, die das Fackellicht warf, war es fast unmöglich, Freund und Feind zu unterscheiden.

Camilla fasste Magdas Hand, zog sie die Treppe hinunter und lief mit ihr fort. Irgendjemand stellte sich ihnen in den Weg, und Magda schlug mit der Handkante zu, ohne an das erbeutete Schwert zu denken. Sie liefen über den Körper ihrer Gegnerin weiter. Camilla rief mit einer klingenden Stimme, die durch die Höhlen widerhallte:

»*Comhi'Letzii!* Hierher! Sammelt euch hier!«

Eine Frau packte Magda; beinahe hätte sie sie niedergeschlagen, doch dann sah sie, dass es Jaelle war, die eine dicke Zipfelmütze über dem leuchtenden Haar trug.

»Sie sind hier«, stammelte Magda atemlos. »Rafi. Und Lexie.

Rafi steht auf unserer Seite. Lexie hat eine Lähmpistole. Sei vorsichtig. Ich glaube, sie würde schießen.«

Acquilaras Frauen strömten die Treppe hinunter. Magda hörte Vanessa schreien und fuhr herum. Lexie hielt die Lähmpistole in einer Haltung wortloser Drohung auf Cholaynas Gesicht.

Cholaynas Fuß schoss in einem *Vaido*-Tritt hoch. Die Pistole flog in hohem Bogen über die Köpfe. Magda rannte danach, rutschte, fing sie auf, bevor Acquilaras Hände sich darum schlossen. Acquilara hatte ein Messer; Magda trat es ihr aus der Hand.

Eine Frau mit einer bösen Narbe über das halbe Gesicht fiel sie an. Magda trat, schlug, rang, stopfte die Lähmpistole in ihre Jacke. Sie fühlte sich eisig kalt auf der nackten Haut an, und Magda fragte sich ängstlich, ob Lexie sie entsichert habe und sie plötzlich losgehen werde. Wo war Lexie? Magda sah sie nirgendwo in dem flackernden Fackellicht, unter den sich schiebenden und stoßenden, schreienden Frauen. Cholayna? Wo war Cholayna? Magda kämpfte sich durch die Menge zurück. Cholayna lag auf dem Boden, Lexie stand neben ihr, und einen entsetzlichen Augenblick lang glaubte Magda, Lexie habe sie erschlagen.

Aber Cholaynas rasselnder Atem war in der Höhle gerade noch zu hören. Sie mühte sich aufzustehen, und Magda erfasste die Situation. Cholayna hatte sich an diese Höhe schlecht angepasst, und sie hatte wie eine halb so alte Frau gekämpft. Lexie war unbewaffnet.

Ich habe die Pistole! Und Lexie ist zwar im waffenlosen Kampf ausgebildet, aber gegen Messer ... Mit bloßen Händen wehrte Alexis zwei Frauen mit Messern ab, die an Cholayna herankommen wollten. Wie wahnsinnig warf sich Magda in die Menge. *Rafaella hatte Recht* – Vanessa zerrte Cholayna auf die Füße. Alle drei zogen sich langsam in Richtung des

Tageslichts zurück, das am Ende der großen Kammer sichtbar wurde. Die Messerträgerinnen griffen erneut an, und Lexie stürzte in einem wilden Durcheinander von Körpern.

Magda kehrte um. Camilla bahnte sich einen Weg aufwärts, Angreiferinnen abwehrend. Aus einer Wunde auf ihrer Stirn floss Blut über ihr Gesicht.

Lexie Anders lag bewegungslos auf dem Boden der Höhle, und im ersten Augenblick hielt Magda sie für tot. Dann rührte sie sich, und Vanessa bückte sich und fasste sie. Lexie klammerte sich an Vanessas Arm und richtete sich mühsam auf.

Sie hat es nicht zugelassen, dass sie Cholayna töteten. Ich wusste es. Wie schwer ist sie verletzt?

Magdas Kehle schmerzte. Sie musste stehen bleiben und nach Atem ringen. Dann rannte sie quer durch die große Kammer zu der Stelle, wo Cholayna, Camilla und Vanessa, die Lexie stützte, Zuflucht gefunden hatten. Jetzt erkannte Magda den großen Blutfleck auf dem Rücken von Lexies Jacke. Es sah schlimm aus. Die Übermacht war erdrückend. Rafaella und Jaelle standen Rücken an Rücken und wehrten einen erneuten Angriff von Acquilaras Frauen ab, die alle mit Messern bewaffnet waren und aussahen, als würden sie nicht zögern, sie zu benutzen. Im Augenblick wichen sie zurück, aber jeden Moment mochten sie wieder vordringen.

Das Blut aus Camillas Stirnwunde floss ihr in die Augen und verwandelte ihr Gesicht in eine blutige Masse. Magda erinnerte sich, dass alle Kopfwunden, auch geringfügige, stark bluten und Camilla, ernsthaft verletzt, längst zusammengebrochen wäre. Trotzdem entsetzte sie der Anblick, und sie lief schnell zu den anderen. In diese untere Kammer fiel schwaches Tageslicht durch die Höhlenöffnung, doch sie war von dutzenden Frauen mit Messern blockiert. Cholaynas Atem ging noch immer schwer; es war erstaunlich, dass sie sich auf den Füßen halten konnte. Vanessa, die selbst hinkte, hielt die halb bewusstlose Lexie aufrecht.

Da erschienen aus dem Nichts, umflossen von Licht – *Fackellicht? Nein, zu hell!* – ein halbes Dutzend fremde Frauen, riesengroß, in dunkelblauen Schleiern und mit Geier-Kopfputz. Sie hielten große Krummschwerter mit schimmernden Schneiden, Schwerter, wie sie Magda, die sich für Waffenkunde interessierte, noch nirgendwo auf Darkover gesehen hatte, Schwerter, die in übernatürlichem Licht glitzerten.

Magda wusste, dass sie nicht real sein konnten. Acquilaras Frauen wichen. Nur zwei oder drei hatten den Mut, gegen diese leuchtenden Schwerter anzulaufen, doch gleich darauf krümmten sie sich und schrien, als seien sie tödlich verwundet, obwohl Magda kein Blut sah. Dann waren sie nichts als Illusionen?

Eine vertraute Stimme sagte: »Schnell! Hier entlang!«, und drängte sie, eine Hand auf ihrer Schulter, durch die untere Kammer auf das Tageslicht draußen zu. Magda zuckte unter der lähmenden Kälte, dem schneidenden Wind zusammen, aber Kyntha raunte ihr ins Ohr: »Beeile dich! Die Kämpferinnen sind eine Illusion, die nicht lange halten wird!« Sie schob Magda auf einen verborgenen Pfad zwischen der Felswand und den Höhlen.

Ein rascher Blick zurück zeigte Magda, dass alle ihre Gefährtinnen in diesem Spalt versammelt waren. Camilla versuchte immer noch, sich das Blut aus den Augen zu wischen. Magda schüttelte Kynthas Hand von ihrem Ellenbogen und eilte zu Camilla zurück. Der Wind schleuderte sie, sie stolperte und rutschte, an den Rand der Klippe. Sie fing sich wieder und klammerte sich entsetzt an die Wand.

Camilla fehlte weiter nichts. Wo war Jaelle? Cholaynas rasselnder Atem war noch über das Gebrüll aus dem Inneren der

Höhle zu hören. Vanessa hinkte. Zwei der großen Frauen mit dem Geier-Kopfputz machten die Nachhut und deckten ihre Flucht. *Wo war Jaelle?*

Nun sah Magda sie hinter den Geier-Kriegerinnen. Illusion? Wie war das möglich? Sie lief auf ihre Freipartnerin zu. Plötzlich stand Acquilara hinter ihnen, wie von ultraviolettem Licht umgeben. Sie stieß mit ihrem Dolch nach Vanessa, die die Letzte war. Eine der großen, verhüllten Frauen mit dem Geier-Kopfputz hob ihr flammendes Schwert. Acquilara machte eine seltsame, bannende Geste, und die Kriegerin löste sich in blaues Licht auf.

Jaelle warf sich mit ihrem Schwert auf Acquilara. Magda musste ihrer Freipartnerin zu Hilfe kommen! Der Pfad war schmal, aber sie drängte sich ungeachtet der Gefahr an den anderen vorbei.

Acquilara hob die Hand. Eine weitere der verhüllten Geier-Kriegerinnen – Illusionen? – *flackerte* und verschwand. Magda stürmte weiter.

»Nein! Nein!« Magda wusste nicht, ob Jaelle es laut rief oder nicht. »Ich halte sie zurück! Bring du die anderen weg!« Sie griff Acquilara an.

Acquilara fintierte mit ihrem langen Messer, und Jaelle riss ihren Arm zur Parade hoch. Ihr Ärmel war von Blut durchtränkt. Dann hob sich das Messer der Zauberin. Magda rannte vorwärts ...

Und blieb stehen, krank vor Angst und schwindelig angesichts des Klippenrandes. Jaelles Messer senkte sich in Acquilaras Brust. Die Zauberin stieß ein wahnsinniges Wutgeheul aus und sprang Jaelle an. Ihre Arme schlossen sich um Jaelles Nacken.

Dann rollten die beiden zusammen langsam, langsam mit der fürchterlichen Unaufhaltsamkeit einer Lawine auf den Abgrund zu, zusammen glitten sie über die Kante und fielen.

Magda, schreiend und taumelnd, wäre ihnen nachgestürzt, hätte Camillas starker Arm sie nicht zurückgerissen.

Von unten kam ein Rumpeln, ein großes Getöse wie das Ende der Welt. Tausend Tonnen Fels und Eis rissen sich von der Klippe los und donnerten hinab, um sie weit, weit unten zu begraben.

Camillas Entsetzensschrei war das Echo ihres eigenen. Noch hörte Magda das Beben der Steinlawine, da zog Kyntha sie schon weg.

»Kommt! Schnell!« Und als Magda sich zu der Stelle umwandte, wo Jaelle hinabgestürzt war, rief Camilla ihr zu: »Nein! Komm! Mach ihr Opfer nicht sinnlos! Für die Kinder – für *beide* Kinder – *Bredhiya* ...«

Doch schon war es offensichtlich, dass der Kampf vorbei war. Ihrer Anführerin beraubt, warfen die Reste von Acquilaras Gruppe die Waffen weg und verstreuten sich, vor Panik kreischend, wie ein umgetretener Ameisenhaufen. Triumphierend erhoben sich die Phantomkriegerinnen über ihnen.

Cholayna war keuchend in die Knie gesunken. Magda blickte benommen zurück.

Jaelle. Jaelle. Der Kampf war beendet, aber zu spät. Welchen Unterschied machte es jetzt noch, wenn sie alle starben? *Meine Feigheit. Ich konnte den Blick in den Abgrund nicht ertragen. Ich hätte sie retten können ...*

Sie war so überwältigt vor Kummer, dass sie nicht einmal zu weinen vermochte. Aber ein Laut, den sie niemals erwartet hätte, riss sie aus ihrer verzweifelten Erstarrung.

In all den Jahren, die sie sich kannten, hatte sie niemals erlebt, dass Camilla weinte.

31

Camillas Augen waren von den ungewohnten Tränen fast zugeschwollen. Sie hatte sich dagegen gewehrt, dass Rakhaila, die alte blinde Frau, ihre Wunden versorgte, den Schnitt auf der Stirn und den Messerstich an ihrer rechten Hand, der fast den sechsten Finger abgetrennt hätte.

Magda saß dicht neben ihr. Sie befanden sich wieder in der Einsiedelei Avarras, wohin Kyntha sie geführt hatte. Während der ganzen Fahrt in dem Korb nach oben hatte Magda, sich selbst zur Strafe, trotz ihres Schwindelgefühls in den grauenhaften Abgrund geblickt.

Zu spät. Zu spät für Jaelle.

Es war weniger als eine Stunde nach dem Kampf vergangen, als sie spürte, wie der dumpfe Druck von ihr ließ. Die Wirkung des *Raivannin* verflüchtigte sich, ihr *Laran* kehrte zurück. Jetzt, Camilla in ihren Armen haltend, spürte sie doppelten Schmerz, ihren eigenen und Camillas. So viele Jahre lang hatte sie sich gesehnt, dies mit Camilla zu teilen, und nun gab es nichts anderes zu teilen als Verlust und Trauer.

»Warum konnte ich es nicht sein?« Wieder war Magda sich nicht sicher, ob Camilla es laut ausgesprochen hatte oder nicht. »Sie war noch so jung. Sie hatte alles, wofür es sich zu leben lohnt, sie hatte ein Kind, so viele Menschen liebten sie ... du hast wenigstens versucht, sie zu retten, ich konnte nicht einmal *sehen* ...« Wütend schlug sie mit der Hand gegen ihre Stirn, eine schrecklich verfilzte Masse aus Haar und gefrorenem Blut.

»Nein, Camilla ... wirklich, *Bredhiya,* du hast keinen Grund, dir Vorwürfe zu machen. Es war meine ... meine Feigheit ...« Wieder durchlebte Magda verzweifelt den Augenblick, als sie aus Angst vor dem Abgrund stehen geblieben war. Hätte dieser Augenblick Jaelle retten können?

Sie würde es nie wissen. Für den Rest ihres Lebens würde sie sich in Alpträumen mit dieser Erinnerung quälen. Aber so oder so – sie riss ihre Gedanken los von dieser Pein – war es für Jaelle zu spät. Nichts, was sie tat, änderte etwas an ihrem Tod, aber Camilla lebte noch, und anscheinend war Camillas Leid tiefer als ihr eigenes.

»Kima, *Bredhiya,* Geliebte, ich muss nach deinen Wunden sehen.« Sie holte warmes Wasser aus dem Kessel über dem Feuer, wusch das gefrorene Blut ab und legte einen hässlichen, aber nicht gefährlichen Schnitt bloß.

»Das muss genäht werden, aber ich kann das nicht, und Cholayna wird es auch nicht können. Jedenfalls im Augenblick nicht.«

»Ach, lass doch, Liebes, kommt es darauf an? Eine Narbe mehr«, sagte Camilla. Passiv, interesselos ließ sie sich von Magda die Hand verbinden. »Ich wusste nicht einmal, dass Acquilara und ihre Bande dich entführt hatten. Stell dir vor, es war die Blinde, die darauf bestand, wir müssten umkehren. Und da wart ihr verschwunden. Und Jaelle ...« Camilla versagte die Stimme. Von neuem drohte der Kummer sie zu überwältigen. »Jaelle ... versuchte, euch mit *Laran* zu folgen, und es gelang ihr nicht. Deshalb ...« Camilla ließ den narbenbedeckten Kopf auf die Hände sinken und weinte, während Magda im Geist diese erschütternde Szene miterlebte. Jaelle bat, flehte ...

Ich schaffe es nicht, Camilla, ich bin nicht stark genug. Du allein kannst sie finden. Sie können überall in diesen Bergen sein, tot oder lebendig, und wenn wir sie nicht bald finden, werden sie verhungern, erfrieren, sterben ...

Ich bin keine Leronis ...

Willst du dich weiter belügen, bis sie alle tot sind? Kennt deine Selbstsucht keine Grenzen, Camilla? Mir wäre es gleich-

gültig, aber Magda ... Magda liebt dich, liebt dich mehr als jeden anderen Menschen, mehr als den Vater ihres Kindes, mehr als ihre geschworene Freipartnerin ...

Als sie diese Worte vernahm, kamen auch Magda die Tränen. War es wahr? War Jaelle in dem Glauben gestorben, Magda liebe sie weniger?

Magda machte diesem selbstzerfleischenden Gedankengang ein Ende. Fest sagte sie sich: Entweder weiß Shaya es jetzt besser, oder sie ist an einem Ort, wo es keinen Unterschied für sie bedeutet. Sie ist meiner Reichweite entrückt. So schmerzlich es war, sie konnte nichts mehr für Jaelle tun. Sie konzentrierte ihre Aufmerksamkeit voll auf Camilla.

»Also überredete sie dich ... und du kamst zu mir! Aber woher kam Kyntha?«

»Ich weiß es nicht. Jaelle ...« Camilla schluckte und fuhr entschlossen fort: Jaelle sagte zu mir: *»Ich bin eine Katalysator-Telepathin, ich habe selbst wenig Talent, aber man hat mir gesagt, dass ich es in anderen wecken kann.* Sie berührte mich, und es war ... als fiele ein Schleier von mir ab. Ich sah dich, und ich *wusste* ... und ich kam zu dir.«

»Sie hat uns alle gerettet.« Nur nicht sich selbst. Magda wusste, dass sie und Camilla niemals aufhören würden zu trauern. Der Schmerz, der sie für den Rest ihres Lebens immer wieder peinigen sollte, hatte eben erst begonnen, doch im Augenblick musste sie ihn beiseite schieben. Wenn sie jetzt an Jaelle dachte, sah sie sie vor sich, wie sie ihr unvergeßlich bleiben würde. Das Haar wild flatternd im Wind der Berghöhen, drehte sie sich zu ihr um und sagte: *»Ich möchte nicht zurückkehren ...«*

Sie teilte das Bild mit Camilla und sagte leise: »So sprach sie zu mir. Sie wollte nicht zurückkehren. Ich glaube, sie wusste es, ich glaube, sie sah ihr Leben als beendet an ... Sie hatte alles getan, was sie hatte tun wollen.«

»Ich wäre so gern an ihrer Stelle gestorben«, würgte Camilla hervor.

Rafaellas Hand fiel auf ihre Schulter. »Ich auch, Camilla. Die Göttin weiß es ... wenn es eine Göttin gibt ...« Auch sie hatte geweint. Sie beugte sich nieder und drückte Camilla fest an sich.

Kyntha stand neben ihnen. Ihre Stimme verriet ihr Mitgefühl, aber sie war sachlich wie immer.

»Das Essen für euch ist fertig. Und die Wunden eurer Gefährtinnen sind versorgt worden.« Sie bückte sich und sah sich Camillas Stirn an.

»Wenn du es wünschst, kann ich das nähen.«

»Nein. Nicht notwendig.« Müde stand Camilla auf und folgte Kyntha ans andere Ende des Raums zur Feuerstelle. Magda blieb ein Stückchen zurück und betrachtete Kyntha neugierig. Sie fragte: »Du sprichst nicht den Bergdialekt dieser Frauen. Woher stammst du?«

Kyntha wirkte ein bisschen bekümmert. »Ich kann ihn sprechen, wenn ich muss, und hier versuche ich, daran zu denken, dass ich mich seiner bediene. Ich bin jedoch noch ... jung und unvollkommen. Ich bin auf den Ebenen von Valeron aufgewachsen und habe fünf Jahre im Neskaya-Turm gearbeitet, bis ich einen sinnvolleren Dienst fand, Terranerin.«

»Du weißt es?«

»Ich bin nicht blind; ich kenne Ferrika, und Marisela war meine geschworene Schwester im Dienst an Avarra. Es hat eine Zeit gegeben, als auch ich daran dachte, mein Haar abzuschneiden und das Gelübde der Entsagenden zu leisten. Meinst du, wir kommen aus geheimnisvollen Ritzen der Unterwelt? Komm und iss deine Suppe.«

Eine der Frauen, die sich um den Kessel kümmerten, drückte Magda einen Becher in die Hand. Sie dachte: *Wie kann ich essen, wenn Jaelle ...*

Trotzdem zwang sie sich, die dicke Suppe zu trinken, in der Bohnen und etwas wie Gerste waren. Sie ließ den eisigen Klumpen um ihr Herz ein wenig schmelzen.

Eine der in Schals eingewickelten Helferinnen, die sie bei ihrem früheren Aufenthalt an diesem Ort gesehen hatte, verband Vanessas verletztes Bein neu. Rafaella schien keine Wunde davongetragen zu haben, obwohl Magda sie im Nahkampf gesehen hatte und ihr schwerer Mantel zerschlitzt und zerrissen war. Cholayna lag auf Kissen gestützt; Magda kniete sich neben sie.

Cholayna streckte ihr die Hand entgegen.

»Mir geht es gut. Aber oh, wie Leid tut es mir um Jaelle. Auch ich habe sie geliebt, das weißt du ...«

Magdas Augen füllten sich mit Tränen. »Ja, ich weiß. Wir alle haben sie geliebt. Ich werde dir Suppe holen.« Das war alles, was sie tun konnte. Lexie lag, immer noch bewusstlos, auf einem Stapel von Mänteln und übrigen Decken.

»Ist sie ...«

»Ich weiß es nicht. Die Frauen sagten, sie hätten für sie getan, was sie konnten.« Cholaynas Stimme klang angespannt. »Hast du es gesehen? Als ich ... zu Boden gefallen war. Sie wollten mich tottreten. Lexie rettete mich. Dabei hat sie den Messerstich abbekommen.«

»Ich habe es gesehen.« Also hatte Rafaella mit ihrem Urteil über Lexie Recht gehabt. Blass wie ein krankes Kind lag die junge Frau da, das lockige Haar auf ihrem kindlichen Hals. Ihre Augen waren geschlossen, und sie atmete in langen, bebenden Zügen.

Rafaella kam und blieb hinter ihr stehen. Sie flüsterte fast unhörbar, und es war wie ein Gebet: »Du darfst nicht sterben. Sterbe nicht, Lexa, es hat schon zu viele Tote gegeben.« Sie schlug die Augen zu Magda auf und erklärte herausfordernd: »Du hast sie nie richtig kennen gelernt. Sie war ... eine gute

Freundin, eine gute Weggefährtin. Sie kämpfte wie eine Bergkatze, um uns nach dem Erdrutsch über den Ravensmark-Pass zu bringen. Ich ... ich hätte nie geglaubt, dass ich dich einmal darum bitten würde, aber du bist ... du bist eine *Leronis*. Kannst du sie heilen?«

Magda kniete neben Alexis Anders nieder. Sie versuchte, den Kontakt mit Lexies Geist herzustellen, das Kind zu finden, das sie einen Augenblick lang in ihr gespürt hatte, drängte sie behutsam ...

Lexies Augen öffneten sich. Sie legte sich auf die Seite, und der Atem rasselte in ihrer Kehle. Magda stellte fest: *Lungen durchbohrt. Ich bezweifle, ob Damon und Callista mit Lady Hilary zu ihrer Hilfe das heilen könnten.* Trotzdem musste sie es versuchen.

In Lexies Blick kehrte kurz das Bewusstsein zurück. Sie flüsterte: »Höllenfeuer! Schon wieder Sie, Lorne?« Sie schloss die Augen und wandte den Kopf ab.

»Ich kann sie nicht erreichen. Ich bin keine Zauberin, Rafaella. Das hier geht weit über meine Kräfte.«

Rafaella sah sie an und erkannte die Wahrheit in Magdas Worten. Immer noch herausfordernd, drehte sie sich um und ging an ihr vorbei. Magda hatte nicht gesehen, dass dort die namenlose alte Priesterin, eingebündelt in ihre Schals, saß und sie mit ihrem zahnlosen, verrunzelten Gesicht alle schweigend beobachtete. Rafaella kniete vor der Schamanin nieder. »Ich flehe dich an. *Du* kannst sie heilen. Hilf ihr, bitte. *Bitte*. Lass sie nicht sterben.«

»Nein, es ist unmöglich«, antwortete die alte Frau. Ihre Stimme klang sanft, aber abweisend.

»Du *darfst* sie nicht einfach sterben lassen!«, rief Rafaella.

»Glaubst du nicht an den Tod, kleine Schwester? Er kommt zu allen; ihre Zeit kommt früher als unsere, mehr ist es nicht.« Die alte Frau klopfte auf den Sitz neben ihr, beinahe, so dachte Magda, als fordere sie ein Hündchen auf, es sich an ihrer Seite bequem zu machen. Benommen setzte Rafaella sich langsam und vorsichtig.

»Hör zu, die dort stirbt, hat ihren Tod *gewählt.* Und sie hat einen guten Tod gewählt, sie rettete ihre Freundin davor, sterben zu müssen, ehe ihre Zeit da war ...«

Cholayna fuhr wie elektrisiert herum. Sie schrie: »Wie kannst du das sagen? Sie ist noch so jung, warum soll sie jetzt schon sterben, während ich alt bin und weiterlebe und du mich in meiner Krankheit gepflegt hast ...«

»Diese hier hat es dir schon einmal gesagt, du bist unwissend«, erklärte die Priesterin. »Die dort stirbt, wählte ihren Tod, als sie sich, wenn auch nur für einen Augenblick, mit dem Bösen verbündete.«

»Aber sie hat sich von ihm abgekehrt! Sie hat mich gerettet!« Cholayna bekam einen Hustenanfall, an dem sie fast erstickte. Die Tränen liefen ihr übers Gesicht. »Wie kannst du sagen, sie sei böse gewesen?«

»Das war sie nicht. Besser ist, in der Abkehr vom Bösen als im Bösen zu sterben«, erwiderte die alte Frau. »Schlaf, Tochter, dir mit deiner Krankheit schadet es, wenn du weinst und schreist. Ihre Zeit war gekommen. Deine wird kommen, auch meine, aber nicht heute oder morgen.«

»Das ist nicht recht!«, schrie Rafaella verzweifelt auf. »Jaelle starb, um uns alle zu retten; Lexie hat Cholayna gerettet. Und sie sterben, und wir Übrigen bleiben am Leben ... jede von uns hat den Tod eher verdient als Jaelle, sie und Lexie verdienten zu leben ...«

Sehr sanft sagte die alte Priesterin: »Oh, ich verstehe. Du glaubst, der Tod sei eine Strafe für üble und das Leben eine Belohnung für gute Taten, wie ein braves Kind ein Stück Kuchen und das ungezogene Schläge bekommt. Du bist ein Kind, Kleine, und nicht fähig, Weisheit zu hören. Schlaft alle, kleine

Schwestern. Es gibt viel zu sagen, aber ihr könnt in eurem Gram nicht hören.«

Sie erhob sich mit knarrenden Gelenken. Rakhaila, die Blinde, kam und bot ihr den Arm, und langsam humpelten sie aus dem Raum.

Kyntha blieb noch und sah sie alle strafend an. Dann sagte sie: »Ihr habt ihr Kummer gemacht, so groß, dass er sich nicht in Worten ausdrücken lässt. Ihr habt Blut hervorgebracht und gewaltsamen Tod.« Voller Abscheu starrte sie auf Lexie hinunter. »Schlaft und erholt euch, wie sie es euch geraten hat. Morgen müssen Entscheidungen getroffen werden.«

* * *

Lexie starb kurz vor Sonnenaufgang. Sie starb in Cholaynas Armen, ohne das Bewusstsein wiedererlangt zu haben. Als hätten sie es gewusst, kamen vier Helferinnen der alten Frau schweigend herein und trugen die Leiche fort.

»Was werdet ihr mit ihr tun?«, fragte Vanessa voll böser Ahnungen.

»Sie den heiligen Vögeln Avarras geben«, antwortete eine der Frauen. Magda fiel der Geier-Kopfputz der Phantomkriegerinnen ein. Also verehrte die Schwesternschaft die *Kyorebni,* deren Aufgabe es war, Dinge wegzuräumen, die ihre Nützlichkeit verloren hatten. Leise erklärte sie das Vanessa und Cholayna, und Cholayna senkte den Kopf.

»Für sie spielt es keine Rolle mehr. Ich wünschte nur, sie wäre zum Sterben nicht so weit hinausgezogen. Armes Kind, armes Kind«, murmelte sie.

Vanessa stand auf und zog ihren schweren Mantel an. »Ich will dabei sein. So viel kann ich für die Personalabteilung tun. Nein, du bleibst hier, Cholayna, wenn du in dieser Kälte hinausgehst, wirst du von neuem eine Lungenentzündung bekommen und uns noch einmal zehn Tage aufhalten. Das ist meine Aufgabe, nicht deine.«

Die Helferinnen schienen zu wissen, was sie beabsichtigte, und warteten auf sie.

Rafaella erklärte mit rauer Stimme: »Mein Mantel ist in Fetzen gerissen. Leih mir deinen, Margali, du hast in etwa meine Größe. Ich werde mitgehen. Wir waren Kameradinnen; wäre sie am Leben geblieben, so wären wir ... Freundinnen geworden.«

Magda nickte mit Tränen in den Augen.

»Nein, Camilla, du nicht, dir hat sie nichts bedeutet. Wir haben sie geliebt.«

Wie von einem Instinkt geleitet, knieten Camilla und Magda neben Cholaynas Bett nieder und hielten ihre Hände, während Alexis Anders' Leiche von den Priesterinnen weggetragen wurde. Nach langer Zeit kehrten Rafaella und Vanessa zurück, still und gedämpft, und hatten an diesem Abend nichts mehr zu sagen. Aber Magda hörte Rafaella in der Nacht weinen, und dann stand Vanessa auf, ging zu ihr und legte sich neben sie. Magda hörte sie miteinander flüstern, bis sie einschlief.

Magda wachte vor den anderen auf und lauschte dem leisen Zischen des Schnees draußen. Jaelle war nicht mehr; ihre Suche war beendet. Oder nicht? Sie hatten Lexie und Rafaella gefunden. Lexie war tot. Jaelle, die eine legendäre Stadt hatte finden wollen, war ihr in den Tod vorausgegangen. Marisela, die die Stadt und die Schwesternschaft kannte, war ebenfalls tot. Waren sie nirgendwo, einsame Geister im Wind, oder waren sie zusammen und suchten nach etwas Greifbarem? Wie gern hätte Magda es gewusst! Doch sie hatte nicht einmal eine Ahnung.

Die Schwesternschaft. Sie weiß es. Marisela wusste es.

Wenn Jaelle am Leben geblieben wäre, das erkannte Magda jetzt, hätten sie dies Wissen gemeinsam gesucht, vielleicht mit Camilla, die die Göttin, falls es eine Göttin gab, nach den Gründen für ihr Leben und ihr Leiden hatte fragen wollen. Jetzt hatte sie einen weiteren Groll gegen die Göttin, die ihr Jaelle genommen hatte. Fand Camilla einen Weg, sich friedlich oder kämpfend Zutritt in die Stadt zu verschaffen, würde sie ihn beschreiten.

Und Magda hätte sie begleiten sollen. Es war ihr Schicksal. Aber als sie Cholaynas schwere Atemzüge hörte, sagte sie sich, dass sie nicht frei war, das zu tun. Möglicherweise hatte Cholayna schon wieder Lungenentzündung und war viele Tage lang nicht reisefähig. Sie konnte ihnen nicht in die Stadt folgen, sie würde nicht eingelassen werden. Die Suche nach Weisheit war nicht ihre Bestimmung. Sie musste ins Terranische HQ zurückkehren, ebenso wie Vanessa. Und sie, Magda, musste sie hinbringen.

Sie hatte eine kurze Vision Jaelles – den Kopf gegen den Wind gesenkt, führte sie den Weg zu einem verrückten Abenteuer an ...

Jetzt war Jaelle ihr wieder vorausgeeilt und an einem Ort, zu dem sie ihr nicht folgen konnte. Sie würde Camilla zureden, dass sie getrost weiterzog, aber sie selbst musste mit ihren terranischen Landsmänninnen zurückkehren.

Der Tag brach an, und nachdem sie das Frühstück gekocht und gegessen hatten, erschien die alte Frau und nahm zeremoniell auf der steinernen Plattform Platz. Mit ihr kamen die blinde Rakhaila und Kyntha.

»Habt ihr alle gut geschlafen? Du wirst Medizin bekommen, Schwester«, sagte sie zu Cholayna. Dann wandte sie sich Kyntha zu.

»Du sollst sagen, was zu sagen ist.«

Kyntha stellte sich vor ihnen auf. In ihrer Stimme war eine

seltsame Förmlichkeit. Sie benutzte diesmal den Gebirgsdialekt, aber sie sprach ihn langsam.

»Eure Schwester Marisela hätte dies zu euch allen sagen sollen. Mit Kummer übernehme ich ihre Pflichten. Ihr seid gekommen, die Schwesternschaft zu suchen, und Marisela wollte euch an einen Ort führen, wo ihr nach eurem Begehr hättet gefragt werden können. Wir bringen es nicht übers Herz, euch diesen Pfad noch einmal reisen zu lassen, deshalb frage ich euch hier. Was suchst du?« Sie sah Camilla an.

Camilla erklärte barsch: »Du weißt, ich suche jene, die der Göttin dienen, damit ich sie – oder die Göttin – fragen kann, was sie mit mir vorhat.«

Kyntha erwiderte sanft: »Solche Fragen beantwortet sie nicht, Schwester. Es wird deine Aufgabe sein, Weisheit zu gewinnen, um ihre Stimme zu hören.«

»Wo soll ich dann anfangen, nach dieser Weisheit Ausschau zu halten? In eurer Stadt? Bring mich hin.«

Die blinde Rakhaila brach in Gelächter aus.

»Einfach so? Ha!«

»Dein Leben hat aus viel Leiden und Arbeit bestanden, während du Weisheit suchtest«, sagte Kyntha. »Aber sieh dir Rakhaila an. Sie ist älter als du, sie hat ebenso viel gelitten wie du, und doch ist sie dort nicht eingelassen worden. Sie begnügt sich damit, am Eingangstor die Tiere zu versorgen, die die Dienerinnen der Schwesternschaft tragen.«

»Hat sie darum gebeten?«, fragte Camilla. »Es gibt verschiedene Wege zu der Schwesternschaft. Außerdem glaube ich, dass es deine Pflicht ist, mich hinzubringen, weil ich darum gebeten habe. Tu deine Pflicht, meine Schwester, damit ich meine tun kann.«

Die alte Schamanin winkte Camilla. Wie sie es am Tag zuvor bei Rafaella getan hatte, klopfte sie auf den Sitz neben sich.

»Für eine, die fragt, ist alles beantwortet«, sagte sie. »Ich heiße dich willkommen, Großtochter meiner Seele.«

Ein scharfer Schmerz fuhr Magda durchs Herz. Jaelle war vor ihr gegangen, zusammen mit Marisela. Jetzt hatte Camilla sie überholt und sollte ihr genommen werden.

Kyntha sagte zu Rafaella, und ihre Stimme war nicht hart, sondern ein bisschen sarkastisch: »Jetzt weißt du, dass die Stadt kein Ort der Reichtümer und der Juwelen ist. Hast du immer noch Lust hinzugehen?«

Rafaella schüttelte den Kopf. »Ich habe einen legitimen Auftrag ausgeführt. Er hat ein schlechtes Ende gefunden; meine Gefährtin ist tot. Aber die Suche bereue ich nicht. Mein Verlangen geht nicht danach, eine *Leronis* zu sein. Das überlasse ich anderen.«

»Dann gehe in Frieden. Ich habe keine Autorität über dich.« Kyntha wandte sich Vanessa zu. »Und du?«

Vanessa erklärte: »Mit allem Respekt, ich halte das für Mondschein. Für Mondschein von vier Monden. Danke, aber danke, nein.«

Kyntha lächelte. »So sei es. Ich achte deine Loyalität, mit der du anderen gefolgt bist, obwohl du an der Suche kein Interesse hattest ...«

»Das ist zu viel der Ehre«, wehrte Vanessa ab. »Ich bin mitgegangen, weil es Berge zu besteigen gab.«

»Dann hast du deine Belohnung schon erhalten, und ich gönne sie dir von Herzen«, erwiderte Kyntha. Sie verbeugte sich vor Cholayna.

»Schwester von einer anderen Welt, du hast dein ganzes Leben lang unter jedem fremden Himmel nach Weisheit gesucht. Du achtest das Leben, und du strebst nach Wahrheit. Die Schwesternschaft hat dein Herz aus der Ferne gelesen. Wenn es dein Wille ist, die Stadt zu betreten, magst du kommen und Weisheit auch bei uns suchen.«

Zum ersten und letzten Mal spürte Magda, wie die Gedanken der Terranerin sie berührten. Sie konnte sie nicht als Worte lesen, aber sie vermittelten ihr die Erkenntnis, dass Cholayna auf ihre eigene Weise immer eine Sucherin gewesen war.

Cholaynas Seufzer verriet unendliches Bedauern.

»Meine Pflicht liegt anderswo«, antwortete sie. »Ich glaube, das weißt du. In dieser Angelegenheit darf ich nicht meinen Wünschen folgen. Ich habe in diesem Leben eine andere Wahl getroffen, und zu ihr stehe ich.«

Noch einmal verbeugte Kyntha sich. Als Letzte kam Magda an die Reihe. »Und du? Was ist dein Wille?«

Magdas Seufzer war ein Echo von Cholaynas. »Ich würde gern mit dir gehen. Ich wünschte – aber auch ich habe Pflichten, trage Verantwortung – es tut mir Leid.«

Sie musste mit Cholayna und Vanessa in die Welt auf der anderen Seite dieser Berge zurückkehren. War ihr diese Weisheit zugedacht, würde sie eines Tages eine zweite Chance bekommen und frei sein, sie zu ergreifen. Falls nicht, war es der Mühe nicht wert. Ihr Kind und ebenso Jaelles Kind warteten auf sie ...

Kyntha tat einen einzigen Schritt auf sie zu. Sie legte die Hand unter Magdas Kinn und hob es. »Hier ist der Ort der Wahrheit! Sprich!«, befahl sie. Es klang wie ein großer Gong. »Die Gezeiten deines Lebens schlagen um. *Was ist dein ehrlichster Wunsch?«*

Magda hörte im Geist, was Andrew bei ihrer Ankunft im Verbotenen Turm zu ihr gesagt hatte. *Hier unter uns ist nicht einer, der sein Leben nicht wie ein Stück Schmierpapier zerreißen und von neuem anfangen musste. Einige von uns haben es zwei- oder dreimal getan.* Sie meinte, aus weiter Ferne das Krächzen von Krähen zu hören.

Würde sie jemals zurückkehren? Sie verwarf den Gedanken. Kehrte sie niemals zurück, war das ihr Schicksal. Sie hatte das Gildenhaus verlassen, als die Zeit dafür reif war, und war zurückgekehrt, um eine Brücke zwischen ihren beiden Welten zu bauen. Jaelle war tollkühn vorausgelaufen. Die Herausforderungen ihres Lebens waren Vergangenheit geworden; sie hatte nach vorn geblickt. Magda besaß den Mut, ihr zu folgen.

»Ich würde gern mit Camilla in die Stadt reisen. Aber ich habe eine Pflicht gegenüber meinen Gefährtinnen zu erfüllen ...«

Kurze Zeit herrschte Schweigen im Raum. Dann polterte Rafaella: »Sieht dir das nicht wieder ähnlich, Margali? Du traust es mir nicht zu, dass ich Cholayna und Vanessa nach Thendara zurückbringe? Du bleibst hier und tust, verdammt noch mal, wozu du Lust hast. Ich bin die Bergführerin. Wer braucht dich?«

Magda blinzelte. So rau die Worte waren, sie hörte aus ihnen reine Liebe heraus. Was Rafaella gesagt hatte, war: *Schwester.*

»Zum Teufel, ja, Lorne. Abgemacht. Sobald Cholayna reisen kann, bist du frei.« Vanessa stellte sich neben Rafaella. »Das haben wir heute Nacht entschieden, als du schliefst.«

Fast ungläubig sah sich Magda um. Die alte Zauberin winkte sie zu sich. Magda ging und setzte sich wortlos neben sie auf die Plattform. Sie fühlte Camillas kalte Hände in den ihren.

Das Ende einer Suche? Oder ein Anfang? Endete jede Suche so, als letzter Schritt hinauf zum Gipfel eines gewaltigen Bergs, der zur Seite wich und einen neuen und unbekannten Horizont enthüllte?